Karin Seemayer

BERGLEUCHTEN

09/24

aufbau

Karin Seemayer, geboren 1959, machte eine Ausbildung zur Reiseverkehrskauffrau und war beruflich und privat viel unterwegs. Die meisten ihrer Romanideen sind auf diesen Reisen entstanden. Allerdings musste die Umsetzung warten, bis ihre drei Kinder erwachsen waren. Heute lebt sie im Taunus.

Im Aufbau Taschenbuch sind ihre Romane »Die Tochter der Toskana«, »Das Gutshaus in der Toskana«, »Sterne über der Toskana«, »Die Sehnsucht der Albatrosse« und »Das Geheimnis des Nordsterns« sowie die drei Bände ihrer Amisch-Saga »Der Himmel über Amerika« lieferbar.

Göschenen, 1872: Immer, wenn Helene ihren Vater bei einem Warentransport über den tückischen Gotthardpass begleitet, wünscht sie sich nichts sehnlicher, als eines Tages die Fuhrhalterei zu übernehmen. Doch ihre Mutter sieht es nicht gern, wenn sie bei den gefährlichen Fahrten einspringt, und als Frau darf sie ohnehin kein Geschäft führen. Mit Beginn der Bauarbeiten des geplanten Gotthardtunnels kommen italienische Arbeiter in das nun rasch wachsende Dorf. Auch Piero, ein Mineur aus dem Piemont, gehört zu ihnen und darf sich glücklich schätzen, als er auf dem Hergerhof ein Zimmer findet. Ausländische Tunnelarbeiter sind im Ort nicht gern gesehen. Doch auch wenn Helenes Vater sich als Einziger der Göschener Fuhrhalter bereit erklärt hat, Baumaterialien für den Tunnel zu transportieren, heißt das noch lange nicht, dass er eine Beziehung seiner Tochter zu seinem italienischen Mieter gutheißen würde. Ganz im Gegenteil. Dessen ungeachtet verliebt sich Helene in den charmanten Italiener. Als sich die Unfälle auf der Baustelle häufen, kommt es zum Streik. Die Situation spitzt sich zu – und Helene muss um Pieros Leben fürchten.

Karin Seemayer

BERG LEUCH TEN

Roman

aufbau

Dieser Roman wurde im Rahmen des Stipendienprogramms
der VG Wort in NEUSTART KULTUR der Beauftragten
der Bundesregierung für Kultur und Medien gefördert.

MIX
Papier | Fördert
gute Waldnutzung
FSC® C083411

ISBN 978-3-7466-3984-0

Aufbau Taschenbuch ist eine Marke der
Aufbau Verlage GmbH & Co. KG

1. Auflage 2023

Umschlaggestaltung U1berlin, Patrizia Di Stefano
unter Verwendung eines Bildes von © Public Domain Dedication (CC0)
Satz Greiner & Reichel, Köln
Druck und Binden CPI books GmbH, Leck, Germany
Printed in Germany

www.aufbau-verlage.de

PROLOG

Göschenen, 23. Mai 1882

Die Sonne schien und brachte die schneebedeckten Gipfel der Berge zum Glitzern. Die Fassade des neuen Bahnhofsgebäudes war mit Blumengirlanden geschmückt, vom Grand Hotel und dem Hotel de la Gare wehten bunte Fahnen. Um den Bahnhof drängten sich die Menschen, auf dem Bahnsteig wartete die Kapelle auf die Einfahrt des ersten Zuges. Um sieben Uhr sollte er in Luzern abgefahren sein. Es würde also noch eine Weile dauern, bis die beiden Lokomotiven die Bergstrecke mit den drei Kehrtunneln von Erstfeld nach Göschenen überwunden hatten.

Helene stand mit ihrem Mann und ihren Kindern in der Nähe der neuen Brücke über die Reuss und blickte auf das Tunnelportal. Auch hier wehten Fahnen zu beiden Seiten der Schienen im Frühlingswind, bunte Wimpel flatterten auf dem Hang über dem Portal. In der Nacht hatten auf den Bergen Freudenfeuer gebrannt. Bergleuchten nannte man das. Ganz Europa, so verkündeten die Zeitungen, feierte die Einweihung des längsten Eisenbahntunnels der Welt. Neben Helene standen ihre Eltern, nicht weit von ihnen entfernt der ehemalige beste Freund ihres Vaters Urs Gisler und seine Familie.

»Warum ist er hier?«, fragte Helenes Mutter leise. »Er hasst den Tunnel.«

Ihr Vater zuckte mit den Schultern. »Ich weiß nicht. Vielleicht hofft er, dass die Bahn nicht ankommt.«

Ein schriller Pfiff ertönte. Helene wandte sich um. Schnaufend näherten sich die beiden Lokomotiven von Norden, fuhren langsam über die Eisenbahnbrücke der Göschener Reuss. Lorbeerkränze schmückten die Lokomotiven, an den Waggons hingen die Wappen der drei am Tunnelbau beteiligten Nationen: Schweiz, Italien und Deutschland.

»Da kommt unser Ruin«, sagte Urs Gisler laut. »Und du«, er deutete mit dem Finger auf Helenes Vater. »Du bist mit schuld daran. Aber du wirst schon sehen, was du davon hast. Verfluchter Tunnel.« Er spuckte aus, drehte sich um und ging schweren Schrittes davon. Ein verbitterter, alter Mann, dessen Lebenswerk zerstört war. Helene blickte ihre Eltern an. Ihre Mutter schüttelte traurig den Kopf. Die Miene ihres Vaters war wie versteinert, während er Urs nachsah.

Jubel brandete auf, als der Zug vor dem Bahnhofsgebäude hielt. Die Kapelle spielte die Schweizer Hymne. Dann öffneten sich die Türen und Menschen quollen aus den Waggons und füllten den Bahnsteig. Aus dem ersten Waggon stieg ein Mann, seine Haare und sein Schnurrbart waren schneeweiß. Das musste der Bundespräsident, Simeon Bavier, sein. Helene kannte sein Bild aus der Zeitung. Carl Arnold, der Gemeindepräsident von Göschenen, und die beiden Landjäger begrüßten ihn und geleiteten ihn unter dem Beifall der Menge zum Rednerpult am Bahnsteig. Als die Kapelle die Hymne beendet hatte, hob Bavier die Hände und wartete, bis es still wurde.

»Liebe Gemeinde von Göschenen, liebe Gäste!«, begann er. »Die Scheidewand, welche die Nationen trennte, ist gefallen, die Länder sind einander näher gerückt und haben sich dem Weltverkehr geöffnet.«

Wieder jubelte die Menge. Bavier fuhr fort: »Nachdem seit

Jahrtausenden kampfgerüstete Heere ihre eroberten Standarten über das Gebirge trugen, um bald hüben, bald drüben Verderben und Zerstörung zu bereiten, werden nun täglich reich beladene Karawanen auf dem neu geschaffenen Verkehrswege dahinziehen und statt Vernichtung Segen und statt Krieg Frieden bringen.«

Helene traute ihren Ohren nicht. Bavier tat gerade so, als hätte es vorher keinen Handel gegeben, keine Säumerkolonnen, keine Fuhrhalter, wie ihren Vater oder Urs, die schon seit Jahren Waren über den Pass brachten.

»Dieser Tunnel ist ein Wunder der Ingenieurskunst.« Baviers Stimme bebte vor Begeisterung. »Dieses Riesenwerk, für das die Kraft des Einzelnen nicht ausreichte, ist möglich geworden durch die Vereinigung der Kräfte dreier Staaten. Die ganze Welt blickt nun auf dieses Jahrhundertbauwerk.«

Namen fielen. Louis Favre, der geniale Planer des Tunnels, der leitende Ingenieur Ernest von Stockalper, Eduard Bossi, der für die Baustelle auf der Südseite verantwortlich war. Helden nannte Bavier sie.

Helene schüttelte den Kopf. Nein, die wahren Helden des Gotthardtunnels waren andere.

»Doch wir wollen auch derer gedenken, die oft vergessen werden«, rief Bavier. »Die Arbeiter, die kühnen Streiter, die Zoll für Zoll dem Verkehr eine Gasse erkämpften. Viele sind in diesem Kampf gefallen, unter ihnen ein geliebter Führer, der seine unermüdliche Ausdauer und Kraft bis zum letzten Hauch dem großen Ziele weihte. Wie Krieger, die in der Schlacht dahinsinken, sind diese Pioniere in Erfüllung ihrer Pflichten auf dem Felde der Ehre gefallen.«

Danach beschwor er den »Völkerfrühling«: die Solidarität der Nationen, Wohlstand und Bildung würde der Tunnel bringen. »Möge das Band, welches uns alle vereint, sich immer fester und inniger gestalten!«

Helene wechselte einen Blick mit ihrem Mann. Er hatte die Augenbrauen zusammengezogen und sah fast genauso zornig aus wie Urs Gisler vorhin.

»Zwei Sätze«, sagte er. »Zwei Sätze für diejenigen, die im Tunnel geschuftet haben, und für die Opfer, die der Tunnel gefordert hat.«

1872
Ein Loch in unserem Berg

1. KAPITEL

»Hüh!« Franz Herger knallte mit der Peitsche. »Bald habt ihr's geschafft. Los, Fardi! Zieh, Loris – immer weiter, Dorli. Fleißig, Trude.«

Die vier Pferde legten sich ins Geschirr und zogen das schwer beladene Fuhrwerk um die nächste Kurve bergauf. Helene saß neben ihrem Vater auf dem Kutschbock und hielt sich am Sitz fest. Etwa zwei Drittel der Tremola, der Straße, die in engen Serpentinen von Airolo hinauf zum Gotthardpass führte, hatten sie geschafft. Nur noch acht Spitzkehren waren zu bewältigen. Seit sie Airolo passiert hatten, war es merklich kühler geworden. Auf den Wiesen lagen vereinzelte Inseln von Schnee. Helene holte ihre Jacke unter dem Sitz hervor und zog sie an.

»Willst' auch deine Jacke?«, fragte sie ihren Vater.

Der schüttelte den Kopf. »Noch nicht.« Konzentriert lenkte er die Pferde auf die nächste Spitzkehre zu. Die Tremola war nicht ungefährlich. Manche Kehren waren so eng, dass man genaustens darauf achten musste, wie man sie anfuhr, um mit dem Fuhrwerk um die Kurve herumzukommen. Diese hier war so eine. An der engsten Stelle sah Helene hinab ins Tal. Der Anblick war atemberaubend. Neben der Straße fiel das Gelände steil ab. Sie konnte bis nach Airolo und weit hinein ins Valle Leventina sehen. Der Ticino glitzerte in der Sonne. Die Luft war so klar, dass Helene den Weg sehen konnte, den der Fluss sich durch die Alpen gegraben hatte. Bis hin zu den majestätischen Gipfeln der

Berge von Biasca. Die unter ihnen liegenden Spitzkehren der Tremola wirkten von hier oben noch beängstigender als während der Fahrt bergauf. Kein Wunder, dass manche Fahrgäste der Gotthardpost sich die Augen verbanden, wenn die fünfspännige Kutsche bergab fuhr.

Nach dieser Kehre folgte eine längere Gerade.

»Jetzt kannst du mir die Jacke geben«, sagte ihr Vater.

Helene übernahm die Zügel, während ihr Vater seine Jacke anzog. Anschließend wollte sie ihm die Zügel zurückgeben, doch er schüttelte den Kopf und deutet auf die vor ihnen liegende Kurve. »Probier du es.«

Es war das dritte Mal, dass sie ihren Vater auf der Reise von Göschenen nach Lugano und zurück begleitete. Fahren konnte sie schon lange, sie hatte auf dem Kutschbock gesessen, seit sie laufen konnte, doch die Kehren auf der Tremola hatte er ihr noch nie überlassen. Sie nahm die inneren Zügel kürzer, lenkte das Gespann erst an den rechten Straßenrand und dann an den linken. Die vier Pferde waren erfahren, sie hatten den Weg bereits an die zweihundert Mal gemacht. Wahrscheinlich würden sie auch alleine sicher um die Kurve kommen.

»Gut gemacht«, sagte ihr Vater mit hörbarem Stolz in der Stimme. Er übernahm die Zügel wieder. Die Landschaft wurde jetzt deutlich karger. Moos und Flechten lösten die blühenden Wiesen ab, dazwischen zeigte sich nackter Fels.

Drei Tage dauerte die Reise von Göschenen nach Lugano und zurück, die eigentliche Fahrt über den Pass etwa acht Stunden, je nach Witterung, und Helene genoss jeden Augenblick. Sie bewunderte ihren Vater, der das kleine Fuhrunternehmen vor zwanzig Jahren von seinem Vater übernommen hatte und zu einem der erfolgreichsten Fuhrhalter in Göschenen und Umgebung geworden war. Harte Arbeit und Pferdeverstand hatten sich ausgezahlt. Ihr Großvater war noch als Säumer mit Mauleseln über den Pass gewandert, wie ihr Urgroßvater und dessen Vorväter. Seit dem Bau der Teufelsbrücke über die Schöllenenschlucht 1595 brachten die Hergers Waren von Norden nach Süden und zurück. Ihr Vater wusste alles über den Gotthard. Er kannte seine Launen, die Wetterwechsel, er hatte ihn zu jeder Jahreszeit überquert, auch im Winter.

Jetzt war es Frühsommer, Ende Juni, die Sonne schien, nur ein paar weiße Wolken hingen am Himmel. Doch hier oben, kurz vor dem höchsten Punkt der Passstraße, bedeckte Schnee das karge Land. Die nächste Kurve gab den Blick frei auf das Gotthard Hospiz. Der See vor dem Hospiz schimmerte in hellem Türkis, Eisschollen schwammen darauf.

Neben der Herberge zügelte ihr Vater die Pferde. Sie sollten trinken und verschnaufen, bevor es bergab ging. Aus dem Korb, der hinter ihr auf der Ladefläche lag, holte Helene die belegten Brote, die sie in Lugano eingepackt hatte. Sie reichte eines ihrem Vater und nahm sich auch eines. Nach einer halben Stunde stiegen sie wieder auf den Kutschbock.

»Auf geht's!«, rief ihr Vater und schwenkte die lange Peitsche über den Rücken der Pferde und sie zogen an. Zunächst ging es gemächlich bergab, Felsen begrenzten die Straße. Als die erste steile Kurve den Blick ins Tal eröffnete, deutete ihr Vater auf die Wolken, die den Berg emporkrochen. »Ich habe so etwas befürchtet. Da müssen wir durch.«

Helene seufzte. Von hier oben sahen die Wolken schön aus. Wie wunderbar weiche, weiße Federkissen. Doch wenn man darin steckte, wurden sie zu Nebel. So dicht, dass man kaum die ersten Pferde des Gespanns sah, und so feucht, dass die Nässe schlimmer als Regen die Mäntel durchdrang. Der Gotthard war eine Wetterscheide. Auf der Südseite konnte die Sonne scheinen, während sich auf der Nordseite die Wolken ballten.

»Soll ich führen?«, fragte sie.

»Noch nicht. Wir schauen, wie weit wir kommen.«

Die Sonne begleitete sie bis zur nächsten Kurve, dann schwebten erste Nebelfetzen über der Straße. Kurze Zeit später verblasste das Sonnenlicht, der Nebel verdichtete sich rasch. Ihr Vater nahm die Zügel kürzer. »Hooo, langsam.«

Angestrengt versuchte Helene die Steine zu erkennen, die den Rand der Straße markierten. Sie konnte immer nur bis zum Übernächsten sehen, alles andere verschwand im Grau. Schließlich hielt ihr Vater die Pferde an. »Es ist doch besser, wenn du führst.«

Sie stieg aus, ging nach vorne und nahm den Schimmel Fardi am Zügel. Sie hielt sich bergwärts, weg vom Rand der Straße, der zum Tal lag. Durch den Nebel klang ein Hornsignal. Die Gotthardpostkutsche war auf dem Weg nach oben. Helene legte die Hand an den Mund.

»Hooheoooo!«, rief sie, um dem Postillon zu signalisieren, dass sie ihm entgegenkamen.

»Helene!«, rief ihr Vater. »Da vorne ist die Straße breiter, da warten wir, bis die Post vorbei ist.«

»Ist gut.«

Sie führte die Pferde so nah an die Felswand wie möglich und wiederholte ihren Warnruf. Ein kurzes Hornsignal war die Antwort und dann hörte sie das Klappern von Hufen. Wie eine Geistererscheinung schälten sich die Konturen der Pferde und der Kutsche aus dem Nebel. Auf dem Kutschbock saßen der Postillon und der Kondukteur.

»Grüezi, Franz«, rief der Postillon herüber. »Wie ist das Wetter auf der anderen Seite?«

»Grüezi, Anton. Da scheint die Sonne. Der Nebel geht bis zur Kantonsgrenze. Wie weit runter reicht er?«

»Nicht mehr weit. Unterhalb von Hospental ist wieder klare Sicht.« Der Postillon hob grüßend die Hand und fuhr an ihnen vorbei.

Zwei Kehren weiter lichtete sich der Nebel. Nun hing er in dicken, grauen Wolken über ihnen. Immerhin regnete es nicht.

Neben der Straße floss die Gotthardreuss, noch friedlich, in ihrem Bett. Hier im lieblichen Urserental hatte der Fluss Platz, sich auszubreiten. Sie passierten sattgrüne Weiden, auf denen Kühe weideten oder wiederkäuend im Gras lagen. Hier standen nur wenige Bäume, obwohl das Tal unterhalb der Baumgrenze lag. Einige Gehöfte lagen verstreut im Grün.

Vor ihnen tauchte Andermatt auf, der letzte Ort vor Göschenen. In einer Stunde würden sie zu Hause sein. Sie fuhren am Gehöft der Gotthardpost vorbei und durch den Ort.

Kurz darauf lag die Einfahrt zum Urnerloch vor ihnen, einem Tunnel, der vor über hundertsechzig Jahren mit Schwarzpulver in den Fels gesprengt worden war. Als sie in den dunklen Tunnel einfuhren, duckte sich Helene unwillkürlich, obwohl zwischen ihrem Kopf und der Decke ausreichend Platz war. Das war nicht immer so gewesen. Ihr Großvater hatte noch erzählt, früher sei der Tunnel so niedrig gewesen, dass Reiter absteigen mussten. Erst, als 1830 die Passstraße verbreitert worden war, hatte man auch den Tunnel erweitert. Fast ein Jahr hatte es gedauert, bis das Urnerloch fertiggestellt war, dabei war es nur vierundsechzig Meter lang. Und jetzt wollten sie in nur acht Jahren einen fünfzehn Kilometer langen Tunnel quer durch den Gotthard bohren. Helene erinnerte sich noch gut an den Tag, an dem der Freund ihres Vaters, Urs Gisler, ebenfalls ein Fuhrhalter, wutentbrannt in ihr Haus gekommen war.

»Sie wollen ein Loch in unseren Berg bohren! Einen Tunnel!«, hatte er schon an der Haustür gerufen.

Ihr Vater hatte ihn hereingebeten. »Setz dich und trink einen Chrüter mit mir, Urs.«

Er füllte zwei Gläser mit selbst gebranntem Kräuterschnaps. »Ich dachte, sie wollen durch den Lukmanier«, sagte er, nachdem sie getrunken hatten. »Escher war doch gegen den Gotthard.«

»Er hat seine Meinung geändert. Jetzt gibt es eine Mehrheit für den Gotthard.«

»Und wenn. Noch sind es nur Pläne. Bis sie mit dem Bau anfangen, kann noch viel passieren, und der Gotthard ist nicht so leicht zu bezwingen. Ich glaube erst an den Tunnel, wenn er fertig ist.«

Urs brummte. »Du nimmst das zu leicht. Wenn es einen Tunnel gibt, sind wir arbeitslos.«

»Wir werden sehen. Komm, trink noch einen.«

Doch Urs hatte recht behalten. Die Gotthardbahngesellschaft hatte genug Geld zusammenbekommen. Männer waren gekommen, Ingenieure und Landvermesser. Sie hatten die Stellen bestimmt, von wo der Tunnel gebohrt werden würde. In zehn Jahren sollten Eisenbahnen durch den Tunnel fahren.

Die Pferde beschleunigten ihre Schritte, als das Ende des Urnerlochs in Sicht kam. Auch sie wussten, dass es nun nicht weit bis zum heimischen Stall war, wo Hafer und Heu auf sie warteten.

Der Weg von Andermatt nach Göschenen führte durch die Schöllenenschlucht. Das Wasser der Gotthardreuss, von den Felsen in ein enges Bett gezwängt, stürzte tosend und schäumend durch die Schlucht. Rechts und links hoben sich steile Felswände, die in der Nässe dunkel glänzten. Gischt stieg bis zur Straße, sammelte sich in Tropfen auf dem Fell der Pferde, auf Helenes Haaren und ihrer Jacke. Hinter der nächsten Kurve fuhren sie über die neue Teufelsbrücke. Sie lag höher und war breiter als die alte. Trotzdem schlug Helenes Herz schneller, als sie sie überquerten. So mancher Reisende war hier verunglückt, weil ein Pferd gescheut hatte oder Steinschlag niedergegangen war. Ihre Pferde kannten den Weg, sie trabten gleichmäßig.

Helene sah hinunter in die Schlucht und auf die Überreste der alten Brücke. Jedes Kind in Göschenen und Andermatt kannte die Legende, wie diese Brücke erbaut worden war. Bis ins 13. Jahrhundert war es unmöglich gewesen die Schöllenenschlucht zu durchqueren, denn es gab keinen Übergang über die Reuss. Die Urner beschlossen, eine Brücke zu bauen, doch sie stürzte immer wieder ein.

»Dann soll doch der Teufel diese verfluchte Brücke bauen!«, schrie der Landammann schließlich auf einer Versammlung.

Kaum hatte er zu Ende gesprochen, als der Leibhaftige vor den Bürgern erschien. »Ich baue eure Brücke, wenn ihr mir dafür die erste Seele, welche die Brücke überquert, gebt.«

Die Urner waren einverstanden und nach drei Tagen spannte sich eine kühne Bogenbrücke über den tosenden Abgrund. Der Weg über den Gotthard war frei. Doch wer sollte nun seine Seele opfern?

Ein schlauer Bauer hatte die Idee, einen Ziegenbock über die Brücke zu treiben, und so geschah es. Der Teufel, der sich um seine Belohnung betrogen sah, brüllte vor Zorn. Er lief hinunter in den Wassnerwald. Den größten der dortigen Felsblöcke packte er und schleppte ihn bergauf, um die schöne neue Brücke zu zerschmettern. Doch kurz vor Göschenen begegnete ihm ein altes Mütterchen. Sie erkannte ihn an seinem Pferdehuf und malte ein Kreuz auf den Fels. Der Teufel konnte ihn nun nicht mehr bewegen. Da merkte er, dass mit den Urnern nicht gut Kirschen essen war, und fuhr beschämt zur Hölle. Seither heißt die Brücke in den Schöllenen die Teufelsbrücke und der riesige Stein in den Weiden am Weg unterhalb von Göschenen der Teufelsstein.

Helene warf einen letzten Blick auf die Brücke. Der Teufel hatte die alte Brücke gebaut, die Menschen die neue. Und nun wollten sie durch den Berg. Ob sie es wohl schaffen würden?

Von der letzten Biegung der Straße konnte sie die Stelle sehen, wo der Tunnel beginnen sollte. Dort waren bereits einige Arbeiter, die mit Spitzhacken auf den Fels einhieben.

Ihr Vater blickte ebenfalls in die Richtung und schüttelte den Kopf. Dann spuckte er aus. »Ich glaube, wir brauchen uns keine Gedanken um unser Geschäft zu machen.«

2. KAPITEL

Anna Herger kam aus dem Haus, als sie auf den Hof fuhren.

»Franz, Helene! Gott sei Dank seid ihr zurück. Ich habe mir Sorgen gemacht.« Sie wies auf die Wolken an der Flanke des Bergs.

»Der Nebel war schon übel«, sagte Franz und kletterte vom Kutschbock. »Aber unsere Pferde sind zuverlässig und Helene hat geführt, als der Nebel zu dicht wurde.«

Anna zog die Brauen zusammen, doch sie schwieg. Helene wusste, dass es ihrer Mutter nicht recht war, wenn sie den Vater auf seinen Fahrten begleitete. Doch Helene hatte schon als Kind gern im Stall geholfen oder war mit den Geißenhirten auf die Wiesen oberhalb von Göschenen gezogen, statt im Haus zu bleiben.

Sie kletterte ebenfalls vom Kutschbock und half ihrem Vater, die Pferde abzuschirren.

Er blickte sich suchend um. »Wo steckt Ruedi?«

»Im Trögli«, antwortete Anna. »Er sagte, er würde euch vorbeifahren sehen und dann kommen.«

Ihr Vater runzelte die Stirn. »Was macht der Bengel um diese Zeit im Wirtshaus?«

Helene wandte den Kopf ab, um ihr Lächeln zu verbergen. Ruedi war der Knecht auf dem Hergerhof und im Grunde sehr fleißig. Doch kürzlich hatte er sein Herz an Johanna Sen, die Tochter des Wirts vom Trögli, verloren und verbrachte jede freie Minute dort.

In diesem Moment kam Ruedi durch das Hoftor, außer Atem und mit geröteten Wangen. »Grüezi, Herr Herger. Wie war die Fahrt?«

»Gut. Hilf Helene, die Pferde zu versorgen, und dann laden wir ab.«

Helene führte Fardi in den Stall. Der vertraute Geruch nach Pferden und frischem Heu umfing sie. Schwalben flogen durch das Tor ein und aus, ihre Nester klebten unter der Decke an der Wand. Die vier Pferde in den Boxen wandten die Köpfe, die Fuchsstute Nescha wieherte leise. Ruedi hatte die Boxen für die Pferde vorbereitet, Stroh, Heu und frisches Wasser stand bereit.

Helene klopfte Fardi den Hals. »Jetzt ruh dich aus, du Guter.«

Als Nächstes holte sie Trude, Ruedi hatte derweil die anderen beiden Pferde hereingebracht. Helene lehnte sich an die Wand und genoss die Ruhe im Stall. Außer den leisen Kaugeräuschen der Pferde und dem gelegentlichen Hufestampfen oder Schnauben war es still. An der Tür zum Heuschober saß eine schwarzweiße Katze und putzte sich.

Schließlich ging Helene ins Haus. Dort roch es nach Braten. Ihre Mutter deckte den großen Tisch in der Küche.

»Ich helfe dir gleich, ich will mich nur rasch umziehen«, rief Helene ihr zu und eilte die Treppe hinauf in ihr Zimmer. Drei Tage hatte sie die Kleider nicht gewechselt. Ihre Sachen waren schmutzig und rochen nach Pferd und nach Schweiß. Rasch zog sie sich aus und wusch sich. Ihre Haare würde sie später waschen, sie kämmte sie nur aus und flocht einen Zopf.

Gekleidet in eine helle Bluse, Strickjacke und einen gestreiften Rock ging sie in die Küche. Ihr Vater und Ruedi waren noch dabei, die Ware vom Wagen abzuladen.

»Du kannst schon mal Brot schneiden«, sagte ihre Mutter.

Helene holte das Brotmesser und schnitt dicke Scheiben von dem weichen Weizenbrot, das ihre Mutter selbst gebacken hatte.

Kurze Zeit später kamen ihr Vater und Ruedi herein. Ihr Vater hatte sein Hemd ausgezogen und sich draußen an der Pferdetränke gewaschen. Sein dunkles Haar glänzte feucht. Er ging ins Schlafzimmer und holte sich ein frisches Hemd.

»Das riecht gut, was gibt es denn zum Abendessen?«, fragte er, als er in die Küche zurückkehrte.

»Rinderbraten. Ich dachte, ihr seid bestimmt hungrig nach der Reise.«

Anna verteilte Bratenscheiben und Soße auf den Tellern. Sie aßen schweigend. Der Braten war zart, die Soße köstlich.

»Wie war die Fahrt?«, fragte Anna, als Helenes Vater die Soßenreste mit einem Stück Bort aufwischte.

»Gut. Im Süden scheint die Sonne und wir hatten bis zum Hospiz gutes Wetter. Ich habe Wein, Reis, Öl und Tabak mitgebracht. Morgen fahre ich mit Ruedi nach Flüelen.«

Enttäuscht sah Helene ihn an. Sie hatte gehofft, er würde sie mit nach Flüelen nehmen. Sie war bisher dreimal am Vierwaldstättersee gewesen und jedes Mal war sie von dem großartigen Panorama begeistert gewesen. Türkisblaues Wasser, eingebettet in Berge, deren Gipfel sich im See spiegelten. Auch der Ort war entzückend. Es gab wunderschöne Häuser, Villen direkt am See, mondäne Hotels für Reisende.

Ruedi wirkte ebenfalls enttäuscht, es schien, als wäre er lieber hiergeblieben. Vielleicht wegen Johanna.

Er räusperte sich. »Sind wir denn am Freitag wieder zurück?«

Ihr Vater sah ihn an, dann grinst er. »Hat eine gewisse Person übermorgen ihren freien Tag?«

Ruedis Ohren färbten sich rot, er nickte stumm.

»Wir fahren frühmorgens los und sollten gegen Mittag zurück sein. Dann hast du frei.«

Die Röte breitete sich nun auch über Ruedis Wangen aus, er lächelte verlegen.

»Danke, Fuhrhalter.« Er stand auf. »Ich sehe noch mal nach den Pferden.«

»Gib Mirio und Nescha noch etwas Hafer. Wir werden morgen mit ihnen fahren. Dann bist du fertig für heute.«

Ruedi verabschiedete sich und ging.

Anna schüttelte den Kopf. »Du solltest ihn besser nicht ermutigen, Franz. Der Jakob Sen sieht es bestimmt nicht gerne, wenn die Johanna mit dem Ruedi rummacht. Er wünscht sich eine bessere Partie als einen Knecht.«

»Der Ruedi ist ein fleißiger, anständiger Kerl. Der wird nicht ewig Knecht bleiben. Vielleicht mache ich ihn zu meinem Teilhaber.«

Anna presste die Lippen zusammen. »Der Gedanke, die Fuhrhalterei in fremde Hände zu geben, gefällt mir nicht.«

»Aber wir haben niemanden, der sie übernehmen kann.«

»Ich weiß.« Anna stand auf, stellte mit heftigen Bewegungen das Geschirr zusammen und trug es zur Spüle.

»Anna«, sagte Franz leise. »Niemand kann etwas dafür, dass Martin tot ist. Wir müssen uns damit abfinden.«

Sie fuhr herum. »Niemand kann etwas für Martins Tod, aber es ist meine Schuld, dass wir nur einen Sohn hatten.«

»Das habe ich nie gesagt.«

»Gesagt nicht.«

Stumm lauschte Helene dem Gespräch. Ihre Eltern schienen ihre Gegenwart vergessen zu haben. Wollte ihr Vater wirklich Ruedi zum Teilhaber zu machen? Wenn es doch nur erlaubt wäre, dass Frauen ein Geschäft leiteten! Sie, Helene, würde die Fuhrhalterei dann weiterführen. Immerhin begleitete sie ihren Vater oft genug auf seinen Fahrten. Sie wusste, was zu tun war, und rechnen und verhandeln konnte sie auch.

»Wenn Helene den Ruedi heiraten würde, käme das Geschäft nicht in fremde Hände«, sagte ihre Mutter.

Helene fuhr hoch und starrte sie an. »Ich? Den Ruedi heiraten? Nie im Leben.«

»Nein, Anna.« Franz schüttelte den Kopf. »Der Ruedi ist nicht der richtige Mann für unsere Helene.«

»Und warum nicht? Eben hast du ihn noch gelobt. Wenn du ihn schon zu Teilhaber machst, dann sorge auch dafür, dass der Besitz in der Familie bleibt. Oder glaubst du, ich will die Sen Johanna hier auf dem Hof sitzen haben?«

»Ich will Ruedi nicht heiraten!«, rief Helene. »Ich habe überhaupt noch nicht ans Heiraten gedacht.«

»Das solltest du aber«, gab ihre Mutter zurück. »Du wirst nächsten Monat einundzwanzig.«

»Lass das Mädel. Sie wird schon noch heiraten. Der Bissig Johan hat kürzlich zu mir gesagt, er wäre ganz überrascht, wie hübsch Helene geworden ist. Seinem Sohn sei es auch aufgefallen.«

Helene musste an sich halten, um nicht die Augen zu verdrehen. Niemand im Dorf würde sie ernsthaft als hübsch bezeichnen. Sie war bestimmt nicht hässlich, doch sie hatte nicht nur das schwarze Haar ihres Vaters geerbt, sondern auch sein energisches Kinn und die ausgeprägten Wangenknochen. Von ihrer Mutter hatte sie den großen Mund und die mandelförmigen Augen. Alles zusammen ergab kein liebliches Gesicht. Immerhin waren ihre Augen von einem sehr hellen Blau, klar wie Bergkristall.

»Der Anton Bissig wäre eine gute Partie«, fuhr ihr Vater fort. »Oder du nimmst den Gisler Peter. Dann wären die beiden Fuhrhaltereien von Göschenen in einer Hand. Gisler und Herger. Und ihr versteht euch doch gut.«

Jetzt verdrehte sie doch die Augen. Auf was für Ideen ihr Vater nur kam. Sie und der Peter. »Klar verstehen wir uns gut. Wir sind ja wie Geschwister«

Peter Gisler war ihr Freund, seit sie denken konnte. Sie hatten gemeinsam Ziegen gehütet, waren zusammen durch die Berge in der Umgebung gestreift und heimlich in die Schöllenen zur Teufelsbrücke gewandert. Peter liebte den Gotthard genauso wie sie. Er war aus ihrem Leben nicht wegzudenken, aber ihn heiraten? Dazu gehörte mehr als Freundschaft.

»Nun«, sagte ihr Vater. »Es pressiert ja nicht. Noch brauche ich keinen Nachfolger, und wer weiß, wie sich die Geschäfte in den nächsten Jahren entwickeln. Urs behauptet ja, wir werden alle arbeitslos. Was macht übrigens das Loch, gibt es etwas Neues?«

»Nicht viel«, sagte Anna. »Dieser Favre ist in Göschenen. Er ist vorgestern gekommen, zusammen mit einem Herrn Colladon und noch einem Mann. Sie wohnen im Rössli.«

»Will er seine Baustelle besichtigen?« Ihr Vater lachte. »Da gibt es nicht viel zu sehen. Ein paar Leute mit Spitzhacken an der Stelle, an der irgendwann einmal dieses Jahrhundertbauwerk entstehen soll. Wenn sie in diesem Tempo arbeiten, wird es tatsächlich ein Jahrhundert dauern, bis der Tunnel fertig ist.«

»Es heißt, es werden bald sehr viele Arbeiter kommen. Favre möchte Unterkünfte bauen, sagt man, Werkstätten, Wärmehütten für Dynamit und ein Wehr an der Reuss für ein Kraftwerk.«

Franz kratzte sich am Kinn. »Dafür benötigt er viel Material. Und so lange die Bahnstrecke nicht gebaut ist, braucht er jemanden, der ihm das Zeug von Flüelen hier hochbringt. Ich glaube, ich rede mal mit ihm.«

»Der hat doch bestimmt seine Leute dafür«, wandte Anna ein.

Franz wiegte den Kopf. »Ich glaube eher nicht. Die meisten Fuhrhalter in der Umgebung sind nicht gut auf ihn und die Gotthardbahngesellschaft zu sprechen.«

»Aus gutem Grund. Dieser Tunnel wird die Fuhrhalter ruinieren.«

»Noch ist er nicht gebaut.«

»Du glaubst nicht, dass sie ihn bauen können?«, fragte Helene.«

»Nicht in acht Jahren. Für den Tunnel durch den Mont Cenis haben sie vierzehn Jahre gebraucht, und der ist kürzer.« Er stand auf, holte seine Pfeife und stopfte sie.

Helene half ihrer Mutter beim Spülen, doch ihre Gedanken waren beim Tunnel. Die Vorstellung, dass man ein fünfzehn Kilometer langes Loch durch das Gotthardmassiv graben wollte, war gleichermaßen erschreckend und faszinierend. Favre wollte von beiden Seiten, Norden und Süden, mit den Grabungen beginnen. Die beiden Stollen sollten sich dann in der Mitte treffen. Unvorstellbar. Wie sollte das funktionieren?

3. KAPITEL

Helenes Vater war am selben Abend noch zum Rössli gegangen, doch Favre war schon abgereist. Über den Pass nach Airolo, zur Südbaustelle. Doch als Franz und Ruedi am Freitag aus Flüelen zurückkamen, brachten sie Baumaterial mit.

»Einer von Favres Leuten hat mich angesprochen, als er hörte, dass ich aus Göschenen komme«, erzählte Franz. »Er war ziemlich verzweifelt, weil niemand sonst bereit war, etwas mitzunehmen.«

Am Sonntag nach dem Gottesdienst traten wie üblich die Gislers zu Helenes Familie. Urs Frau Marie begrüßte sie höflich, doch Urs' Miene war ausgesprochen finster.

»Ist das wahr, dass du Baumaterial für die Gotthardbahngesellschaft transportierst?«, fragte er sogleich.

»Ich habe letzte Woche Zeug aus Flüelen mitgenommen«, antwortete Franz. »Besser, als leer zu fahren, und die Gesellschaft zahlt gut.«

Urs runzelte die Stirn, seine blauen Augen blitzen zornig. »Wir Fuhrhalter sollten diesen Bau nicht unterstützen. Es ist unser Ruin. Der Walker Josef aus Wassen sagt das auch. Er schlägt ein Treffen nächsten Samstag vor, um unser Vorgehen zu besprechen.«

»Was stellt er sich vor? Dass wir den Tunnel verhindern können?« Franz hob skeptisch die Augenbrauen.

»Vielleicht nicht verhindern, aber die Fertigstellung verzögern. Dann muss Favre Strafe zahlen, und wer weiß, wenn ihm das Geld ausgeht, dann wird das Loch durch unseren Berg nicht fertig.«

»Das ist kein Thema, das wir jetzt besprechen sollten«, sagte Franz. »Aber kommt heute Abend vorbei, du und Peter, und wir reden darüber.«

Urs und Peter kamen nach dem Abendessen. Helene führte sie in die Stube. Ihr Vater schenkte drei Gläser Heidelbeerschnaps ein, bot Urs Tabak an und stopfte sich ebenfalls eine Pfeife. Der aromatische Rauch füllte die Stube. Helene setzte sich zu den Männern an den Tisch.

»So«, sagte ihr Vater. »Ihr wollt euch also weigern, Material für die Gotthardbahngesellschaft zu transportieren.«

»Richtig. Wenn keiner für Favre fährt, dann kann er sein Material mit Lastenträgern hierherbringen. Oder gar nicht.«

Franz nahm seine Pfeife aus dem Mund und stieß eine Rauchwolke aus. »Ich sag dir was. Wir werden diesen Tunnel nicht verhindern. Die Gesellschaft hat fast zweihundert Millionen Franken bereitgestellt. Wenn wir nicht fahren, werden sie Fuhrhalter aus anderen Kantonen anheuern.«

»Dann sollen sie das tun«, erklärte Urs grimmig.

Peter schüttelte stumm den Kopf.

»Du bist anderer Meinung?«, fragte Franz.

»Ja. Ich sehe es wie du. Der Tunnel wird kommen, ob es uns passt oder nicht.«

»Seit Jahrhunderten bringen unsere Familien Waren über den Berg«, fuhr Urs ihn an. »Niemand kennt den Gotthard so gut wie Franz und ich. Es ist unser Geschäft.«

»Die Zeiten ändern sich, Vater. Die Säumer haben doch ebenso geschimpft, wie du es jetzt tust, als die Passstraße verbreitert wurde und sie nicht mehr das Monopol hatten. Aber es hat ihnen nicht geholfen. Die Hergers und die Gislers haben damals die Zeichen der Zeit erkannt und Fuhrwerke angeschafft. Nur deshalb gibt es unsere Geschäfte noch.«

Urs schnaubte unwillig.

»Der Junge hat recht«, sagte Franz. »Die Zeiten ändern sich. Nur können wir dieses Mal nicht mithalten. In zehn oder zwölf Jahren werden keine Fuhrwerke mehr über den Gotthard fahren. Dann müssen wir sehen, wo wir bleiben.«

Peter beugte sich vor. »Und genau deshalb müssen wir so viel Geld wie möglich verdienen, bevor es so weit ist. Zehn Jahre sind eine lange Zeit.«

Franz' Lachen klang nicht fröhlich. »Du hast leicht reden, weil du jung bist. Für deinen Vater und mich sind zehn Jahre nicht viel. Es ist bitter, dass unser Lebenswerk vernichtet werden wird.«

»Und wovon willst du dann später leben und eine Familie ernähren, wenn die Eisenbahn deine Arbeit übernimmt, du Grünschnabel?«, brummte Urs.

»Ich weiß es noch nicht. Es wird sich etwas finden. Der Wirt vom Rössli sagt, in den nächsten Jahren können wir alle viel Geld verdienen. Es werden Arbeiter nach Göschenen kommen. Die müssen irgendwo wohnen, die müssen essen. Sie werden hier einkaufen und ins Wirtshaus gehen.«

»So, sagt der Rössli-Wirt das?« Franz zog an der Pfeife. »Allerdings heißt es, dass Favre selber Unterkünfte für seine Arbeiter baut, die werden nicht im Rössli wohnen.«

»Aber das Geld, das sie verdienen, werden sie hier ausgeben. In unseren Läden, in unseren Wirtshäusern.«

»Gut, dann werden also die Ladenbesitzer und die Wirte Geld verdienen«, stellte Franz fest. »Was hilft uns das?«

»Wir sollten für die Gesellschaft fahren. Du hast es selbst gesagt, wir können den Tunnel nicht verhindern. Aber es dauert noch Jahre, bis die Bahnstrecke nach Göschenen fertig ist. Lasst uns diese Zeit nutzen.«

Urs klopfte die Pfeife aus und funkelte seinen Sohn zornig an. »Nicht mit meinen Pferden und Fuhrwerken! Eher verkaufe ich alles, bevor ich auch nur ein Brett für Favre und die Gotthardbahngesellschaft transportiere.«

»Langsam, mein Freund«, sagte Franz. »Warum sollten wir das Geschäft anderen überlassen? Im Gegenteil. Wir sollten mit Favre reden und einen Vertrag mit ihm schließen, der uns das Monopol über den Transport für die Gesellschaft gibt.«

Urs starrte ihn an. »Gemeinsame Sache mit dem Kerl machen? Damit fällst du uns in den Rücken.«

»Urs, denk noch mal drüber nach. Du schadest nur dir selbst.«

»Da gibt es nichts nachzudenken. Ich fahre über den Berg, solange es geht.« Er stand auf. »Wenn du für Fravre fährst, sind wir geschiedene Leute.«

Peter zuckte zusammen. »Vater, das kann nicht dein Ernst sein!«

»Das ist mein voller Ernst! Wir gehen.«

Auch Franz stand auf. »Urs. Unsere Familien sind seit Langem miteinander befreundet, unsere Kinder haben zusammen gespielt. Wir waren nie wirklich Konkurrenten.«

Urs' Miene war wie versteinert. »Ich habe nichts mehr zu sagen.« Er ging in den Flur, nahm seinen Hut vom Haken und verließ das Haus.

Peter stand sichtlich verlegen in der Stube. »Wir haben uns schon zu Hause deswegen gestritten. Er lässt einfach nicht mit sich reden.«

»Vielleicht braucht er mehr Zeit«, sagte Helene, doch Peter schüttelte den Kopf. »Nein, er ist stur. Er hasst diesen Tunnel. Dabei gibt es zwei Möglichkeiten: Entweder der Tunnel wird tatsächlich in den nächsten acht Jahren gebaut, wie es vorgesehen ist. Dann will ich in diesen Jahren so viel Geld wie möglich verdienen. Oder Favre und seine Ingenieure scheitern am Gotthard, dann schadet es nicht, wenn ich sein Material transportiere.«

4. KAPITEL

Einige Tage später kehrte Franz von einer Fahrt nach Wassen zurück. Helene half ihm beim Ausschirren der beiden Pferde, während Ruedi die Kisten ablud, als zwei Männer auf den Hof kamen. Einer war groß, weißhaarig, hatte eine Halbglatze und einen Bart, der nur unter seinem Kinn wuchs. Er wirkte sehr würdevoll. Der andere Mann dagegen hatte etwas von einem Waldschrat an sich. Er war untersetzt, hatte dunkles, buschiges Haar, das er wohl mit einem Scheitel zu bändigen versuchte, was aber nur dazu führte, dass es auf einer Seite wild von seinem Kopf abstand. Ein dichter Vollbart verbarg die untere Hälfte seines Gesichts. Ihr Vater begrüßte sie.

Der Kleinere mit den buschigen Haaren ergriff das Wort. »Sind Sie Franz Herger, der Fuhrhalter?« Er sprach singend mit einem deutlichen französischen Akzent.

»Der bin ich.«

»Ich bin Louis Favre und das ist mein Ingenieur und Berater Daniel Colladon. Sie haben im Rössli nach mir gefragt?«

Helene starrte den Mann an. Das war Louis Favre? Auf den Bildern, die sie in der Zeitung von ihm gesehen hatte, hatte man wohl seine Frisur etwas »geschönt«. Außerdem hatte sie sich ihn immer viel größer vorgestellt.

»Das ist richtig«, antwortete ihr Vater. »Ich habe vor ein paar Tagen Baumaterial von Erstfeld hierhertransportiert und man hat mir gesagt, Sie würden Fuhrhalter suchen.«

Favre nickte eifrig. »Das ist richtig. Ich muss bauen. Nicht nur diesen Tunnel, auch Häuser und Werkstätten, und ich finde keine Leute, die das Material dafür nach Göschenen transportieren wollen.«

»Wundert Sie das?«, gab ihr Vater trocken zurück. »Der Tunnel bedeutet das Aus für die Fuhrhalter. Wer wird dann noch Waren über den Pass verfrachten, wenn es bequem durch den Tunnel geht?«

»Aber das ist nun mal der Fortschritt, Monsieur Herger. Dieser Tunnel wird das Tor zum Süden. Nicht nur für die Schweizer, für ganz Europa. Nichts wird den Menschen auf seinen Reisen mehr aufhalten. Kein Wetter, keine Jahreszeiten. Wir werden Großes schaffen! Gewaltiges!«

Begeisterung lag in seiner Stimme, seine Augen strahlten. Plötzlich wirkte er so groß, wie Helene ihn sich vorgestellt hatte. Dieser Mann glaubte an sein Werk und er besaß Charisma und die Fähigkeit, Menschen zu begeistern. Helene wunderte sich nicht, dass er den Zuschlag für den Bau des Tunnels bekommen hatte.

»Wenn Sie für die Compagnie Favre fahren, Monsieur Herger, dann geben vielleicht auch andere Fuhrhalter ihren Widerstand auf.«

Helenes Vater lachte kurz auf. »Darauf sollten Sie nicht hoffen. Wir Fuhrhalter sind stur. Das mussten wir sein, um uns mit dem Berg zu messen. Und noch habe ich nicht gesagt, dass ich für Sie fahre, Monsieur Favre.«

Favre stutzte. »Warum wollten Sie mich dann sprechen?«

Helenes Vater wies auf die Haustür. »Lassen Sie uns drinnen weiterreden.«

Helene überließ es Ruedi, die Pferde in den Stall zu bringen, und folgte ihrem Vater und den beiden Männern ins Haus. Ihre Mutter trat aus der Küche, sie hatte sicher das Gespräch vom Fenster aus verfolgt.

Favre deutete eine Verneigung an. »Guten Tag, Madame. Ich bin erfreut, Sie kennenzulernen.« Dann wandte er sich zu Helene um. »Verzeihung, Mademoiselle, dass ich Sie draußen nicht begrüßt habe. Ich war so begierig darauf, Ihren Vater zu sprechen.«

Helene unterdrückte ein Grinsen. Wahrscheinlich hatte er sie für eine Magd gehalten. »Keine Ursache, Monsieur Favre.«

Sie ging in die Küche und wusch sich die Hände. Ihre Mutter goss gerade Kaffee auf.

»Also macht dein Vater ernst«, sagte sie. »Er will für die Compagnie Favre fahren.«

»Ich denke schon. Aber er hat noch nicht Ja gesagt, vermutlich will er über die Preise verhandeln.«

Helene trocknete sich die Hände ab und ging in die Stube. Favre, Colladon und ihr Vater saßen am Tisch.

»Möchten die Herren einen Kaffee?«, fragte sie.

Favre und Colladon lächelten sie an.

»Sehr gerne«, sagte Colladon.

Helene holte Kaffee und Tassen aus der Küche und kehrte in die Stube zurück.

»Ich biete Ihnen einen Exklusivvertrag«, sagte Favre gerade. »Sie fahren ausschließlich für die Compagnie Favre.«

Ihr Vater runzelte die Stirn. »Wenn ich ausschließlich für Sie fahre, Monsieur Favre, werden meine anderen Kunden verärgert sein.«

»Sie werden keine anderen Kunden brauchen. Mit uns haben Sie auf Jahre genug zu transportieren.«

»Und was?«

»Schienen, Rohre für Leitungen, Baumaterial für Häuser, Werkzeuge, Holz. Hier wachsen nicht genug Bäume für unseren Bedarf.«

»Hm.« Franz fuhr sich mit der Hand über das Kinn. »Wie

lange wird es dauern, bis die Bahnstrecke von Flüelen bis zum Tunnel fertig ist?«

Helene nickte. Das war eine gute Frage. Sobald die Schienen gelegt waren, würde alles Material mit der Bahn zur Baustelle transportiert werden.

Favre lachte. »Jahre. Die Bahnstrecke wird wahrscheinlich erst nach dem Tunnel fertiggestellt.«

»Ich soll mich also für mehrere Jahre ausschließlich an Sie binden, um danach keine Arbeit mehr zu haben?«

»Ich zahle Ihnen zehn Prozent mehr als üblich.«

Helenes Vater fixierte ihn. »Das reicht nicht.«

Favre stand auf und ging in der Stube auf und ab. Sein Blick war zu Boden gerichtet, die Brauen zusammengezogen. Man konnte regelrecht sehen, wie es hinter seiner Stirn arbeitete. Schließlich hielt er inne und sah Franz an. »Wie viele Pferde und Fuhrwerke haben Sie?«

»Zehn Pferde, zwei große Fuhrwerke, ein kleines und drei Schlitten.«

»Das ist nicht viel.«

»Mehr, als Sie jetzt haben.«

Colladon ergriff das Wort. »Wir haben sehr viel Material zu transportieren. Mit zwei Fuhrwerken kommen wir nicht weit.«

»Wagen kann man besorgen«, sagte Helenes Vater. »Aber ich habe nur einen Knecht, der fahren kann.«

»Ich kann auch fahren«, warf Helene ein. Favre blickte sie überrascht an, dann lächelte er.

»Ich weiß, Helene«, antwortete ihr Vater. »Aber wir reden hier von mehrmals wöchentlich, nicht wahr, Monsieur Favre?«

»Ja. Kennen Sie denn wirklich niemanden, der sonst noch für uns fahren würde?«

Franz Herger wiegte den Kopf. »Ich rede mit den anderen Fuhrhaltern. Aber die meisten sind nicht gut auf Sie und die

Gotthardbahngesellschaft zu sprechen. Machen Sie sich besser keine großen Hoffnungen.«

Favre trat einen Schritt auf Helenes Vater zu. »Und Sie? Werden Sie für mich fahren? Die Zeit drängt. Sonst muss ich Fuhrhalter aus anderen Kantonen hierherholen. Ich fahre morgen früh weiter nach Airolo und bin in drei oder vier Tagen zurück.«

»Ich gebe Ihnen Bescheid, wenn Sie wieder hier sind.«

Enttäuschung zeichnete sich auf Favres Gesicht ab, er hatte wohl auf eine Entscheidung bis zum nächsten Tag gehofft. Doch Franz saß am längeren Hebel, Favre würde in Göschenen und Umgebung keinen anderen Fuhrhalter finden. Die beiden Männer verabschiedeten sich.

Helene blickte ihren Vater an. »Ich dachte, du hättest dich schon entschieden für Favre zu fahren?«

»Ja, aber das muss er doch nicht wissen. Er soll dafür bezahlen, und nicht zu wenig. Morgen treffen sich die Fuhrhalter im Rössli. Ich rede mit ihnen. Vielleicht kann ich doch noch jemanden überzeugen.«

»Du weißt aber gar nicht, wie viel Material tatsächlich kommt.«

»Du hast ja gehört, was er alles bauen will. Und hier gibt es nicht genug Holz dafür, er muss alles heranschaffen. Wenn Ruedi und ich fahren, jeder ein Fuhrwerk, schaffen wir unter Umständen trotzdem nicht alles. Wir brauchen einen Tag für die Fahrt und das auch nur, wenn wir in Flüelen die Pferde wechseln.«

»Was ist mit mir? Ich könnte den Wagen nehmen. Damit kann man Werkzeuge und Kisten transportieren.«

Er lächelte. »Ich weiß, dass du es kannst. Aber deine Mutter wird nicht damit einverstanden sein, dass du drei oder vier Tage in der Woche unterwegs bist.«

Helene seufzte. Natürlich wäre ihre Mutter nicht damit einverstanden.

»Aber wenn ich wirklich keinen Partner finde, kannst du uns schon helfen. Zu einer Fahrt in der Woche dürfte ich sie überreden können.«

Das Treffen mit den Fuhrhaltern am nächsten Abend brachte keinen Erfolg.

»Sie wollen alle nicht«, erzählte ihr Vater, als er zurückkehrte. »Diese verbohrten Narren. Aber gut, dann fahre ich eben allein und zur Not auch jeden Tag. Aber ich werde keinen Exklusivvertrag abschließen. Nicht vor dem Winter. Erst will ich sehen, wie es mit dem Bau vorangeht.«

Am Montag kehrte Favre aus Airolo zurück und kam am selben Abend auf den Hergerhof. Kopfschüttelnd hörte er, was Franz von dem Treffen mit den Fuhrhaltern berichtete.

»Sie glauben, sie können den Tunnel verhindern? Er wird gebaut werden, auch ohne sie.«

In der Woche darauf fuhren Franz, Ruedi und Helene zum ersten Mal für Favre nach Flüelen. Colladon hatte einen Gehilfen vorbeigeschickt: Zwei Waggons Material warteten am Hafen auf Abholung. Es war ein trüber Tag. In der Nacht waren Wolken ins Tal gezogen, sie waren so dicht, dass sie den Blick auf das Riental und die Schöllenen versperrten. Als sie losfuhren, begann es zu nieseln. Wie kalte Nadeln trafen die feinen Tropfen Helenes Gesicht, sie schlug den Kragen ihrer Jacke hoch und senkte den Kopf. Die Reuss floss graugrün in ihrem Bett, als hätten die dunklen Wolken ihr die Farbe geraubt. Helene fuhr mit ihrem Wagen hinter ihrem Vater her, Ruedi folgte ihr. Die Fuhrhalterei der Gislers lag hinter dem Teufelsstein an der Straße nach Wassen. In dem Moment, als Helenes Vater am Tor vorbeifuhr, wurde es von Urs' jüngerem Sohn Karl geöffnet und Urs Gisler schickte sich an, sein Fuhrwerk hinauszulenken. Als er die Herger'schen Fuhrwerke sah, zügelte er seine Pferde.

»Grüezi, Urs«, rief Helenes Vater ihm zu. »Musst du auch nach Norden?«

Urs zog den Hut tiefer in die Stirn und antwortete nicht. Mit finsterer Miene ließ er die drei Wagen passieren. Helene nickte Karl zu, der ihr Lächeln verstohlen erwiderte.

Urs lenkte sein Fuhrwerk hinter Ruedi auf die Straße. Er fuhr also auch nach Norden.

Als sie Wassen erreichten, waren Helenes Hände eiskalt und sie verfluchte sich, dass sie keine Handschuhe mitgenommen hatte. Es war zwar Sommer, doch nasse Hände und kühler Wind waren keine gute Kombination. Allerdings hingen die Wolken hier schon nicht mehr so tief. Vielleicht würde es bald aufhören zu nieseln. Bei Gurtnellen ließ der Regen dann nach. Helene rieb die Hände an ihrem Rock trocken.

Kurz vor Erstfeld bog Urs ab und trieb seine Pferde zu einem scharfen Trab. Helene schüttelte den Kopf. Wenn Urs es wirklich so eilig gehabt hatte, hätte er einfach fragen können, ob er vorneweg fahren könnte.

Am Hafen in Flüelen warteten zwei versiegelte Waggons auf sie. Ein Schild wies sie als Eigentum der Compagnie Louis Favre aus.

Helenes Vater schob die Tür des ersten Waggons auf. Darin lagerten mehrere Kisten, lange Stangen, die aussahen wie übergroße Meißel, Schläuche und Räder aus Metall. Im zweiten befanden sich Baumaterialien. Franz Herger presste die Lippen zusammen. »Das schaffen wir niemals mit nur einer Fahrt.«

Zusammen mit Ruedi lud er die Kisten auf Helenes Wagen. »Du kannst schon mal losfahren«, sagte er. Helene nickte und schnalzte mit der Peitsche. Loris und Jöri zogen an.

Mehr als fünf Stunden dauerte die Fahrt zurück. Helene hing ihren Gedanken nach, die Pferde kannten den Weg, sie wussten, dass am Ende Stall und Futter auf sie wartete, es war nicht nötig, sie anzutreiben. In Göschenen fuhr sie zunächst zur Baustelle. Aus einer der neuen Bretterbuden kam ein hochgewachsener Mann mit strengem Gesicht, schwarzem Haar und ebenso dunklem Bart heraus und sah sie verwirrt an. »Madame?«

»Grüß Gott. Ich komme von der Fuhrhalterei Herger und bringe Material.« Sie wies auf die Ladefläche des Wagens.

Der Mann ging um den Wagen herum. »Nur das? Wir erwarten viel mehr.«

»Mein Vater und sein Knecht kommen noch mit zwei Fuhrwerken.«

»Nur zwei Fuhrwerke. Damit werden sie nicht alles transportieren können«, sagte der Mann.

»Wahrscheinlich nicht. Mein Vater sagte, dass er dann morgen noch mal fährt.«

Der Mann nickte. »Das ist gut. Aber auf die Dauer brauchen wir mehr Wagen. Ich bin übrigens Ernest von Stockalper, Ingenieur.«

»Helene Herger.«

Er lächelte sie an, dann winkte er zwei Arbeitern, »Salvatore, Stefano, kommt abladen.«

Die beiden Männer legten ihre Werkzeuge weg und kamen zum Wagen. Als sie Helene erblickten, hellten sich ihre Mienen auf, sie zogen die Hüte.

»Buona sera, Signorina«, sagte der Jüngere der beiden und strahlte sie an. Unwillkürlich erwiderte sie sein Lächeln, woraufhin ein Schwall italienischer Worte aus ihm hervorsprudelte, von denen sie kein einziges verstand.

»Nicht quatschen, sondern arbeiten!«, fuhr Stockalper unwirsch dazwischen. »Lavoro, capito?«

Der Italiener nickte. »Si, si, Signore.«

Doch als Stockalper sich abwandte, verdrehte der Italiener die Augen und bedachte Helene mit einem verschwörerischen Lächeln.

»Wir müssen morgen noch mal los«, verkündete Franz beim Abendessen. »Colladon war am Bahnhof und hat gesagt, dass sie dringend die Maschinenteile aus Flüelen an der Baustelle brauchen, Favre will ein Kraftwerk in der Reuss installieren.«

»Ein Kraftwerk?«, fragte Helene. »Wozu?«

»Wohl, um Druckluft für irgendwelche Bohrmaschinen zu erzeugen. Er will außerdem ein Kompressorhaus bauen und mehrere Wohnhäuser für die Arbeiter.«

»Da hat er aber viel vor«, sagte ihre Mutter. »Gleich mehrere Wohnhäuser? Wie viele Arbeiter will er denn einstellen?«

»Sehr viele anscheinend. Der Ingenieur an der Baustelle sagte etwas von Wohnungen für dreihundert Leute.«

»Dreihundert!« Anna riss die Augen auf. »Du liebe Güte. Das sind ja fast so viele, wie Göschenen Einwohner hat. Und die sollen hier alle wohnen und essen?«

Helene lachte. »Die Bissigs werden sich freuen. Das bringt viel Geld in ihren Laden.« Der Familie Bissig gehörte der Gemischtwarenhandel auf der anderen Seite der Reuss.

»Aber solltest du morgen nicht auch eine Lieferung für das St. Gotthard Hotel nach Hospental bringen?«

»Das mache ich dann übermorgen.«

Ruedi schüttelte den Kopf, sagte aber nichts. Helene wusste, was er dachte. Ihr Vater würde seine Stammkunden verärgern, wenn er nicht mehr zuverlässig lieferte. Sie blickte ihren Vater an. »Soll ich nach Hospental fahren?«

Er presste die Lippen zusammen, doch dann nickte er. »Ja, das würde helfen.«

»Helene ist doch kein Fuhrknecht«, empörte sich ihre Mutter. »Ich will nicht, dass sie allein durch die Schöllenen fährt. Es ist gefährlich.«

»Ich kann das«, erwiderte Helene rasch. »Vater hat mich die Strecke schon fahren lassen.«

»Das ist etwas anderes, als alleine zu fahren.«

»Was soll schon passieren, Anna?«, fragte ihr Vater. »Helene kann fahren. Sie soll den Utz und den Bero nehmen, die kennen jede einzelne Kurve auf der Strecke.«

Helene lächelte. Utz und Bero waren die ältesten Pferde im Stall. Erfahrene Tiere, die den Gotthard schon oft überquert hatten und durch nichts aus der Ruhe zu bringen waren.

Ihre Mutter wusste, wann sie nachgeben musste. »Aber nur, wenn, das Wetter gut ist.«

Das Wetter konnte sehr schnell wechseln und das wusste ihre Mutter auch. Regen machte Helene nichts aus und den Pferden auch nicht. Selbst vor Gewittern fürchteten sich die Pferde nicht, Helene dagegen schon. Am schlimmsten war Hagel. Vor Hagel hatten alle Pferde Angst. Aber ob es Gewitter mit Hagelschauern geben würde, konnte man schon an den Wolken sehen.

5. KAPITEL

Es war leicht bewölkt, als Helene nach dem Frühstück nach draußen ging, und ein frischer Wind blies ihr ins Gesicht. Von der Rientallücke krochen Wolken den Berg hinab, doch sie zogen nicht nach rechts in die Schöllenen, sondern bewegten sich auf Göschenen zu.

Ruedi hatte Utz bereits aus dem Stall geholt und geputzt, das Pferd stand dösend vor der Scheune. Helene klopfte ihm den Hals. »Guten Morgen, du Guter.«

Utz schnoberte an ihrem Rock, auf der Suche nach etwas zu fressen. Lachend gab Helene ihm den schrumpeligen Apfel, den sie in der Tasche ihre Rocks versteckt hatte. Ruedi kam mit Bero aus dem Stall. Bero war auch mit zwanzig Jahren immer noch ein schönes Pferd. Sein Fell war schwarz wie Rabengefieder und seine Mähne und sein Schweif lang und seidig.

»Ich putze ihn«, bot Helene an. »Dann kannst du dich um die anderen Pferde kümmern.«

Ruedi nickte, band das Pferd an und verschwand wieder im Stall. Helene holte Striegel und Bürste von der Bank, gab auch Bero einen Apfel und putzte ihn. Anschließend kratzte sie die Hufe aus und kontrollierte auch noch mal die Hufe von Utz.

Währenddessen hatten Ruedi und ihr Vater die anderen vier Pferde herausgebracht und striegelten sie.

»Ich bin fertig«, sagte Helene.

Ihr Vater lächelte ihr zu. »Gut, ich helfe dir beim Anschirren.«

Als sie schließlich auf den Kutschbock kletterte, war ihr trotzdem etwas mulmig. Selbst wenn sie und die Pferde den Weg gut kannten, sie war ihn noch nie allein gefahren. Zwar waren die Kurven der Straße in der Schöllenen nicht enger als auf dem Göscheneralpweg, aber der Weg zur Göscheneralp führte durch ein liebliches, weites Tal, ganz anders als die schroffen dunklen Wände der Schöllenen.

Helene schnalzte mit der Peitsche und die Pferde zogen an. Sie fuhr durchs Hoftor, dann nach links durchs Unterdorf, bis sie die Gotthardstraße erreichte. Vor dem Hotel »Zum weissen Rössli« standen einige Männer, die sie noch nie gesehen hatte, und schienen irgendetwas heftig zu diskutieren. Auf der rechten Straßenseite kurz hinter der Brücke befand sich der Laden der Bissigs. Johan Bissig und sein Sohn Anton stellten einen langen Tisch vor dem Laden auf die Straße. Antons Großmutter Elfriede stand mit in die Hüften gestemmten Händen daneben und wirkte sichtlich unzufrieden.

»Auf der Straße verkaufen«, murrte sie. »Wie bei den Südländern. Und wer passt auf, dass sich die Leute nicht einfach selbst bedienen? Man weiß doch nie, bei diesen Fremden!«

»Na, du passt auf«, antwortete Johan ihr.

Helene kicherte. Elfriede Bissig machte ihrem Familiennamen alle Ehre. Niemand würde es wagen, zu klauen, wenn sie draußen stand.

»Grüezi, Helene«, rief Anton ihr zu. »Wohin fährst du denn?«

»Hoch nach Hospental. Wein, Mehl und Kartoffeln zum Gasthaus St. Gotthard bringen.«

Anton runzelte die Stirn. »Allein?«

Helene nickte. »Der Vater und Ruedi müssen nach Flüelen, Baumaterial für Favre holen.«

»Ts«, machte Elfriede. »Schickt der jetzt seine Tochter allein los? Der sollte lieber mal dafür sorgen, dass sie unter die Haube kommt.«

»Großmutter!« Anton schüttelte den Kopf, dann lächelte er Helene an. »Pass gut auf dich auf.«

»Mach ich. Grüß Paula von mir.«

Mit Antons Schwester Paula war sie schon seit Kindertagen befreundet. Paula war ebenfalls einundzwanzig Jahre alt, und sehr zum Missfallen ihrer Großmutter hatte sie kürzlich den Heiratsantrag eines Burschen aus Göschenen abgelehnt. Es war nicht so, dass sie nicht heiraten wollte, sie wollte nur keinen Mann von hier. Paula träumte davon, die Enge des Dorfes zu verlassen und irgendwo in einer Stadt zu leben.

Helene fuhr weiter die Gotthardstraße hinauf, vorbei am Haus des Gemeindepräsidentem von Göschenen, Carl Arnold.

Kurz bevor sie die Häderlisbrücke erreichte, kamen ihr drei Männer entgegen. Sie waren dunkelhaarig, zwei von ihnen hatten lange Schnauzbärte, deren Enden über ihre Mundwinkel herabhingen, der dritte einen grau melierten Vollbart. Alle trugen Lederhüte, Hosen aus groben Stoff und Halstücher.

Der mit dem Vollbart zog den Hut. »Guten Morgen, Signorina. Können Sie uns sagen, wo Signor Favres Baustelle ist?« Sein Deutsch hatte einen starken italienischen Akzent. Dann waren es wohl Bergarbeiter aus dem Tessin oder noch weiter südlich, die über den Pass gekommen waren, um am Tunnel zu arbeiten.

Helene wies auf die Stelle unterhalb der Straße, wo Giacomo Battista und seine Männer einen kleinen Stollen in den Berg getrieben hatten. Mittlerweile lagerten dort auch Bretter und andere Baumaterialien. Ein schmaler Weg führte von der Gotthardstraße direkt zur Baustelle.

»Da unten.«

»Grazie mille, Signorina.«

Die drei gingen weiter.

Helene lenkte die Pferde über die Häderlisbrücke. Die Reuss floss jetzt links von ihr. Hier irgendwo wollte Favre sein Kraftwerk bauen. Der Weg stieg nun steiler an, die Felswände rückten näher. Aus dem Gras neben dem Weg reckte blauviolettes Knabenkraut seine Blüten dem Licht entgegen, zwischen den Felsen oberhalb des Weges setzten Wildrosen rosa und weiße Farbtupfer zwischen die dunkelgrünen Krüppelkiefern. Die Felsen wurde schroffer, der Weg schmaler. Kleine Wasserfälle fielen wie Schleier über die Felsen und vereinigten sich mit der Reuss. Rechts vom Weg erhoben sich jetzt unmittelbar die dunklen Granitwände, links klaffte der Abgrund, in dessen Tiefe die Reuss toste und feuchte Schleier warf. Einzelne Wolken verhüllten die Gipfel. Die schroffen, hohen Felswände schlossen die Sonne aus. Ein Schauer lief über Helenes Rücken. So oft war sie schon in der Schöllenen gewesen, doch jedes Mal überwältigte sie der Anblick.

Sie trieb die Pferde an, hier gab es oft Steinschlag. Sie überquerte die Teufelsbrücke. Kurze Zeit später erreichte sie Andermatt. Damit hatte sie das schwierigste Stück Weg hinter sich. Mittlerweile war die Sonne durch die Wolken gebrochen und tauchte das Urserental in liebliches Licht. Hier wuchsen keine Bäume. Rechts und links des Weges lagen saftig grüne Weiden, auf denen hellbraune Kühe grasten. Löwenzahn, Margeriten, Hahnenfuß, Knöterich, Schafgarbe und Glockenblumen setzten gelbe, weiße, rosa und violette Farbtupfer ins satte Grün. Neben dem Weg floß die Reuss, nun klein und friedlich, in ihrem Bach. Auch den beiden Pferden schien es hier besser zu gefallen, sie schritten munter aus und es dauerte keine halbe Stunde, bis der Langobardenturm, das Wahrzeichen von Hospental in Sicht kam.

Der Inhaber des Hotels, Josef Müller, trat aus der Haustür, als sie die Pferde zügelte. Sein Blick glitt über ihre Gestalt auf den Kutschbock, dann zog er verblüfft die Augenbrauen hoch.

»Grüezi, Fräulein Herger. Ist alles in Ordnung mit dem Vater und Ruedi?«

»Grüezi. Ja, die beiden mussten heute noch einmal nach Flüelen, deshalb bringe ich Ihnen die Ware.« Sie deutete auf den Wagen hinter sich. »Zwei Fässer Wein, einen Sack Kartoffeln und eine Kiste Kaffee.«

»Na, dann hole ich mal den Andreas zum Abladen.«

Helene zog die Bremse und kletterte vom Kutschbock. Während Josef und Andreas den Wagen abluden, sah sie nach den Pferden und gab jedem einen verschrumpelten Apfel aus der Tasche ihres Rocks. Josef Müller überreichte ihr das Geld für den Transport. »Grüß deine Eltern von mir.«

»Mach ich. Ade.«

Sie löste die Bremse, führte die Pferde zum Brunnen und ließ sie trinken. Anschließend wendete sie den Wagen und machte sich auf den Heimweg.

Ihr Vater und Ruedi kehrten erst mit Einbruch der Dämmerung zurück. Helene lief hinaus und half ihnen, die Pferde abzuschirren und zu tränken. Ruedi schlurfte müde in den Stall, um Heu und ein wenig Hafer in den Krippen zu verteilen. Franz wusch sich an der Tränke den Staub aus dem Gesicht, dann führten Helene und er die Tiere in den Stall. Das Gesicht ihres Vaters war grau vor Erschöpfung, unter seinen Augen lagen tiefe Schatten. Nachdem die Pferde versorgt waren, setzten sie sich an den Tisch und schlangen ihr Essen hinunter. Ruedi ging danach sofort ins Bett, Franz setzte sich in seinen Sessel und zündete seine Pfeife an. Doch nach zwei Zügen fielen ihm die Augen zu, die Pfeife entglitt seiner Hand. Anna hob sie auf und stellte sie in ihren Ständer, dann holte sie eine Decke und breitete sie über ihm aus. Helene warf einen Blick auf die Uhr, die auf dem Schrank stand. Es war neun Uhr abends.

»Vater, du schaffst das nicht allein«, sagte Helene zwei Wochen später beim Frühstück. Ihr Vater und Ruedi waren in den letzten Wochen jeden Tag, außer an den Sonntagen, nach Flüelen und zurück gefahren. Beide Männer wirkten völlig erschöpft. Ihr Vater schlief jeden Abend nach dem Essen ein. Ruedi ging zwar noch ins Trögli, aber nicht so oft, wie er gerne wollte, und er war ausgesprochen unleidlich.

Helene fuhr fort. »Du vernachlässigst deine Stammkunden, weil du jeden Tag für Favre fährst. Dann hättest du gleich einen Exklusivvertrag abschließen können. Du brauchst Hilfe.«

»Und woher soll ich die nehmen?«, gab er ungeduldig zurück.«

»Vielleicht kann ja der Peter einige Fahrten übernehmen.«

»Das lässt sein Vater niemals zu. Und ich will nicht der Grund sein, dass die beiden sich streiten.«

»Ich meine ja gar nicht, dass er für Favre fahren soll, sondern dass er einige deiner Stammkunden anfährt. Dagegen sollte sein Vater nichts haben, oder?«

»Ich frage ihn bei Gelegenheit.«

Am nächsten Morgen schmierte Helene Stullen für Ruedi und ihren Vater, sie würden heute wieder den ganzen Tag unterwegs sein.

»Vielleicht kannst du mit Peter reden«, sagte ihre Mutter. »Ich fürchte, dein Vater wird es nicht tun.«

»Ich gehe nachher zu Gislers und schaue, ob ich ihn antreffe.«

Sie brachte die Vesperpakete hinaus und wartete, bis die beiden Fuhrwerke losgefahren waren. Dann machte sie sich auf den Weg. Wenn sie Glück hatte, war Urs unterwegs und Peter zu Hause. Vor dem Gebäude neben dem Rössli standen Louis Favre, Peter Imhof, der Besitzer des Hauses, und ein Mann, den sie nicht kannte. Als sie vorbeiging, zog Favre den Hut.

»Guten Morgen, Mademoiselle. Ich habe gerade Ihren Vater gesehen.«

Helene lächelte in die Runde »Grüezi mitteinand. Ja, der Vater fährt wieder nach Flüelen, Material holen.«

Favre deutete auf das Gebäude. »Hier werde ich ein Spital einrichten. Herr Imhof ist so freundlich, mir das Haus zu vermieten, und das ist unser Arzt, der Herr Doktor Fodéré.« Er wies auf den Fremden, der grüßend den Kopf neigte.

»Ein Spital«, sagte Helene. »Das ist eine gute Sache. Bisher musste man immer nach Wassen, wenn jemand krank war oder sich verletzt hat.«

»Ein Spital und eine Apotheke«, erwiderte Favre lächelnd. »Für meine Arbeiter, aber natürlich werden auch Göschener behandelt. Ich werde auch eine Schule bauen.«

»Eine Schule? Wir haben doch eine Schule.«

»Ja, aber nur eine kleine. Wir brauchen eine größere. Viele Arbeiter bringen ihre Familie mit.«

Helene dachte an die Unterkunft, von der ihr Vater gesprochen hatte. Dreihundert Leute sollten dort wohnen.

»Da haben Sie viel vor.«

»Allerdings. Dieser Tunnel wird ein Jahrhundertbau. Er wird Europa verändern.« Er lächelte bei seinen Worten und wandte sich dann wieder an Imhof.

Helene ging weiter. Eine Gruppe von Männern kam ihr entgegen. Sie unterhielten sich lebhaft auf Italienisch, einer zeigte in Richtung der Baustelle, die von hier aus zu sehen war. Überhaupt waren heute viele Fremde unterwegs. Drei Männer kamen gerade aus dem Haus der Bielis. Auch sie sahen wie Italiener aus.

»Achtung!« Im ersten Stock des Hauses beugte sich Regula Bieli aus dem Fenster. Helene wich aus, als Regula mit Schwung den Inhalt eines Eimers auf die Straße kippte.

»Grüezi, Regula«, rief sie hinauf. »Hast du Besuch gehabt?« Sie deutete auf die Männer, die ebenfalls den Weg zu Baustelle einschlugen.

»Die wohnen jetzt hier. Die Zimmer im Rössli sind zu teuer für die Mineure.«

»Ihr vermietet eure Zimmer?«

»Ja, gibt einen ganz netten Verdienst. Solltet ihr euch auch überlegen, ihr habt doch Zimmer frei auf dem Hof.«

»Ich glaube nicht, dass Mutter Fremde im Haus haben will. Außerdem baut Favre doch Unterkünfte.«

»Die sind noch nicht fertig, und sie werden auch nicht reichen. Der Jakob hat sich mit diesem Ingenieur, Stocktaler oder wie er heißt, unterhalten. Der sagt bis nächstes Jahr kommen mindestens achthundert Bergleute hierher.«

»Achthundert!«

Das war mehr als doppelt so viel, wie Göschenen Einwohner hatte.

»Wir werden auch eine Gaststätte aufmachen«, sagte Regula. »Jakob hat schon um eine Wirtschaftsbewilligung gebeten. Es wird sich einiges verändern in Göschenen, das sage ich dir.« Sie winkte und schloss das Fenster.

Nachdenklich ging Helene weiter. Wenn wirklich so viele Menschen kommen würden, wo sollten sie alle wohnen?

Sie kam am letzten Haus von Göschenen vorbei, hier lebten die Gammas. Verblüfft bemerkte Helene, dass auf dem Landstück daneben Baumaterial von drei großen Fuhrwerken abgeladen wurde. Die Fuhrleute hatte Helene noch nie gesehen. Andreas Gamma stand bei ihnen, seine zwei Söhne halfen beim Abladen.

Helene begrüßte sie. »Ihr wollt bauen?«

Andreas nickte.

»Und warum vergibst du den Transport an Fremde?«

Andreas zuckte mit den Schultern. »Dein Vater hat keine Zeit und der Gisler will nicht, weil das Haus eine Unterkunft für die Tunnelarbeiter sein wird.« Er schüttelte den Kopf. »Der ist nicht mehr ganz dicht, der Gisler. Dass er nicht für Favre fahren will, kann ich ja noch verstehen, obwohl er das Geschäft seines Lebens machen könnte. Aber für uns Göschener nicht zu fahren, weil es ihm nicht passt, was wir bauen, das ist einfach nur dumm.«

Er sprach in der Mehrzahl, also wollten wohl noch mehr Göschener bauen. Was Peter wohl davon hielt, dass sein Vater Gammas Auftrag abgelehnt hatte?

Zu ihrer Verblüffung wusste er gar nichts davon. Als Helene ihn nach der Begrüßung nach seiner Meinung fragte, starrte er sie einige Augenblicke nur an.

»Was sagst du da?«, fragte er schließlich. »Mein Vater hat sich geweigert? Weil Gamma Arbeiterunterkünfte bauen will?«

Helene nickte.

»Ich habe die Fuhrwerke gesehen«, sagte Peter. »Ich kenne einen der Fuhrleute. Sie kommen von der Fuhrhalterei Käslin aus Altdorf. Die Fuhrhalterei ist größer als unsere beiden zusammen. Sie haben bestimmt fünfzig Pferde und entsprechend viele Fuhrwerke. Aber ich dachte, sie fahren für Favre.«

»Bisher wohl nicht. Soweit ich weiß, fährt bisher nur Vater für Favre.« Sie dachte nach. Das konnte sich schnell ändern, wenn ihr Vater nicht schnell genug das Material herschaffte. Dann würde Favre den Altdorfern das Geschäft zukommen lassen, ebenso, wie es Andreas Gamma schon tat.

Peter schüttelte den Kopf. »Ich fasse es nicht. Wir haben kaum Aufträge. Da!« Sichtlich aufgebracht zeigte Peter auf das Fuhrwerk im Hof. »Es steht hier rum, unsere Pferde sind im Stall und währenddessen fahren die Altdorfer für den Gamma!« Er wandte sich wieder ihr zu. »Warum hat Andreas nicht deinen Vater gefragt?«

»Hat er, aber Vater hat keine Zeit. Er und Ruedi fahren jeden Tag morgens los und kommen erst spätabends zurück und trotzdem schaffen sie nicht alles. Favre ist ungeduldig, unsere anderen Kunden sind verärgert.« Sie zögerte, bevor sie weitersprach. »Ich wollte dich fragen, ob ihr einige von unseren Stammkunden in Andermatt und Hospental anfahren könntet. Dagegen dürfte dein Vater doch nichts haben, es hätte ja nichts mit dem Tunnel zu tun.«

»Mein Vater sollte eigentlich für jedes Geschäft dankbar sein. Ich werde sehen, was ich tun kann.«

»Es ist ein Jammer, dass er so stur ist. Ihr und wir könnten das Geschäft unseres Lebens machen. Es geht nicht nur um Baumaterial für den Tunnel. Favre will eine Schule bauen, Wohnungen für Arbeiter und Werkstätten. Und es muss auch alles hierhertransportiert werden, was die Arbeiter zum Leben brauchen. Aber das können wir unmöglich allein bewältigen. So wird Favre früher oder später Aufträge an die aus Altdorf oder Luzern vergeben.«

Peters Augen funkelten. »Das darf nicht passieren. Dein Vater muss sich vergrößern. Er braucht mehr Fuhrwerke und Pferde.«

Er sprach aus, was Helene seit den Gesprächen mit Favre, Regula und Andreas im Kopf herumspukte. »Wir bräuchten mindestens zwei große Fuhrwerke zusätzlich. Dann hätten wir vier für die Transporte aus Flüelen. Für Fahrten über den Pass haben wir die beiden kleineren.«

»Mit größeren Fuhrwerken könnt ihr mehr transportieren«, führte er ihren Gedanken fort. »Ihr könntet vier- oder sechsspännig fahren, die Straßen nach Flüelen sind breit genug.«

Helene lächelte. Er hatte sie schon immer verstanden.

»Wir bräuchten dann aber auch Fuhrleute. Und die sind schwer zu bekommen.«

Peter ging einige Schritte auf und ab, dann wandte er sich entschlossen zu ihr um. »Ich könnte für euch fahren. Dann braucht ihr keinen Fremden einzustellen. Hier gibt es ohnehin nicht genug Arbeit für Vater, Karl und mich.«

»Das wäre wunderbar«, rief Helene. Doch dann erinnerte sie sich, was ihr Vater gesagt hatte. Er wolle nicht der Grund für einen Streit zwischen Peter und Urs sein. Sie erzählte Peter von dem Gespräch. Der zuckte mit den Schultern. »Ich streite seit Wochen mit ihm. Man kann mit ihm nicht mehr reden. Ich habe das Gefühl, er hat sich völlig in seinen Hass auf Favre und den Tunnel verrannt. Er wird niemals irgendetwas fahren, was auch nur im Entferntesten mit dem Tunnelbau zu tun hat, auch wenn er uns damit ruiniert. Er hat gesagt, lieber sollen sich Mutter und meine Schwestern als Mägde verdingen, und Karl und ich als Knechte.«

Ungläubig starrte Helene ihn an. »Das kann er doch nicht ernst meinen?«

»Doch, tut er. Und bevor ich als Knecht beim Kempf arbeite, oder für den Käslin aus Altdorf fahre, fahre ich lieber für deinen Vater, wenn er vergrößert.«

»Ich rede mit ihm«, sagte Helene. »Gleich heute Abend. Bist du morgen hier?«

»Ich muss nach Hospental. Ich fahre hier um kurz nach neun los. Triff mich an der Brücke.«

Helene nickte. »Ich werde da sein.«

Ihr Vater und Ruedi kamen kurz nach acht Uhr am Abend nach Hause. Ruedi half noch, die Pferde zu versorgen, dann ging er ins Trögli. Helene wartete, bis ihr Vater gegessen hatte, dann erzählte sie ihm von ihren Begegnungen mit Andreas und mit Peter.

»Ja, der Andreas hatte mich gefragt. Ich habe ihm gesagt, er soll sich an Urs wenden.« Müde schüttelte er den Kopf. »Und der hat den Auftrag nicht angenommen? Hat er es nicht nötig oder was?«

»Im Gegenteil. Aber er hat sich wohl völlig verrannt und überlässt das Geschäft lieber anderen, sagt Peter. Wenn die aus Altdorf oder Luzern jetzt für Gamma oder andere hierherfahren, wird es nicht lange dauern, bis sie auch für deine Stammkunden und für Favre fahren. Das müssen wir verhindern, Vater.«

»Aber wie? Mehr als jetzt können Ruedi und ich nicht arbeiten.«

Helene beugte sich vor. »Wir müssen vergrößern. Wir brauchen mehr Fuhrwerke, mehr Fuhrleute und mehr Pferde.«

»Fuhrwerke und Pferde wollen bezahlt werden, und zusätzliche Fuhrknechte auch. Das Geld haben wir nicht.«

»Dann leih es dir«, sagte Helene. Ihr Vater runzelte die Stirn. »Schulden machen kommt nicht infrage.«

Anna pflichtete ihm bei. »Wir haben noch nie Schulden gemacht.«

»Die Zeiten ändern sich, das hast du selbst gesagt. Göschenen wird wachsen. Ich habe heute so viele Fremde wie noch nie auf der Straße gesehen, und es werden noch viel mehr kommen.«

»Wer sagt das?«

»Die Bieli Regula. Sie weiß es von Stockalper. Die Bielis vermieten Zimmer an italienische Bergleute.«

»Ja, bis Favres Quartiere fertig sind.«

»Die Quartiere sind für dreihundert Leute, Stockalper sagt, es kommen achthundert oder mehr. Das Geld, das du dir leihst, kannst du schnell zurückzahlen, wenn dir die anderen das Geschäft nicht wegschnappen. Die Göschener bezahlen lieber einen der ihrigen.«

»Und woher nehme ich Fuhrleute?«

»Der Peter hat gesagt, er würde für dich fahren.«

Ihr Vater runzelte die Stirn. »Der Peter? Das kommt nicht infrage. Ich habe schon gesagt, dass ich nicht schuld sein will, wenn es Streit bei den Gislers gibt.«

»Sie streiten doch schon.« Rasch erzählte Helene, was Peter über seinen Vater gesagt hatte.

»Die Maria und die Mädchen sollen sich als Mägde verdingen?«, fragte Anna entsetzt. »Urs muss den Verstand verloren haben. Franz, du musst noch mal mit ihm reden. Das geht doch nicht.«

»Ich glaube nicht, dass Urs es so weit kommen lässt«, antwortete Franz. Er sah Helene an. »Haben der Peter und du das ausgeheckt?«

»Ja. Wir haben darüber gesprochen, dass wir mehr Fuhrwerke und Pferde brauchen.«

»Hm, und dass wir uns Geld leihen?«

»Das war mein Gedanke.«

»Ich werde darüber nachdenken. Aber Urs wird niemals zulassen, dass der Peter für mich fährt.«

Am nächsten Morgen stand eine Schlange von italienischen Männern vor dem Laden der Bissigs. Durch die Ladentür konnte Helene Elfriede und Paula hinter der Theke erkennen. Paula lächelte, während sie bediente, Elfriede sah so grimmig drein wie immer. Helene winkte und ging weiter zur Brücke. Kurze Zeit später kam Peter mit zwei Füchsen vor sein Fuhrwerk gespannt die Straße entlanggefahren. Er lenkte sein Gefährt an den Straßenrand, zügelte die Pferde und lächelte sie an. »Grüß Gott, Helene.«

Rasch berichtete ihm Helene, wie das Gespräch mit ihrem Vater verlaufen war. »Er war ziemlich entsetzt über deinen Vater und will noch mal mit ihm reden. Und er denkt darüber nach, sich Geld zu leihen und zu vergrößern.«

»Das ist gut. Aber ich fürchte, Vater wird ihm nicht zuhören. Ade, Helene.«

Er schwang die Peitsche und die Pferde zogen an. Helene sah ihm nach, als er die gewundene Straße zur Schöllenen hinauffuhr. Vom Haus des Posthalters führte mittlerweile ein Weg quer durchs Stäubeloch zur Baustelle. Dort standen neben dem Weg zum Voreinschnitt notdürftige Baracken, die offensichtlich aus Holzresten gezimmert worden waren, daneben errichteten Arbeiter mit Stangen und Tüchern provisorische Zelte. Helene schüttelte den Kopf. Diese Zelte würden beim ersten Herbststurm davongefegt werden und die Baracken mochten im Sommer den Regen abhalten, doch im Winter würde es darin viel zu kalt werden.

Auf der anderen Seite es Weges zogen Favres Arbeiter an mehreren Stellen Mauern hoch. Drei kleinere Gebäude waren schon fast fertig, es fehlten nur noch die Schindeln auf den Dächern. Vor dem Stollen, der einmal der längste Tunnel der Welt werden sollte, standen mehrere Männer, die eindeutig keine Bergleute waren. Sie hatten dreibeinige Gestelle aufgebaut, auf denen kleine Fernrohre installiert waren. Wahrscheinlich Ingenieure, die irgendetwas vermaßen. Helene hätte zu gerne gewusst, wie es gelingen sollte, von zwei Seiten den Tunnel zu bohren und sich dann in der Mitte wirklich zu treffen. Das Gotthardmassiv bestand ja nicht aus einem einzelnen Berg, sondern aus mehreren Gipfeln unterschiedlicher Höhe. Vielleicht konnte sie Favre fragen, wenn sie ihm mal wieder begegnete.

Am nächsten Sonntag gingen sie etwas früher zur Messe.

»Wartet hier«, sagte Helenes Vater, als sie die Kirche erreichten. »Ich gehe ein Stück weiter.« Er ging in Richtung Gotthardstraße.

Helene verstand. Ihr Vater hoffte, Urs und seine Familie vor dem Gottesdienst abfangen zu können. Seit ihrem Streit war Urs den Hergers jeden Sonntag ausgewichen. Entweder hatte er mit seiner Familie die Kirche betreten, sobald Franz gekommen war, oder er hatte sich abgewandt.

Helene winkte Paula, die ihnen mit ihrer Familie entgegenkam.

»Grüezi miteinand.« Johan Bissig zog den Hut.

Helenes Mutter erwiderte den Gruß. Paula hakte Helene unter. »Ich muss dir nachher was erzählen«, wisperte sie.

»Wo will denn der Franz hin?« Elfriede sah Helenes Vater hinterher. »Der geht noch nicht etwa jetzt schon zum Rössli?«

»Natürlich nicht.« Anna lachte verlegen und senkte die Stimme. »Er hat etwas mit Urs zu besprechen.«

»Mit Urs?«, sagte Elfriede so laut, dass jeder es hören musste. »Die reden doch schon seit Wochen nicht mehr miteinander.«

Regula Bieli unterbrach ihr Gespräch mit Maria Tresch, beide wandten sich um. Der Landjäger August Walker legte den Kopf ein wenig schief und musterte erst Anna und dann Helene eingehend. Johanna Sen, die gerade Ruedi begrüßt hatte, beugte sich vor und flüsterte ihm etwas zu.

Na prima, dachte Helene. Natürlich war es kein Geheimnis im Dorf, dass Urs und ihr Vater sich zerstritten hatten, und es wusste auch jeder, was der Grund dafür war. Nicht zum ersten Mal verfluchte Helene innerlich Elfriede, ihre Boshaftigkeit und ihre Klatschsucht.

Paula drückte Helenes Arm. »Es tut mir leid. Sie ist einfach unmöglich. Magst du nach dem Gottesdienst mit zu uns kommen?«

Dankbar lächelte Helene sie an. »Ja, gerne.«

Sie warf einen schnellen Blick in die Richtung, in die ihr Vater gegangen war. Er bog gerade um die Ecke zur Gotthardstraße.

Anna ging hinüber zu den Bielis und begrüßte sie. Katrin Gamma, Tochter von Andreas Gamma, kam zu Helene und Paula. Ihre Augen funkelten. »Grüezi. Habt ihr schon gehört, der Joseph hat um die Hand von der Humbert Resi angehalten.«

»Der Joseph?«, rief Paula. »Da schau an.«

»Du wolltest ihn ja nicht.« Katrins Stimme klang ein wenig spitz. Joseph Gamma war ihr Vetter.

Paula lächelte. »Die Resi passt auch viel besser zu ihm als ich. Dann gibt es ja bald eine Hochzeit.«

»Wahrscheinlich Anfang November, wenn die Ernte eingebracht ist.« Josephs Vater besaß einen großen Hof in Abfrutt, am Eingang zum Göscheneralptal. Er hielt Ziegen und Kühe, pflanzte aber auch Getreide an und sogar Kartoffeln, die hier normalerweise nicht gediehen.

»Ich freu mich sehr für die beiden«, sagte Helene. »Die Resi ist tüchtig, sie wird eine gute Bäuerin.«

»Was ist eigentlich mit dir?«, fragte Katrin. »Es heißt, der Gisler Peter war jetzt öfter auf dem Hergerhof.«

»Ach herrje, wer sagt das denn?«

»Stimmt's nicht?«

»Doch, es stimmt. Aber …«

»Ach, da kommen ja die Gislers«, sagte Katrin und sah über Helenes Schulter.

Helene drehte sich um. Die Familie Gisler betrat den kleinen Vorplatz vor der Kirche. Urs' Gesicht war verschlossen, seine Lippen fest aufeinandergepresst. Er nickte dem Gemeindepräsidenten grüßend zu, dann fiel sein Blick auf Helenes Mutter und die Bielis. Ohne sie weiter zu beachten, ging er zum Pfarrer, dabei streifte er fast Andreas Gamma, aber auch ihn würdigte er keines Blickes. Andreas schüttelte den Kopf. Der Pfarrer begrüßte Urs und sprach mit ihm.

Maria und ihre Töchter folgten Urs. Maria nickte Anna und Helene kaum merklich zu. Peter hingegen begrüßte Anna, wechselte ein paar Worte mit ihr und den Bielis und kam dann zu Helene und den beiden anderen Mädchen.

»Grüezi miteinand. Ich habe gehört, dein Vetter Joseph geht auf Freiersfüßen«, sagte er zu Katrin.

»So, hat sich das schon rumgesprochen?«

»Peter!«, rief Urs von Eingang der Kirche her.

Peter hob den Kopf und nahm die Schultern zurück. »Ich komme gleich.«

Urs bedachte die Gruppe mit einem bösen Blick und betrat die Kirche. Helene sah Peter fragend an. Anscheinend hatte Urs nicht mit ihrem Vater reden wollen. Peter schüttelte kaum merklich den Kopf. »Wir sehen uns später«, sagte er und folgte seiner Familie.

Helenes Vater kam, als die letzten Glockenschläge, die zum Gottesdienst riefen, verklangen. Seine Schritte waren so schwer, als wollte die Straße seine Füße nicht loslassen. Er hielt den Blick gesenkt, die beiden Falten zwischen seinen Augenbrauen schienen tiefer als sonst und um seinen Mund lag ein bitterer Zug.

»Was hat Urs denn nun gesagt?«, fragte Anna, als die Familie beim Abendessen zusammensaß.

»Nicht viel. Ich solle mich aus seinen Angelegenheiten heraushalten, er hätte genug Arbeit, um seine Familie zu ernähren.« Er schüttelte den Kopf. »Ich verstehe ihn nicht. Er sagt, er hätte sich mit Tessiner Fuhrleuten zusammengetan und sie würden dafür sorgen, dass er Tunnel nicht fertig wird.«

»Und wie wollen sie das tun?«, warf Helene ein.

»In Airolo haben sie eine Wasserleitung zur Baustelle zerstört. Und sie haben einen der Fuhrhalter aus dem Tessin bedroht, dass ihm oder seinen Leuten ein Unglück zustoßen wird, wenn er weiterhin für Favre arbeitet.«

»Was sagst du?« Anna riss die Augen auf. »Sie bedrohen Fuhrleute? Dann bist du auch in Gefahr.«

»Urs tut mir schon nichts. So verrückt ist er dann doch nicht. Und ich fahre ja nicht mehr ins Tessin.«

Annas Gesicht war sehr blass geworden. »Ich habe kein gutes Gefühl. Vielleicht stehen wir doch auf der falschen Seite.«

»Das glaube ich nicht. Ich habe mich letzte Woche im Ort umgehört und auch mit Carl Arnold gesprochen. Niemand hier hat etwas gegen Favre und den Tunnel. Im Gegenteil, alle machen Pläne. Jeder wird von der Baustelle profitieren. Es werden Straßen gebaut werden, Dienstgebäude, Werkstätten, Schmieden, Kantinen, Wohnhäuser, Schienen. Göschenen wird wachsen.«

»Dann wirst du auch vergrößern?«, fragte Helene.

»Nicht vor dem Winter. Es lohnt sich nicht, jetzt in Pferde und Fuhrwerke zu investieren, die dann über Winter hier herumstehen. Aber im Frühjahr gehen wir es an.«

So fuhren ihr Vater und Ruedi weiterhin mehrmals in der Woche nach Flüelen und zurück. Um die Pferde zu schonen, traf Franz eine Absprache mit der Fuhrhalterei Käslin in Flüelen. Sie stellten ihre Pferde nach der Ankunft dort unter und spannten welche von Käslins Pferden für den Rückweg ein. Am nächsten Tag fuhren sie mit Käslins Pferden los und mit den eigenen zurück. Franz Herger bezahlte Käslin dafür.

6. KAPITEL

Anfang Dezember begann es heftig zu schneien. Anders als andere Dörfer in den Bergen versank Göschenen trotz des Schnees nicht im Winterschlaf. Die Passstraße wurde weiterhin gebraucht und musste frei gehalten werden. Das war die Aufgabe der »Wegeknechte oder Routner«. Viele Göschener verdienten sich im Winter zusätzliches Geld, indem sie als »Routner« arbeiteten. Sie sorgten dafür, dass nach Schneefall oder Lawinenniedergängen die Passstraße wieder passierbar wurde. Die Routner schickten zunächst zwei Pferde ohne Geschirr und Fuhrwerk auf die Straße. Die stampften den Weg zwischen den Markierungsstangen, die im Herbst am Straßenrand eingesteckten wurden, frei. Es war eine anstrengende Arbeit für die Pferde. Sobald das vordere Pferd nicht mehr weiterkonnte, wurde das zweite nach vorne geschickt. Als Nächstes folgte ein Pferd mit einem leeren Schlitten, um den Weg zu spuren, und danach stampften bis zu zehn Wegknechte die Bahn fest. Diese Fahrbahn war natürlich um einiges schmaler als die Passstraße. Deshalb durfte im Winter nicht mehr jeder fahren, wann er wollte, sondern es wurden lange Kolonnen von einspännigen Personen- und Packschlitten gebildet, denn auch die Gotthardpost brachte ihre Passagiere im Winter mit kleinen zweisitzigen Schlitten über den Pass. Oft fuhr nur im ersten und im letzten Schlitten der Post ein Postillon mit, die Passagiere in der Mitte mussten ihre Pferde selbst lenken. Helenes Vater, der regelmäßig mit der Schlittenkolonne über den Pass fuhr, erzählte gerne, dass manche Reisende am liebsten wieder ausgestiegen wären. Dabei war es weniger gefährlich, als es den Anschein hatte. Die Pferde seien es gewohnt, hintereinander zu gehen, sie kannten den Weg und außerdem, es gab nur diese eine Spur. Wohin sollte ein Pferd ausbrechen?

Auch in diesem Winter fuhr Franz Herger über den Pass, immer wieder wurde in Airolo Material aus Göschenen gebraucht. Auf dem Rückweg brachte er dann Wein, Salami und Schinken für den Laden der Bissigs mit.

Die hektische Betriebsamkeit an der Baustelle war zum Erliegen gekommen. Nur im Stollen wurde weiterhin gebohrt und gesprengt. Dreimal am Tag zogen ungefähr fünfzig Arbeiter in den Tunnel. Tagsüber bekamen die Göschener von den Fremden weniger zu sehen als in den vergangenen Monaten. Im Herbst hatten sie sich oft noch nach ihren Schichten auf dem Gelände unterhalb der Straße nach Andermatt aufgehalten und bei Lagerfeuer bis in die Nacht getrunken und gegessen, Musik gemacht oder Boccia gespielt. Dazu war es jetzt zu kalt. Dafür saßen sie nun abends in den Gasthäusern. Nicht im Rössli, das war viel zu teuer für die Bergleute, dort hockten die Ingenieure und Bauleiter. Die Mineure gingen ins Schäfli oder ins Trögli.

Kurz vor Weihnachten erschien Ruedi mit aufgeplatzter Unterlippe und einem blauen Auge zum Frühstück. Am Abend zuvor war er wie immer im Trögli gewesen.

»Was ist dir denn zugestoßen?«, fragte Anna, während sie Kaffee einschenkte.

Franz grinste. »Mit wem hast du dich geprügelt? Ging es um die Johanna?«

»Nein, nicht wegen Johanna«, nuschelte Ruedi. »Es waren diese verdammten Italiener.«

Er hatte mit einem Fuhrhalter aus Airolo und einigen aus Göschenen zusammengesessen, die anderen Tische waren von italienischen Bergleuten besetzt gewesen.

»Einen Höllenlärm haben die gemacht«, erzählte Ruedi. »Alle haben durcheinandergebrüllt, auf die Tische geschlagen, man konnte sein eigenes Wort nicht mehr verstehen. Irgendwann hat der Fuhrhalter aus Airolo sie angeschnauzt, sie sollten gefälligst leise sein und sich gesittet benehmen. Darauf sind sie noch lauter geworden. Haben gelacht und gesagt, dass uns keiner mehr braucht, wenn sie dieses verdammte Loch durch den Berg gebohrt haben. Dass es dann allen viel besser geht.«

Danach hatte ein Wort das andere ergeben. Die Fuhrhalter hatten die Bergleute als dreckige Italiener beschimpft, die Italiener hatte die Fuhrleute verspottet. Irgendwann war einer der Bergleute aufgestanden und hatte dem Mann aus Airolo sein Bier über den Kopf gegossen und daraufhin war dann eine wilde Prügelei ausgebrochen, bei der auch einiges an Einrichtung zu Bruch gegangen war.

Anna schüttelte den Kopf. »O weh. Es sind halt einfach zu viele Fremde im Ort. Die haben ganz andere Sitten.«

Die Prügelei im Trögli war in den folgenden Tagen Ortsgespräch. Einige forderten, dass Wassen dem Göschener Landjäger eine Bürgerwehr zur Seite stellen sollte, was der Gemeinderat von Wassen jedoch ablehnte.

Am Tag vor Weihnachten schmückten Helene und ihre Mutter die Stube mit Tannen und Eibenzweigen, hängten Misteln auf. Immergrüne Zweige standen für Hoffnung und neues Leben, und sie sollten böse Geister vertreiben. Ihr Vater stellte die Krippe mit den Figuren auf, die ihr Großvater geschnitzt hatte. Josef, Maria, die Hirten mit ihren Ziegen und Schafen, die Kühe und den Esel, sogar eine Katze gehörte dazu, obwohl sie in der

Weihnachtsgeschichte nicht vorkam. Großvater war ein begnadeter Holzschnitzer gwesen, und Tiere waren ihm besonders gut gelungen. Als Kind hatte Helene dem Augenblick entgegengefiebert, an dem die Krippe aufgestellt wurde, und Tannenzweige gesammelt, um sie zu schmücken. Den Tieren hatte sie Namen gegeben.

Am 24. Dezember gingen Helene, ihre Eltern und Ruedi zur Mitternachtsmette in die Kirche. Schon immer hatte sie diesen feierlichen Gottesdienst in der Nacht geliebt. Den Weg durch die verschneiten Straßen, wenn der Schnee und unter den Stiefeln knirschte und einem der Frost in die Nase und in die Wangen biss. In klaren Nächten schienen die Sterne heller als sonst zu leuchten, zu Ehren des neugeborenen Jesus. Und wenn Wolken über dem Tal hingen, war es trotzdem heller, weil jedes Fenster erleuchtet war.

Auch die Kirche war mit Eiben- und Tannenzweigen geschmückt.

In diesem Jahr war es nicht so kalt wie sonst und Wolken hingen über dem Tal. Auf dem Heimweg nach dem Gottesdienst glaubte Helene, einen warmen Hauch zur spüren. Von den Eiszapfen an den Dächern tropfte es.

Zu Hause angekommen, ging sie gleich zu Bett, kuschelte sich unter die Decke und schlief sofort ein.

Das Tauwetter setzte sich am nächsten Morgen fort. Helene war nicht böse deswegen, hieße es doch, dass die Pumpe wieder funktionierte und sie keinen Schnee auftauen musste, um Wasser für die Pferde und auch für den Haushalt zu bekommen.

An den beiden Weihnachtsfeiertagen ruhte auch die Arbeit im Tunnel. Helene fragte sich, wie die italienischen Bergleute das Fest begingen. In der kleinen Kirche von Göschenen waren sie nicht gewesen, aber vielleicht hielten sie irgendwo in den Unterkünften, die Favre gebaut hatte, einen Gottesdienst? Es war bestimmt traurig, Weihnachten fern von zu Hause und allen, die man liebte, zu verbringen.

Im Januar wurde es kälter und es fiel so viel Schnee, dass die Straßen nach Norden und die Passstraße ein paar Tage gesperrt waren, bis die Routner ihre Arbeit wieder aufnehmen konnten.

1873
Sprengstoff

7. KAPITEL

Im März kaufte Helenes Vater zwei zusätzliche Pferde und ein weiteres Fuhrwerk. Als Fuhrknecht stellte er Sebastian Huber, genannt Seb, an, den Sohn eines Bauern, der keine Lust mehr hatte, die Sommer auf der Alp zu verbringen. Der Hof von Sebs Eltern lag an der Straße nach Abfrutt, nur ein paar Wegminuten vom Hergerhof entfernt. Seb würde weiterhin zu Hause wohnen und zum Dienst auf den Hof kommen.

Jetzt begannen auch die Bauarbeiten auf dem Gelände vor dem Tunnel wieder. Wenn Helene Paula besuchte, konnte sie die Arbeiter auf der Baustelle herumwuseln sehen. Ein niedriges, lang gestrecktes Gebäude war fertig, auf einer Plattform daneben lagen vier riesige Metallzylinder. Andere Häuser waren kleiner, hatten aber große Türen. Es seien Werkstätten, erzählte Ruedi. Eine Schmiede, ein Unterstand für Steinmetze, ein Haus, in dem Maschinen repariert werden sollten. Geplant waren noch viele Gebäude mehr und so fuhren Helenes Vater, Ruedi und Seb fünfmal in der Woche nach Flüelen, um Material zu holen.

»Am Montag fahren wir nicht nach Flüelen«, sagte Franz am Freitagabend.

Helene blickte auf. »Warum das?«

»Favre hat gesagt, dass am Montag zum ersten Mal die Bohrmaschinen zum Einsatz kommen, die sie bei dem anderen Tunnel schon benutzt haben. Er meint, wenn wir möchten, können wir dabei sein.«

»Oh, das will ich auch sehen«, sagte Helene schnell. »Darf ich mitkommen?«

»Meinetwegen.«

Der 31. März 1873 war ein schöner Tag. Der Himmel war blau, nur ein paar Föhnwolken zogen über das Tal. Helene zog ihre Strickjacke über, mehr würde sie heute nicht brauchen.

»Willst du auch mitkommen?«, fragte ihr Vater ihre Mutter.

Sie schüttelte den Kopf. »Mich interessiert das nicht.«

Sie waren nicht die Einzigen, die zur Baustelle gingen. An der Brücke trafen sie Carl Arnold, August Walker, den Landjäger, Andreas Gamma und und die Bielis. Als sie am Laden der Bissigs vorbeigingen, kamen Johan und Anton heraus.

»Grüezi miteinand«, sagte Johan. »Was ist heute los? Hier laufen schon die ganze Zeit Leute vorbei.«

»Heute wird zum ersten Mal eine Bohrmaschine eingesetzt und Favre will es ein bisschen feierlich machen«, erklärte Franz.

»Ah, deshalb.« Anton lächelte Helene an. »Du interessierst dich auch für den Tunnel?«

»Freilich. Immerhin haben wir die Bohrmaschinen hierhergebracht, jetzt will ich auch sehen, wie sie funktionieren.«

»Das würde ich auch gerne sehen.« Paula stand in der Ladentür und verzog missmutig ihr Gesicht. »Nur ich darf nicht.«

»Jemand muss im Laden bleiben«, antwortete Johan.

»Als ob das nicht die Großmutter allein machen könnte. Wenn sie jetzt alle zum Tunnel rennen, kauft doch eh niemand ein.«

Johan zögerte, dann nickte er. »Gut, dann komm halt mit.«

Paula strahlte: »Ich hole mir nur schnell meine Jacke.«

Sie lief in den Laden. Kurz danach hörte Helene ihre Stimme. »Großmutter! Ich bin kurz mit Vater weg.«

Mit der Jacke über dem Arm kam sie heraus und hakte sich bei Helene ein. »Nur weg hier, bevor sie meckert. Dann überlegt Vater es sich vielleicht anders.«

Helene beschleunigte ihren Schritt und ging mit Paula vorneweg. Immer noch war der »Tunnel« nur ein mit Holz abgestütztes Loch im Felsen. Rechts des Wegs lag aufgeschüttetes Geröll, dahinter befand sich ein Unterstand, in dem einige Männer aus Steinen Quader schlugen.

Der Lärm an der Baustelle war beträchtlich. Überall wurde gehämmert und gesägt. Vor einem Unterstand hieb ein Mann mit einem Hammer auf ein glühendes Stück Metall ein, ein zweiter feuerte mit einem Blasebalg die Glut in der Esse an.

Gleich links neben dem Portal stand ein zweistöckiges Haus aus Stein mit einem Balkon über der Eingangstür. Das musste Favres Büro sein, denn vor dem Eingang standen Favre, Colladon, Stockalper und noch einige Männer, die Helene nicht kannte. Ihre feinen Anzüge bildeten einen Kontrast zu der Kleidung der Arbeiter, die aus hohen Stiefeln, Manchesterhosen aus schwerem Cord, Hemden und Westen bestand. Auf dem Kopf trugen sie Lederhüte und Tücher um den Hals.

»Ah, da kommen unsere Fuhrhalter!«, rief Favre. »Guten Morgen meine Herren – und Damen«, setzte er hinzu, als er Helene und Paula erblickte. »Heute ist ein großer Tag.«

Er deutete auf ein Gerät, das auf Rädern vor dem Eingang zum Stollen stand. Es sah seltsam aus, fast wie ein riesiges Insekt. Sechs Stangen ragten wie Fühler nach vorne, auf ihnen waren große Bohrer montiert. Am hinteren Ende hing ein Schlauch an einer Art »Verteiler«, von dem aus kleinere Schläuche zu den Stangen führten.

»Das ist unsere Bohrmaschine«, erklärte Favre. »Also eine davon. Mit diesen Maschinen ist der Mont-Cenis-Tunnel gebaut worden. Sie werden mit Druckluft betrieben, die in diesem Gebäude erzeugt wird.« Er drehte sich um und wies auf ein Haus, vor dem vier große runde Tanks auf einer Plattform installiert waren. »Das ist unser Kompressorhaus. Die Energie dazu kommt aus der Reuss.«

Er wandte sich den Schaulustigen zu, die sich ebenfalls vor dem Eingang versammelt hatten.

»Ich freue mich, dass so viele Interesse an unserem Tunnel haben. Bevor wir mit der Bohrung anfangen, möchte ich Ihnen noch unseren Oberingenieur und Leiter der Gesamtbaustellevorstellen. Robert Gerwig ist auch zuständig für die Nordrampe von Erstfeld nach Göschenen. Die Trasse stellt uns wegen des steilen Anstiegs vor einige Herausforderungen.«

Gerwig war ein untersetzter, stämmiger Mann mit hoher Stirn, grau meliertem Haar und Vollbart.

Favre stellte auch noch Daniel Colladon und Ernest von Stockalper vor.

»Der sieht gut aus«, raunte Paula Helene zu. »Der ist mir schon mal vor dem Rössli aufgefallen.«

Sie ihm offensichtlich auch, denn als Stockalper höflich in ihre Richtung nickte, erhellte plötzlich ein Lächeln sein Gesicht und er kam herüber.

»Die Damen interessieren sich für den Tunnel?« Dabei blickte er Paula an. Die erwiderte entzückt sein Lächeln. »Ja. Endlich kommt mal Leben in diesen öden Ort. Ich freue mich schon darauf, hier in den Zug zu steigen und innerhalb von ein paar Stunden in Italien zu sein.«

»Bis es so weit ist, wird es noch ein paar Jahre dauern, aber wir tun unsere Bestes. Jetzt wollen wir erst einmal sehen, wie die Maschine mit dem Gotthardgneis fertigwird.«

Auf einen Wink von Favre traten fünf Männer hinter die Bohrmaschine und schoben sie in den Stollen. Favre und seine Berater folgten. Auch Helenes Vater und Peter betraten den Tunnel, doch als Helene und Paula hineingehen wollten, vertrat ihnen einer der Italiener den Weg, hob seine Hände und schüttelte heftig den Kopf. »No!«

»Was soll das?«, fragte Paula. »Herr Favre wollte uns zeigen, wie seine Maschine funktioniert.« Sie machte Anstalten, dem Mann auszuweichen, doch er ließ sie nicht vorbei und überschüttete sie mit einem Wortschwall auf Italienisch.

Stockalper wandte sich um. »Was ist da los? Lass sofort die Damen in Ruhe.«

Ein älterer Bergarbeiter trat hinzu und redete auf Stockalper ein, er deutete auf Helene und Paula und schüttelte immer wieder den Kopf.

Fravre kam zurück. »Was gibt es denn?«

Der ältere Mann antwortete.

»Ah.« Favre nickte. »Comprendo.«

Er wandte sich an Helene und Paula. »Es tut mir leid, aber Frauen dürfen nicht in den Tunnel. Die Bergleute glauben, dass es Unglück bringt. Sie sind sehr abergläubisch, da kann man nichts machen.«

Er drehte sich um und verschwand im Dunkeln.

Enttäuscht sah Paula ihm nach.

Helene zuckte mit den Schultern. »Schade, aber dann können wir auch gehen.«

Paula zögerte, sie warf einen sehnsüchtigen Blick zum Portal, als hoffe sie, doch noch hineinzukommen. Helene glaubte keinen Moment daran, dass Paula sich wirklich für die Bohrmaschine interessierte. Die Blicke, die sie dem schwarzhaarigen Bauleiter zugeworfen hatte, waren deutlich genug gewesen. Ernest von Stockalper war genau der Typ Mann, von dem Paula träumte. Er kam aus der Stadt, er hatte einen gutes Einkommen und er würde Göschenen verlassen, sobald der Tunnel fertig war.

Paula seufzte, dann drehte sie sich um. »Ja, lass uns gehen.«

Auf dem Rückweg blickte Helene sich um. Das Haus für die Arbeiter war fast fertig, daneben stand ein zweites, kleineres Gebäude, das würde wohl die Kantine werden. Es war erstaunlich, wie schnell sich das Gelände hier veränderte. Noch im Sommer hatte es hier nur einige Bretterbuden und Zelte gegeben, jetzt entstand fast so etwas wie ein kleines Dorf.

Ein junger, dunkelhaarige Mann stieß einen Pfiff aus, als er sie erblickte und rief »Ciao Bella!«. Ein Älterer packte ihn grob am Arm, sagte etwas und deutete auf einen Stapel Bretter.

Helene lächelte. Vermutlich hatte er ihm gesagt, er solle lieber arbeiten, statt den Weibern nachzustellen.

Auch Paula lächelte. »Endlich passiert hier mal was. Manche von den Arbeitern sind wirklich hübsch, die Göschener Jungen werden sich in Zukunft eine wenig anstrengen müssen, die Mädels haben jetzt mehr Auswahl.«

Auch Helene war aufgefallen, dass einige der jungen Arbeiter sehr gut aussahen, auf eine andere Weise, als man es hier gewohnt war. Sie hatten verwegene Gesichter, dunkle Haare, waren muskulös und wirkten draufgängerisch.

»Na ja«, sagte sie. »Es gibt schon ansehnliche Mineure, aber sie bleiben ja nicht. Sie ziehen von Baustelle zu Baustelle. Ich kann mir ein solches Leben nicht vorstellen und ich glaube, die meisten Göschener Mädchen auch nicht.«

»Diese Baustelle wird die nächsten acht Jahre hier sein. Das ist eine lange Zeit. Vielleicht bleibt der eine oder andere der Liebe wegen hier. Aber ich will ja weg. Dieser Stockalper, weißt du vielleicht etwas mehr über ihn?«

Wieder lächelte Helene. Also hatte sie recht gehabt, dass Paulas Interesse weniger dem Tunnelbau als dem dunkelhaarigen Ingenieur galt.

»Nicht viel. Ich hatte nur einmal mit ihm zu tun.«

Und da hatte sie ihn nicht besonders sympathisch gefunden. Die Art, wie er mit den Arbeitern umgegangen war, hatte ihr nicht gefallen. Aber sie wusste zu wenig über Bergleute und ihre Arbeit. Auch ihr Vater hatte Knechte gehabt, die er sehr nachdrücklich zur Arbeit hatte anhalten müssen.

Helene dachte nach. Ihr Vater hatte erzählt, dass Stockalper in Zürich studiert und schon früher mit Favre zusammengearbeitet hatte. Aber das war es sicher nicht, was Paula wissen wollte.

»Er ist vierunddreißig Jahre alt und nicht verheiratet.«

»Nicht verheiratet.« Paula lächelte. »Das reicht mir.«

»Das reicht dir? Was ist mit Liebe?«

»Ach, die kommt schon. Jedenfalls erzählt mir das meine Großmutter seit einem Jahr jedes Mal, wenn es darum geht, dass ich nicht heiraten will. Du hättest sie hören sollen, als ich den Antrag von Joseph Gamma abgelehnt habe. Vorträge hat sie mir gehalten. Dass ich es nicht zu schätzen weiß, wenn so ein rechter Kerl, der Haus und Hof erben wird, um mich anhält. Dass es wahrscheinlich kein Zweiter tun wird, weil es bald das ganze Tal weiß, dass mir der Gamma Joseph nicht gut genug ist. Was denn aus mir werden soll, und so weiter und so fort. Irgendwann hat Vater ihr gesagt, sie solle den Mund halten, ich müsse bestimmt niemals Hunger leiden, weil der Laden genug abwirft, um sie und mich zu ernähren. Das hat ihr dann die Sprache verschlagen.«

Helene lache. Elfriede Bissig war im ganzen Dorf für ihre scharfe Zunge bekannt, sie machte ihrem Familiennamen alle Ehre.

8. KAPITEL

»Wie war es im Tunnel?«, fragte Helene nach dem Abendessen.

Ihr Vater saß in seinem Lehnsessel und hatte eben seine Pfeife angezündet. Er zog ein paarmal daran, dann stieß er eine Rauchwolke in die Luft. Der aromatische Geruch des Tabaks zog durch den Raum.

»Schon interessant. Die Maschine macht allerdings einen höllischen Krach.«

»Und wie funktioniert sie? Drehen sich die Bohrer?«

»Du meinst wie die Bohrer, mit denen man Löcher ins Holz bohrt? Nein, das sind Schlagbohrmaschinen, sie hämmern sich in den Fels. Die Löcher werden mit Schwarzpulver gefüllt und dann wird gesprengt. Da waren wir aber schon nicht mehr dabei, es dauert mehr als sechs Stunden, bis alle Löcher gebohrt sind.« Wieder zog er an seiner Pfeife. »Favre will demnächst nicht mehr mit Schwarzpulver, sondern mit Dynamit sprengen.«

»Dynamit?«, fragte Anna. »Ist das das Zeug aus Schweden?«

»Ja. Es soll eine viel bessere Sprengwirkung als Schwarzpulver haben.«

»Aber wie bekommt er es aus Schweden hierher?«, fragte Helene ungläubig.

»Es käme gar nicht aus Schweden. Dieser Alfred Nobel hat eine alte Papierfabrik in Isleten am Vierwaldstättersee gekauft und stellt dort Dynamit her.« Er lächelte. »Und wir werden es hierhertransportieren.«

»Wir?«

»Ja. Favre hat mir heute einen Exklusivertrag dafür angeboten. Er zahlt das Doppelte des üblichen Preises.«

Anna runzelte die Stirn. »Aber ist Dynamit nicht gefährlich?«

»Nicht, wenn man es richtig verpackt und vorsichtig transportiert. Um damit zu sprengen, muss man es ja anzünden, sagt Favre.«

Anna wirkte nicht überzeugt. »Ich traue diesem Zeug nicht. Und Favre traue ich auch nicht. Es wird schon einen Grund haben, dass er dafür das Doppelte zahlt.«

»Wir werden sehen. Übermorgen fahre ich mit Ruedi und zwei Wagen nach Isleten. Wir bleiben dort über Nacht und brechen am nächsten Tag sehr früh auf.«

Bis nach Isleten waren es über vierzig Kilometer, wusste Helene. Und da der Rückweg fast nur bergauf führte, würden ihr Vater und Ruedi einen ganzen Tag dafür brauchen.

»Wo werdet ihr übernachten?«, fragte Anna.

»Favre hat gesagt, es gäbe dort eine Pension.«

Am Mittwochmorgen war es kalt, dichte Wolken schwebten durch die Rientallücke und zogen nach Süden in die Schöllenen. Franz und Ruedi trugen ihre schweren Lodenmäntel und Handschuhe, als sie aufbrachen.

»Hoffentlich bleibt es nicht so ungemütlich«, sagte Franz, als sie sich verabschiedeten.

Zumindest in Göschenen blieb es den ganzen Tag kalt. Vereinzelt fielen Schneeflocken. Gegen Abend kam Peter auf den Hof. Er war zur Hinteralp gefahren und brachte nun Ziegenkäse und Milch vorbei.

»Ich dachte, ihr könnt davon etwas brauchen.«

Helene dankte ihm lächelnd. »Willst du mit uns zu Abend

essen? Es gibt nur Eintopf, aber Mutter und ich freuen uns über Gesellschaft. Vater und Ruedi kommen erst morgen wieder.«

Ein Lächeln zog über sein Gesicht. »Sehr gerne. Wo sind die beiden denn?«

»In Isleten. Sie holen Dynamit für Favre.«

»Jetzt schon? Bei der Kälte?« Plötzlich wirkte sein Gesicht sehr ernst.

Verwundert sah Helene ihn an. Warum machte ihm die Kälte Sorgen? »Sie haben ja warme Sachen.«

»Das meinte ich nicht. Ich habe die Ingenieure vor einiger Zeit im Rössli darüber reden hören. Dynamit darf nicht zu kalt werden, weil es dann explodiert. Deshalb hat Favre diese Wärmehütte gebaut.«

Ein kalter Schauer lief über Helenes Rücken.

»Das verstehe ich nicht. Vater hat gesagt, es explodiert nur, wenn man es anzündet.«

»Wie es genau zugeht, weiß ich auch nicht. Wenn ich die Ingenieure richtig verstanden habe, besteht Dynamit aus mehreren Bestandteilen und wenn es zu kalt ist, trennen sie sich voneinander und dann kann das Zeug explodieren. Favre weiß das. Er hätte warten müssen, bis das Wetter besser ist, bevor er deinen Vater losschickt.«

Helene presste die Lippen aufeinander. »Ich hoffe, sie sagen Vater das in der Fabrik in Isleten. Vielleicht warten sie dann dort, bis es sicher ist.«

Peter nickte. »Das hoffe ich auch.« Doch in seiner Stimme lagen Zweifel.

Bevor sie ins Haus gingen, legte Helene ihm die Hand auf den Arm. »Erzähl Mutter nichts davon. Sie macht sich ohnehin schon Sorgen.«

Peters blaue Augen leuchteten auf, er legte seine Hand auf ihre und drückte sie kurz. »Ich werde nichts sagen.«

Anna kam aus der Küche, als Helene und Peter das Haus betraten.

»Grüezi, Anna«, sagte Peter. »Schau, ich habe Käse und Milch von den Geißen auf der Hinteralp mitgebracht.«

Er trug die Milchkanne und den Käselaib in die Küche.

Anna strahlte ihn an. »Das ist aber nett. Wir haben nicht mehr viel Käse. Willst zum Abendessen bleiben?«

»Helene hat mich schon eingeladen. Ich bleibe gerne.«

Anna warf Helene einen raschen Blick zu, ihre Augen funkelten. »Dann setzt euch doch schon mal in die Stube, ich decke gleich auf. Vielleicht will der Peter ja einen Chrüter zum Aufwärmen. Es ist sehr kalt heute. Du müsstest auch den Ofen noch mal anfeuern.«

Überrascht sah Helene ihre Mutter an. Sie sollte nicht den Tisch decken? Anna wedelte mit der gesenkten Hand in Richtung Stube. Also folgte sie Peter. Im Zimmer war es recht kühl. Wenn Peter nicht gekommen wäre, hätten Helene und ihre Mutter in der Küche gegessen. Peter ging zum Ofen, öffnete die Klappe, schob einige Kienspäne hinein, und zündete sie an. Sie entflammten schnell. Peter legte Holzscheite darauf und schloss die Ofentür.

»Danke«, sagte Helene.

»Gerne.« Er richtete sich auf und drehte sich um. Seine Augen schienen heute noch blauer zu sein als sonst.

»Willst du einen Chrüter?«, fragte sie ihn.

»Erst nach dem Essen.« Er lachte. »Sonst steigt er zu schnell in den Kopf.«

Helene hatte das Gefühl, er wollte etwas sagen, doch in diesem Moment kam ihre Mutter mit dem Suppentopf herein. Sie stellte ihn auf den Tisch. Helene holte drei Suppenschalen aus dem Schrank und füllte sie, während ihre Mutter einen Krug Milch, drei Becher und Brot aus der Küche brachte.

»Wie geht es bei dir daheim?«, fragte sie Peter, als sie bei Tisch saßen.

Er hob die Schultern. »Einigermaßen. Vater fährt jetzt einmal in der Woche zwischen Flüelen und Lugano hin und her, damit verdient er gut. Aber er wird immer seltsamer. Er trinkt zu viel und ist dann fast so grantig wie die alte Elfriede Bissig. Wenn er zu Hause ist, gibt es ständig Streit, nichts kann man ihm recht machen. Mutter versucht zu vermitteln, aber es nützt nicht viel. Sobald ich genügend Geld habe, suche ich mir eine andere Bleibe.«

Anna seufzte. »Arme Maria. Ich wünschte, es gäbe diesen verdammten Tunnel nicht. Er hat die Freundschaft zwischen Franz und Urs zerstört und jetzt macht er eure Familie kaputt.«

»Ich glaube, kein Fuhrhalter in Uri wünscht sich diesen Tunnel«, sagte Peter. »Aber den Fortschritt kann man nicht aufhalten.«

»Meinst du, deine Mutter würde sich freuen, wenn ich sie mal besuche?«, fragte Anna.

»O ja. Ich weiß, dass du ihr fehlst. Komm doch morgen einfach mal vorbei. Vater ist im Tessin und kommt erst am Freitag zurück. Ich sage ihr nachher Bescheid.« Er sah Helene an. »Komm doch auch, Helene. Die Lina und die Sophie würden sich freuen, dich zu sehen.«

Helene nickte. Sie mochte Peters Schwestern. Lina war nur ein halbes Jahr jünger als sie, Sophie wurde bald siebzehn Jahre alt.

»Wir kommen nach dem Mittagessen«, sagte Anna. »Vorher müssen wir uns um die Tiere kümmern.«

»Der Franz sollte eigentlich noch einen Knecht mehr haben, jetzt, wo er mehr Pferde hat und so oft unterwegs ist.«

»Das habe ich ihm auch schon gesagt. Mir ist es auch nicht recht, dass Helene immer im Stall hilft. Aber er findet keinen hier aus Göschenen.«

Helene verkniff sich eine Bemerkung. Sie kümmerte sich gerne um die Pferde, und den Stall auszumisten, machte ihr nichts aus. Sie tat es lieber, als im Haus zu putzen oder gar zu stopfen und zu nähen.

Am nächsten Nachmittag machten sich Helene und ihre Mutter auf den Weg zu Gislers. Anna hatte morgens noch einen Kuchen mit eingemachten Kirschen gebacken. Auf ihr Klopfen öffnete Sophie.

»Grüezi miteinand. Ach, das ist schön, dass ihr uns besucht. Kommt rein.«

Sophie führte sie in die Stube. Sie war geheizt, der Ofen strahlte Wärme aus.

Helenes Mutter stellte den Kuchen auf den Tisch.

»Anna, Helene! Ich freu mich so, euch zu sehen.« Maria kam mit einer Kanne in die Stube. Helene erschrak bei ihrem Anblick. Als sie Maria das letzte Mal gesehen hatte, war ihr Haar von ein paar grauen Strähnen durchzogen gewesen, jetzt war sie fast vollständig ergraut. Unter ihren Augen lagen tiefe Schatten, ihr Gesicht wirkte eingefallen und ihre Mundwinkel bogen sich nach unten, als hätte sie schon lange nicht mehr gelächelt. Sie war dünn geworden, das Kleid schlotterte um ihren Körper. Sie stellte einen Teller mit Gebäck auf den Tisch.

»Wir haben Kirschkuchen mitgebracht«, sagte Anna.

Marias Mundwinkel hoben sich ein wenig. »Mein Lieblingskuchen. Ich hole uns noch Rahm dazu.«

Sie plauderten über alles Mögliche, wobei Helene bemerkte, dass ihre Mutter weder nach Urs fragte noch irgendetwas von Franz erzählte. Irgendwann zupfte Lina Helene unauffällig am Ärmel. Dann stand sie auf.

»Bleib du sitzen, Mamili. Die Sophie und ich erledigen den Abwasch. Magst du mit in die Küche kommen, Helene?«

Helene erhob sich und half den Mädchen beim Abräumen. In der Küche schloss Lina die Tür. Während sie das Geschirr spülte und Sophie und Helene abtrockneten, griff Lina zunächst den Dorfklatsch auf.

»Stimmt es, was deine Mutter erzählt hat, dass der Emil Tresch sich mit Paula Bissig trifft?«

Helene lachte. »Vielleicht haben sie sich zufällig mal getroffen, aber mehr ist da nicht.«

»Aber irgendwoher muss das Gerücht ja kommen.«

»Ich vermute, das hat Elfriede meiner Mutter erzählt. Sie will Paula unbedingt unter die Haube bringen. Aber Paula will keinen aus Göschenen.«

Lina atmete hörbar auf. Sophie kicherte und erntete dafür einen bösen Blick von ihrer Schwester. Verwundert sah Helene von einer zur anderen. »Was ist denn los?«

Linas Wangen färbten sich rot.

»Sie ist in den Emil verliebt«, platzte Sophie heraus.

»Du …« Lina schlug mit dem Spüllappen nach ihrer Schwester. Sophie wich aus.

»Es stimmt doch.«

»Der Emil und du?«, fragte Helene.

Lina nickte. »Ja. Wir haben uns in der letzten Zeit öfter getroffen. Aber heimlich.«

»Warum denn heimlich? Die Treschs haben bestimmt nichts gegen dich.«

»Nicht wegen Emils Eltern, wegen Vater. Er ist so sonderlich geworden. Ich habe Angst, dass er den Emil vergrault. Deshalb darf auch Mutter nichts davon wissen. Sie würde es ihm doch irgendwann erzählen.«

»Und wie wollt ihr dann zusammenkommen, wenn dein Vater es nicht wissen darf?«

»Ab nächsten Monat werde ich im Grand Hotel Göschenen

arbeiten. Dann habe ich da ein Zimmer und kann den Emil jederzeit treffen.«

»Du gehst ins Hotel?«

»Ja, als Zimmermädchen. Es wird gut bezahlt. Und ehrlich, ich bin froh, wenn ich hier fortkomme.«

Das verstand Helene nur zu gut. »Ich wünsche dir sehr, dass du den Emil bekommst. Er ist ein netter Kerl.«

Nachdem sie fertig waren, kehrten sie in die Stube zurück. Einige Zeit später bemerkte Helene, dass ihre Mutter unruhig wurde. Immer wieder sah sie zum Fenster.

»Was hast du denn?«, fragte Maria schließlich.

»Eigentlich müssten Franz und Ruedi schon hier sein. Sie wollten gleich nach Sonnenaufgang losfahren.« Anna stand auf und ging zum Fenster. »Ich dachte, wir warten hier auf sie, und fahren mit ihnen ins Dorf.«

»Vielleicht sind sie aufgehalten worden. Man weiß ja nie, ob nicht irgendwo ein Baum umgefallen ist, oder Steinschlag den Weg versperrt«, sagte Maria.

»Ja, wahrscheinlich muss ich mir keine Sorgen machen.« Überzeugend klang das nicht. Nachdem, was Peter ihr gestern erzählt hatte, begann Helene nun auch, sich Gedanken zu machen. Zwar war es heute wärmer als gestern, doch wenn die Dämmerung kam, würde es abkühlen.

Als Helene und ihre Mutter den Heimweg antraten, begegneten sie Peter im Hof. »Geht ihr schon nach Hause?«

»Ja«, antwortete Helene. »Wir wollten eigentlich warten, bis Vater und Ruedi kommen, aber sie verspäten sich.«

»Sie sind noch nicht da? Das ist aber seltsam.«

»Ja, das finde ich auch. Wir sind allmählich besorgt.«

»Das verstehe ich«. Er sah in den Himmel. »Es ist noch gut zwei Stunden hell. Ich nehme mir ein Pferd und reite in Richtung Wassen. Vielleicht treffe ich sie, oder ich höre, was sie aufhält.«

Dankbar lächelte Helene ihn an. »Das ist sehr lieb von dir.«

Auch ihre Mutter bedankte sich. »Der Peter ist so ein netter Junge«, sagte sie, als sie weitergingen. »Die Frau, die den mal kriegt, kann sich glücklich schätzen.«

»Da hast du recht. Bisher scheint er aber noch keine Heiratspläne zu haben.«

Ihre Mutter warf ihr von der Seite einen kurzen Blick zu. »Der ist ein stilles Wasser, der Peter.«

Sie hatten eben das Haus der Gammas passiert, als Helene hinter sich Hufschläge hörte. Erschrocken drehte sie sich um. Es war Peter, der im gestreckten Galopp angeritten kam. Er zügelte sein Pferd. »Sie kommen!«

Dann ritt er weiter. »Macht die Straße frei!«, rief er den Menschen zu. »Holt eure Kinder rein!« Er trieb sein Pferd neben ein Fuhrwerk, das Holz transportierte. »Du musst hier weg. Die Straße muss frei sein.« Dann rief er einen der Mineure an: »He du, lauf zur Baustelle und schau, ob die Dynamithütte geheizt ist. Schnell!«

Der Mann nickte und rannte los. Unterdessen kamen die Leute aus ihren Häusern.

»Peter, was ist denn los?«, rief der Wirt des Rössli, Karl Regli, aus seiner Tür.

»Es kommen zwei Wagen mit Dynamit. Sie müssen hier durch und sollen nicht anhalten.«

Regli bekreuzigte sich und schloss hastig die Tür von innen.

Im scharfen Trab ritt Peter weiter und scheuchte die Leute von der Straße.

Helene und ihre Mutter wechselten einen Blick.

»Was hat das zu bedeuten?«, fragte Anna.

Helene erzählte ihr, was Peter ihr über das Dynamit berichtet hatte. »Vielleicht ist es schon so kalt, dass es gefährlich wird.«

»Ich gehe hier nicht weg!« Anna drehte sich um und blickte in die Richtung, aus der die Wagen kommen würden.

Peter kehrte zurück und stieg ab. »Es geht ihnen gut, Anna. Sie durften nur im Schritt fahren, deshalb haben sie so lange gebraucht.«

Zwanzig Minuten später kam der erste Wagen in Sichtweite, es war der, den Helenes Vater lenkte. Die beiden Pferde gingen langsam und bedächtig. Über dem Kutschbock flatterte eine schwarze Fahne. Das Gesicht ihres Vater war angespannt, sein Blick so auf die Pferde und die Straße gerichtet, dass er Helene und ihre Mutter erst bemerkte, als er an ihnen vorbeifuhr. Er nickte ihnen zu und verzog den Mund zu einem schiefen Lächeln, dann richtete er seine Aufmerksamkeit wieder auf die Pferde, lenkte sie vorsichtig um die Kurve.

Trotz Peters Warnungen waren viele Menschen auf der Straße, doch beim Anblick des Fuhrwerks mit der schwarzen Fahne wichen sie zurück.

»Als ob sie einen Sarg bringen«, flüsterte Regula Bieler. »Diese Fahne und die Blache über dem Wagen.«

Jetzt erst sah Helene die Plane aus schwerem Leinen, die über der Ladung gespannt war.

Ruedi folgte mit seinem Fuhrwerk in großem Abstand. Auch er wirkte erschöpft und angespannt.

Helene sah den beiden nach, als sie langsam auf die behelfsmäßige Straße zur Baustelle fuhren. Auf dem Weg lagen kleinere Steine und Helene zuckte unwillkürlich zusammen, als Ruedi mit dem Hinterrad einen davon überrollte. Doch es geschah nichts, der Wagen ruckelte kurz und fuhr dann ruhig weiter. Schließlich hielten beide Wagen vor einer der Hütten an. Einige Männer kamen aus dem Verwaltungsgebäude, vermutlich Favre und seine Ingenieure. Helene konnte nicht erkennen, was geschah, denn mittlerweile hatten sich auch Arbeiter um die Fuhrwerke versammelt. Nach einiger Zeit kamen ihr Vater und Ruedi die Straße herauf, jeder führte zwei Pferde. Helene und Anna liefen ihnen entgegen.

»Dem Himmel sei Dank, dass ihr zurück seid«, sagte Anna und nahm Franz eines der Pferde ab. Er nickte nur.

Helene begrüßte Ruedi und übernahm ebenfalls eines der Pferde. »Was ist mit den Fuhrwerken?«

»Es wird eine Zeit dauern, sie zu entladen. Wir holen sie morgen früh.«

Zu Helenes Überraschung erwartete Peter sie auf dem Hergerhof. »Ich versorge die Pferde. Ihr solltet euch ausruhen.«

»Ich helfe«, sagte Helene.

Weder ihr Vater noch Ruedi widersprachen. Wortlos folgten sie Anna ins Haus. Helene brachte Fardi und Utz in den Stall, Peter folgte mit Jöri und Bero. Die anderen Pferde hoben die Köpfe, Trude begrüßte sie mit einem leisen Wiehern. Auch Peters Pferd stand im Stall. Sie nahmen den Tieren Geschirr und Zaumzeug ab. Wasser und Heu hatte Helene schon am Morgen in die Boxen gebracht.

»Wo hast du sie getroffen?«, fragt Helene.

»Gleich nach dem Heidenegg. Dein Vater hat mir aufgetragen, den Weg frei zu machen und nach der Wärmehütte zu fragen.«

Anna hatte gedeckt: Brot, Rahm, Käse, Speck, ein Krug mit Milch. »Iss mit uns Peter«, sagte sie. »Ich hole noch Bier.«

»Gerne. Ich würde heute auch bei euch im Stall übernachten, Mutter weiß Bescheid.«

»Du musst doch nicht im Stall schlafen«, sagte Anna. »Du kannst das Zimmer oben haben.«

Franz und Ruedi aßen stumm. Schließlich hob Franz seinen Bierkrug und nahm einen tiefen Zug. »Das tut gut.«

Dann holte er seine Pfeife und Tabak.

»Erzähl«, sagte Anna. »Was ist passiert, warum habt ihr so lange gebraucht?«

Franz lehnte sich zurück. »In Isleten haben sie uns gesagt, dass Dynamit instabil wird, wenn es unter acht Grad kalt wird. Sie wollten uns erst ohne Ladung zurückschicken, aber heute war es am See wärmer als gestern. Allein das Beladen der Fuhrwerke hat über eine Stunde gedauert. Alles musste mit Stroh gepolstert werden, damit ja nichts wackelt. Dann haben sie die Plane verzurrt. Wir durften den ganzen Weg nicht anhalten.«

»Du lieber Himmel«, sagte Helene. »Vierzig Kilometer, fast alles bergauf und dann ohne Pause. Die armen Pferde.«

»Aber Favre muss doch wissen, wie gefährlich es ist, Dynamit bei Kälte zu transportieren«, sagte Anna. »Er hätte bis Mai warten müssen.«

Franz schüttelte den Kopf. »Favre kommt vom Genfer See, da ist das Klima ganz anders. Er wusste es sicher nicht besser.«

Das glaubte Helene nicht. Wenn schon die Ingenieure im Rössli über die Gefahren des Transports gesprochen hatten, wusste auch Favre davon.

»Er ist seit dem Sommer vor zwei Jahren immer wieder hier, zu jeder Jahreszeit, er weiß bestimmt, dass es hier bis in den Mai hinein schneien kann.«

»Vielleicht hat er einfach nicht darüber nachgedacht«, widersprach Ruedi. »Er ist ein netter Mann. Immerhin zahlt er uns ja auch das Doppelte.«

»Was nützt es, wenn er das Doppelte bezahlt, wenn mein Mann und du mit dem Zeug in die Luft fliegen«, fuhr Anna auf.

Franz hob die Hände. »So schnell explodiert es auch wieder nicht. Jetzt weiß ich ja, worauf ich achten muss.«

»Soll das heißen, du wirst das noch mal machen?« Anna schluckte heftig. »Ich komme um vor Angst, wenn du das tust.«

»Ich habe einen Vertrag mit Favre. Und du brauchst keine Angst zu haben. Ich werde zwei Wagen umbauen, dass sie geschlossen sind. Dann werden wir sie mit Stroh und Decken polstern, das hält schon mal die Kälte ein bisschen fern. Gut wäre es, wenn man die Wagen irgendwie beheizen könnte.«

Das war sicher eine gute Idee, dachte Helene. Nur mit was? Einem kleinen Ofen? Aber der musste einen Rauchabzug haben und daraus konnten Funken fliegen.

»Vielleicht mit solchen Fußwärmern, wie ihn manche Leute in den Kutschen haben«, sagte sie.

Ihr Vater warf ihr einen überraschten Blick zu. »Das ist eine gute Idee. Das muss ich mir mal anschauen.«

»Soweit ich weiß, haben die aber Löcher. Und wenn du dann glühende Kohlen einfüllst, sind sie nicht sicher«, wandte Anna ein.

»Vielleicht gibt es auch welche ohne Löcher. Ich erkundige mich mal.«

Helene dachte nach. »Wie heizt denn Favre die Wärmehütte an der Baustelle?«

»Ich gehe morgen zu Baustelle und erkundige mich«, sagte Peter.

Helene stand auf. »Ich gehe zu Bett.«

Sie ging in die Küche, holte die Bettflasche aus dem Regal am Herd und füllte sie vorsichtig mit heißem Wasser aus dem Kessel. Dann zog sie den gestrickten Überzug darüber.

»Würdest du die Bettflasche heute dem Peter überlassen?«, fragte ihre Mutter von der Küchentür her. »Ich wickle dir stattdessen einen heißen Stein ein.«

»Ja, natürlich.«

Die Hergers besaßen zwei Bettflaschen. Ihr Vater hatte sie vor ein paar Jahren von einer Reise nach Zürich mitgebracht. Bis dahin hatte ihre Mutter in kalten Nächten immer Ziegel am Herd gewärmt und sie tat es auch jetzt noch für Ruedi.

Helene nahm Bettflasche und Stein und ging die Treppe hinauf zu den Schlafräumen. Das Zimmer ihrer Eltern befand sich über der Stube und wurde durch den Abzug des Ofens unten mitgeheizt. Ihres lag daneben. Auf der anderen Seite des Ganges gab es noch zwei Zimmer. Eines hatte ihrem Bruder gehört, das andere war das Gästezimmer. Sie brachte die Bettflasche ins Gästezimmer, legte sie unter die Decke und ging in ihr Zimmer, wo sie den Stein unter die Decke schob. Sie zog sich aus, hängte ihre Kleider über den Stuhl und schlüpfte in das Winternachthemd aus dicker Baumwolle. Danach wusch sie sich das Gesicht mit dem kalten Wasser aus dem Krug. Anschließend zog sie Haarnadeln aus ihrem Dutt, kämmte ihr Haar und flocht es zu einem Zopf. Währenddessen murmelte sie halbherzig das Nachtgebet. Eigentlich sollte sie neben dem Bett kniend beten, doch dazu war es zu kalt.

Rasch schlüpfte sie unter die Decke. Das Bettzeug war kühl, bis auf die Stelle, an der der Stein lag. Sie schob ihn an ihre Füße und zog die Decke bis zu den Ohren. Wohlige Wärme breitete sich von ihren Füßen her aus, erfüllte sie mit angenehmer Müdigkeit.

Heiße Steine, dachte sie. Damit könnte man auch den Sprengstoff gefahrlos warm halten. Aber wo sollte man sie in Isleten wärmen? Außerdem waren sie zusätzliches Gewicht für die Pferde. Warum nicht eine Art Bettflasche? Mit heißem Wasser gefüllte Kanister, Stroh und Decken obendrauf, damit die Wärme anhielt. So wie hier unter der Bettdecke. Über diesen Gedanken fielen ihr die Augen zu.

Als Peter sich am nächsten Morgen auf den Weg zur Baustelle machte, begleitete Helene ihn.

Sie gingen die Straße in Richtung Andermatt und bogen beim Haus des Statthalters Arnold links ab auf den Weg, der über die Reuss führte.

Aus dem Tunnel drang das Dröhnen und Pfeifen der Bohrmaschinen, vor dem Portal waren mehrere Steinmetze dabei, die größeren Steine aus dem Abraum zu bearbeiten. Auf der anderen Seite der Zufahrt standen die Werkstätten, ein Stück dahinter die Wärmehütte. Nach vorne hatte sie weder Fenster noch eine Tür. Helene und Peter schickten sich gerade an, um das Gebäude herumzugehen, als eine scharfe Stimme sie aufhielt. »He, ihr da. Was wollt ihr hier? Das Gelände darf nicht betreten werden.«

Sie drehten sich um. Vor ihnen stand ein untersetzter Mann mittleren Alters, die Hände in die Hüften gestemmt, und musterte sie misstrauisch.

»Guten Morgen«, sagte Peter. »Ich bin Peter Gisler, der Partner von Franz Herger, der für die Gotthardbahngesellschaft Waren transportiert. Und Sie sind …?«

»Jean Bastide, Akkordant«, antwortete der Mann schon bedeutend höflicher. »Jetzt erkenne ich Sie, Sie haben gestern den Weg für die Fuhrwerke frei gemacht. Aber was wollen Sie beide an der Hütte?«

»Eigentlich suchen wir jemanden, der uns sagen kann, wie sie beheizt wird«, sagte Helene.

Bastide hob die Brauen. Helene konnte ihm seine Gedanken regelrecht von der Stirn ablesen. *Warum interessiert sich eine Frau für solche Dinge?*

»Ich bin Helene Herger, Franz Herger ist mein Vater. Wir suchen nach einer Möglichkeit, das Dynamit während des Transports zu wärmen.«

»Hm.« Bastide schob seinen Hut aus der Stirn und kratzte sich am Kopf. »Das müssen Sie den Herrn Zollinger fragen, er kennt sich damit aus. Ich hole ihn.«

»Wir wärmen mit Wasserdampf«, erklärte Zollinger kurz darauf. »Die Zuleitung erfolgt durch ein Rohr auf der Rückseite des Gebäudes. Den Dampf leiten wir von den Dampfmaschinen ab, die auch die Druckluft für die Maschinen erzeugen.«

»Wasserdampf«, wiederholte Peter leise. »Das können wir nicht übernehmen. Schade.«

»Aber Ihre Idee ist gut. Geschlossene Wagen, mit Stroh und Decken zur Isolation.«

»Nur wenn alles schon kalt ist, nützt auch die Isolierung nichts mehr. Wir müssen irgendwie heizen.«

Helene trat vor. »Was halten Sie davon, wenn wir statt Wasserdampf heißes Wasser nehmen und es in Behälter füllen, so ähnlich wie Bettflaschen, nur größer. Mit einer Isolierung sollte die Temperatur für einige Stunden zu halten sein.«

Beide Männer blickten sie überrascht an.

»Ja, das ist eine interessante Idee«, sagte Zollinger nachdenklich. »Ich werde mit Monsieur Favre darüber reden, sobald er aus Airolo zurück ist.«

Favre kam zwei Tager später auf den Hergerhof geritten. Helenes Vater, Ruedi und Seb waren schon wieder unterwegs nach Flüelen, dieses Mal, um Baumaterial zu holen.

»Ich habe befürchtet, dass ich Ihren Vater nicht antreffe«, sagte er bedauernd zu Helene. »Einer meiner Ingenieure hat mir erzählt, Ihr Vater hätte eine Idee, wie man den Dynamittransport sicherer machen könnte?«

Helene bat ihn ins Haus. »Ich weiß darüber Bescheid«, erklärte sie, als sie am Tisch in der Stube saßen, und dann erzählte sie ihm von ihrer Idee.

Favre nickte beifällig. »Das ist brillant. Die Behälter für das Wasser können wir in unserer Schmiede herstellen. Ich habe inzwischen gehört, dass in Schweden gefederte Wagen für den

Transport von Dynamit vorgeschrieben sind, da übertragen sich die Erschütterungen nicht so.«

»Unsere Fuhrwerke sind nicht gefedert.«

»Dann sollten Sie darüber nachdenken, statt eines der alten Fuhrwerke umzubauen, ein neues anzuschaffen. Geschlossen und mit Federung.«

Helene blickte ihn scharf an. Einen neuen Wagen kaufen? Das würde teuer werden und außerdem hatten sie erst kürzlich ein neues Fuhrwerk angeschafft.

»Sicherheit ist wichtig. Ich werde meinem Vater von Ihrem Vorschlag berichten. Es gibt einen Stellmacher in Erstfeld, der auch Kutschen baut.« Sie machte eine kurze Pause. »Ich gehe davon aus, dass die Compagnie Favre die Kosten dafür übernimmt.«

Verblüfft sah Favre sie an. »Warum sollte sie das?«

»Weil wir diesen Wagen eigentlich nicht brauchen. Wir haben erst kürzlich unseren Betrieb vergrößert, damit wir Ihr Material transportieren können.«

»Aber Sie sagten doch selbst, dass Sie Sicherheit wichtig finden.«

»Ja. Doch der sichere Transport von Dynamit ist Sache der Compagnie.«

Favre schüttelte den Kopf. »Fuhrwerke sind Ihr Arbeitsmaterial, das müssen Sie schon selbst bezahlen.«

Helene verkniff sich eine Bemerkung. Das passte zu dem, was man sich im Dorf erzählte. Die Tunnelarbeiter mussten die Öllampen, die sie im Stollen brauchten, selbst kaufen und auch das Lampenöl bezahlen. Doch da würde ihr Vater nicht mitmachen.

Sie lächelte Favre freundlich an. »Wie ich sagte, *wir* brauchen diesen Wagen nicht. Aber wenn es in Schweden schon vorgeschrieben ist, dass die Wagen gefedert sind, wird es sicher bald eine ähnliche Vorschrift hier in der Schweiz geben. Und ich kann

Ihnen versichern, dass kein Fuhrhalter spezielle Fahrzeuge anschaffen wird, die er nach dem Ende des Baus nicht mehr verwenden kann. Aber die Compagnie oder die Fabrik in Isleten könnte diese Wagen auch bei anderen Baustellen einsetzen, an denen Dynamit benötigt wird.«

»Sie sind sehr geschäftstüchtig, junge Dame.« Aus Favres Stimme klang Bewunderung. »Ich werde mit den Finanziers darüber sprechen. Aber wenn wir ein oder zwei dieser Spezialfahrzeuge anschaffen, gehören sie der Compagnie Favre.«

»Natürlich.«

Favre erhob sich. »Ich übernachte heute im Rössli und reise morgen weiter nach Luzern. Vielleicht kann ihr Vater mich heute Abend im Rössli aufsuchen?«

»Ich richte es aus.«

Es dämmerte bereits, als ihr Vater und Ruedi nach Hause kamen. Helene half ihnen, die Pferde zu versorgen, und erzählte dabei von ihrem Besuch an der Baustelle und dem Gespräch mit Favre.

»Und er hat angeboten, ein neues Fuhrwerk zu bezahlen? Der Mann ist wirklich in Ordnung.«

Helene unterdrückte ein Schnauben. »Er hat sich nur dazu bereit erklärt, weil ich ihm gesagt habe, dass wir kein neues Fuhrwerk kaufen werden, und auch kein anderer Fuhrhalter. Und wenn das Gesetz kommt, dass es Wagen sein müssen, die auf Federn ruhen, macht sich jeder strafbar, der Dynamit anders transportiert. Sag ihm das, falls er sich rausreden will.«

»Du tust ihm unrecht. Er ist ein Mann des Volkes. Er hat nicht studiert, sondern sich alles selbst beigebracht. Die Arbeiter mögen ihn und er kümmert sich um sie. Schau, was er alles für sie baut. Unterkünfte, Kantinen, in denen sie essen können. Nein, er ist kein Ausbeuter wie manch andere.«

Helene widersprach ihm nicht. Vielleicht stimmte es ja, was er sagte. Favre hatte eine Vision, der er folgte, er hatte unmöglichen Zahlungsbedingungen zugestimmt, weil er unbedingt diesen Tunnel bauen wollte. Es hieß, er sei immer freundlich, auch wenn er mit den Arbeiten sprach, ganz anders als manche seiner Ingenieure. Aber tief in ihrem Inneren blieb ein Stachel. Louis Favre hatte ihrem Vater nicht gesagt, wie gefährlich Dynamit war, wenn es zu kalt wurde, obwohl er es gewusst hatte. Weil er den Sprengstoff so dringend brauchte.

Aber Favre hielt Wort. Vier Wochen später stand ein neuer, geschlossener und gefederter Wagen auf dem Hof. Von der Baustelle waren sechs eiserne Behälter geliefert worden, die durch ein verschließbares Loch oben mit heißem Wasser befüllt werden konnten. Damit machte sich Helenes Vater Ende April auf den Weg nach Isleten.

9. KAPITEL

Mit seinem Beutel über der Schulter ging Piero durch Airolo. Es war noch nicht Mittag, doch die Sonne brannte schon. In der Hauptstraße herrschte geschäftiges Treiben, Pferdefuhrwerke ratterten über das Pflaster, Männer führten beladene Maultiere, Ladenbesitzer priesen ihre Ware an.

Piero fragte einen Mann, der ihm mit einem Maultier am Zügel entgegenkam, nach der Baustelle.

»Da hinten«, sagte er und zeigte hinter sich nach Norden.

Piero bedanke sich und folgte der Straße, die aus dem Ort hinausführte. Auf schmalen Schienen, die neben der Straße entlangliefen, überholte ihn eine kleine Lok. Sie zog eine Reihe offener Wagen, auf denen Werkzeuge, Schienenteile und Holzschwellen lagen. Die Gotthardbahngesellschaft baute die Zufahrt zum Südportal des Tunnels.

Kurze Zeit später sah er das Portal. Na ja, noch war es eher ein Loch im Fels, nicht höher als zwei Männer. Kaum vorstellbar, dass der längste Tunnel der Welt hier seinen Anfang nahm. Ein Jahrhundertbauwerk. Und er würde daran teilhaben.

Auf dem Platz daneben stand ein kleines Holzhaus, vor dem eine Reihe Männer versammelt war. Das musste die Stelle sein, an der die Arbeit vergeben wurde. Piero hatte sich gerade angestellt, als ein untersetzter Mann herauskam. Sein Gesicht war rot und wurde von einer knolligen Nase und einem großen schwarzen Schnurbart beherrscht. Er ließ seinen Blick über die Wartenden schweifen. »Hört zu! Wir brauchen keine Mineure mehr«, rief er auf Italienisch und wiederholte es auf Deutsch. »Nur Schutterer. Wer als Schutterer arbeiten will, kann bleiben, der Rest kann gehen.«

Unruhe machte sich unter den Wartenden breit. Einige verließen die Reihe, andere berieten sich miteinander und blieben.

Der Mann vor Piero schüttelte den Kopf. »Merda! Als Schutterer arbeite ich nicht. Ich bin Mineur.« Er zog seinen Hut tiefer in die Stirn und stapfte davon.

Piero schluckte. Damit hatte er nicht gerechnet. Er brauchte Arbeit, doch er war Mineur, am Mont Cenis hatte er sogar schon als Sprengmeister gearbeitet. Schutterer waren diejenigen, die den Abraum aus dem Stollen schafften. Hilfsarbeiter. Sie wurden schlechter bezahlt als Mineure. Trotzdem blieb er in der Warteschlange stehen. Vielleicht konnte er den Mann überzeugen, ihn doch einzustellen.

Als er an der Reihe war, trat er vor den Tisch. Der Blick des Mannes glitt anerkennend über Pieros Gestalt, er war groß für einen Italiener, und hatte breite Schultern.

»Name?«, brummte er.

»Piero Caretti. Ich bin Mineur.«

»Hast du nicht gehört? Ich brauche keine Mineure.«

»Aber ich bin ein guter Mineur. Ich habe am Mont Cenis gearbeitet, ich kenne mich mit den Bohrmaschinen aus.« Er hatte in der Zeitung gelesen, dass Favre sich verpflichtet hatte, die alten luftgetriebenen Bohrmaschinen vom Mont Cenis zu übernehmen – und dass es Probleme mit ihnen gab.

»Bist du schwer von Begriff? Wir haben genug Mineure. Wenn du arbeiten willst, kannst du als Schutterer arbeiten. Kräftig genug bist du ja.«

Piero presste die Lippen zusammen. Wenn er als Schutterer anfing, würde er es bleiben. Dann würde er sieben Jahre lang

Steine schleppen. Aber was sollte er tun? Der Gotthard war der einzige Tunnel, der in erreichbarer Nähe gebaut wurde.

»Los, entscheide dich, oder mach Platz für den nächsten.«

»Braucht ihr Sprengmeister? Ich habe am Mont Cenis auch als Sprengmeister gearbeitet.« Es war nicht die ganze Wahrheit, sein Vorgesetzter und Freund war Sprengmeister gewesen und hatte ihn in die Geheimnisse eingeweiht. Der Mann runzelte die Stirn. »Hast du einen Nachweis? Zeugnis oder so?«

»Nein. Aber ich habe Erfahrung.«

»Das kann jeder sagen. Ohne Nachweis kann ich dich nicht einstellen.« Er wies mit dem Kinn auf die Straße. »Verschwinde.«

Piero wandte sich ab und ging. Was sollte er nun tun? Nach Hause konnte er nicht. Entweder er arbeitete doch als Schutterer und hoffte darauf, dass irgendwann ein Mineursposten frei wurde, oder er musste zurück nach Italien, um sich dort irgendwo als Landarbeiter oder Knecht zu verdingen.

»Hey, pass doch auf!«

Hastig wich Piero einem mit Schutt beladenem Rollwägelchen aus.

»Ciao Piero!«, rief jemand hinter ihm.

Verblüfft hob er den Kopf und sah in die Richtung, aus der der Ruf gekommen war. Dort stand ein kleiner, gedrungener Mann mit breiten Schultern und winkte. Tommaso Brunelli.

Grinsend ging Piero hinüber.»Tommaso, alter Kumpel. Schön, dich zu sehen.«

Er umarmte Tommaso und klopfte ihm auf die Schultern. Sie kannten einander vom Mont Cenis, hatten in einer Schicht gearbeitet und waren Freunde geworden.

»Was treibt dich hierher?«, fragte Tommaso. »Ich dachte, du wärst jetzt auf der Bergwerkschule und würdest studieren?«

Piero hob die Schultern. »Hat wohl nicht wirklich zu mir gepasst, die Schulbank zu drücken.«

»Ja, das glaube ich. Bergmann bleibt halt Bergmann. Wirst du hier arbeiten?«

»Ich wollte, aber eben haben sie gesagt, dass sie keine Mineure mehr brauchen, nur Schutterer.«

»Ja, das habe ich gehört. Es ist schwierig hier. Wir kommen nicht so schnell voran wie geplant. Es gibt immer wieder Wassereinbrüche. Es kommt aus jeder Ritze in diesem verdammten Berg. Wir stehen knietief im Wasser. Kein Vergleich mit der Arbeit am Mont Cenis.«

»Meinst du, es lohnt sich, zu warten, bis wieder Mineursstellen frei werden?«

»Ich an deiner Stelle würde es nicht tun. Es ist eine elende Arbeit hier. Warum versuchst du es nicht auf der anderen Seite, am Nordportal? Kürzlich war dieser Favre hier. Auf der anderen Seite gibt es keine Probleme mit Wassereinbrüchen, heißt es. Ich denke selbst darüber nach, nach Casinotta zu gehen. Einer von diesen Ingenieuren hat gesagt, sie bräuchten noch Leute.«

Piero hob den Kopf und sah hinauf zum Kamm des Gotthardmassivs. Das war eine Möglichkeit. »Weißt du, wie lange man über den Pass braucht?«

»In einem Tag solltest du es schaffen. Vielleicht nimmt dich einer der Fuhrleute mit?« Tommaso deutete auf ein mit vier Pferden bespanntes Fuhrwerk, das ratternd vorbeifuhr.

»Ich versuche mein Glück.«

»Aber jetzt gehen wir erst mal essen. Meine Schicht fängt in zwei Stunden an. Komm, mein Freund.«

Piero folgte Tommaso über die Straße in ein Wirtshaus. Im Gastraum waren alle Tische besetzt. Die Bergarbeiter waren in der Mehrzahl, nur an einem Tisch in der Ecke saß eine Gruppe Männer, die als Fuhrleute erkennbar waren.

Tommaso steuerte auf einen langen Tisch zu. »Rückt mal zusammen, Kumpels.«

Die Männer machten Platz. Tommaso winkte einer Kellnerin, die ein Tablett mit Krügen und Schüsseln durch den Raum balancierte. »Zweimal Cazzuola und einen Krug Nostrano für meinen Freund und mich.«

Sie nickte und brachte kurz danach ein Tablett mit Brot, Wein und zwei Schüsseln mit Suppe an den Tisch. Als sie die Sachen abstellte, gewährte ihre Bluse Piero einen tiefen Einblick in das verlockende Dekolleté. Sie richtete sich schwungvoll wieder auf, zupfte an ihren rötlichen Locken und schenkte ihm ein kokettes Lächeln. »Dich habe ich noch gar nicht hier gesehen. Du bist neu in Airolo.«

Piero erwiderte ihr Lächeln. »Ich bin eben angekommen.«

»Und, hast du schon eine Unterkunft?«

»Es lohnt sich nicht, dem Kerl schöne Augen zu machen«, sagte Tommaso. »Er bleibt nicht hier.«

»Das ist aber schade.«

»Na, dann nimm halt mich! Ich bin auch nicht hässlich.«

Sie sah von einem zum anderen. »Hässlich nicht, aber nicht so hübsch wie er.«

Lachend ging sie davon.

»Gut, dass du nicht bleibst«, sagte Tommaso und grinste. »So habe ich bessere Chancen bei den Weibern.«

Verwundert blickte Piero ihn an. »Ich dachte, du bist mittlerweile mit deiner Louisa verheiratet?«

Am Mont Cenis hatte Tommaso ihm von dem Mädchen in seinem Dorf vorgeschwärmt, das er heiraten wollte, sobald er genug Geld hatte, um eine Familie zu ernähren.

Tommaso zuckte die Schultern. »Tja, die Weiber. Als ich nach Hause kam, hatte sie den Sohn des Bäckers geheiratet. Der war wohl eine bessere Partie als ich. Was soll's, andere Mütter haben auch schöne Töchter.« Er sagte es leichthin, doch um seinen Mund lag ein bitterer Zug.

Nach dem Essen machte Tommaso sich auf den Weg zur Baustelle. »Hoffentlicht findest du im Norden eine Stelle. Vielleicht sehen wir uns dann in sieben Jahren, beim Durchstich!«

Piero nickte. »Glück auf, Kumpel.«

Nachdenklich blickte er Tommaso nach. Sieben Jahre. Am Bau des Mont-Cenis-Tunnel hatte er nur die letzten drei Jahre mitgebarbeitet. Ob er wirklich bis zum Durchstich am Gotthard bleiben würde, wusste er nicht. Eigentlich hatte er ganz andere Pläne gehabt.

Er sah hinauf zu den Gipfeln. Was für ein verwegener Plan, dieses Massiv zu durchstoßen.

Er verließ die Baustelle in Richtung Norden. Auf seinem Weg sprach er einen älteren Mann an, der ein Fuhrwerk durch Airolo zur Passstraße lenkte.

»Fährst du über den Pass?«, fragte er auf Deutsch.

Der Mann kniff die Augen zusammen und musterte ihn.

»Ja«, antwortete er gedehnt, ohne seine Pfeife aus dem Mund zu nehmen.

»Würdest du mich ein Stück mitnehmen?«

»Wohin willst?«

»Nach Casinotta, ähm Göschenen«, verbesserte Piero sich rasch.

»Zur Baustelle?«

Gesprächig war er nicht gerade.

Piero nickte. »Ja. Hier haben sie keine Arbeit für mich. Ich will es am Nordportal probieren.«

Der Mann zog die Augenbrauen zusammen, nahm die Pfeife aus dem Mund und spuckte auf den Boden. »Sieh zu, wie du hinüberkommst. Ich transportiere nichts für Favre. Kein Material und auch keine Arbeiter!«

Er schwang die Peitsche und die Pferde trabten an. Konsterniert starrte Piero ihm nach.

Hinter ihm lachte jemand. »Pech gehabt. Die Fuhrhalter sind nicht gut auf Favre zu sprechen.«

Piero drehte sich um. Der Sprecher schien Mineur zu sein, seine Hose war bis zu den Knien mit Schlamm beschmiert.

»Du meinst, die sind alle so unfreundlich?«

»Wundert's dich? Wenn der Tunnel fertig ist, haben sie keine Arbeit mehr. Wenn du nach drüben willst, wirst du zu Fuß gehen müssen, es sei denn, du kannst dir die Postkutsche leisten.«

Natürlich konnte er das nicht. Aber wenn er zu Fuß über den Pass musste, würde er es heute nicht mehr schaffen. Also musste er übernachten und morgen sehr früh aufbrechen.

»Wo kann ich günstig für eine Nacht unterkommen?«

»Versuch's da drüben im Gasthaus Bordoni. Der hat noch Zimmer frei. Günstig sind sie allerdings nicht.«

»Danke.« Piero nickte dem Mann zu.

»Einen Franken für eine Nacht.«

Piero traute seinen Ohren nicht. »Das ist ja Wucher.«

Der Wirt zuckte mit den Schultern. »Kannst ja gucken, ob du woanders unterkommst.«

Erbost wandte sich Piero ab, marschierte in die Gaststätte, in der er mit Tommaso gegessen hatte und fragte dort nach einer Unterkunft. Die Kellnerin, die ihm schöne Augen gemacht hatte, verwies ihn an ihre Eltern. »Sie haben keine Zimmer mehr frei, aber du kannst in der Scheune übernachten.«

So schlief er zum stolzen Preis von fünfzig Rappen im Heu. Immerhin gab ihm die Hausherrin eine Decke, denn auch wenn es tagsüber warm war, kühlte es nachts stark ab.

Am nächsten Morgen stand er auf, als es hell wurde. Er faltete die Decke zusammen, klopfte das Heu aus seinen Kleidern und ging zum Wirtshaus, wo er einen Kaffee trank und Käse und Brot aß. Danach schulterte er sein Bündel und verließ das Dorf.

Die Straße stieg schnell steil an. Piero folgte ihr mit gleichmäßigen Schritten. Purpurfarbene Weidenröschen blühten am Straßenrand, auf den Wiesen lagen Kühe und käuten wieder.

Je höher er kam, desto karger wurde die Landschaft. Die Blumen verschwanden, nur einzelne Löwenzahnblüten setzten Farbtupfer ins Gras. Immer öfter erhoben sich unbewachsene graue Felsen aus den Wiesen. Der wilde Schrei eines Adlers erklang. Piero blickte nach oben. Der Raubvogel kreiste über ihm, schraubte sich langsam nach oben. Wieder schrie er und bekam Antwort von einem anderen Adler, der noch höher flog. Vermutlich ein Paar.

Die Aussicht grandios. Immer wieder hielt Piero inne und ließ seinen Blick über das Tal und die Gipfel darüber schweifen. Wie schön es hier war. Er konnte bis nach Airolo hinuntersehen, das Tal wirkte von hier oben lieblich.

Er ging weiter. Inzwischen umgab ihn nur noch Fels, mit Moosen und Flechten bewachsen. Es wurde merklich kühler, doch er fror nicht, die Bewegung hielt ihn warm, auch wenn die Straße jetzt nur noch leicht anstieg. Er war bereits einige Stunden unterwegs. Wenn der Tunnel fertig war, würde man mit dem Zug nur eine Stunde von Airolo nach Göschenen brauchen. Unwillkürlich blickte er nach unten auf den Weg zu seinen Füßen. Irgendwo viele Meter unter ihm würde der Tunnel verlaufen; unterhalb der Passhöhe sollten sich in sieben Jahren die beiden Röhren aus Süden und Norden treffen. Eigentlich unvorstellbar. Und doch hatten die Ingenieure am Mont Cenis bewiesen, dass es möglich war. Er, Piero, war dabei gewesen, als am 25. Dezember 1870 der Durchbruch erfolgte. Noch heute erinnerte er sich an das unglaubliche Hochgefühl, als er nach der Sprengung plötzlich Licht durch das Loch in der Wand vor ihm gesehen hatte. Das Licht einer Grubenlampe, die ein Mineur auf der anderen Seite emporgehalten hatte. In diesem Moment war alle Plackerei unwichtig geworden; die Hitze im Tunnel, die schlechte Luft, all das hatte nicht mehr gezählt, nur das Licht auf der anderen Seite und dass sie es geschafft hatten, dass die Röhren sich tatsächlich getroffen hatten. Jubelnd waren sie einander um den Hals gefallen, Vorarbeiter, Mineure, Schutterer und Laufburschen, hatten gelacht und auch ein paar Tränen vergossen. Diesen Moment trug er im Herzen und er war der Grund, weshalb er am Gotthard arbeiten wollte. Der Mont Cenis war wichtig, doch der Tunnel durch den Gotthard würde Europa verändern. Kurz dachte Piero daran, dass er den Bau eigentlich als Ingenieur hatte begleiten wollen, doch er verdrängte den Gedanken rasch. Es war anders gekommen.

Nach vier Stunden erreichte er die Passhöhe. Er blickte sich um. Das also war der Pass? Enttäuschend. Er hatte eine Aussicht erwartet, Weite, Größe. Doch er befand sich auf einer graue Ebene, umgeben von den Gipfeln des Gotthardmassivs. Weder konnte er die Tremola sehen, noch die Täler auf der Nordseite, die Felsen begrenzten den Blick. Was sich vor ihm ausbreitete war eine Wüste aus Stein.

In ihrer Mitte stand ein spitzgiebeliges Haus mit vielen kleinen Fenstern. Das musste das Hospiz sein. Daneben lag ein kleiner See. Er ging weiter. Das Hospiz war belebt. Fuhrwerke und die Postkutsche standen davor. Aus der Schankstube drangen Stimmen, aus dem Stall das Schnauben von Pferden. Er würde hier rasten und etwas essen, bevor er weiterging. Auch der weitere Weg war eine Enttäuschung. Eine lange, leicht abfallende Straße, rechts und links von Felsen begrenzt. Nach einem weiteren kurzen Anstieg kam er durch ein winziges Dorf, das von einem alten Turm überragt wurde. Doch danach folgte ein liebliches Tal. Hier erstreckten sich Almwiesen, auf denen Kühe und Ziegen weideten. Neben der Straße floss ein Fluss ruhig dahin, das musste die

Reuss sein, die auch durch Göschenen verlief. Irgendwie hatte er sie sich wilder vorgestellt.

Ein Hornsignal ertönte. Die Postkutsche. Rasch trat er zur Seite. In scharfem Trab zogen die fünf Pferde die Kutsche an ihm vorbei, der Postilllon hob grüßend die Hand. Neben ihm saß der Kondukteur.

Kurze Zeit später erreichte Piero das nächste Dorf. Das war dann sicher Andermatt. Auf dem Dorfplatz stand die Postkutsche die ihn überholt hatte, die Pferde wurden gewechselt.

»Guten Abend«, sprach Piero den Kondukteur an. »Wie weit ist es noch bis Göschenen?«.

»Etwa zwei Stunden zu Fuß.«

Piero bedankte sich und wollte weitergehen, als ein Mann ihn vom Kutschbock seines Pferdefuhrwerks ansprach.

»Ich fahre auch nach Göschenen. Willst du mitfahren?« Er deutete auf den Platz neben sich.

Dankbar warf Piero den Sack mit seinen Habseligkeiten auf die Ladefläche und kletterte auf den Kutschbock. Der Fuhrmann war ein sympathisch aussehender junger Mann mit blondem Haar und leuchtend blauen Augen. Er schwenkte die Peitsche über die Rücken seiner beiden Pferde und sie zogen an.

»Vielen Dank«, sagte Piero. »Ich bin schon den ganzen Tag unterwegs.«

»Bist du zu Fuß über den Pass gegangen?«

»Ja, ich bin heute früh von Airolo losgegangen.«

»Du bist Italiener? Willst du zum Tunnel?«

Dass er Italiener war, war wohl nicht zu überhören. Er sprach zwar einigermaßen gut Deutsch, aber mit deutlichem Akzent. Aber offensichtlich hatte dieser junge Mann nichts gegen Leute, die am Tunnel arbeiten wollten.

»Ja. Piero Caretti aus dem Piemont. Ich bin Mineur und suche Arbeit. In Airolo stellen sie keine Mineure mehr ein.«

»Peter Gisler«, stellte der Mann sich seinerseits vor. »In Göschenen suchen sie noch Mineure.«

»Das ist gut. Kommst du aus Göschenen?«

»Ja, mein Vater ist Fuhrhalter dort.«

»Und trotzdem nimmst du mich mit? Ich habe in Airolo einen gefragt, der war recht grantig, als er gehört hat, dass ich zum Tunnel will.«

Peter lachte. »Das könnte sogar mein Vater gewesen sein. Er ist gestern aus Airolo gekommen. Ein grauhaariger Mann mit Schnurrbart und einem Viergespann. Drei Braune und ein Rappe?«

Piero nickte. »Was hat er gegen die Tunnelarbeiter?«

»Gegen die Arbeiter hat er nichts. Aber fast alle Fuhrhalter sind nicht gut auf Favre zu sprechen. Sie wollen den Tunnel nicht. Wenn er fertig ist, wird niemand mehr Waren über dem Pass befördern lassen.«

»Was ist mit dir? Bist du nicht gegen den Tunnel?«

»Doch. Ich will den Tunnel auch nicht. Aber er wird gebaut werden, ob es uns passt oder nicht. Ich versuche, das Beste aus der Situation zu machen.«

Die Straße wurde jetzt von beiden Seiten durch hohe Felsen begrenzt. Kurze Zeit später fuhren sie durch einen kurzen Tunnel. Danach öffnete sich unvermittelt der Blick auf eine Schlucht, über die sich eine schmale Steinbrücke spannte. Unten schäumte weißgrün der Fluss, rechts und links erhoben sich steile Felswände. Peter lenkte das Fuhrwerk über die Brücke. Piero hielt sich am Wagenrand fest und wagte einen vorsichtigen Blick in die Tiefe. Rasch hob er den Kopf wieder. Das rauschende Wasser, die Tiefe und die Gischt, die bis zur Brücke aufstieg, machten ihn schwindelig. Nach der Brücke führte der Weg an einer steilen Felswand entlang, auf der anderen Seite fiel das Gelände steil ab.

Allmählich wurde das Tal weiter, die schroffen Felswände wirkten nicht mehr so bedrohlich. Sattgrüne Farne wuchsen neben dem Weg, Rosen blühten an den Hängen.

Sie überquerten die Reuss auf einer kleinen Brücke. Kurz danach entdeckte Piero eine gemauerte Staustufe am gegenüberliegenden Ufer, die einen Teil des Wassers ableitete. Ein Rohr verlief neben dem Fluss.

»Das ist eine Konstruktion von Favre«, erklärte Peter. »Er leitet das Wasser zu seiner Baustelle.« Er hob die Schultern. »Keine Ahnung, wofür.«

»Er treibt damit Turbinen an, die Druckluft erzeugen. Für die Bohrmaschinen.« Es war eine Erfindung des Ingenieurs Sommeiller. Er hatte damit die Bauzeit am Mont Cenis von geschätzten vierzig Jahren auf vierzehn Jahre verkürzt.

Vor einer Brücke zügelte Peter die Pferde und deutete auf einen schmalen Weg. »Der führt zu Baustelle. Oder willst du erst mit ins Dorf kommen?«

»Danke. Es ist wohl besser, wenn ich erst frage, ob sie überhaupt Arbeiter brauchen.« Piero kletterte vom Kutschbock und griff nach seinem Bündel.

»Arbeit gibt es genug in Göschenen«, sagte Peter. »Aber nicht genug Unterkünfte.«

»Es hieß doch, Favre hätte welche gebaut?«

»Ja, für dreihundert Arbeiter. Aber inzwischen sind es viel mehr. Und manche haben ihre Familien mitgebracht. Göschenen hatte mal etwas über dreihundert Einwohner, jetzt sind es mehr als achthundert.«

»So viele! Und wo wohnen sie?«

Peter deutete auf die Tunnelbaustelle. »In diesen Holzbaracken dort, manche auch in Zelten.« Er schüttelte missbilligend den Kopf. »Unglaublich, wie die dort hausen. Keine Ordnung.«

Piero blickte hinunter und entdeckte außer einigen Gebäuden aus Stein, eine Reihe baufällig wirkender Holzhäuser und Zelte neben der Straße zum Tunnel. Wäsche hing auf Leinen, die zwischen den Häusern gespannt waren, wie es südlich des Gotthards üblich war. Vor manchen Häusern brannten Feuer, an denen gekocht wurde. Dazwischen saßen Männer, die sich unterhielten, Karten spielten oder aßen. Irgendjemand hatte ein kleines Stück Land eingezäunt und offensichtlich versucht, einen Gemüsegarten anzulegen.

»Das geht im Sommer«, sagte Piero. »Aber im Winter?«

Peter nickte. »Dann wird es verflucht kalt. Die Hotels sind auch alle voll, aber inzwischen vermieten einige Göschener Betten. Wenn du bei der Compagnie nicht unterkommst, dann frag nach dem Fuhrhalter Franz Herger. Sag ihm, dass ich dich geschickt habe.«

Piero lächelte ihn an. »Danke, Peter.«

Mit seinem Bündel über der Schulter schritt er die schmale Straße hinunter zur Baustelle. Am Tunnelportal blieb er stehen und betrachtete den gemauerten Eingang. Hier wurde Geschichte geschrieben. Ein Weg und Schienen führten hinein. Gerade rollte eine Reihe von einer kleinen Lokomotive gezogene Wagen heraus, die mit Abraum beladen waren. Aus dem Tunnel hörte er das Dröhnen der Bohrer, dazwischen Rufe und Kommandos. Am Felsen neben dem Portal hing ein kleiner Schrein mit einer Figur der heiligen Barbara, der Schutzpatronin der Bergleute. Piero neigte den Kopf vor ihr und bekreuzigte sich, bevor er weiterging. Das erste Gebäude an der Straße war ein kleines, zweistöckiges Haus. War hier die Bauleitung untergebracht?

Er sprach einen Mann an, der mit einer Rolle Papier unter dem Arm auf die Haustür zuging. »Entschuldigung, wo finde ich den Akkordanten, der für die Einstellung von Mineuren zuständig ist?«

Der Mann hielt kurz inne. »Vor der Reparaturwerkstatt, zwei Häuser weiter.«

Piero bedankte sich und ging weiter. Das nächste Gebäude musste das Kompressorenhaus sein. Eine Rohrleitung führte vom Berg herunter ins Haus. Davor lagerten Druckluftpatronen. Vor dem übernächsten Haus schraubten einige Männer an einer Bohrmaschine herum.

Der Akkordant, der für die Einstellung der Arbeiter und Einteilung der Posten zuständig war, fragte Piero nach seinem Namen und nach seiner Qualifikation. Als Piero sagte, dass er am Mont Cenis gewesen war, nickte er zufrieden. »Dann kennst du dich mit den hydraulischen Bohrern aus. Sehr gut.«

Er wollte weder Pieros Arbeitserlaubnis noch seinen Ausweis sehen, sondern schob ihm ein Papier hin.

»Du bist eingestellt. Lohn sind vier Franken am Tag. Abzüglich einmal fünf Franken für die Grubenlampe und dreißig Rappen fürs Lampenöl.«

»Was, das muss ich selbst bezahlen?«

Der Mann nickte gelangweilt. »Wenn's dir nicht passt, kannst du ja woanders hingehen. Wir haben genug Bewerber.«

Resigniert unterschrieb Piero den Vertrag. »Wie ist es mit einer Unterkunft?«

»Die Zimmer der Compagnie sind alle belegt. Du musst sehen, wo du bleibst. Schichtbeginn für dich ist morgen früh um sechs, dein Vorarbeiter ist Enzo Lombardi. Wir arbeiten in drei Schichten. Von sechs bis vierzehn Uhr, von vierzehn bis zweiundzwanzig Uhr und von zweiundzwanzig Uhr bis sechs Uhr. Die Schichten wechseln alle zwei Wochen am Montag. Der Sonntag vor dem Wechsel ist frei und außerdem der Zahltag.« Er winkte den Mann hinter Piero heran. »Du da, wie heißt du und was kannst du?«

Nachdenklich trat Piero zurück. Enzo Lombardi. Im Grunde

hatte er gewusst, dass Enzo am Gotthard arbeiten würde. Doch er hatte gehofft, ihm nicht zu begegnen. Immerhin gab es zwei Baustellen mit Hunderten von Leuten. Doch Enzo war hier in Göschenen und jetzt auch noch sein Vorgesetzter.

Das Dorf lag auf der anderen Seite des Flusses. Eine Brücke führte hinüber. Gegenüber der Brücke stand ein eindrucksvolles Gebäude, ein Schild wies es als Büro der Gotthardbahngesellschaft aus. Anders als Airolo lag Göschenen in einem engen Tal, die Berge waren viel näher. Die Straße führte bergab, vorbei am Postgebäude, einer Bäckerei und Wohnhäusern. In den Straßen wimmelte es von Männern in Arbeitskleidung, italienische Satzfetzen drangen an sein Ohr.

Er überquerte eine weitere Brücke. Vor einem großen Gebäude mit der Aufschrift »Zum weissen Rössli« über den Fenstern des ersten Stocks blieb er stehen. Doch dann schüttelte er den Kopf. Selbst wenn hier noch Zimmer frei waren, wären sie für ihn sicher zu teuer.

»He, mach Platz!« Ein Mann drängte sich an ihm vorbei und stieg die Stufe zum Eingang empor. Ihm folgte ein zweiter, der Piero feindselig anstarrte. »Verdammte Ausländer. Machen sich überall breit.«

Piero wandte sich ab und ging weiter. Vor einem Laden betrachtete er die Auslagen. Äpfel, Kirschen, Möhren und Kohl lagen in Kisten auf einem Tisch, durch die Tür sah er Käse und Würste hinter der Ladentheke. Eine junge Frau kam heraus und stemmte die Hände in die Hüften. Sie trug ein blaugrau gemustertes hochgeschlossenes Kleid, ihr blondes Haar war zu einem Knoten gesteckt.

»Willst was kaufen oder nur gucken?«, fragte sie barsch.

Er neigte den Kopf. »Guten Abend, Signorina. Ich hätte gerne zwei Äpfel.«

Sie sah ihn an und ihr strenger Blick wich einem Lächeln. Sie nahm zwei der rotbäckigen Äpfel aus einer Kiste. »Da. Das macht zehn Rappen. Bist du neu hier?«

Er gab ihr das Geld und biss in einen Apfel, den anderen steckte er in die Jackentasche. »Ich bin eben erst angekommen und suche eine Unterkunft.«

»Oh, das wird schwierig. Vielleicht findest du an der Kantonsstraße in Richtung Wassen noch was. Das wird gerade viel gebaut.«

Das war ein Möglichkeit, bedeutete jedoch einen weiteren Weg zu Arbeit. »Wo finde ich denn die Familie Herger?«

»Die Hergers? Welche? Es gibt einen hier und einen in der Göscheneralp.«

Was hatte dieser Peter gesagt? »Franz Herger.«

»Der Fuhrhalter? Vermietet der jetzt auch? Den findst am Bonacher. Du gehst diese Straße weiter ins Unterdorf und biegst an der Kirche rechts ab. Immer weitergehen, dann kommst du zur Fuhrhalterei. Ein großer Hof, kann man nicht verfehlen.«

Er schenkte ihr ein Lächeln. »Vielen Dank, Signorina.«

Während er den Apfel aß, ging er in die angegebene Richtung. Das Unterdorf, wie die junge Frau es genannt hatte, bestand nur aus einer Straße. Die Häuser waren fast alle alt, ihre Wände mit Holzschindeln verkleidet, wie er sie auch im Tessin gesehen hatte. Ein Kirchturm mit Spitzhelm erhob sich über den Dächern. Hier waren nur wenige Menschen unterwegs. Die Kirche war klein, kaum größer als die Häuser, die sie umgaben. Er bog rechts ab und folgte einem geraden Weg, bis er zu einer Mauer mit einem großen Tor kam. Das musste der Hof der Hergers sein. Das Tor war nur angelehnt, also trat er ein. Die Gebäude waren u-förmig angeordnet. Rechts befand sich das Wohnhaus, zweistöckig mit hohem Dach. Ihm gegenüber ein lang gezogenes Gebäude, vermutlich Stallungen, und links von ihm wohl die Scheune. In der Mitte wuchs ein Baum, vermutlich eine Art Ahorn. Vor dem Stallgebäude stand ein steinerner Wassertrog mit einer Pumpe. Hühner liefen auf dem Hof umher, auf einer Bank neben der Haustür lag eine weiß-braun gescheckte Katze und betrachtete ihn neugierig. Aus dem Stall drang der Geruch nach Pferden, Schnauben und gelegentliches Stampfen von Hufen, dazu Männerstimmen.

»Hallo!«, rief Piero aufs Geratewohl.

»Hallo?« Ein Mann trat aus der Stalltür. Piero schätzte ihn auf Anfang zwanzig. Er hatte hellbraune Locken, ein langes Gesicht und einen kleinen Schnurrbart. »Was kann ich für Sie tun?«

»Ich suche einen Franz Herger.«

Der Mann starrte ihn an. »Suchen Sie Arbeit? Ein Fuhrmann sind Sie nicht.«

»Arbeit habe ich, aber keine Unterkunft. Sind sie Herr Herger?« Er hatte einen älteren Mann erwartet.

»Nein. Aber ich hole ihn.«

Er ging zurück in den Stall. »Herr Herger, hier ist einer, der Sie sprechen möchte.«

»Ja?« Ein älterer Mann trat heraus. Piero schätzte ihn etwa so alt wie seinen Vater. Er war groß und breitschultrig. Sein dunkles Haar war von grauen Strähnen durchzogen, ebenso wie sein Bart.

»Guten Abend, Herr Herger«, sprach Piero ihn an. »Ich bin Mineur am Tunnel und brauche eine Unterkunft. Peter Gisler hat gesagt, ich könne mich an Sie wenden.«

Franz Herger kratzte sich am Bart und musterte ihn ausgiebig. »So, der Peter? Woher kennst du ihn?«

»Ich habe ihn in Andermatt getroffen. Er war so freundlich, mich ein Stück mitzunehmen.«

»Ah. Bisher habe ich nicht vermietet, aber wir haben uns drüber unterhalten, der Peter und ich.«

Seine Worte schienen nicht nur für ihn bestimmt, denn sein Blick glitt von Pieros Gesicht zu einem Punkt hinter ihm. Piero drehte sich um. Auf dem Hof standen zwei Frauen. Eine in Hergers Alter und eine junge. Die Ältere trat vor. »Und wo willst du ihn unterbringen?«

Herger wies mit dem Kinn auf eine Treppe, die seitlich am Stall empor führte. »Oben in der Kammer. Neben Ruedi.«

Die Frau stemmte die Hände in die Hüften und musterte Piero eingehend. »Du arbeitest am Tunnel?«

»Jawohl, Signora Herger.« Ihrem Auftreten nach war sie die Herrin des Hauses. »Ab morgen. Ich bin Mineur.«

Sie wechselte einen schnellen Blick mit ihrem Mann, dann nickte sie. »Gut. Die Kammer kostet zwanzig Franken im Monat. Bezahlt wird im Voraus.«

»Zwanzig Franken?« Er schluckte. »Das ist viel Geld.«

»Ja«, erwiderte sie trocken. »Du kannst auch für fünfzig Rappen ein Bett für acht Stunden mieten. Bei der Wirtin Büchel im Unterdorf.«

»Ein Bett für acht Stunden?«

»Sie vermietet schichtweise an die Arbeiter.«

Er rechnete nach. Das waren fünfzehn Franken im Monat. Für ein Bett, in dem noch zwei andere schliefen. Er verdiente hundertzwanzig Franken im Monat, wenn er davon zwanzig Franken Miete bezahlte, würde ihm dann noch genug zum Leben bleiben? Er hatte keine Ahnung, wie teuer Lebensmittel hier waren. Doch lieber schränkte er sich beim Essen ein, als sein Bett zu teilen. Immerhin hatte er keine Familie, der er Geld schicken musste.

»Nun?«, fragte die Frau.

»Ich würde die Kammer gerne sehen.«

»Dann komm.« Sie stieg vor ihm die Treppe hinauf und öffnete die Tür. Die Kammer war lang und schmal, an der einen Wand stand eine Pritsche mit einer Matratze, die so aussah, als hätten schon sehr viele Knechte darauf geschlafen. An der anderen Wand befand sich eine Kommode mit mehreren Schubladen, darüber ein kleines Fenster. Neben der Kommode waren einige Haken in die Wand geschlagen. Ein Tisch und ein Stuhl vervollständigten die Einrichtung.

Dafür war die Miete Wucher, doch er hatte keine Wahl. Immerhin war die Kammer sauber und er hatte seine Ruhe. »Ich nehme sie.«

Sichtlich zufrieden nickte Frau Herger. »Gut. Alle zwei Wochen gibt es frisches Linnen. Und du wäschst dich jeden Tag. Wasser gibt es im Hof an der Pumpe.«

»Das hatte ich ohnehin vor.« Was glaubte sie? Nach der Arbeit im Tunnel war man verdreckt und verschwitzt.

»Ich habe anderes gehört von Leuten, die Italiener beherbergen. Manche waschen sich nie.«

»Dazu gehöre ich nicht.«

»Das hoffe ich.« Sie streckte die Hand aus. »Dann bekomme ich zwanzig Franken.«

»Ich habe mein Geld in meinem Gepäck.«

Er stieg die Treppe wieder nach unten. Franz Herger und der andere Mann waren verschwunden, die junge Frau, sicher die Tochter der Hergers, wartete im Hof. Piero holte das Geld aus seinem Bündel und übergab es Frau Herger. Jetzt hatte er nur noch vierzig Franken, die mussten reichen, bis er seinen ersten Lohn bekam.

»Wie heißt du überhaupt?«, fragte Frau Herger.

»Piero Caretti. Aus dem Piemont.«

»Anna Herger«, erwiderte sie. »Das ist meine Tochter Helene. Sie bringt gleich eine Decke, Kissen und Linnen. Meinen Mann hast du ja kennengelernt. Dann gibt es noch den Ruedi und den Seb, unsere Knechte. Der Ruedi wohnt in der Kammer neben dir.«

Dann musste Ruedi der junge Mann sein, mit dem er zuerst gesprochen hatte.

Die beiden Frauen gingen ins Haus, er trug sein Gepäck in sein neues Quartier. Kurze Zeit später hörte er Schritte auf den Stufen und öffnete die Tür. Helene trat ein, auf den Armen trug sie eine Wolldecke, ein Bettlaken und ein Kissen. »Bitte schön.«

Er nahm die Sachen entgegen. Das Kissen duftete nach dem frischen Heu, mit dem es gefüllt war.

Sie musterte ihn mit einer Mischung aus Neugier und Vorsicht. Gewohnheitsmäßig lächelte er sie an. Sie war eine ungewöhnliche Erscheinung. Schwarzhaarig mit heller Haut und mandelförmigen hellblauen Augen. Nicht hübsch im landläufigen Sinne, dazu waren ihre Gesichtszüge mit dem energischen Kinn und den hohen Wangenknochen insgesamt nicht lieblich genug, aber äußerst ansehnlich.

»Ich bringe Ihnen gleich noch Waschzeug.«

»Vielen Dank«, sagte er.

Sie ging und ließ die Tür offen.

Er zog das Laken über die Matratze und legte das Kissen und die Wolldecke darauf. Dann trat er zum Fenster und hielt den Atem an. Der Ausblick war atemberaubend. Die Abendsonne schien auf die Berggipfel. Schnee bedeckte noch einen Teil der Felsen oberhalb der Baumgrenze. Ein Bach stürzte von ganz oben herab, bahnte sich seinen Weg durch eine Lücke zwischen den Bergen. Piero konnte fast seinen gesamten Lauf von den Gipfeln bis zum Tal sehen. An den Hängen rechts und links des Baches wuchsen Tannen. Ein paar Wolken hingen unterhalb der Gipfel und warfen Schatten auf die Almwiesen. Der Wind brachte das Bimmeln von Kuhglocken mit sich, irgendwo sang ein Vogel. Es war überwältigend und friedlich zugleich.

»Das ist ein großartiger Ausblick, nicht wahr?«

Er wandte sich um. Helene Herger stand in der Tür, eine Schüssel und einen Krug in den Händen. »Hier ist Ihr Waschzeug.«

Sie kam zu ihm, stellte Krug und Schüssel auf die Kommode und blickte ebenfalls aus dem Fenster. »So schön.«

»Wunderschön«, stimmte er ihr zu. »Diese Berge und der Bach.«

»Das ist der Rientalbach. Er fließt in Göschenen in die Reuss. Von meinem Fenster habe ich denselben Blick. Jetzt scheint die Abendsonne auf die Berge, aber morgens geht die Sonne hinter diesen Gipfeln auf.« Sie deutete auf den Einschnitt zwischen den Bergen. »Wenn es bewölkt ist, wirft die Sonne Schatten in die Wolken, lange bevor sie aufgeht. Und wenn es klar ist, leuchten die Gipfel, kurz bevor die ersten Strahlen über die Berge kommen.«

Er musterte sie von der Seite. Wie anders ihre Stimme klang, wenn sie über die Landschaft sprach. Sie musste diese Berge sehr lieben.

Sie bemerkte seinen Blick und eine zarte Röte breitete sich auf ihren Wangen aus. »Nun. Meine Mutter fragt, ob Sie auch Kost zum Logis haben wollen. Kostet einen Franken fünfzig extra. Dafür gibt es Kaffee, Käse und Brot am Morgen, Eintopf mit Brot am Abend, dazu einen Krug Bier oder Wein.«

»Zwei Mahlzeiten brauche ich nicht, ich arbeite im Schichtdienst, ich werde irgendwann in der Kantine essen. Aber Kaffee und Brot zum Frühstück wären gut.«

Sie dachte nach. »Das macht dann einen Franken zwanzig.«

Er unterdrückte ein Grinsen. Die junge Frau war geschäftstüchtig. »Ich zahle es, wenn ich zwei Stullen für die Arbeit bekomme. Ganz einfach. Nur Brot, Käse und Speck.«

Sie zog die Augenbrauen zusammen, dann nickte sie. »Frühstück gibt es um sieben Uhr.«

»Das ist zu spät für mich. Ich muss um sechs an der Baustelle sein.«

»Ruedi und mein Vater stehen auch früh auf, um die Pferde zu versorgen. Kaffee ist dann schon fertig und Brot und Käse lege ich heute Abend noch bereit.«

»Vielen Dank. Gibt es hier ein Wirtshaus, wo man gut und günstig essen kann?«

»Ich kenne nur das Rössli. Aber es gibt viele neue Wirtshäuser hier. Sie können sie nicht verfehlen, man hört den Lärm schon von Weitem.«

»Ich werde schon eines finden.«

Nachdem er sein Bett gemacht und seine Habseligkeiten verstaut hatte, machte er sich auf den Weg ins Dorf. Bis zur Brücke ging er den Weg zurück, den er gekommen war. Dann wandte er sich nach links und ging am Rössli und einem weiteren großen Gebäude vorbei. Auf der anderen Straßenseite erklang aus einem Gebäude Gesang. Er blieb stehen und lauschte. Das waren Italiener und sie sangen das Lied der Mineure. Die Tür stand offen, also trat er ein. Der Dunst von Eintopf, Rauch und Alkohol schlug ihm entgegen. An wackeligen Tischen saßen Tunnelarbeiter in Manchesterhosen, die Hemdsärmel hochgekrempelt. An einem Tisch in der Ecke entdeckte er noch freie Stühle und bahnte sich seinen Weg durch den Raum.

»Buona sera«, begrüßte er die Männer und deutete auf den Stuhl. »Ist hier noch frei?«

Sie erwiderten seinen Gruß.

»Klar, setz dich«, sagte einer. »Bist du neu?«

»Ja, ich bin heute über den Pass gekommen. Ab morgen arbeite ich im Tunnel. Ich bin Piero.«

»Ich bin Vito. Wo kommst du her?«

»Aus Castelnuovo, in der Nähe von Turin. Eigentlich wollte ich in Airolo arbeiten, aber da brauchen sie keine Mineure.«

»Wie läuft es in Airolo?«, fragte ein anderer, der sich als Matteo vorstellte. »Das Letzte, was wir hier gehört haben, ist, dass sie dort Probleme mit Wassereinbrüchen haben.«

»Ein Kumpel von mir, der dort arbeitet, hat mir davon erzählt. Sie kommen kaum voran, weil ständig neues Wasser aus dem Berg kommt.«

»Es heißt, die Bäche um den Berg herum versiegen, es gäbe nicht mehr genug Wasser um die Mühlen zu betreiben«, sagte ein dritter.

Der Wirt kam und fragte Piero, was er trinken wolle. Piero blickte auf die Becher seiner Tischgenossen. »Wir trinken Wein«, sagte Matteo. »Besser als das dünne Bier, das sie hier ausschenken.«

»Dann bring mir einen Becher Wein. Was gibt es zum Essen?«

»Eintopf und Brot.«

Cazzuola, Mineurseintopf. Das Gericht der Tunneldörfer. »Dann einmal Eintopf und Brot.«

Eine dralle, junge Frau mit blonden Locken brachte den Eintopf und den Wein und kassierte auch gleich.

»Wie ist das Arbeiten hier?«, fragte Piero, während er aß.

»Wahrscheinlich besser als in Airolo«, sagte Matteo. »Aber anstrengend. Wir müssen durch Gneisgranit, an manchen Tagen brechen die Bohrer wie Zündhölzer. Und es lösen sich immer mal wieder Felsbrocken aus der Firste. Es gab schon einige Verletzte deswegen. Wenn dir so ein Brocken auf den Kopf fällt …« Er unterbrach sich und blickte auf.

Jemand hatte Piero auf die Schulter getippt.

»Piero Caretti. Was zum Teufel machst du hier?«

Diese Stimme kam ihm nur allzu bekannt vor. Widerwillig wandte er sich um. Hinter ihm stand Enzo Lombardi und starrte ihn grimmig an. Verdammt, er hatte gehofft, seinem Vorarbeiter erst morgen zu begegnen.

»Was wohl? Ich werde hier arbeiten«, gab er zurück.

Die Männer am Tisch blickten neugierig von ihm zu Lombardi.

Enzo beugte sich vor und funkelte ihn an. »Warum? Du solltest in Agordo sein.«

»Ich hatte keine Lust mehr auf Schule«, gab Piero ihm die gleiche Antwort, die er schon Tommaso gegeben hatte.

»Du hattest keine Lust mehr?« Enzos Stimme übertönte die Gespräche an den Nachbartischen. »Du Depp, du verdammter Narr! Du wirfst die Chance deines Lebens weg!« Er ballte die Fäuste. »Dafür sollte ich dich verprügeln.«

Heiße Wut packte Piero. Was wusste Enzo schon davon, wie es auf der Schule gewesen war? *Die Chance seines Lebens.* Pah! Er stand auf. »Na los, dann prügeln wir uns. Besser jetzt als morgen in der Schicht. Du bist nämlich mein Vorarbeiter.«

Er überragte Enzo um fast einen Kopf, doch er wusste, dass er trotzdem keine Chance gegen ihn hatte. Enzo war zwar untersetzt, aber er hatte breite Schultern und Hände wie Schaufeln. Er war um einiges kräftiger als Piero. Er würde ihn windelweich prügeln. Egal, lieber schlug er sich mit Enzo, anstatt ihm zu erzählen, warum er nicht mehr in Agordo war.

Die Gespräche um sie herum verstummten. Die Männer blickten sie erwartungsvoll an. Eine Prügelei, noch dazu zwischen einem Arbeiter und seinem Vorarbeiter, versprach Abwechslung.

Schwer atmend senkte Enzo die Fäuste. »Das könnte dir so passen, du Hitzkopf. Wir sprechen uns später.«

Er ging zurück zu seinem Tisch. Sichtlich enttäuscht wandten sich die Bergleute wieder ihrem Essen und Weinbechern zu. Die Männer an Pieros Tisch musterten ihn neugierig.

»Kein guter Anfang, sich mit seinem Vorarbeiter zu streiten«, sagte Matteo. »Woher kennt ihr euch?«

»Er war schon am Mont Cenis mein Vorarbeiter«, antwortete Piero zwischen zwei Löffeln Eintopf.

Das war untertrieben. Enzo war viel mehr gewesen als nur sein Vorarbeiter. Sein bester Freund, sein Mentor. Aber das war nun wohl vorbei.

»Das ist natürlich Pech, dass er es hier wieder ist, wenn ihr euch nicht versteht. Ich bin übrigens auch als Mineur in seinem Posten. Wir werden zusammen arbeiten.«

Piero hob seinen Becher und prostete ihm zu. »Auf gute Zusammenarbeit.«

»Er ist eigentlich recht umgänglich«, fuhr Matteo fort. »Es gibt schlimmere Vorarbeiter.«

Vito beugte sich vor. »Weswegen habt ihr euch gestritten?«

Piero zuckte mit dem Schultern. »Es hatte nichts mit meiner Arbeit zu tun«, antwortete er knapp. »Wie viele Männer gehören zu seinem Posten?«

»Vier Mineure, zwei Mechaniker, acht Handlanger und ein Laufbursche. Dazu kommen zweiundzwanzig Schutterer. Im Richtstollen arbeiten wir mit zwei Bohrposten und zwei Schutterposten.«

Piero rechnete nach. Mit den Vorarbeitern waren es sechsundsiebzig Männer im Richtstollen. »Das sind viele.«

»Ja, es ist ein ziemliches Gedränge.

Als Piero mit dem Essen fertig war, war Enzo schon gegangen. Piero verabschiedete sich von seinen Kameraden und machte sich auf den Weg zum Hof der Hergers. Die Wolken hatten sich verzogen, die Nacht war klar. An der Brücke über die Reuss blieb er stehen und legte den Kopf in den Nacken. Am Himmel stand ein halber Mond, die Sterne leuchteten. Unglaublich, wie groß sie hier wirkten. Viel größer als in seiner Heimat. Auf dem Hof der Hergers war alles still, doch im Haus brannte noch Licht. Er stieg die Stufen zu seiner Kammer hinauf. Mit dem gemachten Bett wirkte sie recht einladend. Aus seinem Beutel zog er einen einfachen Wecker, ein Geschenk von Enzo. »Damit du deinen Unterricht an der Bergbauschule nicht verpasst«, hatte er gesagt. »In Agordo gibt es keine Hähne, die dich wecken.«

Piero stellte den Wecker auf fünf Uhr, zog sich aus und legte sich hin. Vielleicht war es gut, dass er Enzo heute schon begegnet war, dann gab es morgen keine Überraschung, wenn er seine Schicht antrat. Das dunkle Läuten von Kuhglocken und das hellere Klingeln der Ziegenglöckchen drang an sein Ohr, sie mussten ganz in der Nähe weiden. Die Kirchturmuhr schlug. Zehn Mal. Ihm fielen die Augen zu.

10. KAPITEL

Das Krähen eines Hahnes weckte ihm am nächsten Morgen, bevor der Wecker klingelte. Dämmerlicht fiel durch das Fenster, es musste kurz vor fünf sein. Er streckte sich, dann stand er auf. Irgendwo vor seinem Fenster sang eine Amsel ihr Morgenlied. Er sah hinaus. Über den Gipfeln der Berge standen graue Wolken, das Tal mit dem Bach, das gestern in der Abenddämmerung golden geleuchtet hatte, wirkte in der Dämmerung farblos. Unterhalb der Schneefelder schwebten Wolken über den Wipfeln der Tannen.

Er zog sich an und stieg über die Treppe nach unten. Aus dem Stall hörte er ein Pferd schnauben. Aus einem Fenster des Wohnhauses schien Licht. Piero klopfte an die Haustür.

»Herein«, rief eine weibliche Stimme.

Anna Herger stand in der Küche. Sie stellte eine Tasse schwarzen Kaffee auf den Tisch und deutete auf ein Brett, auf dem mehrere Scheiben Brot und Käse lagen. Dann wandte sie sich wieder ihrer Arbeit zu. Offenbar wurde von ihm erwartet, dass er draußen aß.

Piero nahm das Brett und die Tasse, ging nach draußen und setzte sich auf die Bank vor dem Haus. Im Stall rumorte es, anscheinend war der Knecht schon dabei, die Pferde zu versorgen. Kurze Zeit später trat Franz Herger aus der Haustür. »Grüezi«, rief er Piero zu und ging dann auch in den Stall.

Als Piero mit seinem Frühstück fertig war, brachte er Brett und

Tasse zurück in die Küche und machte sich auf den Weg zur Baustelle.

Auch in den Straßen war noch alles ruhig, doch als er sich der Baustelle näherte, hörte er den vertrauten Lärm aus dem Tunnel. Das Hämmern der Bohrer, die Rufe der Arbeiter, das Geräusch von fallenden Steinen, wenn die Loren, die den Abraum aus dem Stollen brachten, auf dem Geröllhaufen neben dem Tunnel geleert wurden. Vor der Hütte des Bauleiters wartete Enzo auf ihn.

»Da ist deine Grubenlampe. Die Gebühr wird von deinem Lohn abgezogen.« Er musterte Pieros Kleidung. Es war dieselbe, die er schon am Mont Cenis getragen hatte. Stiefel, eine robuste Hose, Hemd, ein Halstuch, das man sich vor Mund und Nase binden konnte, wenn es zu sehr staubte, Jacke und einen Hut aus dickem Leder zum Schutz gegen Steinschlag. Piero nickte und nahm die Lampe entgegen. Im Tunnel waren die Arbeitsgeräusche verstummt, die Bergleute kamen heraus. Manche trugen Spitzhacken über der Schulter, andere Schaufeln. Alle hatten sie müde, staubbedeckte Gesichter.

»He, Emile, wie war es?«, rief Enzo einem der Männer zu.

»Immer noch Gneis«, antwortete der. »Zu hart für die Bohrer. Es sind schon wieder drei kaputtgegangen. Immerhin haben wir eine Sprengung machen können und der Schutt ist draußen. Mit Glück schaffst du mit deiner Truppe noch eine.«

»Merda. Es wird Zeit, dass endlich die neuen Bohrer kommen«, sagte Enzo. »Das alte Zeug taugt nichts.« Er hob die Hand. »Auf geht's, Kumpels, lasst uns anfangen!«, rief er seinen Leuten zu.

Piero folgte den Männern zum Stollen. Auch die anderen Posten machten sich auf den Weg. Sie gingen entlang der Schienen, die in den Tunnel führten. Noch wurden nur Loren darauf geschoben, später, wenn es tiefer in den Berg ginge, würden kleine Lokomotiven Material und Arbeiter an die Tunnelbrust bringen. Nach einigen Metern verengte sich der Tunnel und kurz danach erreichten sie einen Felsabsatz von über einem Meter Höhe.

Verwundert wandte sich Piero zu Enzo um. »Favre arbeitet nach dem ›Belgischen System‹?«

Dabei wurde zuerst ein Firststollen in den Berg gesprengt, die Oberseite des zukünftigen Tunnels. Danach wurde diese Kalotte, wie man das obere Drittel des Tunnels nannte, erst seitlich und dann nach unten erweitert. Man baute den Tunnel sozusagen von oben nach unten.

Enzo nickte. »Es gab heftige Differenzen mit den Fachleuten der Gotthardbahngesellschaft deswegen. Aber er sagte, bei einem Tunnel dieser Länge ist es die beste Möglichkeit.«

»Das ist richtig. Rauch und Gase von den Sprengungen sammeln sich in der Kalotte, und bei einem so langen Tunnel ziehen sie ohne Belüftung nur sehr langsam ab. Wenn man mit der Strosse beginnt, müssen die Mineure beim Ausbruch der Kalotte in diesem Gemisch arbeiten.«

»Ach sieh mal an, ein Neunmalkluger«, spottete Enzo. »Hast du das in der Bergwerkschule gelernt, auf die du dann keine Lust mehr hattest?«

Beschämt senkte Piero den Kopf. Tatsächlich hatte er die unterschiedlichen Arten des Vortriebs in der Schule gelernt. Es war faszinierend gewesen, mehr über die Hintergründe der Arbeit zu erfahren, die er schon seit einigen Jahren machte.

Enzo brummte etwas Unverständliches und stieg über die Rampe auf die obere Etage. Piero und die anderen Bergleute folgten. Tiefer ging es in den Berg. Hier war der Stollen wieder breiter als zuvor, überall arbeiteten Männer. Nach etwa hundert Metern verengte sich der Tunnel erneut.

Dort stand das Gestell mit den sechs auf Lafetten montierten Bohrern. Die Tunnelbrust lag etwa hundert Meter weiter vorne.

»Erst holen wie das lockere Gestein raus«, rief Enzo und deutete auf die Hacken und Hämmer, die an der Seite lagen. Piero drückte seinen Hut fester auf den Kopf und griff nach einer Hacke. Dann betrachtete er die Wand vor sich. Feine Risse im Fels zeigten, wo das Gestein durch die letzte Sprengung locker war. Er packte die Hacke fester und fing an. Neben ihm hieben die anderen Mineure und die Schutterer auf den Fels ein. Nach einiger Zeit zog Piero seine Jacke aus. Es war warm. Seine Arme und Schultern schmerzten, nach zwei Jahren Schule war er die schwere Arbeit nicht mehr gewohnt.

Er kreiste mit den Schultern, um die verspannten Muskeln zu lockern. Als er sich wieder dem Berg zuwandte, bemerkte er, dass Enzo ihn nachdenklich ansah. Er biss die Zähne zusammen und arbeitete weiter. Er würde sich schon wieder daran gewöhnen.

Nach drei Stunden, die ihm endlos erschienen, brach kaum noch Gestein aus dem Fels.

Enzo trat an die Wand, hielt die Grubenlampe hoch und musterte das Gestein. Danach winkte er Piero heran. »Wo würdest du die Löcher für die Sprengladungen bohren?«

Piero betrachtete die Wand vor sich. Deutlich zeigten sich die unterschiedlichen Gesteinsschichten. Er zeigt auf mehrere Stellen. »Hier, hier und hier. Und dann oben drüber.«

Enzo nickte. »Ja, so würde ich es auch machen.« Er drehte sich um und hob die Stimme: »Hierher mit der Bohrmaschine.«

Fünf Männer schoben das schwere Gestell an die Tunnelbrust und richteten die Bohrer auf die Stellen aus, die Enzo zeigte. Rechts und links der Maschine war jetzt nur noch einen halben Meter Platz. Piero und die anderen Mineure pressten sich an die Wand und die Bohrer begannen mit ihrer Arbeit. Unter ohrenbetäubendem Lärm hämmerten sie Löcher in die Wand.

»Achtung, sie werden zu heiß!«, brüllte der Matteo, er stand der Bohrstelle am nächsten. Der Mechaniker regelte das Tempo der Maschinen langsam herunter, bis das Hämmern aufhörte.

Enzo drängte sich nach vorne und besah die Löcher. »Die sind tief genug. Wir bohren hier weiter.« Er zeigte auf eine Stelle neben den frisch gebohrten Löchern. Dreimal wurde die Maschine neu platziert, dreimal hämmerte sie Löcher in den Berg. Insgesamt vierundzwanzig Stück. Dann zogen die Mineure das Gerät von der Tunnelbrust zurück. Matteo kontrollierte die Bohrer. »Die beiden sind stumpf, die müssen ausgewechselt werden. Mario!« Er winkte einem jungen Burschen. »Sag Luigi Bescheid, dass wir zwei neue Bohrer brauchen.«

Währenddessen trugen immer zwei der Schutterer je eine Kiste zur Stollenbrust. Sie gingen sehr langsam und setzten sie äußerst vorsichtig ab.

»Dynamit?«, fragte Piero

Matteo nickte. »Ja. Es ist viel besser als Schwarzpulver, aber verdammt gefährlich.«

»Eine Patrone pro Bohrloch reicht!«, rief Enzo. »Matteo, Piero, das übernehmt ihr. Luigi und Salvatore, ihr reinigt die Bohrmaschine.«

Piero folgte Matteo und warf einen Blick in die geöffneten Kisten.

Die Dynamitpatronen lagen auf Stroh. Jede war mit einer Zündschnur versehen. Matteo holte eine Patrone aus der Kiste und legte sie in das mittlere Loch, dann schob er sie mit einem Holzpflock bis ganz nach hinten. Nur die Zündschnur hing noch heraus. Piero machte es ihm nach, bis alle Löcher gefüllt waren. Ein Hornsignal schallte durch den Stollen, als Zeichen, dass alle Sprenglöcher geladen waren. Piero und Matteo zogen sich zu den anderen Arbeitern hinter die Bohrmaschine zurück. Aus der Entfernung beobachtete Piero, wie der Sprengmeister den Zünder an die ersten Schnüre hielt. Knatternd und zischend brannten die Zündschüre ab. Mehrere Warntöne erklangen. Der Sprengmeister hastete ebenfalls in sichere Entfernung. Alle duckten sich. Piero zog den Schal über Mund und Nase und hielt sich die Ohren zu. Ein Lichtblitz zuckte und dann erfüllte ohrenbetäubendes Krachen den Stollen, gefolgt von dem Getöse herabstürzender Felsbrocken. Unwillkürlich hielt Piero die Luft an, als die Druckwelle über ihn hinwegfegte. Steine und Splitter flogen, ihnen folgte eine Wolke aus Rauch und der Gestank nach Sprenggasen.

Piero blinzelte. Durch den Rauch sah er, wie der Sprengmeister aufstand und mit seiner Grubenlampe nach vorne zur Tunnelbrust ging. Er würde jetzt die oberen Bohrlöcher zünden und im dritten Durchgang die unteren. Als alle drei Sprengungen durchgeführt waren, war der Stollen so voller Rauch und Gasen, dass Piero kaum atmen konnte. Keuchend kamen die Schutterer nach vorne, ihre Aufgabe war es nun, das Gestein in kleine Wagen zu laden und zur Erweiterung zu bringen, wo man sie auf größere Waggons umlud, die von Grubenpferden aus dem Tunnel gezogen wurden.

Während die Schutterer begannen, das Gestein fortzuräumen, bahnte sich Enzo einen Weg durch die Felsbrocken bis zur Sprengstelle. Piero und die anderen Mineure folgten. Enzos Blick glitt über die Tunnelbrust. »Das sieht gut aus. Hier müssen wir noch ein bisschen raushacken.«

In den nächsten Stunden verlegten Piero und die anderen die Serviceschiene in den neu entstanden Tunnelabschnitt, damit die Maschine für den nächsten Angriff auf die Tunnelbrust in Position gebracht werden konnte. Zwischendurch rief Enzo eine kurze Essenspause aus. Piero ärgerte sich: Er hatte nicht daran gedacht, sich etwas zu essen mitzunehmen. So saß er zwischen seinen Kameraden und versuchte, seinen knurrenden Magen zu ignorieren.

Enzo sah ihn von der gegenüberliegenden Seite an, dann kam er herüber. »Hast du keinen Hunger?«

»Ich habe vergessen, mir was mitzunehmen.«

Stumm riss Enzo ein Stück von dem Brot ab, das er in der Hand hielt, und reichte es Piero, dann wandte er sich um und ging zurück auf seinen Platz.

»Danke«, sagte Piero. Enzos Benehmen war ein Rätsel. Gestern Abend hätte er ihn am liebsten verprügelt, heute holte er seine Meinung zum Gestein ein und gab ihm zu essen. Dabei hatte Piero damit gerechnet, dass Enzo ihn allerhöchstens zum Dreckwegschaffen einteilen würde.

Schließlich erklang aus der Ferne her das Hornsignal, das das Ende ihrer Schicht verkündete. Pieros Rücken und Schultern schmerzten, er hatte Blasen an den Händen und in seinem Hals kratzte es. Er fühlte sich zehn Jahre älter als am Morgen. Im Freien atmete er tief ein, er konnte die Frische der Bergluft geradezu schmecken. Vor dem Portal warteten einige Frauen auf ihre Männer, Kinder begrüßten ihre Väter. Piero nahm den Hut ab und hielt sein Gesicht in den Wind. Er würde sich jetzt ein paar Lebensmittel kaufen, zum Hergerhof gehen, sich waschen, essen und dann ausruhen.

Enzos Ruf hielt ihn auf. »Caretti! Warte! Ich habe mit dir zu reden.«

Langsam wandte er sich um. Enzo stand vor der Tür eines Hauses, dessen Untergeschoss wohl zu einer Gaststätte umgebaut worden war. »Albergo d'Italia« stand auf einem Schild neben dem Eingang.

»Komm.« Ohne auf Pieros Antwort zu warten, ging Enzo hinein. Piero folgte ihm widerwillig. Er hatte heute eigentlich nicht in einer Gaststätte essen wollen, er musste sparen.

Die Tische waren fast alle besetzt, ausschließlich von Bergleuten. Enzo ging zu einem kleinen Tisch.

Eine junge Frau mit schwarzem Haar und dunklen Augen kam an ihren Tisch. »Ciao, Enzo. Cosa devo portare?«

»Ciao Tereza. Minestre e birra per me.«

Er sah Piero fragend an. Piero zögerte. »Anche per me«, sagte er dann.

Tereza lächelte und ging zwischen den Tischen hindurch zur Küche.

»Eine italienische Osteria?«, fragte Piero.

»Ja, der Inhaber ist Salvatore Orsano. Tereza ist seine Nichte. Ich würde dir raten, nicht mit ihr anzubändeln, Salvatore versteht keinen Spaß.«

»Ich habe nicht die Absicht.«

Enzo hob die Augenbrauen. »Ich kenne dich, du warst am Mont Cenis schon kein Kind von Traurigkeit.«

»Der Mont Cenis ist zwei Jahre her. Warum wolltest du mich sprechen? Bist du mit meiner Arbeit nicht zufrieden?«

Enzo brummte unwillig. »Du weiß genau, warum ich dich sprechen will. Warum hast du die Schule geschmissen? Du gehörst zu den besten Mineuren, die ich kenne. Du hast einen Blick für Gestein und ein Gefühl für Strukturen im Berg. Du lernst schnell. Aus dir hätte ein Ingenieur werden können, ein Bauleiter, oder ein Berater wie dieser Colladon. Also, was ist passiert? Und komme mir nicht damit, du hättest keine Lust mehr gehabt, denn dann prügele ich dich gleich jetzt und hier windelweich.« Seine Augen funkelten angriffslustig. Piero war sicher, dass er jedes Wort ernst meinte.

Er holte tief Luft. »Ich habe die Schule nicht geschmissen. Sie haben mich rausgeworfen.«

So nun war es heraus.

Enzo kniff die Augen zusammen. »Rausgeworfen? Warum?«

»Ich habe von Anfang an nicht dort hingepasst. Diese feinen Pinkel mit ihren Anzügen und den feinen Lederschuhen hat es gestört, dass ein einfacher Arbeiter wie ich, der nur die Grundschule besucht hat, mit ihnen studieren sollte. Ich wusste tatsächlich vieles nicht, habe manchmal dumme Fehler gemacht, Fragen falsch beantwortet. Die meisten Lehrer hat das nicht gestört.« Er machte eine Pause und trank einen Schluck Bier. »Aber in Geologie war ich wirklich gut. Doch der Lehrer für Statik hatte mich auf dem Kieker. Er hat mich immer dann gefragt, wenn es um Themen ging, von denen ich noch nichts wusste. Ich habe zwar schnell gelernt, aber das hat nicht viel geholfen. Die anderen sind abends ausgegangen und haben gefeiert, ich bin nicht mitgegangen, ich hatte nicht genug Geld. Ich konnte mir ja kaum die Bücher leisten, die ich brauchte.«

Während er sprach, spürte er wieder die Demütigung, wenn er vor der Klasse stand und stotterte, weil er nichts über Statik wusste. Er hörte das Tuscheln seiner Kommilitonen: »Der wäre besser im Tunnel geblieben, der kann ja noch nicht mal richtig sprechen.«

»Ich wollte der beste Student werden, wollte es ihnen allen zeigen. Wir sollten eine Hausarbeit über Gebirgsbildung und Gesteinsarten schreiben. Darin war ich gut. Einer meiner Kommilitonen, Angelo Pagella, fragte mich, über was ich schreibe. Ich zeigte ihm meine Arbeit. Er bat darum, sie durchlesen zu dürfen. Ich habe mir nichts dabei gedacht, jeder sollte ja ein Thema wählen. Doch als wir die Arbeiten zurückbekamen, sah mich der Lehrer schon so seltsam an. Er erzählte, die beste Arbeit sei eine über die Systematik der Minerale. Das war mein Thema und ich war stolz und glücklich. Doch dann nannte er als Verfasser der Arbeit einen anderen.«

»Er hat deine Arbeit kopiert?«

»Ja. Ich habe natürlich sofort protestiert, doch er behauptete, er hätte mir seine Arbeit gezeigt und ich hätte sie kopiert. Natürlich glaubte der Lehrer ihm. Immerhin war er der Sohn eines

Professors an dieser Schule und ich nur einfacher Mineur. Ich habe die Beherrschung verloren.«

Pagellas höhnisches Grinsen, als der Lehrer gesagt hatte, dass es wohl mehr als unwahrscheinlich sei, dass Piero Caretti, Mineur, diese Arbeit verfasst hatte, hatte ihn explodieren lassen wie eine Ladung Schwarzpulver. Er hatte Pagella gepackt, ihn an die Wand gedrückt und ihm ein paar saftige Ohrfeigen verpasst, während er ihn mit den übelsten Schimpfworten bedachte hatte, die er kannte. Pagella hatte um Hilfe gerufen, doch auch seine Kameraden hatten es nicht fertiggebracht, Piero von ihm fortzuzerren. Erst der herbeigerufene Pedell hatte es gemeinsam mit dem Lehrer geschafft, wobei beide einige Fausthiebe von Piero abbekommen hatten.

»Danach haben sie mich rausgeschmissen. Wegen Betrug und wegen Angriff auf einen Lehrer. Mir ist nichts anderes übrig geblieben, als wieder als Mineur zu arbeiten. Aber immerhin bin ich jetzt an der berühmtesten Baustelle in Europa.«

Enzo hob eine Augenbraue. »Ach ja?«

Piero nickte. »Ja! Alle blicken auf Airolo und Göschenen, jede Zeitung hat über den Beginn der Bauarbeiten berichtet. Natürlich war man in Agordo nicht begeistert, dass Louis Favre den Zuschlag bekommen hat. Er ist ja noch nicht einmal ein richtiger Ingenieur, sondern Zimmermannsgeselle. Er hat sich alles selbst beigebracht, war nie auf einer Hochschule.« Er lachte. »Vielleicht sollte ich mir ihn zum Vorbild nehmen.«

»Er mag kein ›richtiger‹ Ingenieur sein, aber er ist reich«, erwiderte Enzo trocken. »Das macht den Unterschied.«

Piero hob die Schultern. »Wie auch immer, jetzt bin ich erst einmal hier. Und ehrlich, ich bin froh, dass du mein Vorarbeiter bist.«

Enzos Gesichtszüge wurden milder, fast glaubte Piero ein Lächeln zu sehen. »Du warst mein bester Mineur am Mont Cenis, ich arbeite gerne mit dir. Trotzdem war es dämlich, von der Schule zu fliegen.«

»Ich weiß. Ich wünschte, ich könnte es ändern.«

Piero gähnte. Nach dem Essen spürte er die Müdigkeit noch stärker.

»Geh und schlaf dich aus«, sagte Enzo. »Wo ist deine Unterkunft?«

»Ich habe eine Kammer bei einem Fuhrhalter. Franz Herger.«

»Eine Kammer für dich allein? Da hast du Glück gehabt. Es gibt kaum noch freie Zimmer. Die paar Baracken, die Favre gebaut hat, waren alle schon im Winter vermietet. Dort wohnen fast nur Vorarbeiter mit ihren Familien.«

Er winkte Tereza heran. »Ich bezahle für uns beide«, sagte er, als sie an den Tisch kam.

»Danke, Enzo. Ich revanchiere mich bei Gelegenheit.«

»Brauchst du nicht. Halte deinen Hitzkopf unter Kontrolle und lass die Finger von den Weibern, das reicht.«

Auf dem Heimweg ging Piero in den Laden, bei dem er gestern die beiden Äpfel gekauft hatte. Die junge Frau mit den blonden Haaren lächelte ihn an. »Grüezi. Kommst du von der Arbeit?«

»Ja. Ich wollte Brot und Käse kaufen. Habt ihr auch Salami?«

»Salami nicht, aber Speck.«

Speck war sicher teurer als Salami, aber er würde sich trotzdem ein Stück gönnen. »Dann nehme ich Speck.«

Sie holte ein Brot aus dem Regal hinter sich und einen Käse, den sie auf ein Brett legte. »So viel?« Mit dem Messer zeigte sie die Menge an.

»Das ist gut.«

Sie schnitt den Käse ab und dann eine Scheibe Speck.

»Bist du bei den Hergers untergekommen?«

»Ja. In der Kammer über dem Heuschober.«

»Da hast du es gut getroffen. Helene Herger ist meine Freundin. Ich bin übrigens die Paula. Paula Bissig.«

Wieder lächelte sie. Dabei bildeten sich Grübchen in ihren Wangen.

»Du siehst aber gar nicht bissig aus«, sagte er.

Sie verdrehte die Augen, bestimmt war er nicht der Erste, der sie wegen des Namens hänselte.

»Tut mir leid«, sagte er schnell. »Das war eine blöde Bemerkung. Ich bin Piero Caretti.«

Ihr Lächeln kehrte zurück. Sie packte Käse und Speck in ein Papier und legte das Brot dazu. Er bezahlte.

11. KAPITEL

Helene stand in der Küche und sah aus dem Fenster, als ihr neuer Mieter durchs Hoftor kam. Er trug eine staubbedeckte Jacke und einen ebenso staubigen Hut. Auch in seinem Gesicht hatte sich der Schmutz festgesetzt, es wirkte grau. Als er an der Pferdetränke stand, blickte er sich kurz um, dann legte er seinen Hut auf die Bank an der Scheunenwand und zog die Jacke aus. Darunter trug er ein fleckiges Hemd. Verblüfft beobachtete sie, wie er auch das Hemd auszog und zur Tränke ging. Dort beugte er sich vor und schöpfte sich mit beiden Händen Wasser ins Gesicht, rieb den Dreck herunter. Dann tauchte er seine Arme ins Wasser und wusch sich die Schultern und die Brust ab. Dabei zeichneten sich deutlich die Muskelstränge an seinen Armen und Rücken ab. Schließlich holte er tief Luft und tauchte den Kopf unter Wasser. Prustend richtete er sich wieder auf und schüttelte sich wie ein nasser Hund. Tropfen flogen von seinen dunklen Haaren, Wasser rann über seine Brust.

Helene konnte ihren Blick nicht von ihm wenden. Sein Anblick erinnerte sie an Bilder von Statuen, die sie in einem Schulbuch gesehen hatte. Ein Künstler aus Italien hatte sie geschaffen. Michelangelo hatte ihre Lehrerin ihn genannt.

»Was starrst du so? Ist irgendwas da draußen?«

Helene zuckte zusammen, als sie die Stimme ihrer Mutter hörte. Hitze stieg ihr in die Wangen. Rasch drehte sie sich um. »Unser neuer Mieter ist gerade gekommen.«

Ihre Mutter warf ihr einen Blick zu und trat ans Fenster.

»Was macht der da?«

»Er hat sich gewaschen.«

»In der Pferdetränke?«

Helene nickte. Ihre Mutter wandte sich um und stürmte hinaus.

»He, du!«, rief sie. »Du kannst dich doch nicht in aller Öffentlichkeit in der Pferdetränke waschen.«

Ihr Mieter hatte eben sein Hemd und seine Jacke von der Bank genommen. Er drehte sich um.

»Ich wollte nur schnell den Staub von der Arbeit abspülen«, sagte er in seinem deutlich von einem italienischen Akzent gefärbten Deutsch. Obwohl er halb nackt dastand, schien er kein bisschen verlegen. Im Gegenteil, er lächelte Helenes Mutter unbefangen an.

Die schüttelte den Kopf. »Meine Tochter könnte dich sehen.«

»Und? Hat Ihre Tochter noch nie einen Mann gesehen?«

»Bisher jedenfalls keinen halb nackten Fremden. Außerdem ist das Wasser in der Tränke für unsere Pferde. In Zukunft nimmst du einen Eimer und Wasser aus der Pumpe.«

Er deutete eine Verneigung an. »Wie Sie wünschen, Signora. Wo finde ich einen Eimer?«

»Ich bringe gleich einen. Und ein Handtuch«, setzte sie mit einem Blick auf seinen feuchten Oberkörper hinzu.

Kopfschüttelnd kehrte sie zurück in die Küche.

»Diese Italiener. Haben kein Schamgefühl.«

Sie holte einen Eimer aus der Vorratskammer. Helene blickte weiterhin aus dem Fenster. Er machte keine Anstalten, sich wieder anzuziehen, sondern stand mit Hemd und Jacke über dem Arm im Hof. Auf seiner Brust hatte sich eine Gänsehaut gebildet, seine Haut schimmerte feucht.

»Helene! Hör auf, ihn anzustarren. Hol ein Trockentuch und ein Stück Seife.«

Widerwillig riss sie sich von seinem Anblick los.

Ihre Mutter brachte die Sachen nach draußen. Der Mann bedankte sich und stieg die Treppe zu seiner Kammer hoch.

Kurz vor dem Abendessen kam er wieder heraus. Er trug ein sauberes, rotes Hemd, ein helles Halstuch und eine blaue Hose. Sein dunkles Haar lockte sich um sein Gesicht. Er wirkte frisch und ausgeruht. Der Bartschatten war verschwunden, er hatte sich wohl auch rasiert.

Er lächelte Helene zu. »Buona sera, Signorina.«

Unwillkürlich erwiderte sie sein Lächeln. »Guten Abend, Signor …?« Wie war noch mal sein Name? »Caretti«.

Sie sah ihm nach, als er mit schwungvollen Schritten durch das Hoftor ging. Wo er wohl hinwollte? Sicher in irgendeine der neuen italienischen Kneipen. Er hatte ja keine Kochgelegenheit in seiner Kammer.

Auch in den nächsten Tagen kam er am frühen Nachmittag mit von Schweiß und Staub verschmiertem Gesicht nach Hause, seine Kleider verdreckt und mit Steinsplittern bedeckt. Jedes Mal ging er zuerst zur Pumpe und trank, dann füllte er seinen Eimer mit Wasser und ging hinter die Scheune. Ein wenig bedauerte Helene, dass ihre Mutter ihm verboten hatte, sich an der Tränke zu waschen.

An jedem zweiten Sonntag war Zahltag für die Arbeiter am Tunnel und gleichzeitig der freie Tag vor dem Schichtwechsel. Schon am frühen Morgen, wenn Helene und ihre Eltern zur Kirche gingen, bauten Händler an der Straße nach Andermatt ihre Tische für den »Zahltagsmarkt« auf. Mittlerweile kamen sie nicht nur aus Uri, sondern auch aus anderen Kantonen. Sogar aus dem Tessin zogen sie mit ihren Wagen über den Pass.

Nach dem Frühstück machten die Hergers sich auf den Weg zur Kirche. Piero Caretti nutzte seinen freien Tag wohl, um auszuschlafen, Helene hatte ihn noch nicht gesehen. An der Ecke von Bonacher und Unterdorf trafen sie auf die Bissigs. Johan Bissig lüftete seinen Zylinder. »Grüß Gott.«

Franz Herger erwiderte den Gruß. Neben Johan ging seine Mutter, Elfriede Bissig, ihnen folgte Paula und ihr Bruder Anton. Paula lief sofort zu Helene und hakte sich bei ihr ein. »Wie läuft es bei euch mit eurem Mieter? Er kauft ab und zu bei uns ein. Scheint ein netter Mann zu sein.«

»Wir bekommen ihn kaum zu Gesicht«, antwortete Helene. »Er geht früh fort und wenn er zu Hause ist, sieht man ihn auch nicht oft.«

»Mein Vater denkt auch darüber nach, zu vermieten. Wir haben zwei Zimmer frei. Aber Großmutter ist dagegen.«

»Allerdings«, schaltete sich Elfriede ein. »Schlimm genug, dass sich das Pack im ganzen Dorf breitmacht. Man kann kaum noch in die Beiz gehen, weil überall diese Italiener sitzen und lärmen. So was will ich nicht im Haus.«

»Wir verdienen gut an diesen Leuten, Großmutter«, warf Anton ein. »Sie kaufen mehr bei uns als die Göschener.«

»Nur, solange sie nicht im Laden steht und sie vergrault«, raunte Paula Helene zu. »Kürzlich hat sie sich sogar geweigert, einem etwas zu verkaufen, weil er nur italienisch gesprochen hat.«

Elfriede zog ein grimmiges Gesicht. »Das meiste Geld lassen die doch auf dem Markt.«

Die Glocken begannen zu läuten und Helenes Vater beschleunigte seinen Schritt. Auf dem kleinen Platz vor der Kirche stand die Familie Gisler. Urs drehte sich demonstrativ weg, Peters Bruder und seine beiden Schwestern blickten sichtlich verlegen zu Boden, Peters Mutter nickte den Hergers hastig grüßend zu.

»Maria, komm!« Urs nahm sie am Arm und sie betraten die Kirche. Seine Kinder folgten ihm, bis auf Peter. Er zögerte, dann kam er herüber und grüßte in die Runde.

»Kann ich dich bei Gelegenheit sprechen?«, wandte er sich an Helenes Vater.

»Jederzeit, das weißt du doch. Es tut mir leid, dass dein Vater so stur ist.«

»Dann komme ich heute Nachmittag zu euch.«

Peter lächelte Helene kurz an, dann folgte er seinen Eltern und Geschwistern in die Kirche.

Nach dem Gottesdienst stieß Paula Helene mit dem Ellbogen an. »Ich würde gerne noch über den Markt gehen. Letztes Mal haben sie an einem Stand schöne Tücher verkauft. Kommst du mit?«

Warum nicht? Ihre Mutter brauchte sie nicht, ihr Vater, Anton und Johan Bissig gingen zum Frühschoppen ins Rössli, auf dem Hof war nichts zu tun. Sie nickte und sagte schnell ihrer Mutter Bescheid.

Als sie den Laden der Bissigs erreichten, blieb Elfriede stehen und zeigte empört auf eine Gruppe Männer, die am Ende einer eingeebneten Bahn standen. Auf dieser lagen mehrere faustgroße Kugeln in der Nähe einer kleinen weißen Kugel. »Seht euch das an. Sie spielen mit Bällen. Wie kleine Kinder!«

Neugierig blickte Helene hinüber. Ein Mann trat an eine gezeichnete Linie, ging in die Hocke und warf die Kugel so, dass sie über den Boden rollte und in der Nähe der weißen Kugel zum Liegen kam. Mit einem zufriedenen Grinsen im Gesicht richtete er sich auf.

»Da ist ja euer Mieter«, rief Paula.

Tatsächlich. Jetzt trat Piero Caretti vor und warf seine Kugel. Sie traf die des Mannes vor ihm und schob sie von der weißen weg.

»Bravo, Piero!«, rief ein junger Bursche aus der Gruppe.

»Danke, Antonio. Jetzt bist du dran.«

»Ts«, machte Elfriede und schüttelte den Kopf. »Komm rein, Paula.«

»Später, Großmutter. Helene und ich machen noch einen Spaziergang.«

Elfriede runzelte die Stirn. »Einen Spaziergang?«

»Ja, es ist so schönes Wetter«, antwortete Paula unschuldig. Doch Elfriede hörte gar nicht mehr zu, denn in diesem Augenblick kam eine Gruppe Italiener sichtlich angeheitert laut singend die Straße entlang.

»Ruhe!«, schrie Elfriede die Männer an und hob drohend die Faust. »Immer dieser Lärm am heiligen Sonntag.«

Paula verdrehte die Augen. »Großmutter, um Himmels willen, lass doch die Leute in Frieden.«

Doch Elfriede wütete weiter. »Lumpenpack, elendes. Sie saufen und stehlen dem lieben Gott den Tag.«

Paula nahm Helene am Arm. »Komm, wir gehen.«

Eilig gingen sie an der Gruppe Italiener vorbei und die Straße hinauf.

»Es wird immer schlimmer mit ihr«, grummelte Paula. »Sie ist die unzufriedenste, grantigste Person, die ich kenne. Kein Wunder hat mein Vater nach Mutters Tod keine Frau mehr gefunden. Sie hat alle vergrault.«

Sie erreichten den Markt. Unter einem improvisierten Sonnensegel legte eine Frau kleine, runde Käselaibe und lange Würste auf den Tisch vor sich. Dazu rief sie etwas auf Italienisch. Helene hatte im letzten Jahr genug aufgeschnappt, sie pries wohl ihre Waren an, die so schmeckten, wie in der Heimat. Vor einer roh gezimmerten Holzhütte saß eine Frau in einem bunten Rock, heller Bluse und gelbem Schal auf einer Bank und spielte Gitarre. Ihr Haar war lose zurückgebunden, einzelne Strähnen lockten sich um ihr Gesicht. Am Tisch daneben hoben fünf Männer in Arbeiterkleidung ihre Becher und prosteten sich zu. Einer fing an zu singen, die anderen stimmten ein. Helene blieb stehen und lauschte. Die Melodie klang ein wenig schwermütig. Ob sie wohl von ihrer Heimat sangen?

Paula zupfte sie am Arm. »Komm weiter. Der Stand mit den Tüchern ist da drüben.«

Auch hier war es eine Italienerin, die ihre Ware anbot. Vor ihr lagen kleine einfarbige Halstücher auf dem Tisch, wie sie auch die Tunnelarbeiter trugen, gemusterte Kopftücher und große Schultertücher mit eingewebtem Blumenmuster und Fransen.

Paula betrachtete die Schultertücher. »Mir gefallen die mit dem Rosenmuster. Was meinst du, lieber das Blaue oder das Weiße?«

Die Verkäuferin kam sofort dazu. »Das sind sehr schöne Tücher und gar nicht teuer. Kommen aus meiner Heimat.«

»Das Blaue passt besser zu deinem Haar«, stellte Helene fest.

»Si, si«, pflichtete die Verkäuferin ihr bei. »Blau zu blonden Haaren ist wundervoll.«

Flink kam sie um den Tisch herum und legte das Tuch um Paulas Schultern. Dann trat sie einen Schritt zurück und legte den Kopf schräg. »Sehr schön.« Sie griff nach einem kleinen Spiegel und hielt ihn so, dass Paula sich darin betrachten konnte.

Das Tuch stand ihr wirklich gut, fand Helene. Das Blau brachte Paulas hellblauen Augen zum Leuchten und das Rot der eingewebten Rosen verstärkte ihre rosigen Wangen.

»Wie viel kostet es denn?«, fragte Paula.

»Drei Franken.«

Paula riss die Augen auf. »Oh. Das ist teuer.«

»Aber schau doch, wie gut es dir steht«, erwiderte die Verkäuferin. »Jeder Mann wird sich nach dir umdrehen, wenn du es trägst.«

Helene unterdrückte ein Grinsen. Damit hatte die Verkäuferin bei Paula ins Schwarze getroffen. Aber trotzdem zögerte ihre Freundin noch.

»Und du?«, wandte die Frau sich jetzt an Helene. »Zu deinem schwarzen Haar würde dieses gut passen.« Sie nahm ein beiges Tuch mit roten und blauen Phantasieblumen vom Tisch.

Rasch trat Helene einen Schritt zurück. »Nein, danke.«

»Aber wenn ihr zwei Tücher kauft, mache ich euch einen Sonderpreis.«

»Ich brauche aber keines.«

Währenddessen hatte Paula ihr Tuch von den Schultern genommen und betrachtete es sehnsüchtig. Dann reichte sie es der Verkäuferin zurück. »Das ist zu teuer. Das kann ich mir nicht leisten.«

»Buon giorno, Signorine!«

Helene drehte sich um. Hinter ihnen stand Piero Caretti.

»Ist das nicht ein schöner Tag heute?«

Er trug wieder das rote Hemd und die blaue Hose. Die Hemdsärmel hatte er über die Ellbogen gekrempelt, deutlich zeichneten sich die Muskeln und Sehnen an seinen Unterarmen ab. Paula starrte ihn geradezu verzückt an, das zarte Rosa ihrer Wangen wurde zu einem tiefen Rot.

»Buon giorno, Signor Caretti«, erwiderte sie mit einem Kieksen in der Stimme.

Er lächelte. »Sie wollen ein Tuch kaufen?«

Sofort ergriff die Verkäuferin die Gelegenheit und drapierte das Tuch wieder auf Paulas Schultern.

»Findest du nicht auch, dass es sie wunderschön aussehen lässt?«

Er nickte. »Allerdings. Wie für Sie gemacht, Signorina.«

Helene hob die Augenbrauen. Arbeiteten die beiden etwa zusammen?

»Aber drei Franken sind leider zu teuer«, sagte Paula mit einem leichten Seufzen.

Caretti wandte sich an die Verkäuferin. »Si, das ist sehr teuer. Kannst du nicht einen Sonderpreis für la bella Signorina machen?« Er fügte etwas auf Italienisch hinzu.

Die Verkäuferin zog die Brauen zusammen und tippte sich mit dem Finger an die Lippen. »Also gut«, gab sie schließlich nach. »Weil du so nett bist und es der Signorina wirklich gut steht. Zwei Franken.«

Er wandte sich an Paula. »Das ist feinste Wolle aus Biella im Piemont. Schauen Sie, es ist so groß, dass man es auch über Kopf und Schultern tragen kann. Und es schützt vor Sonne und vor Wind.«

»Ich nehme es«, sagte Paula.

»Und du?«, fragte die Verkäuferin Helene. »Ich mache für euch beide einen Sonderpreis.«

Helene wartete einen Moment ab. Nicht, weil sie darüber nachdachte, ob sie das Tuch wirklich kaufen wollte, sondern weil sie wissen wollte, ob Caretti nun auch versuchen würde, sie zum Kauf zu überreden. Dann wäre sie sicher, dass er mit der Händlerin gemeinsame Sache machte. Doch er äußerte sich nicht und so schüttelte sie den Kopf.

»Nein, danke.«

Paula bezahlte das Tuch und legte es sich trotz der Wärme um die Schultern.

»Wollen wir uns noch ein bisschen umsehen?«, fragte sie dann.

Wollte sie sich wirklich umsehen oder wollte sie nur wegen Piero Caretti bleiben? Immer wieder glitt Paulas Blick zu ihm.

Er sah wirklich gut aus, dass musste Helene sich eingestehen. Die dunklen Locken fielen ihm bis in den Nacken, seine Augen waren von einem warmen Braun. Anders als die meisten Tunnelarbeiter trug er keinen Schnurrbart, nur ein leichter Bartschatten zeigte sich in seinem Gesicht. Im Kinn hatte er ein kleines Grübchen und sein Lächeln war sehr charmant. Überhaupt war sie überrascht von seinem Charme. Wenn sie sich auf dem Hof begegneten, war er immer freundlich und höflich, aber auch zurückhaltend.

Von irgendwoher wehte der Duft nach Braten herbei und Helenes Magen reagierte mit einem leisen Knurren.

Statt es höflich zu überhören, grinste Caretti sie an. »Hunger? Kommen Sie, an Markttagen gibt es gutes, italienisches Essen.«

Helene wollte gerade sagen, dass sie lieber nach Hause ginge, doch Paula kam ihr zuvor. »O ja, mir grummelt auch schon der Magen.«

Innerlich schüttelte Helene den Kopf. Paula setzte wirklich alles daran, aus Göschenen wegzukommen. Ob es allerdings eine gute Idee war, dafür mit Mineuren anzubändeln?

Doch Paula folgte ihm bereits. Vor einem mit einem Sonnensegel überdachten Stand blieb er stehen.

»Ciao Lucia.«

Die Händlerin strahlte ihn an. »Ciao Piero. Come stai?«

Es folgte ein längerer Wortwechsel auf Italienisch. Helene verstand, dass Lucia wohl aus der Nähe von Carettis Heimatort kam. Schließlich nickte sie und lächelte Helene und Paula an. Sie schnitt ein Stück von einem strohgelben Käse ab, der von grünen und blauen Schimmeladern durchzogen war, und reichte jeder von ihnen einen kleinen Brocken. »Probare.«

Misstrauisch betrachtete Helene den Käse. Das konnte man essen? Er roch sehr streng, aber das taten die Käsesorten, die Jakob Sutter auf der Göscheneralp herstellte, auch. Vorsichtig biss sie etwas von dem bröckeligen Stück ab. Er war sehr würzig mit einem leicht nussigen Aroma. Auch Paula probierte ihren Käse. Ihr schmeckte er offensichtlich nicht, sie verzog ein wenig das Gesicht, sagte aber nichts.

»Bene?«, fragte Lucia.

Helene nicke. »Si. Ja, er schmeckt gut.«

Caretti hatte sie beide beobachtet. Jetzt sagte er etwas zu Lucia, woraufhin sie ein Stück von einem hellen, fast weißen Käse abschnitt und es ihnen reichte. Dieses Mal hellte sich Paulas Gesicht nach dem Kosten auf. »Der ist köstlich.«

Helene probierte. Er war milder als der andere und hatte einen leicht säuerlichen Geschmack.

»Der da heißt Gorgonzola«, sagte Caretti und deutete auf den Schimmelkäse. »Der andere Murazzano.«

Er kaufte zwei Stücke Käse und eine kleine Wurst. »Kommen Sie.«

Er führte sie zu dem Tisch vor der Hütte, wo die Männer gesungen hatten. Die Frau hatte ihre Gitarre weggelegt und saß jetzt bei den Männern am Tisch. Einer der Männer sah auf und rief etwas von »belle donne« und einiges mehr, das recht anzüglich klang. Ein anderer winkte und zeigte, dass sie zusammenrücken würden.

Caretti schüttelte lachend den Kopf und ging zu der Bank an der Hauswand. Dort legte er Wurst und Käse ab. »Setzen Sie sich, ich komme gleich.« Er ging in die Hütte.

Stumm hockte Helene sich auf die Bank, spürte die Blicke der Italiener auf sich. Selbst Paula wirkte verlegen, als sie sich neben sie setzte. Nach kurzer Zeit kam Caretti zurück, in einer Hand trug er eine bauchige Flasche, unter dem Arm einen Laib Brot und in der anderen Hand transportierte er drei Becher. Er stellte die Becher auf die Bank und die Flasche auf den Boden. Paula rückte zur Seite, so dass er sich zwischen sie setzen konnte.

»So, essen!«, sagte er und zog ein Messer aus einer Scheide, die er am Gürtel trug. Er schnitt zwei dünne Scheiben von der Wurst ab und reichte eine Helene, die andere Paula. Sie war grober und fester, die Fettstücke waren größer als bei der Salami, die im Laden der Bissigs verkauft wurde, doch sie schmeckte ausgezeichnet. Während Helene noch kaute, brach Caretti Stücke von dem Brot ab und verteilte sie, danach schnitt er weitere Scheiben von der Wurst und vom Käse herunter. Sie aßen direkt aus der Hand. Zwischendurch öffnete er die Flasche und füllte die Becher.

»Bitte sehr, das ist Nostrano.«

Helene hatte davon gehört. Der Wein, den die Bergleute tranken. Sie hatten ihn aus ihrer Heimat mitgebracht, inzwischen schenkten ihn auch die Wirte in den Göschener Wirtshäusern aus.

Caretti hob seinen Becher. »Salute.«

»Salute«, erwiderte Paula und nach kurzem Zögern auch Helene, bevor sie an dem Wein nippte. Im ersten Moment schmeckte er nur sauer und sie schluckte ihn schnell hinunter. Um nicht unhöflich zu sein, trank sie noch einen Schluck. Dieses Mal schmeckte er nach herben Beeren und ein wenig erdig.

»Vielen Dank, Signor Caretti!«, sagte Paula.

Er lächelte sie an. »Nicht Signor Caretti. Da denke ich immer, ich bin gar nicht gemeint. Ich bin Piero.«

Paula lächelte entzückt. »Ich bin die Paula.«

»Schön, dass du heute hier bist, Paula.« Er wandte sich Helene zu und sah sie fragend an. Nun, warum sollte er nicht du zu ihr sagen? Es fühlte sich ohnehin seltsam an, weil sich doch fast alle im Dorf duzten.

»Ich heiße Helene.«

»… Elene.« Er stockte, als er ihren Namen wiederholte. »Das kann ich schlecht aussprechen. Ich sage Lene, ist das recht?«

Jetzt erst fiel ihr auf, dass alle Italiener, die sie bisher sprechen gehört hatte, das H verschluckten. Aber die Art, wie Piero »Lene« aussprach, gefiel ihr, es war irgendwie besonders. Vielleicht lag es auch an seiner Stimme. Sie klang ein wenig rau, aber nicht unangenehm kratzig wie die Stimme des alten Zraggen, der sein Leben lang irgendwelches stinkendes Kraut in seine Pfeife gestopft und geraucht hatte, sondern eher samtig.

»Du kannst mich gerne Lene nennen«, sagte sie.

Sie hatte es kaum ausgesprochen, als sie der Gedanke durchfuhr, was ihre Eltern, besonders ihre Mutter, sagen würde, wenn sie hörte, wie ihr Mieter sie duzte. Nun, jetzt war es zu spät.

Sie nahm sich nochmals Gorgonzola und Brot. Der Käse schmeckte wirklich gut und der Wein passte hervorragend dazu. Sie musste nur aufpassen, dass er ihr nicht zu Kopf stieg. Die Sonne stand hoch am Himmel, es war warm. Sie lehnte sich an die Holzwand und ließ ihren Blick schweifen. Paula unterhielt sich mit Piero, aber Helene hörte nicht richtig zu, sie genoss die Wärme und das Treiben auf dem Markt. Die schöne Sängerin hatte ihre Gitarre wieder hervorgeholt und stimmte ein Lied an, die Männer am Tisch summten mit. Einige Paare schlenderten über die Straße.

Helene entdeckte auch Göschener, die einkauften. Der Wirt vom Trögli stand bei Lucia und verhandelte mit ihr. Heute drang kein Lärm aus dem Tunnel, die Arbeit ruhte. Es war fast wie an dem Markttag in Faido, auf dem Helene vor zwei Jahren mit ihrem Vater gewesen war. Auch dort waren italienische Spezialitäten verkauft worden, vor den Osterien hatten die Leute gegessen, getrunken und gesungen.

Eigentlich gefiel es ihr, dass Göschenen jetzt belebter war. Nur musste dringend mehr Wohnraum gebaut werden. An der Straße nach Wassen entstanden gerade neue Häuser, hastig hochgezogene Gebäude aus billigstem Material, aber immer noch besser als die Bretterbuden rechts der Straße zum Tunnel, in denen die Bergleute derzeit hausten.

Das Schlagen der Glocke riss sie aus ihren Gedanken. War es schon ein Uhr Mittag? Paula unterbrach sich mitten im Satz.

»Ach herrje, ich komme zu spät zum Essen.« Sie sprang auf. »Ich muss gehen.«

Auch Helene erhob sich. Ihre Mutter würde sich fragen, wo sie so lange blieb.

»Ich komme mit«, sagte Piero. »Es ist Zeit für Siesta. Und danach möchte ich noch ein bisschen raus aus der Stadt.«

Er stand ebenfalls auf.

»Raus aus der Stadt?«, fragte Paula.

Er nickte. »Ich bin vor einigen Tagen diesen Weg an dem kleinen Fluss entlanggegangen, der in der Nähe des Hofes fließt. Das war sehr schön dort.«

Paula lachte. »Du gehst in diesem öden Tal spazieren? Da gibt es doch nur Kühe und Ziegen.«

»Ich finde es nicht öde. Das Tal ist weiter und lieblicher als diese Schlucht, durch die ich hierhergekommen bin. Obwohl die auf ihre Weise auch sehr schön ist.«

Seine Worte berührten Helene. Sie dachte an den Moment, als sie beide aus dem Fenster seiner Kammer auf den Rientalbach geblickt hatten. Damals hatte sie sich gedacht, dass er vielleicht aus den Bergen kam und sie ebenso liebte wie sie.

»Du findest die Schöllenen schön?« Ungläubig schüttelte Paula den Kopf. »Du bist ja genau wie Helene. Die findet auch alle Felsen und Bäche hier wundervoll, und kennt sämtliche Bäume und jedes Kraut mit Namen.«

Sie schlenderten die Straße zurück zur Brücke. Piero ging zwischen Paula und Helene, was einige der Italiener in ihrer Muttersprache kommentierten. Sebastian Huber, der Wirt des Postillon, fuhr einen von ihnen an. »Halt dein dreckiges Maul. So redst du nicht über anständige Göschener Mädel!« Anschließend warf er Paula und Helene giftige Blicke zu. »Was treibt ihr euch mit diesen Leuten rum? Was sagen denn eure Eltern dazu?«

»Das ist unser Mieter«, antwortete Helene. »Wir haben zufällig den gleichen Weg.«

»Was hat denn der Mann gesagt?«, fragte Helene, während sie weitergingen.

»Er hat gefragt, was ich mit zwei so schönen Mädchen will, ob ich nicht auf eine verzichten könne.« Pieros Wangen färbten sich ein bisschen dunkler.

»Also das finde ich nun nicht so schlimm«, sagte Paula lachend.

»Paula! Wo kommst du jetzt her?« Elfriedes Stimme schallte aus dem Fenster über dem Laden. »Und wer ist dieser Kerl?«

Paula verdrehte die Augen. »Meine Großmutter. Nett und höflich wie immer«, sagte sie leise zu Piero. »Helene und ich waren noch auf dem Markt«, rief sie nach oben.«

»Komm sofort herein!« Elfriede zog ihren Kopf zurück und schloss das Fenster mit einem Knall.

»Wahrscheinlich hockt sie schon seit einer Stunde da oben und beobachtet die Leute.« Paula nahm das neue Schultertuch ab und faltete es zusammen. »Das muss sie nicht gleich sehen, sonst regt sie sich über Geldverschwendung auf. Ade, Piero. Vielen Dank für das Essen. Ade, Helene. Wollen wir uns nach dem Abendessen noch mal treffen? Ich könnte zu euch kommen.«

»Gerne.«

Nachdem Paula sich verabschiedet hatte, fühlte sich Helene seltsam befangen. Die ganze Zeit über hatte Paula den Großteil der Unterhaltung bestritten, Helene hatte zugehört und nur ab und zu etwas gesagt. Schweigend bogen sie in die Unterstadt ein. Helene warf Piero einen verstohlenen Blick zu. Worüber sollte sie nun mit ihm reden? Wollte er sich überhaupt unterhalten? Er schien ihren Blick zu spüren, denn er sah sie an. »Deine Freundin lebt nicht gerne hier?«

»Nein. Sie will unbedingt weg aus Göschenen.«

»Und wohin?«

»Das ist ihr im Grunde egal, wenn sie nur fortkommt. Aber am liebsten möchte sie in die Stadt. Nach Luzern oder vielleicht sogar nach Zürich.«

»Oder sie will nur der Fuchtel dieser *Strega* entkommen. Das kann ich verstehen.«

»Strega?« Was meinte er damit?

»Na, ihre Großmutter, diese Gewitterziege.«

»Das bestimmt auch, aber das ist nicht der einzige Grund. Paula träumt schon lange davon, mehr von der Welt zu sehen. Ihr ist es hier zu langweilig. Immer die gleichen Leute. Man kennt alle schon seit Ewigkeiten.«

»Aber das ändert sich doch gerade. Es kommen jeden Tag neue Leute nach Göschenen. Italiener, Deutsche, Franzosen.«

»Ja, und sie hofft, dass sie vielleicht einen Ehemann unter diesen Leuten findet.«

»Wirklich?«

Helenes Wangen wurden heiß. Wie kam sie dazu, mit ihm über die Wünsche und Sehnsüchte ihrer besten Freundin zu reden?

»Na ja«, sagte er nachdenklich. »Es gibt ja einige unverheiratete Männer unter den Bauleitern und ein paar Ingenieure sind auch nicht verheiratet. Hübsch ist sie ja, vielleicht findet sie einen Mann.«

Helene warf ihm einen schnellen Blick zu. Paula hatte recht deutlich mit ihm geschäkert, aber anscheinend hatte es ihn nicht so sehr beeindruckt. Vielleicht war er auch schon verheiratet?

Als sie den Hof erreichten, verabschiedete Piero sich und stieg die Stufen zu seiner Kammer hinauf.

»Du kommst spät, wir haben schon gegessen«, sagte ihre Mutter zu Begrüßung.

»Das macht nichts, ich habe keinen Hunger. Paula und ich haben auf dem Markt etwas gegessen.«

Ihre Mutter warf ihr einen scharfen Blick zu. »Du bist mit Caretti gekommen?«

Die Frage war wohl rhetorischer Art, denn sie hatte sie sicherlich vom Fenster aus gesehen.

»Wir haben ihn auf dem Markt getroffen.«

»Ah.« Anna legte sehr viel Missbilligung in diese eine Silbe.

12. KAPITEL

Als Ruedi am späten Nachmittag auf den Hof gestapft kam, holte Helene gerade Wasser von der Pumpe. Verwundert sah sie ihn an. Sein sonst so fröhliches Gesicht war grimmig, er ging, als wolle er mit jedem Schritt dem Boden unter seinen Füßen einen Tritt verpassen, schlechte Laune umgab ihn wie eine nahende Regenfront. Er nickte Helene nur kurz zu, dann lief er die Treppe zu seiner Kammer hinauf und knallte die Tür hinter sich zu. Helene trug den Eimer ins Haus.

»Welche Laus ist dem denn über die Leber gelaufen?«, fragte ihre Mutter.«

»Ich weiß nicht. Gesagt hat er nichts.«

Ihre Mutter schüttelte den Kopf. »Vielleicht hatte seine Johanna heute keine Zeit für ihn. Es ist viel los in den Beizen.«

Eine Stunde später kam Helenes Vater vom Rössli nach Hause. Zu Helenes Überraschung begleitete Peter ihn.

»Wir haben uns eben vor dem Hoftor getroffen«, berichtete ihr Vater.

Peter kam immer wieder mal vorbei. Meistens, wenn er von Fahrten über den Pass zurückkehrte. Sonntags war er allerdings schon lange nicht mehr da gewesen. Anna hieß ihn freudig willkommen.

»Du bleibst doch zum Kaffee, Peter? Ich habe Blaubeerkuchen gebacken. Helene, wir brauchen noch einen Teller und eine Tasse.«

Peter bedankte sich und versuchte zu Lächeln, doch es gelang ihm nicht, er wirkte blass und regelrecht verstört. Vielleicht war Maria krank, oder seinem Vater etwas zugestoßen.

»Komm mit in die Stube«, sagte Helene und stellte Tasse und Teller auf den Tisch. »Ist alles in Ordnung bei euch zu Hause? Sind alle gesund?«

Peter nickte, doch sein Gesicht und seine Augen straften seine Geste Lügen.

Helene trat zu ihm. »Was ist los? Du kommst uns nicht einfach nur besuchen.«

»Ich soll fort aus Göschenen. Mein Vater will, dass ich mir woanders Arbeit suche.«

»Was? Warum das denn?«

In diesem Moment kamen ihre Eltern herein.

»Setz dich, Peter«, sagte Anna fröhlich.

Sie goss Kaffee in die Tassen, Helene verteilte den Kuchen.

»Schön, dass du uns besuchst«, sagte Franz, als alle saßen. »Doch so wie du aussiehst, ist der Anlass kein guter.«

»Ist er leider nicht.« Peter schluckte. »Mein Vater schickt mich fort. Ich soll nach Luzern und dort für den Huber arbeiten.«

Franz runzelte die Stirn. »Habt ihr Geldprobleme?«

Peters Wangen röteten sich. »Schon seit Anfang des Jahres. Die Lina arbeitet ja schon länger beim Herzel-Kündig im Hotel und nächste Woche wird die Sophie nach Wassen gehen, zum Bauer Humbert, um dort als Magd arbeiten.«

»Herrje!«, entfuhr es Anna. »Steht es so schlimm? Ihr habt doch noch alle Pferde und Fuhrwerke und der Warenverkehr über den Pass läuft doch auch.«

»Das stimmt, aber Vater verprellt alle unsere Kunden. Niemand möchte seine ständigen Tiraden gegen Favre hören. Und er redet ja über fast nichts anderes.«

»Ist es so schlimm?«

»Ja. Er wird immer wunderlicher. Ehrlich gesagt, fürchte ich um seine geistige Gesundheit. Er steigert sich so sehr in seinen Hass gegen den Tunnel hinein. Kürzlich meinte er, es wäre gut, wenn Favre auf einer seiner Reisen nach Airolo etwas zustoßen würde.« Peter schüttelte den Kopf. »Als ob dann nicht jemand anders käme und den Tunnel weiterbauen würde. Aber das will er nicht verstehen.«

Helene sah ihren Vater an. »Wir brauchen noch einen Fuhrmann. Wenn Peters Vater ihn in Lohn und Brot schickt, dann kann er doch bei uns arbeiten.«

Helenes Vater räusperte sich. »Ich weiß nicht …«

»Du bist doch Urs nichts schuldig. Er hat dir die Freundschaft gekündigt. Und er will den Peter wegschicken. In die Fremde.«

»Na ja. Luzern kann man jetzt nicht unbedingt als ›die Fremde‹ bezeichnen.«

»Vater! Du weißt, wie ich es meine.«

Peter ergriff das Wort. »Ich möchte nicht fort von Göschenen. Mein Vater möchte, dass ich mir Arbeit suche. Doch er hat nicht zu entscheiden wo. Und ich würde lieber für dich arbeiten als für irgendeinen anderen.«

»Gut. Ihr habt mich überzeugt. Außerdem schätze ich dich sehr, Peter. Ich bin froh, dass du für mich fahren wirst.«

Er und Peter standen auf und reichten sich die Hand.

Anna lächelte. »Ich freue mich sehr.«

Anschließend räusperte Peter sich. »Ich werde eine Unterkunft brauchen. Vater wird mich nicht mehr im Haus haben wollen, wenn ich für dich fahre.«

»Ja, das glaube ich auch«, stimmte Franz zu. »Aber das ist kein Problem, du kannst bei uns wohnen. Ich glaube nicht, dass Anna und Helene etwas dagegen haben, oder?« Er blickte sie fragend an.

Anna nickte ihm zu. »Du bist herzlich willkommen.«

»Ich habe auch nichts dagegen«, sagte Helene.

Sichtlich erleichtert, lächelte Peter. »Ich bin euch sehr dankbar. Dass ich hier arbeiten und wohnen kann, und dass ich in Göschenen bleiben kann. Es ist meine Heimat.«

Bei diesen Worten sah er Helene an. Sie erwiderte sein Lächeln. Das verstand sie nur zu gut. Auch sie war hier verwurzelt. Woanders zu leben, konnte sie sich nicht vorstellen.

»Du bekommst Kost und Logis frei, und ich zahle dir einen Anteil am Gewinn«, fuhr Franz fort. »Anna und ich haben schon einmal darüber gesprochen, dass wir einen Teilhaber brauchen werden, denn Helene darf die Fuhrhalterei nicht übernehmen, wenn ich mal nicht mehr bin. Und passieren kann schnell mal was. Steinschlag in der Schöllenen, eine Lawine auf der Tremola …«

Anna presste die Lippen zusammen. Sie hasste es, daran erinnert zu werden, dass es keinen Erben auf dem Hergerhof gab. Deshalb hatte Helenes Vater das Thema seit jenem Gespräch vor einem Jahr, als sie über eine Teilhabe von Ruedi gesprochen hatten, vermieden. Aber dann entspannte sich das Gesicht ihrer Mutter und sie lächelte wieder. Peter als Teilhaber war ihr mit Sicherheit lieber als Ruedi.

»Darüber will ich gar nicht nachdenken«, sagte Peter schnell. »Du wirst noch viele Jahre dein Geschäft betreiben.«

»Das hoffe ich auch. Aber man sollte gerüstet sein. Und du warst schon immer derjenige, den ich gerne als meinen Nachfolger gesehen hätte, aber bisher bin ich davon ausgegangen, dass du die Fuhrhalterei deines Vaters übernimmst. Und dann …« Franz lachte. »Wäre nur die Möglichkeit geblieben, dass du unsere Helene heiratest und wir beide Unternehmen zusammenlegen.«

Statt ebenfalls zu lachen, wurde Peters Gesicht dunkelrot, er senkte hastig den Blick.

Verblüfft sah Helene ihn an. Was war los mit ihm? Ihr Vater hatte doch nur gescherzt. Aber dann dämmerte es ihr. Wahrscheinlich war Peter in ein Mädchen aus der Gegend verliebt, und dachte jetzt, ihr Vater würde von ihm erwarteten, dass er sie heiratete, wenn er ihn zum Teilhaber machte.

»Vater hat nur einen Scherz gemacht, Peter«, sagte sie. »Du musst mich nicht heiraten, um Teilhaber zu werden. Ich würde das auch gar nicht wollen.«

Ihre Anmerkung schien Peter allerdings auch nicht aus seiner Verlegenheit zu helfen. Der Blick, den er ihr zuwarf, wirkte regelrecht gequält.

»Soll ich dann das Gästezimmer für Peter fertig machen?«, fragte Anna, als Peter gegangen war.

Franz runzelte die Stirn. »Das Gästezimmer? Das ist sehr klein. Martins ehemaliges Zimmer ist besser als Unterkunft, wenn Peter ganz zu uns zieht.«

Anna wurde blass. »Martins Zimmer? Aber …« Ihre Unterlippe bebte.

Helene blickte von ihrer Mutter zu ihrem Vater. Martins Zimmer war seit seinem Tod unverändert. Seine Kleider lagen in der Truhe, die Holzpferde und das kleine Fuhrwerk, das ihr Großvater geschnitzt hatte, standen darauf. Sogar das Bett war bezogen, als könnte ihr Bruder jeden Augenblick vom Spielen heimkommen. Vor einigen Jahren hatte ihr Vater den Vorschlag gemacht, das Zimmer zu räumen. Ihre Mutter hatte mit einem hysterischen Anfall reagiert und anschließend tagelang nicht mit Franz gesprochen.

»Anna, Martin ist seit dreizehn Jahren tot. Bisher haben wir den Raum nicht gebraucht, aber jetzt muss es auch mal gut sein. Martin kommt nicht wieder. Und sein Andenken tragen wir doch im Herzen.«

»Tun wir das?«, entgegnete Anna spitz. »Ich weiß noch gut, wie du sein Andenken geehrt hast, indem du –«

»Anna!«, donnerte ihr Vater. »Genug!« Er warf Helene einen kurzen Blick zu.

Anna presste die Lippen zusammen und stand auf.

»Was machst du?«, fragte Franz.

»Das Zimmer ausräumen. Für Peter.«

»Aber doch nicht jetzt. Du bist ja noch gar nicht fertig mit dem Essen.«

»Ich habe keinen Hunger mehr.« Sie verließ die Stube.

Ratlos blickte Helene ihren Vater an. Er seufzte. »Ich habe gehofft, dass sie irgendwann darüber hinwegkommt, aber es scheint nicht so.«

Aus irgendeinem Grund hatte Helene das Gefühl, dass er nicht nur von Martins Tod sprach.

13. KAPITEL

Stampfende Schritte auf der Holztreppe und das Krachen einer Tür hatten Piero geweckt. In der Kammer neben sich hörte er einen Schlag, als würde jemand mit der Faust auf die Wand eindreschen und dann folgte ein ellenlanger Fluch. Anscheinend hatte Ruedi bei seinem Besuch im Trögli Ärger gehabt.

Piero stand auf und trat ans Fenster. Das Wetter war immer noch schön. Die Sonne beschien die grünen Wiesen des Rienzenstocks, nur ein paar weiße Wolken hingen am Himmel.

Er schlüpfte in seine leichte Hose, strich sich das Haar aus der Stirn und ging hinaus. Vom Hof aus folgte er dem Weg nach Westen und stieß kurz darauf auf den Fluss, der friedlich über die Steine plätscherte. Das war die Göschener Reuss, die vom Chelengletscher herunterkam. Anders als ihre Namensschwester, die Gotthardreuss, war sie nicht besonders breit und auch nicht sehr tief. In ihrem Bett lagen große, runde Steine, an ihrem Ufer wuchsen Sauerampfer, Farne und lila blühender Storchschnabel. Auch das Tal hier unterschied sich völlig von den wilden, schroffen Schöllenen. Es war weiter und viel lieblicher. Rechts des Weges erstreckte sich eine Wiese, dahinter begann der Wald. Vereinzelte Felsen durchbrachen das satte Grün, ab und zu bahnte sich ein Bach seinen Weg durch das Gras zur Reuss. In der Ferne ragten blendend weiße Gletscher vor tiefblauem Himmel auf. Plötzlich standen auf dem Weg ein paar braune Kühe, die ihn neugierig beäugten. Später begegnete er einer Herde Ziegen, die von drei Kindern, zwei Jungen und einem Mädchen, gehütet wurde.

Auf dem Rückweg zog Piero Schuhe und Strümpfe aus und watete ein Stück durch den Fluss. Das Wasser war eiskalt.

Die Sonne stand schon recht tief über dem Gletscher im Westen, als er den Hof erreichte An der Pferdetränke standen Franz Herger und Helene. Er grüßte und stieg die Treppe hinauf. Oben trat Ruedi aus seinem Zimmer, doch statt zu warten, bis Piero die letzten Stufen genommen hatte, kam er ihm entgegen.

»Mach Platz!«

Er roch nach Heidelbeerschnaps, sein rostbraunes Haar war zerzaust und seine Augen gerötet.

Bisher hatte Piero Ruedi nur als fröhlichen Burschen kennengelernt, der zwar auch mal einen über den Durst trank, aber dabei niemals seine gute Laune verlor.

Er trat einen Schritt zur Seite, aber die Treppe war schmal und Ruedi rempelte ihn mit der Schulter so heftig an, dass er beinahe das Gleichgewicht verlor.

»Was soll das?«, fuhr er Ruedi an. »Kannst du nicht warten, bis ich oben bin?«

»Nein, kann ich nicht.« Ruedi verstellte ihm den Weg, beugte sich vor und stierte ihm ins Gesicht. »Verdammter Italiener! Macht euch hier überall breit, mit euren losen Sitten. Noch nicht einmal von unseren Frauen macht ihr halt.«

Piero grinste unwillkürlich. Also war das der Grund für Ruedis schlechte Laune. Ähnliches hatte er am Mont Cenis schon erlebt. Dort hatten viele Mädchen im Tunneldorf die fremden Mineure interessanter gefunden als die jungen Männer, mit denen sie aufgewachsen waren. Von langer Dauer war das Geschäker allerdings selten gewesen, die meisten Dorfmädchen waren zu bodenständig.

»Hast du Ärger mit der Liebsten?«

»Grins nicht so blöde!« Ruedis Augen funkelten vor Zorn. »Ihr seid doch alle gleich! Der Kerl, der Johanna den Kopf verdreht hat, und du. Ich habe doch gesehen, wie du mit der Helene und der Bissig Paula auf dem Markt geschäkert hast.«

Er unterstrich seine Worte mit einem heftigen Stoß gegen Pieros Brust.

Jetzt reichte es. Unten standen Helene und ihr Vater. Wenn Franz Herger glaubte, dass er seine Tochter belästigte, würde er ihn hinauswerfen.

Piero packte Ruedis Handgelenke. »Langsam. Ich habe nicht mit ihnen geschäkert, wir haben uns nur unterhalten. Wenn dein Mädel einen Italiener interessanter findet als dich, ist es nicht meine Schuld.«

Ruedi stieß einen Wutschrei aus und versuchte, seine Hände freizubekommen, doch Piero hielt sie fest. Plötzlich spürte er einen brennenden Schmerz an seinem Schienbein und sah gerade noch, wie Ruedi zu einem weiteren Tritt ausholte, diesmal aber höher zielte. Er ließ Ruedis Handgelenke los und versetzte ihm einen Fausthieb gegen das Kinn.

»Was für ein Kämpfer! Tritt wie ein Mädchen. Fehlt nur noch, dass du beißt.«

Ruedi taumelte, dann stürzte er sich auf Piero. Beide verloren das Gleichgewicht und fielen die Treppe hinab. Unten kam Ruedi auf Piero zum Liegen. Rasend vor Wut schlug er auf ihn ein, bis Piero ihn packte und sich mit Schwung umdrehte, so dass nun Ruedi unten lag. Er drückte ihn mit seinem Gewicht nieder. Ruedi keuchte und versuchte, sich unter ihm herauszuwinden, doch Piero hatte mehr Kraft als er. Er griff nach Ruedis Handgelenken und drückte sie über seinem Kopf auf den Boden.

»Aufhören!«, donnerte Franz Hergers Stimme. »Caretti, lass ihn los!«

Piero gehorchte, stand langsam auf und trat einen Schritt zurück, wobei er Ruedi genau beobachtete. Ruedi setzte sich auf und schüttelte sich wie ein nasser Hund, bevor er sich ebenfalls aufrichtete.

»Was ist in dich gefahren?«, fragte Franz Herger. »Er hat dir nichts getan, warum fängst du Streit an?«

»Von wegen nichts getan.« Ruedis Zunge wurde schwer, er hatte sicher mehr als einen Schnaps getrunken.

»Der und die anderen Italiener vergreifen sich an den Mädchen hier.«

»Ich vergreife mich an niemandem«, sagte Piero schnell. »Und wenn dein Mädel dich wegen einem anderen sitzen lässt, solltest du den Grund bei dir suchen.«

Franz Herger hob die Hände. »Langsam. Was ist mit der Johanna, Ruedi? Hat einer von den Bergleuten sie belästigt?«

»Den Kopf verdreht hat er ihr. Einer von den Piemontesern. Mit seinen Geschichten vom Leben im Süden und seinen schwarzen Augen und dunklen Haaren. Und jetzt will sie nichts mehr mit mir zu tun haben.«

Die Wut wich aus Ruedis Gesicht, floss aus seinem Körper. Er schien regelrecht zu schrumpfen, seine Stimme wurde ganz leise. »Dabei wollten wir heiraten.«

Plötzlich tat er Piero leid. Jetzt wusste er, um welches Mädchen es ging. Die dralle Blondine, die im Trögli bediente. Sie hatte ein nettes Lächeln, scherzte gerne mit den Gästen, wirkte neugierig und lebenshungrig. Matteo hatte immer mit ihr geschäkert, wenn Piero im Trögli gewesen war, und sie hatte sich gerne darauf eingelassen. Er hatte ihr viele Komplimente gemacht. Mit seinem losen Mundwerk und der draufgängerischen Art war er ganz anders als der brave, bodenständige Knecht.

»Vielleicht ist sie einfach nur neugierig, weil er ein Fremder ist, und besinnt sich bald wieder«, sagte Piero versöhnlich.

Ruedi starrte ihn an, seine Augen waren gerötet. »Was weißt du denn!«

Er drehte sich um und ging mit unsicheren Schritten zur Stalltür.

»Ruedi!«, rief Herger ihm nach. »Geh ins Bett und schlaf deinen Rausch aus. Um die Pferde kümmere ich mich.«

»Danke, Fuhrhalter«, nuschelte Ruedi und wankte zur Treppe.

»Ich helfe dir mit den Pferden, Vater«, sagte Helene.

Franz Herger drehte sich zu ihr um. »Gut.«

Dann schien ihm etwas einzufallen, er wandte sich langsam zu Piero um. »Was ist dran an der Sache, dass du mit Paula Bissig und meiner Tochter rummachst?«

Er öffnete den Mund, doch Helene kam ihm zuvor. »Nichts ist dran! Paula wollte sich auf dem Markt einen Schal kaufen und er kam zufällig dazu und hat für sie übersetzt.«

Helenes Vater schien mit der Antwort zufrieden zu sein, er sagte nichts mehr. Doch in dem Blick, den er Piero zuwarf, stand deutlich: *Lass die Finger von meiner Tochter.*

Nun, Piero hatte nicht die Absicht, sich in Schwierigkeiten zu bringen, indem er mit der Tochter seines Vermieters anbändelte. Für die Bedürfnisse der Männer gab es in einigen Gasthäusern Hinterzimmer und Frauen, die bereit waren, sich für ein paar Rappen mit Bergleuten dorthin zurückzuziehen. Er hatte es noch nicht getan, aber wusste, dass nicht nur seine Kameraden, sondern auch die Herren Ingenieure und Bauleiter davon Gebrauch machten. Die Frauen waren fast alle Schweizerinnen, allerdings keine aus Göschenen, die meisten kamen noch nicht mal aus Uri, sondern aus den umliegenden Kantonen.

Piero wartete noch, bis Ruedi die Tür zu seiner Kammer geschlossen hatte, dann stieg er ebenfalls die Treppe hinauf. Seine Unterlippe fühlte sich geschwollen an und der linke Wangenknochen tat ihm weh. Er betrachtete sich in dem Spiegel, den er zum Rasieren benutzte. Seine Lippe war tatsächlich geschwollen und blutete, unter dem linken Auge zeichnete sich ein Bluterguss ab. Ruedi hatte ihm ein schönes Veilchen verpasst. Er tupfte das Blut mit einem Tuch ab, dann holte er seine Geldbörse aus der Schublade.

Ab morgen hatte er Spätschicht, von vierzehn bis zweiundzwanzig Uhr. Was hieß, dass er erst kurz vor Mitternacht nach Hause käme. Aber heute hatte er frei und morgen konnte er ausschlafen. Eine gute Gelegenheit, noch mal ins Albergo d'Italia zu gehen.

Schon auf der Straße zum Albergo d'Italia hörte er Lärm und Gesang aus der Wirtsstube. Piero trat ein. Die Fenster waren geöffnet, trotzdem war die Luft geschwängert mit Tabakrauch, Alkoholdunst und dem Geruch nach Cazzuola. In der Mitte des Raumes tanzte eine Frau in schulterfreier Bluse und buntem Rock zu den Klängen einer Gitarre, die Männer um sie herum klatschten im Takt zur Musik. Piero sah sich um. Heute Abend schienen ausschließlich Italiener hier zu sein.

»He, Piero!« Von einem Tisch am Fenster winkte ihm Antonio zu, der »Boggio«, der Laufbursche, seines Postens. Bei ihm saßen Matteo und Vito und zwei weitere vom Posten Lombardi sowie Enzo selbst. Im Zickzack drängte sich Piero durch die eng gestellten Tische hindurch, vorbei an der Tänzerin, zum Fenster. Auf dem Weg winkte er Emilia, einer der Serviertöchter, zu.

»Bring mir einen Krug Wein und einmal Cazzuola!«

Antonio machte Piero Platz auf seiner Bank. »Setz dich. Was ist mit deinem Gesicht? Hast du dich geprügelt?«

Unwillkürlich betastete Piero seine Lippe. Er spürte Enzos Blick auf sich. Er dachte wohl, dass Piero wieder Streit angefangen hätte.

»Der Knecht, der in der Kammer neben meiner wohnt, hat gerade eine ziemliche Wut auf alle Italiener, weil einer ihm sein Mädel ausgespannt hat.« Er warf Matteo einen Blick zu. »Das hat er an mir ausgelassen.«

»Was guckst du mich an?«, fragte Matteo. »Kann ich was dafür?«

»Ja. Es geht um das Mädel im Trögli. Die Kleine mit den blonden Locken.«

»Ach, die Johanna.« Matteo lachte. »Ich wusste gar nicht, dass die einen Kerl hat. Mir hat sie davon nichts erzählt.«

»Dann weißt du es jetzt. Er hat gesagt, dass sie heiraten wollten. Also wenn du nur ein Abenteuer willst, solltest du dir eine andere suchen.«

Matteos Gesicht wurde ernst. »Sie gefällt mir und ich mag sie sehr. Wenn sie diesen Kerl wirklich liebt, warum macht sie dann mir schöne Augen?«

»Ach komm, Matteo«, sagte Piero. »Du kennst die Dörfer, du kommst selbst aus einem. Du weißt, dass jeder, der neu dazukommt, erst einmal interessanter ist, als die Leute, mit denen man aufgewachsen ist. Du wirst irgendwann hier weggehen, aber sie muss hierbleiben, es sei denn, du willst sie heiraten.«

»Ans Heiraten habe ich bisher nicht gedacht. Wie gesagt, sie hat nicht erzählt, dass sie einen Kerl hat.«

Damit ließ Piero das Thema ruhen und widmete sich seinem Teller Cazzuola.

Die Arbeiter der Frühschicht strömten aus dem Tunnel, einige wurde von ihren Frauen empfangen. In den vier Wochen, in denen Piero jetzt hier war, waren pro Schicht bestimmt hundert Arbeiter dazugekommen. Mittlerweile arbeiteten zwei Bohrposten im Richtstollen, zwei weitere an der seitlichen Erweiterung und einer am Sohlenschlitz.

Der Posten Lombardi und drei weitere gingen zuerst in den Tunnel. Sie folgten der Druckluftlokomotive, die auf Schienen fuhr, die seitlich an der Tunnelwand verliefen. Sie zog kleine Wagen, auf denen das Abraummaterial nach draußen transportiert wurde. An der Rampe, die zum Richtstollen hinaufführte, endeten die Schienen.

Mit ihnen kam ein Mann in den Tunnel, der sich immer wieder bückte, Steine aufhob, sie unter seine Lampe hielt, drehte und wendete, um sie dann in die Wagen zu werfen. Ab und zu zog er einen halbkreisförmigen Bogen aus Metall aus seiner Tasche, an dem ein Pendel hing, hängte ihn an eine der Schnüre, die durch den Tunnel gespannt waren, und schrieb etwas in ein Notizbuch.

»Was will der hier?«, raunte Vito.

Piero kannte das Werkzeug aus der Bergwerksschule.

»Das ist ein Geologe. Er untersucht die Gesteinsschichten und vermisst den Tunnel.«

»Hm.« Vito warf ihm einen schrägen Blick zu. »Was du alles weißt.«

Enzos Posten arbeitete gemeinsam mit dem Posten Gazzani an der Tunnelbrust. Sie stiegen die Rampe hinauf.

Im Richtstollen gab es keine Schienen, hier wurden die Wagen mit dem Schutt von Grubenpferden gezogen. Unwillkürlich verglich Piero die kleinen Pferde mit dem struppigen Fell und dem trüben Blick mit den Pferden der Hergers, die zwar auch schwer arbeiten mussten, aber trotzdem lebhaft waren, mit klaren Augen und glänzendem Fell. Antonio ging zu einem der Pferde, das gleich hinter der Rampe stand, streichelte es und steckte ihm eine verschrumpelte Möhre zu. »Na, Mauro, wie geht es dir heute?« Das Pferd rieb seine Stirn an Antonios Arm. »Jetzt hast du ein bisschen Zeit, dich auszuruhen.«

Die Schutterer der Frühschicht hatten den gesamten Abraum

fortgeschafft, es war alles bereit für einen neuen Angriff. Das Bohrteam brachte die Maschine in Position und startete sie. Mit ohrenbetäubendem Lärm hämmerten die sechs Bohrer auf den Fels ein. Immer noch war es Granit, den sie hier sprengten. Immer wieder mussten sie die Maschine stoppen, um abgebrochene Bohrer auszuwechseln. Nach zweieinhalb Stunden waren alle Löcher gebohrt, der Fels bereit für die Sprengung.

»Maschine zurück!« rief Enzo. »Feuerwerker vor.«

Piero schob gemeinsam mit Vito und Luigi die Maschine von der Bohrstelle fort. Plötzlich zerriss ein Krachen die Luft. Ein wuchtiger Schlag traf Piero auf die Schulter, neben ihm ging Luigi zu Boden. Staub wirbelte auf, verdüsterte das Licht der Lampen, wieder knallte es, als würde schon gesprengt werden. Doch das konnte nicht sein.

»Der Schacht stürzt ein!«, schrie jemand.

Männer stürmten an Piero vorbei, schubsten andere aus dem Weg. Piero packte Luigi am Arm und riss ihn auf die Beine. Wo war der Einsturz? Hinter ihnen? In Richtung der Strosse konnte er den Schein der Grubenlampen sehen, also war dieser Weg offen. Er zerrte Luigi von der Maschine weg, folgte den fliehenden Mineuren. Hinter ihm fielen Felsbrocken, Steine wurden herumgeschleudert, einer streifte ihn am Hinterkopf. Dann verebbte das Dröhnen. Es wurde still.

Piero blieb stehen, ebenso wie die Mineure um ihn herum. Alle lauschten. Gab der Berg Ruhe? Das einzige Geräusch war der schwere, erschrockene Atem der Männer, das Stöhnen der Verwundeten, die Rufe nach den Kameraden. Langsam senkte sich der Staub. Hinter Piero lagen Felsbrocken. Ein Stück der Firste, der Tunneldecke, war eingestürzt, doch der Blick zur Tunnelbrust war frei, niemand war eingeschlossen.

Von der Strosse ertönten Rufe. Männer kamen die Rampe heraufgelaufen, mit ihnen der Geologe.

»Was ist passiert?«

»Die Steine sind aus der Firste gefallen«, antwortete einer der Vorarbeiter. »Wir waren gerade mit dem Bohren fertig.«

Der Geologe sah hinauf zur Decke. »Schwebende Klüfte. Verdammt.«

»Der Granit ist schuld«, sagte der Vorarbeiter. »Er steht unter Spannung.«

»Nein, es kommt vom Sprengen. Es komprimiert die Gesteinshülle und wenn der Druck zu groß wird, dann kommt es zu Einbrüchen.« Der Geologe hob einen der kleineren Brocken auf und betrachtete ihn.

Wie jeder Mineur kannte Piero schwebende Klüfte und ihre Tücken. Auch im Haupttunnel fielen immer mal wieder Steine aus der Firste. Deshalb wurden Tunnel ausgemauert, doch hier im Gotthard war das bisher nicht geschehen.

Ohne, dass es jemand befahl, begannen die Bergleute, die Gesteinsbrocken aus dem Weg zu räumen. Piero wälzte einen Felsen fort, der auf den Beinen eines Arbeiters lag. Der Mann stöhnte auf. Von der anderen Seite des Schutthaufens rief Enzo: »Piero, Luigi, Vito, seid ihr drüben?«

»Ich bin hier, Luigi ist bei mir«, antwortete Piero.

»Ich bin auch hier«, tönte hinter ihm Vitos Stimme.

Auch Giuseppe Vittone, der Vorarbeiter des anderen Bohrpostens, rief nach seinen Männern. Einer antwortete nicht. Etienne Acampo, ein Mineur aus Südfrankreich. Sie fanden ihn unter mehreren Steinen begraben, einer hatte ihn am Kopf getroffen. Er war tot. Piero bekreuzigte sich.

Sie schleppten die Verwundeten nach vorne zur Rampe, wo sie von anderen Arbeitern mithilfe der Schuttwagen nach draußen gebracht wurde. Es gab einen Toten und zwölf Verletzte, davon zwei schwer. Einem Boggio hatten herabstürzende Brocken beide Beine zerschmettert, ein anderer war unter den Steinen begraben gewesen. Seine Schläfe war eingedrückt, er war ohne Bewusstsein.

Gemeinsam mit den Schutterern räumten die Mineure den Richtstollen frei. Danach wurden die Dynamitpatronen angebracht. Dieses Mal wurden die Zündschnüre verlängert. Die Männer zogen sich bis an die Rampe zurück, der Feuerwerker zündete die Schnüre und rannte dann ebenfalls bis zur Rampe. Kurz danach hallten die Explosionen durch den Tunnel, eine Rauchwolke folgte. Die Arbeiter warteten, bis sich der Rauch verzogen hatte, dann lauschten sie auf den Berg, doch er schwieg.

»Schwebende Klüfte sind unberechenbar«, sagte Piero. »Man kann nicht vorhersagen, wann es Niederbrüche gibt.«

»Dann sind wir hier nicht sicher!«, rief einer der Schutterer.

»Natürlich bist du im Berg nicht sicher«, fuhr Enzo ihn an. »Das ist im Bergbau so. Wenn du eine sichere Arbeit willst, musst du in eine Schreibstube gehen. Los geht's, wir müssen den Schutt wegräumen.«

Mit der Grubenlampe in der Hand ging Piero durch die Straßen zum Hergerhof. Es war dunkel, nur aus den Fenstern der Gaststätten fiel Licht auf die Straße. Aus der Albergo d'Italia erscholl Musik. Eine Gitarre und eine Frauenstimme, die ein schwermütiges Lied sang. Andere Stimmen fielen ein. Piero hielt inne. Noch einen Nostrano und etwas Gesellschaft, bevor er ins Bett ging? Doch dann schüttelte er den Kopf. Besser nicht. Nach dem Einbruch im Tunnel war die Stimmung bestimmt nicht gut. Die Fenster des Hospitals waren allesamt hell erleuchtet, er konnte Schatten dahinter erkennen. Die Krankenschwestern, die die Verwundeten versorgten.

Auf dem Hergerhof war alles dunkel. Er stieg die Treppe zu seiner Kammer hinauf. Durch die Tür neben seiner drang Ruedis

Schnarchen. In seinem Zimmer zündete Piero die Petroleumlampe an und löschte seine Grubenlampe. Er zog die schmutzigen Kleider aus, wusch Gesicht und Oberkörper und legte sich ins Bett.

14. KAPITEL

Peter Gisler kam zu Pferd auf den Hof, als Helene und ihre Mutter in der Küche Gemüse für den Graupeneintopf schnippelten, den es am Abend geben sollte. Auf dem Herd stand ein großer Topf, in dem Suppenfleisch simmerte. Beim Klang der Hufschläge ging Anna zum Fenster. »Das ist der Peter.«

Sie legte das Messer fort, wischte sich die Hände an der Schürze ab und ging hinaus. Helene folgte ihr.

»Grüezi, Peter«, sagte ihre Mutter. »Hast du dich nicht mehr mit deinem Vater versöhnt?«

»Nein. Er will mich nicht länger im Haus haben.«

»So ein Elend. Ich habe dir Martins ehemaliges Zimmer fertig gemacht.«

Die Stimme ihrer Mutter verriet nichts davon, dass sie es nicht gern getan hatte. »Aber du hast gar kein Gepäck dabei?«

»Nur das Nötigste, Kleider zum Wechseln. Den Rest hole ich später. Habt ihr eine Box für den Reto frei? Er gehört mir, deshalb habe ich ihn mitgebracht.«

»Natürlich. Die letzte auf der linken Seite kannst du nehmen. Du musst nur Stroh reinbringen. Franz und Ruedi sind schon unterwegs.«

»Das mache ich.«

Piero stand an der Pumpe und füllte seinen Eimer. Er nickte Peter und Helene kurz zu und ging dann die Treppe hinauf zu seiner Kammer.

Helene begrüßte Peter ebenfalls. »Komm, ich zeige dir die Box und wo du Stroh und Futter findest.«

Schüchtern lächelte Peter sie an. »Danke.« Er band sein Pferd fest und folgte ihr in den Stall.

»Hier ist die Scheuer.« Sie deutete auf den Durchgang links. »Dort steht auch die Haferkiste. Rechts ist die Kammer für Geschirre, Sättel und so. Unsere Pferde stehen alle hier. Die Ziegen, wenn sie von der Alm kommen, haben ihren Stall neben der Scheuer.«

Eine Maus huschte aus der Scheune, verfolgt von einer getigerten Katze. Helene ging den Gang hinunter bis zu seinem Ende. »Hier ist die Box. Schubkarre und Heugabel findest du in der Scheuer. Ich sattle solange dein Pferd ab.«

»Danke, Helene.«

»Ach, das mache ich gerne.« Sie grinste. »Lieber als Hausarbeit.«

»Du wärst eine tüchtige Frau für einen Fuhrhalter.«

Kaum hatte er es gesagt, färbten sich seine Wangen dunkelrot. Hastig ging er an ihr vorbei zur Scheuer. Verwundert blickte sie ihm nach. Warum war er so verlegen? Natürlich würde sie eine gute Fuhrhalterin abgeben.

Draußen nahm sie Reto den Sattel und die Taschen ab. Er war ein hübsches Pferd. Rehbraun mit dunkler Mähne und Schweif und einem weißen Stern auf der Stirn. Seine Augen waren groß und sanft. Sie trug den Sattel in die Kammer und legte ihn über eine der Stangen. Ihr Vater ritt nur selten, ihre Pferde waren schwere Zugtiere. Eigentlich wäre es schön, ein Reitpferd zu haben. Bei schönem Wetter könnte sie durch das Reusstal in Richtung Göscheneralp reiten oder auch einmal nach Wassen oder Andernach. Aber jetzt wo noch ein Bewohner mehr im Haus lebte, würde sie noch weniger Zeit haben als ohnehin schon. Warum nur wollte ihre Mutter keine Magd einstellen? Lieber schuftete sie selbst im Haus und in der Küche. Am Geld lag es nicht. Helene erinnerte sich, dass sie immer eine Magd gehabt hatten, bis kurz nach Martins Tod. Als sie klein gewesen war, war es Bertha gewesen. Eine ältere, kräftige Frau mit grauem Haar und zahllosen Lachfältchen um die Augen. Sie hatte sich zur Ruhe gesetzt, als Helene sechs Jahre alt war. Danach war die Kathrin gekommen, Berthas Nichte. Sie war Mitte zwanzig gewesen, eine hübsche und flinke Person, die gern lachte. Vielleicht war es ihr Lachen gewesen, das Mutter nach Martins Tod nicht mehr ertragen konnte? Helene wusste nur, dass Kathrin knapp ein Jahr nach dem Unfall verschwunden war und niemand mehr ihren Namen erwähnte. Seitdem behalfen sie sich ohne Magd.

»Ich bin fertig.« Peter stand an der Tür zur Kammer. »Ich hole ihm nur noch Wasser.«

»Ich bringe Reto schon mal hinein.«

Sie folgte Peter nach draußen. Durch das Küchenfenster sah sie die Gestalt ihrer Mutter. Nachdem sie das Pferd untergebracht hatten, gingen sie ins Haus.

»Dann zeig dem Peter auch gleich sein Zimmer«, rief ihre Mutter aus der Küche.

»Mach ich.« Helene führe ihn die Treppe hinauf. »Hier die zweite Tür rechts, das ist dein Zimmer. Davor ist das Schlafzimmer meiner Eltern und das gegenüber ist meines. Der Abtritt ist hinter dem Haus, beim Hühnerstall. Wenn du etwas brauchst oder Fragen hast, sag Bescheid.«

Peter fügte sich schnell in den Alltag auf dem Hergerhof ein. Morgens mistete er mit Ruedi den Stall aus, versorgte die Pferde. Danach frühstückten alle zusammen. Helene dachte manchmal, dass sie eigentlich auch Piero an den Tisch einladen sollten. Er half ab und zu ebenfalls bei den Pferden mit, wenn sein Dienst es erlaubte, und machte sich auch sonst nützlich, indem er die Hühner fütterte und die Eier einsammelte. Ruedi jedoch war immer noch nicht gut auf ihn zu sprechen, einfach, weil er Italiener war. Johanna hatte sich wirklich von ihm abgewandt und wurde regelmäßig mit diesem Matteo gesehen. Seitdem hatte Ruedi sich verändert, er war mürrisch und trank des Öfteren zu viel. Ins Trögli ging er nicht mehr, aber es gab genug andere Beizen in Göschenen, wo man sich einen Rausch antrinken konnte. Ihr Vater runzelte zwar die Stirn, wenn sein Knecht mal wieder spätabends durchs Hoftor torkelte, doch solange er seine Arbeit gut machte, sagte er nichts.

Peter hingegen ging abends so gut wie nie aus. Ab und zu traf er sich mit seinem Bruder im Schäfli. Ansonsten verbrachte er die Abende auf dem Hof, saß mit der Familie in der Stube, wo er Zaumzeug und Geschirre reparierte und mit Franz über die nächsten Transporte sprach. Bald kam es Helene vor, als hätte er schon immer auf dem Hof gelebt. Er passte einfach gut hierher. Auch ihre Mutter hatte nichts mehr dagegen, dass er in Martins Zimmer schlief. Sie behandelte ihn, als wäre er ihr Sohn. Einzig Ruedi schien nicht sehr glücklich über Peters Anwesenheit. Helene vermutete, weil er gehofft hatte, einmal Teilhaber zu werden. Sie wusste, dass ihr Vater nie mit ihm darüber gesprochen hatte. Bevor sie nicht verheiratet war, würde ihr Vater darüber ohnehin nicht entscheiden. Immerhin bestand ja noch die Möglichkeit, dass Helenes zukünftiger Mann die Fuhrhalterei übernahm.

Der Sommer wich dem Herbst. Die Tage wurden kürzer, das Laub färbte sich gelb und rot und immer öfter hingen Wolken über dem Reusstal. Am Tunnel schritten die Arbeiten wohl gut voran. Immer noch wurde in Göschenen gebaut: neue Herbergen an der Straße nach Wassen, ein großes Gebäude für die Verwaltung der Gotthardbahngesellschaft an der Straße in Richtung Andermatt. Das »Loch« im Berg war jetzt ein gemauertes Portal, das ahnen ließ, wie die Einfahrt später einmal aussehen würde. Schienen führten vom Lagerplatz vor den Installationsgebäuden in den Tunnel hinein. Gearbeitet wurde rund um die Uhr. Piero hatte Helene erzählt, dass pro Schicht hundertfünfzig Bergleute in den Tunnel einfuhren, beim Schichtwechsel drängten sich die Männer vor dem Portal. Insgesamt arbeiteten jetzt über sechshundert Männer an der Baustelle.

Im November waren die Wolken oft so dicht, dass kein Sonnenstrahl ins Tal fiel, und manchmal hingen sie als Nebel im Dorf.

»Wie haltet ihr das aus?«, fragte Piero eines Tages, als der Nebel bereits fünf Tage im Tal saß. »Nicht nur, dass es den ganzen Tag dunkel ist, man sieht ja gerade mal drei Häuser weit. Und dazu diese Feuchtigkeit. Es ist ein Gefühl, als hätte jemand einen Deckel auf das Tal gelegt, der weder Luft noch Licht hineinlässt.«

Helene lachte. »Das ist ein guter Vergleich.«

Sie hatten sich beim Wasserholen an der Pumpe getroffen. Piero hatte Nachtschicht, würde kurz nach fünf in den Tunnel gehen und holte sich sein Waschwasser wie immer vorher. »Wenn der Winter kommt, wird es besser. Die Kälte vertreibt die Feuchtigkeit und wenn Schnee liegt, ist es auch nicht mehr so dunkel. Dafür wird es kalt. Ist es da, wo du herkommst, anders?«

Piero nickte. »Es gibt nur Hügel, keine Berge. An klaren Tagen kann man bis zu den Alpen sehen. Die Sonne scheint öfter und länger. Hier habe ich manchmal das Gefühl, sobald sie es über die Gipfel geschafft hat, geht sie auch schon wieder unter.«

»Hast du Heimweh?«

»Manchmal. Besonders jetzt im Herbst. Der ist bei uns im Piemont ganz anders als hier. Die Weinberge färben sich bunt, an manchen Tagen ist es immer noch sehr warm. Anfang November ist dann der junge Wein fertig und es gibt überall Feste.«

»Dein Vater baut Wein an?«

»Unter anderem. Er hat ein kleines Gut in den Hügeln von Castelnuovo.«

»Und wie kommst du dann zum Bergbau?«

Er hob die Schultern. »Eine längere Geschichte. Ich erzähle sie dir irgendwann einmal – wenn es wärmer ist.« Er lachte kurz auf, doch es klang nicht fröhlich. Dann nahm er ihren Eimer, füllte ihn und trug ihn zur Haustür.

»Danke schön.« Kurz dachte sie darüber nach, ihn in die Stube zu bitten, um seine Geschichte zu hören. Doch sicher würde er sie nicht in Gegenwart ihrer Mutter erzählen wollen – und die würde Helene nicht mit ihm allein lassen. Zu viele Gerüchte über die Zügellosigkeit der Italiener gingen mittlerweile im Dorf um.

15. KAPITEL

Im Winter mochte Piero den Nachtdienst am wenigsten.

Nachtdienst hieß, im Dunkeln in den Tunnel zu gehen, und wenn er heraus kam, war es immer noch dunkel. Er ging nach Hause, legte sich hin, schlief ein paar Stunden und wachte in der Dämmerung auf. Im Frühdienst ging er ebenfalls im Dunkeln zur Arbeit, und nach Schichtende war es nur noch etwas über zwei Stunden hell.

Beim Spätdienst hatte er am meisten vom Tag. Sobald der Morgen dämmerte, stand er auf. Wenn das Wetter es zuließ, ging er dann ein Stück die Göschener Reuss entlang, genoss die frische, kalte Luft im Tal.

Im Tunnel selbst machte es keinen Unterschied, ob es Tag oder Nacht war, das Licht vom Portal reichte nicht bis an die Tunnelbrust.

Heute hatte er sich vor dem Nachtdienst mit einigen Kameraden zum Essen im Trögli getroffen. Ausnahmsweise gab es keine Minestre, sondern deftige Wurst und Metzelsuppe, dazu frisches Brot und Butter. Johan Sen hatte zwei Tage zuvor geschlachtet. Die Wirte in Göschenen hatten sich inzwischen daran gewöhnt, dass die italienischen Arbeiter auch spät zum Essen kamen, und hielten ihre Gaststuben bis Mitternacht geöffnet.

Nach dem Essen machten sie sich auf den Weg. Piero, Vito, Antonio, Salvatore Villa, Luigi Nardi und Matteo. An der Brücke über die Reuss trafen sie auf Enzo und den Rest ihres Postens und folgten ihnen. Hinter ihnen kamen die Arbeiter des Postens Vittone, der ebenfalls im Richtstollen arbeiteten. Kurz bevor sie das Portal erreichten, erhellte ein Lichtblitz das Tal, gefolgt von einem ohrenbetäubenden Krachen und einem donnernden Brausen. Piero glaubte, einen Feuerschein zu sehen, dann wurde er wie von einer riesigen Faust getroffen und herumgewirbelt. Er prallte gegen etwas Hartes und fiel zu Boden. Um ihn herum krachte es, Männer schrien. Er versuchte sich aufzurichten, aber seine Muskeln gehorchten ihm nicht. Er schnappte nach Luft wie ein Fisch auf dem Trockenen, seine Lungen füllten sich nicht. Er wollte um Hilfe rufen, doch er brachte keinen Ton heraus. In seinen Ohren rauschte es, vor seinen Augen flimmerte es rot. Er würde sterben, jetzt. Panisch riss er die Arme nach oben.

Luft! Plötzlich bewegte sich sein Brustkorb und mit einem Geräusch, als würde eine Tür in rostigen Angeln quietschen, atmete er ein. Die ersten Atemzüge schmerzten, dann wurde es leichter. Er blickte sich um. Er lehnte an einem Felsen neben dem Portal, nicht weit von ihm lag Antonio. Der blutete aus einer Wunde am Kopf, seine Augen waren geschlossen. Zahllose kleine Lichter leuchteten um ihn herum. Nach einiger Zeit erkannte Piero Männer mit Öllampen, die das Gelände absuchten. Was war passiert? Eine Steinlawine? Nein, das war eine Explosion gewesen. Nur sehr viel gewaltiger als die Sprengungen im Tunnel.

Piero richtete sich auf und sah hinüber zu den Gebäuden. Die Dynamitwärmehütte war verschwunden. Dort, wo sie gestanden hatte, schwelten einige kleinere Feuer, beleuchteten die Überreste ihrer Mauern. Auch dort waren Männer mit Lampen unterwegs. Einer schien etwas gefunden zu haben, er schwenkte seine Lampe und gestikulierte. Jetzt erst bemerkte Piero, dass er keine Stimmen und auch sonst keine Geräusche hörte, nur ein Fiepen in seinen Ohren. Er schüttelte den Kopf und drückte die Hände an die Ohren, doch es änderte sich nichts. Das kam von der Explosion, er hatte davon gehört. Die Druckwelle musste ihn erfasst und gegen den Fels geschleudert haben. Er konnte von Glück reden, dass er noch lebte. Was war mit den anderen? Mit Antonio? Er bewegte sich nicht.

Vorsichtig stand Piero auf. Sein Körper schmerzte, ihm war ein wenig schwindelig, doch er konnte stehen, also hatte er sich wohl nichts gebrochen. Langsam ging er zu Antonio hinüber, beugte sich über ihn und legte ihm die Hand auf die Schulter. »Junge? Alles in Ordnung?«

Antonios Augenlider flatterten, er stöhnte und dann riss er die Augen auf. »Was ist passiert?«

Piero las die Worte von seinen Lippen ab.

»Das Dynamit in der Wärmehütte ist explodiert. Hast du Schmerzen?«

»Nein. Doch. Mein Bein tut weh.«

Piero richtete sich auf. Antonios rechtes Bein war verdreht und seltsam abgewinkelt.

»Sieht aus, als wäre es gebrochen. Bleib liegen, ich hole Hilfe.«

Suchend blickte er sich um. Die Männer, die schon im Tunnel gewesen waren, kamen wieder heraus. Unter ihnen auch Enzo. Piero winkte ihm. »Antonio hat sich das Bein gebrochen.«

»Und du? Du blutest. Dort.« Enzo zeigte auf Pieros Kopf. Piero hob die Hand zu der schmerzenden Stelle über seinem Ohr. Seine Haare waren feucht. »Ich bin gegen den Felsen geschleudert worden.«

Enzo nickte. »Scheint nicht gefährlich zu sein. Wo sind Vito und Matteo?«

»Sie waren hinter mir.«

»Hoffentlich ist ihnen nichts geschehen. Komm, wir müssen sie suchen.«

Langsam funktionierte Pieros Gehör wieder. Er verstand nicht nur, was Enzo sagte, sondern hörte auch die Rufe der Männer an der Unglücksstelle.

»Hier liegt ein Toter«, schrie einer. Mehrere rannten hinzu.

»Das ist Felice«, rief Giuseppe Vittone.

Gänsehaut zog sich über Pieros Rücken. Die Männer des Postens Vittone waren unmittelbar hinter ihm gewesen.

»Matteo! Vito!«, rief er, doch seine Stimme ging in den Rufen der anderen unter.

Jetzt kamen auch die Göschener zur Baustelle. »Was war das?«

»Was ist passiert?«

»Bei mir sind alle Fenster kaputt.«

Ein schriller Pfiff übertönte die Stimmen. Jean Bastide, der Akkordant, war auf einen der Rollwagen geklettert.

»Ruhe!«, brüllte er. »Diejenigen, die keine Schicht haben: Besorgt euch Tragen, sucht das Gelände nach Verwundeten ab und bringt sie ins Hospital. Wo sind die Posten Vittone und Lombardi?«

»Hier!«, rief Enzo und von der anderen Seite des Portals meldete sich Giuseppe Vittone. »Hier.«

»Gibt es Verletzte bei euch?«

»Unser Boggio hat sich das Bein gebrochen und ich habe eine Platzwunde am Kopf«, antwortete Piero. »Zwei Männer fehlen. Matteo und Vito.«

»Wir sind hier!«, rief Matteo von der anderen Seite des Portals. »Wir haben nur ein paar Prellungen und Schürfwunden.«

»Einer meiner Leute ist tot«, sagte Vittone. »Drei haben sich noch nicht gemeldet.«

»Wer von der Nachtschicht arbeiten kann, geht in den Tunnel«, befahl Bastide.

Piero schüttelte den Kopf. »Erst suchen wir unsere Kameraden. Der Tunnel kann warten. Wir haben ohnehin kein Dynamit mehr.«

Bastide beugte sich vor und fixierte Piero. »Und wer bist du?«

»Piero Caretti, Mineur im Posten Lombardi.«

»Gut, Piero Caretti. Du gehst jetzt an deine Arbeit oder du kannst deine Papiere holen. Drückeberger kann ich hier nicht gebrauchen.«

Drückeberger! Piero ballte die Fäuste und setzte zu einer Antwort an.

»Nein!« Enzo trat vor. »Der Mann kann nicht arbeiten, er ist verletzt und muss ins Hospital.« Grob stieß er Piero in die Seite und raunte: »Halt um Gottes willen deinen Mund und geh ins Hospital. Um meine Leute kümmere ich mich.«

Bastide maß erst Enzo, dann Piero mit einem langen Blick.

»Dann soll er den Mund halten und zusehen, dass er ins Hospital kommt.« Er wandte sich ab. »Alle, die unverletzt sind, in den Tunnel!«

»Giacomo!« Eine Frau rannte die Straße entlang, ihr Haar war zu einem Zopf gebunden, aus dem sich Strähnen gelöst hatten. »Giacomo, wo bist du?«

Piero erkannte sie, es war Teresia Chiodo, sie war mit ihrem Mann ebenfalls im Trögli gewesen. Giacomo war Vorarbeiter. Er war kurz vor Piero gegangen.

»Verschwinde!«, rief der Akkordant ihr zu. »Frauen haben hier nichts zu suchen!«

Teresia lief weiter. »Ich will wissen, wo mein Mann ist. Giacomo!«

Bastide packte sie grob am Arm. »Ich habe gesagt, du sollst verschwinden. Hier herrscht schon genug Durcheinander.«

»Lass mich los!« Teresia versuchte, sich loszureißen. Als es ihr nicht gelang, ließ sie die Laterne fallen und schlug mit der freien

Hand auf den Akkordanten ein. Dabei beschimpfte sie ihn lautstark auf Italienisch.

»He!«, rief einer der Mineure, der mit einer Laterne nach Verletzten gesucht hatte. »Lass sie gehen. Sie will doch nur wissen, ob ihr Mann in Sicherheit ist.«

Von anderen Italienern kam zustimmendes Geraune, sie näherten sich dem Akkordanten und Teresia.

»Verdammtes Weib!« Der Akkordant ließ Teresia los und versetzte ihr einen heftigen Stoß.

Sie taumelte, fing sich aber wieder. »Vai al diavolo, Cretino!«

»Teresia!« Enzos Stimme übertönte ihre Flüche. »Giacomo und seine Männer sind vor mir gelaufen. Sie waren im Tunnel, bevor das Dynamit explodiert ist. Er ist in Sicherheit.«

Teresia bückte sich und hob die Laterne wieder auf. Ihr Blick wanderte zum Tunnelportal, als überlege sie, hinzugehen, doch dann hob sie die Schultern. »Danke, Enzo.«

»Geht endlich an die Arbeit!«, brüllte der Akkordant. Widerwillig machten sich die unverletzten Männer der Nachtschicht auf den Weg.

Die anderen hatten inzwischen Tragen geholt und halfen den Verletzten, die nicht laufen konnten. Piero folgte ihnen, ebenso Teresia.

An den Überresten der Wärmehütte standen Ernest von Stockalper und Daniel Colladon.

»Wer war heute Nacht zuständig für die Hütte?«, fragte Colladon einen der Vorarbeiter.

»Luigi Bana.«

»Und wo ist er?«

Der Vorarbeiter zuckte mit den Schultern. »Wir wissen es nicht. Er ist nicht unter den Verletzten und die beiden Toten sind Felice Beata und Battista Nicaise.«

»Der Kerl sitzt sicher in irgendeiner Kneipe und lässt sich volllaufen!«, grollte Stockalper. »Der kann sich auf was gefasst machen.«

»Wenn er in der Hütte war, hat er nicht überlebt«, sagte Colladon. »Wir sollten morgen bei Tageslicht weitersuchen.«

»Wie konnte das passieren?«, fragte Teresia Piero, als sie weitergingen.

»Vielleicht hat Bana tatsächlich nicht aufgepasst und die Hütte ist kalt geworden. Dann reicht eine kleine Erschütterung und das Zeug geht hoch. Oder er hat da drinnen geraucht. Viele kapieren einfach nicht, wie gefährlich Dynamit ist.«

Die Fenster des Hospitals waren erleuchtet, die Tür stand offen. Im Saal neben der Tür lagen zwei Männer auf Feldbetten. Doktor Fodéré, der Arzt, beugte sich über einen älteren Mann, der offensichtlich bewusstlos war. Mit einem Stethoskop hörte er ihm die Brust ab.

»Er atmet und sein Herzschlag ist regelmäßig. Wir können hier nichts tun, außer zu warten, dass er aufwacht«, sagte er zu der Krankenschwester, die ihn begleiteten und ging weiter zum nächsten Bett. »Was haben wir hier?«

»Ich bin gegen eine der Maschinen geschleudert worden und kriege schlecht Luft.«

»Dann mach mal die Brust frei.«

Jemand berührte Piero am Arm. Es war eine der Frauen aus Göschenen, die im Hospital aushalfen. »Was fehlt Ihnen?«

»Ich habe eine Wunde am Kopf.«

»Dann setzen Sie sich mal hier hin, ich hole eine der Krankenschwestern.«

Piero ließ sich auf einen der Stühle sinken. Neben ihm saß Luigi Nardi, einer der Mineure vom Posten Betassa. Er war sehr blass und presste seine Hand auf eine stark blutende Wunde am Unterarm. Neben seinem Stuhl hatte sich eine rote Lache gebildet. Zwei Männer trugen Antonio auf einer Trage herein.

»Das ist der Letzte«, sagte einer der Träger. »Sein Bein ist gebrochen.«

Fodéré sah auf. »Legt ihn in das Bett dahinten.« Sein Blick fiel auf die Blutlache unter Nardis Stuhl. »Was ist das? Hat schon jemand nach Ihnen gesehen?«

Nardi schüttelte den Kopf. Fodéré ging zu ihm und hob seinen Arm.

»Ich brauche sofort ein Tourniquet!«, rief er in den Raum. Eine Schwester eilte zu ihm und gab ihm ein Band mit einer Art Hebel daran. Piero sah zu, wie der Arzt das Band über Luigis Arm streifte und oberhalb des Ellbogens mit dem Hebel zudrehte, bis die Wunde aufhörte zu bluten.

»Bringt ihn in den Nebenraum«, wies Fodéré die beiden Männer an, die Antonio hereingebracht hatten, und folgte ihnen.

Eine Frau in Schwesterntracht kam zu Piero.

»Ah, Kopfverletzung.« Sie strich seine Haare zurück. »Nur ein Riss. Aber wir nähen wohl besser.«

Sie ging und kam kurze Zeit später mit einer Schüssel Wasser, Schere und anderen Instrumenten zurück. Mit einem Schwamm wischte sie ihm das Blut aus dem Gesicht und aus den Haaren. Dann begann sie, die Wunde zu nähen. Piero biss die Zähne zusammen, bis sie fertig war. Danach tupfte sie noch mal das Blut ab.

»Wenn Sie sich gut genug fühlen, können Sie gehen.«

»Danke.«

Er stand auf und ging zu Antonios Bett. »Was macht das Bein?«

»Tut weh. Ich hoffe, der Doktor kann es richten.«

»Das kann er bestimmt.« Er strich dem Jungen kurz über das Haar und verließ das Hospital.

Draußen war es stockdunkel, Wolken verhüllten die Sterne. Nur bei der Baustelle flackerten einige Laternen.

Bei der Explosion hatte Piero seine Öllampe verloren. Ärgerlich. Er würde eine neue kaufen und jetzt im Finstern nach Hause gehen müssen. Straßenbeleuchtung gab es in Göschenen nicht. Er wartete, bis seine Augen sich an die Dunkelheit gewöhnt hatten, dann schlug er den Weg zum Hergerhof ein.

Vor dem Laden der Bissigs standen Paula, ihr Bruder und ihr Vater. Die Fensterscheiben vom Laden waren geborsten, die Tür hing schräg in den Angeln.

»Piero!«, rief Paula. »Warst du in der Nähe, als es passiert ist?«

Er nickte. »Ja, aber mir ist nicht viel passiert.« Er berührte den Verband um seinen Kopf. »Nur ein Riss in der Haut.«

»Weiß man schon, wie viele Verletzte und Tote es gibt?«, fragte Paulas Vater. »Es hat sich angehört, als würden die Berge einstürzen. Jakob Bieli war an der Baustelle und hat gesagt, das Dynamit sei in die Luft gegangen.«

»Das ist richtig. Aber es waren zum Glück nicht viele Leute in der Nähe. Die meisten haben nur Platzwunden so wie ich.«

Von den beiden Toten sagte er nichts. Die Göschener würde früh genug davon erfahren.

Johan Bissig schüttelte den Kopf. »Jakob sagte, es wären bei allen Häusern in der Nähe der Baustelle die Fenster kaputt. Wenn es tagsüber passiert wäre, gäbe es wohl Tote. Die Hütte mit dem Teufelszeug steht viel zu nah am Dorf.«

Piero gab ihm recht. »Es ist halt nur so eng hier im Tal. Es gibt kaum Platz für die Werksgebäude.«

»Dann sollen sie die Wärmehütten in die Schöllenen stellen. Hinter der Häderlisbrücke zum Beispiel.«

Wiederum stimmte Piero ihm zu, doch bei sich dachte er, dass Favre und die Compagnie einem solchen Vorschlag nicht folgen würden. Bisher hatte man das Dynamit bequem mit Rollwagen in den Tunnel fahren können. Wenn das Lager hinter der Brücke wäre, müsste man den Sprengstoff mit Pferdefuhrwerken holen. Das war aufwendig.

Piero verabschiedete sich von den Bissigs. Auch im Unterdorf standen die Menschen auf der Straße und sprachen über die Explosion. Überall hörte er die Empörung heraus, dass kein Sicherheitsabstand zum Dorf eingehalten worden war.

Auf dem Hergerhof schien Licht aus den Fenstern der Küche und der Stube. Die Stalltür stand offen, auch im Stall brannte Licht.

»Piero?« Helene trat aus der Haustür. »Gott sei Dank, ich hatte mir Sorgen gemacht.« Sie musterte ihn. »Du bist verletzt?«

»Nicht der Rede wert. Ich hatte Glück, ich war kurz vorm Tunnel, als das Lager hochging.«

»Wie schlimm ist es? Gibt es Tote?«

»Zwei bisher, einer wird noch vermisst, aber ich fürchte, er ist auch tot.«

Sie presste die Lippen zusammen. »So ein Leichtsinn, die Hütte so nah der Baustelle zu errichten. Hoffentlich lernt Favre daraus.«

Am nächsten Tag ging Piero zum Hospital, um nach Antonio zu sehen. Es war kalt, dichte Wolken hingen über dem Tal. Piero hauchte in seine Hände. Er brauchte unbedingt Handschuhe und wärmere Kleidung. Im Hospital waren nur noch Antonio, Luigi Nardi und zwei weitere Männer. Antonio saß auf seinem Bett und blickte Piero unglücklich entgegen. Sein Bein war geschient.

»Buon giorno, raggazzo«, begrüßte Piero ihn. »Was ziehst du denn für ein Gesicht? Stimmt was mit dem Bein nicht?«

»Doch, doch, der Doktor konnte das Bein richten. Aber ich kann vier Wochen nicht arbeiten. Das heißt vier Wochen keinen Lohn. Wovon soll ich leben?«

»Es gibt eine Krankenversicherung.«

»Ich weiß, aber was die zahlt, reicht nicht für Unterkunft und Essen.«

»Ich spreche mit Enzo, wir finden eine Lösung. Wir Bergleute halten zusammen«, tröstete Piero ihn.

Antonio lächelte schief. »Du bist ein guter Mensch, Piero.«

Piero erwiderte sein Lächeln und war sicher, dass seines ebenso schief war. Er war kein guter Mensch. Er hatte viele Fehler in seinem Leben gemacht.

Luigi Nardi lag im Bett. Sein Gesicht war immer noch sehr blass, sein Arm verbunden. Piero ging auch zu ihm. »Geht es dir gut?«

Luigi nickte. »Mir ist noch ein bisschen schwummrig, aber der Doktor meint, ich wäre bald wieder auf den Beinen. Ich habe mir irgendeine wichtige Ader im Arm verletzt und viel Blut verloren.«

Piero dachte an die Blutlache unter Nardis Stuhl gestern Nacht. »Warum hast du nichts gesagt? Man hätte viel früher nach dir sehen sollen.«

»Es hat nicht wehgetan.«

Piero ging nach draußen. Inzwischen hatte es angefangen zu schneien. Dicke, weiße Flocken schwebten hernieder, auf der Straße hatte sich bereits ein weißer Teppich gebildet. Er ging zur Straße, die zum Tunnel führte. Die Mauerreste der Wärmehütte ragten schwarz aus der dünnen Schneedecke. Die Ingenieure standen innerhalb der Ruine und suchten wohl nach Hinweisen für das Unglück. Plötzlich ertönte ein Ruf von einer Stelle weit oberhalb des Standorts der Wärmehütte.

»Signor Stockalper!« Unter ein paar Tannen standen zwei Männer. »Wir haben etwas gefunden.«

Stockalper hob die Hände trichterförmig vor den Mund. »Was?«

Einer der Männer schüttelte den Kopf und winkte. »Sie müssen kommen.«

Stockalper und Bastide stiegen den Berg hinauf. Piero unterdrückte den Impuls, ihnen zu folgen. Er ahnte, was, oder besser wen, sie gefunden hatten.

Stattdessen ging er zurück zum Hergerhof. Vor seinem Nachtdienst wollte er noch ein bisschen schlafen. Am selben Abend hörte er im Albergo, dass man an jener Stelle die Überreste eines Menschen gefunden hatte. Eigentlich nur ein paar Körperteile und Stofffetzen, doch anhand dieser Fetzen konnte man Luigi Bana identifizieren, den Mann, der die Aufsicht über die Wärmehütte gehabt hatte. Enzo, der im Rössli zu Abend gegessen hatte, berichtete von einem heftigen Streit unter den Ingenieuren. Der technische Leiter, Oberingenieur Gerwig, hatte sich darüber ausgelassen, dass er von Anfang an darauf gedrungen hatte, das Dynamitlager in ausreichender Entfernung zum Dorf und zur Baustelle aufzubauen. Ein anderer, dessen Namen Enzo nicht kannte, hatte widersprochen. Wenn man Dynamit nur richtig behandele, sei es nicht gefährlich. Die Arbeiter seien nur zu leichtsinnig. Der darauffolgende Wortwechsel hatte damit geendet, dass Gerwig ankündigte, an die Urner Regierung zu schreiben.

»Wollen wir hoffen, dass er Gehör findet«, schloss Enzo seinen Bericht.

»Glaubst du daran?«, fragte Piero.

Enzo schüttelte den Kopf.

In den nächsten Tagen schneite es fast ununterbrochen. Schnee legte eine weiße Decke über das Dorf, dämpfte alle Geräusche, selbst die der Baustelle. Die Reuss trug Inseln aus Eis auf ihren hellgrünen Wellen.

Gleich am Tag nach dem Unglück gingen sie wieder in den Tunnel. Fast sechshundert Meter war der Richtstollen mittlerweile lang. Immer noch hatten sie es mit Granit zu tun, aber die Maschinen waren inzwischen verbessert worden, die Bohrer brachen nicht mehr so leicht. Da erst wieder Dynamit aus Isleten geliefert werden musste, würden sie mit Schwarzpulver sprengen. Die Schutterer der Spätschicht hatten beinahe allen Abraum der letzten Sprengung beseitigt. Die Nachtarbeiter mussten noch mit Spitzhacken das von den Explosionen gelockerte Gestein aus der Tunnelbrust holen, bevor der nächste Angriff erfolgen konnte. Die Schutterer luden die Steine in die kleinen Wagen, die Pferde zogen sie zur Rampe. Währenddessen verlängerten andere die Serviceschiene bis zu Tunnelbrust. Piero, Salvatore und Matteo schoben die Lafette vor die Wand und befestigten den Luftschlauch an der Maschine. Enzo kontrollierte, ob die Bohrer an den richtigen Stellen lagen. Der Pfiff, der das Kommando zum Bohren gab, ertönte. Fauchend rauschte die Pressluft durch die Leitung, für einen Moment wehte ein frischer Wind durch den Stollen. Mit ohrenbetäubendem Rattern arbeiteten die Kolben, hämmerten sich die Meißel in den Granit. Doch dann wurden sie plötzlich langsamer, die Wucht der Schläge ließ nach.

»Irgendwas stimmt mit der Luft nicht«, rief Stefano Navarro, einer der Mechaniker. »Stellt die Maschine ab.«

Sofort stoppte Piero die Luftzufuhr. Er kontrollierte, ob das Ventil verstopft war, doch es war frei. Wieder gab Enzo das Kommando zum Bohren und wieder wurden die Bohrer nach kurzer Zeit langsamer, bis sie zum Stillstand kamen. Beim dritten Start bewegten sie sich gar nicht mehr.

»Sollen wir die Maschine auswechseln?«, fragte Enzo.

Stefano nickte. »Wir probieren es mit einer anderen.«

Sie schoben die Lafette zurück bis zur Rampe. Dort standen zwei weitere Maschinen.

Doch auch mit der nächsten tat sich nichts. Es lag nicht am Gerät, es kam keine Luft mehr durch die Leitung.

Stefano drehte sich um und hob die Hände vor den Mund. »He, ihr da vorne!«, rief er in Richtung Rampe. »Schickt einen der Laufburschen nach draußen. Er soll fragen, was mit den Kompressoren los ist. Wir bekommen keine Druckluft mehr.«

»Geht in Ordnung«, schallte es zurück.

»Solange machen wir Pause«, entschied Enzo. Piero und die anderen setzten sich an die Seiten des Stollens und packten ihre Brote aus.

Nach zwanzig Minuten kam einer der Ingenieure die Rampe herauf. »Die Kompressoren arbeiten nicht mehr. Wir wissen noch nicht, warum. Sobald es hell wird, schickt Gerwig Leute hinauf zum Kraftwerk. Ihr könnt erst mal Schluss machen.«

Draußen herrschte ein dichtes Schneetreiben, das die Lampen kaum durchdringen konnten. Schaudernd zog Piero seine Jacke enger um sich. Im Tunnel war es um einiges wärmer als hier. Mit der Lampe in der Hand stapfte er durch den Schnee. Neben dem Weg rauschte eisgrün die Reuss.

Auf dem Hergerhof war alles dunkel. Leise stieg Piero die Stufen hinauf zu seiner Kammer, zog sich aus und legte sich ins Bett, ohne sich zu waschen. Dafür war es ihm heute zu kalt. Er wickelte sich in die beiden Decken und schlief rasch ein. Als er erwachte, war es bereits hell und aus dem Stall unter ihm drangen die Alltagsgeräusche. Franz Hergers Stimme, das Klappern von Eimern, mit denen die Pferde getränkt wurden, das Klirren von Metall auf Metall.

Piero stand auf und warf einen Blick aus dem Fenster. Es schneite immer noch, die Gipfel und das obere Rienbachtal wurden von Wolken verdeckt. Sein Wecker zeigte kurz nach neun Uhr, normalerweise waren Franz, Peter und Ruedi um diese Uhrzeit schon unterwegs.

Sein Wasserkrug war leer. Rasch schlüpfte er in seine Hose, zog die Jacke über und stieg barfuß mit dem Eimer in der Hand die Treppe hinab.

»Guten Morgen, Piero.« Peter stand an der Pumpe. »Schon wach?«

Piero erwiderte den Gruß. »Sie haben uns heute Nacht nach

Hause geschickt, weil die Kompressoren keine Luft mehr geliefert haben. Fahrt ihr heute nicht?«

»Nicht bei diesem Schneetreiben. Man sieht ja die Hand vor Augen nicht. Außerdem müssen die Wege erst mal wieder freigeräumt werden. Bis es aufhört zu schneien, wird niemand irgendwohin fahren.«

Peter nahm die beiden Eimer und ging in den Stall. Piero stellte seinen eigenen unter die Pumpe und füllte ihn. Dabei trat er von einem Fuß auf den anderen. Der Boden war kalt, er hätte doch seine Schuhe anziehen sollen.

»Guten Morgen.« Helene trat aus der Haustür und kam zur Pumpe. Ihr Haar war am Hinterkopf zu einem Knoten gesteckt, sie trug einen dunklen Rock, eine Strickjacke und hatte einen dicken Wollschal um den Hals geschlungen.

»Guten Morgen, Lene.«

Er hob seinen Eimer von der Tränke, und füllte ihren.

Sie lächelte. »Danke schön. Brauchst du das Wasser zum Waschen?«

Er nickte.

»Auf dem Herd steht warmes Wasser, davon kannst du was haben. Komm mit.«

Ohne auf seine Antwort zu warten, nahm sie ihren Eimer und ging zum Haus. Piero folgte ihr.

Im Windfang blieb er stehen und trat seine Füße an der Matte ab. Hier war es schon ein wenig wärmer.

»Komm ruhig rein«, rief Helene von der Küchentür her.

Etwas verlegen betrat Piero den Raum. Hier war es wohlig warm, es roch nach Kuchen und nach der Fleischbrühe, die auf dem Herd in einem großen Topf simmerte. Anna Herger füllte Kaffeepulver von der Mühle in eine Kanne.

»Grüezi. So früh heute?« Verwundert musterte sie ihn.

Unbehaglich sah Piero auf seine nackten Füße, auch unter der

Jacke trug er nichts, sie klaffte auf und gab den Blick auf seine Brust frei. Rasch schloss er die oberen Knöpfe.

»Guten Morgen, Frau Herger. Ja, sie haben uns heute Nacht nach Hause geschickt, weil die Kompressoren nicht mehr funktionieren. Lene war so freundlich, mir warmes Wasser anzubieten.«

»Ach so. Jetzt musst du einen Moment warten, ich setze grade neues auf.«

Sie füllte den Kessel und einen weiteren Topf mit Wasser aus Pieros Eimer und stellte beides auf den Herd.

»Die Kompressoren funktionieren also nicht. Dann sollen die Herren Ingenieure mal einen Blick auf dieses Kraftwerk unterhalb der Häderlisbrücke werfen. Wahrscheinlich blockieren Schnee und Eis die Zuleitung. Man sieht ja hier im Ort, was der Fluss alles vom Berg mitbringt.«

Das war eine mögliche Erklärung für den Ausfall des Kraftwerks.

»Willst du einen Kaffee?«, fragte Helene.

Piero warf Anna Herger einen schnellen Blick zu, aber sie schien nichts dagegen zu haben.

»Sehr gerne, danke.«

Helene füllte einen Becher und reichte ihn ihm. Piero umschloss ihn mit beiden Händen. Der Kaffee roch wunderbar. Vorsichtig nippte er daran. Er schmeckte auch gut. Entweder hatte er sich inzwischen an den Schweizer Kaffee gewöhnt oder die Hergers benutzen eine neue Sorte.

»Das ist ein sehr guter Kaffee.«

»Das ist eine neue Sorte, von einer Rösterei aus Italien. Die Bissigs haben sie in ihr Sortiment aufgenommen.«

Helene stellte Teller und Becher auf den blank gescheuerten Holztisch, dann schnitt sie dicke Scheiben von einem Brotlaib. Anna ging nach draußen und kam mit einer Schüssel Rahm, einer Wurst und einem Stück Speck wieder herein. Der Geruch nach Geräuchertem gesellte sich zu dem Duft nach Kuchen und Kaffee. Pieros Magen knurrte. Er räusperte sich, um das Geräusch zu übertönen und trank einen noch Schluck Kaffee.

Knarrend öffnete sich die Haustür, Franz Herger, Peter und Ruedi traten ein und brachten einen Schwall kalter Luft mit ins Haus.

»Hach, das riecht gut«, sagte Ruedi. »Ich habe einen Bärenhunger.«

Peter stimmte zu. »Ich auch.«

Sie zogen ihre Jacken und Schuhe aus, hängten die Hüte an die Haken und kamen in die Küche.

Bei Pieros Anblick runzelte Ruedi die Stirn und ging so dicht an ihm vorbei, dass er ihn mit der Schulter streifte. Der Kaffee in Pieros Kaffee schwappte über, die heiße Flüssigkeit lief über seine Hände. »Pass doch auf.«

Ruedi funkelte ihn an. »Mach dich nicht so breit.«

Piero hatte gute Lust, ihm den Rest des Kaffee über den Kopf zu schütten. Doch dann besann er sich. Es wäre schade um den Kaffee. Er trat zurück und leerte die Tasse.

Auf dem Herd fing der Kessel an zu singen. Helene holte ihn und füllte Pieros Eimer mit dem heißen Wasser auf.

Er bedankte sich und ging. In seiner Kammer zog er sich aus und wusch sich vom Kopf bis zu den Füßen. Warmes Wasser zum Waschen würde er so schnell nicht wieder bekommen. Zum Schluss machte er seine Haare nass, seifte sie ein und tauchte den Kopf in den Eimer, um sie auszuspülen. Der Staub in seinem Haar färbte das Wasser grau. Es war unangenehm, danach wieder in die schmutzigen Kleider zu schlüpfen. Piero rümpfte die Nase. Sein Hemd roch nach Schweiß. Er holte sein anderes Hemd vom Haken, doch das roch auch nicht viel besser. Caterina Busso, die Frau eines Händlers, der im Oberdorf einen Laden mit italienischen Lebensmitteln eröffnet hatte, bot ihre Dienste als Wäscherin an. Bisher hatte er seine Kleider selbst gewaschen, doch nun packte er kurz entschlossen ein Bündel mit schmutziger Wäsche und machte sich auf den Weg zu ihr.

Caterina nahm sein Bündel und zählte die Wäschestücke. »Das kostet einen Franken zwanzig. In drei Tagen kannst du die Sachen abholen.«

Piero willigte ein. Das war zwar viel Geld, aber wenigstens waren die Sachen dann richtig sauber und trocken. Als er das letzte Mal gewaschen hatte, hatte die Wäsche fast fünf Tage gebraucht, um in seiner kalten Kammer zu trocknen.

Er zog den Hut tiefer in die Stirn und ging zur Baustelle. Es war ungewöhnlich still. Der Lärm der Bohrer aus dem Tunnel fehlte, nur leise klang das Hämmern der Spitzhacken aus dem Portal. Die kleine Lokomotive mit den Anhängern, die normalerweise den Abraum aus dem Tunnel transportierte, stand vor dem Eingang. Also funktionierten die Kompressoren immer noch nicht. Der Akkordant diskutierte sichtlich missgelaunt mit einer Gruppe Mineure. Vor Favres Bürohaus hatten sich einige Männer versammelt. Piero erkannte Favre, Colladon, Gerwig und Stockalper. Alle wirkten besorgt. Favre gestikulierte wild und deutete immer wieder in Richtung Schöllenen. Piero trat zu einer Gruppe von Mineuren vom Posten Betassa.

»Weiß man inzwischen, woran es liegt?«, fragte er.

Der Mann vor ihm drehte sich um. Piero kannte ihn aus dem Trögli, sein Name war Luigi Dissune. »Vor dem Kraftwerk haben sich Schnee und Eisschollen angehäuft«, sagte er. »Sie blockieren die Zuleitung.«

Also hatte Anna Herger recht gehabt. Vielleicht hätte sich Favre mehr mit den Göschenern unterhalten sollen, sie kannten sich hier aus.

»Und was wollen sie machen?«, fragte er.

Dissune hob die Schultern. »Keine Ahnung. Ohne Bohrer keine Löcher. Vielleicht schicken sie uns mit Handbohrern rein und wir sprengen mit Schwarzpulver. So wie dieser Kerl, der dieses Loch weiter oben gesprengt hat.«

»Du meinst das Urnerloch«, sagte Piero. »Damit kommen wir aber nicht weit.«

In diesem Moment löste sich Favre aus der Gruppe, stellte sich auf die Treppe vor seinem Büro und hob die Hände. Ein schriller Pfiff ertönte, die Männer auf der Baustelle wandten sich zu ihm um, die Stimmen erstarben.

»Männer!«, rief Favre. »Mineure! Die Maschinen arbeiten nicht. Der Grund sind Schnee und Eis, sie blockieren das Kraftwerk.«

»Ist halt Winter«, sagte Luigi Dissune laut. »Da schneit es eben.«

Die umstehenden Männer lachten.

Favre warf ihm einen grimmigen Blick zu, dann sprach er weiter: »Ohne Maschinen können wir unseren Tunnel nicht weiterbauen.«

Beunruhigtes Gemurmel erhob sich aus der Menge. Wenn es zu einem Baustopp käme, würden auch keine Löhne mehr bezahlt werden. Die meisten Mineure hatten Familien zu Hause, denen sie den Großteil ihres Lohns schickten. Sie waren darauf angewiesen. Die Stimmen wurden lauter, die Unruhe der Männer spürbar. Piero beobachtete Favre. Er stand regungslos auf der Treppe und schien mit der Wirkung seiner Worte nicht unzufrieden zu sein.

»Dann gehe ich über den Winter zurück nach Hause«, brummte Salvatore Villa.

Piero schüttelte den Kopf. »Favre kann sich keinen Baustopp leisten. Jeder Meter, den er nicht vorankommt, kostet ihn Unsummen. Er will uns nur Angst machen.«

Aber warum? Was wollte Favre? Mittlerweile war es so laut, dass Favres nächste Worte im Stimmengewirr untergingen. Erst das zweimalige Pfeifen des Akkordanten lenkte die Aufmerksamkeit zurück auf Favre.

»Wir müssen das Kraftwerk in der Reuss frei machen, nur dann können wir unseren Tunnel weiterbauen«, rief er. »Ich brauche Männer, die dort oben Schnee und Eis fortschaffen.«

Luigi Dissune lachte trocken. »Habt ihr das gehört? Wir müssen das Kraftwerk freischaufeln, sagt er. Und meint damit nicht sich und seine Ingenieure, sondern uns. Aber da kann er lange warten. Ich stelle mich bestimmt nicht in den Fluss.«

Jetzt baute sich Stockalper an Favres Seite auf. »Gibt es Freiwillige?«

Einige Männer traten unbehaglich von einem Fuß auf den anderen. Andere steckten die Köpfe zusammen und tuschelten.

»Warum sollten wir freiwillig da oben im eisigen Wasser Schnee schaufeln?«, rief Dissune. »Dafür wurden wir nicht angestellt und dafür werden wir nicht bezahlt.«

Favre wandte sich an den Akkordanten und sprach leise mit ihm. Vermutlich fragte er ihn nach dem Namen des Mannes, der ihm die Stirn bot.

»Wenn nicht weitergebaut wird«, rief Stockalper, »werdet ihr auch nicht bezahlt.«

Einer der Postenführer, Luigi Cuncette, nickte. »Ich werde gehen.«

Einige seiner Männer erklärten sich ebenfalls bereit.

»Das ist großartig von euch, Kameraden!«, sagte Favre. »Aber wir brauchen noch mehr Männer.«

Doch es meldete sich kein weiterer Arbeiter.

»Dann ordne ich an, wer geht«, verkündete Stockalper. »Ihr seid alle bei der Gotthardbahngesellschaft angestellt.«

»Wir sind als Mineure angestellt!«, rief einer. »Niemand kann uns zu einer anderen Arbeit zwingen.«

Stockalper fixierte ihn. »In welchem Posten arbeitest du und wie ist dein Name?«

»Michele Frasca vom Posten Vittone.«

»Du bist entlassen, Michele Frasca. Hol dir deine Papiere und verschwinde.«

Frasca schnappte nach Luft. Um ihn herum erklang ein Raunen. Giuseppe Vittone starrte Stockalper entsetzt an. Mit unbewegter Miene beobachtete Favre die Szene.

Er hatte es genau so geplant, dachte Piero. Erst hatte er an das Gemeinschaftsgefühl der Bergleute appelliert. *Wir* müssen das schaffen, *unser* Tunnel. Er tat so, als wäre er einer von ihnen. Und weil das nicht funktionierte, versuchte er, durch Frascas Entlassung die Männer einzuschüchtern. Und das schien ihm zu gelingen.

Piero bahnte sich einen Weg durch die Menge bis vor die Treppe. »Monsieur Favre!«

»Ja?« Favre sah ihn an.

Piero stellte sich so, dass auch die Arbeiter ihn sehen konnten und hob die Stimme. »Michele Frasca hat recht, wir sind Bergarbeiter, Mineure. Dafür wurden wir angestellt. Nicht, um im Fluss zu stehen und Schnee zu räumen. Sie können Michele entlassen. Sie können uns alle entlassen. Doch wer bohrt dann Ihren Tunnel?« Er ließ seinen Blick über die Männer schweifen. Viele nickten zustimmend.

Piero fuhr fort: »Ich bin sicher, Sie würden Freiwillige finden, wenn Sie einen Bonus bezahlen. Der Fluss ist gefährlich und diese Arbeit im kalten Wasser ist nicht zu vergleichen mit der Arbeit im Tunnel. Sie bezahlen doch auch für Dynamittransporte mehr als für normale.«

»Einen Bonus«, wiederholte Stockalper. »Das kommt nicht …«

Favre hob die Hand und unterbrach ihn. »Wie ist dein Name?«, wandte er sich an Piero.

»Piero Caretti.«

»Und du glaubst, dass es Geld ist, das die Männer davon abhält, zu helfen?«

Ungläubig sah Piero ihn an. Hielt der Mann ihn für dumm?

»Ich glaube, dass es die Arbeit in der eiskalten, Hochwasser führenden Reuss ist, die die Männer davon abhält. Warum sollen sie für vier Franken ihr Leben riskieren? Es geht nicht darum zu ›helfen‹, es geht um harte, gefährliche Arbeit und die muss entsprechend entlohnt werden. Von freundlichen Worten können wir nicht leben. Zahlen Sie den Männern eine Zulage.«

»Bravo, Piero!« Salvatore Villa klatschte in die Hände. »Er hat recht. Warum sollen wir unseren Hintern für euch riskieren? Die Herren Ingenieure können doch in den Fluss steigen. Die werden auch besser bezahlt.«

Favre winkte Stockalper zu sich heran, sie steckten die Köpfe zusammen. Schließlich trat Favre wieder vor. »Wir werden eine Zulage von fünfzig Rappen pro Schicht bezahlen. Eine Schicht wird nur vier Stunden dauern.«

Die Reaktion der Mineure fiel unterschiedlich aus. Dissune, Villa und die Männer um sie herum schüttelten die Köpfe und murrten, andere nickten und besprachen sich mit ihren Kameraden.

»Fünfzig Rappen mehr am Tag dafür, dass man stundenlang im eisigen Wasser steht«, sagte einer.

»Hast du nicht zugehört? Es sind nur halbe Schichten. Vielleicht kann man zwei Schichten arbeiten und sich zwischendurch aufwärmen.«

»Und wo willst du dich aufwärmen? Hast du einen Ofen in deiner Unterkunft? Außerdem kann man nur arbeiten, solange es hell ist.«

»Egal. Besser als gar kein Geld, weil nicht weitergebaut wird.«

Schließlich meldeten sich so viele Freiwillige bei Favre, dass er zwei Schichten mit je zehn Mann besetzen konnte. Die Ersten gingen mit Cuncette direkt die Gotthardstraße hinauf.

Piero suchte Enzo in der Menge und ging zu ihm. »Was wirst du tun?«

»Ich stelle mich nicht da oben ins Wasser. Und ich würde es auch keinem von meinem Posten raten. Selbst wenn es keinen Vortrieb gibt, solange die Bohrer nicht funktionierten, gibt es Arbeit im Tunnel. Wenn Favre klug ist, fängt er mit dem Ausmauern und Abstützen an, statt die Leute herumsitzen zu lassen. Ich gehe nachher zu Stockalper und rede mit ihm.« Er machte eine Pause. »Das vorhin war ziemlich gewagt von dir. Aber geschickt. Du hast Favre mit seinen eigenen Waffen geschlagen. Nur sei in Zukunft auf der Hut, sie werden nach Gründen suchen, dich loszuwerden.«

»Versuchen können sie es. Meine Arbeit mache ich gut, da können sie sich nicht beschweren. Und ich lasse mir nicht den Mund verbieten.«

Am Sonntag wurden die drei Todesopfer der Explosion auf dem Friedhof in Wassen beerdigt. Sie fanden ihre letzte Ruhe neben Giuseppe Zucca, der 1872 durch einen Steinschlag getötet worden war, sowie Etienne Acampo und Remi Sigot, die bei dem Einsturz im Sommer ums Leben gekommen waren.

Es waren sehr viele Bergleute anwesend, denn die Kompressoren funktionierten immer noch nicht. Obwohl jeden Tag zahllose Arbeiter im Wasser standen und den Schnee und Eis aus der Reuss schaufelten. Immer neuer Schnee wurde vom Gotthard angeschwemmt, es war eine Sisyphusarbeit.

Zu Pieros Überraschung war die Grabrede, die der Pfarrer von Wassen hielt, erstaunlich einfühlsam. Er sprach von den Schwierigkeiten, die neue Technologie mit sich brachte, und dass Fortschritt meistens auch Opfer forderte, doch er wetterte nicht gegen das »Teufelszeug Dynamit«. Er wies auf die Notwendigkeit hin, damit verantwortungsbewusst umzugehen, und übte dabei versteckte Kritik an der Gotthardbahngesellschaft. Die Wärmehütte hätte niemals so nahe am Dorf und an der Baustelle stehen dürfen. Weder Favre noch seine Bauleiter Gerwig und Stockalper waren anwesend, also erreichten sie die Worte des Pfarrers nicht, aber die Arbeiter hörten sie.

Nach der Beerdigung machten sich die Bergleute auf den Heimweg. Unterwegs bemerkte Piero, dass es aufgehört hatte zu schneien. Die Wolken hingen nicht mehr so tief, es wurde merklich heller.

1874
Vortrieb

16. KAPITEL

Nach einem langen Winter kam endlich der Frühling nach Göschenen. Er brachte Föhnwinde von den Bergen, grüne Wiesen, Hochwasser und noch mehr Fremde.

Helene hatte das Gefühl, dass die Straßen im Dorf jeden Tag enger wurden, so viele Menschen waren dort unterwegs.

»Sieh mal, da haben schon wieder drei neue Läden aufgemacht«, sagte Paula und deute auf die neuen Häuser in der Gotthardstraße. »Lass uns doch mal schauen, was es dort gibt.«

Helene schlenderte mit Paula durchs Dorf. Es war ein lauer Frühlingstag. Der Himmel spannte sich tiefblau über das Tal, nur ein paar Schäfchenwolken sorgten für weiße Farbtupfer. In den Gärten blühten gelbe Primeln, Löwenzahn und rosa Klee.

Sie gingen die Straße hinauf und spähten durch die geöffnete Tür des ersten Ladens. Auf roh gezimmerten Tischen standen Kisten mit Zitronen und Orangen, daneben lagen einige hellrote Früchte, die an große Tomaten erinnerten. Eine Frau in heller Bluse und einem dunkelrot gemusterten Rock stellte einige kleine Kanister in ein Regal.

»Kommt doch rein und seht euch um!«, rief sie.

Helene und Paula tauschen einen Blick, dann traten sie ein.

»Was ist denn das?«, fragte Helene und deutete auf die hellroten Früchte.

»Das sind Persimonen. Sie kommen aus der Toskana.« Die

Verkäuferin griff nach einer Frucht und hielt sie Helene hin. »Sie sind sehr süß und saftig.«

»Ich nehme eine.«

Helene sah sich weiter um. In einer Kiste entdeckte sie getrocknete weiße Bohnen, in einer anderen kleine, hellgelbe Erbsen.

»Das sind Cecci«, erklärte die Frau. »Man nennt sie auch Kichererbsen.«

Prompt entfuhr Paula ein Kichern. »Wirklich? Davon nehme ich ein Pfund. Kocht man sie wie getrocknete Bohnen?«

»Si, genauso.«

Die Frau holte eine Tüte und füllte die Kichererbsen ab.

Helene und Paula bezahlten und gingen weiter. Im nächsten Laden wurde Wein, Schnaps und Olivenöl angeboten. Der dritte Laden verkaufte nur Brote und Kuchen.

Beim Eintreten bimmelte ein Glöckchen, das über der Tür hing. Im Laden duftete es nach frischem Brot und Kuchen, aber auch nach Tomaten und Gewürzen. Eine Italienerin mit einem Kind stand an der Theke und unterhielt sich mit der Verkäuferin, einer kräftigen Frau um die vierzig. Sie kaufte eines von den hellen Broten, die sich in einem Korb stapelten, und einen halben Kuchen, der sehr flach war und mit Kernen bestreut, die wie helle Apfelkerne aussahen.

Die Verkäuferin riss ein Stück von einem zuckrigen Kringel ab und gab es dem Kind.

»Grazie mille«, sagte die Frau und bezahlte.

Die Verkäuferin wandte sich Helene und Paula zu. »Grüezi, was möchten Sie?«

»Ich hätte gerne ein Brot«, sagte Helene und deutete auf den Korb.

Unterdessen sah Paula sich weiterhin neugierig um.

»Was ist denn das?«, fragte sie und zeigte auf dünne Teigfladen, die mit Tomaten und geschmolzenem Käse belegt waren. Sie waren es wohl, die so würzig rochen.

»Pizza«, antwortete die Verkäuferin. Paula sah Helene an. »Davon habe ich noch nie gehört. Weißt du, was das ist? Pizza?«

Helene zuckte mit den Schultern. »Nein. Aber ich kaufe eines zum Probieren.«

»Bene.« Die Verkäuferin schenkte Helene ein wohlwollendes Lächeln und schlug einen der Teigfladen in ein Stück Papier ein. Helene bezahlte und nahm das Brot und die Pizza entgegen.

»Hm«, machte Paula als sie draußen waren. »Das riecht aber gut.«

Helene nickte. »Und es ist sogar noch warm. Halt mal das Brot.«

Sie wickelte den Fladen aus, der wirklich verführerisch duftete, und riss ein Stück ab. Die Konsistenz war eher zäh, aber es schmeckte gut. Fruchtig nach Tomate und Gewürzen. Sie riss ein zweites Stück ab und reichte es Paula.

»Ein bisschen labbrig, aber gut«, stellte Paula fest. »Frisch gebacken ist es bestimmt noch besser.«

Sie gingen weiter und teilten sich den Rest des Fladens.

Auf der anderen Seite der Reuss, vor den Werksgebäuden der Gotthardbahngesellschaft, hoben Bauarbeiter eine Grube aus.

»Schon wieder ein neues Haus«, stellte Paula fest.

Helene sah hinüber. »Ich glaube, das wird das neue Hospital.«

Vor dem neu gebauten Hotel »Zum Gotthard« standen drei Bergleute und diskutierten mit dem Wirt Josef Naef.

Helene spitzte die Ohren.

»Ich habe keine Zimmer mehr frei«, sagte Naef nachdrücklich. »Alles belegt.«

»Wir brauchen nur ein Zimmer«, antwortete einer der Männer. »Wir arbeiten schichtweise, es werden immer nur zwei da sein.«

»Ich weiß. Ich habe auch Mieter, die sich ein Bett teilen. Aber mein Haus ist voll.«

Naef trat zurück und schloss die Tür. Die Bergleute sahen sich an. Dann gingen sie weiter und klopften an die Tür des nächsten Hauses. Katrin Immhof öffnete die Tür und ließ ihren Blick über die Männer gleiten.

»Ich habe kein Zimmer mehr frei«, sagte sie und schloss die Tür, ohne auf Antwort zu warten.

Beim dritten Haus öffnete sich auf ihr Klopfen ein Fenster im ersten Stock.

»Verschwindet!«, schrie die alte Maria Humbert hinaus. »Wir haben nichts mehr frei. Jeden Tag das Gleiche.«

Ihr Kopf verschwand, mit einem Knall schloss sich das Fenster.

»Herrje«, sagte Paula. »Das kann noch heiter werden. Bei uns haben in den letzten Tagen auch schon einige gefragt. Aber ich glaube, es hat sich schon rumgesprochen, dass mit Großmutter nicht gut Kirschen essen ist.«

»Bei uns waren auch welche. Vater überlegt, auf der hinteren Weide eine Herberge zu bauen. Er sagt, es würde sich lohnen, es sind ja noch sechs Jahre, bis der Tunnel fertig sein soll. Allerdings will er nur Zimmer anbieten, keine Kost.«

Helene sah den drei Männern nach, die zum nächsten Haus gingen. »Sie können einem leidtun. Irgendwo müssen sie doch wohnen.«

»Es wird ja gebaut. Weiter oben an der Gotthardstraße.«

»Na ja, aber das eine wird eine Dependance fürs Grand Hotel«, wandte Helene ein. »Das können sich Bergleute und Handwerker nicht leisten. Das andere wird ein Gasthof, hat mir Johan Lyrer erzählt. Sein Bruder baut ihn. Das dritte soll aber wirklich ein Wohnhaus werden, die Brüder Regli bauen es.«

»Noch ein Gasthof?« Paula zog die Augenrauen hoch. »Wir haben doch schon bald zwanzig.«

»Es ist ein einträgliches Geschäft. Wein und Bier zu verkaufen zahl sich schneller aus als Alpwirtschaft. Mich wundert es nicht, dass sich so viele um eine Konzession bemühen.«

»Ist es nicht unglaublich, wie das Dorf sich verändert hat?«, bemerkte Helene einige Zeit später. »Vor nicht mal zwei Jahren gab es hier weniger als vierzig Häuser, jeder kannte jeden. Und jetzt leben über tausend Fremde in Göschenen.«

Paula seufzte. »Leider kaufen sie nicht alle bei uns ein, sonst wären wir reich. Mein Vater macht sich Sorgen. Jetzt, wo es die italienischen Läden gibt, kommt immer weniger Kundschaft.«

»Aber die Göschener kaufen doch bei euch.«

»Das stimmt, doch wir haben den Laden vergrößert. Und das lohnt sich leider nicht.«

»Vielleicht solltet ihr auch eine Lizenz für eine Schenke beantragen. Euer Laden liegt doch günstig und Platz hättet ihr auch.«

Paula tippte sich mit dem Finger an die Lippen. »Das ist gar keine schlechte Idee.« Doch dann schüttelte sie den Kopf. »Da macht Großmutter niemals mit.«

»Ciao belle!« Vor ihnen zog ein Italiener schwungvoll seinen Hut und verneigte sich vor ihnen. »Haben die Damen schon etwas vor?«

Irritiert sah Helene ihn an. Was wollte er?

»Vai a cagare!«, fuhr Paula ihn an. »Geh zu Perduzzi, da findest du die Weiber, die du suchst.«

Der Mann setzte den Hut wieder auf. »Mi scusi per favore.« Sein Begleiter grinste, als sie weitergingen.

Helene sah Paula von der Seite an. Jetzt war ihr klar, was die Männer gewollt hatten. »In der Kneipe von Perduzzi? Woher weißt du das?«

Paula lachte. »Meine Großmutter weiß alles. Sie sprechen nicht darüber, wenn ich dabei bin, aber ich bekomme doch so einiges mit. Es heißt, die Schankmägde seiner Beiz gehen für ein paar Franken mit den Kerlen ins Hinterzimmer.«

Helene blickte den beiden Männern nach. Derjenige, der sie angesprochen hatte, zog jetzt den Hut vor einer anderen Frau. Es war Teresia Chiodo, die Frau eines Vorarbeiters. Sie spielte ab und zu im Albergo d'Italia Gitarre und sang dazu. Anscheinend war der Mann ihr gegenüber weniger höflich, denn sie verzog wütend das Gesicht und versetzte ihm einen Stoß, der ihn gegen seine Begleiter taumeln ließ. Er fing sich und packte Teresia am Handgelenk. Blitzschnell holte sie mit der anderen Hand aus und gab ihm eine schallende Ohrfeige. Dabei schimpfte sie lautstark auf Italienisch. Mehrere Passanten blieben stehen und beobachteten die Szene.

»Das ist doch die Chiodo«, sagte einer. »Mit der sollte er sich besser nicht anlegen. Die hat Haare auf den Zähnen.«

Der Mann ließ Teresia los, beschimpfte sie aber seinerseits.

»Was ist hier los?« August Walker, der Landjäger, war unbemerkt dazugekommen und baute sich nun vor den Streithähnen auf. »Hier wird nicht herumgebrüllt. Geht zu eurer Arbeit oder nach Hause.«

Die beiden Männer gingen weiter, allerdings betont langsam. Teresia sagte noch irgendetwas zu Walker, doch der musterte sie nur abfällig, ehe er sich zum Gehen wendete.

Helene und Paula setzten ihren Weg fort. Bei den Bissigs kaufte Helene noch Butter und Milch, dann lief sie nach Hause.

»Wo bleibst du denn?«, begrüßte ihre Mutter sie. »Das Abendessen muss vorbereitet werden und die Betten neu bezogen. Ich will morgen waschen.«

»Paula und ich sind noch ein bisschen spazieren gegangen und haben uns die neuen Läden angesehen. Es gibt einen, der verkauft nur Brot und Kuchen. Schau hier.« Sie legte die Einkäufe auf den Tisch.

»Du hast bei denen Brot gekauft?«

»Ja, zum Probieren.«

Ihre Mutter nahm das Brot und drehte es in den Händen. »Sieht seltsam aus. So hell und viel leichter als unser Brot.«

Kurz vor dem Abendessen fuhr Ruedi auf den Hof. Sein Fuhrwerk war bis obenhin mit Brettern beladen.

»Warum bringst du die hierher?«, fragte Helene ihn.

»Die sind für den Fuhrhalter. Er hat sie günstig bekommen und will sie für die Herberge verwenden. Er und Peter kommen auch bald, sie bringen nur die andere Ware noch zur Baustelle.«

Er kletterte vom Kutschbock und schirrte die beiden Pferde aus. Helene holte ein Tuch aus dem Stall und rieb sie ab. Anschließend führt sie das erste in den Stall, Ruedi folgte ihr mit dem zweiten.

»Der Herr will also wirklich Unterkünfte für dieses Pack bauen«, brummte er mürrisch. »Vielleicht sollte ich einen anderen Fuhrhalter suchen.«

»Vielleicht solltest du einfach aufhören, allen Italienern die Schuld zu geben, dass die Johanna dich hat sitzen lassen.« Helene konnte seine ewige Nörgelei nicht mehr hören. Am Anfang hatte er ihr noch leidgetan, er war so verliebt gewesen. Doch nun waren bereits fast acht Monate vergangen und immer noch versank er in Selbstmitleid.

»Du klingst mittlerweile fast so fanatisch wie Peters Vater. Die Johanna hat genauso daran Schuld wie dieser Italiener. Er hat sie ja nicht gezwungen.«

Ruedi warf ihr einen bösen Blick zu und ging hinaus.

Helene klopfte ihrem Pferd den Hals, dann folgte sie ihm.

»Heute Abend gehe ich ins Rössli«, verkündete ihr Vater nach dem Essen. »Ich muss den Arnold sprechen. Wir brauchen eine Genehmigung für die Herberge.«

»Und wann willst du die bauen?«, fragte Anna. »Ihr habt doch gar keine Zeit?«

»Ich rede mit dem Herzel-Kündig. Vielleicht kann der mir ein paar von seinen Bauarbeitern abtreten. Wenn alles so klappt, wie ich mir das vorstelle, können wir im Sommer vermieten. Und von den Einnahmen zahlen wir unsere Schulden zurück.«

»Noch mehr Arbeit«, seufzte Anna.

»Nein, warum? Die Arbeiter versorgen sich selbst oder essen in Favres Kantinen. Für die Sauberkeit in ihren Zimmern sind sie selbst zuständig, nur Bettwäsche müssen sie regelmäßig bekommen.«

»Und wer wäscht die? Helene und ich.«

»Nein. Wir werden wieder eine Magd einstellen. Es ist jetzt schon zu viel Arbeit für euch.«

Annas Augen funkelten. »Eine Magd?« Ihre Stimme klang schrill.

Peter hörte auf zu essen und sah sie überrascht an. »Ich finde, das ist eine gute Idee. Ehrlich gesagt, habe ich mich schon gewundert, dass ihr keine habt.«

»Das hat Gründe, die dich nichts angehen!«

Helene ließ die Gabel sinken. Was war mit ihrer Mutter los? Noch nie hatte sie Peter so angefahren.

»Entschuldigung«, sagte er, Röte zog in sein Gesicht. »Ich wollte mich nicht einmischen. Ich sehe nur jeden Tag, wie viel ihr arbeitet, die Helene und du.«

»Wir reden später darüber«, schaltete ihr Vater sich ein und sah Anna scharf an. »Jetzt muss ich erst mal los.«

Später in der Nacht hörte Helene ihre Eltern streiten. Das war so ungewöhnlich, dass sie sich im Bett aufsetzte und lauschte. Die Stimme ihrer Mutter drang schrill und laut durchs Haus, aber was sie schrie, verstand Helene nicht. Ihr Vater war etwas leiser, er klang zornig.

Am nächsten Morgen hatte ihre Mutter gerötete Augen. Hatte sie etwa geweint?

Helene hatte sie bisher nur einmal weinen sehen, damals, nach Martins Tod.

17. KAPITEL

Gegen Mittag schrillte die Sirene durch das Tal. Helene fuhr zusammen. Das letzte Mal, als sie dieses Geräusch gehört hatte, war die Dynamithütte explodiert. Also war wieder irgendetwas passiert.

Ihre Mutter blickte aus dem Fenster. »Es wird doch nicht schon wieder eine Explosion gegeben haben? Ich sehe aber keinen Rauch oder Feuer.«

»Vielleicht war es im Tunnel.«

Piero hatte Frühdienst, hoffentlich war ihm nichts geschehen. Kurz entschlossen zog Helene die Schürze aus.

»Was hast du vor?«

»Ich laufe zum Hospital und schaue, ob sie Hilfe brauchen.«

»Da ist doch der Arzt und die Krankenschwestern.«

»Aber nur zwei Schwestern. Wenn wirklich ein Unglück passiert ist, brauchen sie jede Hand.«

Ohne auf Antwort zu warten, schlüpfte Helene in Schuhe und Jacke und verließ das Haus.

Im Unterdorf standen einige Frauen auf der Straße und rätselten darüber, was passiert war. Helene lief weiter und überquerte die Brücke. Vor dem Laden der Bissigs traf sie auf Paula und ihre Familie. Sie hielt inne. »Wisst ihr, was los ist? Wir haben nichts gehört, keine Explosion oder so.«

»Wir auch nicht. Es gab auch keine Erschütterung wie bei der Explosion im Winter.«

»Dann muss es im Tunnel gewesen sein.«

»Vielleicht ist das verdammte Ding eingestürzt«, brummte Elfriede. »Dann wäre hier endlich wieder Ruhe.«

»Großmutter! Da drin arbeiten mehr als dreihundert Männer. Das kannst du nicht ernst meinen.« Paula schüttelte den Kopf.

Elfriede gab nur einen unwilligen Laut von sich und kehrte zurück in den Laden.

Kopfschüttelnd sah Helene ihr nach. »Ich muss weiter«, wandte sie sich an Paula. »Wenn es wirklich ein Unglück gegeben hat, werden sie Hilfe brauchen.«

»Gute Idee. Ich komme gleich nach, ich sage nur noch Vater Bescheid.«

Helene lief am Rössli vorbei zum Hospital. Die Eingangstür stand offen. Drinnen stand Doktor Fodéré und sprach mit einem der Mineure. Eine der Schwestern legte Instrumente auf einen Tisch. Scheren, Knochensägen, Spritzen. Die andere holte Tücher und Verbandszeug aus einem Schrank.

»Wie viele Verletzte sind es?«, fragte der Arzt.

»Ich weiß es nicht. In unmittelbarer Nähe waren nur ein paar Mineure, aber die Explosion hat einige Rollwagen umgeworfen und natürlich Felsbrocken gelöst.«

Also kein Einbruch, sondern doch eine Explosion, dachte Helene. Hoffentlich nicht im Richtstollen, dort arbeitete Piero an vorderster Front.

Eine der Schwestern kam auf sie zu. »Was wollen Sie hier? Wir bekommen gleich Verletzte.«

»Ich wollte fragen, ob ich helfen kann. Ich könnte bei Leichtverletzten Wunden auswaschen oder verbinden.«

»Gute Idee, junge Dame!«, dröhnte Fodérés Stimme durch den Raum. »Waschen Sie sich die Hände und nehmen Sie sich eine Schürze.«

Helene gehorchte.

Kurze Zeit später brachten Bergleute die ersten Verwundeten auf Tragen herein. Doktor Fodéré stand am Eingang und untersuchte die Ankömmlinge.

»Beinbruch, erst mal aufs Bett. Bewusstlos, aber wohl nur eine Platzwunde am Kopf, auch aufs Bett. Junge Frau? Wie heißen Sie?«

»Helene Herger.«

»Gut, Helene, waschen Sie die Platzwunde aus.«

Der nächste Patient rang nach Luft. Der Arzt stieß einen Fluch aus. »Das ist die Lunge. Bringt ihn in den Behandlungsraum.«

Der nächste Mann wand sich schreiend auf der Bahre, Blut hatte seine Hose durchtränkt.

»Den auch in den Behandlungsraum«, rief der Arzt.

Helene musste sich zwingen, sich auf ihren Patienten zu konzentrieren, während sich rund um sie die Betten füllten. Es war ein junger Mann, vielleicht Anfang zwanzig, soweit man das durch den Staub und Schweiß auf seinem Gesicht erkennen konnte. Als sie mit einem feuchten Tuch die Wunde abtupfte, flatterten seine Augenlider und er stöhnte, richtig zu Bewusstsein kam er jedoch nicht. Die Wunde schien nicht tief zu sein, also legte Helene nur eine Kompresse darauf und einen Verband an.

Eine der Krankenschwestern winkte ihr. »Ich brauche Hilfe.«

Sie stand am Bett eines Mannes, dessen Hand völlig zerquetscht war. Aus einer Wunde am Arm strömte Blut. Er hatte die Augen geöffnet und biss die Zähne zusammen.

»Halte seinen Arm fest. Hier. Ich muss ein Tourniquet anlegen.«

Helene packte den Arm und sah zu, wie die Schwester die Aderpresse anlegte und mit dem Knebel anzog.

»Der Doktor sieht nach dir, sobald er Zeit hat«, sagte sie dem Mann.

Inzwischen war auch Paula im Spital und half. Aus dem Behandlungsraum drangen grauenhafte Schreie. Am liebsten hätte sich Helene die Ohren zugehalten. Die beiden Schwestern arbeiteten gleichmütig weiter, offensichtlich waren sie solche Geräusche gewöhnt.

Alle Betten waren mittlerweile belegt, zwei Tragen mit leblosen Körpern standen vor der Wand. Bei jedem Mann, der hereingetragen wurde, hatte Helene aufgesehen, immer mit der stummen Bitte: *Lass es nicht Piero sein.*

Zwei Männer brachten eine weitere Bahre herein. »Das ist der Letzte, er ist tot.«

Helene konnte sein Gesicht nicht erkennen, sie sah nur dass er groß war, dunkle Locken hatte und eine braune Weste trug. Der Schreck fuhr ihr wie ein Messer durchs Mark. Sie entschuldigte sich bei dem Mann, dem sie gerade eine Wunde am Oberarm verbunden hatte und ging hinüber zu der Trage.

Es war nicht Piero. Unwillkürlich seufzte sie leise. Ihr Blick traf auf Paulas. Das Gesicht ihrer Freundin verriet, dass sie wusste, was in Helene vorging.

»Was ist eigentlich passiert?«, fragte Helene die Männer, die den Toten hereingebracht hatten.

»Eine der Dynamitladungen von der vorigen Sprengung ist nicht explodiert. Beim nächsten Bohren in unmittelbarer Nähe ist sie hochgegangen.«

Doktor Fodéré kam aus dem Behandlungsraum. Seine Schürze war blutverschmiert, er glich eher einem Schlachter als einem Arzt. Er wusch sich Hände und Arme, dann ging er zu den drei Tragen an der Wand, untersuchte die Männer, indem er ihnen die Hand auf die Brust legte und ein Augenlid hochzog.

»Die sind alle drei tot.«

Danach ging er von Bett zu Bett. Der Mann, den Helene als Erstes versorgt hatte, war mittlerweile erwacht. Auf die Frage des Arztes, wie es ihm ginge, klagte er nur über Kopfschmerzen.

»Bleib noch liegen, bis du dich gut genug fühlst, nach Hause zu gehen.«

Er sah sich die kaputte Hand des anderen Mannes an und schüttelte den Kopf. »Nichts zu machen. Die Hand können wir nicht retten.«

Der Mann stieß einen röchelnden Laut aus. »Dann kann ich nicht mehr arbeiten. Sie müssen meine Hand retten.«

»Knochen sind alle zerschmettert. Es tut mir leid.«

Er überließ den Mann seinem Entsetzen und ging zum Nächsten.

»Ah, das ist der Beinbruch. Das kann man richten.«

Sein Blick fiel auf Helene und Paula. »Sie beide können jetzt gehen. Vielen Dank für Ihre Hilfe.«

Helene und Paula legten die Schürzen ab und verließen das Hospital.

»Du hattest Angst um Piero«, stellte Paula fest.

»Ja. Er hatte Frühschicht. Es hätte genauso gut ihn treffen können.«

»Ich habe schon gemerkt, dass du ihn magst.« Paula lächelte. »Aber nachdem ich dich heute gesehen habe, glaube ich, es ist ein bisschen mehr als ›mögen‹.«

»Du liebe Güte, nein«, sagte Helene schnell. »Er wohnt seit über einem Jahr bei uns, er ist ein netter Kerl, aber das ist auch alles.«

»Ihr mögt beide die Berge, er geht genauso gerne spazieren wie du und du sprichst recht oft von ihm.«

»Tue ich das?«

»Ja.«

»Na ja. Aber dann müsste es auch bei Peter mehr sein. Der liebt den Gotthard genauso wie ich, wir mögen beide Pferde und die Fuhrhalterei. Aber deshalb ist es noch lange nicht mehr.«

»Zu Peter hätte ich auch einiges zu sagen, aber ich glaube, das willst du gar nicht hören.«

Verwundert sah Helene Paula an. »Was meinst du?«

»Wir reden ein anderes Mal darüber. Jetzt muss ich in den Laden und mir das Genörgel von Großmutter anhören. Ade.«

»Ade. Lass dich nicht ärgern.«

Nachdenklich setzt Helene ihren Weg fort. Was hatte Paula über Peter sagen wollen? Wusste sie vielleicht, ob er irgendwo ein Mädchen hatte?

Als Helene durchs Hoftor ging, entdeckte sie Piero an der Tränke. Er schöpfte sich mit beiden Händen Wasser ins Gesicht, dann richtete er sich auf, ohne die Hände von den Augen zu nehmen. Dabei wiegte er seinen Oberkörper vor und zurück.

Der Anblick erschreckte Helene zutiefst. Nach Martins Tod hatte sie ihre Mutter in der Küche überrascht, wie sie sich ebenso wie Piero verzweifelt gewiegt hatte.

Leise sprach sie ihn an. »Piero?«

Er drehte sich um und nahm die Hände vom Gesicht. Seine Augen waren gerötet, um seinen Mund lag ein bitterer Zug, zwischen seinen Augenbrauen standen zwei Falten, die sie bisher nicht bemerkt hatte.

Unwillkürlich trat sie näher. »Ich weiß, dass es eine Explosion gab. Ich war im Hospital zum Helfen. Bist du verletzt?«

»Nein. Nur ein paar Kratzer von herumfliegenden Splittern.« Seine Stimme klang, als würde ihm jedes Wort wehtun. »Drei von unserem Posten sind tot. Enzo, Matteo und Francesco.«

»Enzo? Das ist dein Postenchef, nicht wahr?«

Er hatte ihr vor einiger Zeit erzählt, dass er seinen Vorarbeiter vom Mont Cenis hier wiedergetroffen hatte.

»Ja, das auch. Aber er war mein Freund, meine Familie, er hat mir mehr bedeutet als mein Bruder oder mein Vater.« Er schluckte heftig.

Helene suchte nach Worten, wollte irgendetwas sagen, um ihn zu trösten. Aber was für einen Trost gab es denn?

»Es tut mir leid, das ist schrecklich«, war alles, was ihr einfiel. Doch sie griff nach seiner Hand und drückte sie.

18. KAPITEL

Piero verließ den Hof und ging seinen Lieblingsweg an der Göschener Reuss entlang. Doch dieses Mal schenkten ihm der Anblick des Tals und der Gipfel in der Ferne keinen Frieden. Diese Toten gingen auf Favres Konto. Er hatte den Vortrieb erhöht, immer schneller musste es gehen, auf Kosten der Sicherheit. Zeitdruck war keine gute Idee, wenn man mit Dynamit arbeitete. Der Sprengstoff erforderte Vorsicht und Umsicht. Man hätte kontrollieren müssen, ob alle Sprenglandungen in den Bohrlöchern wirklich explodiert waren. Dann würden Enzo, Matteo und Francesco noch leben.

Mit riesigen Schritten stürmte Piero vorwärts, blind für die Schönheit der Natur. Vor seinem inneren Auge sah er Enzos blutüberströmtes Gesicht. Er hatte ihm den Armen gehalten, seinen letzten Atemzügen gelauscht. Und seinen letzten Worten. »Geh wieder auf die Schule, du Trottel. Werde Ingenieur.«

Ja, vielleicht sollte er das tun. Enzos letzten Wunsch erfüllen. Er hatte ein wenig Geld gespart, seit er in Göschenen war, und könnte einiges mehr zurücklegen, wenn er auf seine Ausgaben achtete. Wenn er nicht mehr so oft ins Trögli oder ins Albergo ging, dann sollte er in zwei Jahren genug Geld haben, um sich den Besuch einer Bergbauschule leisten zu können. Es musste ja nicht Agordo sein, auch in Turin gab es eine Schule für Bergbau.

Als sein Blick auf eine kleine Kapelle fiel, hielt er inne. Das war der Weiler Abfrutt, hier kehrte er sonst immer um. Doch der schwelende Zorn und der Schmerz, der wie ein Hund an seiner Seele riss, trieben ihn weiter. Er konnte sich nicht ruhig in seine Kammer setzen oder gar schlafen. Nicht jetzt. So schritt er weiter zügig aus, auch wenn der Weg nun steiler anstieg. Die Anstrengung fühlte sich gut an. Er spürte sein Herz pochen, die frische Luft in seinen Lungen. Als die nächsten Häuser vor ihm erschienen, blieb er endlich schwer atmend stehen. Das musste der Weiler Gwüest sein. Jetzt erst fiel ihm auf, dass die Sonne schon tief über den Gipfeln vor ihm stand. Er würde sich beeilen müssen, um noch im Hellen nach Hause zu kommen.

Er machte kehrt und ging genauso flott bergab, wie er bergauf gelaufen war. Jetzt, wo die Sonne nicht mehr ins Tal schien, wurde es merklich kühler. Ihre letzten Strahlen ließen die Berge vor ihm leuchten. Wie von seinem Fenster aus sah er auf die Rientallücke. Plötzlich musste er an seine Ankunft in Göschenen denken, an Helene, die neben ihm am Fenster gestanden hatte, als die Sonne die Berge beschienen hatte, gerade so wie jetzt.

Als er den Hof betrat, kam sie ihm entgegen. »Ich wollte dir neues Bettzeug bringen, aber du warst fort.«

»Ich habe einen Spaziergang gemacht.«

Sie nickte. »Hat er geholfen?«

»Nein. Oder doch, ein bisschen. Enzo hatte einen letzten Wunsch. Vielleicht sollte ich ihn erfüllen. Wenn ich es kann.«

»Was meinst du, wenn du es kannst? Was wollte er denn?«

»Das ist eine etwas längere Geschichte.«

»Ich würde sie gerne hören. Du wolltest mir ja auch noch erzählen, wie du zum Bergbau gekommen bist.«

Trotz seiner Trauer lächelte er. Sie war so erfrischend direkt und ehrlich.

Sie erwiderte sein Lächeln. »Hast du eigentlich seit heute Morgen etwas gegessen?«

»Nein, ich hatte keinen Appetit.« Aber jetzt war er hungrig. Sein Magen knurrte, kaum dass er zu Ende gesprochen hatte.

»Vielleicht keinen Appetit, aber Hunger hast du. Ich hole dir etwas aus der Küche und dann setzen wir uns in die Geschirrkammer und du erzählst mir von Enzo.«

Sie drehte sich um und lief leichtfüßig ins Haus.

Ihm fiel ein, dass er noch eine Flasche Nostrano in seinem Zimmer hatte. Schnell stieg er die Treppe hinauf und holte sie. Helene war schon im Stall. Auf dem Tisch in der Geschirrkammer brannte eine Lampe, Käse, Wurst und Brot lagen daneben. Piero stellte Wein und Becher auf den Tisch.

»Ich habe leider nur den einen, wir müssen beide daraus trinken.« Er schenkte ein und reichte ihr den Becher. »Salute! Auf Enzo, Matteo und Francesco.«

»Matteo? Ist das der, der mit Johanna Sen zusammen war?«

»Ja.«

»Oh. Das ist schrecklich. Die arme Johanna. Vielleicht weiß sie es noch gar nicht.«

Das war gut möglich. Außer Matteos Eltern würde die Gesellschaft niemanden über seinen Tod informieren. Und die Göschener interessierten sich nicht für die Namen der Männer, die im Tunnel verunglückten.«

»Die Mineure werden heute Abend im Trögli sitzen«, sagte Piero. »Irgendeiner wird es ihr erzählen.«

»Das ist so furchtbar.«

»Es ist vor allem deshalb furchtbar, weil es nicht hätte sein müssen. Wenn Steine aus der Firste fallen, wenn ein Stollen einbricht, dann liegt es meist am Berg. Das passiert und das kann man nicht vorhersehen. Aber an dem Unglück heute ist Favre schuld. Er will, dass wir schneller arbeiten, dass wir mehr arbeiten. Jede Woche schickt er mehr Männer in den Tunnel. Jede Woche fahren mehr Rollwagen, und das, obwohl im Richttunnel kaum Platz ist, um ihnen auszuweichen. Die Männer werden von ihnen überrollt, weil sie sie in dem Lärm nicht kommen hören. Sie verlieren Gliedmaßen oder ihr Leben, weil Favre unter Zeitdruck steht. In Airolo sind vier Männer an Sprenggasen erstickt. Und warum? Weil man nicht gewartet hat, bis sie abgezogen waren. Weil es immer schnell gehen muss.«

Wieder überrollte ihn eine Lawine von Wut. Er griff nach dem Becher und trank einen Schluck Wein. »Einer von den Toten in Airolo war mein Freund. Tommaso. Und jetzt sind drei weitere Freunde tot.«

Helenes Gesicht war blass. »Aber kann man denn da nichts tun? Beschwerde bei der Kantonsregierung einlegen oder bei der Gotthardbahngesellschaft? Ich habe gehört, dass sie Auflagen wegen der Sicherheit ausgemacht haben.«

»Und Favre hat gesagt, dass er alles Nötige tut. Wenn es zu Unfällen kommt, dann sind die Arbeiter schuld. Weil sie nicht genug aufpassen oder schlampig arbeiten, behauptet er.«

Enzo hatte ihm das erzählt, als Piero das Gleiche gefragt hatte. Ob man nichts tun könnte. Piero hatte noch seine Stimme im Ohr: »Natürlich passieren Fehler, wenn es immer schneller und noch schneller gehen soll.«

In Zukunft würde er die Tunnelbrust nach nicht gezündeten Dynamitpatronen absuchen – auch wenn der Vorarbeiter noch so hetzte.

Er bemerkte, dass Helene ihn aufmerksam ansah.

»Es tut mir leid. Ich bin so wütend. Aber du wolltest, dass ich dir von Enzo und meiner Familie erzähle und nicht vom Tunnel.«

Sie schüttelte den Kopf. »Das muss dir nicht leidtun. Ich habe nicht geahnt, wie schlecht die Arbeitsbedingungen im Tunnel sind.«

Er schenkte Wein nach, trank einen Schluck und dann erzählte er ihr von Enzo und seinen Erlebnissen in Agordo.

»Ich habe nie dazugehört, habe mich nie wohlgefühlt unter den Studierenden. Aber das Lernen hat mir Freude gemacht. Vielleicht sollte ich es wirklich noch mal versuchen.«

»Unbedingt. Ich glaube, dein Enzo kannte dich sehr gut. Schade, dass ich ihn nie getroffen habe.«

Enzo hätte sie gemocht. Dessen war er sich plötzlich ganz sicher. Enzo hätte es gefallen, hier mit ihnen beiden zu sitzen. Mit ihnen Wein zu trinken und zu reden. Er hätte Geschichten erzählt und dafür gesorgt, dass sie weiteren Weinnachschub bekämen.

Auf einmal glaubte er, Enzo hinter sich zu spüren, wie an seinem ersten Abend hier, als er ihm auf die Schulter getippt hatte. *Was zum Teufel machst du hier?*

Unwillkürlich wandte er den Kopf, aber da war niemand. Natürlich nicht.

»Und wie kam es, dass du Mineur geworden bist?«, fragte Helene ihn nun und sah ihn neugierig an.

»Das verdanke ich, wie auch den Rauswurf aus der Schule, meinem Jähzorn.«

Er stockte. Außer mit Enzo hatte er noch nie mit jemandem darüber gesprochen, warum er von zu Hause fortgegangen war. Aber aus irgendeinem Grund hatte das Bedürfnis, ihr davon zu erzählen. Vielleicht wollte er auch nur einfach weiter mit ihr hier sitzen. Er räusperte sich.

»Es gab ein Mädchen, das ich heiraten wollte. Ihr Name war Lucia. Sie war die Tochter eines Weinbauern, dessen Land an unseres grenzte. Er hatte nur zwei Kinder, einen Sohn, der seinen Hof erben würde, und Lucia. Mein Vater hatte fünf Kinder, drei Söhne und zwei Töchter. Ich war der jüngste Sohn und wusste immer, dass mein ältester Bruder Giulio den Hof erben würde. Mein Bruder Carlo und ich würden auf dem Hof arbeiten, es ist ein Familienbetrieb, der einige Leute ernähren kann. Ich habe mir darüber nie Gedanken gemacht, mein Bruder Carlo dagegen schon. Er war unzufrieden, er fühlte sich ungerecht behandelt, er wollte mehr.«

Piero seufzte leise, ehe er fortfuhr. »1859 zogen mein Vater und mein ältester Bruder in den Krieg. Giulio fiel in Magenta, mein Vater verlor ein Bein und kehrte als gebrochener, verbitterter Mann heim. Carlo und ich übernahmen die Arbeit auf dem Hof, mein Vater kümmerte sich um die Verwaltung und tat, was er noch tun konnte. Aus irgendeinem Grund war Carlo eifersüchtig auf mich. Wir haben uns nie besonders gut verstanden, vielleicht, weil der Altersunterschied zwischen uns nur ein Jahr ausmacht. Carlo spielte sich zusehends als Gutsbesitzer auf und versuchte ständig, mich herumzukommandieren. Er war bei den Knechten nicht besonders beliebt, während ich mit ihnen gut auskam. Womöglich war auch das ein Grund für seine Missgunst. Irgendwann sagte er mir, dass für mich kein Platz mehr auf dem Hof wäre, wenn Vater nicht mehr lebte. Es war mir gleichgültig. Ich hatte mich in Lucia verliebt und wir machten Pläne, Castelnuovo zu verlassen und uns mit ihrer Mitgift und meinem Ersparten einen kleinen Hof zu kaufen.«

Er machte eine Pause. Selbst nach acht Jahren schnürte ihm die Erinnerung an jene Zeit die Kehle zu. Er griff nach dem Becher und trank einen großen Schluck.

»Doch dann beschloss Carlo, um Lucia anzuhalten, obwohl er wusste, dass wir uns liebten. Er war ein gut aussehender Mann, er war der Erbe des Hofes, er hätte die Wahl unter den Töchtern in der Nachbarschaft gehabt. Er wollte Lucia nur, um mir eins auszuwischen. Ihr Vater stimmte natürlich zu, er wollte eine gute Partie für seine Tochter. Lucia fügte sich und heiratete Carlo.« Er starrte auf den Tisch, ohne ihn wirklich zu sehen. Stattdessen erschien Carlos triumphierendes Gesicht vor seinem inneren Auge.

»Sie hat deinen Bruder geheiratet, obwohl sie dich geliebt hat?«, fragte Helene ungläubig.

»Sie war immer eine gehorsame Tochter«, antwortete Piero. »Am Morgen nach der Hochzeit fiel mir auf, dass sie sich anders bewegte als sonst. Sie zog ein Bein ein bisschen nach. Angeblich hatte sie sich den Fuß vertreten. Ein paar Tage später wunderte sich meine Mutter, dass Lucia trotz der Hitze im August eine langärmelige Bluse trug. Es war die Zeit der Weinlese. Nach der Arbeit sah ich sie am Brunnen, sie hatte die Ärmel hochgeschoben, um sich zu waschen. Sie hatte Blutergüsse auf beiden Armen. Ich sprach sie darauf an, doch sie behauptete, sie hätte sich gestoßen.«

Helene schnappte nach Luft. »Er hat sie geschlagen?«

»Ja.«

»Und was hast du getan?«

»Das Dümmste, was ich tun konnte. Ich habe ihn zur Rede gestellt, ihn gefragt, warum er das tut. Er hat gesagt, das ginge mich nichts an. Sie sei seine Frau und wenn er sie verprügeln wollte, würde er das tun.«

Sie beugte sich vor und legte ihm die Hand auf den Arm »Das war nicht dumm. Du konntest doch nicht wegschauen.«

Er schüttelte den Kopf und sprach weiter. »Er war ihr Ehemann, er hatte das Recht dazu. In dieser Nacht hörte ich sie schreien. Ich habe die Tür eingetreten. Er hat sie mit dem Gürtel geschlagen. Da habe ich die Beherrschung verloren und ihn windelweich geprügelt. Ich war schon immer stärker als er. Ich habe ihm gesagt, wenn er sie je wieder anfasst, würde ich ihn umbringen.«

Piero schluckte schwer und mied Helenes Blick. »Daraufhin hat mein Vater mich rausgeschmissen. Weil ich mich eingemischt hatte. Weil ich meinen Bruder geschlagen und mit dem Tod bedroht habe. Ich hatte keine Unterkunft, kein Geld und keine Arbeit. Ich kam bei einem Freund unter, der mir erzählte, dass sein Bruder als Mineur am Mont Cenis arbeiten und dabei gut verdienen würde. Das hörte sich verlockend an. Weg von zu Hause, fort von Lucia, der ich nicht helfen konnte. Also ging ich nach Bardonecchia, zum Südportal des Tunnels. Ich war ein zorniger junger Mann, der zu viel trank und mit jedem Streit anfing. Ich hatte Lucia geliebt, und war wütend, weil sie ihrem Vater nachgegeben hatte, statt mit mir fortzugehen. Ich war entschlossen, mich nie wieder zu verlieben, aber das war kein Grund, sich von Frauen fernzuhalten, im Gegenteil. Irgendwann, nach einer Kneipenschlägerei, nahm mich mein Vorarbeiter zur Brust. Er sagte mir, wenn ich mich nicht zusammenreiße, würde er mich aus seinem Posten werfen. Er sagte mir auch, dass ich ein guter Mineur werden könnte. Das war Enzo Lombardi.«

»Wann bist du von zu Hause fort?«

Er musste tatsächlich kurz überlegen. »Das war 1867. Vor sieben Jahren.«

»Warst du seitdem noch mal zu Hause?«

»Einmal, zur Beerdigung meines Vaters 1870, kurz nach dem Durchstich im Mont Cenis. Meine Schwester ist mit dem Bäcker im Dorf verheiratet. Wir schreiben uns ab und zu. Von ihr weiß ich, dass meine Mutter noch lebt und mein Bruder drei Kinder hat.«

Helene lächelte traurig. »Sieben Jahre von zu Hause fort zu sein, das kann ich mir gar nicht vorstellen. Hast du kein Heimweh?«

»Nein. Ich mag die Berge. Nur wenn sich die Wolken wie ein nasses Tuch hier über das Tal legen, wünsche ich mir manchmal die sanften Hügel zurück.«

Er schenkte den Rest aus der Flasche ein. Helene trank einen Schluck und sah ihn nachdenklich an. »Und du hast dich nie wieder verliebt? Liebst du sie denn immer noch?«

Er trank ebenfalls, dann schüttelte er den Kopf. »Nein. Ich habe lange nicht mehr an sie gedacht. Verliebt war ich schon manchmal. Ein bisschen jedenfalls. Aber nie mehr so wie damals. Und was ist mit dir? Hast du einen, den du liebst?«

»Nein. Vor einigen Jahren war ich in einen Fuhrknecht meines Vaters verliebt.«

»In Ruedi?«, fragte er ungläubig.

Sie lachte laut auf. »Nein, nicht in Ruedi. Er war vor Ruedi bei uns. Einer von der anderen Seite, aus dem Tessin. Ich war sechzehn Jahre alt und er dreiundzwanzig. Sein Name war Michele Chiora. Er war für ein Jahr bei uns.«

»Und? War er auch in dich verliebt?«

Ihre Wangen waren bereits ein wenig gerötet vom Wein, jetzt breitete sich die Röte über ihr ganzes Gesicht aus. »Er hat es behauptet. Und er hat mich geküsst. Ich war sehr traurig, als er gegangen ist, und habe lange gehofft, dass er vielleicht zurückkommt. Aber ich habe ihn nie wiedergesehen. Wahrscheinlich hat auf der anderen Seite eine viel Hübschere auf ihn gewartet.«

»Das glaube ich nicht. Du bist eine sehr schöne Frau.«

Ihr Lachen klang ungläubig. »Du musst mir keine Komplimente machen. Ich habe einen Spiegel, ich weiß, wie ich aussehe. Paula ist hübsch – oder die Johanna. Ich bin es nicht.«

Verblüfft sah er sie an. Meinte sie das ernst oder kokettierte sie nur? Doch für kokett hielt er sie nicht.

»Ich habe nicht gesagt, dass du hübsch bist. Du bist schön, das ist etwas anderes. Man sagt ja auch nicht über den Dammagletscher oder das Rietal, sie seien hübsch, aber ihr Anblick raubt einem den Atem. Weil er außergewöhnlich ist. Du bist außergewöhnlich.«

»So kann man es auch nennen.« Sie lachte. »Ich weiß, dass mein Kinn zu kantig ist, mein Mund zu groß und meine Augen zu schmal.«

»Ja, als hübsch gelten nur Frauen mit Gesichtern wie Puppen. Kleines Kinn, kleiner Mund und runde Augen. Aber deine Augen sind so klar und so hellblau wie eine Bergquelle und dein Mund ist nicht zu groß, sondern verführerisch. Frauen wie Johanna oder Paula trifft man oft, solche wie dich nicht.«

Jetzt glühte ihr Gesicht geradezu. Hastig senkte sie den Blick, griff nach dem Becher und trank ihn aus.

Auch er war verlegen. Plötzlich wurde ihm bewusst, dass er jedes Wort ernst gemeint hatte. Trotzdem entschuldigte er sich. »Ich wollte dir nicht zu nahe treten. Aber was ich gesagt habe, meine ich auch. Du bist schön.«

Sie lächelte versonnen und ein wenig verwundert. »Weißt du, ich habe außer mit Paula mit niemanden über Michele gesprochen. Meine Eltern wissen nichts davon.«

»Du bist, außer Enzo, auch der einzige Mensch, dem ich erzählt habe, warum ich von zu Hause fortgegangen bin.«

»Dann kenne ich jetzt dein Geheimnis und du meins.«

Schweigend blickten sie einander an. Doch es war kein verlegenes Schweigen, sondern die friedvolle Stille zwischen zwei Menschen die einander vertrauten. Piero hätte ewig mit ihr so sitzen mögen, sie einfach nur ansehen, doch Helene brach den Zauber. »Ich muss gehen, bevor meine Eltern auf die Idee kommen, mich zu suchen.« Sie stand auf.

Er erhob sich ebenfalls und griff nach ihrer Hand. »Ich danke dir sehr. Für das Essen, deine Gesellschaft und dass du mir zugehört hast.«

»Geht es dir denn jetzt etwas besser?«

»Ja, ein bisschen.«

Das Reden hatte ihm gutgetan, ihre Anteilnahme tat ihm gut. Und sie gefiel ihm. Sie gefiel ihm sogar sehr.

Der Gedanke erschreckte ihn ein wenig. Franz Herger hoffte auf eine Verbindung mit Peter, vermutete er. Und Peter liebte

Helene. Das verrieten seine Augen, wenn er ihr mit den Blicken folgte, sein Gesicht, wenn er sie ansah, ohne dass sie es merkte.

Es war Piero ein Rätsel, wieso sie das nicht spürte und warum Peter es ihr nicht einfach sagte. Aber im Grunde ging es ihn nichts an. Helene Herger war für ihn unerreichbar.

19. KAPITEL

Am nächsten Morgen rief der Akkordant, Jean Bastide, die Männer des Postens Lombardi zusammen.

»Wie ihr wisst, kamen euer Vorarbeiter und zwei weitere aus eurem Posten gestern bei der Explosion ums Leben«, kam er sofort zur Sache. »Vier Schutterer sind verletzt und können so bald nicht wieder arbeiten. Deshalb wird dieser Posten aufgelöst und ihr anderen Posten zugewiesen. Vito Martelli, Salvatore Villa, Piero Caretti?«

»Das sind wir«, antwortete Salvatore.

»Ihr arbeitet ab heute im Posten Betassa. Demonti, Chivasso. Ihr meldet euch bei Giuseppe Vittone.«

Während Bastide den Männern ihre neuen Posten zuwies, steckten Piero und Salvatore die Köpfe zusammen.

»Dem Posten Betassa fehlen zwei Mineure?«, fragte Piero.

Salvatore nickte. »Bartolomeo Magnino ist vor einigen Wochen verunglückt und Giuseppe Brage wurde kurz danach von einem Rollwagen überfahren und ist gestorben.«

Unwillig schüttelte Piero den Kopf. »Mir wäre es lieber, man hätte uns woanders hingeschickt. Betassa ist als Leuteschinder verschrien.«

»Ich weiß, aber vielleicht ist er nicht so schlimm wie sein Ruf. Enzo wurde auch nicht von allen geliebt.«

Enzo, Matteo und Franceso wurden drei Tage später in Wassen beerdigt. Es war ein Freitag, der Posten Betassa hatte Spätschicht, deshalb konnten Piero und die anderen an der Beerdigung teilnehmen.

Piero war nicht überrascht, Johanna Sen auf dem Friedhof zu sehen. Sie war in schwarz gekleidet, ihre Augen waren rot vom Weinen.

* * *

Ein paar Tage später traf Helene Piero an der Göschener Reuss. Ihre Mutter hatte sie am späten Nachmittag gebeten, beim Geißentoni frischen Ziegenkäse zu holen. Er machte den besten in der Gegend. Sie ging langsam, genoss die milde Luft und den Duft nach Kräutern. Wilder Thymian und Minze wuchsen hier an den sanften Hängen. Sie bog vom Weg ab zu einem flachen Stein in der Wiese und setzte sich. Hier war der Kräuterduft besonders intensiv, weil diese Wiese den ganzen Mittag von der Sonne beschienen wurde.

Kurze Zeit später entdeckte sie Piero, der zügig den Weg entlangschritt. Als er sie erblickte, huschte ein Lächeln über sein Gesicht und er kam zu ihr.

»Ciao Lene, genießt du auch die Luft?« Er atmete tief ein. »Hier riecht es besonders gut.«

Sie beugte sich vor, pflückte ein paar Zweiglein Thymian und reichte sie ihm. »Herrlich, oder?«

»Hmm.« Er hielt sie unter seine Nase, dann zerrieb er sie zwischen den Handflächen und schnupperte an seinen Händen. »Thymian. Ich wusste gar nicht, dass er hier wächst. Ich dachte, er braucht Wärme.«

»Anscheinend bekommt er hier genug Sonne. Er ist gut gegen Husten, wusstest du das? Wenn man ihn trocknet und als Tee trinkt.«

»Wusste ich nicht.«

Wie selbstverständlich setzte er sich neben sie. »Meine Mutter hat immer Salbeitee gekocht.«

Sie saßen eine Zeit lang schweigend, doch Helene fühlte sich nicht befangen. Schließlich raffte sie sich auf.

»Ich muss noch zum Geißentoni nach Abfrutt, Käse holen.«

Er stand ebenfalls auf. »Ich begleite dich.«

Beim Geißentoni kaufte er ebenfalls ein bisschen Käse.

»Morgen werde ich Thymian pflücken«, verkündete er auf dem Rückweg. »Für den Winter. Möchtest du mitkommen?«

Sie nickte. Ihre Eltern würden es gar nicht gerne sehen, doch sie verdrängte diesen Gedanken.

Am nächsten Nachmittag wartete Helene, bis Piero den Hof verlassen hatte, dann folgte sie ihm.

Sie zeigte ihm eine Stelle, wo der Thymian dichte Polster bildete, und half ihm beim Pflücken.

Ein paar Tage später trafen sie sich wieder. Sie gingen links der Göschener Reuss bis zu einem Wäldchen. Die Tannen hier hatten knorrige Stämme und standen so dicht, dass sie kaum Licht hindurchließen.

Sie fanden eine kleine Lichtung, auf der Gras und Moos ein weiches Polster bildeten. Leuchtend grüne Farne und niedrige Büsche wuchsen an ihren Rändern. Hier saßen sie und redeten. Helene erzählte davon, wie das Leben in Göschenen gewesen war, bevor man in Zürich beschlossen hatte, ein Loch in den Gotthard zu bohren. Sie schilderte die Fahrten mit ihrem Vater über den Pass.

»Der Gotthard ist nicht irgendein Berg, er ist ein Mythos. Die größten Gebirgsketten laufen bei ihm zusammen. Vier Flüsse entspringen hier und fließen in die vier Himmelsrichtungen: die Reuss nach Norden, der Rhein nach Osten, der Ticino nach Süden und die Rhone nach Westen. Für die früheren Säumer und jetzigen Fuhrhalter hat der Gotthard Norden und Süden schon immer verbunden. Sie haben Waren über den Berg gebracht, und Lieder und Gebräuche. Deshalb sind die Fuhrhalter so erbost über den Tunnel.«

»Aber für das Dorf ist der Tunnel ein Glücksfall«, sagte Piero. »Schau sie dir doch an, die Sens, die Treschs, die Lirrers, die Reglis und wie sie alle heißen. Sie vermieten jeden verfügbaren Raum an die Arbeiter, selbst Abstellkammern oder Ställe. Sie pferchen bis zu zehn Mann in einen Raum und lassen die Leute in Schichten schlafen. Ein Bett bringt mindestens sechzig Franken im Monat, weil es an drei Arbeiter vermietet wird.«

»Ich weiß.«

»Du weißt es, aber hast du auch mal so ein Quartier gesehen? Dunkle, muffige Räume, bei vielen lassen sich die Fenster gar nicht öffnen. Und dann kommen die Männer aus dem Tunnel, den Gestank nach Sprenggasen und Rauch in ihren Kleidern. Die hängen sie an Haken an der Wand. Daneben hängen Würste, weil es keine Vorratsräume und keine Möbel in den Zimmern gibt. Ihre verdreckten Stiefel stellen sie darunter, bevor sie ungewaschen und todmüde in das Bett fallen, in dem bis eben noch ein anderer geschlafen hat. Der sitzt dann auf der Bettkante und isst, bevor er sich an der einzigen Waschschüssel wäscht, die es gibt, sich anzieht und zum Dienst geht.«

Piero schüttelte verärgert den Kopf. »Es gibt nicht genügend Brunnen im Dorf, von Abtritten ganz zu schweigen. Und dann beschwert ihr euch, dass die Italiener dreckig sind, sich nicht waschen und stinken. Es wäre Aufgabe der Compagnie Favre gewesen, für ausreichend Unterkünfte, Wasserleitungen und Abtritte zu sorgen. Aber er hat nur ein paar Häuser für die Vorarbeiter und Postenchefs gebaut.«

Wie beredt er war. Seine Schilderung hatte Bilder in ihrem

Kopf entstehen lassen, sie hatte die müden Männer und die elenden Räume regelrecht vor sich gesehen.

»Wenn mein Vater tatsächlich ein Logierhaus baut, werde ich dafür sorgen, dass es sauber ist.«

Er lächelte. »Das traue ich dir zu. Du bist eine sehr energische Frau.«

»Ich weiß nicht, ob das ein Kompliment ist.«

»Es ist ein Kompliment. Ich mag energische Frauen.«

Etwa vier Wochen nach dem Unglück traf Helene im Laden der Bissigs auf Johanna. Bei ihrem Anblick erschrak sie. Nichts erinnerte mehr an die dralle, fröhliche Serviertochter. Sie war sehr blass, ihre Wangen waren eingefallen, unter ihren Augen lagen bläuliche Schatten. Das hellblonde Haar hatte seinen Glanz verloren, es wirkte stumpf wie Stroh. Sie musste wirklich sehr um Matteo trauern.

Sie kaufte zwei Kilo Kaffee. Paula füllte die Bohnen in eine Tüte, Johanna zählte das Geld auf den Tisch. Dann wurde sie plötzlich noch blasser als ohnehin schon. Sie schnappte die Tüte mit dem Kaffee, presste die Hand vor den Mund und stürzte aus dem Laden.

Helene folgte ihr, vielleicht brauchte sie Hilfe. Sie fand Johanna nur ein paar Schritte vom Laden entfernt in einer Seitengasse. Sie stützte sich mit einer Hand an einer Hauswand ab, mit der anderen wischte sie sich über den Mund. Der säuerliche Geruch von Erbrochenem stieg Helene in die Nase.

»Johanna? Bist du krank? Kann ich dir helfen?«

Johanna richtete sich auf und drehte sich zu ihr um. Ein Laut, der irgendwo zwischen einem bitteren Lachen und einem Schluchzen lag, kam aus ihrer Kehle. »Das ist nett von dir Helene. Aber mir kann niemand helfen.«

Helene suchte nach Worten. Wie konnte man jemanden trösten, der den Liebsten verloren hatte? Dass die Zeit alle Wunden heilte, wollte Johanna bestimmt nicht hören. Es klang auch zu banal.

»Soll ich dich nach Hause begleiten? Du siehst aus, als würdest du gleich ohnmächtig werden.«

»Ich komme schon zurecht. Trotzdem danke.«

Sie hob die Tüte mit dem Kaffee auf und ging zur Gotthardstraße. Sie ging langsam, mit schlurfenden Schritten, wie eine alte Frau.

Helene kehrte in den Laden zurück. Dort bediente Paula gerade Regula Bieli. Auch sie hatte Johannas überstürzten Aufbruch mitbekommen und sah Helene neugierig an.

»Was hatte sie denn?«

»Ich vermute einen Schwächeanfall. Sie sieht ja wirklich elend aus.«

»Soso, einen Schwächeanfall«, murmelte Regula und packte ihre Ware ein.

»Es scheint ihr immer schlechter zu gehen«, sagte Paula, als Regula den Laden verlassen hatte. »Direkt nach Matteos Tod sah sie nicht so schlimm aus wie jetzt.«

Helene dachte an Johannas Worte, ihr könne niemand helfen. Es hatte so verzweifelt geklungen, als wäre sie verdammt. Piero hatte ihr vor einiger Zeit erzählt, dass Matteo und Johanna heiraten wollten, allerdings hatte Matteo nicht die Papiere besessen, die sie für die Genehmigung des Bundesrats brauchten. Er hatte nach Hause fahren wollen, um sie zu besorgen, doch vorher war er gestorben. Und plötzlich fügte sich alles zusammen. Johannas Verzweiflung, ihr elendes Aussehen, die Übelkeit.

Helene versicherte sich, dass Paula und sie allein waren, dann sprach sie ihre Vermutung aus. »Ich glaube, Johanna ist schwanger. Sie hat sich übergeben.«

Paula schlug die Hand vor den Mund. »Ach du meine Güte. Die Ärmste. Das wird sie nicht lange verbergen können.«

»Regula denkt sich schon ihren Teil«, pflichtete Helene ihr bei.

»Und die wird es nicht für sich behalten. In ein paar Tagen weiß es das ganze Dorf. Ob es nun stimmt oder nicht. Aber der Tratsch wird sich auch wieder legen. Wenn sie verlobt waren, ist es ein Brautkind. Es wäre nicht das erste. Weißt du noch, als vor sechs Jahren der Johann Stadler bei einer Lawine ums Leben kam? Er war mit der Trudi Zrgaggen verlobt und sie hat sieben Monate später ein Kind bekommen. So richtig übel genommen hat es ihr keiner und ihre Tochter gilt als Johanns Kind. Jetzt ist sie mit dem Kündig Michel aus Wassen verheiratet und niemand redet schlecht über sie. Und arm sind die Sens nicht, sie können Johanna und ihr Kind ernähren.«

Paula hatte recht, doch bei Johanna lag die Sache anders. Matteo war kein angesehener Göschener Bürger gewesen wie Johann. Und die Verlobung war nie offiziell verkündet worden.

»Wenn niemand Johannas Verlobung mit Matteo bezeugen kann, gilt das Kind als unehelich. Zumal Matteo ja keine Papiere hatte«, gab sie zu bedenken.

»Na ja, Piero und seine Freunde wissen davon und Johannas Eltern sicher auch«, sagte Paula.

Helene nickte. Sie hoffte sehr, dass Paula recht hatte, doch in ihr nagten Zweifel.

Wie Paula vorausgesagt hatte, verbreitete sich das Gerücht von Johannas Schwangerschaft mit der Geschwindigkeit einer herabrauschenden Lawine im Dorf. Zwei Tage später sprach Helenes Mutter das Thema beim Abendessen an.

»Ich habe mich heute mit der Maria Tresch von Rössli unterhalten. Sie sagt, die Johanna sei schwanger und keiner wüsste von wem.«

Ruedi blickte auf. »Jeder weiß das. Dieser Italiener, mit dem sie rumgemacht hat, hat sie geschwängert. Geschieht ihr recht. Was lässt sie sich auch mit diesem Pack ein?«

Helene stellte ihren Becher so heftig auf den Tisch, dass das Wasser darin überschwappte.

»Du warst mal ein richtig netter Kerl, Ruedi. Aber seit die Johanna dich verlassen hat, benimmst du dich wie ein Schofseckel.«

»Sie hätte eben bei mir bleiben sollen, statt sich mit diesem Säuniggel einzulassen. Ich hätte sie geheiratet.«

»Der Matteo wollte sie auch heiraten. Er hatte nur die nötigen Papiere nicht hier gehabt.«

»Ja, das erzählen die immer, die Italiener, dabei wollen sie nur ihren Spaß mit unseren Frauen haben. Aber das hat bald ein Ende. Und die Johanna braucht nicht zu glauben, dass sie ihren Bastard hier großziehen kann.«

Bevor Helene etwas erwidern konnte, beugte sich ihre Mutter vor. »Woher weißt du, dass sie heiraten wollten? Regula sagte, ihre Eltern hätten davon nichts gewusst.«

»Piero hat es mir erzählt. Matteo war sein Freund und hat mit ihm darüber gesprochen, dass er nach Hause wollte, um die Papiere zu besorgen, bevor das Unglück passiert ist.«

Alle am Tisch starrten sie an. Ihr Vater runzelte die Stirn, der Mund ihrer Mutter glich einem Strich, Ruedi verzog höhnisch den Mund, nur in Peters Miene spiegelte sich Mitleid.

»Du sprichst mit dem Italiener über solche Dinge?« Die Stimme ihrer Mutter klang wie früher, wenn sie Helene gerügt hatte, weil sie sich mal wieder mit Peter auf der Alm rumgetrieben hatte, statt brav zu Hause zu bleiben. Unwillkürlich warf Helene Peter einen verschwörerischen Blick zu. Erinnerte er sich auch an diesen Ton? Peter erwiderte ihren Blick, doch lag keine Verbundenheit darin, eher kühles Interesse an ihrer Antwort. Nun denn. Sie hob den Kopf und nahm die Schultern zurück.

»Ja, ich rede mit ihm. Er wohnt seit einem Jahr hier, und ab zu trifft man sich auf dem Hof oder im Dorf und unterhält sich.«

Ruedi beugte sich vor. »Du solltest auf deine Tochter aufpassen, Fuhrhalter. So hat es bei Johanna auch angefangen. Erst reden, dann Spaziergänge und irgendwann hat er sie ins Heu gelockt.«

Einige Tage später kam Jakob Sen abends auf den Hof und wollte mit Ruedi sprechen. Franz bat ihn in die Stube und holte den Knecht. Das Gespräch fand hinter verschlossener Tür statt und dauerte nicht lang. Als Jakob das Haus verließ, hatte er die Lippen zu einem schmalen Strich zusammengepresst.

Ruedi lehnte im Türrahmen der Stube und sah ihm nach. »Das hat er sich so gedacht!«, höhnte er. »Früher war ich ihm nicht gut genug für seine heilige Johanna, und jetzt bietet er mir Geld, damit ich sie heirate und dem Bastard eines Polentafressers meinen Namen gebe. Aber da hat er sich getäuscht!«

Helene schüttelte den Kopf. Wie sehr Ruedi sich verändert hatte. Aus dem fröhlichen jungen Burschen war ein boshafter Kerl geworden. Vielleicht hatte Johanna Glück, dass er sich nicht auf Jakobs Angebot eingelassen hatte. Er würde sie niemals gut behandeln.

Immer noch kamen Fremde ins Dorf. Favre erhöhte die Zahl der Arbeiter im Tunnel ständig. Piero erzählte Helene bei einem ihrer Spaziergänge, dass mittlerweile fast vierhundert Arbeiter pro Schicht einfuhren.

Nicht nur Bergleute kamen, sondern auch Handwerker und Händler. Viele von ihnen brachten ihre Familie mit. Ihre Frauen arbeiteten als Wäscherinnen, Kellnerinnen oder Dienstmägde.

Sogar alleinstehende Frauen kamen in den Ort und suchten sich Arbeit. Da die von Favre gebaute Schule keinen guten Ruf hatte, gründeten die Italiener eine eigene.

Inzwischen transportierte die Fuhrhalterei Herger viertausend Kilo Dynamit im Monat von Isleten nach Göschenen. Auch im Tessin hatte man eine Dynamitfabrik gebaut, in Ascona, erzählte Helenes Vater. Sie war im Mai explodiert und wieder aufgebaut worden.

Den ganzen Sommer erfüllte Baulärm das einstmals stille Reusstal. Favre baute ein neues Hospital, Pferdeställe, ein Wohnhaus für vierundzwanzig Familien und ebenso viele ledige Arbeiter. Es wurde gesägt, gehämmert, geschmiedet, gemauert.

Favre ließ zwei Dynamit-Magazine in der Schöllenen bauen, um Vorräte für den Winter anzulegen, wenn es zu kalt war für den Transport.

Am 19. Oktober wurde Helene frühmorgens von einer gewaltigen Erschütterung aus dem Schlaf gerissen. Sie sprang auf und eilte zum Fenster. Über der Baustelle hing eine schwarze Wolke. Später erfuhr sie, dass eine Hütte mit zweiundzwanzig Zentner Schwarzpulver explodiert war. In den Häusern in der Nähe der Baustelle waren die Fenster zu Bruch gegangen und die Türen den Angeln gerissen. Zum Glück war gerade kein Schichtwechsel gewesen, es gab keine Toten und keine Verletzten.

Der Winter kam. Es wurde stiller im Dorf. Helene sah Piero nur noch selten. Meistens auf dem Weg zur oder von der Arbeit. Sie ertappte sich dabei, aus dem Fenster zu sehen, wenn er von der Frühschicht kam oder zum Spätdienst ging. Wenn er dann das Hoftor öffnete, fand sie irgendeinen Grund, hinauszugehen. Mal holte sie Wasser, oder sie ging in den Stall, um nach den Pferden zu sehen. Er begrüßte sie jedes Mal mit seinem besonderen Lächeln und sie hatte das Gefühl, dass er sich über ihre Begegnungen freute. Manchmal standen sie noch kurz am Brunnen und wechselten ein paar Worte, bevor die Kälte sie nach drinnen trieb.

Helenes Gedanken kreisten öfter um ihn, als ihr lieb war. Ihr fehlten die Gespräche mit ihm.

Als es so kalt wurde, dass die Pumpe vereiste, schlug sie ihrer Mutter vor, dass er sich warmes Wasser zum Waschen aus der Küche holen könnte, wo jetzt immer ein großer Topf auf dem Herd stand. So hatte sie jeden Tag die Gelegenheit, ein paar Worte mit ihm zu wechseln, auch wenn es unter den wachsamen Blicken ihrer Mutter geschah.

20. KAPITEL

Es war Pieros zweiter Winter in Göschenen. Im November regnete es fast jeden Tag, die Wolken waren so dicht, dass es den ganzen Tag über nicht richtig hell wurde. Es regnete, wenn er in den Tunnel ging, und wenn er herauskam, regnete es immer noch. Er ging nicht mehr spazieren, sondern war froh, wenn er im Trockenen war. Die Luft in seiner Kammer war feucht und muffig. Wenn er lüftete, drang durchs Fenster ebenfalls nur feuchte Luft. Seine Laune wurde zusehends schlechter, kein Wunder bei diesem Wetter.

Als Schnee den Regen ablöste, war es zumindest nicht mehr ganz so düster im Tal. Trotzdem besserte sich seine Laune nicht. An der Arbeit lag es nicht, im Tunnel ging es wieder gut voran, nachdem sie sich eine Zeit lang durch feuchten Talkschiefer gearbeitet hatten, der so weich gewesen war, dass man jeden Augenblick Niederbrüche fürchten musste. Jetzt bohrten sie wieder durch Gneisgranit. Der Richtstollen war inzwischen fast eintausendsiebenhundert Meter lang.

Nein, daran lag es nicht, dass er so unruhig war. Irgendetwas fehlte ihm, doch er wusste nicht, was.

Wenn er in seinem Zimmer war, fiel ihm die Decke auf den Kopf, also ging er ins Trögli oder ins Albergo. Doch er merkte, dass ihm die Besuche dort nicht guttaten. Wie in den Jahren am Mont Cenis trank er zu viel. Der Alkohol verstärkte noch seine Gereiztheit und er geriet immer öfter in Streit.

»Was ist los mit dir?«, fragte Salvatore, nachdem Piero sich im Schäfli beinahe mit Luigi Dissune geprügelt hatte. »Du bist unausstehlich, so kenne ich dich gar nicht.«

Piero brummte nur und griff nach seinem Weinbecher.

Vito schlug ihm auf die Schulter. »Dir fehlt ein Mädchen, das ist es. Komm, trink aus und dann gehen wir ins Café dell'Unione. Da gibt es ein paar hübsche, willige Weiber.«

Im letzten Winter war Piero ab und zu mit einer der Kellnerinnen, die ihre Dienste auch anderweitig anboten, ins Hinterzimmer gegangen. Vielleicht war es tatsächlich das, was ihm fehlte. Er hatte schon lange keine Frau mehr gehabt. Zusammen mit Salvatore und Vito zog er ins Café dell'Unione.

Obwohl der Schankraum nicht besonders groß war, bedienten dort gleich drei Frauen. Eine kam an ihren Tisch, kaum dass sie sich gesetzt hatten. Piero schätzte sie auf Mitte zwanzig. Sie hatte ein hübsches Gesicht und mittelbraunes Haar, das offen über ihre Schultern fiel.

»Was darf es denn sein?«, fragte sie und beugte sich vor, so dass ihre tief ausgeschnittene Bluse Einblick in ihr reizendes Dekolleté bot.

»Unser Freund hier leidet unter Einsamkeit«, sagte Vito. »Vielleicht weißt du, wie man ihm helfen kann.«

»Aber sicher weiß ich das«, gurrte sie, setzte sich auf Pieros Schoß und legte ihm die Arme um den Hals. »Bist du neu in Göschenen? Ich habe dich noch nie hier gesehen.«

Aus der Nähe wirkte ihr Gesicht nicht mehr hübsch. Es war ein wenig aufgedunsen. Sie roch nach Schnaps und schlechte Zähne hatte sie auch.

Piero löste ihre Arme und schob sie von seinem Schoß. »Bring uns erst einmal was zu trinken.«

»Wie du meinst«, sagte sie, schob schmollend die Unterlippe vor und ging mit wiegenden Hüften davon.

»Nicht dein Geschmack?«, fragte Salvatore lachend. »Dann schau mal die Blonde da drüben. Vielleicht sagt die dir eher zu.«

Er deutete mit dem Kinn auf eine schlanke Frau, die am Tresen lehnte und ihren Blick gleichgültig über die anwesenden Männer gleiten ließ. Als sie bemerkte, dass Piero sie ansah, hob sie die Mundwinkel zu einem Lächeln. Es erreichte ihre Augen nicht.

Plötzlich hatte Piero ein anderes Gesicht vor seinem inneren Auge. Schwarzes Haar, hellblaue Augen und ein Lächeln, bei dem sich Grübchen in ihren Wangen bildeten und ihre Augen leuchteten. *Lene.*

»Verdammt.« Keine dieser Frauen konnte sich mit Helene vergleichen. Sie reizten ihn nicht im Geringsten.

»Was hast du gesagt?«, fragte Vito.

Piero hatte gar nicht gemerkt, dass er laut gesprochen hatte. Jetzt stand er auf. »Es hat keinen Sinn. Ich gehe nach Hause.«

Vito hob anzüglich die Augenbrauen. »Hast du ein Gelübde abgelegt oder hast du anderweitige Probleme?«

»Pass auf, was du sagst«, konterte Piero, doch eigentlich war er nicht wütend. Jedenfalls nicht auf Vito.

»Kann es sein, dass du verliebt bist?«, fragte Salvatore. »Die Tochter des Fuhrhalters ist eine hübsche Person.«

Piero starrte ihn an. Er öffnete den Mund, um zu protestieren, und schloss ihn wieder. Verliebt in Helene? Er?

Salvatore grinste. »Ich hab recht, nicht wahr? Deshalb bist du auch so schlecht gelaunt. Weiß sie es?«

»Bis eben wusste ich es noch nicht einmal selbst.«

Er verabschiedete sich und machte sich auf den Weg nach Hause. Es war eine helle Nacht, der Schnee glitzerte im Licht des Vollmonds. Piero schüttelte den Kopf über sich selbst. Er hatte Helene in den letzten Wochen kaum zu Gesicht bekommen. Manchmal traf er sie auf dem Hof, wenn er von der Frühschicht kam, und sie wechselten ein paar Worte. Aber ihm fehlten die gemeinsamen Spaziergänge und ihre Gespräche. Und ja, er dachte sehr oft an sie.

Er hatte schon einige Dummheiten in seinem Leben begangen, doch sich in Helene zu verlieben, setzte allem die Krone auf. Helene und er, das war undenkbar. Die Kluft zwischen ihnen war viel zu groß. Sie, die Tochter eines wohlsituierten Fuhrhalters, wahrscheinlich eine der besten Partien in Göschenen. Er, ein Mineur, der gerade mal etwas mehr verdiente, als er zum Leben brauchte.

Ja, er hatte davon geträumt, Geologe oder Ingenieur zu werden, doch die Wirklichkeit hatte ihn schnell eingeholt. Einer Frau wie Helene hatte er nichts zu bieten. Auch wenn er das Gefühl hatte, dass sie ihre Spaziergänge und Gespräche ebenso genossen hatte wie er. Wahrscheinlich war es für sie eine willkommene Abwechslung in ihrem Alltag gewesen.

Nun gut, dachte er, als er später im Bett lag. Jetzt kannte er den Grund für seine Unruhe und schlechte Laune, nur was half es ihm?

1875
»Comandiamo noi«

21. KAPITEL

Ende Februar 1875 verbreitete sich die Nachricht im Dorf, dass Johanna Sen einen Sohn bekommen hatte.

Elfriede Bissig erzählte, dass sie gesehen hatte, wie die Hebamme ins Haus der Sens gegangen war, und auch, dass zwei Stunden später Carl Arnold und der Gemeindeschreiber, Kaspar Josef Regli, beide schwarz gekleidet, das Haus betreten hatten.

»Was wollten die denn da?«, fragte Helene.

Sie war mit Paula verabredet und gerade in den Laden gekommen.

Elfriede hob die Augenbrauen. »Das weißt du nicht? Die kamen zum Genießverhör.«

Helene wechselte einen Blick mit Paula. Sie hatte keine Ahnung, wovon Elfriede sprach, und Paulas ratlose Miene verriet ihr, dass ihre Freundin es auch nicht wusste.

»Was ist ein Genießverhör?«

»Das wisst ihr natürlich nicht, weil ihr anständige Frauen seid. Wenn ein liederliches Weib ein uneheliches Kind bekommt und man nicht weiß, wer der Vater ist, wird sie während der Geburt noch mal dazu befragt.«

»Während der Geburt?«, rief Paula. »Das ist barbarisch.«

Elfriede zuckte mit den Schultern. »Das ist der Moment, an dem sie am ehesten die Wahrheit sagt.«

Ungläubig schüttelte Helene den Kopf. »Aber man weiß doch, dass Matteo Rossi der Vater ist. Johanna hat es nie anders gesagt.«

»Die Gemeinde will eben sicher sein.«

Helene schluckte schwer. Arme Johanna. Den Liebsten zu verlieren, dem Dorfklatsch ausgesetzt sein und dann noch während der Entbindung verhört zu werden, das war entsetzlich.

Ob die Großeltern sich über ihren Enkel freuten oder sich zumindest mit ihm abgefunden hatten, wusste niemand. Weder Jakob noch Marie redeten je über das Kind, es war, als existierte es nicht. Dafür sprach man im Dorf umso mehr darüber, was nun mit Johanna werden solle, ob sie vielleicht noch einen Witwer als Mann finden würde.

Zwei Wochen später erzählte Elfriede Helene und ihrer Mutter beim Einkaufen von einem Bauer in Wassen, dessen Frau gestorben war und ihn mit drei Kindern zurückgelassen hatte.

»Er ist zwar schon fast vierzig und sein Hof ist nicht groß. Aber immerhin hätte sie einen Mann.« Sie legte den Kopf schräg. »Was ist denn eigentlich mit eurem Ruedi, Anna? Der wollte die Johanna doch mal heiraten.«

»Ja, aber das war, bevor sie sich mit diesem Italiener eingelassen hat. Jetzt ist er gar nicht mehr gut auf sie zu sprechen.«

»Warum braucht die Johanna überhaupt einen Mann?«, fragte Helene. »Ihre Eltern sind doch nicht arm und sie könnte weiterhin im Trögli bedienen.«

Elfriede schüttelte den Kopf. »Ihre Eltern wollen das Kind nicht in ihrem Haus haben. Das hat mir Maria Tresch erzählt. Na ja, ich hoffe, Johannas Beispiel schreckt alle ab, die jetzt mit Ausländern schäkern. Da kommt nichts Gutes bei raus.«

»Die Elfriede sollte lieber still sein«, meinte Anna, als sie den Laden verließen. »Von der Paula hört man auch, dass sie sich mit dem Wilhelm Bauer trifft. Immerhin ist er kein Italiener, sondern Deutscher.«

Helene schwieg. Sie wusste natürlich von Paulas Treffen mit

dem deutschen Geologen. Aber Paula war nicht wie Johanna, sie war vernünftiger und außerdem auch nicht gerade glühend in Wilhelm verliebt. Sie hoffte immer noch auf einen Mann, der sie aus Göschenen fortbringen würde.

»Was ist denn da los?« Helenes Mutter war stehen geblieben und deutete auf die Kutsche, die vor dem Trögli stand. Ein Mann stieg aus und half einer Frau mittleren Alter ebenfalls hinunter auf die Straße. Beide wurden vom Landjäger, August Walker, begrüßt. Der warf sich in die Brust, strich sich den Schnurrbart glatt und klopfte dann mit seinem Stock an die Tür des Trögli.

Die Besucher mussten wichtige Leute sein, so, wie Walker sich benahm. Marie Sen öffnete die Tür und das Paar trat ein. Walker blieb vor der Tür und patrouillierte mit gewichtigen Schritten auf und ab.

Inzwischen waren auch Elfriede und Paula aus ihrem Laden gekommen und gegenüber vom Trögli stand Regula Bieli auf der Straße.

»Was will denn der Landjäger dort?«, raunte Paula Helene zu.

»Wenn ich das wüsste! Er macht sich jedenfalls sehr wichtig.«

Ein paar Minuten später öffnete sich die Tür wieder. Die Frau kam heraus und stieg mit der Hilfe des Landjägers in den Wagen, ihr folgte der Mann. Er hatte ein Bündel im Arm, das er der Frau reichte, bevor er selbst einstieg.

Helene fröstelte plötzlich, ihre Kopfhaut prickelte. Das Bündel war Johannas Kind. Leise drang das Schreien des Säuglings zu ihnen.

Paula packte ihren Arm. »Sie nehmen ihr das Kind fort!«

Helenes Kehle war wie zugeschnürt.

Im Haus schrie eine Frau grell auf. »Nein!«

August Walker schloss die Türen der Kutsche, der Kutscher schnalzte mit der Peitsche. Langsam setzte sich das Gefährt in Bewegung.

»Mein Kind!« Johanna stürmte auf die Straße. Sie trug nur ein Nachthemd, ihr Haar war offen und flatterte in wilden Strähnen um ihr Gesicht. Sie hatte fast den Wagen erreicht, als August Walker sie am Arm erwischte und zurückriss. Sie wehrte sich erbittert, ihre Schreie gellten durch die Straßen. »Mein Kind! Matteo! Gebt mir mein Kind zurück.«

August schüttelte sie. »Komm zu dir, Weib. Es ist das Beste für das Kind, wenn es in geordneten Verhältnissen aufwächst.«

»Nein! Bitte, lasst mir mein Kind. Bitte!« Johanna schrie weiter, von Schluchzen geschüttelt. August zerrte sie zur Haustür zurück, dort stand ihr Vater und zog sie ins Haus. Ihre Mutter schloss die Tür. Doch noch immer hörte Helene ihre verzweifelten Rufe. Noch nie hatte sie jemanden so schreien hören. Gänsehaut bedeckte ihren ganzen Körper, ihre Augen brannten. Wie konnten sie Johanna das antun? Wieso unternahmen ihre Eltern nichts dagegen? Helene drehte sich zu Paula. In ihrem Gesicht stand das gleiche Entsetzen, das Helene erfüllte. Ihre Augen waren weit aufgerissen, ihr Gesicht blass bis in die Lippen.

»Warum tun sie das? Wohin bringen sie das Kind?«

»Wahrscheinlich nach Zürich«, sagte Elfriede. »Das ist so üblich. Wenn das Kind keinen Vater hat, wird es in ein Heim gebracht und man versucht, eine Familie zu finden, wo es anständig aufwachsen und ein nützliches Leben führen kann.«

»Aber Johanna kann doch auch hier für ihr Kind sorgen«, wandte Helene ein. »Man kann nicht einfach einer Mutter den Säugling wegnehmen.«

»Da sind die Behörden anderer Meinung. Jemand, der Unzucht treibt, kann keine gute Mutter sein.« Elfriedes Miene zeigte keinerlei Mitgefühl.

Erschüttert wandte Helene sich ab. Das Schluchzen aus dem Haus der Sens war nicht mehr zu hören. Vielleicht hatte Johanna aufgehört, zu weinen, vielleicht hatten ihre Eltern sie in den hinteren Teil des Hauses verbannt.

Schweigend gingen Helene und ihre Mutter nach Hause. Vor dem Tor blieb Helene stehen.

»Ich gehe noch ein Stück spazieren.«

Sie wollte sich bewegen, draußen sein, auch wenn es kühl war. Sie war zu erschüttert, um jetzt irgendwo ruhig zu sitzen. Außerdem wollte sie nicht mit ihrer Mutter über das, was vorgefallen war, reden. Es würde wieder Ermahnungen hageln, weil sie so oft mit Piero sprach.

Ihre Mutter zog die Augenbrauen hoch. »Aber bleib nicht so lange. Wir müssen noch die Betten neu beziehen.«

Helene nickte, zog ihre Jacke enger um sich und schlug den Weg nach Abfrutt ein. Der kalte Wind trieb die Wolken auseinander, erste Sonnenstrahlen fielen auf den Weg, kitzelten sie an der Nase.

Ihre Gedanken waren bei Johanna. Ihr Kind war gerade mal zwei Wochen alt. Würde Johanna je erfahren, was aus ihm wurde?

Sie bog vom Weg ab, überquerte einen der Stege, die über die Göschener Reuss führten, und folgte dem Fluss links des Ufers. Plötzlich merkte sie, dass sie den Weg zu dem Wäldchen eingeschlagen hatte, in dem sie sich im Sommer mit Piero getroffen. Vor ihr lag der Pfad, der zur Lichtung führte. Unwillig schüttelte sie den Kopf. Auf der Lichtung lag jetzt Schnee, und überhaupt, was wollte sie dort?

Sie drehte um und ging zurück. Kurz bevor sie den Steg erreichte, kam ihr Piero entgegen. Ihr Herz machte einen unerwarteten Satz und begann zu rasen. Was tat er hier?

Noch hatte er sie nicht entdeckt, sein Blick war auf den Weg vor sich gerichtet. Als er aufsah, zog ein strahlendes Lächeln über sein Gesicht, seine Augen leuchteten. »Lene!«

Etwas nervös erwiderte sie sein Lächeln.

»Fertig mit der Arbeit?« Was für eine blöde Frage, dachte sie im selben Augenblick. Sonst wäre er nicht hier.

»Ja. Ich muss ein bisschen frische Luft schnappen. Heute war der Rauch im Tunnel besonders schlimm.« Er musterte sie. »Du bist sehr blass, geht es dir nicht gut?«

Helene erzählte ihm, was heute passiert war.

»Sie haben das Kind von Matteo geholt? Aber warum? Wir hätten uns schon darum gekümmert. Teresia hat Geld gesammelt, falls Johanna Schwierigkeiten mit ihren Eltern hat. Man kann doch einer Mutter nicht das Kind nehmen.«

»In der Schweiz passiert das öfter.« Sie erzählte ihm, was sie von Elfriede gehört hatte.

»Und Johannas Eltern haben das zugelassen?«

»Ich weiß nicht, ob sie es so wollten, oder ob sie nichts dagegen tun konnten.«

Piero schüttelte den Kopf. »Merda. Woher wissen die Leute in Altdorf überhaupt von dem Kind? Was geht es sie an?«

»Wenn eine Frau ein uneheliches Kind bekommt, muss sie das bei der Amtsstelle anzeigen. Wenn sie es nicht tut, muss es die Hebamme tun. Ich wusste, dass es dann irgendwann eine Strafe wegen Unzucht gibt. Aber ich wusste nicht, dass sie die Kinder holen.« Helene schluckte. »Wie sie geschrien hat.«

»Johanna?«

»Ja. Sie hat geweint und gebettelt, dass sie ihr das Kind lassen. Ich muss immer daran denken, ob sie es je wiedersehen wird.«

»Sagen sie ihr nicht, wo sie es hingeben?«

»Ich weiß es nicht. So etwas hat es in Göschenen bisher nicht gegeben.«

Helene fröstelte, die Sonne stand schon tief, der Schatten der Berge fiel auf den Weg. »Ich muss zurück, Mutter wartet auf mich.«

»Ich gehe auch zurück.«

Kurz bevor sie den Hof erreichten, verabschiedete Piero sich. »Ich muss noch mal ins Dorf.«

22. KAPITEL

Der Frühling kam schnell in diesem Jahr. Oben auf den Bergen schmolz der Schnee, die Gotthardreuss schwoll an, rauschte und tobte in ihrem Bett und die sonst so friedliche Göschener Reuss trat über die Ufer. Der Föhn brachte Wärme aus dem Tessin und formte bizarre Wolken, die wie große weiße Teller am Himmel schwebten.

Helene nutzte jede Gelegenheit, ins Freie zu kommen. Sie putzte morgens die Pferde, bevor die Männer losfuhren, grub den kleinen Gemüsegarten um, säte Möhren, Bohnen, rote Rüben und steckte Zwiebeln.

Eines Tages kam Piero von der Arbeit, als sie an der Pumpe stand und die Gießkanne füllte.

»Ciao Lene.«

»Ciao.«

Sie wollte die Gießkanne herunterheben, doch er kam ihr zuvor. »Wo soll sie hin?«

»In den Gemüsegarten. Dort hinten.«

Er zog die Jacke aus und legte den Hut weg, dann trug er ihr die Kanne in den Garten. Als er sie dort abstellte, schüttelte ihn ein Hustenanfall.

Erschrocken sah Helene ihn an. »Bist du etwa krank?«

»Es geht gleich wieder«, keuchte er. »Es gab nicht genug Luft heute, irgendwas hat zwischendurch die Turbine blockiert.« Er richtete sich auf und atmete ein paarmal tief ein. »Wenn nicht ausreichend Druckluft da ist, wird der Stollen nicht belüftet, weil man alles für die Maschinen braucht.«

»Aber das ist doch nicht gesund. Ich dachte, der Tunnel sollte belüftet werden. Mein Vater hat erzählt, dass Favre Leitungen verlegen wollte.«

»Genau, er wollte. Dann hat er festgestellt, dass es zu teuer ist. Also wird nicht belüftet. Hauptsache der Vortrieb stimmt.«

Helene schüttelte den Kopf. Unglaublich. Und doch passte es zu dem Eindruck, den sie von Anfang an von Favre gehabt hatte.

Sie war fertig mit Gießen. Unschlüssig stellte sie die Kanne ab.

Eigentlich sollte sie jetzt den Hühnerstall ausmisten, doch sie wollte lieber Zeit mit Piero verbringen.

Er räusperte sich. »Ich wollte ein Stück die Reuss entlanggehen, solange die Sonne scheint. Willst du mitkommen?«

Hatte er ihre Gedanken gelesen? Sie nickte. »Gerne.«

Um den Stall konnte sie sich auch später noch kümmern.

Er holte seine Jacke und sie verließen den Hof über den Gemüsegarten, so mussten sie nicht am Haus vorbei.

Obwohl es warm war, lag an den Hängen an einigen Stellen noch Schnee. Doch rechts und links des Weges blühten die ersten Primeln. Bald würden die Wiesen bunt gefleckt sein.

Sie gingen bis zum Haus der Tröschs, dann kehrten sie um.

»Am Sonntag ist wieder Zahltagsmarkt«, sagte Piero. »Vielleicht sehen wir uns?«

»Ich versuche zu kommen.«

Sie würde Paula fragen. Wenn sie den Markt besuchte, hatte ihre Mutter sicher nichts dagegen.

Zurück auf dem Hof, lief Helene zum Hühnerstall und machte ihn sauber.

Als sie ins Haus kam, stand ihre Mutter an der Tür zur Küche. »Wo bist du gewesen?«

»Ich war im Gemüsegarten und dann habe ich den Hühnerstall ausgemistet.«

»Und das dauert so lange?«

»Ich habe mir Zeit gelassen und bin auch ein Stück spazieren gegangen. Es ist so schön heute.«

»Soso, spazieren gegangen. Hast du dabei zufällig den Caretti getroffen?«

»Das habe ich.«

So, wie ihre Mutter fragte, wusste sie es ohnehin.

Anna runzelte die Stirn. »Dein Vater und ich, wir möchten nicht, dass du so engen Umgang mit ihm hast.«

Helene wurde wütend. »Was heißt für euch enger Umgang? Wir gehen spazieren, wir unterhalten uns. Er wohnt hier. Darf ich jetzt nicht mehr mit ihm reden?«

»Du hast Ruedi gehört. So fängt es an.«

»Ruedi ist ein verbitterter Kerl, der es nicht verwinden kann, dass Johanna sich in jemand anderes verliebt hat. Wenn sie sich in einen aus Göschenen verguckt hätte, würde er den genauso schlechtmachen.«

Doch als sie an diesem Abend ins Bett ging, dachte sie über die Worte ihrer Mutter nach. *So fängt es an.*

Ja, sie mochte Pieros Gesellschaft. Sehr. Er war anders als die jungen Männer, die sie kannte. Vielleicht weil er Italiener war, vielleicht lag es auch an seiner gefährlichen Arbeit. Er hatte schon öfter den Tod gesehen. Aber mehr war es doch nicht. Freundschaft. Obwohl, es fühlte sich schon anders an als bei Peter. Peter gehörte einfach schon immer zu ihrem Leben. Sie hielt nicht heimlich nach ihn Ausschau, ihr Herz schlug nicht schneller, wenn er ihr unerwartet begegnete, wie es das bei Piero tat. Und sie dachte auch viel öfter an Piero. Was hatte das zu bedeuten?

Am Sonntag nach der Kirche schlenderten Helene und Paula über den Markt. Er war inzwischen um einiges größer als vor zwei Jahren. Sogar aus Frankreich kamen mittlerweile Händler, um ihre Ware anzubieten.

Helene beachtete die Marktstände kaum, sie suchte in der Menge nach Piero. Sie gingen in Richtung Schöllenen. Musik wehte durch die Straße. Sie kam von einer Gruppe Musiker, die kurz vor der Brücke über die Reuss standen. Einer spielte auf einer Konzertina, ein anderer fiedelte und ein Dritter spielte Gitarre und sang dazu. Einige Paare tanzten, Kinder hüpften im Takt zwischen ihnen herum.

Helene lächelte. Was für eine schöne, fröhliche Szene.

Dann entdeckte sie Piero. Er stand neben einem der Tische, auf denen die Händler ihre Waren feilboten und blickte sie an.

Etwas Merkwürdiges geschah. Obwohl er ein ganzes Stück von ihr entfernt war, sah sie sein Gesicht und seine Augen, so deutlich, als stünde er vor ihr. Die anderen Menschen bewegten sich am Rand ihres Blickfeldes, sie nahm sie kaum noch wahr.

Er setzte sich in Bewegung, ohne den Blick von ihr zu nehmen, kam zwischen den Tanzenden hindurch auf sie zu. Als er vor ihr stand, schauten sie einander stumm an. Helene las in seinen Augen dasselbe Staunen, das auch sie erfüllte. Zwischen ihnen schien die Luft zu flirren. Sein Gesicht war ganz nah, er hatte die Lippen leicht geöffnet. Unwillkürlich lehnte sie sich ihm entgegen.

»Ähem!« Paulas Räuspern holte sie schlagartig in die Wirklichkeit. Hastig machte sie einen Schritt zurück. Was war passiert? Piero schüttelte kurz den Kopf, wie einer, der aus einem Traum erwachte.

»Ich wollte noch nach ein paar Bändern gucken«, verkündete Paula. »Ich glaube, der Stand war weiter unten.«

Sie drehte sich um und lief die Straße hinunter.

Helene schaute ihr nach, dann sah sie wieder Piero an. Er griff wortlos nach ihrer Hand. Zusammen gingen sie die Straße hinauf, überquerten die Brücke und folgten dem Weg, der in die Schöllenen führte. Nach der Häderlisbrücke blieb er stehen, wandte sich ihr zu und nahm auch ihre andere Hand. Einige Momente blickten sie einander an, dann neigte er den Kopf und Helene hob ihm ihr Gesicht entgegen. Als sich ihre Lippen berührten, ließ er ihre Hände los und zog sie in seine Arme. Helene schlang ihre Arme um seinen Hals. Es wurde ein langer Kuss.

Schließlich hob er den Kopf und sah sie an. »Ich habe davon geträumt, das zu tun. Schon seit dem Winter.«

Verwundert lauschte Helene in sich hinein. Vor zwei Tagen hatte sie darüber nachgedacht, warum sie ihn so mochte und was es bedeutete, dass er ihr Herz zum Hüpfen brachte. Dabei war die Lösung so einfach. Sie war verliebt.

Sie lachte, ein leises glückliches Lachen. »Und ich habe mich gefragt, was mit mir los ist. Warum ich so oft an dich denken muss.«

Er lachte ebenfalls. »Ich hatte den ganzen Winter über schlechte Laune und wusste nicht weshalb. Bis mir Salvatore auf den Kopf zugesagt hat, dass ich verliebt bin.«

Er nahm sie wieder in die Arme und küsste sie. Dann sah er sie an. »Wir sollten zurückgehen, bevor Paula dich vermisst.«

»Ich denke, Paula weiß Bescheid. Sie wird nichts sagen.«

Aber es war trotzdem besser, wenn sie zurückgingen. Ihre Mutter würde sich sonst wundern, warum sie so lange auf dem Markt blieb.

Der Gedanke, was ihre Eltern sagen würden, wenn sie von Piero und ihr erfuhren, vertrieb das Glücksgefühl, das sie erfüllte. Ihr Vater würde Piero sofort rauswerfen. Der Gedanke zog einen anderen nach sich. Hatte irgendjemand, den sie kannte, gesehen, wie sie mit Piero davongegangen war?

»Was ist los?«, fragte er. »Du bist auf einmal so ernst?«

»Meine Eltern dürfen nicht erfahren, was zwischen uns ist.«

Piero holte tief Luft. »Ich weiß. Ich erinnere mich an den Blick deines Vaters, als Ruedi behauptet hat, ich würde mit dir und Paula ›rummachen‹«.

»Vielleicht brauchen sie nur Zeit, um sich an den Gedanken zu gewöhnen«, sagte Helene, doch im Grunde glaubte sie selbst nicht an ihre Worte. Ihre Eltern würden eine Verbindung mit einem Italiener niemals dulden.

»Und wenn nicht, dann treffen wir uns heimlich«, fuhr sie fort.

Zweifelnd blickte er sie an. »Willst du das wirklich?«

Entschlossen nickte sie. »Ja.«

Sie überquerten Häderlisbrücke Hand in Hand, dann ließ Piero sie los. »Es ist besser, wenn man uns nicht zusammen sieht.«

Helene schenkte ihm ein Lächeln, dann lief sie den Weg hinunter. Vor Carl Arnolds Haus traf sie Paula.

»Na, da hat Amor ja mächtig zugeschlagen«, sagte sie und grinste. »Ich wusste doch, dass es mehr als ›gernhaben‹ ist. Ihr habt Glück, dass keiner von unseren Bekannten in der Nähe war. Ihr wart kurz davor, euch zu küssen. Wo seid ihr denn hingegangen?«

»Nur ein Stück die Schöllenen hinauf.«

Paula hakte sich bei ihr unter. »So, nur ein Stück die Schöllenen hinauf.«

»Ich muss nach Hause, Paula. Sonst wundert Mutter sich, wo ich bleibe. Sie ist ohnehin schon misstrauisch.«

23. KAPITEL

Helene verbrachte eine schlaflose Nacht. Ihr war nicht wohl bei dem Gedanken, ihre Eltern zu belügen. Vielleicht sollte sie einfach versuchen, mit ihnen über Piero zu reden.

Am nächsten Tag legte sie sich zurecht, was sie ihren Eltern sagen würde. Sie traf Piero auf dem Hof, bevor er zur Arbeit ging, und erzählte ihm von ihrem Entschluss. Doch als sie nach dem Essen das Thema anschneiden wollte, kam Ruedi, der im Schäfli zu Abend gegessen hatte, hereingestürzt.

»Verriegelt sofort das Hoftor und die Haustür. Die Italiener machen Krawall. Sie haben versucht, das Schäfli anzuzünden, sie schmeißen Fensterscheiben ein und haben die Bäckerei geplündert.

Helenes Vater sprang auf. »Anna, Helene, ihr schließt die Fensterläden. Peter, Ruedi, kommt mit auf den Hof. Holt euch Mistgabeln, wir halten das Pack auf, wenn es hierherkommt.«

An der Tür blieb er stehen. »Wenn Caretti dabei ist, schmeiße ich ihn raus«.

»Er ist im Tunnel«, sagte Helene. »Er hat ab heute Spätschicht.«

Ihr Vater warf ihr einen misstrauischen Blick zu.

Die drei Männer verbrachten die Nacht im Stall, doch außer, dass immer mal wieder Geschrei und Lärm durch die Straßen hallte, passierte nichts. Der Krawall schien sich auf die Gotthardstraße zu beschränken.

Am nächsten Morgen patrouillierte die Bürgerwehr durchs Dorf. Es sei alles wieder in Ordnung, versicherten sie den besorgten Göschenern.

Sieben Männer seien verhaftet, ihnen würde in Altdorf der Prozess gemacht werden.

»Wir sollten den Italiener rausschmeißen«, sagte Anna.

Helene zuckte zusammen. »Aber er hatte doch gar nichts damit zu tun!«

»Wer weiß. Vielleicht waren es ja seine Freunde.«

»Piero ist ein anständiger Kerl, man sollte ihn nicht dafür büßen lassen, dass es auch Gauner unter den Bergleuten gibt«, widersprach Peter zu Helenes Überraschung. Sie schenkte ihm einen dankbaren Blick.

Anna zuckte mit den Schultern. »Auf jeden Fall hältst du dich in Zukunft von ihm fern, Helene.«

Helene nickte bedrückt. Damit war jede Chance, dass ihre Eltern Piero akzeptierten, verbaut.

Sie ging zu Paula und hörte von ihr, was passiert war. Offenbar hatte es einen Streit zwischen dem Wirt des Schäfli und einem Italiener gegeben. Der Landjäger hatte den Italiener verhaftet, woraufhin seine Kameraden sich eingemischt hatten. Am Ende war es zu ernsthaften Auseinandersetzungen zwischen dem Landjäger und den Italienern gekommen.

»Ich wollte eigentlich versuchen, mit meinen Eltern über Piero zu sprechen, doch jetzt hat das keinen Zweck mehr. Meine Mutter hat gesagt, ich solle mich von ihm fernhalten.«

»Was wirst du tun?«

»Mich heimlich mit ihm treffen.«

Paula nickte. »Erzähl ihnen, du wärst mit mir verabredet.«

»Danke.«

Am nächsten Morgen ging Helene zur Lichtung. Sie war nicht überrascht, als Piero kurz nach ihr dort ankam. Sie setzten sich auf einen Felsen und sprachen darüber, was sie tun konnten, um sich weiterhin zu treffen. Helene erzählte von Paulas Angebot.

»Das ist sehr großherzig von ihr. Ab übernächster Woche habe ich Nachtschicht. Wir könnten uns vorher hier treffen, wenn du Zeit hast.«

Helene dachte nach. »Nicht jeden Tag, das würde auffallen. Aber wenn ich ab und zu Paula besuche, denkt sich meine Mutter nichts.«

Wenn das Wetter schön war, trafen sie sich zwei-, manchmal auch dreimal in der Woche auf ihrer Lichtung im Zauberwäldchen, wie Helene es in Gedanken nannte. Wie im letzten Sommer saßen sie auf einem der Felsen und redeten. Nur, dass sie sich jetzt oft an den Händen hielten und sich küssten.

Sie gingen immer getrennt. Meistens verließ Helene zuerst den Hof. Mal behauptete sie, Paula zu besuchen, manchmal sagte sie auch, dass sie spazieren gehe. Piero folgte ihr ein bisschen später. Helenes Mutter interessierte sich nicht für Pieros Arbeitszeiten und achtete nicht auf sein Kommen und Gehen. Ihr Vater, Peter und die Knechte waren den ganzen Tag unterwegs und bekamen ohnehin nicht mit, was Helene tat oder wohin sie ging.

Um jeden Verdacht, sie könne Interesse an Piero haben, zu zerstreuen, mied Helene Piero, solange sie auf dem Hof war. Sie grüßte ihn höflich, sprach aber sonst nicht mit ihm. Ihre Mutter bemerkte es wohl. Sie machte irgendwann eine Bemerkung, dass Helene jetzt besseren Umgang hatte.

Wenn es regnete, trafen sie sich nicht. Zum einen hatte Helene keinen Vorwand, um bei Regen spazieren zu gehen, und zum anderen gab es keinen trockenen Platz für sie. Im Mai regnete es fast zwei Wochen ohne Unterlass. Es war schlimmer als im Winter, weil sie nun auch nicht mit irgendeiner Ausrede mit Piero sprechen konnte.

An einem Tag Ende Mai verteilte sie das Futter für die Pferde, die unterwegs waren, in den Boxen, als plötzlich die Tür zur Futterkammer knarrte und sich einen Spalt öffnete. Zunächst glaubte sie, dass vielleicht die Katze sie aufgedrückt hätte, doch als sie die Tür schließen wollte, wurde sie von innen aufgestoßen und Piero stand plötzlich vor ihr.

Hastig sah sie sich um, ob wirklich niemand im Stall war, dann huschte sie in die Kammer und schloss die Tür hinter sich. Piero schloss sie ungestüm in die Arme und küsste sie.

»Ich musste dich sehen«, sagte er dann. »Dieser verdammte Regen. Wir brauchen einen Platz, an dem wir uns auch bei schlechtem Wetter treffen können.«

Helene überlegte. Hier im Stall war es zu gefährlich und auch im Heuschober war die Gefahr, dass sie jemand ertappte, zu groß, aber der Ziegenstall hinter der Scheune stand bis zur Alpabfahrt leer. Dort konnten sie sich unbeobachtet treffen.

Helene mistete am Tag darauf den Hühnerstall aus. Anschließend ging sie einen Trampelpfad entlang, der hinter der Scheune vorbei zum Ziegenstall führte. Er war nicht groß, sie hatten nur sechs Ziegen, die jetzt auf der Göscheneralp gesömmert wurden. Nachdem der Senn die Tiere abgeholt hatte, hatte Ruedi den Stall ausgemistet. Sie musste nur noch mal durchfegen. Es gab keine Sitzgelegenheit, aber irgendwo würde sich bestimmt eine alte Decke oder etwas Ähnliches auftreiben lassen. Und eine Lampe brauchten sie auch.

Als ihre Mutter am Nachmittag zum Einkaufen nach Göschenen ging, kehrte Helene den Stall. Dann häufte sie Heu in einer Ecke an und legte ein paar alte Säcke darauf, die sie in der Scheune gefunden hatte und die niemand vermissen würde.

Von nun an trafen sich nur noch selten tagsüber. Stattdessen schlich sich Helene ab und zu nach dem Abendessen aus dem Haus und traf Piero im Stall. Er brachte seine Öllampe mit.

Es waren immer nur kurze Treffen, eine gestohlene Stunde hier und da. Oft sprachen sie nicht viel, sondern saßen nur eng umschlungen in der Ecke, beobachteten das Flackern der Lampe, lauschten dem Geläut der Kuhglocken, die von den Weiden am Göscheneralpweg herüberklangen, und genossen es, zusammen zu sein.

Eines Freitagabends im Juni glaubte sie oben an der Treppe zu den Stuben der Knechte einen Schatten zu sehen, doch als sie noch einmal hinsah, war er verschwunden. Wer sollte es auch sein? Ruedi war heute im Schäfli und Piero wartete im Stall auf sie.

»Am Sonntag ist Zahltag und ab nächster Woche habe ich Spätschicht«, sagte er, nachdem sie sich begrüßt und geküsst hatten.

Helene seufzte. Dann konnten sie sich wieder nur vormittags treffen, oder gar nicht.

»Es dauert ja nur zwei Wochen.«

Piero lehnte sich an die Wand und zog sie mit sich. »Ja. Aber es kann doch nicht so weitergehen. Sollen wir uns die nächsten fünf oder sechs Jahre immer nur heimlich treffen? Und was soll werden, wenn der Tunnel fertig ist und ich woanders arbeite?«

Hilflos zuckte sie mit den Schultern. »Was sollen wir denn sonst tun?«

Er richtete sich auf und holte tief Luft. »Ich habe nachgedacht. Ich möchte mein Leben mit dir verbringen. Willst du mich heiraten?«

Ihr Herz machte ein paar wilde Sätze, das Blut sang in ihren Ohren. Er wollte sie heiraten!

»Ja!«, flüsterte sie. »Ja, ich will.«

»Dann rede ich mit deinem Vater. Gleich morgen.« Seine Augen blitzen übermütig.

Helene zuckte zusammen. Ihr Vater! Er würde niemals erlauben, dass sie einen Italiener heiratete.

Piero sah sie forschend an. »Was ist los?«

Langsam schüttelte sie den Kopf. »Es geht nicht. Mein Vater wird nicht zustimmen. Er wird dich rauswerfen und wo sollen wir dann leben?«

»Wenn wir verheiratet wären, könnten wir eine Unterkunft in einem der Häuser, die Favre für Familien gebaut hat, bekommen, die sind gar nicht so teuer. Ich verdiene genug, um uns beide zu ernähren.«

Unsicher sah sie ihn an. Der Gedanke war schön, sich nicht mehr verstecken zu müssen, seine Frau zu sein. Nur was war dann in fünf Jahren? Wenn ihre Eltern Piero nicht akzeptierten, würde sie aus Göschenen weggehen müssen, vielleicht nach Italien. Sie hatte sich noch nie vorstellen können, woanders als hier zu leben.

Aber fünf Jahre waren eine lange Zeit.

Plötzlich fiel Licht durch die Ritzen der Holzbalken, Helene hörte Schritte und dann stieß jemand die Tür auf und leuchtete mit einer Laterne in den Stall. Geblendet von dem Licht blinzelte Helene. Dann senkte sich die Lampe und sie blickte in das wütende Gesicht ihres Vaters.

»So ist das also, du Säuniggel!«, brüllte er. »Du nistest dich bei uns ein und verführst meine Tochter.«

Piero stand auf und half auch Helene auf die Beine.

Drohend trat ihr Vater auf ihn zu. »Lass sie sofort los, oder du bekommst die Prügel deines Lebens.«

Piero wirkte betreten, aber nicht ängstlich und er ließ Helenes Hand nicht los. »Ich habe sie nicht verführt.«

»Was ist das?« Franz zeigte auf das Lager hinter ihnen.

Helenes Knie zitterten, doch sie hob den Kopf und sah ihrem Vater in die Augen. »Der Stall und das«, sie wies mit dem Kinn auf die Säcke, »waren meine Idee.«

Im Lampenschein konnte sie sehen, wie das Gesicht ihres Vaters dunkelrot anlief. »Geh ins Haus. Mit dir spreche ich später. Und du, Bürschchen, verschwindest noch heute von meinem Hof und lässt dich hier nie wieder blicken. Ist das klar?«

»Völlig klar«, antwortete Piero. »Aber vielleicht sollten Sie wissen, dass ich Lene vorhin einen Heiratsantrag gemacht habe.«

»Ach, hast du das?«

Helene ließ Pieros Hand los und trat einen Schritt vor. »Das hat er, Vater, und ich habe Ja gesagt.«

Ihr Vater beachtete sie gar nicht.

»Du bekommst meine Tochter nicht«, fuhr er Piero an. »Du hast eine halbe Stunde, um deine Sachen zu packen.«

Er griff nach Helenes Arm und zerrte sie aus der Tür und bis zum Haus.

Ihre Mutter erwartete sie im Flur. »Also stimmt es?«, fragte sie.

»Ja. Ich habe sie ertappt. Im Heu!«

Anna funkelte Helene wütend an. »Das hätte ich nicht von dir gedacht.«

Der erste Schreck war inzwischen verflogen, jetzt breitete sich Zorn in Helene aus. »Was hättest du nicht gedacht? Dass ich mich verliebe? Denn das ist passiert. Ich liebe Piero und er liebt mich. Was ist daran so schlimm? Wir haben nichts Unrechtes getan.«

Ihre Mutter maß sie mit einem eisigen Blick. »Geh auf dein Zimmer.«

Helene stürmte die Treppe hinauf und knallte die Tür hinter sich zu. Atemlos setzte sie sich aufs Bett. Wut und Verzweiflung erfüllten sie. Was sollte sie jetzt tun, was sollte aus Piero und ihr werden?

Am nächsten Morgen eröffnete ihr Vater beim Frühstück, dass »der Italiener« gestern Abend den Hof verlassen hatte. Einen Grund nannte er nicht. Doch weder Peter noch Ruedi wirkten verwundert. In Peters Miene spiegelte sich Mitleid, in Ruedis eine Mischung aus Hohn und Triumph.

Plötzlich erinnerte sich Helene an die Worte ihrer Mutter am gestrigen Abend. »Also stimmt es?«, hatte sie gefragt.

Jemand musste sie beobachtet und ihren Vater informiert haben.

Und sie ahnte auch wer. Wieder kochte der Zorn in ihr hoch. Sie stellte ihre Tasse so heftig ab, dass der Kaffee überschwappte und blickte in die Runde.

»Wir brauchen hier gar nicht um den heißen Brei reden. Vater hat Piero rausgeworfen, weil wir verliebt sind und zusammen sein wollen. Aber ich werde ihn nicht aufgeben. Wir werden heiraten.«

Ihr Vater schlug mit der Faust auf den Tisch. »Du wirst diesen Mann nicht wiedersehen!«

Helene schwieg. Doch in ihr reifte ein Entschluss. Sie würde sich weiterhin mit Piero treffen. Ihr Vater konnte es nicht verhindern, er konnte sie ja nicht einsperren, höchstens hinauswerfen. Doch sie glaubte nicht, dass er so weit gehen würde.

Am Sonntag nahm Paula Helene vor der Kirche zur Seite.

»Piero war gestern im Laden. Er hat ein Zimmer bei Teresia Chiodo. Ich soll dir ausrichten, dass du dort hinkommen kannst, wenn du ihn weiterhin treffen willst.«

»Danke«, wisperte Helene. Natürlich wusste Paula von Pieros Rauswurf. Die Geschichte hatte bereits am nächsten Tag im Dorf die Runde gemacht.

Helene warf einen Blick hinüber zu ihren Eltern, die mit Bissigs zusammenstanden. Elfriede sprach eifrig auf ihre Mutter ein. Sicher erzählte sie gerade, dass Piero jetzt bei Teresia wohnte.

»Ausgerechnet bei der Chiodo!«, schimpfte ihrer Mutter auf dem Heimweg. »Da siehst du mal, in welcher Gesellschaft der Kerl verkehrt. Ich hoffe, das ist dir eine Lehre.«

»Warum sollte es das? Piero hat sich nichts zuschulden kommen lassen. Du weißt, wie schwierig es ist, eine Unterkunft zu finden. Er hat Glück, dass er überhaupt eine Unterkunft gefunden hat.«

»Bei diesem Weib! Die treibt sich in Kneipen rum und man sagt, sie hätte ein Messer im Gürtel, wie ein Mann. Elfriede sagt, sie würde sich auch prügeln wie ein Kerl.«

Helene lachte kurz auf. »Wenn Elfriede das sagt … Du gibst doch sonst nicht so viel auf ihre Meinung.«

Ihre Mutter presste die Lippen zusammen und schüttelte den Kopf. »Du hast doch nicht etwa die Absicht, dich weiterhin mit diesem Kerl zu treffen?«

»Doch, das habe ich. Wir lieben uns, er hat mir einen Heiratsantrag gemacht. Noch kann Vater mir die Heirat verbieten, aber ihr werdet uns nicht trennen.«

Helene sprach nicht mehr über Piero und auch ihre Eltern mieden das Thema. Sie machte ihre Arbeit auf dem Hof, und wenn sie fertig war, verließ das Haus und ging zunächst zu Paula und von ihr aus zu Piero, wenn seine Zeit es zuließ.

Teresia empfing sie freundlich. Sie war siebenundzwanzig Jahre alt, eine hübsche, kräftige Frau. Ihr Mann war Vorarbeiter und sie gehörten zu den besser gestellten Italienern im Ort, die mehrere Zimmer bewohnten. Trotzdem hatte Teresia einen schlechten Ruf. Angeblich konnte sie trinken wie ein Mann und benahm sich auch sonst nicht so, wie man es von einer Frau erwartete. Es hieß, sie habe sogar einmal am Barbaratag mit einem

Trupp Männer einen Häftling aus dem provisorischen Gefängnis, einer Holzhütte, befreit.

»Ein gefürchtetes und berüchtigtes Weib«, behaupteten die Göschener.

Helene sprach mit niemandem außer Paula darüber, dass sie Piero traf, und sie zeigten sich auch nicht zusammen in der Öffentlichkeit. Gerüchte gab es natürlich und ihre Eltern ahnten es wohl, aber sie schwiegen. Vielleicht hofften sie, dass Helene zur Vernunft kommen oder diese Liebe irgendwann doch erlöschen würde.

Sie trafen sich nur ein- oder zweimal die Woche, jetzt meist tagsüber, vor Pieros Nachtschicht oder nach seiner Frühschicht. Ihre Beziehung veränderte sich. Bisher hatten sie sich nur geküsst und Händchen gehalten, doch jetzt, wo sie ein Zimmer hatten, das sie abschließen konnten, und nicht mehr fürchten mussten, entdeckt zu werden, kamen sie einander näher.

Sie lagen auf dem Bett, berührten sich. Wenn Piero ihre Brüste streichelte, hatte sie das Gefühl, er berühre durch den Stoff ihrer Bluse direkt ihr Herz. Dann spürte sie eine eigenartige Schwere in ihrem Schoß, eine Sehnsucht nach etwas, das sie nicht kannte. Sie drängte sich an ihn, spürte seinen Körper, seine harten Muskeln. Irgendwann öffnete er die Knöpfe ihrer Bluse, streichelte zart ihre Brüste, küsste ihren Hals, die kleine Mulde unter ihrer Kehle und umfasste schließlich einer ihrer Brustwarzen mit den Lippen. Ihr Unterleib schien sich zusammenzuziehen, doch nicht vor Schmerz, sondern vor Sehnsucht nach ihm.

Sie schob sein Hemd hoch, ließ ihre Hände über seine Brust gleiten, fühlte die Muskeln unter seiner Haut.

Ihr Herz pochte so laut, dass sie glaubte, er müsse es hören. Sie seufzte und flüsterte seinen Namen.

Er hob den Kopf. »Soll ich aufhören?«

Eigentlich sollte sie Ja sagen, sie überschritten gerade eine Grenze. Doch sie wollte ihn spüren, ihn berühren, sie wollte mehr. So schüttelte sie den Kopf und drängte sich an ihn.

Er zog ihre Bluse aus, streifte den Rock ab, küsste sie und ließ seine Hand nach unten gleiten. Ihre Beine schienen sich ohne ihr Zutun zu öffnen. Er streichelte sie sachte. Seine Hände hinterließen prickelnde Spuren auf ihrer Haut Ein Stöhnen drang aus ihrer Kehle. Sein Streicheln wurde zu einem Reiben. Sie zitterte, ihr ganzer Körper schrie nach seiner Berührung.

Er stand auf und zog sich aus. Helene beobachtete ihn und dachte an den Tag, an dem sie ihn beim Waschen am Brunnen beobachtet hatte. Damals hatte sie den Blick nicht von ihm wenden können. Jetzt erging es ihr wieder so. Noch nie hatte sie einen so schönen Mann gesehen.

Er legte sich wieder zu ihr. Erneut streichelte er sie, dann folgte er mit seinem Mund den Wegen, die zuvor seine Finger gefunden hatten, küsste sie überall, bis sie das Gefühl hatte, das Zimmer, das Bett, alles um sie herum löse sich auf, nur er und sie waren noch da. Sie spürte sein Glied an ihrem Bein, es war viel härter, als sie erwartet hatte. Einen Augenblick schreckte sie zurück. Das erste Mal täte weh, hatte ihre Mutter ihr erzählt. Doch ihre Sehnsucht nach ihm war größer als die Angst vor Schmerzen. Sie drängte sich ihm entgegen. Es tat weh. Doch er war vorsichtig und der Schmerz ließ schnell nach und etwas anderes, wunderbares nahm seinen Platz ein.

Später lagen sie eng aneinandergeschmiegt, Piero wickelte sich Strähnen ihres Haars um die Finger.

»Ich liebe dich, Lene.«

»Ich liebe dich auch«, wisperte sie zurück.

24. KAPITEL

An der Baustelle gab es ein neues Hospital und eine Umkleidestätte für die Arbeiter. Die Compagnie Favre feierte sich dafür und die Zeitungen berichteten darüber, wie gut Louis Favre für seine Arbeiter, die wie Kinder für ihn wären, sorgte.

»Das Hospital ist auch nicht besser als das alte Haus im Unterdorf«, sagte Piero bei der Einweihung der Gebäude. »Aber dass es einen Raum zum Umziehen gibt, ist schon gut.«

Luigi Dissune zuckte mit den Schultern. »Er ist zu klein. Bei Schichtwechsel steht man erst mal Schlange, bis man da reinkommt. Ich wette, die meisten gehen dann doch lieber nach Hause.«

Da hatte er sicher recht, dachte Piero. Aber Luigi war auch jemand, der immer das Haar in der Suppe fand.

»Uns würde es viel mehr helfen, wenn Favre endlich mal die Ventilation im Tunnel bauen ließe«, murrte Salvatore.

Das stimmte allerdings. Mittlerweile war der Richtstollen über zweitausend Meter lang und die seitlichen Erweiterungen etwa eintausend Meter. Im Tunnel herrschte chronischer Luftmangel. Die Sprengungen, die brennenden Zündschnüre, die Dampflokomotiven, die vielen Öllampen – alles verbrauchte Luft. Und das war für Mensch und Tier zum Atmen blieb, stank nach Exkrementen und Sprenggasen. Niemand, der sich erleichtern musste, lief über zwei Kilometer, um sein Geschäft draußen zu erledigen. Das würde auch von den Vorarbeitern gar nicht geduldet werden. Also zog man sich in eine der Kavernen zurück, wo Werkzeuge und Maschinenteile lagerten. Und die Grubenpferde ließen ihre Äpfel fallen, wo sie geraden standen oder gingen.

Beinahe jedes Mal, wenn er aus dem Tunnel kam, hatte Piero Atembeschwerden und Halsschmerzen. Anderen ging es noch schlechter. Immer wieder wurden Männer entlassen, weil sie sich die Lunge aus dem Leib husteten und nicht mehr arbeiten konnten. Wahrscheinlich war es bei Piero nur noch nicht so weit gekommen, weil er sich so oft wie möglich im Freien aufhielt. Die frische Luft im Göschenertal tat ihm gut.

»Wir sind zu langsam!«, verkündete Jean Bastide im Juli zum Arbeitsbeginn der Spätschicht. »Der Vortrieb im Richtstollen liegt um hundertsiebenundsechzig Meter hinter dem Plan und der Aushub bleibt zu lange liegen. Ihr müsst alle schneller werden.«

»Noch schneller«, rief einer der Männer. »Wie soll das gehen?«

»Ihr könnt mehr arbeiten«, konterte Bastide.

»Ja, könnten wir, wenn die Bedingungen stimmen würden.« Piero erkannte Luigi Dissunes Stimme. »Wenn es genügend Luft gäbe, in diesem verfluchten Loch, wenn der Rauch schneller abziehen würde und es nicht ständig Verletzte oder Tote gäbe.«

»Wenn es Verletzte gibt, dann nur, weil ihr zu unvorsichtig seid. Ihr müsst halt aufpassen. Die Gesellschaft hat alle Vorsichtsmaßnahmen getroffen. Und jetzt Schluss mit der Diskussion. An die Arbeit.«

Bastide nickte in Richtung Portal und die Männer machten sich auf den Weg.

Domenico Betassa winkte seine Leute zu sich. »Wir sind heute in der seitlichen Erweiterung. Dort sind Handbohrungen vorgesehen.«

Das waren schlechte Nachrichten. In den Erweiterungen war die Luft noch schlechter als im Richtstollen, weil sie nicht gut abziehen konnte.

Piero atmete mehrmals tief ein, bevor der den Tunnel betrat. In den ersten Metern war die Luft noch frisch, doch je weiter er ging, desto übler wurde sie. Wie immer nahm ihm der Gestank zunächst den Atem. Doch je weiter er in den Berg kam, desto weniger nahm er die Gerüche wahr. Seine Nase gewöhnte sich daran.

Die Bohrmeißel lagen schon bereit, sie ähnelten denen, die auf den Lafetten montiert waren. Auch sie wurden mit Druckluft betrieben, allerdings waren die Zuleitungen sehr viel dünner als bei den großen Maschinen.

Piero ging zur Tunnelbrust. Die Frühschicht hatte sie nach der letzten Sprengung sauber abgeräumt, trotzdem sah er in den verbliebenen Vorsprüngen nach, leuchtete mit der Lampe in die Spalten. Hinter sich hörte er Betassa ungeduldig murren, doch das störte ihn nicht. Das Risiko, dass er oder einer seiner Kumpel beim Bohren auf eine nicht gezündete Patrone stieß, ging er nicht ein. Doch hier war alles sauber.

Er trat zurück. »Wo sollen wir bohren?«

Betassa zeigte auf vier Punkte in der Wand. Piero zog sein Halstuch vor Mund und Nase. Der Bohrstaub war so trocken und fein, dass er sich in der Lunge festsetzte, wenn man sich nicht schützte. Eigentlich sollte Wasser in die Bohrlöcher eingespritzt werden, um den Staub und somit das Risiko einer Staublunge zu mindern. So hatte es Piero in Agordo gelernt. Doch hier geschah nichts dergleichen.

Sie bohrten die Löcher, platzierten die Dynamitpatronen und zogen sich in den Richttunnel zurück. Das Warnsignal ertönte, dann krachte die Explosion. Ein dichtes Gemisch aus Qualm, Staub und Dynamitgasen drang aus dem Stollen.

Hustend zog Piero sich noch weiter zurück. Die Gase trieben

ihm die Tränen in die Augen. Die Mineure seines Postens folgten ihm. Immer mehr Rauchwolken quollen aus der seitlichen Erweiterung.

»Los, weitermachen!«, rief Betassa. »Wir müssen die Tunnelbrust nachnehmen.«

»Erst wenn sich der Rauch mit den Sprenggasen verzogen hat«, antwortete Vito.

Betassa plusterte sich auf. »Faules Pack! Ihr habt den Akkordanten gehört. Es muss alles schneller gehen. Also los, an die Arbeit. Einen Angriff müssen wir heute noch schaffen. Eure Kameraden arbeiten auch schon wieder.«

Er deutete nach vorne zum Richtstollen, von wo man den Lärm der Bohrer hörte.

»Da ist die Luft auch besser«, erwiderte Salvatore. »In der Erweiterung dauert es länger, bis der Rauch weg ist.«

»Was ist hier los?« Jean Bastide stand plötzlich neben Betassa. »Warum wird hier nicht gearbeitet?«

»Weil die Kaverne noch voller Rauch ist«, antwortete Luigi Dissune.

Bastide hob seine Lampe und kniff die Augen zusammen.

»Das bisschen Rauch! Stellt euch nicht so an. Wenn ihr nicht augenblicklich an der Tunnelbrust seid, melde ich euch.«

Piero trat vor. »Dann melde uns doch. Es geht nicht um ›ein bisschen Rauch‹. Es geht um die Sprenggase. In Airolo sind vier Mineure daran erstickt.«

»Davon weiß ich nichts und es interessiert mich auch nicht.« Bastide wandte sich an Betassa. »Es sind deine Leute. Sieh zu, dass sie arbeiten, sonst halbiere ich euren Lohn für heute.« Damit drehte er sich um und ging.

»Ihr habt es gehört«, rief Betassa. »An die Arbeit!«

»Nein. Wir warten«, widersprach Piero. »Es gab schon genug Tote, weil alles immer schnell gehen muss.«

»Du schon wieder, Caretti«, fuhr Betassa ihn an. »Du hast doch immer was zu meckern. Du kannst ja gehen, wenn es dir nicht passt. Ich werde der Leitung melden, dass du die Leute aufhetzt.«

»Er hetzt uns nicht auf, er sagt die Wahrheit.« Salvatore trat neben Piero. »Die Sprenggase sind gefährlich. Favre hat uns schon lange eine Ventilation versprochen.«

»Dann wendet euch an Favre. Ich bin nur dafür verantwortlich, dass es hier vorangeht. Also los!«

Betassa deutete auf den Eingang der Erweiterung.

Niemand rührte sich. Die umstehenden Männer, Schutterer und Laufburschen, hatten aufgehört zu arbeiten und lauschten dem Wortwechsel.

Bevor Piero etwas sagen konnte, packte Betassa Vito, der ihm am nächsten stand, am Arm und schubste ihn voran. »Ihr wollt euch doch nur drücken.«

»He, fass mich nicht an!« Vito versetzte Betassa einen Stoß vor die Brust. »Wir lassen uns nicht behandeln wie Hunde.«

Aus der Menge der Schutterer kam zustimmendes Gemurmel.

»Er hat recht. Sie behandeln uns wie Hunde. Jeden verdammten Tag in dieser schlechten Luft arbeiten, das macht einen krank.«

»Und das für läppische drei Franken am Tag. Während die Herren Ingenieure das Zehnfache verdienen. Sollen Sie doch ihren Tunnel selber bauen.«

»Richtig so!«, rief Luigi Dissune. »Warum sollen wir für diesen Hungerlohn unser Leben riskieren?«

Betassa ballte die Fäuste und sah sich angriffslustig um. »Ich prügle euch an die Arbeit, wenn ihr nicht freiwillig geht.«

Auch Dissune hob die Fäuste. »So? Versuch's doch.«

»Halt!«, rief Piero. Wenn sie sich mit dem Postenchef prügelten, setzten sie sich ins Unrecht. »Männer, hört mir zu. Betassa ist nicht der richtige Mann für Beschwerden. Er kann an den Arbeitsbedingungen nichts ändern. Wir müssen mit dem Bauleiter sprechen, er ist Favres Stellvertreter und verantwortlich für die Zustände hier.«

Dissune senkte die Fäuste. »Also lasst uns zu Stockalper gehen. Jetzt. Genug der Schinderei. Basta!«

Er drehte sich um und marschierte in Richtung Ausgang, gefolgt von Vito und Salvatore. Piero zögerte einen Moment, er hatte nicht sofort zu Stockalper gehen wollen, aber jetzt war es zu spät, schon folgten Mineure und Schutterer Dissune.

»Ich sorge dafür, dass du entlassen wirst, Caretti!«, schrie Betassa ihm nach, seine Stimmer überschlug sich vor Wut.

Piero warf ihm einen letzten Blick zu, dann folgte er seinen Kameraden. Weitere schlossen sich ihnen an.

»Was ist denn los?«, rief einer der Schutterer an der Rampe dem Trupp Männer zu. »Warum geht ihr schon?«

»Wir lassen uns das nicht länger bieten«, schrie der Mann hinter Piero. »Der Tunnel ist voller Rauch!«

»Voller Rauch? Brennt es?«

Piero lief weiter. Hinter ihm ertönten Rufe, jemand brüllte etwas von Feuer und Sprengstoff und plötzlich waren alle Posten auf der Flucht, drängten zum Ausgang.

Draußen vor dem Portal hielt Piero inne und drehte sich um. Was war los? Immer mehr Männer stürmten ins Freie. Dort blieben sie stehen, sahen sich verwundert und ratlos um. Aus dem Gewirr der Stimmen hörte Piero heraus, dass die meisten glaubten, es brenne im Tunnel. Als sie herausfanden, dass dies nur ein Missverständnis war, kehrten viele in den Tunnel zurück. Nur Piero und seine Kumpel und die beiden anderen Posten, die im Richtstollen gearbeitet hatten, blieben.

Vito sah Piero an. »Was machen wir jetzt?«

»Jetzt gehen wir zu Stockalper, bevor Betassa oder Bastide uns bei ihm anschwärzen«, erklärte Piero entschlossen.

Er klettere auf einen der Schutthaufen.

»Männer! Mineure, Schutterer! Hört mir zu. Seit Monaten werden die Arbeitsbedingungen immer schlechter. Der Weg zur Arbeit wird immer länger, je tiefer wir bohren, doch diese Zeit wird nicht bezahlt. Es gibt keine Ventilation, keine frische Luft im Tunnel. Jetzt dürfen wir noch nicht einmal mehr warten, bis sich nach einer Sprengung der Rauch verzogen hat. Stattdessen hat man uns gedroht, den Lohn zu kürzen, wenn wir nicht sofort wieder an die Arbeit gehen. Wir gehen jetzt zu Herrn von Stockalper und tragen ihm unsere Probleme vor.«

Zehn Mann folgten ihm. Unter ihnen auch Luigi Dissune. Piero traute ihm nicht. Er hielt ihn für einen Schwätzer und Unruhestifter. Bei dem Vorfall vor dem Schäfli im April hatte er zu den Anführern gehört.

Vor dem Sektionsgebäude der Gotthardbahngesellschaft hielt der Trupp an. Ein Mitarbeiter der Gesellschaft trat vor die Tür. »Was wollt ihr hier? Ist etwas passiert?«

»Ja!«, brüllte Dissune. »Es ist was passiert. Wir haben es satt, uns von euch ausnutzen zu lassen, wir haben es satt, für einen Hungerlohn zu arbeiten. Wir wollen kürzere Schichten und mehr Lohn!«

»So ist es!«, stimmten einige zu.

Piero drängte sich nach vorne. »Wir möchten mit Herrn von Stockalper sprechen.«

Der Mann musterte ihn kurz, dann verschwand er im Haus.

Einige Augenblicke später kam Stockalper heraus. »Was gibt es?«

Im ersten Moment redeten alle gleichzeitig. Man müsse nach den Sprengungen zu früh in den Rauch zurück. Die Luft sei schlecht. Die Arbeitsbedingungen unzumutbar.

»Ich verstehe kein Wort, wenn ihr alle durcheinanderbrüllt«, rief Stockalper.

Die Männer verstummten. Piero spürte ihre Blicke auf sich ruhen. Nun, dann würde er reden.

So kurz und knapp wie möglich fasste er die Probleme der Arbeiter zusammen. Stockalper hörte zu und mit jedem Satz wurde seine Miene finsterer und die Falte zwischen seinen Augenbrauen tiefer.

Er wartete, bis Piero zu Ende gesprochen hatte.

»Nun, wenn euch die Arbeit nicht passt: Es wird ja niemand gezwungen, hier zu arbeiten. Ihr könnt euch morgen euren Lohn auszahlen lassen und gehen.«

Mit diesen Worten drehte er sich um und ging zurück ins Haus.

Fassungslos starrte Piero ihm nach. Hinter sich konnte er die wachsende Wut seiner Kameraden spüren, wie man einen Kessel summen hört, bevor das Wasser darin kocht.

Er drehte sich zu ihnen um. »So, wir sollen also morgen unseren Lohn abholen und gehen. Er ist sicher, dass er genug neue Leute findet, die zu seinen Bedingungen arbeiten. Aber so läuft das nicht. Wenn nicht nur die, die jetzt hier stehen, sondern auch alle anderen, die unzufrieden sind, zusammenhalten, und ab morgen nicht mehr arbeiten, wer baut dann den Tunnel?«

»Genau!«, rief Dissune. »Wir holen uns nicht unseren Lohn und gehen, wie der Herr Bauleiter das gerne hätte, sondern wir streiken. Wir sind viele, wir müssen uns wehren.«

Piero nickte. »Und wir fangen damit an, dass wir jetzt nicht mehr in den Tunnel zurückgehen. Stattdessen gehen wir ins Dorf und erzählen den anderen, wie der Stockalper uns heute behandelt hat.«

Geschlossen marschierten sie über die Brücke und den Weg hinauf, der vor dem Haus von Carl Arnold in die Gotthardstraße mündete. Dort standen bereits andere Bergleute, die nicht an die Arbeit zurückgekehrt waren und diskutierten.

»Und? Was hat er gesagt?«, fragte einer.

Piero wiederholte Stockalpers Worte. Empörung und Zorn machten sich breit.

»Das lassen wir uns nicht gefallen!«

»Porco dio, so kann er uns nicht behandeln.«

»Unsere Forderungen sind berechtigt«, rief Dissune. »Wir streiken. Niemand geht mehr in den Tunnel.«

Er bekam von allen Seiten Zustimmung.

Piero schüttelte den Kopf.

»Dazu sind wir noch zu wenige. Wir müssen mit den Leuten von der Nachtschicht, mit dem Frühdienst reden. Und wir müssen unsere Forderungen formulieren. Nicht nur schimpfen. Was wollen wir: Bessere Ventilation, Zeit genug, um den Rauch abziehen zu lassen.«

»Einen Franken mehr Lohn am Tag!«, rief jemand.

»Ja!« Dissune nahm den Ruf auf. »Einen Franken mehr am Tag. Sie behaupten, wir werden besser bezahlt als andere Bergleute. Doch müssen die anderen ihre Lampen und ihr Lampenöl selbst bezahlen? Aber jetzt ist Schluss damit, wir gehen so lange nicht in den Tunnel, bis sie unsere Forderungen erfüllen.«

»Nicht nur reden!«, rief Piero. »Handeln. Immer drei von uns gehen jetzt in die Kneipen und sprechen mit den Kumpeln, die dort sind. Andere müssen zu den Logierhäusern und mit den Männern dort reden. Wir müssen sie überzeugen, sich uns anzuschließen. Ein Streik funktioniert nur, wenn die Mehrheit mitmacht. Wer macht was?«

Schnell bildeten sich Gruppen. Piero fand zwei Mineure, die mit ihm zu den Häusern an der Gotthardstraße in Richtung Andermatt gehen wollten. Salvatore und zwei weitere würden die Häuser im neuen Viertel am Rössli besuchen und Vito würde mit zwei Freunden ins alte Unterdorf gehen.

Dissune klopfte Piero auf die Schulter. »Du kümmerst dich um die Kameraden. Aber wir können noch etwas tun.« Er drehte sich zu den anderen um. »Wer kommt mit mir zum Tunnel? Wir versperren den Zugang und lassen keinen mehr rein.«

Etwa zehn Männer meldeten sich. Mit Dissune an der Spitze marschierten sie zurück zum Tunnel und postierten sich mit Stangen und Schaufeln bewaffnet vor dem Portal.

Piero und die beiden anderen gingen von Haus zu Haus, riefen die Kumpel heraus und erzählten, was passiert war und was sie vorhatten. Viel Überzeugungsarbeit mussten sie nicht leisten, die Stimmung unter den Arbeitern war schon seit Wochen schlecht. Der ständige Zeitdruck, die Forderungen nach mehr Arbeit, mehr Tempo, die miserablen Lebensumstände hatten schon seit Wochen für anhaltende Unruhe gesorgt.

Viele folgten Piero und seinen Freunden zum Tunnelportal. Auch die Italiener, die in die Kneipen gegangen waren, kehrten mit vielen Kameraden zum Tunnel zurück. Dort besprachen sie ihr weiteres Vorgehen.

Eigentlich hatte Piero damit gerechnet, dass August Walker zum Tunnel kommen würde, um zu versuchen, die Versammlung aufzulösen, doch der Landjäger ließ sich nicht blicken. Auch von Stockalper und den anderen Ingenieuren kam keine Reaktion. Nur Jean Bastide kam und beschimpfte die Mineure.

»Ihr werdet alle entlassen!«, schrie er. »Es gibt genug, die Arbeit suchen. Die Compagnie braucht euch nicht.«

»Wirklich nicht?« Piero trat vor. »Sieh dich um. Hier stehen fast zweihundert Männer und es werden noch viel mehr werden. Morgen werden über tausend von uns hier sein, um für bessere Arbeitsbedingungen zu streiken. Wir sind mehr als ihr.« Er hob die Stimme. »Comandiamo noi!«

Der Ruf wurde von den anderen Mineuren aufgenommen. »Comandiamo noi! – Wir haben das Sagen.«

25. KAPITEL

Ruedi kam am Abend gegen sechs Uhr auf den Hof gefahren. Helene lief hinaus, um ihm beim Abschirren der Pferde zu helfen. Zu ihrer Verblüffung hatte er die Ladung, Baumstämme, noch auf dem Fuhrwerk.

»Was ist denn los? Das Holz sollte doch zur Baustelle.

»Da war kein Durchkommen. Überall stehen die Arbeiter auf den Straßen und machen Lärm. Keine Ahnung was da wieder los ist. Ich bringe es morgen hin.«

Helene erschrak. Hatte es wieder einen Unfall gegeben? Rasch brachte sie die beiden Pferde in den Stall und überließ es Ruedi, sie zu versorgen.

»Ich komme gleich wieder.«

Paula würde sicher Bescheid wissen, was passiert war, vom Laden aus hatte man die Baustelle immer im Blick.

Die gesamte Familie Bissig hatte sich vor dem Laden versammelt, als Helene dort ankam. Auf dem Zufahrtsweg zum Tunnel standen Bergleute in kleinen und größeren Gruppen herum, und schienen zu diskutieren. Es sah nicht nach einem Unfall aus.

»Ruedi hat erzählt, dass er nicht zur Baustelle durchgekommen ist«, erzählte Helene nach der Begrüßung. »Wisst ihr, was da los ist?«

Paulas Vater schüttelte den Kopf. »Es gab keinen Alarm, aber anscheinend wird im Tunnel nicht mehr gearbeitet. Vor etwa zwei Stunden gab es einen Tumult vor dem Portal, da sind Hunderte aus dem Tunnel gestürmt und haben irgendwas geschrien, aber die meisten sind wieder reingegangen. Eine Gruppe war bei Favres Gebäude, andere ziehen von Haus zu Haus. Niemand weiß, was sie wollen.«

»Wir werden streiken!«, sagte ein Mann, der mit zwei weiteren das Haus der Bielis ansteuerte.

»Streiken?«, fragte Anton. »Warum wollt ihr streiken?«

»Weil die Arbeitsbedingungen im Tunnel unzumutbar sind.«

»Dann sucht euch doch eine andere Arbeit«, keifte Elfriede. »Wir brauchen weder euch noch den Tunnel.«

Der Mann sah sie an. »Wenn wir weggehen, werden andere kommen. Die werden dann genauso ausgenutzt wie wir. Das werden wir ändern.«

Helene kehrte nach Hause zurück. Bestimmt gehörte auch Piero zu den streikenden Mineuren. Sie wusste ja von seiner Unzufriedenheit.

Nach dem Abendessen sagte sie ihren Eltern, dass sie nochmals zu Paula gehen wolle. Doch sie ging am Haus der Bissigs vorbei und folgte der Gotthardstraße. Jetzt waren noch mehr Menschen auf der Straße, nicht nur Mineure, sondern auch Frauen, manche hatten sogar ihre Kinder dabei. Aus einer Ecke erklang Musik, jemand spielte eine Konzertina und sang dazu.

Vor Arnolds Haus blieb Helene stehen und sah sich um. Piero befand sich nicht unter den Männern hier, doch sie entdeckte den Arbeiter, der ihnen vom Streik erzählt hatte, und fragte ihn nach Piero.

»Caretti? Der ist unten an der Baustelle.«

Helene bedankte sich und lief den Weg hinunter. Die Zufahrt zum Tunnel war mit Stangen, Schaufeln und Spitzhacken versperrt. Einige Arbeiter standen in kleinen Gruppen zusammen und debattierten, andere saßen auf Holzbalken und aßen. Auch hier waren Frauen anwesend.

»Lene!« Piero winkte ihr von einem der Holzstapel zu. »Komm her, setz dich zu uns.«

Er rückte ein Stück zur Seite und sie ließ sich neben ihm nieder. Er legte den Arm um ihre Schultern.

»Das ist Lene, ich habe bis vor Kurzem bei ihrer Familie gewohnt. Lene, der Mann neben dir ist Salvatore. Und hier neben mir sitzen Vito und Antonio, unser Boggia.«

Vito und Salvatore lächelten ihr zu, Antonio musterte sie misstrauisch. »Was willst du hier?«, fragte er.

»Lene ist meine Freundin«, antwortete Piero.

»Ich bin hier, weil ich wissen will, was passiert ist. Im Dorf sagte man, ihr wollt streiken.«

»Richtig. Es kann nicht so weitergehen wie bisher. Wir haben versucht, mit Stockalper zu reden, aber er hat uns weggeschickt. Und das«, er hob die Hände und deutete auf die Kantonsstraße und die Baustelle, »ist jetzt das Ergebnis.«

Salvatore lachte. »Wahrscheinlich hockt Stockalper jetzt im Rössli und ärgert sich, dass er uns weggeschickt hat.«

»Es musste früher oder später so weit gekommen«, sagte Piero. »Es geht ja nicht nur darum, dass wir zu schnell wieder in den Rauch müssen. Die Arbeitsbedingungen werden immer schlimmer. Favre steht unter Zeitdruck und jetzt kommt noch die Geldnot dazu. Er spart, wo er kann, und am einfachsten lässt es sich bei den Arbeitern sparen.«

»Woher weißt du das alles?«, fragte Antonio.

»Ich lese Zeitung. Da steht so was drin.«

»Ah. Ich kann nicht lesen.«

Salvatore lachte. »Ich auch nicht. Aber dafür haben wir ja unseren Oberschlauen.« Er klopfte Piero auf die Schulter. »Er hat gelernt, wie man Tunnel baut. Er war sogar auf einer Schule dafür.«

»Ach ja?« Jean Bastide war unbemerkt hinzugetreten und

musterte die Gruppe. »Und warum arbeitet er dann nicht als Ingenieur oder Techniker?«

»Das geht dich gar nichts an«, entgegnete Piero. »Was willst du?«

»Euch ausrichten, dass ihr den Weg freigeben sollt. Die Nachtschicht kommt gleich.«

Piero schüttelte den Kopf. »Niemand geht in den Tunnel, solange Herr von Stockalper oder Monsieur Favre sich nicht unsere Forderungen angehört haben.«

Bastide verzog spöttisch den Mund. »Der Patron hat wichtigere Dinge zu tun, als sich euer Gejammer anzuhören. Und Herr von Stockalper hat euch gesagt, was ihr tun könnt. Euren Lohn abholen und verschwinden.«

»So läuft das aber nicht.« Salvatore sprang auf. »Weil wir mehr sind. Ihr könnt uns nichts vorschreiben. Du schon mal gar nicht, Bastide.« Er hob die Stimme und reckte die Faust in die Höhe. »Comandiamo noi!«

Sofort nahmen andere den Ruf auf. »Comandiamo noi!«

Bastide schüttelte den Kopf und wandte sich um. »Ihr werdet schon sehen, was ihr davon habt!«, rief er und ging davon.

»Wer war das?«, fragte Helene.

»Jean Bastide. Einer der Akkordanten, die für die Einstellung der Arbeiter und Einteilung der Arbeit zuständig sind.«

»Ein Leuteschinder«, brummte Salvatore und setzte sich wieder.

Inzwischen dämmerte es und ein frischer Wind kam auf. Helene fröstelte. Nicht nur wegen des Windes. Ihr war bei dieser Angelegenheit nicht wohl. Was, wenn Favre so unter Druck stand, dass er das Projekt aufgeben musste?

Piero spürte ihr Schaudern. »Ist dir kalt?«

Er nahm seine Jacke vom Holzstapel hinter sich und legte sie ihr um die Schultern. Sie lehnte sich an ihn und lauschte dem

Stimmgewirr um sie herum. Ein paar Meter von ihnen entfernt trugen zwei Männer Holz zusammen und entzündeten ein Feuer. Eine Weinflasche wurde herumgereicht. In der Nähe des Feuers fingen mehrere Männer an, Musik zu machen. Einer spielte Konzertina, ein anderer Gitarre und ein dritter Geige. Einige Leute standen auf und begannen zu der Melodie zu singen. Es dauerte nicht lange, dann sangen alle mit, auch Piero.

»Va, pensiero, sull'ali dorate …«

Erstaunt lauschte Helene. Was war das für ein Lied, das jeder der Italiener zu kennen schien? Die Melodie war wunderschön.

Sie fragte Piero, als das Lied verklungen war.

Er lächelte. »Das war die heimliche Hymne der Italiener. Ein Lied aus einer Oper. Es handelt von der Freiheit.«

Die Musiker spielten etwas anderes. Kurze Zeit später stand ein Paar auf und tanzte, bald darauf ein zweites.

»Komm«, forderte Piero sie auf. »Tanz mit mir.«

Sie ließ die Jacke von den Schultern gleiten und ging mit ihm zu den anderen Paaren. Die Musik war jetzt fröhlich und schwungvoll und Helene fühlte sich eher an ein Volksfest als an einen Streik erinnert. Irgendwie kam ihr alles unwirklich vor, während sie sich mit Piero im Kreis drehte. Als das Lied zu Ende war, war es schon fast dunkel. Widerwillig löste Helene sich von Piero.

»Ich muss nach Hause.«

»Ich begleite dich.«

Hand in Hand gingen sie zwischen den Menschen hindurch. Die Nacht war klar, ein halber Mond beleuchtete das Dorf. Kurz vor der Kirche blieben sie stehen.

»Wenn der Streik vorbei ist, dann müssen wir darüber sprechen, wie es mit uns weitergehen soll«, sagte Piero.

Helene zuckte zusammen. »Wie meinst du das?«

»Wir können uns doch nicht für immer nur mal hier oder da für eine Stunde treffen.«

»Was sollen wir denn sonst tun? Mein Vater wird einer Hochzeit niemals zustimmen.«

»Ich weiß. Deshalb müssen wir reden.«

26. KAPITEL

Piero beschloss, nicht zur Baustelle zurückzugehen. Es waren genug Leute dort. Besser, er schlief ein paar Stunden, damit er morgen ausgeruht war. Wer wusste, wie lange der Streik noch dauern würde.

Doch obwohl er müde war, konnte er nicht schlafen. Grübelnd lag er im Bett. War es richtig, zu streiken? Wie würde Favre und die Compagnie reagieren? Von draußen drang Musik von Handorgeln und Gesang durch das Fenster, die Arbeiter feierten auch auf den Straßen. Irgendwann fielen ihm die Augen zu und er schlummerte ein.

Als er am nächsten Morgen vor die Haustür trat, war die gesamte Straße von der Brücke bis hin zu Arnolds Haus voller Menschen. Es mussten Hunderte sein. Einige trugen rote Tücher, andere hatten rote und weiße Taschentücher an Holzstöcke gebunden, die sie wie Fahnen schwenkten. Auch Frauen und Kinder befanden sich darunter. Piero entdeckte August Walker auf der Straße. Er kam offenbar vom Haus des Posthalters. Anders als sonst, marschierte er nicht auf der Mitte Straße daher, sondern hielt sich am Rand und schien bemüht, möglichst wenig aufzufallen.

An der Mauer des Trögli hing ein handgeschriebenes Plakat. Er trat näher. Es trug die Unterschrift von Carl Arnold.

Italiener. – Wenn ihr respektiert werden wollt, respektiert auch den Willen anderer. Lasst jeden frei seines Weges gehen, an seine Arbeit, andernfalls befindet ihr euch in schwerem Konflikt mit den Gesetzen der Freiheit. – Löst die Versammlungen auf. – Die Bürgerwehr wird ausrücken, um den freien Durchgang wiederherzustellen. Respektiert sie. Der Präsident der Gemeinde Göschenen, Carl Arnold.

Also hatten die Streikposten wohl erfolgreich verhindert, dass jemand die Arbeit antrat.

Piero machte sich auf den Weg zum Tunnel. Vor Arnolds Haus standen Luigi Dissune und die anderen Männer des Postens Betassa und diskutierten.

»Ah, Piero«, begrüßte Salvatore ihn. »Hast du das gesehen?« Er hielt den Anschlag hoch.

Piero nickte.

»Was machen wir, wenn die Bürgerwehr kommt?«, fragte Antonio, seine Stimme klang ein wenig bang.

Lachend klopfte ihm Dissune auf die Schulter. »Die Bürgerwehr. Das sind zehn Leute und der wackere August Walker. Sieh dich um, hier stehen Hunderte. Wir brauchen keine Angst vor der Bürgerwehr zu haben.«

Antonio lächelte, aber er fühlte sich sichtlich unwohl.

»Was ist mit der Arbeit?«, wandte sich Piero an Luigi.

»Niemand ist im Tunnel. Alles steht still.«

»Und die Leute der Gotthardbahngesellschaft?«

»Lassen sich nicht blicken. Weder von Stockalper noch irgendein anderer.«

Piero schüttelte den Kopf. »Das ist nicht gut. Wie sollen wir verhandeln, wenn niemand zum Verhandeln da ist?«

»Die kommen schon noch. Wahrscheinlich beraten sie sich.«

Vielleicht hatte Dissune recht, doch Piero hatte ein ungutes Gefühl. Die Stunden vergingen und nichts geschah. Einige der

Italiener spielten Boccia, andere hatten ein Fässchen Bier und etwas zu essen geholt und saßen nun auf einer Anhöhe beim Grand Hotel und picknickten.

Mittlerweile waren noch mehr Menschen auf den Straßen. Piero schätzte, dass es mindestens tausend waren. Auch Göschener waren darunter. Manche gaben den streikenden Arbeitern recht, andere beschimpften sie.

Am späten Nachmittag bemerkte Piero, dass sich Unruhe unter den Italienern breitmachte. Rufe erklangen von der Gotthardstraße in Höhe des Rössli, die Menge kam in Bewegung. Piero kniff die Augen zusammen und erkannte eine Gruppe uniformierter Männer, die versuchte, sich einen Weg durch die Menge zu bahnen. Das musste die Bürgerwehr aus Altdorf ein. Sie wurden mit Gelächter und Spott von den Streikenden begrüßt. Viele salutierten scherzhaft und riefen: »Bravo militari!

Als der Trupp näher kam, setzte sich Luigi Dissune an ihre Spitze.

»Macht Platz für die tapferen Soldaten«, spottete er. Lautes Gelächter der Umstehenden war die Antwort.

Der Anblick der Bürgerwehr reizte auch Piero zum Lachen. Das waren keine Soldaten, das war ein zusammengewürfelter Haufen von dreißig Männern in unterschiedlichen Uniformjacken, die wohl aus alten Beständen stammten. Aber auch wenn sie aussahen, als wären sie einem Theaterstück entsprungen, sie hatten Gewehre mit Bajonetten.

Zwischen dem Haus des Gemeindepräsidenten und dem Grand Hotel kam die Truppe zum Stillstand, die Menschen standen hier dicht an dicht, es war kein Durchkommen mehr.

Vom Rössli kam nun die Göschener Bürgerwehr marschiert, mit dem Gemeindepräsidenten Arnold an ihrer Spitze, doch die Italiener versperrten auch ihnen den Weg. Als einer der Göschener versuchte, mit dem Bajonett einen vor ihm stehenden Mineur wegzudrängen, drosch der ihm mit der Faust ins Gesicht. Die Stimmung schlug um. Zornige Rufe lösten den Spott und das Gelächter ab. Andere Männer der Bürgerwehr drängten sich mit ihren Bajonetten nach vorn, einige halfen mit Fäusten nach, um den Weg frei zu machen. Piero und seine Kameraden wichen auf die Anhöhe neben dem Grand Hotel zurück.

Einer der Göschener packte Antonio, der noch auf der Straße stand, und schlug ihm ins Gesicht, so dass er zu Boden ging.

»He, du!«, schrie Salvatore hinunter. »Lass den Jungen in Ruhe, du Feigling.«

Ein anderer Mineur wurde zu Boden gestoßen, als er sich bückte, um Antonio aufzuhelfen. Der Mann neben Piero stieß einen Schrei aus, nahm einen Stein und warf ihn auf die Männer der Bürgerwehr. Weitere Steine folgten.

»No! No!« Piero versuchte, sich Gehör zu verschaffen. »Greift sie nicht an.« Doch die Pfiffe und wütenden Rufe übertönten seine Stimme.

Weiter unten auf der Straße wichen die Italiener vor den Bajonetten zurück. Der Gemeindepräsident Carl Arnold erhob die Stimme, forderte die Streikenden auf, die Straße freizugeben und nach Hause zu gehen, sonst würde die Bürgerwehr für Ordnung sorgen. Als Antwort flogen weitere Steine.

»Eure Bürgerwehr kann mich am Arsch lecken!«, rief Salvatore, drehte sich um, zog die Hose herunter und präsentierte seinen nackten Hintern. Die Umstehenden lachten. Dann krachte ein Schuss. Salvatore fiel aufs Gesicht.

»Nein!« Piero stürzte zu ihm.

Blut lief aus einer Wunde an Salvatores Gesäß.

»Verdammt!«, keuchte er. »Jetzt hat mein Arsch ein zweites Loch! Verflucht, tut das weh.«

Erleichterung flutete durch Pieros Adern. Wenn Salvatore noch Witze machen konnte, war es nicht so schlimm.

Er richtete sich auf und sah sich um. Um ihn herum schrien die Männer vor Wut, schüttelten die Fäuste. Wieder krachte ein Schuss. Anscheinend traf er niemanden, doch daraufhin ging ein wahrer Steinhagel auf die Göschener Bürgerwehr nieder. Noch mehr Schüsse waren die Antwort. Auch die Altdorfer Bürgerwehr, die oberhalb des Hotels de la Gare stand, feuerten nun in die Menge. Die Menschen auf der Straße stoben davon, viele der Mineure flüchteten auf die Anhöhe, suchten Deckung hinter Steinen. Zwei leblose Körper wurden heraufgeschleppt. Die nächste Salve krachte. Neben Piero brach ein Mann zusammen, ein weiterer hielt sich den Arm und stolperte vorwärts. Piero packte Salvatore unter den Armen und zerrte ihn weiter hinauf, er musste ihn und sich aus dem Schussfeld bringen. Wieder krachten Schüsse. Piero spürte einen heftigen Schlag in der Schulter, er wurde nach vorne geschleudert. Ein brennender Schmerz zog durch seine Brust, er bekam keine Luft mehr und dann wurde alles schwarz.

27. KAPITEL

Helene stand mit Paula vor dem alten Postgebäude und beobachtete, wie die Bürgerwehr, die der Landjägerwachtmeister von Altdorf Sebastian Trösch zusammengestellt hatte, sich ihren Weg durch die Menge bahnte. Ein wahrlich gemischter Haufen war das. Von jungen Männern, die höchstens Anfang zwanzig waren, bis zu graubärtigen Veteranen war alles vertreten. Ebenso bunt gemischt waren ihre Uniformen. Beeindruckend wirkten sie nicht, kein Wunder, dass die Italiener sie auslachten.

Helene suchte Piero in der Menge, doch es waren zu viele Menschen. Dafür entdeckte sie diesen Luigi Dissune. Er verbeugte sich spöttisch vor Männern der Bürgerwehr, dann ging er vor ihnen her und bahnte einen Weg durch die Masse, bis Trösch ihn kurzerhand zur Seite stieß.

Die Bürgerwehr marschierte bis zu Arnolds Haus, an der Einmündung des Wegs zur Baustelle. Plötzlich verstummte das Gelächter und der Spott, stattdessen ertönten zornige Rufe und schrille Pfiffe.

Helene reckte sich, doch sich konnte nur erkennen, wie die Menschenmenge auf einmal in Bewegung geriet und vor den Bewaffneten zurückwich. Einige hatten sich auf dem Hügel am Grand Hotel versammelt und warfen Steine auf die Bürgerwehr.

Und dann krachten Schüsse. Die Menschen auf der Straße flüchteten zum Dorf, diejenigen, die oberhalb von Arnolds Haus standen, zogen sich auf den Hügel zurück. Die nächste Salve hallte durch die Straßen.

Entsetzt schrie Helene auf. Wo war Piero? Stand er dort auf der Straße oder war er unten an der Baustelle? Weitere Schüsse fielen, gefolgt von Schreien.

Helene wollte loslaufen, doch Paula riss sie zurück. »Wo willst du hin?«

»Piero ist da oben. Ich muss zu ihm.«

»Du kannst da nicht hin.« Paula schüttelte ihren Arm. »Sie schießen doch. Wir müssen zurück ins Dorf.«

Helene drehte sich zu ihr um. Die Angst schnürte ihr die Kehle zu, sie rang nach Luft. »Ich gehe nicht zurück. Ich muss wissen, was mit Piero ist.«

»Warte wenigstens, bis sie nicht mehr schießen. Du kannst ihm jetzt nicht helfen.«

Auch die Menschen, die bisher zugesehen hatten, flohen zurück ins Dorf, in ihre Häuser. Innerhalb kurzer Zeit war die Straße leer. Auch das Tunnelportal war frei, die Streikwächter hatten sich versteckt.

Die Gewehre verstummten.

Die plötzliche Stille wirkte gespenstisch. Paula ließ Helenes Arm los und Helene rannte los, die Straße entlang, als ginge es um ihr Leben. Ihr Herz hämmerte mit solcher Wucht, dass sie die Schläge gegen ihren Brustkorb zu hören glaubte, in ihren Ohren rauschte es.

Vor Arnolds Haus standen die Männer der Bürgerwehr mit gesenkten Gewehren. Der Gemeindepräsident war bei ihnen, sein Gesicht schien vor Schreck versteinert. August Walker hingegen wirkte zufrieden.

Keiner nahm von Helene Notiz, die an ihnen vorbeilief und auf die Anhöhe beim Grand Hotel kletterte. Oben angekommen, hielt sie inne und starrte entsetzt auf das Bild, das sich ihr bot. Überall lagen blutende Männer, manche stöhnten, versuchten, sich aufzusetzen, andere waren stumm und regungslos. Vor einem Felsen entdeckte sie Piero, er lag auf dem Bauch neben einem anderen Mann und rührte sich nicht. Unterhalb seiner Schulter war sein Hemd blutgetränkt.

»Piero!« Sie fiel neben ihm auf die Knie, legte ihre Hände auf seinen Rücken, doch sie wagte nicht ihn umzudrehen. Doch seine Schultern bewegten sich, also lebte er noch und jetzt hörte sie ihn auch atmen.

Der Mann neben ihm hob den Kopf und sie erkannte Pieros Freund Salvatore Villa.

»Sie haben auf ihn geschossen, als er mich in Sicherheit bringen wollte.« Er keuchte beim Sprechen, als hätte er Schmerzen. »Diese Feiglinge.«

Von überall kamen Männer herbeigelaufen, ein Gewirr aus Stimmen, Stöhnen erfüllte die Luft. Helene sah nur Piero, den größer werdenden Blutfleck auf seinem Hemd, hörte seinen rasselnden Atem. Ihre Augen brannten, sie rang nach Luft, während Angst und Entsetzen sich schwer auf ihre Brust legte.

»He!«, schrie einer der Mineure auf dem Hügel. »Wir brauchen Hilfe! Bringt Tragen, es gibt Verletzte.«

Zwei Männer kamen zu Salvatore. »Kannst du laufen, Kumpel?«

»Ich kann es versuchen, wenn ihr mich stützt.«

Die beiden halfen ihm auf, doch beim ersten Schritt sackten seine Beine weg und er schrie auf. »Es geht nicht.«

Sie nahmen in ihn die Mitte und schleiften ihn hinunter.

Einer anderer beugte sich über Piero. »Lebt er noch?«

»Ja«, würgte Helene hervor. »Aber ich weiß nicht, wie schwer er verletzt ist.«

»Merda, hoffentlich hat es nicht die Lunge erwischt.« Er kniete sich neben Piero. »Hilf mir, ihn umzudrehen.«

»Sollten wir ihn nicht liegen lassen, bis jemand nach ihm sieht?«

»Wer, Doktor Fodéré? Der kommt nicht hierher. Wir müssen ihn ins Hospital bringen. Nimm du ihn an den Hüften, ich nehme die Schultern.«

Vorsichtig drehten sie Piero auf den Rücken. Er röchelte, seine Augenlider flatterten, doch er schien nicht bei Bewusstsein. Auch auf seiner Brust hatte er Blut am Hemd. Der Mann schob es hoch. Unter seinem Schlüsselbein zeigte sich ein großes Loch in Pieros Haut, aus dem tiefrot Blut sickerte.

»Durchschuss«, sagte der Mann.

»Ist das schlimm?«

»Nein, besser, als wenn die Kugel stecken bleibt. Ich bin übrigens Vito, ich arbeite mit Piero im Posten Betassa.«

Er blickte sie an.

»Helene Herger. Piero hat mal bei uns auf dem Hergerhof gewohnt.«

»Ich weiß.«

Er stand auf und winkte den Männern, die mit Tragen auf den Hügel kamen. »Hierher, wir brauchen zwei Tragen für Verletzte.«

Helene stand auf und sah zu, wie zwei Männer Piero auf eine Trage legten. Sein Kopf rollte zur Seite. Sie presste die Hand vor den Mund, um ihren Schrei zu dämpfen. War er bereits tot? Doch dann öffnete er die Augen und für einen Moment trafen sich ihre Blicke. Er lebte und er hatte sie angesehen. Sie begleitete die Männer, die Piero trugen, zum Dorf. Paula kam ihr entgegen, ihre Augen weiteten sich.

»O mein Gott. Was ist mit ihm?«

»Er ist angeschossen worden. Ich weiß nicht, wie schlimm es ist. Ich gehe mit ins Hospital.«

Doktor Fodéré stand mit verschränkten Armen an der Tür und sah ihnen grimmig entgegen.»Noch ein Verletzter? Ebenfalls angeschossen?«

Einer der Männer nickte. »Ja.«

Der Arzt kam zur Trage und schob Pieros Hemd hoch. »Durchschuss. Da müssen wir erst mal nur die Blutung stillen. Bringt ihn ins Krankenzimmer.« Er deutete auf eine Tür.

»Was ist mit dir?«, fragte er Salvatore Villa, der gestützt von zwei Männern, hereinhinkte.

»Steckschuss in den Hintern«, antwortete einer der Männer.

»Ins Behandlungszimmer mit ihm.«

Der Arzt verschwand in den Raum, der auch als Operationszimmer diente. Die Männer trugen Piero ins Krankenzimmer und legten ihn in eines der Betten.

Helene folgte ihnen und blickte sich um. In drei der Betten lagen Verwundete. Einer blutete aus einer Wunde am Bauch, ein anderer hatte einen Schuss ins Bein bekommen. Auf einer Bank an der Wand saßen die Männer, die nur leicht verletzt waren. Die beiden Frauen, die als Schwestern arbeiteten, versorgten sie, säuberten und nähten kleinere Wunden.

Kurz entschlossen band sich Helene eine Schürze um, holte eine Schale und ging in die Küche. Dort hatte Jakob, der Junge, der für Fodéré arbeitete, den Herd angefeuert und mehrere Töpfe mit Wasser aufgesetzt. Im Raum herrschte ein furchtbares Durcheinander. Töpfe und Tassen stapelten sich auf einem Tisch, daneben lagen chirurgische Instrumente. Auf dem Boden häuften sich Tücher, blutbefleckt oder einfach nur schmutzig.

Helene hielt Jakob die Schale hin. »Ich brauche heißes Wasser.«

Mürrisch goss er die Schale voll.

Im Untersuchungszimmer nahm Helene Scharpie und saubere Tücher aus einem Schrank, dann schob sie ein Tuch unter Pieros Rücken und begann das Blut von seiner Seite abzuwaschen. Er war nicht bei Bewusstsein. Vielleicht war das gut, so hatte er wenigstens keine Schmerzen. Manche der Verwundeten jammerten und stöhnten und aus dem Nebenraum, der als Operationszimmer diente, drangen schreckliche Schreie. Als sie die Wunde gesäubert hatte, setzte sie sich zu ihm und hielt seine Hand. Mehr konnte sie nicht tun, bis der Arzt nach ihm sah.

Inzwischen war auch Paula da und half den beiden Krankenschwestern beim Verbinden. Helene vermutete, dass es noch sehr viel mehr Verwundete gab als die elf Leute, die jetzt hier waren, nur dass diese sich lieber von ihren Kameraden oder Familien versorgen ließen. Ins Hospital kam nur, wer nicht anders konnte. Fodéré machte auch keinen Hehl daraus, dass er keine Lust hatte, die Beteiligten des Streiks zu behandeln. Er schickte jeden, der versorgt war und sich einigermaßen auf den Beinen halten konnte, nach Hause.

»Ihr braucht nicht zu glauben, dass ihr Unruhe stiften und streiken könnt und dann auf Kosten der Compagnie Favre hier behandelt werdet. Seht zu, wie ihr zurechtkommt.«

Nach ein paar Stunden lagen nur noch die Schwerverletzten in den Betten.

Der Arzt kam zu Piero. »Bei dem kann ich nicht viel tun«, sagte er zu Helene. »Wahrscheinlich hat er innere Blutungen. Es wird sich in den nächsten Tagen zeigen, ob er überlebt.«

Helene starrte ihn an. »Irgendetwas muss man doch machen können?«

Der Arzt hob die Schultern. »Auch die ärztliche Kunst hat ihre Grenzen. Bei inneren Verletzungen kann ich nichts tun, außer, ihn möglichst ruhig zu halten. Beten Sie, dass nicht noch Wundfieber dazukommt.«

Helene kehrte zu Pieros Bett zurück. Er war wach und sah sie an. »Ich habe gehört, was er gesagt hat.«

Sie zwang sich zu einem Lächeln. »Du schaffst das. Ich lasse dich nicht gehen.«

Seine Mundwinkel zuckten, aber es war nicht wirklich ein

Lächeln, es erreichte seine Augen nicht. »Ich habe nicht die Absicht zu sterben, meine Lene. Schon deinetwegen nicht.«

Wieder spürte sie, wie die Tränen ihre Kehle emporstiegen. Entschlossen schluckte sie. Er sollte sie nicht weinen sehen. Sie griff nach seiner Hand. »Ich liebe dich.«

»Ich dich auch.« Seine Augen fielen zu.

»Sie sollten nach Hause gehen«, sagte Doktor Fodéré, als er aus dem Operationszimmer kam. »Im Dorf ist eine Ausgangssperre verhängt worden.«

»Ich bleibe bei ihm«, erwiderte sie entschlossen.

Sie konnte nicht gehen. Die Vorstellung, sich zu Hause ins Bett zu legen, während Piero hier mit dem Tod rang, war absurd. Außerdem hatte sie das Gefühl, sie könnte Piero mit ihrer bloßen Gegenwart am Leben erhalten. Selbst jetzt, wo er schlief oder vielleicht bewusstlos war, spürte sie eine Verbundenheit mit ihm.

Paula trat zu ihr und legte ihr die Hand auf die Schulter. »Ich gebe deinen Eltern Bescheid, dass du im Hospital bleibst.«

Dankbar sah Helene zu ihr auf. »Das ist lieb von dir.«

Paula ging und Helene richtete ihre Aufmerksamkeit wieder auf Piero. Er atmete flach und unregelmäßig. Seine Hand schien deutlich wärmer zu sein. Sie legte die Hand auf seine Stirn und auch sie war heiß.

Der Arzt operierte im Nebenzimmer den letzten Patienten, die beiden Schwestern räumten auf. Helene stand auf, goss Wasser auf ein Leinentuch und legte es auf Pieros Stirn. Dann füllte sie eine Schnabeltasse mit Wasser und flößte ihm vorsichtig etwas Flüssigkeit ein. Danach schien er etwas leichter zu atmen. Aber vielleicht hoffte sie es auch nur.

Doktor Fodéré kam aus dem Nebenzimmer. Er legte seine blutverschmierte Schürze ab, wusch sich die Hände in einer Schüssel und blickte sich dann um. »Ich gehe jetzt.«

»Sie lassen die Leute alleine hier?«, entfuhr es Helene.

»Ich bin seit heute Morgen auf den Beinen. Alle sind versorgt. Mehr kann ich nicht tun.«

Kurz nach dem Arzt ging auch eine der Krankenschwestern. Die andere blieb.

Helene kannte sie, sie hieß Karolina Jauch und kam aus Wassen. Sie war dabei gewesen, als Helene das letzte Mal im Hospital geholfen hatte, bei Enzos Tod. Sie ging von Bett zu Bett, dann kam sie zu Helene.

»Du willst hierbleiben?«

Helene nickte. »Ich kann nicht fort.«

»Ich verstehe.« Sie schob eine der leeren Pritschen neben Pieros. »Wenn du müde wirst, kannst du dich hier hinlegen.«

Helene sah zu ihr auf. »Gehst du auch nach Hause?«

»Nein. Ich ruhe mich nur ein wenig aus.« Sie deutete auf die offene Tür zum Flur. »Wir haben nur noch drei Schwerverletzte außer ihm. Die sind im ersten Krankenzimmer. Die Tür ist offen, dann höre ich, wenn etwas ist.«

Die Nacht schien endlos. Im Dorf war es totenstill bis auf die Schritte der patrouillierenden Soldaten, die für die Einhaltung der Ausgangssperre sorgten.

Helene saß an Pieros Lager, hielt seine Hand, lauschte auf seinen rasselnden Atem und spürte, wie das Fieber mit jeder Stunde, die verstrich, stieg. Immer wieder ging sie in die Küche, tauchte ein Tuch in kaltes Wasser und legte es ihm auf die Stirn. Sie betete, flehte den Herrn um sein Leben an. Manchmal warf Piero sich herum, stöhnte oder murmelte Worte, die sie nicht verstand. Sein Gesicht wirkte fremd. Es war eingefallen, die Nase stand stärker hervor als sonst. Die Haut um seinen Mund war weiß, unter seinen Augen lagen rötlich blaue Schatten.

Sie versuchte, ihm etwas Wasser einzuflößen, doch er schluckte es nicht. So beschränkte sie sich darauf, regelmäßig seine Lippen zu befeuchten. Irgendwann musste sie eingeschlafen sein, denn als Schritte sie aufschreckten, fand sie sich halb sitzend, halb liegend auf seinem Bett. Sie fuhr hoch und lauschte auf Pieros Atem. Er ging unregelmäßig und schnell.

Gefolgt von einer Krankenschwester betrat Doktor Fodéré das Hospital. Bei Helenes Anblick zog er die Augenbrauen hoch. »Sie waren wirklich die ganze Nacht hier. Wie geht es ihm? Lebt er noch?«

»Ja.«

Der Arzt kam ans Bett und untersuchte ihn. Als er ein Hörrohr auf seine Brustsetzte, schlug Piero die Augen auf.

»Ah, du bist wach. Hast du Schmerzen?«

Piero nickte.

»Wo? In der Schulter?«

»Ja, und beim Atmen.« Seine Stimme war heiser und sehr leise, er keuchte beim Sprechen.«

Fodéré presste die Lippen zusammen. »Das ist nicht gut. Offenbar ist die Lunge in Mitleidenschaft gezogen.« Er wandte sich an Helene. »Holen Sie noch ein Kissen und helfen Sie mir, ihn aufzusetzen.«

Helene tat, was er sagte. Als Piero saß, stopfte der Arzt ihm das Kissen in den Rücken. Dann löste er den Verband. Helene zwang sich, zuzusehen. Die Wunde am Rücken, wo die Kugel eingetreten war, war recht klein, aber die Austrittswunde auf seiner Brust war groß. Das Gewebe um sie herum war geschwollen und bläulich verfärbt, Flüssigkeit suppte aus der Wunde. Fodéré schüttelte leicht den Kopf, dann machte er sich daran, Piero wieder zu verbinden. Danach ging er mit der Schwester in das Zimmer, in dem die beiden Männer lagen, die er gestern operiert hatte.

Stöhnend ließ Piero sich zurücksinken und schloss die Augen. Sein Gesicht war von der Anstrengung gerötet. Helene griff nach seiner Hand und erschrak, so heiß war sie. Wieder legte sie ein nasses Tuch auf seine Stirn. Sie verstand den Arzt nicht. Warum tat er nichts, außer den Verband zu wechseln? Ihre Mutter hätte Umschläge aus Leinsamen auf die Wunde gelegt, um das Gift herauszuziehen und Tee gegen das Fieber gekocht. Da es in Göschenen vor dem Tunnelbau keinen Arzt gegeben hatte, wurden Verletzungen nach Unfällen oder Krankheiten immer mit Hausmitteln behandelt. Die Hebamme war zugleich auch Heilerin. Nur bei Knochenbrüchen und schweren Verwundungen ging man nach Wassen zum Arzt.

Schwere Schritte rissen Helene aus ihren Überlegungen. Die Tür wurde aufgestoßen und August Walker, begleitet von zwei Männern in Uniform, betrat den Raum.

Als Walker Helene entdeckte, hob er die Augenbrauen. »Grüezi, Helene Herger.«

»Grüezi, Landjäger.«

Walker sah an Helene vorbei auf das Bett. »Das ist er. Piero Caretti, einer der Rädelsführer.«

Die beiden Soldaten marschierten an Walker vorbei zu Piero. »Caretti, aufstehen! Du bist verhaftet.««

»Was?«, rief Helene. »Der Mann ist verwundet!«

»Na und? Ob er nun hier oder im Gefängnis in Altdorf festsitzt. Hier liegt er nur Monsieur Favre auf der Tasche.«

Doktor Fodéré kam aus dem Krankenzimmer. »Geht das nicht leiser? Was ist überhaupt los?«

August Walker warf sich in die Brust. »Dieser Mann ist verhaftet. Er gehört zu den Rädelsführern. Wir sperren ihn ein, bevor er sich aus dem Staub macht. Einige von den Wortführern sind schon abgehauen.«

Fodéré schüttelte den Kopf. »Der Mann ist schwer verletzt, der macht sich nicht aus dem Staub, höchstens in Richtung Friedhof. Kümmern Sie sich besser um die, die noch frei herumlaufen.«

»Die haben wir schon. Die sitzen im alten Dynamitmagazin. Morgen werden sie nach Altdorf ins Kantonsgefängnis gebracht. Und den hier behalte ich im Auge.« Walker drehte sich um und stolzierte zur Tür hinaus, die beiden Soldaten folgten ihm.

Der Arzt verließ ebenfalls den Raum, doch Helene lief hinter ihm her. »Herr Doktor.«

Er blieb stehen. »Ja?«

»Steht es wirklich so schlimm um ihn?«

Mitleid spiegelte sich in seinen Augen wider. »Ich fürchte, ja. Er ist in Gottes Hand. Ich muss mich jetzt um die anderen Patienten kümmern.«

Kurze Zeit später kam Paula. »Ich habe dir etwas zu Essen gebracht«, sagte sie nach der Begrüßung. »Du hast doch seit gestern nichts mehr gegessen. Wie geht es ihm?«

Helene warf einen Blick auf Pieros Gesicht. Er hatte die Augen geschlossen und rührte sich nicht. Entweder er schlief oder er war nicht bei Bewusstsein.

Sie winkte Paula auf die andere Seite des Raums, wo ein Tisch stand. »Nicht gut. Der Doktor sagt, es sei nicht sicher, ob er durchkommt.«

Erschüttert sah Paula sie an. »Ist er so schwer verwundet?«

»Fodéré sagt, er hätte innere Verletzungen. Aber er wechselt lediglich den Verband. Ich glaube die Hebamme versteht mehr vom Heilen als er.«

»Das kann sein. Iss erst mal was. Deine Mutter war übrigens sehr erbost darüber, als ich ihr gesagt habe, dass du über Nacht im Hospital bleibst. Ich glaube, sie kennt den Grund. Wenn es die Ausgangssperre nicht gäbe, wäre sie wohl hergekommen.«

»Ich weiß, ich sollte nach Hause gehen. Aber ich kann ihn doch nicht allein lassen.«

»Was, wenn dein Vater hierherkommt und dich nach Hause holt?«

»Er und Ruedi sind gestern morgen nach Airolo aufgebrochen, sie transportieren Dynamit. Vor heute Abend sind sie nicht zurück.

Paula nickte, doch in ihrem Gesicht standen Zweifel.

»Soll ich deiner Mutter etwas ausrichten?«

»Sag ihr, ich komme heute Abend. Und kannst du mir einen Gefallen tun? Geh zur Hebamme und richte ihr aus, dass ich etwas zum Fiebersenken brauche und etwas, das bei entzündeten Wunden hilft. Ich gebe dir das Geld später.«

»Das mache ich.«

Eine Stunde später stand Helene in der Küche, brühte einen Tee aus Schafgarbe, Weidenrinde, Lindenblüte, Kamille und Thymian auf und bereitete einen Umschlag aus Leinsamen vor.

Als sie ins Krankenzimmer zurückkehrte, war Piero bei Bewusstsein. Vorsichtig entfernte sie den Verband, tupfte die Wunde mit Tee ab und legte den Umschlag auf.

»Was tust du da?«, fragte Karolina.

»Das ist ein Hausmittel. Es wirkt gegen Entzündungen. Unsere Hebamme hat schon immer unsere Wunden versorgt.«

»Ich weiß nicht, ob der Doktor damit einverstanden ist.«

Doktor Fodéré runzelte zwar die Stirn, als er bei seinem Rundgang den Umschlag bemerkte, doch dann zuckte er die Schultern. »Es schadet wohl nicht.«

Er ging weiter zu Salvatore, der in seinem Bett auf dem Bauch lag und stöhnte.

»Es geht ihm heute viel schlechter«, stellte Karolina fest. »Er hat hohes Fieber und Schüttelfrost.

Helene sah zu, wie der Arzt das Pflaster und die Kompresse entfernte. Aus der Wunde suppte Eiter und eine andere Flüssigkeit, das Gewebe war stark geschwollen und zum Teil schwarz verfärbt.

»Das sieht böse aus«, murmelte der Arzt. »Wundbrand. Wahrscheinlich ist Schmutz in die Wunde geraten oder Stofffetzen.« Er wandte sich an Karolina. »Legen Sie eine frische Kompresse auf.«

Helene wartete, bis er zum nächsten Patienten ging, dann zupfte sie Karolina am Ärmel. »Warte. Ich habe noch Leinsamen für einen Umschlag.«

Sie lief in die Küche. Der Brei in dem Topf war noch warm. Sie nahm ein Mulltuch aus dem Schrank und löffelte den Brei darauf, dann brachte sie es Karolina. Aus der Wunde in Salvatores Gesäß stieg ein fauliger Geruch. Er zuckte zusammen und murmelte etwas, als Karolina ihm den Umschlag auflegte, aber er schien nicht bei Bewusstsein. Helene legte ihm die Hand in den Nacken. Er glühte. Viel schlimmmer als Piero.

Sie presste die Lippen zusammen und kehrte zu Pieros Bett zurück. Er blinzelte. »Salvatore? Geht es ihm schlecht?«

»Ja, ziemlich. Die Wunde hat sich entzündet.«

»Merda!«

Am frühen Nachmittag betrat Teresia Chiodo das Hopsital und ging schnurstracks zu Pieros Bett. Sie grüßte Helene, dann beugte sie sich über Piero. »Ragazzo, was machst du denn für Sachen? Ich habe eben erst erfahren, dass du verletzt bist. Kümmert man sich hier wenigstens anständig um dich?«

Piero nickte zu Helene und versuchte ein Grinsen. »Ich bin in guten Händen.«

Teresia schenkte Helene ein Lächeln, das diese nur müde erwidern konnte.

»Du siehst aus, als hättest du die ganze Nacht nicht geschlafen«, stellte Teresia fest.

»Habe ich auch nicht. Ich war hier.«

Teresia riss die Augen auf. »Was sagen deine Eltern dazu?«

»Das werde ich hören, wenn ich nach Hause komme.«

»Du hast wirklich Mut.« Bewunderung lag in Teresias Stimme. »Aber ich denke, du brauchst dringend ein paar Stunden Schlaf.«

Helene rieb sich über das Gesicht. Teresia hatte recht. Sie konnte kaum noch die Augen offen halten, die Müdigkeit rollte in Wellen über sie hinweg.

Piero berührte ihre Hand. Seine war immer noch heiß.

»Geh nach Hause«, flüsterte er. »Es hilft mir nicht, wenn du hier zusammenbrichst.«

»So schnell breche ich nicht zusammen.«

»Aber vielleicht brauchst du deine Kraft noch«, sagte Teresia. »Geh, schlaf dich aus. Ich bleibe hier.«

Helene stand auf. »Wenn es ihm schlechter geht, dann hol mich.«

»Mache ich.«

Helene ging nach Hause, ohne ihre Umgebung wirklich wahrzunehmen. Was hatte Teresia gemeint, sie würde ihre Kraft vielleicht noch brauchen?

28. KAPITEL

Nachdem Helene gegangen war, setzte sich Teresia zu ihm.

»Wie geht es dir wirklich?«

»Schlecht.«

Seine Schulter pochte, jeder Atemzug tat weh und er schwitzte und fror abwechselnd.

Sie beugte sich zu ihm und senkte die Stimme. »Du musst so schnell wie möglich verschwinden, sonst sperren sie dich ein. Es heißt, allen Anstiftern soll in Altdorf der Prozess gemacht werden.«

Angst rieselte Pieros Rücken hinab. Zu was konnte man die Wortführer des Streiks verurteilen? Aufwiegelung? Verrat? Er wusste es nicht. Aber noch war er viel zu geschwächt, um den einzig möglichen Fluchtweg über den Pass zu nehmen. Er würde noch nicht einmal bis Andermatt kommen.

»Was ist passiert, nachdem ich angeschossen wurde?«

»Die Schießerei war schnell vorbei. Die Männer sind geflüchtet. Seit gestern Abend patrouillieren Soldaten das Dorf, es gibt eine Ausgangssperre.«

»Und die Arbeiter, was machen sie?«

»Die Arbeiten im Tunnel sind wieder aufgenommen worden. Es geht weiter wie bisher. Stockalper hat achtzig Mann gefeuert. Jeder hat jetzt Angst um seine Stelle.«

»Dann war alles umsonst.« Piero schloss die Augen. Die Enttäuschung fühlte sich an, als würde jeder Muskel in seinem Körper zu Wasser werden. Sie hatten sich gegen Favre und die Gotthardbahngesellschaft gestellt. Über tausend Leute und trotzdem waren sie von ein paar Bauern und Handwerkern, die man in Uniformen gesteckt hatte, besiegt worden. Er dachte an die blutenden Körper auf dem Hügel. »Wie viele Tote?«

»Vier bisher.«

»Wer?«

»Celestino Cosi, Cottartino Doselli, Giovanni Gotta und Giovanni Merlo.«

Er kannte nur Giovanni Merlo persönlich, er hatte zu den Schutterern des Postens Betassa gehört.

»Wen haben sie verhaftet?«

»Vierzehn Leute.« Sie zählte die Namen auf. »Seit gestern befragen sie Leute aus Göschenen. Einige haben gegen euch ausgesagt.«

»Auch Italiener?«. Er wollte es nicht glauben, doch Teresia nickte. »Ja. Und stell dir vor, Dissune und Navara haben behauptet, dass sie als Mechaniker kein Interesse daran hatten, mit streikenden Mineuren gemeinsame Sache zu machen«.

Piero schnappte nach Luft. Ausgerechnet Dissune? Aber das passte zu dem Bild, das er von dem Mann hatte. Er hätte sich besser auf sein Gefühl verlassen sollen, statt ihm zu vertrauen. Stefano Navara kannte er nur flüchtig. Aber auch er war einer der Wortführer beim Streik gewesen.

»Deshalb musst du gehen. Sie bringen dich sonst auch ins Gefängnis nach Altdorf und niemand weiß, was da passiert.«

Keuchend setzte Piero sich auf. »Wie stellst du dir das vor? Soll ich in diesem Zustand über den Pass gehen? Das schaffe ich nicht.«

»Deine Lene, die ist doch Fuhrmannstochter. Könnte sie dich nicht über den Pass bringen?«

»Nein. Wie soll sie denn heimlich ein Pferd und einen Wagen nehmen? Und dann alleine wieder zurückfahren? Das geht nicht.«

»Vielleicht geht sie ja mit dir nach Italien?«

Er schüttelte den Kopf. »Ich habe keine Arbeit, keine Wohnung und meine Ersparnisse sind gering. Wovon sollen wir dann leben?«

»Du hast doch Familie?«

»Was sich so Familie nennt …«

Das Sprechen strengte ihn an. Er schloss die Augen.

Später weckten ihn die Stimmen von Teresia und einem Mann. Teresia klang zornig. Er wollte die Augen öffnen, doch seine Lider waren bleischwer. Er hörte Schritte und dann Teresias Stimme. »Ich muss jetzt gehen. Schlaf weiter.«

Der Aufforderung wäre nicht nötig gewesen, er schlief augenblicklich wieder ein.

29. KAPITEL

Als Helene nach Hause kam, erwartete ihre Mutter sie an der Haustür. »Was denkst du dir eigentlich dabei, einfach über Nacht wegzubleiben? Du kannst von Glück reden, dass dein Vater das nicht mitbekommen hat.«

Helene unterdrückte ein Seufzen. »Ich habe im Hospital geholfen. Nicht zum ersten Mal und bisher hat es euch nicht gestört.«

»Gern gesehen haben wir es nie. Und diesmal waren es keine Unfallopfer, sondern Aufwiegler. Sie sind selbst daran schuld, was ihnen zugestoßen ist.«

»Und deshalb darf man ihnen nicht helfen?«

Helene ging an ihrer Mutter vorbei ins Haus. Solange sie um Pieros Leben gebangt hatte, war sie hellwach gewesen. Jetzt aber senkte sich die Müdigkeit auf sie wie dichter Nebel. Die Umgebung verschwamm vor ihren Augen.

Anna packte sie am Arm und schüttelte sie. »Komm mir nicht so! Ich weiß genau, um wen du dich im Hospital gekümmert hast. Dieser Caretti gehörte zu den Rädelsführern, hat mir Elfriede erzählt. Dein Vater hatte recht, dem ist nicht zu trauen. Er ist ein Aufrührer und Aufwiegler wie dieser Dissune.«

Helene schüttelte stumm den Kopf, sie war zu müde, um zu streiten. »Was ist noch zu tun? Die Hühner füttern? Tisch decken?«

»Um die Hühner habe ich mich heute gekümmert. Geh und

mach die Boxen für die Pferde fertig, die Männer müssen bald kommen.«

Helene ging zum Stall. Wenigstens hatte sie hier ihre Ruhe. In den Boxen lag schon sauberes Stroh, das hatten die Männer vor ihrer Abfahrt erledigt. Helene nahm die Heugabel und verteilte das Heu auf die Raufen, danach holte sie Wasser und füllte die Tränken. Acht von zwölf Pferden waren unterwegs, die anderen standen auf der Weide hinter der Scheune. Auch ihre Boxen waren sauber. Mit vier Führstricken in der Hand lief Helene zur Weide. Trude hob den Kopf, wieherte und kam zum Tor, Bero und Köbi folgten ihm. Reto, Peters Pferd, zögerte, doch dann kam auch er zum Tor. Helene hakte die Führstricke in die Halfter und führte alle vier Pferde in den Stall. Danach lehnte sie sich an die Wand und schloss die Augen. Der Duft von Heu erfüllte die Luft, das mahlende Kauen der Pferde und ab und zu ein Stampfen oder Schnauben waren die einzigen Geräusche. Am liebsten hätte sie sich hier und jetzt ins Heu gelegt und geschlafen. Stattdessen zwang sie sich, die Augen zu öffnen, und ging zurück ins Haus. Ihre Mutter hatte den Tisch in der Stube gedeckt und saß nun dort und stopfte.

»Die Pferde sind versorgt. Wenn es nichts mehr zu tun gibt, lege ich mich hin, bis Vater und die anderen kommen.«

Ohne auf Antwort zu warten, stieg Helene die Treppe hinauf zu ihrem Zimmer. Sie schlüpfte sofort in ihr Bett und schlief ein.

Das Rattern von Rädern weckte sie. Einen Augenblick sah sie sich verwirrt um. Warum lag sie im Bett, wenn es draußen noch hell war? Oder hatte sie verschlafen und ihr Vater, Peter und die Knechte fuhren schon los? Dann kam die Erinnerung zurück. Sie hatte vierundzwanzig Stunden an Pieros Bett verbracht. Wie lange hatte sie geschlafen?

Rasch stand sie auf, löste ihr Haar, fuhr mit der Bürste darüber und schlang einen neuen Knoten. Sie goss Wasser aus dem

Krug in die Schüssel und wusch sich das Gesicht. Jetzt müsste sie einigermaßen präsentabel aussehen. Sie lief in den Hof, um beim Ausspannen der Pferde zu helfen.

»Anscheinend hat sich die Lage wieder beruhigt«, sagte ihr Vater. »Ich habe keine Italiener mehr auf der Straße gesehen, nur Soldaten.«

»Der Streik ist beendet«, antwortete Helene nur. Alles andere würde ihr Vater von ihrer Mutter oder anderen hören.

»Na, Gott sei Dank. Wir sind gestern Morgen kaum zur Schöllenen durchgekommen, weil dieses Pack die Straße versperrt hat.«

Helene antwortete nicht, sondern führte zwei der Pferde in den Stall. Peter folgte ihr mit den anderen zwei. Sie spürte seinen Blick in ihrem Rücken.

Beim Abendessen erzählte ihre Mutter, was sie über den Streik und die Schießerei wusste. Dass Helene über Nacht im Hospital geblieben war, erwähnte sie nicht.

»Ich gehe ins Rössli«, erklärte ihr Vater, als er mit dem Essen fertig war. »Mal hören, was man so erzählt.«

Helenes Mutter warf ihr einen langen Blick zu. ›Da hast du es‹, schien er zu sagen. ›Jetzt erfährt er die Wahrheit.‹

Es war ihr egal. Was ihre Eltern dachten, war ihr gleichgültig, ebenso, was man im Dorf über sie tratschte. Das Einzige, was sie interessierte, war, ob Piero überlebte.

Ehe Helene sich am nächsten Morgen auf den Weg zum Hospital machte, erldigte sie ihre Arbeiten. Auf der Gotthardstraße begegnete ihr zwei Wagen, auf denen Männer saßen, die Handschellen trugen. Offenbar gehört sie zu den Bergleuten, die nach Altdorf gebracht wurden.

Piero ging es unverändert. Er fieberte und die Wunde war entzündet, aber es war kein Wundbrand, wie Doktor Fodéré ihr versicherte. »Mit viel Ruhe und Schonung wird das wieder. Der andere Kerl hatte nicht so viel Glück.«

Welchen anderen Kerl meinte er? Helene sah hinüber zu dem Bett, in dem Salvatore Villa gelegen hatte. Es war leer.

»Er ist heute Nacht verstorben«, sagte der Arzt, als er ihren Blick bemerkte.

Helene setzte sich zu Piero und nahm seine Hand. Er schlug die Augen auf.

»Salvatore ist tot«, murmelte er.

In Helenes Augen brannten Tränen. Fünf Tote.

Gegen Abend ging es Piero besser. Das Fieber war gesunken, er atmete leichter und hatte auch wieder Appetit.

Als Helene nach Hause ging, war ihr Herz nicht mehr so schwer. Egal, was nun kommen würde, Piero würde überleben.

Ihr Vater warf ihr einen finsteren Blick zu, als sie den Hof betrat. Sie hatten sich schon am Morgen gestritten.

»Du warst doch wieder im Hospital!«

Helene nahm die Schultern zurück. »Ja. Ich habe dir gesagt, dass ich hingehen werde.«

»Na ja«, sagte Ruedi, der gerade aus dem Stall kam. »Sobald dieser Kerl gesund ist, wird er hier verschwinden. Entweder bringen sie ihn nach Altdorf, zu seinen Kumpanen ins Gefängnis, oder er wird des Landes verwiesen. Ohne Arbeitserlaubnis darf er nicht hierbleiben.«

Helene funkelte ihn wütend an, doch ihr Zorn verrauchte schnell. Er stimmte, was Ruedi sagte. Sie hatte den Gedanken daran bisher nur verdrängt.

In dieser Nacht lag sie schlaflos im Bett. Was würde aus ihnen werden? Hatte ihre Liebe überhaupt eine Chance?

Als sie am nächsten Morgen ins Hospital kam, saßen zwei Männer im Warteraum. Einer blutete stark aus einer Wunde am Arm, der andere hatte ein blutverschmiertes Hosenbein.

Helene ging ins Krankenzimmer und erstarrte. Pieros Bett war leer! Trotz der Wärme zitterte sie. Hatte man ihn verhaftet? Vielleicht war er auch nur im Untersuchungszimmer. Den Gedanken, er könne in der Nacht gestorben sein, verdrängte sie. Das durfte nicht sein.

Die beiden Schwestern waren nicht da, der Einzige, den sie fand, war Jakob, der Junge, der für die Küche zuständig war.

»Ich suche den Mann, der hier lag«, sprach sie ihn an. »Piero Caretti.«

»Der ist fort.«

Das sah sie. Helene unterdrückte eine scharfe Antwort. Jakob war einfältig, aus diesem Grund machte er die Arbeit, die sonst niemand tun wollte.

»Weißt du, wo er ist?«

Jakob zuckte mit den Schultern. »Nein.«

In diesem Moment kam Doktor Fodéré aus dem Behandlungszimmer, gefolgt von einem Mann, der einen Verband um den Kopf trug, der auch sein linkes Auge bedeckte. »Du mit der Schnittwunde am Arm, komm rein.«

»Herr Doktor, wissen Sie, wo Piero Caretti ist?«, fragte Helene schnell.

»Der Landjäger hat ihn heute Morgen geholt.«

Kälte rieselte ihren Rücken wie Eiswasser hinab.

»Sie wissen nicht zufällig, wo man ihn hingebracht hat?«

»Nein.« Fodérés Stimme verriet, dass es ihm auch herzlich gleichgültig war.

Helene verließ fluchtartig das Hospital. Draußen rang sie nach Luft. Wo war Piero? Hatte man ihn schon nach Altdorf gebracht? Kurz spielte sie mit dem Gedanken, August Walker zu suchen und ihn zu fragen, doch sie verwarf die Idee sofort wieder. Walker würde es ihr nicht sagen. Sie erinnerte sich daran, was er gesagt hatte, als er Piero vor drei Tagen verhaften wollte. Die anderen Rädelsführer hätte er im alten Dynamitmagazin eingesperrt.

Wie von bösen Geistern gejagt, lief sie die Straße entlang, die zur Baustelle führte. Dort angekommen, sah sie sich um, ohne auf die Arbeiter zu achten, die sie verwundert ansahen. Suchend blickte sie sich um. Welches war das alte Dynamitmagazin?

Sie hatte das Gefühl, dass jemand sie beobachtete. Der Junge, den Piero ihr als Antonio vorgestellt hatte, stand nicht weit von ihr. Er wies mit dem Kinn auf eine Hütte, die zwischen einer Werkstatt und einem Lagerhaus oberhalb der Straße stand.

»Piero?«, formte Helene mit den Lippen.

Der Junge nickte und rannte dann weg.

Helene stieg die Anhöhe hinauf. Die Tür der Hütte war von außen verriegelt und mit einem Vorhängeschloss gesichert. Auf der Vorderseite befand sich kein Fenster, also ging sie um die Ecke, dort war ein schmales Fenster. Helene versuchte, etwas zu erkennen, doch drinnen herrschte Dunkelheit. Die Vorstellung, dass Piero dort irgendwo lag, würgte sie. Er war doch immer noch nicht gesund. Plötzlich bewegte sich etwas hinter der Scheibe und dann tauchte Pieros Gesicht auf.

»Lene!« Sie las das Wort von seinen Lippen ab.

»Piero! Wie geht es dir?« Sie sprach sehr laut. Die Fensterscheibe war dünn und er hörte sie wohl.

»Mir geht es gut. Mach dir keine Gedanken«, rief er.

Sie schüttelte den Kopf. Selbst durch das schmutzige Glas konnte sie erkennen, wie eingefallen seine Wangen waren, und auch die Schatten unter seinen Augen schienen wieder dunkler zu sein.

»Hast du Wasser? Und etwas zu essen?«

»Noch nicht, aber sie werden mir sicher später etwas hinstellen.«

»Weißt du, ob sie dich nach Altdorf bringen wollen?«

Er lächelte, doch es gelang ihm nicht wirklich, unbekümmert zu wirken. »Die fahren nicht wegen einem Kerl nach Altdorf. Das ist viel zu aufwendig. Sie bräuchten ein Gespann, einen Wagen, einen Kutscher und jemanden, der mich bewacht.«

Da konnte er recht haben.

Plötzlich tippte ihr jemand auf die Schulter. Helene zuckte zusammen und fuhr herum. Hinter ihr stand ein untersetzter Mann mit blondem Haar und einem Schnurbart.

»Was tun Sie hier, Fräulein?«

»Das sehen sie doch. Ich rede mit dem Mann, der heute aus dem Hospital heraus gefangen genommen wurde.«

Der Mann kniff die Augen ein wenig zusammen und musterte sie. »Sind Sie aus Göschenen?«

»Ja. Ich bin Helene Herger. Mein Vater ist Fuhrhalter und fährt für die Compagnie Favre.«

»Den Herrn Herger kenne ich. Ich bin Hans Jauch, zuständig für die Werkstätten.« Er lüpfte seinen Hut. »Ich muss Sie bitten, zu gehen.«

»Warum? Fürchten Sie, ich könnte das Schloss aufbrechen und ihn befreien?«

Ihre Worte entlockten ihm ein Lächeln. »Nein, eigentlich nicht. Aber das hier ist Werksgelände. Hier müssen Sicherheitsbestimmungen eingehalten werden. Und Fremde dürfen nicht ohne Genehmigung auf die Baustelle.«

Davon hatte sie bisher noch nichts gehört.

»Oh. Hat die Compagnie Angst vor Sabotage? Keine Sorge. Ich sprenge nichts in die Luft. Muss ich auch gar nicht. Wie man hört explodieren Dynamitfabriken, Wärmehütten oder Schwarzpulvermagazine ganz ohne Sabotage.«

Sein Lächeln veränderte sich, es wirkte gekünstelt.

»Es sind gefährliche Stoffe und die Arbeiter gehen oft sehr sorglos mit ihnen um. Deshalb gibt es jetzt diese Sicherheitsbestimmungen. Und nun, Fräulein Herger …« Er machte mit der Hand eine Geste in Richtung Straße, so, als würde er sie zum Ausgang eines Saals geleiten.

»Gleich«, gab Helene zurück und drehte sich erneut zum Fenster. »Ich rede mit Stockalper«, rief sie hinein. »Sie dürfen nicht einfach Kranke oder Verletzte aus dem Hospital holen.«

Ihre Blicke trafen sich. Pieros Augen, goldbraun wie der Waldboden im Herbst. Er nickte. *Ich liebe dich*, formten seine Lippen. *Ich dich auch*, gab sie lautlos zur Antwort.

Als sie die Straße erreichten, verabschiedete Hans Jauch sich. Plötzlich schien es ihn nicht mehr zu interessieren, ob sie sich als Fremde auf der Baustelle aufhielt. Helene straffte die Schultern und marschierte in Richtung Tunnel. Das letzte Gebäude vor dem Portal war das Haus, in dem sich Favres Büro befand. Wenn er nicht da war, residierte Stockalper dort. Sie klopfte an die Tür. Einer der Mitarbeiter öffnete.

»Ich möchte Herrn von Stockalper sprechen«, verlangte Helene.

Der Mann musterte sie misstrauisch. »In welcher Angelegenheit?« Seine Miene verriet, dass er sie nicht ohne guten Grund vorlassen würde.

»Es geht um den Streik«, sagte sie schnell. Der Mann öffnete die Tür. »Kommen Sie.«

Er führte sie den Gang entlang und klopfte dann an eine Tür. »Herr von Stockalper. Hier ist eine junge Dame, die mit Ihnen wegen des Streiks sprechen möchte.«

»Herein«, erklang es von drinnen.

Dienstbeflissen riss der Mann die Tür auf und dienerte. »Bitte schön.«

Stockalper sah aus, als hätte er mehrere Nächte nicht geschlafen. Sein Haar stand in allen Richtungen von seinem Kopf ab, sein sonst so gepflegter Bart war völlig zerrupft.

»Fräulein Herger? Was möchten Sie mir sagen?«

»Ich will Ihnen nichts sagen. Ich möchte wissen, wie es möglich ist, dass ein schwer verletzter Mann aus dem Hospital geholt und ohne ärztliche Versorgung, ohne Essen und Trinken eingesperrt wird.«

»Damit hat die Compagnie Favre nichts zu tun, das ist Sache der Gemeinde.«

Helene hob die Brauen. »Und warum wird er dann auf dem Gelände der Compagnie festgehalten?«

Stockalper fuhr sich mit der Hand über die Stirn.

»Weil es kein Gefängnis in Göschenen gibt, wie Sie wissen. Herr Walker hat erklärt, Caretti gehöre zu den Aufrührern. Es gibt Zeugenaussagen, dass er mit dem Steinewerfen angefangen hat.«

Zeugenaussagen? Helene wusste, dass ein Verhörrichter aus Altdorf direkt am nächsten Morgen Aussagen von Göschenern aufgenommen hatte. Doch wer hatte so etwas über Piero behauptet und was hatten sie jetzt mit ihm vor? Das wusste Stockalper sicher nicht, sondern nur der Landjäger. Sie würde zu ihm gehen.

Vor dem Hotel Gotthard begegnete sie Teresia.

»Buon giorno, Lene. Kommst du vom Hospital? Wie geht es Piero?«

Helene erzählte ihr, dass er gefangen genommen worden war. Während sie sprach, liefen ihr Tränen der Wut übers Gesicht. Energisch wischte sie fort. Es half Piero nicht, wenn sie jetzt heulte. Sie musste etwas tun.

Teresias Wangen röteten sich vor Zorn. »Was? Sie haben ihn aus dem Hospital herausgeholt?«

»Ja, und ihn in das alte Dynamitmagazin gesperrt. Angeblich hat er mit dem Steinewerfen angefangen.«

Teresia schüttelte heftig den Kopf. »Das stimmt nicht. Er hat versucht, die Männer zurückzuhalten. Aber das interessiert die Leute nicht. Weißt du, was sie mit ihm vorhaben?«

»Ich bin auf der Suche nach dem Landjäger, um ihn zu fragen.«

Teresia nickte. »Ich rede mit seinen Freunden. Vielleicht können wir helfen.«

Helene traf August Walker vor dem Haus des Gemeindepräsidenten.

»Wir warten, bis wieder jemand nach Altdorf fährt und den Kerl mitnehmen kann«, beantwortete er ihre Frage. »Da wird ihm dann der Prozess gemacht, wie dem anderen Gesindel auch.« Dann grinste er. »Vielleicht nimmt ihn ja dein Vater mit, wenn er das nächste Mal fährt.«

Helene zwang sich zur Ruhe. Ihr Vater würde Piero nur zu gerne ins Gefängnis bringen. Sie verabschiedetet sich von Walker. Auf dem Heimweg klopfte sie bei den Chiodos und erzählte Teresia von dem Gespräch mit Walker.

Der nächste Tag war ein Sonntag. Mit ihren Eltern und Peter besuchte Helene den Gottesdienst. Vor der Kirche diskutierten die Leute über die Vorfälle in der Woche. Hauptsächlich über den Lärm und das Geschrei der Italiener in der Nacht vom 27. auf den 28. Juli und die Blockade der Gotthardstraße. Der Streik selbst interessierte die Göschener gar nicht, stellte Helene fest. Sie regten sich darüber auf, das Ruhe und Ordnung im Dorf gestört worden waren. Wogegen die Bergleute protestiert hatten, schlechte Arbeitsbedingungen, zu lange Arbeitsschichten und den geringen Lohn, das wussten noch nicht mal alle.

»Die verfluchten Kerle wollten das Kommando im Dorf übernehmen«, hörte sie Kaspar Schreiner sagen. »Aber denen haben wir es gezeigt.«

Am selben Nachmittag kam Teresia zum Hergerhof. Selbstbewusst verlangte sie Helene zu sprechen. Anna hätte sie wohl fortgeschickt, doch Helene hatte sie kommen sehen.

»Heute Abend befreien wir Caretti«, erklärte Teresia, als sie alleine waren.

Helene schluckte. »Wie wollt ihr das machen?«

»Während des Schichtwechsels ist so viel los auf der Baustelle, dass es nicht auffällt, wenn ein paar Mineure zur Hütte gehen. Das Schloss bekommen wir schon auf.«

»Und dann?«

»Dann verstecke ich ihn bei mir und am nächsten Morgen muss er los.«

»Sie wissen, dass er bei dir wohnt, dort werden sie zuerst suchen.«

Teresia zuckte mit den Schultern. »Sie werden es frühestens am nächsten Morgen merken, wenn sie ihm Essen bringen. Bis dahin ist er schon in Andermatt oder weiter.«

Helene Gedanken rasten. Teresias Plan war verwegen, aber durchführbar. Sollte Piero allerdings gefasst werden, würde er mit Sicherheit im Kantonsgefängnis landen. Und ob er es in seinem Zustand über den Pass und nach Italien schaffen würde, stand in den Sternen.

Sie kehrte nach Hause zurück. Mechanisch bereitete sie die Boxen für die Pferde vor, danach mistete sie den Hühnerstall aus. Ihre Gedanken waren bei Piero.

Das Abendessen verlief in der gleichen eisigen Stimmung wie in den letzten vier Tagen. Helene und ihre Eltern sprachen nur das Nötigste. Peter war still und in sich gekehrt.

»Ich hoffe, sie kommt wieder zu Vernunft, wenn der Kerl fort ist«, hörte Helene ihren Vater sagen, als sie nach dem Abwasch die Treppe hinaufstieg.

Sie zog sich nicht aus, sondern setzte sich ans Fenster und blickte hinaus. Sie hörte, wie ihre Eltern und Peter ebenfalls zu Bett gingen, wartete noch einige Zeit, dann öffnete sie ihre Tür. Aus dem Schlafzimmer ihrer Eltern drang das Schnarchen ihres Vaters. Auf Socken schlich sie die Treppe hinunter. Sie nahm ihre Schuhe und ihre Strickjacke und verließ das Haus. Es war eine milde, klare Neumondnacht, am Himmel glänzten die Sterne. Auf dem Hof zog sie ihre Schuhe an und lief durch die dunklen Straßen zu dem Haus, in dem die Chiodos lebten. Der Vermieter war ebenfalls Italiener, er hatte sich vor zwei Jahren hier niedergelassen, ein Haus gekauft und einen Lebensmittelladen eröffnet.

Plötzlich ratlos, stand Helene vor der Eingangstür. Würde der Mann sich nicht wundern, wenn sie jetzt die Chiodos besuchen wollte? Wusste er von Teresias kühnem Plan? Schließlich fasste sie sich ein Herz und klopfte an die Tür. Überraschend schnell hörte sie Schritte und ein Stimme. »Wer ist da?«

»Helene Herger.«

Die Tür wurde einen Spalt geöffnet und ein misstrauisches, männliches Gesicht erschien. »Ja, bitte?«

»Ich möchte zu Teresia. Bitte sagen Sie ihr, dass ich da bin.«

Die Tür wurde geschlossen und von innen verriegelt. Unruhig blickte Helene sich um. Die Soldaten waren fort, aber die beiden Landjäger patrouillierten immer noch. Doch dann öffnete sich die Tür erneut und ein Mann winkte sie herein. Sie schlüpfte durch den Spalt, der Mann spähte hinaus, dann verriegelte er die Tür wieder. Mit dem Kinn wies er zur Treppe. »Da oben.«

Helene hastete hinauf. Eine der hinteren Türen wurde einen Spalt geöffnet, Teresia spähte um die Ecke, winkte sie hinein und schloss die Tür hinter ihr. Im Zimmer brannten zwei Lampen, die Vorhänge waren geschlossen. Piero saß mit nacktem Oberkörper auf einem Stuhl. Seine Kleider lagen auf dem Boden. Sein Haar war feucht, offensichtlich hatte er sich soeben gewaschen. Teresia war gerade dabei gewesen, seine Schulter zu verbinden. Er sah etwas besser aus als am Vortag. Die Schatten unter seinen Augen waren nicht mehr ganz so tief. Doch er war immer noch sehr blass, seine Bartstoppeln hoben sich dunkel von der hellen Haut ab.

Helene wartete, bis Teresia mit dem Verbinden fertig war, dann ging sie zu ihm. »Wie geht es dir?«

»Besser.« Er lächelte zu ihr auf.

»Hilf du ihm beim Anziehen«, sagte Teresia und deutete auf einen Stuhl, auf dem saubere Kleidung lag. »Ich hole etwas zum Essen.«

Bei der Hose brauchte er keine Hilfe. Helene hielt ihm das Hemd hin und er schlüpfte hinein. Als sie seinen Arm berührte, schienen unsichtbare Funken winzige Feuer auf ihrer Haut zu entzünden. Sie trat vor ihn und wollte die Knöpfe schließen, aber er griff nach ihren Händen.

»Das kann ich alleine.« Doch anstatt es zu tun, hielt er ihre Hände fest. Sie verlor sich in seinen Augen. Er senkte den Kopf und küsste sie. Das Klappen der Tür unterbrach sie. Piero hielt immer noch ihre Hände. Teresia kam mit einem Tablett ins Zimmer und erfasste die Situation sofort.

»Ich bin gleich wieder weg. Aber du solltest unbedingt essen, Piero.« Sie stellte das Tablett ab. »Verriegelt die Tür hinter mir.«

»Ich habe tatsächlich einen Bärenhunger«, sagte Piero. Er schloss die Knöpfe seines Hemdes und setzte sich. Helene verriegelte die Tür und setzte sich ebenfalls. Teresia hatte Käse, Speck, Wurst, Butter und Brot gebracht. Dazu einen Krug Wein und Wasser. Piero langte kräftig zu und auch Helene aß ein wenig. Piero verdünnte den Wein mit Wasser. »Ich brauche nachher einen klaren Kopf.«

»Du willst als wirklich über den Pass?«

»Was soll ich sonst tun? Selbst wenn sie mich nicht einsperren würden, ich bin entlassen.»Er beugte sich vor und sah sie ernst an. »Kannst du dir vorstellen, in Italien zu leben? Denn das ist die einzige Möglichkeit, dass wir zusammen bleiben.«

Sie schluckte. Bis zu dem Streik hatte sie gehofft, ihren Vater doch noch überzeugen zu können. Mit ihrer Hochzeit wäre sie zwar Italienerin geworden, aber sie hätten trotzdem in Göschenen bleiben können. Zumindest, solange Piero hier Arbeit hatte. Darüber, was danach kommen würde, hatte sie nicht nachgedacht. In den letzten Tagen hatte die Angst um sein Leben jeden Gedanken an die Zukunft verdrängt. Doch jetzt stürzte alles, was sie sich erträumt hatte, zusammen.

Er griff nach ihrer Hand. »Schau mich an, Lene. Ich weiß, wie sehr du deine Heimat liebst. Du musst dich nicht jetzt entscheiden. Erst einmal muss ich sicher nach Italien kommen. Dann muss ich eine Arbeit finden, die uns beide ernähren kann. Und danach können wir über eine gemeinsame Zukunft nachdenken.«

Der Gedanke, ihn zu verlieren, schnürten ihr die Kehle zu, in ihren Augen brannten Tränen. »Ich will nicht ohne dich leben. Ich komme morgen mit dir.«

»Nein, das geht nicht. Wir haben keine Bleibe, ich weiß nicht, wovon wir leben sollen. Ich muss vorgehen, und du kommst nach. Ich schreibe dir, sobald ich weiß, wo ich hingehe.«

»Versprich es.«

»Ich schwöre es. Ich liebe dich, Lene.«

»Und ich verspreche, ich komme zu dir. Egal, wo du bist.«

Er stand auf, zog sie von ihrem Stuhl und in seine Arme. Sie küssten sich mit wilder Verzweiflung, klammerten sich aneinander. Er streichelte Helenes Rücken, ihre Brust. Sie knöpfte sein Hemd auf, zog es ihm über die Schultern, er zerrte ihre Bluse aus ihrem Rock. Sie liebten sich mit einer Mischung aus Wut und Trauer.

Anschließend lagen sie nebeneinander, berührten sich zart,

tastend. Helene schloss die Augen und erkundete mit den Fingerspitzen seinen Körper. Schultern, Schlüsselbeine, die Muskeln seiner Arme und seiner Brust, seinen flachen festen Bauch, seine Lenden. Ihre Finger, ihre Hände sollten sich daran erinnern, wie er sich anfühlte.

Sie liebten sich ein zweites Mal, innig und langsam, sahen einander dabei in die Augen. Es musste für Monate, vielleicht sogar Jahre reichen.

Helene wollte nicht schlafen, sie wollte wach bleiben und ihn ansehen, sich sein Gesicht für alle Zeiten einprägen. Die hellbraunen Augen mit den goldenen Sprenkeln, seine Nase, die ihm sein Bruder gebrochen hatte, seinen Mund, das Grübchen in seinem Kinn. Doch irgendwann fielen ihr die Augen zu.

Sie erwachte, als er sie küsste. »Du musst nach Hause. Es dämmert schon.«

Sie stand auf und zog sich an. Eine letzte Umarmung, ein letzter Kuss und dann, an der Tür, ein letzter Blick. Sie zwang sich zu einem Lächeln, er sollte sie nicht weinend in Erinnerung behalten.

Teresia war schon wach und begleitete sie bis zu Haustür.

Helene schaffte es bis auf die Straße, dann brach der Damm in ihrem Herzen. Blind vor Tränen stolperte sie nach Hause, schlich sich in ihr Zimmer und fiel ins Bett, ohne sich auszuziehen.

30. KAPITEL

Piero verstaute sein Geld bis auf ein paar Münzen, die er unterwegs brauchen würde, in einen Stoffbeutel, den er unter sein Hemd schob. Teresia packte Käse, Wurst, Brot und Wasser in seinen Beutel. Dann umarmte sie ihn und küsste ihn auf die Wange. »Komm sicher nach Italien, Caretti.«

Zusammen mit Teresias Mann verließ er das Haus. Sie gingen die Gotthardstraße bis zu der Stelle, wo der Weg zur Baustelle abzweigte. Dort bog Giacomo ab, ohne sich zu verabschieden. Piero drückte sich den Hut in die Stirn und ging geradeaus weiter. Einige Arbeiter, die bei den Freys oberhalb der Straße wohnten, kamen ihm entgegen, doch sie beachteten ihn nicht. Seine Schulter schmerzte und jeder Atemzug tat ihm weh, doch er ging zügig weiter. Vorbei am Grand Hotel Göschenen, vorbei am Haus des Gemeindepräsidenten, wo der Streik eskaliert war. Unwillkürlich sah er nach rechts auf den Hügel. Hier waren die Steine geflogen, hier war geschossen worden. Er beschleunigte seine Schritte, passierte das Hotel de la Gare und die Logierhäuser der Freys. Noch konnte es brenzlig für ihn werden. Entgegenkommen würde ihm hier zwar niemand mehr, aber wenn man seine Flucht jetzt schon entdeckte, würde Walker sofort die Gotthardstraße in Richtung Schöllenen absuchen. Und hier konnte er sich nirgendwo verstecken.

Er überquerte die Brücke über die Reuss und warf einen letzten Blick hinunter auf die Baustelle. Wehmut erfüllte ihn. Nun würde er den Durchbruch und die Fertigstellung des Tunnels also nicht miterleben. Doch dann schüttelte er den Kopf und lachte kurz auf. Als ob er sicher sein könnte, es mitzuerleben, wenn er hiergeblieben wäre. Er hätte jeder Zeit verletzt werden oder sterben können. Wie Enzo, Matteo, Tommaso und viele andere. Vielleicht war es gut, dass er ging. Nur der Gedanke an Helene schmerzte noch schlimmer als seine Wunde. Würde er sie je wiedersehen? Selbst wenn er eine Arbeit fand, die es ihm ermöglichte, eine Familie zu ernähren, würde Helene es über sich bringen, Göschenen zu verlassen und zu ihm zu kommen? Alles zu seiner Zeit. Zunächst musste er über den Pass und nach Italien.

Als er die Häderlisbrücke überquerte, atmete er auf. Hier gab es Farne, Büsche und Felsen, genug Möglichkeiten, um sich zu verstecken. Er ging jetzt langsamer und wandte sich immer wieder um. Das Tosen der Reuss war so laut, dass es Hufschläge übertönen würde, bis ein Verfolger ganz nah war. Aber niemand kam im Galopp den Weg hinaufgeritten, niemand verfolgte ihn. Erst zwischen den wuchtigen Felsen kurz vor der Teufelsbrücke hörte er hinter sich das Klappern von Hufen. Es klang wie mehrere Pferde. Hastig verließ er den Weg, versteckte sich hinter einem Busch. Doch es war nur die Gotthardpost.

Als er Andermatt erreichte, fühlte er sich schlimmer als nach einer Achtstundenschicht im Tunnel. Jeder Muskel in seinem Körper schmerzte. In seiner Schulter pochte es. Er brauchte dringend eine Pause, doch nicht hier. Sobald er im Urserental war, konnte er sich einen Platz zum Ausruhen suchen. Schritt für Schritt ging er weiter. Seine Schuhe waren so schwer, als hätten sie sich mit Wasser vollgesogen. Er musste sich zwingen, die Füße zu heben. Plötzlich drehte sich alles um ihn. Er schwankte kurz, fing sich aber wieder. Eine Frau, die ihm entgegenkam, sah ihn empört an. »Um diese Uhrzeit schon betrunken! Eine Schande ist das.«

Er lehnte sich an eine Hauswand und versuchte tief und gleichmäßig zu atmen. Der Schwindel verging und er lief weiter. Endlich erreichte er das Tal. Neben einem Bächlein warf er sein Bündel auf den Boden. Er kniete sich ans Ufer, spritzte sich Wasser ins Gesicht und trank. Dann ließ er sich auf den Rücken sinken. Schleierwolken dämpften das Blau des Himmels über ihm. Die Versuchung, die Augen zu schließen, war groß, doch wenn er jetzt einschlief, würde er so schnell nicht aufwachen, und das konnte er nicht riskieren. Also setzte er sich wieder auf und aß ein Stück Brot mit Käse, bevor er sich wieder auf den Weg machte.

Kurz vor Hospental hörte er erneut Hufschläge und das Knallen einer Peitsche hinter sich. Erschrocken sprang er zur Seite.

Ein Fuhrwerk kam den Weg entlanggerattert. Auf dem Kutschbock saß ausgerechnet Peter Gisler. Merda. Er verfluchte seine Unaufmerksamkeit. Hastig zog er den Hut tief in die Stirn und senkte den Kopf. Vielleicht erkannte Peter ihn nicht.

Die Pferde zogen an ihm vorbei. Dann ertönte ein lang gezogenes »Ho«, und sie wurden langsamer.

»He, willst du ein Stück mitfahren?«

Piero presste die Lippen zusammen. Warum hatte es nicht Urs oder ein anderer sein können, der einfach vorbeigefahren wäre? Warum gerade Peter, der immer so freundlich war?

Schließlich hob er den Kopf. »Hallo, Peter.«

Peter beugte sich vor und sah ihm ins Gesicht. »Piero? Was machst du hier? Helene hat gesagt, sie hätten dich eingesperrt.«

Piero zuckte nur mit den Schultern. Sollte Peter sich denken, was er wollte.

»Weiß Helene, dass du abgehauen bist?«

»Ja. Sie weiß Bescheid.«

»Wo willst du hin?«

»Nach Italien. Nach Hause.«

Peter rang sichtlich mit sich, dann deutete er auf den Sitz neben sich. »Steig auf. Du kannst bis Airolo mitfahren.«

Ungläubig sah Piero ihn an. Wollte er ihn wirklich mitnehmen, oder würde er ihn in Hospental dem dortigen Dorfvoigt übergeben?

»Du meldest mich nicht?«

»Nein.«

Piero kletterte auf den Kutschbock, Peter schwang die Peitsche und die Pferde zogen an.

Eine Zeit lang schwiegen sie. Nach dem sie Hospental hinter sich gelassen hattten, stellte Piero die Frage, die ihm im Kopf herumging. »Warum hilfst du mir?«

»Ich weiß es nicht genau. Vielleicht, weil ich dich als netten Kerl kennengelernt habe. Vielleicht, weil ich auch finde, dass die Arbeitsbedingungen schlimm sind. Eure Forderungen waren berechtigt.«

Peter zögerte, dann sprach er weiter. »Vielleicht tue ich es auch, weil Helene dich liebt. Es würde ihr das Herz brechen, wenn dir etwas zustößt.«

Piero sah ihn lange an. »Du liebst sie auch.«

Tiefe Röte breitete sich über Peters Gesicht aus. »Woher weißt du das?«

Piero unterdrückte ein Lächeln. »Ich habe gesehen, wie du sie beobachtest, wenn sie es nicht merkt. Du trägst dein Herz in den Augen.«

Peters Mundwinkel hoben sich, doch es war kein wirkliches Lächeln. »Ich liebe sie, seit ich denken kann. Weißt du, wie oft ich mich dafür verflucht habe, dass ausgerechnet ich dich vor zwei Jahren zu den Hergers geschickt habe?«

»Und jetzt bringst du mich fort.«

»Nur wird es mir nichts nützen. Ich war für sie immer nur ein Freund und ein Ersatz für ihren Bruder.«

Auf der Südseite des Gotthards war der Himmel wolkenlos. Als Peter um die erste Kehre der Tremola fuhr, hielt Piero sich am Sitz fest und vermied es, über den Straßenrand hinunterzuschauen. Stattdessen blickte er geradeaus auf die roten Pflastersteine, welche die Mitte der Straße markierten. Wie ein Fluss mäanderte die Straße nach unten, jede Biegung schien in der Luft zu schweben. Die Stützmauern waren von der Straße aus nicht zu sehen.

Piero konnte nicht umhin, Peter für die geschickte und umsichtige Fahrweise zu bewundern, mit der er das Fuhrwerk um die Haarnadelkurven lenkte.

In Airolo verabschiedete er sich von Peter. »Ich danke dir, dass du mich mitgenommen hast. Das war sehr großherzig von dir. Zu Fuß hätte ich es vielleicht nicht geschafft.«

Peter nickte stumm. Seine Miene verriet, dass er nicht sicher war, ob er die richtige Entscheidung getroffen hatte.

Piero verzichtete darauf, Grüße oder eine letzte Nachricht an Helene auszurichten. Es lag an Peter, ob er ihr erzählen würde, dass er ihn über den Pass gebracht hatte.

In Airolo wollte er nicht bleiben, also wanderte er bis Faido. Dort gab es günstige Quartiere. Er nahm sich ein Zimmer in einer Herberge und blieb dort drei Tage, in denen er fast nur schlief. Danach ging es ihm besser und er begann zu überlegen, was er nun tun sollte. Bisher war es nur darum gegangen, zu fliehen und zu überleben. Er brauchte Arbeit, so viel stand fest, doch er wusste gar nicht, wo außerhalb der Gotthardbahnstrecke Tunnel gebaut wurde. Er konnte natürlich auch versuchen, in einem Bergwerk eine Anstellung zu finden. In Südtirol wurde Erz abgebaut. Aber zunächst musste er zu Kräften kommen. Erst dann würde er sich um eine Arbeit kümmern können, die nicht nur ihn, sondern auch Helene ernähren konnte. Wo sollten sie leben? Unmöglich konnte er Helene zumuten, mit ihm von Baustelle zu Baustelle zu ziehen.

Es gab eine Möglichkeit: Er könnte nach Hause. Auf dem Hof könnte er wieder richtig gesund werden. Er würde Helene schreiben und sie bitten zu kommen. Seine Mutter würde die Frau, die er liebte, mit offenen Armen aufnehmen, das wusste er. Und sein Bruder? Er würde ihn um Verzeihung bitten, auch wenn es ihm widerstrebte. Ihr Streit war acht Jahre her. Sicher war auch Carlo inzwischen erwachsener und ruhiger geworden, und wenn Carlo von Helene erfuhr, dann würde er auch wissen, dass er keinen Grund zu Eifersucht mehr hatte. Vor seinem inneren Auge erschienen die sanften, sonnenbeschienenen Hügel von Castelnuovo. Er könnte sich dort eine Arbeit suchen. Irgendetwas würde sich schon finden.

Er schrieb einen Brief an Helene, dass er sicher auf die andere Seite gekommen war, ohne Peter zu erwähnen, und dass er jetzt nach Hause, nach Castelnuovo, gehen würde.

Er fand einen Fuhrhalter, der nach Bellinzona fuhr und ihn für kleines Geld mitnahm. Er übernachtete dort und nahm dann die Postkutsche, die am Lago Maggiore bis Gravellone fuhr und bestieg am nächsten Tag die Kutsche nach Turin. In Chivasso stieg er aus machte den Rest des Weges zu Fuß.

31. KAPITEL

Die ersten Tage nach Pieros Flucht kam Helene wenig zum Nachdenken. Noch am selben Tag war August Walker auf dem Hergerhof erschienen. Ihr Mutter und sie waren allein. Peter brachte Maschinenteile nach Airolo, ihr Vater, Ruedi und Sebastian waren unterwegs nach Isleten, um Dynamit zu holen.

Walker stapfte gegen zehn Uhr auf den Hof und klopfte energisch an die Haustür. Anna knetete Brotteig. Helene spülte das Geschirr vom Frühstück.

Ihre Mutter hatte ihn schon vom Küchenfenster aus gesehen. »Was will der denn hier?«

Helene schwieg. Sie wusste, was ihn hierherbrachte.

»Geh, und mach ihm auf. Ich kann gerade nicht«, sagte Anna und knetete weiter.

Wieder klopfte Walker. Helene lief zur Haustür und öffnete sie. »Grüezi, Landjäger. Was gibt es denn?«

Walker warf sich in die Brust. »Wir suchen einen flüchtigen Verbrecher«, sagte er gewichtig.

»Wir?« Helene sah über seine Schulter, doch da war niemand.

Walker räusperte sich. »Der Herr Gamma und ich.«

Also war der Landjäger von Wassen noch hier. Helene setzte eine unschuldige Miene auf. »Und warum kommst du zu uns?«

»Weil der Flüchtige ein guter Bekannter von euch ist. Piero Caretti.«

»Der? Ja, der hat früher mal hier gewohnt. Aber seit April ist er bei den Chiodos. Vielleicht solltet ihr dort nachfragen. Hier ist er jedenfalls nicht.«

Walker kniff die Augen zusammen. »Du musst gar nicht so unschuldig tun, Helene Herger. Ich weiß, dass du dich im Hospital um ihn gekümmert hast, und außerdem hast du dich bei Stockalper über seine Festsetzung beschwert.«

»Ich helfe öfter mal im Hospital«, gab Helene so ruhig wie möglich zurück. »Und beschwert habe ich mich, weil es ein Unding ist, einen schwer verletzten Mann aus dem Krankenbett heraus zu verhaften.«

»Offensichtlich war er nicht so schwer verletzt. Er hat es geschafft, abzuhauen. Und er muss Hilfe gehabt haben. Jemand hat das Schloss aufgebrochen.«

»Also ich war das nicht. Ich weiß gar nicht, wie so etwas geht.«

Walker musterte sie von Kopf bis Fuß, als wolle er abschätzen, ob sie dazu fähig wäre.

»Was willst du eigentlich von uns?«, fragte Helene und täuschte Ungeduld vor, während sie ihre Hände unter ihrer Schürze versteckte, um ihr Zittern zu verbergen. Also hatten sie Piero bisher nicht gefunden. Er war seit fast fünf Stunden unterwegs, inzwischen musste er die Kantonsgrenze erreicht haben.

»Hören, ob ihr etwas darüber wisst.«

»Wir wissen nichts davon. Aber du kannst gerne meine Mutter noch befragen. Und heute Abend meinen Vater und seine Knechte.«

Wie gerufen kam Anna zur Haustür. Sie trocknete ihre Hände an einem Tuch ab und sah Walker fragend an.

»Grüezi, August. Gibt es Ärger im Dorf? Ich dachte, es sei alles wieder ruhig.«

»Ist es auch.« Walker nannte den Grund seines Besuchs.

»Ach herrje. Davon weiß ich nichts. Aber wenn, dann will der bestimmt über den Pass nach Italien. Wie die anderen auch, die abgehauen sind.«

»Davon gehe ich aus.«

»Na, dann wäre es doch sinnvoll, in diese Richtung zu suchen.«

Walker nickte und verabschiedete sich missgelaunt.

Helene und Anna kehrten ins Haus zurück. Anna ging zum Küchenfenster und sah dem Landjäger nach, dann drehte sie sich zu Helene um. »Hast du etwas damit zu tun?«

Kurz dachte Helene daran, es abzustreiten, doch sie verwarf den Gedanken. Ihre Mutter würde ihr ohnehin nicht glauben.

»Ich habe ihn nicht befreit.«

»Das habe ich nicht gefragt.«

»Ich wusste davon. Es waren Kameraden von ihm. Aber ich werde keine Namen nennen.«

»Namen interessieren mich auch nicht. Ich bin froh, dass er weg ist.«

Ihr Vater äußerte sich am Abend ähnlich, als Anna ihm vom Besuch des Landjägers berichtete.

»Ein Unruhestifter weniger. Die anderen Rädelsführer werden auch alle ausgewiesen, habe ich gehört. Angeblich auf Favres Wunsch. Auch gut. Wenn sie im Gefängnis bleiben würden, müsste der Kanton sie durchfüttern.«

Am Tag darauf kehrte Peter aus Airolo zurück. Er schien nicht besonders überrascht von der Nachricht, dass Piero Caretti entkommen war.

In den nächsten Tagen versuchte Helene sich mit Arbeit abzulenken. Sie half morgens beim Ausmisten, machte den Hühnerstall sauber und überraschte ihre Mutter damit, dass sie freiwillig die Wäsche übernahm. Tagsüber gelang es ihr so, die Sehnsucht und die Sorge um Piero zu verdrängen, doch in den

Nächten lag sie schlaflos im Bett und grübelte. Wo war er jetzt? Man hatte ihn nicht verfolgt, das wusste sie. Wenn er nicht wieder krank geworden war, musste er inzwischen seine Heimat erreicht haben. Aber wahrscheinlich war es noch zu früh, Post von ihm zu erwarten. Wie lange brauchte ein Brief von Italien nach Göschenen?

Die Tage vergingen und es kam kein Brief für sie.

»Mach dir nicht so viele Gedanken«, sagte Paula, als Helene mit ihr darüber sprach. »Wer weiß, wohin es ihn zunächst verschlagen hat. Und dann ist die Post auch nicht immer pünktlich. Er meldet sich schon.«

Mariä Himmelfahrt kam und ging, der August neigte sich dem Ende zu, und zu Helenes Sorge um Piero kam noch eine andere. Ihre Regel blieb aus und das schon zum zweiten Mal. Ihre letzte war im Juni gewesen, die nächste hätte zum Zeitpunkt des Streiks sein müssen. Sie hatte gar nicht darauf geachtet vor Angst um Piero. Und als es ihr aufgefallen war, hatte sie es auf die Aufregung geschoben. Ihre Periode war schon immer unregelmäßig gewesen. Aber dass sie gleich zweimal hintereinander ausblieb?

Es wurde September und sie hatte ihre Regel immer noch nicht. Angst schlich sich in ihre Gedanken, krallte sich in ihr Herz. Was, wenn sie ein Kind erwartete? Aber ihr war nicht übel und das gehörte wohl dazu. Ihre Mutter hatte ihr oft erzählt, wie sie sich jeden Morgen übergeben musste, als sie Martin und Helene erwartete. Und von Gelüsten hatte sie berichtet. Heißhunger auf sauer eingelegtes Gemüse und kurz danach auf Süßes. Nein, sie war bestimmt nicht schwanger. Sie war auch gar nicht blass, im Gegenteil, sie sah aus wie das blühende Leben.

Trotzdem machte sie sich weiterhin Sorgen. Sie raubten ihr den Schlaf und schlugen ihr auf den Appetit. Ihre Mutter bemerkte es wohl, ihr Blick folgte Helene oft, wenn sie glaubte, sie beachte sie nicht. Doch sie schwieg.

Helene sprach mit niemandem über ihre Angst, auch nicht mit Paula. Solange sie schwieg, war es nur ein Schatten, ein Gedanke. Wenn sie es ausspräche, gäbe es kein Zurück mehr.

Auch Peter bemerkte ihre Veränderung. Eines Tages sprach er sie im Stall an, als sie ihm half, Heu zu verteilen. »Du bist so still in letzter Zeit. Ist es wegen Piero?«

Hilflos sah sie ihn an. Er wusste natürlich von ihr und Piero, er war ja dabei gewesen, als sein Vater ihn aus dem Haus geworfen hatte.

»Ich weiß nicht, wo er ist. Ich weiß noch nicht einmal, ob er es über den Pass geschafft hat. Er hatte Fieber, als er losgegangen ist, und die Wunde war noch nicht verheilt.«

In diesem Moment betraten Ruedi und Sebastian den Stall. Peter nahm Helenes Hand, zog sie in die Geschirrkammer und schloss die Tür.

»Er ist sicher über den Pass gekommen. Ich habe ihn bis Airolo mitgenommen.«

Helene riss die Augen auf. »Du?«

»Ich habe ihn kurz nach Andermatt getroffen. Es ging ihm ziemlich schlecht. Er tat mir leid.«

Eine Lawine unterschiedlichster Gefühle rollte über sie hinweg. Erleichterung, Dankbarkeit und Zorn. Piero hatte es auf die andere Seite geschafft. Peter hatte ihm geholfen. Doch Piero meldete sich nicht und Peter hatte es wohl nicht für wichtig genug gehalten, ihr davon zu erzählen.

»Und das sagst du mir erst jetzt?«

Peter wandte den Blick ab. »Ich dachte, er hätte sich bei dir gemeldet.«

Helene atmete tief durch. »Ich bin sehr froh, dass du ihm geholfen hast. Du hättest ihn auch dem Landjäger ausliefern können.«

Peter sah sie wieder an und setzte das verlegene Lächeln auf, das für ihn so typisch war. »Ich bin kein Denunziant. Piero hat nichts Falsches getan.«

32. KAPITEL

Es war Nachmittag, als Piero Castelnuovo erreichte. Die Augustsonne brütete über den Hügeln von Asti, in den Weinbergen wurden schon die ersten Reben geschnitten, die Lavendelfelder standen in voller Blüte und die Weizenfelder waren bereits abgeerntet. Über ihm zwitscherten Bienenfresser, aus den Weinbergen drang das Zirpen der Grillen. Piero blieb stehen und lauschte. Wie lange hatte er diese Stimmen des Südens nicht mehr gehört. Er verließ die Straße und folgte dem Weg, der zwischen Weingärten hindurchführte. Hinter der nächsten Biegung lag der Hof der Carettis. Ein schlichtes zweistöckiges Gebäude mit ockerfarbenen Wänden und terrakottafarbenem Dach, umrahmt von Bäumen. Die Weingärten seiner Familie erstreckten sich hinter dem Haus. Am Haus selbst gab es einen Gemüsegarten und davor, zwischen dem Weg und dem Haus, wuchsen niedrige Bäume mit dunkelgrünem Laub. Sie waren neu. Als er näher kam, erkannte Piero grüne Haselnüsse zwischen den Blättern. Sein Bruder musste sie nach dem Tod ihres Vaters gepflanzt haben.

Auf dem Hof scharrten Hühner, ein braun-weiß gefleckter Hund lag dösend im Schatten vor seiner Hütte, den Kopf auf die Vorderpfoten gelegt. Als die Hühner gackernd vor Piero davonliefen, hob er den Kopf und knurrte. Piero blieb stehen und starrte ihn an. Das war Bruno. Er war ein junger Hund gewesen, als Piero den Hof verlassen hatte. Er musste jetzt zehn Jahre alt oder älter sein.

»Hallo, Bruno«, rief er.

Der Hund spitzte die Ohren, dann stand er auf und begann, mit dem Schwanz zu wedeln. Erst langsam, als sei er sich nicht sicher, ob er den Besucher wirklich kannte, dann immer heftiger, bis der ganze Hundekörper vor Freude zu wedeln schien. Piero hockte sich zu ihm, kraulte ihn hinter den Ohren. »Bruno. Schön, dass du noch lebst, du Guter.«

Er richtete sich wieder auf und sah zur Haustür. Sein Bruder würde bei diesem Wetter bestimmt in den Weingärten sein. Seine Mutter war wahrscheinlich in der Küche oder im Gemüsegarten. Kurz spielte er mit dem Gedanken, durch den Garten in die Küche zu gehen und sie zu überraschen, doch er verwarf ihn. Er wollte sie nicht erschrecken. So klopfte er an die Tür.

Er hörte ihre Schritte und ihr Gebrummel, wer denn um diese Uhrzeit käme, bevor sie öffnete.

»Buon giorno, mamma.«

Ihre Augen wurden groß, sie stand ganz still. Piero sah auf sie hinab. Sie war immer klein gewesen, doch jetzt kam sie ihm auch noch zerbrechlich vor. Graue Strähnen durchzogen ihr dunkelbraunes Haar, das sie wie früher zu einem Knoten geschlungen hatte. Sie trug ein schwarzes Kleid und eine blaue Schürze.

»Piero?«, flüsterte sie. Dann hoben sich ihre Mundwinkel, die Fältchen um ihre Augen begannen zu tanzen. »Piero!«

Ungestüm schlang sie ihre Arme um ihn, drückte ihn. Dann stellte sie sich auf die Zehenspitzen, nahm sein Gesicht in ihre Hände und küsste ihn herzhaft. »Komm rein.«

Er folgte ihr in die Küche. Hier war alles unverändert. Der Boden aus Terrakottafliesen, der große, blank gescheuerte Tisch, der gusseiserne Herd. Die Tür zum Gemüsegarten war geöffnet, er hörte Kinderstimmen. Es mussten Carlos und Lucias Kinder sein, die draußen spielten.

Seine Mutter schloss die Tür, drehte sich um und ließ ihren Blick über ihn gleiten, als könne sie sich nicht sattsehen.

»Setz dich«, sagte sie schließlich. »Hast du Hunger? Du bist dünn geworden.«

Unwillkürlich lächelte er. »Nein. Ich habe keinen Hunger.«

Sie rückte einen Stuhl an seinen, setzte sich ebenfalls und griff nach seiner Hand. Er betrachtete sie. Sie hatte ein paar Falten mehr als vor fünf Jahren und das Blau ihrer Augen schien verblasst zu sein, wie Stoff, der in der Sonne seine Farbe verloren hatte. Auch ihre Lippen waren schmaler.

»Ich bin alt geworden«, sagte sie lächelnd.

»Nein. Du hast dich kaum verändert.«

»Lügner.« Sie lachte. »Wo kommst du her? Giovanna hat erzählt, dass du an diesem Tunnel in der Schweiz arbeitest.«

»Da war ich bis vor Kurzem. Aber jetzt brauche ich eine andere Arbeit.«

Er bat um ein Glas Wasser und dann erzählte er ihr von der Arbeit, von Helene und von dem Streik.

»Ich kann nicht mehr zurück.«

»Mein Junge, ich freue mich sehr, dass du eine Frau gefunden hast, die du liebst. Nur was soll jetzt werden?«

»Ich dachte, ich rede mit Carlo. Vielleicht können wir unseren Streit beilegen. Ich will ihm weder sein Land noch seine Frau wegnehmen. Aber wenn ich eine Zeit lang hierbleiben könnte, bis ich Arbeit finde … Und vielleicht könnte Lene herkommen.«

»Das musst du mit Carlo besprechen. Mir bist willkommen und deine Lene auch. Aber der Hof gehört Carlo und er muss entscheiden.«

Das Mitleid in ihrem Blick gefiel ihm nicht. Er setzte zu einer Antwort an, doch in diesem Augenblick flog die Tür zum Garten auf und zwei Mädchen stürmten herein.

»Nonna, wir haben ganz viele Möhren geerntet. Schau!«, rief die Ältere der beiden und stellte einen Korb auf den Tisch. Dann entdeckte sie Piero und starrte ihn neugierig an. Piero schätzte sie auf sechs oder sieben Jahre. Dann musste sie Carlos Erstgeborene, Maria, sein. Er hatte sie bei der Beerdigung seines Vaters vor fünf Jahren gesehen, zusammen mit ihrem Bruder, Giuseppe, der damals ein Jahr alt gewesen war. Das andere Mädchen war deutlich jünger als Maria.

»Wer bist du?«, fragte es.

»Das ist euer Onkel Piero«, antwortete seine Mutter.

Maria runzelte die Stirn. »Wir haben einen Onkel?«

Piero tauschte einen Blick mit seiner Mutter. Seine Hoffnung, sich mit seinem Bruder versöhnen zu können, schwand.

»Natürlich habt ihr einen Onkel«, sagte seine Mutter betont fröhlich. »Er hat an einem der wichtigsten Bauwerke in Europa gearbeitet, deshalb war er nie hier.«

»Du warst in Rom?«, fragte Maria und sah ihn aus großen Augen an. »Pater Angelo sagt, der Petersdom ist das größte und wichtigste Bauwerk in Europa.«

Es kostete ihn Mühe, nicht laut aufzulachen. Pater Angelo unterrichtete also immer noch die Kinder von Bardella. Er musste inzwischen über sechzig sein. Als Piero die Schule besucht hatte, war er ihm schon uralt vorgekommen, dabei war er damals erst Anfang vierzig gewesen.

»Der Petersdom ist bestimmt das wichtigste Bauwerk, aber ich war in der Schweiz und habe an einem Tunnel gearbeitet, der durch einen riesigen Berg gebohrt wird. Wenn er fertig ist, werden Eisenbahnen hindurchfahren.«

»Ein Tunnel.« Maria war nicht besonders beeindruckt.

»Maria, Giovanna, wolltet ihr mir nicht noch beim Bohnenpflücken helfen?«

Lucia stand an der Tür zum Garten. Auch sie trug einen Korb, in dem Mangold lag. Wie seine Mutter erstarrte sie bei Pieros Anblick. Ihr Gesichtsausdruck wechselte von Überraschung zu Freude.

»Piero!« Sie stellte den Korb ab und strahlte ihn an. Doch nicht lange, dann flackerte ein Ausdruck von Angst über ihr Gesicht. »Was tust du hier?«

Piero zwang sich zu einem Lächeln und hoffte, dass es ihm gelang. Lucia hatte sich sehr verändert. Ihre Haut schimmerte gelblich, ihre Wangen waren schmal und ihre Augen sahen aus wie die eines verschreckten Rehs. Ihre bloßen Arme waren so dünn, dass sich die Knochen und Adern abzeichneten. Unter ihrem Rock wölbte sich deutlich ihr Bauch.

»Ciao Lucia«, sagte er. »Wie geht es dir?«

Es war eine blöde Frage, doch etwas anderes fiel ihm nicht ein.

»Es geht mir gut.« Sie strich über ihren Bauch. »Nur der hier macht mir bei der Hitze zu schaffen. Aber bald ist es ja vorbei. Und wie geht es dir?«

»Ich war krank, aber es geht mir schon besser.«

Dass man ihn angeschossen hatte, wollte er ihr nicht erzählen.

»Ich wollte mit Carlo sprechen. Wo ist er denn?«

»Er ist nach Castelnuovo gefahren, um Ersatzteile für den Pflug zu besorgen, und wollte auf dem Rückweg noch bei der Molkerei vorbei, um Käse zu holen.«

Bei ihren Worten lag ein bitterer Zug um ihre Lippen und die Augen seiner Mutter funkelten zornig.

»Eine Schande ist das!«, schimpfte sie. »Käse holen! Pah! Er treibt sich mit dieser Puttana herum, während seine Frau sein Kind trägt.«

Lucia zuckte zusammen. »Mamma, bitte. So sind Männer nun mal. Sie haben Bedürfnisse.«

Letizia schnaubte. »So sagt man. Richtig ist es trotzdem nicht.« Sie wandte sich zu Piero. »Ich hoffe, du benimmst dich besser, wenn du irgendwann mal verheiratet bist.«

Das würde er.

Lucia ging mit den Kindern wieder in den Garten. Piero blieb in der Küche, redete mit seiner Mutter über alte Zeiten, ließ sich erzählen, was seine Schwestern machten, und aß schließlich auch etwas.

Kurz vor der Dämmerung rollte ein Wagen auf den Hof. Carlo. Er zügelte das Pferd. »Ich bin wieder da! Giulio, hilf mir, das Pferd zu versorgen.«

Giulio, sein sechsjähriger Sohn, rannte auf den Hof. Lucia folgte ihm langsamer.

»Hast du alles besorgen können?«

»Ja, der Käse liegt im Wagen.«

Ohne ihr beim Ausladen zu helfen, kam er ins Haus.

»Wann gibt es denn Essen? Ich habe Hunger wie ein Bär.«

Er trat durch die Küchentür und blieb stehen, als sei er gegen eine unsichtbare Wand gerannt. Sein Mund klappte auf und zu, doch er brachte kein Wort heraus.

»Buone sera, Carlo«, sagte Piero und stand auf.

Insgeheim hatte er gehofft, dass Carlo einen Bauch bekommen hätte oder schütteres Haar. Doch Carlo sah immer noch so gut aus wie vor fünf Jahren. Seine dunklen Locken waren dicht wie eh und je, seine Figur athletisch und sein Gesicht so ebenmäßig, als hätte ein begnadeter Bildhauer es geschaffen. Zum hundertsten Mal fragte Piero sich, warum es Carlo so wichtig gewesen war, ihm Lucia wegzunehmen. Er hätte jede andere im Dorf haben können. Nun, so wie es aussah, hatte er beides. Die Frau, die sein Bruder geliebt hatte, und die Dorfschönheiten, um sich zu vergnügen.

»Was zum Teufel tust du hier?« Carlo hatte seine Sprache wiedergefunden. Sein Gesicht lief rot an. »Du traust dich vielleicht was!«

»Ich wollte mit dir reden.«

»Ich habe nichts mit dir zu reden. Verschwinde aus meinem Haus.«

Piero hob die Hände. »Hör dir wenigstens an, was ich zu sagen habe.«

»Warum? Was hat jemand wie du schon zu sagen? Ist dir das Geld ausgegangen? Von mir bekommst du keines.«

Eine Mischung aus Zorn und Resignation rollte über Piero hinweg. »Ich will kein Geld von dir. Eigentlich wollte ich dich fragen, ob wir uns nach über acht Jahren nicht wie Erwachsene benehmen und unseren Streit beilegen können. Aber ich merke schon, es war keine gute Idee.«

Es war sogar eine ausgesprochen blöde Idee gewesen, hierherzukommen. Schon jetzt brachte Carlo ihn in Rage. Wahrscheinlich würde es keine Woche gut gehen, bevor sie wieder aneinandergerieten.

»Carlo!« Die Stimme seiner Mutter klang überraschend scharf. »Er ist mein Sohn und dein Bruder. Er gehört zur Familie.«

»Vater war anderer Meinung.«

»Euer Vater lebt nicht mehr. Und ich weiß, dass er Piero vor seinem Tod verziehen hat und ihn gerne noch mal gesehen hätte.«

Überrascht sah Piero sie an. Davon hatte er nichts gewusst. Stimmte es, oder hatte sie sich das gerade eben ausgedacht? Carlos Miene zeigte, dass er ähnlich dachte.

»Er möchte heiraten«, fuhr seine Mutter fort. »Und hat gefragt, ob er und seine Zukünftige vorrübergehend hier wohnen können, bis sie ein eigenes Heim haben.«

Carlos Augen weiteten sich ein wenig, er leckte sich über die Lippen. »Du willst heiraten? Wer ist denn die Glückliche?«

Piero schüttelte den Kopf.»Du kennst sie nicht und du wirst sie auch nicht kennenlernen. Mamma, es tut mir leid, aber ich werde nicht hierbleiben.«

»Ach!« Carlo lachte höhnisch. »Hast du Angst, dass ich sie dir ausspanne, wie Lucia? Tja, ich kann halt besser mit Weibern umgehen als du.«

Piero verschränkte die Hände hinter dem Rücken, damit er seinen Bruder nicht packte und schüttelte. Er musste verrückt gewesen sein, überhaupt nur darüber nachzudenken, Helene hierherzubringen. Carlos Worte verrieten nur allzu deutlich, dass er Pieros zukünftige Frau als Freiwild betrachtete. Zwar hatte Piero keine Zweifel daran, dass Helene sich gegen Nachstellungen zu wehren wissen würde. Sie war ganz anders als Lucia. Doch sie würde hier keine ruhige Minute haben.

»Du hast mir Lucia nicht ausgespannt, du hast sie gekauft, und das weißt du genau! Sie hat mich geliebt.«

»Aber sie hat mich geheiratet. Und inzwischen haben wir drei Kinder und das vierte ist unterwegs. Ich weiß halt, wie es geht.« Er griff sich in den Schritt. »Und ich glaube, ihr gefällt es.«

»Ja«, sagte Piero langsam. »Ich habe sie vorhin gesehen. Sie ist das Abbild einer glücklichen Ehefrau. Sag, hast du es noch nötig, sie zu schlagen, oder geht sie freiwillig mit dir ins Bett?«

Carlos Gesicht lief dunkelrot an, er stieß einen unartikulierten Schrei aus und stürmte auf Piero los. Piero trat einen Schritt zur Seite und Carlo rannte an ihm vorbei gegen den Tisch. Schwer atmend stützte er sich mit den Händen auf der Tischplatte ab und stierte Piero an. »Verschwinde! Sofort oder, bei Gott, ich prügle dich windelweich.«

Unter normalen Umständen hätte ihn diese Drohung nicht sonderlich beeindruckt. Doch er war noch nicht wieder gesund und auch lange nicht so kräftig wie vor dem Streik.

Wortlos drehte er seinem Bruder den Rücken zu, beugte sich zu seiner Mutter und küsste sie auf die Wange. »Leb wohl, Mamma. Ich schreibe dir.«

In ihren Augen glitzerten Tränen. »Ihr beide seid wie Kain und Abel. Geh zu Giovanna. Sie wird sich freuen, dich zu sehen.«

»Das mache ich.« Er nahm sein Bündel, das er in einer Ecke abgestellt hatte. Seine Mutter hielt ihn auf. »Ich habe noch etwas für dich. Komm mit.«

Er folgte ihr in ihr Zimmer. Aus einer Schublade nahm sie einen Lederbeutel und reichte ihn Piero. Er enthielt Münzen und war überraschend schwer.

»Das ist ein Teil deines Erbes«, sagte sie. »Dein Vater hat es wirklich bereut, dass er dich verstoßen hat. Und er hat gesagt, dass Carlo dir deinen Anteil am Erbe auszahlen soll. Aber es gab kein Testament und Carlo hat nicht auf mich gehört. Aber ich habe Geld zurückgelegt. Es gehört dir.«

Zutiefst dankbar packte er das Geld in seinen Beutel.

Seine Mutter begleitete ihn hinaus. An der Straße umarmte er sie noch einmal. »Ich danke dir, Mamma. Für alles.«

Seine Kehle wurde eng. Würde er sie je wiedersehen?

»Ich schreibe an Giovanna, sobald ich weiß, wie es für mich weitergeht.«

»Mach das, ich bin oft bei ihr. Gott schütze dich, mein Sohn.«

Er schluckte. »Dich auch, Mamma.«

Er straffte die Schultern und marschierte los.

Giovanna nahm ihn, wie erwartet, mit offenen Armen auf.

»Was wirst du jetzt tun?«, fragte sie, nachdem Piero seine Geschichte erzählt hatte.

»Lene hierherzuholen, geht jedenfalls nicht.« Aber seit seine Mutter ihm das Geld gegeben hatte, war eine neue Idee in ihm gereift. »Mit meinem Erbe und meinen Ersparnissen könnte ich noch mal studieren. Ich muss eine Bergwerkschule finden, die mich annimmt. In knapp drei Jahren wäre ich Ingenieur und würde genug verdienen, um eine Familie zu ernähren.«

Giovanna nickte ermutigend. »Das ist eine gute Idee. Probiere es in Turin. Da gibt es eine Schule.«

Am Abend lag er in seinem Bett und dachte nach. Wenn er in Turin angenommen wurde, müsste Helene fast drei Jahre auf ihn warten. Das war eine lange Zeit. Vielleicht konnte er sie zwischendurch besuchen. Sobald etwas Gras über den Streik gewachsen war.

Kurz überlegte er, Helene von seinen Plänen zu schreiben, doch nein. Erst musste er den Platz an der Schule in Turin sicher haben, dann konnte er sie damit überraschen.

»Das nächste Semester fängt Mitte Oktober an«, sagte ihm der zuständige Lehrer in Turin. »Sie können sich um einen Platz bewerben und bekommen zehn Tage vorher Bescheid.«

»Erst dann?«, fragte Piero entsetzt.

Der Mann nickte. »Die Frist zur Bewerbung endet Mitte September.«

Und jetzt war es August. Noch mehr als sechs Wochen, bis er wusste, ob er den Platz bekommen würde oder nicht. Er brauchte Arbeit, also verdingte er sich bei einem der großen Weingüter im Asti zur Lese. Es wurde zwar lange nicht so gut bezahlt wie die Arbeit am Gotthard, aber er bekam Kost und Logis und die Arbeit war wesentlich leichter.

Ende September bekam er einen Brief aus Turin. Die Bergbauschule hatte ihn angenommen! Seine Jubelschreie schreckte die beiden Burschen auf, mit denen er sich eine Kammer auf dem Weingut teilte. Er lief zum Gutsbesitzer und bat um ein Blatt Papier und einen Umschlag. Dann schrieb er an Helene.

Carissima,

stell Dir vor, ich werde doch noch Ingenieur. Heute habe ich die Zusage aus Turin erhalten. Ich werde an der ältesten Bergbauschule in Europa studieren. Mitte Oktober geht es los.

Er versprach ihr, sobald wie möglich nach Göschenen zu kommen und entwarf Pläne, wann sie sich sehen konnten.

In Gedanken sah er sie vor sich, wie sie seinen Brief öffnete. Ihr Lächeln.

33. KAPITEL

Im September verdichtete sich Helenes Angst zur Gewissheit. Ihre Regel war das dritte Mal ausgeblieben. Ihr war zwar nicht übel, doch es gab andere Zeichen. Dass sie blass und elend aussah und unter ihren Augen sich bläuliche Schatten abzeichneten, konnte auch daran liegen, dass sie jede Nacht wach lag und kaum einen Bissen herunterbrachte. Doch ihre Brüste waren größer geworden und schmerzten, wenn sie sie berührte. Die Höfe der Brustwarzen waren größer und dunkler. Das leichte Ziehen im Unterleib, von dem sie bisher immer gehofft hatte, es kündige ihre Tage an, bedeutete wohl eher, dass sich neues Leben dort eingenistet hatte.

Sie legte die Hand auf ihren Bauch. Dort wuchs Pieros und ihr Kind. Die Vorstellung, dass aus ihrer Liebe Leben entstand, hatte etwas Beglückendes. Sie liebte dieses unbekannte Wesen jetzt schon. Doch gleich darauf packte sie die Angst. Was sollte aus ihr werden?

Nachts lag sie wach und rechnete. Bis zum fünften Monat musste sie die Schwangerschaft bei der Amtsstelle anzeigen. Das wäre im November. Das Kind würde im März geboren werden. Sie dachte an Johanna. Stand ihr nun das Gleiche bevor? Würde sie auch während der Geburt verhört werden? Vielleicht blieb es ihr erspart. Es gab keinen Zweifel an der Vaterschaft und im Gegensatz zu Johanna hatte sie Zeugen. Paula, ihre Eltern und Peter wussten von ihrer Beziehung zu Piero.

Sie würde es zuerst ihren Eltern beichten müssen. Der Gedanke war beängstigend. Was würde ihr Vater tun? Sie glaubte nicht, dass er sie hinauswerfen würde. Aber wenn doch?

Wenn sie doch nur wüsste, wo Piero sich aufhielt. Dann könnte sie ihm schreiben. Doch auch das änderte nichts an der Tatsache, dass er nicht mehr in die Schweiz durfte, und sollte er es trotzdem wagen und nicht verhaftet werden, würden sie niemals die Erlaubnis zum Heiraten bekommen. Piero war ein Fremder, und Fremde mussten dreihundert Schweizer Franken bezahlen, wenn sie eine Frau aus Uri heiraten wollten. Dieses Geld hatte er nicht. Also würde sie zu ihm nach Italien gehen, auch wenn es ihr das Herz zerreißen würde, die Heimat zu verlassen. Ihr Kind war wichtiger.

Sie konnte nach Castelnouvo schreiben. Seine Familie besaß dort ein kleines Gut, vielleicht wusste seine Mutter oder sein Bruder, wo er sich aufhielt. Dass sie die genaue Adresse nicht hatte, machte nichts. Auch in Göschenen kam die Post an, wenn nur der Name auf dem Umschlag stand, das würde dort nicht anders sein.

Ein kleines bisschen Hoffnung breitete sich bei diesen Gedanken in ihr aus. Vielleicht wurde alles gut.

Fahles Licht fiel durch das Fenster, es dämmerte. Sie stand auf und zündete die Lampe an. Barfuß huschte sie die Treppe hinunter und holte Papier, Tinte und Federhalter aus einer Schublade in der Stube. Dann verschloss sie ihre Zimmertür, setzte sich an den Tisch und begann zu schreiben. Erst verfasste sie einen Brief auf Deutsch an Piero, dann einen kurzen auf Italienisch, in dem sie den Empfänger der Zeilen darum bat, ihren Brief an Piero weiterzuleiten. Das Italienisch, das sie in den letzten beiden Jahren gelernt hatte, war nicht besonders gut, doch dazu reichte es. Sie packte beide Blätter in einen Umschlag und adressierte ihn.

Wieder legte sie die Hand auf ihren Bauch. »Es wird alles gut«, flüsterte sie.

Nachdem sie ihre Arbeit auf dem Hof erledigt hatte, erzählte sie ihrer Mutter, dass sie Paula besuchen wolle. Doch zunächst ging sie zum Postamt.

Dort wartete eine Schlange von Italienern. Vor zwei Tagen war Zahltag gewesen, erinnerte Helene sich. Die Männer standen hier, um Geld in die Heimat zu schicken.

Arnold entdeckte sie in der Schlange und winkte sie zu sich. »Was kann ich für dich tun?«

»Ich wollte einen Brief aufgeben.« Sie legte den Umschlag auf den Tresen.

Arnold las die Adresse. »Nach Italien? Das macht zwanzig Rappen.«

Helene zählte die Münzen. »Wissen Sie, wie lange so ein Brief braucht?«

»In etwa zehn Tagen sollte er da sein.«

»Danke. Gibt es Post für uns? Dann kann ich sie gleich mitnehmen.«

Arnold schüttelte den Kopf. »Nein, heute nicht.«

»Dann, ade.«

»Ade, Helene. Grüß zu Hause von mir.«

Paula war nicht im Laden, also klopfte Helene an der Haustür. Ihre Freundin öffnete selbst und bat sie herein. Sie hatte Paula in der letzten vier Wochen nicht oft gesehen. Paula hatte viel im Laden zu tun und Helene hatte sich in ihrer Arbeit auf dem Hof verkrochen. Doch jetzt musste sie mit ihr reden.

Paula begrüßte sie freudig, doch als sie Helene ins Gesicht sah, stutzte sie und ihr Lächeln verschwand. »Du siehst nicht gut aus. Gibt es schlechte Nachrichten aus Italien?«

Helene legte den Finger an die Lippen. »Nein, es ist alles in

Ordnung«, sagte sie so laut, dass Elfriede es hören musste, wenn sie mal wieder lauschte.

Paula nickte. »Komm mit auf mein Zimmer. Willst einen Kaffee? Es ist noch welcher da.«

»Gerne.«

»Geh schon mal vor. Ich komme gleich.«

Die Wohnung der Bissigs lag in den beiden Stockwerken über dem Laden, nur die Küche befand sich im Erdgeschoss. Helene ging die Treppe hinauf und sah aus dem Fenster in Paulas Zimmer. Von hier hatte man einen Blick auf die Baustelle. Wie immer herrschte dort geschäftiges Treiben.

Paula trat ein, stellte ein Tablett auf den Tisch und schloss die Tür hinter sich. Sie setzten sich auf die beiden Sessel, die vor dem Fenster standen.

»Was ist los? Ist etwas mit Piero?«

Helene schüttelte den Kopf. »Ich habe immer noch keine Nachricht von ihm.«

Tröstend legte Paula ihr die Hand auf den Arm. »Ich hatte schon befürchtet, ihm sei etwas zugestoßen. Du siehst wirklich elend aus. Aber bestimmt gibt es keinen Grund zur Sorge. Ich bin sicher, er schreibt dir, sobald er Arbeit gefunden hat. Er ist keiner von diesen Windhunden.«

»Das glaube ich auch. Trotzdem gibt es Grund zur Sorge.« Sie räusperte sich und senkte die Stimme. »Ich bin in Schwierigkeiten.«

Paulas Augen weiteten sich. »Du erwartest ein Kind?«, rief sie. Dann schlug sie sich auf dem Mund und drehte sich hastig zu Tür um, als erwarte sie, Elfriede dort stehen zu sehen. »Bist du sicher?«, flüsterte sie.

Helene nickte und erzählte ihr von ihren Ängsten und schlaflosen Nächten in den letzten Wochen und davon, dass sie heute einen Brief nach Italien geschickt hatte.

»Du bist die Erste, mit der ich darüber spreche. Wobei ich manchmal das Gefühl habe, meine Mutter ahnt etwas. Sie guckt mich immer so komisch an.«

»Du Ärmste. Was musst du durchgemacht haben! Wirst du denn nach Italien gehen, sobald Piero sich meldet?«

»Eine andere Wahl habe ich nicht. Du kennst die Gesetze von Uri. Was würdest du tun?«

»Ich würde auch gehen. Wenn du bleibst und ein uneheliches Kind bekommst …« Sie verstummte, doch Helene wusste, was sie hatte sagen wollen. Diesen Gedanken hatte sie bisher in den hintersten Winkel ihres Kopfes verbannt. Doch jetzt sprach sie es aus. »Dann nehmen sie es mir vielleicht fort. Wie Johannas Kind.«

Ihre Augen brannten, ihre Kehle war so eng, dass sie kaum sprechen konnte.

»Das ertrage ich nicht. Ich kann den Zorn meiner Eltern aushalten, den Tratsch im Dorf, auch das Genießverhör, aber nicht, dass sie mir unser Kind fortnehmen.«

Paula drückte ihren Arm. »Daran darfst du nicht denken. Alles wird gut. Piero wird sich melden, sobald er davon erfährt.«

»Wenn er davon erfährt. Vielleicht weiß seine Familie gar nicht, wo er ist.« Sie erzählte Paula von Pieros Streit mit seinem Bruder.

Paula presste kurz die Lippen zusammen, dann rang sie sich ein Lächeln ab. »Wenn er sich mit seiner Schwester schreibt, dann weiß sie, wo sie ihn erreichen kann. Ganz bestimmt. Aber du musst mehr essen, du bist wirklich dünn geworden. Und …« Sie stand auf und holte einen kleinen Tiegel aus der Schublade ihres Waschtisches. »Benutze das.«

Helene sah auf den Tiegel. »Was ist das?«

»Rouge. Wir verkaufen es im Laden an die Frauen, die hier mit den Männern … du weißt schon. Sie benutzen es, um ihre Wangen zu färben.«

»Danke.« Helene steckte das Töpfchen ein.

34. KAPITEL

»Hast du kurz Zeit, ich wollte dich etwas fragen.«

Peter stand an der Tränke im Hof. Es war Sonntag, sie waren gerade von der Kirche nach Hause gekommen. Helene hatte sich schon gewundert, dass Peter nicht wie sonst mit ihrem Vater ins Rössli gegangen war.

»Ja, natürlich.«

»Dann lass uns ein Stück gehen.«

Sie verließen den Hof in Richtung Westen. Die Sonne schien, Blumen blühten am Wegrand, vom Wald her tönte das Gebimmel der kleinen Glocken, die die Ziege trugen. Peter ging gar nicht weit, an der zweiten Weide der Hergers blieb er stehen. »Schau mal, hier würde doch gut ein Haus hinpassen. Die Weide ist flach, Wasser ist auch in der Nähe, man könnte versuchen, einen Brunnen zu bohren. Was meinst du?«

Verwundert sah Helene von ihm zu dem Land, auf das er zeigte. Er hatte recht, das Gelände eignete sich gut zum Bauen, es lag so, dass die Sonne es fast den ganzen Tag beschien.

»Ja, das ist gutes Bauland. Aber warum sagst du das? Willst du jetzt auch noch ein Logierhaus errichten lassen?«

Peter lachte, es klang verlegen. »Nein. Ich möchte ein eigenes Haus haben. Ich bin froh, dass deine Eltern mich so freundlich aufgenommen haben, und da ich weiterhin für deinen Vater arbeiten werde, wollte ich mein Haus in der Nähe bauen. Meinst du, er verkauft mir die Wiese?«

»Bestimmt. Aber Peter, das klingt ja fast, als wolltest du eine Familie gründen.« Sie lächelte ihn an.

Er errötete. »Na ja, ich bin jetzt fünfundzwanzig Jahre alt, und dank deines Vaters konnte ich auch genug Geld zurücklegen.« Er ging weiter. »Ich würde das Haus hier vorne direkt am Weg bauen. Nur zwei Stockwerke. Unten eine große Küche und eine Wohnstube, oben drei Zimmer. Das Schlafzimmer mit dem Fenster nach Osten, damit die Sonne morgens hereinscheint.«

»Mit Blick auf das Riental.« Helene drehte sich um. Vom Weg aus konnte sie nur die Gipfel des Rienzenstocks und Bächenstocks sehen, aber vom Obergeschoss eines Hauses hätte man fast den gleichen Blick wie aus ihrem Schlafzimmerfenster.

»Genau«, bestätigte Peter lächelnd. »Mit Blick auf das Riental. Und hinter dem Haus könnte man einen Gemüsegarten anlegen. Die Erde hier ist fruchtbar. Wir könnten versuchen, Kartoffeln anzubauen wie der Gamma Joseph.«

»Das klingt sehr schön«, sagte Helene und verspürte einen Stich Neid. Davon hatte sie geträumt. Ein kleines Haus hier an der Göschener Reuss mit einem Gemüsegarten, vielleicht noch einem Hühnerstall, ein paar Geißen, die im Sommer auf die Göscheneralp getrieben wurden. Nur, dass zu ihrem Traum Piero gehörte und ihr Vater ihm niemals Land verkauft hätte, selbst wenn er es hätte bezahlen können. Nun würde Peter hier bauen und mit Frau und Kindern hier leben. Sicher würde ihr Vater ihn dann auch zum Teilhaber machen.

Sie sah Peter an, sein breites gutmütiges Gesicht, die unglaublich strahlend blauen Augen, die genau die Farbe des Himmels über dem Tal hatten.

»Weißt du noch, wie wir als Kinder die Geißen bei Gwüest gehütet haben?«, sagte er jetzt.

Ja, sie wusste es. Wie unbeschwert sie gewesen waren und wie einfach das Leben. »Ich musste mich manchmal heimlich wegschleichen, weil Mutter es nicht gelitten hat, dass ich mit dir und dem Martin Geißen hüte. Sie fand, ich solle lieber stricken und stopfen und lernen, wie man einen Haushalt führt. Aber die Lina war auch oft dabei und deine Eltern hatten nichts dagegen. Es war eine schöne Zeit.«

»Manchmal wünsche ich sie zurück. Unsere Eltern waren befreundet, die Zukunft lag klar vor uns. Ich würde Fuhrhalter sein, wie mein Vater, die Lina würde den Martin heiraten und ich …« Er verstummte schlagartig.

»Und du?«

Er schluckte, sah kurz hinauf in den Himmel und dann wieder sie an. »Ich dachte, ich würde dich heiraten.«

Helene lachte. »Das haben wir gespielt, weißt du noch? Vater, Mutter, Kind. Du und ich waren Vater und Mutter und deine Geschwister waren unsere Kinder.«

Er lachte nicht, sondern sah sie ernst an. »Ja, früher haben wir das gespielt. Aber als wir älter wurden, wurde mir klar, dass ich dich wirklich heiraten will. Nicht nur im Spiel.«

»Peter …« Sie schluckte. »Aber das ist doch jetzt auch schon lange vorbei.«

»Nein, ist es nicht. Jedenfalls nicht für mich. Ich habe nie eine andere zur Frau gewollt. Ich habe es nur nie gewagt, dir das zu sagen. Für dich war ich immer ein Freund, ein Spielkamerad. Ich habe gehofft, wenn du älter wirst, würdest du irgendwann merken, was ich für dich empfinde. Ich habe gedacht, wir hätten Zeit. Doch dann kamen die Bergleute, und Piero.«

Er holte tief Luft. »Ich habe gesehen, wie du dich in ihn verliebt hast, und er sich in dich. Da konnte ich nichts mehr sagen. Ich wusste, du hattest dich entschieden.«

Fassungslos sah Helene ihn an. Jetzt, plötzlich, verstand sie seine Schüchternheit, seine Verlegenheit. Sie erinnerte sich an manche Momente, wo sie das Gefühl gehabt hatte, er wolle ihr etwas sagen.

Er räusperte sich. »Ich war es aber nicht, der deinem Vater von euch erzählt hat. Das war Ruedi.«

»So etwas hätte ich auch nie von dir gedacht«, beteuerte Helene. Dann sah sie ihn prüfend an. »Aber jetzt baust du doch ein Haus, da muss es doch jemanden geben, für den du es baust?«

Nun lachte er, auch wenn es nicht fröhlich klang. »Ach Helene, meine allerliebste Helene. Das Haus ist für dich. Ich weiß, dass du in Piero verliebt warst. Aber er ist fort, und er darf nicht zurückkommen. Und du bist hier. Ich möchte dich immer noch heiraten. Ich weiß, dass du mich nicht liebst, aber ich liebe dich, und vielleicht reicht das für den Anfang. Ich habe wirklich versucht, dich zu vergessen, aber es geht nicht. Es gibt keine andere Frau, mit der ich leben möchte, mit der ich alt werden möchte.«

Sie wusste nicht, was sie sagen sollte. Peter gehörte zu ihrem Leben, solange sie denken konnte. Als Martin gestorben war, war er zu ihrem großen Bruder geworden. Er war wie die Felsen hier im Tal, einfach immer da, verlässlich und fest in der Erde verwurzelt. Vielleicht hätte sie irgendwann gemerkt, was er für sie empfand. Vielleicht, wenn der Tunnel nicht gebaut würde, die Fremden nicht gekommen wären, wenn Göschenen noch so wäre wie vor fünf Jahren, vielleicht hätte sie ihn dann geheiratet. Das war sogar sehr wahrscheinlich, denn außer ihm gab es niemanden in Göschenen, der ihr so nahestand. Doch jetzt …

Es war nicht nur Piero, der zwischen ihnen stand. Wie Peter gesagt hatte, Piero war fort und nicht nur einfach »fort«. Man hatte ihn ausgewiesen, er durfte nicht zurück. Und sie wusste nicht, wohin es ihn verschlagen hatte. Vielleicht war ihm auf dem Weg nach Hause etwas zugestoßen, und ihr Brief war nicht angekommen. Wenn es nur um sie ginge, würde sie warten. Doch würde man ihr nach der Geburt das Kind lassen? In ihren Träumen hörte sie Johannas Schreie. Es gab nur eine Möglichkeit, das Kind, Pieros Kind, zu behalten. Sie brauchte einen Ehemann. Und Peter war hier und wollte sie heiraten.

»Helene?« Seine Stimme riss sie aus ihren Gedanken. »Wirst du darüber nachdenken?«

Sie holte tief Luft. »Ich brauche nicht darüber nachzudenken, Peter. Du bist mein bester Freund. Ich würde dich lieber heiraten als irgendjemand sonst in Göschenen.«

In seinen Augen flackerte es kurz auf. Es war wohl nicht ganz das, was er zu hören gehofft hatte. Helene nahm ihren Mut zusammen, denn das Folgende würde ihm noch weniger gefallen, doch sie war ihm die Wahrheit schuldig. »Aber ich kann nicht. Ich erwarte ein Kind.«

Er wurde blass bis in die Lippen. »Du bist schwanger?«

»Ja.«

Er wandte sich um, ging ein Stück den Weg hinauf, blieb stehen und drehte sich um. Sein Blick glitt von ihr zu den Gipfeln der Berge. Er kam zurück, nur, um kurz vor ihr wieder umzukehren und erneut den Weg hinaufzugehen. Wieder kehrte er zurück, eine Falte stand zwischen seinen Augenbrauen.

»Peter«, sagte sie leise. »Lass uns dieses Gespräch vergessen. Du wirst ein anderes Mädchen finden, ganz bestimmt.«

»Und was wirst du tun?«

»Ich weiß es nicht. Vielleicht gehe ich fort.«

»Wohin denn?«

Sie zuckte mit den Schultern. »Auch das weiß ich nicht. Ich weiß nur eines: Ich ertrage es nicht, wenn sie mir das Kind wegnehmen, wie sie es bei Johanna gemacht haben.«

Er schüttelte den Kopf. »Nein, das geht nicht. Wovon willst du denn leben? Mit einem unehelichen Kind bekommst du nirgends Anstellung. Vielleicht nimmt dich ein Bauer als Magd, aber …«

Sie wusste das alles. Auch was hinter seinem letzten, nicht zu Ende gesprochenen Satz stand. Es gab Bauern, die sich an ihren Mägden vergriffen und als Mutter eines unehelichen Kindes wurde man schnell zu Freiwild. Wieder fühlte sie sich wie ein Tier in der Falle. Es gab einfach keinen Ausweg. Entweder sie blieb hier in Göschenen und man würde ihr das Kind nehmen, oder sie ging fort, ohne zu wissen, was aus ihr werden und wie sie ihr Kind großziehen sollte.

»Wann kommt das Kind?«, fragte Peter.

»Nächstes Jahr im März.«

Er nickte langsam. »Und du meinst ehrlich, was du vorhin gesagt hast? Dass du mich heiraten würdest?«

»Ja, aber was ist mit dem Kind?«

»Es ist dein Kind. Ich liebe dich und ich werde auch das Kind lieben. Nur eines musst du mir versprechen.«

»Was?«

»Dass dieses Kind nicht erfahren wird, dass ich nicht sein Vater bin. Es wird unser Kind sein.«

Sie schluckte, doch dann nickte sie. Es war besser so.

»Gerede wird es wohl trotzdem geben, wenn wir in sechs Monaten ein Kind bekommen.«

Peter strich ihr sanft über die Wange. »Lass sie reden. Ich spreche nachher mit deinem Vater und gehe morgen zum Pfarrer und gebe unsere Verlobung bekannt. Ich lebe seit fast zwei Jahren bei euch auf dem Hof, glaube mir, niemand wird daran zweifeln, wenn ich sage, dass wir uns schon länger einig sind.«

Hoffnung bahnte sich einen Weg durch die Verzweiflung der letzten Wochen. Sie würde hierbleiben können, sie würde ihr Kind behalten und ein normales Leben an der Seite eines Mann führen, der sie liebte und der auch liebenswert war.

Eine Verlobungszeit von nur vier Wochen war nicht ungewöhnlich, es war eine alte Tradition. Früher durfte ein Paar nur einen Monat verlobt sein, wenn es danach nicht verheiratet war, musste es für jeden weiteren Monat Strafe zahlen. Darüber würde sich niemand wundern. Aber, flüsterte eine Stimme in ihrem Hinterkopf, du wirst Piero nie wiedersehen. Selbst wenn er sich bei dir meldet. Wenn du verheiratet bist, ist der Weg zu ihm für alle Zeiten versperrt.

Ich weiß doch gar nicht, ob er sich jemals meldet, widersprach sie in Gedanken. Vielleicht findet er keine Arbeit, vielleicht lebt er gar nicht mehr. Alles ist möglich. Und das Kind braucht eine Mutter, es braucht einen Vater.

Wieder schaute sie Peter an und hatte das Gefühl, ihn zum ersten Mal wirklich zu sehen. Seine Haut war von der Arbeit im Freien gebräunt, seine Augen waren blau wie der Sommerhimmel über ihnen und sein Haar hatte die Farbe von reifem Weizen. Er war ein stattlicher, ein gut aussehender Mann.

Zusammen leben, gemeinsam alt werden, hatte er gesagt. In ihrer Verliebtheit hatte sie nie darüber nachgedacht, was das bedeutete. Sie hatte einfach nur bei Piero sein wollen.

Peter ließ ihre Musterung mit einem leichten Lächeln auf den Lippen über sich ergehen.

»Du musst dich nicht jetzt entscheiden«, sagte er schließlich. »Ich habe so lange gewartet, ich kann auch noch ein bisschen länger warten.«

Sie schüttelte den Kopf. Seit Wochen lag sie jede Nacht wach, suchte nach einem Ausweg. Natürlich konnte sie noch weitere Wochen grübeln, aber es würde sie kein Stück weiterbringen. Sie musste sich entscheiden. Gehen, in eine ungewisse Zukunft, oder bleiben und ihrem Kind ein Heim geben, in dem es behütet und geliebt aufwachsen würde.

»Ich will dich heiraten, Peter.«

Sein Lächeln wurde größer, breitete sich auf seinem gesamten Gesicht aus. »Ich rede gleich mit deinem Vater. Ich denke, er wird nicht Nein sagen.«

»Vater? Natürlich nicht. Er hat immer gehofft, dass wir ein Paar werden. Und Mutter auch. Sie mögen dich beide sehr.«

Wie erwartet, waren ihre Eltern begeistert und stimmten der Hochzeit sofort zu. Als Peter sagte, dass sie Ende September heiraten wollten, hob Helenes Vater die Augenbrauen. »Na, dafür, dass du dir so lange Zeit gelassen hast, um ihre Hand anzuhalten, pressiert es jetzt aber sehr. Wollt ihr nicht warten, bis euer Haus fertig ist?«

Peters Wangen färbten sich rosa. »Das Haus wird wohl erst im Frühling fertig sein. Aber du hast recht, Franz, es eilt ein wenig. Die Helene und ich, wir haben uns schon vor einiger Zeit öfter getroffen und na ja …« Die Röte in seinen Wangen vertiefte sich und er kam ins Stottern.

Peter war ein wirklich schlechter Lügner, doch zum Glück sorgten in diesem Fall seine Verlegenheit und seine roten Wangen dafür, dass zumindest ihr Vater keinerlei Zweifel an seinen Worten hegte. Bei ihrer Mutter war Helene nicht so sicher. Der Blick, mit dem sie Helene musterte, war ausgesprochen misstrauisch.

Drei Wochen später stand Helene mit Peter in der Kirche von Göschenen vor dem Altar. Sie trug ein schwarzes Kleid aus feiner Baumwolle und Peter einen neuen Anzug. Beides stammte von einer Schneiderei aus Altdorf. Peter hatte sie mitgenommen, als er nach Altdorf gefahren war, um den Eheschein zu besorgen, ohne den niemand in Uri heiraten durfte.

Obwohl es in der Kirche nicht kalt war, zitterte Helene. Die Predigt des Pfarrers übertönte kaum das Rauschen in ihren Ohren. Bald, ganz bald waren sie und ihr Kind sicher. Sie hielt sich an diesem Gedanken fest, wie eine Ertrinkende. Daran, dass sie nun unwiderruflich und für alle Zeit von Piero getrennt war, wollte sie nicht denken. Endlich kam der Moment, in dem Peter und sie vor dem Pfarrer knieten.

»Helene Herger, Peter Gisler, ich frage euch: Seid ihr hierhergekommen, um nach reiflicher Überlegung und aus freiem Entschluss den Bund der Ehe zu schließen?«

»Ja!« Peters Stimme klang laut und klar.

Helene schloss kurz die Augen und holte Luft. »Ja!«

»Und wollt ihr einander lieben und achten und die Treue halten alle Tage eures Lebens?«

»Ja«, antworteten sie gemeinsam.

»In Gegenwart Gottes und vor den Trauzeugen reicht nun einander die rechte Hand und sprecht das Vermählungswort.«

Helene Hand zitterte in Peters wie ein gefanger Vogel. Peter blickte sie an. »Vor Gottes Angesicht nehme ich dich, Helene Herger, als meine Frau an. Ich verspreche dir die Treue in guten und in bösen Tagen, in Gesundheit und Krankheit, bis der Tod uns scheidet. Ich will dich lieben, achten und ehren alle Tage meines Lebens.«

Sie wiederholte die Worte.

Der Pfarrer nahm seine Stola ab und legte sie über ihre Hände. »Was Gott verbunden hat, darf der Mensch nicht trennen. Ertragt euch gegenseitig und vergebt einander, wenn einer dem anderen etwas vorzuwerfen hat. Wie der Herr euch vergeben hat, so vergebt auch ihr.«

Helene schluckte. Warum hatte der Pfarrer ausgerecht dieses Trauspruch gewählt?

Endlich war der Gottesdienst vorüber. Der Pfarrer sprach den Segen, ein letztes Lied wurde gesungen und dann verließen Helene und Peter die Kirche. Draußen auf dem Platz wurden sie von Freunden und Verwandten empfangen.

Peters Eltern waren nicht gekommen. Vor einigen Tagen war Maria auf dem Hergerhof gewesen und hatte unter Tränen erzählt, dass Urs sich weigerte, zur Hochzeit zu kommen, und es auch ihr, Karl und Sophie verboten hatte. Aber Lina und ihr Mann Emil Tresch waren unter den Anwesenden.

»Ich freue mich so für euch«, sagte Lina und blinzelte ein paar Tränen aus den Augen. »Für mich wart ihr schon immer füreinander bestimmt.«

Paula umarmte Helene stumm, dann gratulierte sie Peter.

Natürlich hatte es Gerede gegeben, weil sie es mit der Hochzeit so eilig hatten. Doch wirklich übel genommen hatte es niemand, noch nicht einmal Elfriede Bissig. Die hatte zwar ein paar Bemerkungen gemacht, dass man sich ja nicht zu wundern bräuche, wenn man einen jungen Mann in sein Haus aufnahm, aber dass der Peter wenigstens ein guter, ordentlicher Mensch war, anders als die Italiener. Denn es hatte in den letzten Monaten auch einige hastige Eheschließungen zwischen Einheimischen und Fremden gegeben. Die Tochter von Franz Naef hatte einen italienischen Techniker geheiratet, und der Sohn von Anton Michel die Tochter des italienischen Bäckers.

»Keine Ordnung mehr im Ort«, hatte Elfriede kommentiert und sie war nicht die Einzige, die den Verfall der Sitten beklagte.

Die Feier fand im oberen Saal im Rössli statt. Das halbe Dorf war eingeladen. Helene und Peter saßen in der Mitte der langen Tafel und nahmen die Glückwünsche entgegen. Paula hatte ihren Platz ganz in der Nähe, sie lächelte Helene immer wieder aufmunternd zu. Helene stocherte in ihrem Essen, sie bekam kaum einen Bissen herunter. Jetzt also war sie unwiderruflich an Peter gebunden, selbst wenn Piero sich bei ihr meldete, sie durfte ihn nie wiedersehen. Das war sie Peter schuldig. Er saß neben ihr, strahlte vor Glück, doch auch er aß nicht viel.

Nach dem Essen wurden die Tische und Stühle an die Seite

gestellt, die Musiker packten ihre Instrumente aus und spielten auf. Peter führte Helene auf die Tanzfläche und schnell folgten andere Paare. Paula tanzte mit Christian Wegmann, einem Hotelbesitzer aus Luzern, der seit einigen Monaten in Göschenen war und ein Hotel an der Gotthardstraße baute. Die Hergers hatten für ihn das Baumaterial befördert.

Lina tanzte mit ihrem Mann, Ruedi mit Magdalena, der Tochter von Regula Bieli. Selbst Helenes Eltern schwangen das Tanzbein. Helene hatte ihre Mutter selten so fröhlich gesehen. Ihr Vater sprach dem Bier mehr als sonst zu und erzählte Geschichten aus Helenes Kindheit.

Irgendwann waren die meisten der Anwesenden ziemlich angeheitert, Bier und Wein flossen in Strömen. Helene nutzte einen Moment, in dem ihr Vater mit Peter sprach, und ging hinaus an die frische Luft.

Sie stand auf der Straße und blickte hinauf zum Riental. Es war recht ruhig im Ort, die Arbeiter der Frühschicht waren wieder zu Hause und die der Nachtschicht noch nicht auf den Straßen. Aus dem Trögli drangen Stimmen und aus dem Albergo d'Italia erklang Musik. Die untergehende Sonne warf goldene Flecken auf die Hänge unterhalb des Bächenstocks. Die Luft hatte ihre sommerliche Weichheit verloren, im kühlen Wind, der von Westen wehte, lag schon der Geruch nach Herbst und eine Ahnung von Kälte und Nebel.

»Ist dir nicht kalt?« Peter war ihr nach draußen gefolgt.

»Nein. Ich finde es sehr stickig drinnen.«

Peter lächelte, doch es wirkte etwas nervös. »Glaubst du, uns vermisst jemand, wenn wir nicht wieder hineingehen? Mir ist es zu voll und zu laut.«

»Die meisten sind eh schon ziemlich angetrunken. Die werden gar nicht merken, dass wir weg sind.«

»Dann könnten wir doch nach Hause gehen.«

Helene nickte. Es würde ihnen niemand übel nehmen, wenn sie jetzt gingen. Die meisten würden glauben, dass die Ungeduld sie nach Hause und ins Brautbett trieb.

»Komm.« Peter griff nach ihrer Hand.

Helene raffte den Rock und sie liefen durch die Straßen bis zum Hof. Dort angekommen, blieben sie stehen. Helene rang nach Luft, doch das Laufen hatte ihre Angst vor dem Kommenden gedämpft. Es war fast so wie früher gewesen, als Peter und sie noch Kinder waren und sich heimlich davongestohlen hatten, um mit den anderen Kindern die Geißen zu hüten.

Sie betraten das Haus und gingen hinauf in Peters Zimmer, das zukünftig ihr gemeinsames Schlafzimmer sein würde. Die Tür stand offen. Das Bett war frisch bezogen und mit Eibenzweigen geschmückt, auch an der Wand hingen Zweige. Auf dem Tisch am Fenster standen ein Krug Wein und zwei Gläser. Peter ließ ihr den Vortritt und schloss die Tür. Dann trat er zu ihr und nahm ihr den Myrthenkranz ab. Helene rieb sich über die Stirn, wo der Kranz einen Abdruck hinterlassen hatte. Peter schenkte zwei Gläser Wein ein und reichte ihr eines. »Du siehst müde aus.«

Müde war nicht der richtige Ausdruck. Eigentlich war sie vor lauter Nervosität hellwach, aber sie fühlte sich erschöpft und ausgelaugt von den letzten Wochen und dem heutigen Tag. Am liebsten hätte sie sich ins Bett gelegt und geschlafen.

Sie rang sich ein Lächeln ab. »Es war schon anstrengend in den letzten Wochen.«

Peter nickte, zog die Jacke aus und zerrte an seiner Halsbinde, bis sie sich löste. »Sollte deine Mutter dir vielleicht beim Ausziehen helfen?«

»Ich weiß es nicht.« Sie hatte natürlich Hochzeitsfeiern erlebt. Von Freunden, von Verwandten, doch sie war nie mit in das Brautzimmer gegangen. War es üblich, dass die Mutter der Braut sie entkleidete? Wahrscheinlich. Und da klopfte es auch schon an der Tür.

»Helene, Peter?«, rief ihre Mutter.

Peter öffnete. Anna stand im Flur, die Hände in die Hüften gestützt. »Was habt ihr euch nur gedacht, euch einfach davonzustehlen? Peter, du gehst jetzt nach unten in die Stube und kommst erst wieder hinauf, wenn ich dich rufe.«

Peter warf Helene einen leicht verzweifelten Blick zu und hob kurz die Schultern. Ich kann nichts ändern, hieß diese Geste. Dann ging er.

Unwillkürlich lächelte Helene. Sicher graute es ihm vor den zotigen Sprüchen und deftigen Ratschlägen, die er sich jetzt anhören durfte.

Hinter ihrer Mutter kam Paula ins Zimmer. Sie half Helene, sich auszuziehen. Als sie nur noch ihr Hemd trug, umarmte Paula sie. »Ich wünsche dir alles Gute.«

Sie ging hinaus.

Helene drehte ihrer Mutter den Rücken zu und zog auch das Hemd aus. Sie spürte die Blicke ihrer Mutter. Noch war ihr Bauch flach, doch ihre Brüste waren größer geworden und die Brustwarzen dunkler als früher. Rasch schlüpfte sie in das Nachtgewand. Es war ebenfalls neu, aus feinstem Leinen und am Hals und an den Ärmeln mit Spitze verziert.

»Setz dich«, sagte ihre Mutter. Dann zog sie Nadeln aus Helenes Frisur, löste ihr Haar und bürstete es. »Du hast einen wunderbaren Ehemann. Ich hoffe, du weißt es zu schätzen.«

»Natürlich weiß ich das.« Ihre Antwort hatte wohl zu wenig begeistert geklungen, denn ihre Mutter beugte sich vor und sah ihr ins Gesicht. »Er wird ein sehr viel besserer Ehemann sein als dieser Italiener. Wer weiß, was daraus noch geworden wäre.«

Sie schlug die Bettdecke zurück und Helene setzte sich hinein, lehnte sich an das Kissen. Anna deckte sie zu, griff in ihr Haar, zog einige Strähnen nach vorne, über ihre Arme und ihre Brust. Dann nickte sie ihr zu. »Ich schicke dir jetzt deinen Bräutigam.«

Helenes Hände zitterten, sie verschränkte die Finger ineinander, um es zu verbergen. Schließlich öffnete sich die Tür und Peter trat ein. Sein Gesicht war gerötet, von Schnaps und Bier oder vor Verlegenheit? Er fuhr sich mit der Hand über die Stirn und verriegelte die Tür.

»Mein Bedarf an guten Ratschlägen ist für heute gedeckt.«

Seine Augen weiteten sich ein wenig, als er sie ansah. »Wie schön du bist.«

Helene zwang sich zu einem Lächeln, doch sie konnte das Beben ihrer Lippen nicht unterdrücken. Er kam zu ihr und strich ihr über das Haar.

»Du zitterst. Du hast doch keine Angst vor mir, oder?«

»Nein«, sagte sie leise, ihre Stimme war belegt. Vor Peter hatte sie keine Angst, doch vor dem, was sie nun tun musste.

Er füllte die Weingläser, setzte sich aufs Bett und reichte ihr eines. »Trink einen Schluck. Sie haben gesagt, das hilft gegen die Nervosität.«

»Sie?«

»Die Supergscheiten unten in der Stube. Jeder von ihnen weiß ganz genau, was ich jetzt tun muss. Nur unterscheiden sich die Vorschläge alle voneinander.«

Helene setzte das Glas an und leerte es in einem Zug.

Peter lachte leise. »Ich habe gedacht, ich wäre nervöser als du. Immerhin weißt du, was dich erwartet.«

»Ich glaube, es ist jedes Mal anders.«

»Das kann sein.«

»Du weißt es nicht?«

»Nein. Ich habe keinerlei Erfahrung.«

Verblüfft sah sie ihn an. »Du hast nie …? Auch nicht, wenn du unterwegs warst?«

»Ich habe dir doch gesagt, es gab nie eine andere Frau für mich. Aber ich bin wie du auf einem Hof groß geworden, also bin ich nicht völlig ahnungslos.«

Trotz ihrer Angst musste sie lächeln.

Was Peter über den Wein gesagt hatte, stimmte. Er erfüllte sie mit Wärme, ihre Hände zitterten nicht mehr. Vielleicht sollte sie noch mehr trinken. Sie hielt ihm ihr Glas hin. »Holst du mir noch Wein?«

Er stand auf und schenkte nach. Sie tranken schweigend, wieder breitete sich Befangenheit zwischen ihnen aus. Helene suchte nach einem Gesprächsthema, doch ihr fiel nichts ein. Dabei hatte es ihnen früher nie an Themen gemangelt.

Ihm schien es ähnlich zu gehen. Er räusperte sich, als wollte er sprechen, doch dann trank er sein Glas aus, stellte es weg und sah an ihr vorbei. »Ich hab die Lina gefragt, wie es für eine Frau ist. Sie hat gesagt, das erste Mal täte weh und sie sei froh gewesen, als es vorbei war. Aber sie meinte auch, es sei nur beim ersten Mal so gewesen.« Er schluckte, sah sie jetzt an und griff nach ihrer Hand. »Dann dürfte es dir nicht mehr wehtun?«

Helene dachte an Piero, an seine Küsse, wie er sie gestreichelt hatte, bis sie vor Sehnsucht nach ihm schier vergangen war. Das bisschen Schmerz war nichts gegen ihr Verlangen nach ihm gewesen. Vielleicht würde es mit Peter nicht körperlich wehtun, doch ihr Herz schmerzte so sehr, dass es ihr den Atem raubte. Ihre Augen brannten, rasch senkte sie den Blick, damit er ihre Tränen nicht sah.

Doch er hatte sie bereits bemerkt. »Wir müssen das nicht heute tun. Wir können auch einfach nur schlafen gehen.«

Und tatsächlich sah er aus, als würde ihm diese Lösung auch gefallen. Er war ebenso unsicher wie sie. Der Gedanke, ihren Körper noch nicht einem anderen zu geben, war verlockend. Doch was half es? Sie hatte reichlich Zeit gehabt, sich auf diesen

Moment vorzubereiten, ihn hinauszuzögern, würde es nicht besser machen.

»Nein, es ist unsere Hochzeitsnacht und wir sollten sie entsprechend verbringen.« Sie schaffte es, ihn anzulächeln.

Er holte tief Luft und nickte. Dann stand er auf, kehrte ihr den Rücken zu und zog sich aus. Sie widerstand dem Impuls, den Blick abzuwenden. Er war ein stattlicher Mann. Groß, mit breitem Rücken und kräftigen Armen und Beinen. Im Gegensatz zu der Sonnenbräune in seinem Gesicht, war seine Haut am Körper sehr hell.

Er löschte das Licht und schlüpfte unter die Bettdecke, brachte die Kühle des Abends mit sich. Regungslos lagen sie nebeneinander. Sein Atem ging schwer. Schließlich drehte er sich zu ihr. Im Dämmerlicht konnte sie sein Gesicht nur schemenhaft erkennen. Doch sie sah seine Augen leuchten.

Er beugte sich über sie, bis ihre Lippen sich berührten. Sein Kuss war vorsichtig, tastend. Helene schloss die Augen.

Später standen sie gemeinsam am Fenster und blickten hinaus in die Nacht.

»Ich liebe dich Helene. Und ich hoffe, dass du mich lieben kannst. Vielleicht jetzt noch nicht. Aber wir haben ja Zeit.« Er legte den Arm um ihre Schultern. »Schau doch nur, wie die Sterne leuchten.«

Sie folgte seinem Blick. Der Himmel spannte sich über die Berggipfel wie dunkelblauer Samt, auf dem Tausende von Edelsteinen funkelten. Kein Wolkenschleier trübte ihn.

Mit Ausnahme der Nächte änderte sich zunächst nicht viel in Helenes Leben.

Wenn es dämmerte, standen Peter und sie auf. Die Männer gingen in den Stall und versorgten die Pferde. Ihre Mutter bereitete das Frühstück vor und Helene fütterte die Hühner, sammelte die Eier ein und deckte den Tisch. Nach dem Frühstück spannten die Männer an und fuhren los. Wenn sie Dynamit nach Göschenen brachten, waren sie zwei Tage unterwegs, sonst kamen sie am Abend nach Hause. Nach der gemeinsamen Mahlzeit saß man noch in der Stube, genauso wie vor ihrer Hochzeit.

Die Nächte machten den Unterschied. Peter war als Ehemann genauso, wie er als Freund gewesen war. Aufmerksam und rücksichtsvoll. Auch wenn er unerfahren war, war er nicht plump oder grob, sondern zärtlich. Das machte es ihr leicht, mit ihm zu schlafen. Und nachdem ihre Körper sich aneinander gewöhnt hatten, bereitete es ihr auch Freude. Zumal er durchaus attraktiv war. Zwar war er stämmiger als Piero, doch trotz eines kleinen Bauchansatzes war sein Körper straff und muskulös. Und er pflegte sich. Er wusch und rasierte sich jeden Tag. Sie hätte glücklich sein können, wenn nur diese verzehrende Sehnsucht nach Piero nicht wäre.

35. KAPITEL

Ende Oktober standen Helene und ihre Mutter im Hof und hängten Wäsche auf. Als Helene sich aufrichtete, um eines von Peters Hemden über die Leine zu legen, fühlte sie eine Art Flattern in ihrem Unterleib. Ganz leicht nur, wie der Flossenschlag eines kleinen Fisches. Sie ließ das Hemd in den Korb fallen und legte beide Hände auf die Stelle. Da war es wieder. Ein leichtes Flattern. Anna blickte hinter einem Bettlaken hervor.

»Was ist los? Geht es dir nicht gut?«

Dann fiel ihr Blick auf Helenes Hände. Sie trat näher und sah sie prüfend an. »Du erwartest also wirklich ein Kind.«

Helene nickte. »Es hat sich gerade bewegt.«

Anna presste die Lippen zusammen. Wortlos nahm sie das nächste Laken aus dem Korb und hängte es mit beinahe wütenden Bewegungen auf.

»Es ist nicht von Peter, nicht wahr? Es ist von diesem Kerl. Peter hat zwar behauptet, ihr hättet euch schon getroffen, aber er ist ein miserabler Lügner. Und wenn du die Bewegungen spürst, musst du schon seit Juni schwanger sein. Weiß Peter das?«

»Natürlich weiß er es. Es ist sein Kind.«

Zweifelnd blickte ihre Mutter sie an. »Wirklich?«

Helene sah ihr in die Augen. »Ja. Vor der Welt ist es sein Kind. Er will es so!«

Anna nickte langsam. »Wenn er es so möchte …«

»Grüezi!« Der Ruf des Briefträgers vom Hoftor unterbrach ihr Gespräch. »Ich habe hier einen Brief für die Helene. Aus Italien.«

Helenes Knie wurden schlagartig weich. Sie hielt sich an der Wäschestange fest. Ihre Mutter stürmte zum Tor und nahm ihm den Brief aus der Hand. »Dankeschön, Zacharias.«

»Gerne. Ade.«

Ihre Mutter starrte kurz auf den Umschlag, dann schob sie den Brief unter ihre Schürze.

Helene fand ihre Kraft und ihre Stimme wieder. »Gib ihn mir.«

Anna schüttelte den Kopf. »Du bist verheiratet. Du solltest nicht mehr an diesen Kerl denken und auch seine Briefe nicht lesen.«

Mit geballten Fäusten trat Helene auf sie zu.

»Es ist mein Brief«, sagte sie leise, aber scharf. »Du hast nicht darüber zu entscheiden, was ich tue. Gib ihn mir.«

»Kind, ich will doch nur dein Bestes. Du machst dich nur unglücklich. Und Peter hat es nicht verdient, dass du ihn hintergehst.«

»Ich habe Peter die Treue versprochen und das halte ich. Aber ich hintergehe ihn nicht, wenn ich einen Brief lese. Gib ihn her.«

Widerwillig griff Anna unter ihre Schürze und übergab Helene den Umschlag. Der Absender war Piero. Gesendet war er von einer Adresse in Turin.

Obwohl sie es kaum aushalten konnte, zwang Helene sich, erst die restliche Wäsche aufzuhängen. Dann verließ sie den Hof. Sie ging den Göscheneralpweg entlang, bis sie zu einem großen Stein kam. Dort setzte sie sich und öffnete den Umschlag.

Carissima!

stell Dir vor, ich werde doch noch Ingenieur. Heute habe ich die Zusage aus Turin erhalten. Ich werde an der ältesten Bergbauschule in Europa studieren. Mitte Oktober geht es los.

Ich weiß, es ist viel Zeit vergangen, seit ich Dir aus Faido geschrieben habe, aber ich wollte erst sicher sein, dass wir eine Zukunft haben, denn mein Plan, mich mit meinem Bruder auszusöhnen, ist gründlich schiefgegangen. Deshalb hatte ich bis vor Kurzem kein Zuhause. Aber nun wird alles gut. Ich habe ein billiges Zimmer in Turin bei einer sehr netten Witwe, die mich behandelt, als wäre ich ihr Sohn. Sobald es Frühling ist, will ich versuchen, in ein paar freien Tagen nach Göschenen zu kommen und Dich besuchen. Bis dahin ist sicher genug Gras über den Streik gewachsen.

Es folgten noch ein paar Abschiedsworte und das Versprechen, ihr bald wieder zu schreiben.

Die Buchstaben verschwammen vor ihren Augen. Hastig legte Helene den Brief beiseite, bevor ihre Tränen darauf fielen und die Schrift verwischten. Ihr erstes Gefühl war grenzenlose Erleichterung. Er lebte, er war in Sicherheit, er würde studieren. Doch dann überrollte sie die Verzweiflung mit der Wucht einer Lawine. Sein Brief kam zu spät. Sie war verheiratet. Sie durfte ihn nie wiedersehen. Sie durfte ihm noch nicht einmal schreiben, dass sie geheiratet hatte, weil sie ein Kind von ihm erwartete, denn sie hatte Peter versprochen, dass sie niemandem sagen würde, dass dieses Kind nicht von ihm war. Der Schmerz war so heftig, dass ihre Tränen versiegten.

Wie betäubt saß sie da und starrte auf den Brief. Irgendwann las sie ihn ein zweites Mal und stolperte über den Satz, dass er ihr aus Faido geschrieben hatte. Das musste kurz nach seiner Flucht gewesen sein. Was war mit diesem Brief passiert? War er unterwegs verloren gegangen? So etwas kam vor. Doch dann sah sie ihre Mutter vor sich, wie sie Zacharias den Brief aus der Hand gerissen und unter ihrer Schürze versteckt hatte. Wäre Helene nicht im Hof gewesen, dann hätte ihre Mutter ihr diesen Brief nicht gegeben, dessen war sie sicher. Hatte sie Pieros erste Nachricht unterschlagen?

Helenes erster Impuls war, ihre Mutter zur Rede zu stellen. Doch was dann? Sie würde es abstreiten, davon war Helene überzeugt. Und selbst wenn sie die Gewissheit hätte, dass ihre Mutter Pieros Brief abgefangen hatte, würde es nichts an ihrer jetzigen Situation ändern. Es war geschehen, sie hatte sich entschieden und jetzt musste sie damit leben und das Beste daraus machen. Und in einem gab sie ihrer Mutter nun recht: Sie musste jeglichen Kontakt zu Piero abbrechen. Sie musste versuchen, ihn zu vergessen und Frieden zu finden. Und er musste sie vergessen.

Ihre Mutter warf ihr besorgte Blicke zu, als sie auf den Hof zurückkehrte. Helene schwieg und ging in ihr Zimmer. Peter würde erst am Abend zurückkehren, sie hatte genug Zeit, den schwersten Brief ihres Lebens zu schreiben.

Lieber Piero,

ich freue mich so sehr für Dich, dass Du nun doch Ingenieur wirst. Ich bin sicher, das ist die richtige Entscheidung. Enzo wäre sehr stolz auf Dich.

Auch mein Leben hat eine unerwartete Wendung genommen. Ich bin mittlerweile mit Peter verheiratet und wir erwarten nächstes Jahr unser erstes Kind. Deshalb bitte ich Dich, mir nicht mehr zu schreiben und auch nicht nach Göschenen zu kommen. Es gibt keine Zukunft für uns. Vielleicht gab es sie nie.

Ich wünsche Dir alles erdenklich Gute.

Sie schrieb nicht, dass sie ihn noch immer liebte. Er sollte glauben, dass sie es sich anders überlegt hatte. Dann war er frei und konnte sich irgendwann neu verlieben.

Sie unterschrieb mit Helene Gisler, packte den Brief in einen Umschlag und adressierte ihn. Unschlüssig drehte sie Pieros Brief in den Händen. Sie sollte ihn verbrennen, doch sie brachte es nicht übers Herz. Sie presste ihre Lippen auf den Umschlag, dann legte sie ihn in die Schublade, in der sie ihre Unterwäsche aufbewahrte. Hier sah Peter nie hinein.

Ein Blick auf die Uhr in der Stube zeigte ihr, dass die Post noch geöffnet hatte. Sie holte ihre Jacke und brachte den Brief hin. Auf dem Heimweg ging sie bei Bissigs vorbei und erzählte Paula, was geschehen war.

»Du hast das Richtige getan«, sagte Paula. »Ich hoffe, er findet sein Glück. Du hast jedenfalls sein Kind.«

»Ich habe Peter versprochen, dass es niemals jemand erfahren wird, auch Piero nicht.«

»Von mir hört keiner etwas und ich glaube, deine Mutter wird auch schweigen.«

Natürlich würde sie das.

Helene spürte das Kind, es bewegte sich wieder.

36. KAPITEL

Piero stand in seinem Zimmer und las Helenes Brief ein zweites Mal. Er las langsam, Wort für Wort. Vielleicht hatte er ja etwas falsch verstanden. Doch da stand es, Blau auf Weiß: *Ich bin mittlerweile mit Peter verheiratet und wir erwarten nächstes Jahr unser erstes Kind.*

Wann hatte sie ihn geheiratet und vor allem, warum? Dass Peter sie liebte, hatte Piero immer gewusst. Vielleicht hatte Helene nicht daran geglaubt, dass er eine Lösung für sie finden würde. Oder sie hatte gemerkt, dass sie ihre Heimat mehr liebte als ihn und deshalb den Mann geheiratet, der ihr ein Leben in Göschenen bieten konnte. Er versuchte, sich in ihre Lage zu versetzen. Eine junge Frau, die einen Mann liebte, den ihre Eltern nicht akzeptierten, den sie nur ehelichen konnte, wenn sie die geliebte Heimat, Eltern und Freunde verließ, für eine ungewisse Zukunft in der Fremde. Und dann war da Peter, der sie umwarb, der ihr Sicherheit bot und der ihr bester Freund war. Vielleicht hatte sie Gefühle für ihn entwickelt, nachdem er gegangen war.

Aber das passte nicht zu Helene. Sie war keine Frau, die den Weg des geringsten Widerstands ging. Und sie hatte ihn aufrichtig geliebt, dessen war er sicher. Er dachte an ihre Hingabe, ihre Leidenschaft und stutzte. Sie hatte nicht geschrieben, wann das Kind kommen würde. Nur, dass es im nächsten Jahr sei. Der Brief war von Oktober. Wann hatten Peter und sie geheiratet? Im August schon? Das glaubte er nicht. Aber selbst dann könnte sie im

Oktober noch nicht mit Gewissheit sagen, dass sie schwanger sei. Es gab nur eine schlüssige Erklärung. Das Kind war von ihm.

Vielleicht hatte sie ihm nach Castelnuovo geschrieben, doch er war nicht mehr dort, und Carlo würde sich nicht die Mühe machen, Briefe an ihn weiterzuleiten.

Erbittert schlug Piero mit der Faust gegen die Wand. Warum nur hatte er ihr nicht früher geschrieben?

Er hatte sie überraschen wollen. Nun, eine Überraschung war es, wenn auch der Überraschte er war.

»Lene, Lene«, murmelte er. Was musste sie durchgemacht haben. Sie hatte doch Johannas Schicksal miterlebt.

1876–1877
Neues Leben

37. KAPITEL

An einem Donnerstagmorgen Ende März spürte Helene beim Aufwachen ein leichtes Ziehen im Unterleib. Graues Morgenlicht fiel durchs Fenster. Peter schlief noch. Mühsam stand sie auf, ihr Bauch war inzwischen so groß, dass sie jede Bewegung anstrengte. Sie schlüpfte in ihre Pantinen, öffnete leise die Tür und ging zum Abtritt, um Wasser zu lassen. Das Ziehen in ihrem Bauch war vergangen.

Als sie ins Zimmer zurückkehrte, war Peter wach. Sie lächelte. »Ich bin froh, wenn das Kind endlich da ist.«

»Willst du dich noch mal hinlegen?«

»Nein, ich bin heute gar nicht müde.« Im Gegenteil, sie fühlte sich überraschend wach, nachdem sie in den letzten drei Wochen ständig erschöpft gewesen war. Sie ging zum Waschtisch. Ihr Bauch fühlte sich heute anderes an. Er schien noch schwerer als sonst zu sein. Und eben war auch das Ziehen wieder da. Sie stand am Tisch und horchte in sich hinein.

»Was hast du?«, fragte Peter.

Wieder zogen sich ihre Bauchmuskeln zusammen, das Ziehen war jetzt schmerzhafter.

»Ich glaube, ich habe Wehen.«

Blitzartig war Peter auf den Beinen. »Ich hole die Hebamme. Leg dich wieder hin.«

Er zerrte das Nachthemd über den Kopf, schlüpfte in seine Kleider und polterte die Treppe hinunter.

»Was ist denn los?« Die verschlafene Stimmer ihrer Mutter klang aus dem Flur. »Ist etwas passiert, Peter?«

»Das Kind kommt!«, rief Peter von unten. »Ich hole Agatha.«

»Warte!«, rief Anna, doch da schlug schon die Haustür zu.

Kopfschüttelnd trat sie zu Helene ins Zimmer. »Du hast Wehen?«

Helene nickte.

»Seit wann?«

»Ich bin vorhin aufgewacht und hatte ein leichtes Ziehen. Seitdem noch dreimal.«

»So, dreimal. Na, da wird sich die Agatha aber freuen, dass sie so früh aus dem Bett geholt wird«, murmelte sie. »Ich mache dann schon mal Frühstück für die Männer und Agatha.«

Inzwischen war auch Helenes Vater wach. »Was ist denn das für ein Aufruhr?«

»Der Peter holt die Hebamme. Wahrscheinlich kommt das Kind heute.«

Eine gute halbe Stunde später kam Peter mit Agatha zurück. Helene hörte, wie sie ihre Eltern begrüßte.

»Hier hast du Himbeerblätter. Daraus machst du einen Aufguss. Mach ruhig viel, wir brauchen es als Tee und für Umschläge. Und dann hätte ich gerne einen Kaffee, dieser junge Mann hat mich aus dem Schlaf gerissen. Wo ist Helene? Oben?« Gemächlich stieg sie die Stufen hinauf, gefolgt von einem sehr ungeduldigen Peter.

»Guten Morgen, Helene. Wie lange spürst du denn schon Wehen?«, fragte sie und trat an Helenes Bett.

»Seit ungefähr einer Stunde.«

Agatha drehte sich zu Peter um. »Und deswegen holst du mich in aller Herrgottsfrühe aus dem Haus? Nun denn, dann verschwinde mal, ich will deine Frau untersuchen.«

Widerwillig ging Peter hinaus. Agatha schloss die Tür hinter ihm und wandte sich dann Helene zu.

Sie tastete ihren Bauch ab, prüfte, wie weit der Muttermund geöffnet war. »Das dauert noch ein bisschen. Ich gehe jetzt erst mal frühstücken.«

Sie öffnete die Tür und prallte beinahe gegen Peter. »Komm mit in die Küche«, sagte sie.

»Aber was ist mit dem Kind?«

»Das kommt auch ohne dich. Aber jetzt noch nicht.«

Peter warf einen hilflosen Blick auf Helene und folgte dann Agatha nach unten.

Kurze Zeit später brachte ihre Mutter ihr etwas zu essen und Tee ins Zimmer. »Agatha sagt, du sollt ein bisschen was essen.«

Als die Hebamme zurück ins Schlafzimmer kam, forderte sie Helene auf, hin und her zu gehen. Die Wehen kamen jetzt in immer kürzeren Abständen. Inzwischen war auch ihre Mutter im Zimmer.

»Peter sitzt unten in der Küche und weigert sich zu gehen. Franz hat ihm für heute freigegeben.«

Am Nachmittag waren aus dem Ziehen in Helenes Bauch schmerzhafte Krämpfe geworden. Sie stöhnte bei jeder Wehe und in den Pausen zitterten ihre Beine.

Agatha untersuchte noch einmal ihren Muttermund. »Gut. Jetzt musst du pressen.«

Der Schmerz veränderte sich. Helene rang nach Atem und presste, während Agatha sie anfeuerte wie einen lahmen Gaul. »Ja, gut so. Tief einatmen. Und noch einmal pressen.«

Helene stieß einen Schrei aus und plötzlich war es vorbei. Atemlos starrte sie auf das mit weißer Schmiere bedeckte Wesen zwischen ihren Beinen. Agatha hob es auf und klopfte ihm sachte auf den Rücken. Ein leiser Schrei erklang.

»Sehr gut. Du hast eine wunderschöne Tochter«, sagte Agatha, legte das Kind auf Helenes Bauch und rieb es mit einem weichen Tuch ab. Schön? Helene sah auf das winzige zerknautschte Gesicht. Das Kind öffnete die Augen und schien ihren Blick zu erwidern. Doch, sie war schön. Schwarzes Haar bedeckte ihren Kopf, ihre Augen waren dunkelblau, sie hatte winzige Hände und Füße.

Agatha band die Nabelschnur ab und durchtrennte sie, dann forderte sie Helene auf, nochmals zu pressen, für die Nachgeburt. Danach legte sie das Kind an Helenes Brust. Augenblicklich öffnete es den Mund und bewegte den Kopf suchend in Richtung Brustwarze. Kurze Zeit später fand es sie und begann mit erstaunlicher Kraft zu saugen. Ein Prickeln lief von Helenes Achselhöhlen zu ihren Brustwarzen, es fühlte sich seltsam an. Entzückt starrte sie auf dieses Wunder an ihrer Seite.

Die Hebamme öffnete die Tür. »Jetzt kannst du reinkommen.«

Peter hatte offensichtlich draußen gewartet. Er stürmte ins Zimmer.

»Helene! Geht es dir gut?«

»Jetzt ja. Es ist ein Mädchen.«

»Ich weiß. Deine Mutter hat es mir schon gesagt.« Er stand neben dem Bett und sah auf sie und das Kind herab. »Die ist aber klein. Und warum ist sie so runzlig?«

Agathe tauchte neben ihm auf. »Sie ist nicht klein. Alle Neugeborenen sehen so aus.«

Zweifelnd blickte Peter sie an. »Wirklich?«

Agathe verdrehte die Augen. »Du hast eine wunderschöne, gesunde Tochter«, sagte sie, jedes Wort betonend, als ob sie es mit einem Dummkopf zu tun hätte. »Wie soll sie denn heißen?«

Helene sah ihn an. Sie hatten sich schon darauf verständigt, dass sie einen Sohn Martin, nach Helenes Bruder, und eine Tochter Magdalena, nach einer verstorbenen Schwester von Peter, nennen würden.

»Das ist ein schöner Name«, sagte Agatha. Anna nickte beifällig. Anschließend scheuchte die Hebamme Peter wieder hinaus. »Deine Frau brauch jetzt Ruhe.«

Sie räumte das Zimmer auf, warf die blutverschmierten Tücher in einen Korb und packte ihre Tasche.

»Ich komme morgen wieder und sehe nach dir und dem Kind.«

Helenes Mutter blieb zurück, als Agatha ging. »Sie sieht genauso aus wie du bei deiner Geburt«, sagte sie. »Du hattest auch so schwarzes Haar.«

Helene hörte Erleichterung in ihrer Stimme.

»Und es ist gut, dass es ein Mädchen ist«, fuhr Anna fort.

Helene presste die Lippen zusammen. Natürlich. Wenn es ein Junge geworden wäre, hätte er die Fuhrhalterei geerbt. Ob Peter auch so dachte?

Falls es so war, ließ er es sich nicht anmerken. Nach ein paar Tagen fand er auch, dass Magdalena Helene sehr ähnlich sähe, und war sehr stolz auf seine Tochter.

Vier Wochen nach ihrer Geburt zogen sie in ihr eigenes Haus um. Peter hatte vorgeschlagen, seine Schwester Sophie zu sich zu holen. »Du kannst Hilfe gebrauchen, und sie ist sicher lieber bei uns als beim Humbert Bauer in Wassen. Was meinst du?«

Helene stimmte zu. Sie mochte Sophie sehr und wusste, dass sie als Magd nicht glücklich war.

Sie richteten ihr das Zimmer neben der Küche ein und im Mai zog Sophie zu ihnen.

Ein Jahr später blieb Helenes Regel wiederum aus. Peter war überglücklich, als sie ihm sagte, dass sie erneut ein Kind erwartete.

Magdalena, die nur noch Lena gerufen wurde, war bereits über ein Jahr alt, ein entzückendes kleines Mädchen mit mittelbraunen Locken und Helenes hellblauen Augen. Niemand, der sie sah, wäre auf die Idee gekommen, dass sie nicht Peters Tochter war.

Die Fuhrhalterei lief weiterhin sehr gut. Sie hatten einen neuen Knecht, den zwanzigjährigen Sohn eines Bauern aus Erstfeld. Ruedi hatte im November letzten Jahres die Tochter eines Ladenbesitzers geheiratet, der aus Füelen gekommen war, und arbeitete im Laden.

Johanna war nicht verheiratet, sie bediente nach wie vor im Trögli. Peter, der sich dort ab und zu mit seinem Bruder traf, erzählte, dass sie nie über Matteo oder ihr Kind sprach.

»Ich weiß nicht, ob sie jemals erfahren hat, wo man es hingebracht hat und was aus ihm geworden ist.«

»Er ist jetzt etwas über drei Jahre alt«, sagte Helene und schauderte bei dem Gedanken, dass es ihr genauso ergangen wäre, hätte Peter sie nicht geheiratet. Dafür war sie ihm zutiefst dankbar. Und er war Lena ein guter Vater und ihr ein guter Ehemann. Es ging ihr besser als vielen anderen Frauen. Wenn, ja wenn da nicht immer noch die Sehnsucht nach Piero wäre. Dabei wusste sie nicht, ob sie mit Piero wirklich glücklich geworden wäre.

1878–1879
Airolo

38. KAPITEL

Im Sommer 1878 kehrte Piero an den Gotthard zurück. Dieses Mal nicht zu Fuß, sondern mit der Postkutsche aus Turin und einem Empfehlungsschreiben seines Lehrers. Der Ingenieur Maury in Airolo suche einen Assistenten hatte ihm Professore Giordano gesagt. Ob das vielleicht für ihn interessant wäre.

Und wie interessant es war. Während seiner Studienzeit in Turin war der Große Tunnel eines der Hauptthemen gewesen, Piero wusste inzwischen mehr über den Bau und die Schwierigkeiten als zu seiner Zeit als Mineur. Auch über den Baufortschritt war er bestens informiert. Fünftausendsiebenhundert Meter lang war der Richtstollen in Göschenen, fünftausenddreihundert in Airolo. Etwa tausendfünfhundert Bergleute fuhren in Göschenen jeden Tag in den Tunnel ein, in Airolo waren es sogar über zweitausend. Da die Arbeiter für den Weg bis zur Tunnelbrust inzwischen über einer Stunde brauchten, hatte Favre auf einen Zweischichtbetrieb umgestellt. Die Tagschicht fuhr um sechs Uhr morgens ein. Vier Stunden arbeiteten sie, dann hatten sie vier Stunden Pause, die sie in einer der Kavernen verbrachten, danach folgten wieder vier Stunden Arbeit, dann war Feierabend. Mit Hin- und Rückweg verbrachten die Männer jeden Tag vierzehn bis fünfzehn Stunden im Tunnel.

In Italien hatte man auch mehr über die Arbeitsbedingungen gesprochen. Anders als in der Schweiz wurden Favre und die Gotthardbahngesellschaft deutlich kritisiert.

Die Postkutsche erreichte Airolo gegen Mittag. Piero stieg aus, der Conducteur hob seinen Koffer herunter. »Grazie.«

Er blickte sich um. Anders als bei seinem ersten Besuch vor fünf Jahren waren fast alle Häuser aus Stein gebaut. Nach dem verheerenden Brand im September 1877, der fast die gesamte Stadt in Schutt und Asche gelegt hatte, hatte die Kantonsverwaltung beschlossen, keine Holzhäuser mehr zu bauen. Ein paar Militärzelte, Überbleibsel der Notquartiere, gab es noch. Auf einer Anhöhe jedoch thronte unverändert das Hotel Lombardi.

Piero suchte die Albergo Bordoni, in der er vor fünf Jahren in der Scheune übernachtet hatte. Auch die Herberge hatte den Brand überstanden. Piero mietete sich zu einem Wucherpreis ein Zimmer, dann ging er zu Favres Verwaltungsgebäude. Anders als in Göschenen lag die Baustelle ein ganzes Stück vom Dorf entfernt. Das Valle Leventina war weiträumiger als das enge Reusstal. Das Verwaltungsgebäude, ein imposantes dreistöckiges Haus, lag an der Straße, auf der irgendwann die Schienen verlaufen würden. Piero sprach einen Mann im Flur an und fragte nach Ingenieur Maury.

»Sein Büro ist am Ende des Flures auf der rechten Seite.« Der Mann musterte ihn neugierig. »Sind Sie Ingenieur?«

»Ja. Piero Caretti ist mein Name.«

»Dann bewerben Sie sich auf die Assistentenstelle bei Maury? Viel Glück. Ich bin Max Bossart, Geometer und Assistent von Herr Stapff.«

Piero bedankte sich und klopfte an die letzte Tür im Gang.

»Herein!«

Drinnen saßen zwei Männer. Einen kannte Piero von Bildern in der Zeitung. Eduard Bossi, der Bauleiter Süd. Dann musste der andere Giuseppe Maury sein.

Bossi erhob sich bei seinem Eintreten und verabschiedete sich.

Piero stellte sich vor und überreichte Maury sein Empfehlungsschreiben.

»Setzen Sie sich«, sagte Maury und studierte das Schreiben. Dann sah er auf. »Es tut mir leid. Ich suche zwar einen Assistenten, aber niemanden, der frisch von der Hochschule kommt. Ich brauche einen erfahrenen Mann.«

Er reichte Piero das Schreiben zurück.

Piero fuhr sich über den kurzen Bart, den er sich hatte wachsen lassen. »Ich habe Erfahrung. Ich war Mineur. Ich habe von 1867 bis 1870 am Mont Cenis gearbeitet und von 1873 bis 1875 in Göschenen am Gotthard. Mein Spezialgebiet in Turin war Geologie.«

Maury richtete sich auf und betrachtete ihn mit neu erwachtem Interesse. »Ein Mineur der zugleich Ingenieur und Geologe ist? Jemanden wie Sie kann ich gebrauchen. Nicht als meinen Assistenten, sondern für die Überwachung der Bauarbeiten im Tunnel. Jemanden, der ein Auge auf die Gesteinsschichten hat, der sich mit den Bohr- und Sprengarbeiten auskennt. Herr Stapff ist völlig überlastet und außerdem pendelt er ständig zwischen Altdorf, Göschenen und Airolo. Sie waren bis '75 in Göschenen, sagten Sie?« Er zog die Augenbrauen zusammen. »Hatte Ihr Fortgang etwas mit dem Streik zu tun?«

Pieros Gedanken rasten. Sollte er es abstreiten? Es wäre allerdings ein Leichtes für Maury, in Göschenen nachzufragen, wer die Wortführer des Streiks gewesen waren. Irgendwo in den Protokollen stand sein Name.

Doch Maury wartete gar nicht auf Antwort. Er machte eine wegwerfende Handbewegung. »Egal. Wir alle wissen, wie die Arbeitsbedingungen sind. Hier gab es auch schon einen Streik.« Er beugte sich vor. »Sie sind mein Mann, Signor Caretti. Ich biete Ihnen sechshundert Franken Gehalt im Monat.«

Piero verschluckte sich beinahe. Sechshundert Franken!

Maury schmunzelte. »Das ist der gängige Lohn für einen Ingenieur.«

Was Maury dann wohl verdiente? Oder Bossi?

Piero bedankte sich und verließ das Gebäude. Die Wohnsituation war in Airolo ähnlich schlecht wie in Göschenen vor drei Jahren, hatte er gehört, doch mit seinem Lohn konnte er sich irgendwo ein eigenes Zimmer mieten.

Er kehrte zur Albergo Bordoni zurück. Auch die Osteria Cadagno, in der er damals mit Tommaso gesessen hatte, gab es noch. Piero beschloss, dort zu Abend zu essen. Den Schankraum hatte man renoviert und vergrößert, statt einer Kellnerin gab es nun drei. Piero setzte sich an einen kleinen Tisch und beobachtete das Treiben. An einem langen Tisch saßen Bergleute, die etwas besser gekleideten Herren an dem Tisch an der Stirnwand des Raumes waren wohl Techniker und Verwaltungsangestellte. Fuhrhalter entdeckte er nicht.

Er bestellte Minestre, Käse, Brot und Wein. Als die Kellnerin ihm das Gewünschte brachte, fragte er sie, wo er eine Unterkunft finden könnte. »Ich möchte ein Zimmer für mich alleine, ich kann es auch bezahlen.«

Sie zuckte mit den Schultern. »Ich weiß niemanden, der noch etwas frei hat. Aber ich frage gerne herum.«

Am nächsten Tag führte ihn ein Mitarbeiter von Maury über die Baustelle, zeigte ihm die Gebäude. Das Mittagessen nahm er im »Haus der Ingenieure« ein, das neben dem Verwaltungsgebäude stand. Anschließend las er die Berichte von Stapff über die Situation im Tunnel.

Airolo hatte immer noch mit Wassereinbrüchen zu kämpfen. Schwefelwasserstoffhaltige Quellen waren es nun. Dazu kam weiches Gestein, Sellagneis, den man laut Stapff mit der Hand zerreiben konnte. Auf dem Boden floss Sickerwasser, die Luftfeuchtigkeit lag bei fast hundert Prozent und die Temperatur bei dreißig

Grad. Dort zu arbeiten musste die Hölle sein. Auf der Nordseite dagegen ging es langsam wieder voran, nachdem harter Serpentinschiefer den Vortrieb verzögert hatte.

Zum Abendessen ging er wieder in die Osteria Cadagno. Die junge Frau, die ihn am Vortag bedient hatte, kam an seinen Tisch. »Suchen Sie noch eine Unterkunft?«

Er nickte.

»Eine Verwandte meiner Mutter hat ein Zimmer frei. Sie ist verwitwet und hat sich entschlossen unterzuvermieten, weil sie das Geld braucht. Sie hat keine Kinder, die für sie sorgen.«

Das hörte sich gut an. Er notierte sich die Adresse, die sie nannte, und beschloss, sich das Zimmer noch am selben Abend anzusehen, bevor es sich im Ort herumsprach.

Das Haus war hübsches Holzhaus im dem Viertel Airolos, das von den Flammen verschont geblieben war.

Auf sein Klopfen öffnete eine Frau. Piero stutzte. Er hatte eine ältere Frau erwartet, mit Falten und grauen Strähnen in den Haaren. Die Frau, die vor ihm stand, war jedoch erst etwa Ende dreißig und schlank wie eine Tanne. Sie war blass und wirkte verhärmt, um ihre Lippen lag ein bitterer Zug, doch ihre Augen waren groß und dunkel, ihre Züge ebenmäßig. Als junge Frau musste sie eine Schönheit gewesen sein.

Er zog den Hut. »Buona sera, Signora Bernini. Angelica aus der Osteria Cadagno sagte mir, Sie hätten ein Zimmer zu vermieten. Ich bin Ingenieur bei der Gotthardbahngesellschaft und brauche eine Unterkunft.«

Sie musterte ihn mit einer Mischung aus Vorsicht und Misstrauen. »Sie arbeiten für die Gesellschaft?«

»Ja, morgen kann ich Ihnen den Vertrag zeigen.«

»Gut. Die Miete beträgt fünfzig Franken im Monat, Bezahlung im Voraus.«

Piero lächelte. »Dürfte ich das Zimmer sehen?«

Ein zartes Rosa tönte ihre blassen Wangen. »Natürlich. Kommen Sie mit.«

Das Zimmer lag im Erdgeschoss hinter der Küche und war ebenso eine Überraschung wie seine Vermieterin. Ein großer Raum mit terrakottafarbenen Fließen und Holzdecke. Links der Tür stand das Bett, daneben der Waschtisch an der Wand, gegenüber eine Truhe und unter dem Fenster ein Tisch und ein Stuhl. An der Wand rechts neben der Tür war ein Schrank. Abgesehen davon, dass Staub auf den Möbeln lag, war es sauber und für diesen Preis ein echter Glücksfall. »Meine Mutter hat hier gewohnt«, erklärte sie. »Sie ist kurz nach meinem Mann gestorben.«

»Warum wollen Sie das Zimmer nicht an mehrere Bergleute vermieten, wie andere es tun? Sie könnten mehr Geld damit verdienen, als Sie von mir bekommen.« Er wies auf das Bett. »Sie könnten leicht drei Betten hier unterbringen und jedes mit drei Männern belegen. Bei zwanzig Franken Miete pro Mann wären das hundertachtzig Franken.«

Sie schüttelte den Kopf. »Ich will nicht schichtweise vermieten und ich möchte auch nicht mehrere fremde Männer hier im Haus haben. Ich habe bei Bekannten gesehen, wie die Männer wohnen. Das will ich nicht.«

Piero zuckte mit den Achseln. »Gut für mich. Ich würde das Zimmer sehr gerne nehmen.«

»Mit Kost oder ohne? Kost sind drei Franken extra im Monat.«

»Sehr gerne mit. Frühstück und Abendmahlzeit. Mittags esse ich auf der Baustelle. Ab wann kann ich einziehen?«

»Morgen.«

»Wunderbar.«

Er bezahlte das Zimmer und ging zurück zur Albergo Bordoni. Ein Fuhrwerk kam ihm entgegen. Unwillkürlich schaute er dem Mann auf dem Kutschbock ins Gesicht, aber es war niemand, den er kannte. Fuhren die Hergers noch für Favre? Dann war es gut möglich, dass er Franz oder Peter hier begegnete. Allerdings gehörten Warentransport und Anlieferung nicht zu seinen Aufgaben. Es sollte also ein Leichtes sein, eine Begegnung zu vermeiden.

Er war ein Glückpilz, stellte er fest, als er am nächsten Morgen sein neues Quartier bezog. Im Flur empfing ihn der Duft nach Kaffee und frischem Brot.

»Buon giorno«, begrüßte ihn Signora Bernini. »Ihr Zimmer ist fertig und das Frühstück auch gleich.«

Sie hatte das Bett bezogen, der Raum roch nach frischer Wäsche. Auf dem Waschtisch standen Schüssel und eine Kanne Wasser, auf dem Tisch ein Trinkbecher. Er räumte seine Kleider in den Schrank und ging in die Küche. Der große, blankgescheuerte Holztisch war für zwei Personen gedeckt. Kaffee, Brötchen, Käse, Butter, eine Kanne Milch standen darauf.

»Das riecht wunderbar.«

Sie lächelte. »Die Bäckerei ist zwei Häuser weiter. Ich bekomme jeden Morgen frische Brötchen, nur sonntags und montags nicht. Setzen Sie sich.«

Sie schenkte ihm und sich Kaffee ein und nahm ihm gegenüber Platz. Während des Frühstücks fragte sie ihn aus. Woher er käme, ob er verheiratet sei und was er am Tunnel arbeiten würde.

Er verstand ihre Neugier und erzählte bereitwillig alles, was sie wissen wollte. Auch in Turin hatte er bei einer Witwe in Pension gewohnt. Doch da war er nicht der einzige Mieter gewesen und hatte sich selbst versorgen müssen.

Signora Berninis Mann war Hufschmied gewesen und hatte sich hauptsächlich um die Pferde der Gebrüder Motta gekümmert, erzählte sie. Das war die größte Fuhrhalterei im Süden der Schweiz, ihr gehörten fast hundert Pferde. Sie selbst arbeitete als Schneiderin und Näherin.

Nach dem Frühstück machte Piero sich auf den Weg zur Baustelle. Vor dem Tunnelportal waren Schutterer dabei, den Abraum von Rollwagen ausladen. Vor dem Zug stand bereits die Druckluftlokomotive, die die Wagen in den Tunnel zurückbringen würde.

Piero meldete sich bei Maury und sagte ihm, dass er mit dem Zug einfahren würde. Er hatte sich schon entsprechend angezogen. Stiefel, Manchesterhose, Halstuch und den schweren Lederhut.

Maury nickte. »Der Patron und der Herr Stapff kommen heute Abend nach Airolo, dann lernen Sie die beiden auch kennen.«

Der Patron. Favre. Und Stapff. Dass er ihnen früher oder später begegnen würde, war klar. Beide hatten ihn in Göschenen gekannt, er hatte mit ihnen gesprochen. Aus diesem Grund hatte er sich den Bart wachsen lassen. Wahrscheinlich erinnerte sich weder Favre noch Stapff an seinen Namen oder an sein Gesicht, aber man konnte nie wissen.

Ein schriller Pfiff signalisierte die bevorstehende Abfahrt der Lokomotive. Einige Bergleute und Techniker stiegen in die Wagen. Piero lief zum ersten Wagen hinter der Lokomotive und kletterte hinein. Er hockte sich auf die Kante und hielt sich fest, als der Zug ruckelnd anfuhr. Erst dann fiel ihm ein, dass er gar keine Lampe dabeihatte. Aber es hingen ja auch überall welche an den Wänden.

Die ersten tausend Meter war der Tunnel ausgemauert, Irgendwann wurden die Mauern von Holzbalken abgelöst. Die Luft war noch recht gut, die Lokomotiven sorgten für Frischluft. Wieder ein Pfiff, der Zug hielt an. Piero stieg aus und sah sich um. Hier war der Stollen komplett mit Holz verzimmert. Das musste die Druckpartie sein, von der Stapff berichtet hatte. Über dreihundert Meter faules Gestein lagen über der Strosse, das ganz Gewölbe hatte nach mehreren Einstürzen erneuert werden müssen.

Piero nahm eine der Öllampen, die an der Wand hingen. Der Durchgang war so klein, dass er sich bücken musste. Er ging durch Pfützen, stieg über Steine, wich Löchern aus. Feucht war es hier und es stank nach Schwefel. Nach kurzer Zeit lief ihm der Schweiß in die Augen und durchnässte sein Hemd am Rücken. Die dämpfige Luft legte sich auf seine Lungen und erschwerte das Atmen.

Er erreichte das Ende der Druckpartie. Hier war der Stollen wieder größer. Pferde und Maulesel zogen die Rollwagen, die auf schmalen Gleisen fuhren. Der Weg verlief daneben. Zu dem Schwefelgeruch gesellte sich der Gestank nach Fäkalien von Mensch und Tier. Im flackernden Licht der Lampen erkannte Piero schweißbedeckte Körper. Die Männer hatten ihre Kleider ausgezogen und trugen nur noch Schuhe. Am liebsten hätte er es ihnen gleichgetan. Das Problem war nicht die Hitze, sondern die Luftfeuchtigkeit und die fehlende Ventilation. Nicht der kleinste Lufthauch war zu spüren. Es war, als laufe man durch warmes Wasser.

Aus der Ferne hörte er die Bohrmaschinen rumoren. Sie wurden lauter, je näher er der Tunnelbrust kam. Er verließ den Weg, trat an die Wand und beleuchtete sie. Diese Öllampen taugten nicht, um Gesteinsschichten gut zu erkennen. Wenn er das nächste Mal einfuhr, bräuchte er eine hellere Lampe.

Endlich erreichte er die Tunnelbrust. Laut den Unterlagen war er jetzt fünftausendvierhundertundfünfzehn Meter tief im Berg. Das Dröhnen und Pfeifen der Bohrmaschinen war eine vertraute Melodie, die Erinnerungen weckte. Gerade mal drei Jahre war es her, da hatte er selbst da vorne gestanden und die Bohrer geführt.

Der Vorarbeiter hob die Hand, die Maschine stoppte. Ein Griff zu den Druckluftventilen, ein Zischen. Kurz wehte ein kühler Wind durch den Stollen. Ein guter Postenchef war das. Einer wie Enzo, der sich um seine Leute kümmerte. Auf den Hilfsgleisen wurde die Lafette zurückgeschoben, die Kiste mit dem Dynamit geöffnet.

»Einen Moment!« Piero hob die Lampe in seiner Hand. »Ich bin Geologe und im Auftrag von Ingenieur Maury hier. Ich will mir kurz das Gestein ansehen.«

Der Fels an der Tunnelbrust bestand aus Glimmergneis. Piero atmete auf. Gut. Nicht so hart wie Granit, aber hart genug, so dass man gut bohren konnte. Anders als der weiche Sellagneis mit seinen ständigen Wassereinbrüchen. Die Mineure, die hier arbeiteten, wussten das natürlich. So wie er immer gewusst hatte, in welchem Fels er arbeitete. Hinter ihm tuschelten die Männer. Er grinste, denn er war sich sicher, was sie sagten, ohne ihre leisen Worte zu verstehen. »Schon wieder so ein Neunmalkluger. Der hat doch keine Ahnung. Wir kennen den Berg, wir kämpfen mit ihm, jeden Tag.«

Piero trat zurück und beobachtete die beiden Feuerwerker, wie sie die Dynamitpatronen in die Bohrlöcher schoben. Das Tuch vor Mund und Nase bindend, duckten sie sich hinter einem Felsvorsprung. Dinge, die er tausendmal getan hatte. Es folgte das Krachen der Explosion, die Druckwelle, gefolgt von Rauch und Dynamitgasen. Jetzt wurde es noch heißer, das Atmen noch schwerer. Neben ihm hustete sich einer der Schutterer die Lunge aus dem Leib. Auch von anderen Stellen im Stollen hörte er die Männer nach Atem ringen.

Als der Rauch sich gelegt hatte, gingen die Schutterer nach vorne. Sie arbeiteten in drei Gruppen, hatte Maury Piero erzählt. Die Sappeure füllten die Körbe mit Schutt, die Rouleure stellten die Körbe auf kleine Wagen und schoben sie zum Hauptgleis hinter der Bohrmaschine, wo die Rollwagen standen. Dort beluden die Chargeure die Wagen. Diese Arbeitsteilung sei wesentlich effektiver, als wenn jeder seinen Korb füllte und nach vorne schleppte.

Piero sah sich die Tunnelbrust an und sammelte ein paar Gesteinsproben. Der Schutterer, der neben ihm den Hustenanfall gehabt hatte, gehörte zu den Sappeurs. Keuchend warf er Steine in seinen Korb, dabei machte er immer wieder Pause und rang nach Luft. Piero ging zu ihm. »Du bist krank. So kannst du nicht arbeiten.«

Der Mann sah ihn erschrocken an. Sein Gesicht war eingefallen, scharfe Falten zogen sich von den Nasenflügeln zu seinen Mundwinkeln. Sein Anblick erinnerte Piero an die Bilder von Schwindsüchtigen, die er gesehen hatte.

»Ich schaffe das schon«, sagte der Mann und bückte sich, um weiter Steine in seinen Korb zu werfen. Nach dem dritten Stein erschütterte ihn ein erneuter Hustenanfall.

Der Vorarbeiter der Schutterer kam herüber. »Was ist los, Domenico?«

»Nichts. Nur der Rauch.«

Piero schüttelte den Kopf. Das war nicht nur der Rauch. Dann wäre der Hustenreiz schon vorbei. Der Mann war krank. Staublunge oder dieses seltsame Mineurskrankheit, die seit einiger Zeit in den beiden Tunneldörfern von sich reden machte.

Er tauschte einen Blick mit dem Vorarbeiter. Domenico versuchte, den Husten zu unterdrücken, doch er schaffte es nicht.

»Er kommt mit mir nach draußen«, erklärte Piero entschieden.

Der Vorarbeiter nickte. »Für heute ist Schluss für dich. Melde dich im Hospital.«

»Nein«, keuchte der Mann verzweifelt. »Doktor Giaccone schickt mich nach Hause. Ich habe Familie, ich brauche das Geld.«

»Du brauchst vielleicht nur ein paar Tage Ruhe und frische Luft. Wenn du hier im Tunnel stirbst, nützt du deiner Familie nichts. Komm jetzt mit.« Piero griff nach Domenicos Arm und zog ihn in Richtung Ausgang.

Auf dem Weg zu Druckpartie musste Piero ihn des Öfteren stützen. Der Mann war am Rande seiner Kräfte. Sie durchquerten die Verzimmerung und kamen zu dem »Bahnhof«, von dem die Züge fuhren.

Piero sprach mit dem Lokomotivführer. »Kannst du uns mit nach draußen nehmen?«

»Ich fahre in zehn Minuten los. Sucht euch einen Platz.«

Piero half Domenico auf einen der gefüllten Wagen zu klettern und setzte sich neben ihn. »Wie lange arbeitest du schon im Tunnel?«

Domenico musterte ihn sichtlich misstrauisch. »Drei Jahre.«

»Und seit wann hast du diese Beschwerden?«

»Ich habe keine Beschwerden. Ich habe mir eine Erkältung geholt, als es vor einiger Zeit so kalt war und ich nassgeschwitzt aus dem Tunnel gekommen bin.«

Auch das war ein Problem, viele Arbeiter litten in den kalten Monaten an Erkältungskrankheiten, bedingt durch die großen Temperaturunterschiede im Tunnel und draußen. Deshalb hatte Favre auch in Airolo Umkleide- und Waschräume bauen lassen. Doch die boten nicht genug Platz für die neunhundert Arbeiter, die bei Schichtwechsel aus dem Tunnel strömten. Also gingen die meisten doch in ihren durchgeschwitzten Kleidern hinaus in die Kälte, um auf direktem Weg zu ihren Unterkünften zu kommen. Vielleicht hatte Domenico wirklich nur eine hartnäckige Erkältung. Das konnte nur der Arzt klären.

Auf der Fahrt nach draußen fragte Piero ihn nach seinem Alter.

»Ich bin achtundzwanzig.«

Drei jünger als er. Vielleicht lag es am Licht, aber Domenico wirkte viel älter.

Das Hospital lag neben den Wohnhäusern, die Favre gebaut hatte. Piero begleitete ihn dorthin. Bei Tageslicht sah Domenico noch elender aus als im Flackerlicht der Öllampen. Seine Haut war fahl, mit einem Stich ins gelbliche, seine Lippen farblos, die Schatten unter seinen Augen so dunkel, dass sie violett wirkten.

Das Hospital verdiente diesen Namen nicht, dachte Piero beim Eintreten. Es bestand nur aus zwei Räumen. Der kleinere diente als Warte- und Behandlungszimmer. An einer Wand stand ein Regal, auf dem medizinsiche Instrumente lagen, an der gegenüberliegenden eine lange Bank und an der dritten ein Schreibtisch. Schlammige Stiefelabdrücke bedeckten den Boden. Durch eine Tür konnte Piero in den zweiten Raum sehen, dort standen ein paar Pritschen ohne Kissen oder Decken. Auf einem Stuhl saß ein Mann, der ähnlich bleich war wie Domenico. Der Arzt hörte seinen Rücken ab.

»Staublunge«, sagte er, als er sich aufrichtete. »Am besten, du gehst nach Hause und erholst dich.«

Der Mann, er schien um die fünfzig Jahre alt zu sein, erhob sich und schlurfte nach draußen.

»Was ist mit ihm?«, fragte der Arzt.

»Er bekommt kaum Luft«, antwortete Piero. »Sein Vorarbeiter hat ihn hierhergeschickt. Ich bin Piero Caretti, Ingenieur.«

»Giaccone, Arzt von Airolo.« Er winkte Domenico heran. »Zieh das Hemd aus und setz dich auf die Liege.«

Domenico gehorchte. Piero erschrak beim Anblick seines ausgemergelten Oberkörpers. Wie konnte dieser Mann überhaupt noch arbeiten? Der Arzt hörte seine Lunge ab, sagte ihm, er solle sich hinlegen und tastete dann seinen Bauch ab. »Hast du Bauchschmerzen?«

»Ab und zu. Das Essen ist nicht besonders.«

»Hm.« Er zog Domenicos Augenlider herunter, sah in seinen Mund und fühlte seinen Puls.

»Es ist nur eine verschleppte Erkältung«, beteuerte Domenico.

Doktor Giaccone schüttelte den Kopf. »Nein. Du bist blutarm. Es wäre besser, du gehst nach Hause.«

»Nein. Ich muss hierbleiben. Es geht mir schon besser. Ich huste auch nicht mehr. Es war nur die schlechte Luft im Tunnel.« Er stand auf und zog sein Hemd an. »Ich werde mich ins Bett legen und schlafen. Morgen geht es mir wieder besser.«

Der Arzt hob die Schultern. »Ich kann dich nicht zwingen.«

Domenico zog sich an und verließ das Hospital.

Giaccone wandte sich zu Piero um. »Mineurskrankheit. Das ist schon der dritte Fall diesen Monat. Die Arbeitsverhältnisse sind schuld. Die schlechte Luft im Tunnel, das fehlende Tageslicht, das schlechte Essen.«

»Aber das war doch schon von Beginn der Bauarbeiten so. Trotzdem gab es diese Blutarmut nicht. Auch am Mont Cenis nicht. Warum hier und warum jetzt?«

»Damit bin ich überfragt.«

Nachdenklich kehrte Piero zu seiner Arbeit zurück. Auch in den nächsten Tagen bemerkte er viele elend aussehende Bergleute. Es waren immer die, die schon länger hier arbeiteten.

Drei Tage später begegnete ihm Domenico auf dem Weg zur Arbeit. Seine Gesichtsfarbe spielte ins Grünliche und er presste beim Gehen die Hand auf den Bauch, als hätte er große Schmerzen. Piero sprach ihn an. »Du siehst nicht gut aus. Geht es dir schlechter?«

Domenico nickte. »Ich habe Durchfall und muss ständig kotzen. Ich gehe jetzt noch mal zum Arzt.«

»Mach das. Gute Besserung.«

Piero verbrachte den Tag im Tunnel, doch am nächsten Morgen ging er auf dem Weg zur Arbeit am Hospital vorbei, um sich nach Domenico zu erkundigen. Die Symptome, die er hatte, passten nicht zur Staublunge und auch nicht zur Mineurskrankheit. Doktor Giaccone schüttelte bedauernd den Kopf.

»Er ist heute Nacht verstorben.«

»Aber woran? War es Typhus?« Auch Typhus kam immer mal wieder vor, was bei den hygienischen Verhältnissen kein Wunder war.

»Nein. Wenn er Typhus gehabt hätte, wären seine Zimmergenossen jetzt auch krank.«

Was für ein Glück er hatte, dachte Piero, als der das Hospital verließ. Seine Unterkunft war sauber, Signora Bernini war eine ausgezeichnete Köchin. Alle drei Tage fuhr er in den Tunnel, untersuchte die Gesteinsschichten, an den anderen Tagen wertete er seine Funde aus. Ab und zu ging er abends in eine der Osterien in Airolo und traf sich mit anderen Ingenieuren und Bauleitern.

Irgendwann fragte Signora Bernini ihn, warum er weder Frau noch Freundin hatte. Es war ein lauer Samstagabend im September, sie hatten gegessen und Wein dazu getrunken, jetzt saßen sie mit der Flasche Wein auf der kleinen Veranda. Piero betrachtete die Sonne, die hinter den Gipfeln versank und dachte an Helene. Wie es ihr wohl ging? Dachte sie ab und noch an ihn? Als er unwillkürlich seufzte, fragte Signora Bernini ihn, ob er traurig sei, und er erzählte ihr von Helene.

»Ich weiß, wie es ist, jemanden zu verlieren, den man liebt«, sagte sie.

Nach diesem Abend nannten sie sich beim Vornamen. Sie hieß Luisa.

Er gewöhnte sich schnell an die Arbeit und fühlte sich wohl in Airolo. Es war »italienischer« als Göschenen, man sprach die gleiche Sprache. Trotzdem gab es auch hier Spannungen zwischen Einheimischen und Bergleuten und die Ursachen waren die gleichen wie in Göschenen. Es gab zu viele Menschen im Ort. Vor allem junge Männer, die nach der Arbeit Zerstreuung suchten und dabei des Öfteren über die Stränge schlugen.

Piero hatte in Turin nicht wie ein Mönch gelebt, doch am Gotthard war die Erinnerung an Helene so lebendig, dass er sich von den Frauen fernhielt. Immer wieder kämpfte er gegen die Versuchung an, nach ihrem Vater oder Peter Ausschau zu halten oder sich nach der Familie Herger zu erkundigen. Helene war so nah und gleichzeitig so unerreichbar für ihn. Besonders in den Nächten überwältigte ihn öfter die Sehnsucht nach ihr.

Als die dunkle Jahreszeit begann und die Nächte länger und kälter wurden, wurde auch die Einsamkeit größer. Luisa schien es ähnlich zu gehen, sie war zunehmend in sich gekehrt. Weihnachten kam und damit ein paar freie Tage. Die Polizei verhängte Sperrstunden und patrouillierte verstärkt im Ort, denn 1873 war es am Weihnachtstag zu Krawallen und Schlägereien zwischen den italienischen Mineuren und den Einwohnern gekommen.

In der ersten Raunacht erwachte Piero, weil seine Zimmertür knarrte. Er setzte sich auf, bereit, einen Eindringling abzuwehren, doch dann hörte er das leise Tappen von nackten Füßen und erkannte in dem fahlen Licht, das durchs Fenster fiel, ein helles Nachthemd. Wortlos schlüpfte Luisa zu ihm unter die Decke und schmiegte sich an ihn. Ihre Küsse schmeckten salzig. Er streichelte sie, bis sie ihn ungeduldig an sich zog. Sie liebten sich stumm und hastig. Auch danach sprach sie nicht, sondern lag ruhig in seinen Armen. Kurz bevor der Morgen graute, wollte sie ihn ein zweites Mal. Danach stand sie auf und verschwand so leise, wie sie gekommen war.

Als er zum Frühstück kam, benahm sie sich wie immer. Sie verlor kein Wort über ihren nächtlichen Besuch, also erwähnte auch er ihn nicht. Auch in den nächsten Nächten kam sie wieder zu ihm. Es war keine Liebe, noch nicht einmal Leidenschaft. Die Einsamkeit hatte sie zusammengeführt und sie spendeten einander in langen Winternächten gegenseitig Trost.

39. KAPITEL

»Musst du wirklich fahren?«, fragte Helene. »Es gab schon eine Lawine in diesem Monat.« Sie stand am Fenster ihres Schlafzimmer und sah hinaus auf die weiße Welt. Es hatte bis vor drei Tagen geschneit, der Schnee reichte bis an die Fensterstürze.

Von der Haustür führte ein Weg durch den Schnee zum Hof ihrer Eltern, Peter hatte ihn jeden Morgen freigeschaufelt.

Peter trat zu ihr und nahm sie in die Arme. »Wir sind fast eine Woche im Rückstand. Die Strecke ist wieder sicher. Ich schließe mich dem Postkurs an. Morgen Abend bin ich zurück. Vielleicht übernachtest du mit den Kindern bei deiner Mutter?«

»Ich schaue nachher bei ihr vorbei, aber ich bin lieber hier.«

In der Küche öffnete sie die Tür des Herds. Ein bisschen Glut glimmte noch unter der Asche. Helene legte Holz nach und zündete es an. Auf dem Herd stand ein großer Topf, sie hatte ihn am Vorabend mit Schnee gefüllt, der mittlerweile geschmolzen war. Sie füllte einen Kessel und stellte ihn auf die heißeste Stelle. Dass Peter nach Airolo wollte, bereitete ihr heftiges Unbehagen. Ihr Vater und die anderen beiden Knechte würden nach Isleten fahren, um Dynamit zu holen. Fast vierhundert Kilogramm wurden jeden Tag im Tunnel verschossen. Immerhin war dieser Transport nicht mehr so gefährlich, denn seit letztem Jahr wurde die sogenannte Sprenggelatine in Isleten hergestellt. Sie zerfiel bei Kälte nicht. Nach dem Frühstück zog Helene erst Martin warm an und schlüpfte dann selbst in Stiefel und Jacke, ehe sie sich einen

Schal um Kopf und Hals wickelte. Peter nahm Martin auf den Arm und trug ihn zum Hof, Helene folgte mit Lena an der Hand.

Ihr Vater und die Knechte hatten schon die Pferde vor die großen Schlitten gespannt. Helene ging ins Haus und begrüßte ihre Mutter, während Peter sein Pferd anspannte. Dann lief sie wieder hinaus und umarmte ihn. »Sei vorsichtig.«

Er küsste sie. »Bis morgen.«

Sie blieb im Hof, bis er mit seinem Schlitten auf die Straße einbog.

Ihre Kinder saßen bei ihrer Mutter in der Küche und aßen von der Nusstorte, die Anna am vorigen Samstag gebacken hatte. Helene verbrachte den Tag in der Küche ihrer Mutter. Beide Frauen strickten. Helene eine Jacke aus weicher Wolle für Lena und ihre Mutter Socken. Lena spielte mit den Tieren, die ihr Großvater aus Holz geschnitzt hatte, und Martin, der vor Kurzem seine ersten Schritte gemacht hatte, mit einer Schachtel voller Knöpfe, die ihm Helenes Mutter gegeben hatte.

»Er sieht seinem Vater sehr ähnlich«, sagte Anna, während sie ihn beobachtete.

Das stimmte. Er hatte hellblondes Haar, das wahrscheinlich später noch nachdunkeln würde, und Peters strahlend blaue Augen. Lena dagegen glich ihr. Ihr Haar war dunkelbraun und lockig, ihre Augen waren graublau.

Bevor es dämmerte, kehrte Helene mit den Kindern in ihr Haus zurück. In der Küche war es noch warm. Zum Abendessen wärmte sie den Rest der Suppe vom Vorabend auf und schnitt ein paar Scheiben Brot ab. Morgen würde sie neues kaufen müssen.

In der Nacht hatte es wieder geschneit, stellte sie am nächsten Morgen fest. Hoffentlich war auf der Südseite das Wetter besser.

Sie ließ die Kinder bei ihrer Mutter und ging zum Laden der Bissigs. Dort bediente jetzt eine Verwandte der Familie aus Andermatt, seit Paula vor drei Jahren den Hotelbesitzer Christian Wegmann geheiratet hatte. Paula und ihr Mann wohnten im Hotel Zum Gamsbock. Zu Beginn ihrer Ehe hatte sie ihren Mann oft nach Luzern begleitet, wo er ebenfalls ein Hotel besaß, doch vor zwei Jahren hatte sie eine Tochter bekommen. Seitdem kümmerte sie sich um die Leitung des Hotels in Göschenen, wenn Christian unterwegs war.

Helene wollte zum Abendessen einen deftigen Graupeneintopf machen. Peter aß gerne Eintopf, wenn er im Winter von seinen Fahrten heimkam. Sie kaufte außer Brot noch Speck und Würstchen. Graupen, Kartoffeln, Möhren und etwas Sellerie hatte sie noch im Haus.

Als es dämmerte, wurde sie unruhig. Eigentlich hatte sie gehofft, dass Peter im Hellen nach Hause kommen würde, doch vielleicht waren die Schlitten irgendwo aufgehalten worden. Schließlich wurde es dunkel und er war immer noch nicht da. Helene nahm eine Laterne und lief zum Haus ihrer Eltern.

»Habt ihr irgendwas darüber gehört, dass die Post aufgehalten wurde?«, fragte sie ihren Vater, der auch erst vor einer Stunde nach Hause gekommen war.

Er schüttelte den Kopf und stand auf. »Ich gehe zum Rössli. Vielleicht wissen sie dort etwas.«

Doch die einzige Nachricht, die er mitbrachte, war, dass heute niemand über den Pass gekommen war. Helene presste die Lippen zusammen. Das war nicht gut. Entweder die Tremola war aufgrund von Schneefällen unpassierbar oder …

Sie verbrachte eine unruhige Nacht voller wirrer Träume. Am nächsten Morgen brachte sie die Kinder zu ihren Eltern, als Zacharias Walker, der Postbote, an die Tür klopfte. In der Hand hatte er ein Telegramm. Bei Helenes Anblick erschrak er sichtlich.

»Was gibt es denn?«, fragte Franz.

Zacharias blickte auf den Zettel in seiner Hand, dann zu Helene. »Es ist ein Telegramm gekommen. Aus Airolo.«

»Peter?«, fragte Helene.

Zacharias nickte unglücklich. »Es gab einen Lawinenabgang an der Tremola. Fünfzehn Schlitten wurden verschüttet. Fast alle konnten gerettet werden, bis auf zwei Männer und zwei Pferde. Peter Gisler und Anton Renner hat man tot geborgen.«

Das Blut rauschte in ihren Ohren, ihre Knie wurden weich. Rasch trat ihr Vater zu ihr und stützte sie.

Zacharias verabschiedete sich und verließ eilig das Haus. Franz führte Helene zum Sofa in der Stube. »Setz dich.«

Durch das Rauschen in ihren Ohren hörte sie das Schluchzen ihrer Mutter. Die Kinder saßen auf dem Boden und blickten sie aus großen, verstörten Augen an. Helene kniete sich zu ihnen und nahm sie beide in die Arme. »Euer Papa ist jetzt im Himmel.«

Dann sah sie zu ihrem Vater auf. »Jemand muss es seinen Eltern sagen.«

»Das mache ich. Ich reite gleich hin.« Er zog sich warm an und verließ das Haus.

Paula kam, um ihr Beileid auszudrücken, im Laufe des Tages folgten ihr noch andere. Das Unglück sprach sich schnell herum. Anton Renner, der zweite Tote, war ein Kondukteur aus Andermatt.

Helene fühlte sich wie in einer Nebelwolke gefangen. Sie hörte die Beileidsbekundungen, doch die Worte rauschten an ihr vorbei. Tränenlos, wie betäubt saß sie in der Stube. Ihr Kopf weigerte sich, die Worte Peter und Tod zusammenzubringen. Sie fühlte nichts. Ihr Vater kehrte von den Gislers zurück. Urs hatte die Nachricht von Peters Tod mit steinerner Miene aufgenommen, erzählte er. »Der Berg rächt sich an denen, die ihn verraten«, habe er nur gesagt.

»Der hat sie doch nicht mehr alle beieinander!«, rief Anna. »Die arme Maria.«

Helene schüttelte resigniert den Kopf. Es passte zu Urs. Er

hatte Peter schon vor Jahren aus seinem Leben verbannt. Er war nicht nur bei ihrer Hochzeit nicht dabei gewesen, er hatte auch nie seine Enkelkinder gesehen. Maria hatte sie besucht, heimlich, wenn Urs und Karl unterwegs gewesen waren.

Helene blieb mit ihren Kindern bei den Eltern, bis es Abend wurde, dann kehrte sie in ihr Haus zurück. Ihre Mutter begleitete sie.

Die Feuer in Küche und Stube waren ausgegangen, es war kalt und dunkel. Helene fühlte sich so ausgelaugt und leer, dass sie am liebsten gleich ins Bett gegangen wäre. Aber sie musste sich um die Kinder kümmern. Also feuerte sie den Herd an und setzte Wasser auf. In dem großen Topf war noch der Graupeneintopf, den sie für Peter gekocht hatte. Davon konnte sie etwas für die Kinder aufwärmen, sie selbst hatte keinen Hunger. Als sie den Deckel öffnete, durchbrach die Wirklichkeit ihre Starre. Stumm blickte sie auf die Suppe, Tränen liefen über ihre Wangen und tropften hinein. Peter war tot. Er würde nicht mehr nach Hause kommen, neugierig in die Töpfe auf dem Herd gucken und mit den Kindern scherzen und spielen. Nie wieder würden sie abends in der Stube sitzen, über den Tag reden, Pläne machen. Dabei hatte er so viele Pläne gehabt. Er war doch erst einunddreißig Jahre alt. Sie ließ den Deckel fallen, setzte sich an den Tisch, legte den Kopf auf die Arme und weinte.

Als ihre Mutter die Küche betrat, blickte Helene auf. Anna füllte etwas von der Suppe in einen kleinen Topf und schob ihn auf die Kochstelle, dann holte sie drei Schüsseln aus dem Schrank. Als sie Helenes Blick bemerkte, lächelte sie traurig. »Es dauert, bis man es wirklich begreift«, sagte sie. »Ich kümmere mich um die Kinder und bringe sie ins Bett.«

Später, als Anna gegangen war, stieg Helene die Treppe hinauf zum Schlafzimmer. Die Kinder schliefen in einem kleinen Raum nebenan.

Helene zog sich aus, wusch sich und legte sich in das große Bett. Es fühlte sich nicht ungewohnt an, Peter war öfter über Nacht unterwegs gewesen. Wenn sie jetzt die Augen schloss, konnte sie sich vorstellen, dass er morgen nach Hause kam.

Doch als sie am nächsten Morgen aufstand, überwältigte sie die Trauer mit voller Wucht. Peter, ihr ältester und bester Freund war tot.

Sie brachten ihn drei Tage später nach Göschenen. Da der Boden noch gefroren war, wurde der Sarg in die kalte Kapelle auf dem Friedhof gestellt. Freunde kamen, um von ihm Abschied zu nehmen. Favre schickte eine Beileidskarte.

Tagsüber lebte Helene weiter wie bisher. Sie versorgte die Kinder, kümmerte sich um den Haushalt, tat, was sie immer getan hatte. Abends, wenn die Kinder im Bett waren, wurde es schlimm. Sie saß in der Küche, denn die Stube für eine Person zu heizen, lohnte sich nicht. Sie stopfte oder strickte und fühlte sich einsam. Jeder Winkel dieses Hauses barg Erinnerungen an Peter. Er hatte es für sie beide gebaut und nun war er nicht mehr da.

Als ihre Eltern anboten, dass sie mit ihren Kindern auf dem Hof wohnen könne, nahm Helene dankbar an. Ihre Mutter machte Helenes Mädchenzimmer zurecht und stellte ein zweites Bett für die Kinder hinein. Es wurde wärmer und als der Frost aus dem Boden wich, wurde Peter auf dem Friedhof von Göschenen beerdigt. Zur Trauerfeier ins Rössli kamen fast alle alte Göschener Familien.

Nach der Beerdigung ging es Helene allmählich besser. Sie hatte das Gefühl, ein Kapitel ihres Lebens abgeschlossen zu haben. Irgendwie musste es weitergehen, aber sie wusste noch nicht wie. Vor vier Jahren hatte sie ihre große Liebe verloren, und nun ihren besten Freund, der auch ihr Ehemann gewesen war. Wieder zu heiraten, konnte sie sich nicht vorstellen.

Peter hatte ihr Geld und das Haus hinterlassen. Das Geld würde nicht ewig reichen, auch wenn sie bei ihren Eltern wohnte, bestritt sie die Ausgaben für sich und ihre Kinder selbst. Sie wollte nicht ihren Vater um Geld bitten müssen, wenn sie neue Kleider, Schuhe oder etwas anderes brauchte.

Auf dem Hergerhof gab es zwar immer zu tun, doch Hausarbeit hatte sie noch nie ausgefüllt, und außerdem gab es auch wieder eine Magd, Josefa Infanger aus Altdorf. Nachdem Helene und Peter ausgezogen waren, hatte Franz darauf bestanden. Josefa war eine kräftige Frau von vierzig Jahren mit mausbraunen Haaren und grauen Augen. Sie war in jeder Hinsicht unauffällig, aber sehr tüchtig, so dass Helene tatsächlich nicht viel mehr tun musste, als sich um ihre Kinder zu kümmern.

»Ich verstehe dich«, sagte Paula. Sie saßen in Paulas Wohnung im Hotel Zum Gamsbock. Paulas Tochter Rosa und Lena spielten zusammen. Martin hockte auf einem Schaukelpferd und tat, als sei er der Postillon.

»Wenn ich mich nicht um das Hotel kümmern würde, wäre mir auch öde zumute«, fuhr Paula fort. »Ich muss noch nicht mal kochen, wir bekommen unser Essen aus der Hotelküche, für Sauberkeit sorgen die Zimmermädchen. Ich liebe mein Rosl, aber ich bin es nicht gewöhnt, nichts zu tun.«

»Ich liebe meine Kinder auch, aber ich weiß nicht, wie mein Leben weitergehen soll. Martin soll die Fuhrhalterei übernehmen, wenn er groß ist, falls es sie dann noch gibt, aber will ich dann die alte Mutter sein, die auf dem Hof hockt? Am Ende werde ich noch wie Elfriede.«

»Gott bewahre.« Paula lachte. Sie tippte sich mit dem Fingern an die Lippen. »Noch mal heiraten kommt für dich wahrscheinlich nicht infrage.«

»Nein, ich wüsste auch gar nicht wen. Brauchst du vielleicht noch Hilfe hier im Hotel?«

»Nein. Aber da fällt mir etwas ein. Doktor Fodéré sucht händeringend nach Hilfe im Hospital. Die eine Krankenschwester hat geheiratet und eine allein schafft die Arbeit nicht. Sie versorgen jeden Tag um die dreißig Verwundete, meistens nur kleinere Verletzungen. Wäre das nicht etwas für dich? Du müsstest ja nicht jeden Tag hingehen.«

Helene überlegte. Das wäre in der Tat eine reizvolle Aufgabe. Sie konnte sich nützlich machen, würde ein bisschen Geld verdienen und auch mal wieder unter andere Menschen kommen. Je länger sie nachdachte, desto besser gefiel ihr die Idee.

»Ich gehe morgen zu ihm und rede mit ihm.«

Sie sprachen noch ein bisschen über Paulas Arbeit. Sie organisierte den Einsatz der Zimmermädchen und machte die Buchhaltung.

»Weißt du eigentlich, wo Piero ist?«, fragte Paula beiläufig, als Helene sagte, dass sie nun aufbrechen müsse. Helene starrte sie an. Paulas Miene war betont unschuldig.

»Nein, ich weiß es nicht. Er war in Turin, als ich ihm geschrieben habe, dass ich Peter geheiratet habe.«

Paula zuckte mit den Schultern. »Vielleicht ist er ja noch da.«

»Und was soll ich tun? Ihm schreiben, dass ich jetzt Witwe bin? Nachdem ich ihm geschrieben habe, er solle sich nicht mehr bei mir melden?« Das war unmöglich. Er lebte sein Leben und sie ihres.

»Warum nicht?«

»Er ist bestimmt schon verheiratet«, wehrte sie ab.

»Das weißt du nicht.«

Langsam schüttelte Helene den Kopf. »Selbst wenn er keine Frau hat, es ist fast vier Jahre her. Er hat mich längst vergessen.«

Paula warf ihr einen forschenden Blick zu. »Hast du ihn denn vergessen?«

»Nein«, sagte Helene leise. »Ich denke immer noch an ihn. Aber es nützt ja nichts. Ich weiß nicht, wo er ist.«

Am selben Abend sprach sie mit ihren Eltern darüber, dass sie zwei- oder dreimal in der Woche im Hospital helfen wolle. »Ich möchte etwas Sinnvolles tun. Und hier auf dem Hof seid ihr die letzten drei Jahre gut ohne mich zurechtgekommen.«

Ihr Vater zuckte mit den Schultern. »Das muss deine Mutter entscheiden. Ich bin ja die meiste Zeit nicht hier.«

»Ich verstehe, dass du mal wieder unter die Leute willst«, sagte Anna. »Aber im Hospital arbeiten? Ist das das Richtige?«

»Ich glaube schon. Und es ist sicher besser, als sich im Rössli oder einem anderen Hotel als Zimmermädchen zu verdingen.«

Ihre Mutter riss schockiert die Augen auf. »Du, als Zimmermädchen?«

»Peters Geld wird nicht ewig reichen und ich möchte euch nicht auf der Tasche liegen.«

Ihr Vater nickte anerkennend. »Dann lieber im Hospital helfen. Ich wollte dich schon länger etwas fragen. Was hast du denn mit eurem Haus vor? Es steht jetzt drei Monate leer. Du könntest es verkaufen, aber es wäre lukrativer, wenn du die Zimmer vermietest.«

»Vermieten? An Italiener?«

»Ja. Warum nicht?«

Helene warf ihrer Mutter einen Blick zu. Sie hatte sich vor einigen Jahren vehement dagegen gesträubt, an Bergleute zu vermieten, als Franz ein Logierhaus bauen wollte.

»Es wäre deine Angelegenheit«, sagte Anna. »Ich halte mich da raus.«

»Ich denke darüber nach.«

1880
Durchbruch

40. KAPITEL

Der Winter wich dem Frühling in Airolo früher als in Göschenen. Eines Morgens, als Piero das Fenster öffnete, war irgendetwas anders. Die Luft schien weicher zu sein und das Licht milder als sonst.

Luisa trat neben ihn. »Hörst du das?«

Er hörte es. Ein leises gleichmäßiges Klopfen. Es kam von den Eiszapfen, die am Dachvorsprung hingen. Tropfen bildeten sich an ihren Spitzen, wurden dicker und fielen herab.

»Der Winter ist vorbei.«

Von nun an wurde es jeden Tag ein kleines bisschen wärmer, der Schnee im Ort taute, der Ticino schwoll an. Wenn Piero zur Arbeit ging, hörte er Vögel zwitschern.

Im Tunnel selbst war es immer heiß.

Sechstausenddreihundert Meter war der Richtstollen nun lang und die Erweiterungen lagen bei fünftausendzweihundert Meter. Immer noch machten Wassereinbrüche den Bergleuten das Leben schwer und zu allem Überfluss hatte eine Lawine die Wasserleitung zerstört, tagelang gab es keine Druckluft für die Maschinen.

An einem Samstag im Juli saß Piero mit Maury im Büro und sprach über die problematische Druckpartie. Wieder einmal musste die Zimmerung ausgewechselt und verstärkt werden. Plötzlich klopfte es stürmisch an die Tür, sie wurde auf gerissen und ein Bote vom Telegraphenamt stürmte herein. Schwer atmend blieb er vor Maury stehen, der angesichts der Störung die Stirn runzelte. »Was gibt es denn?«

»Ein Telegramm aus Göschenen, Signor Maury.« Der Mann überreichte das Schreiben.

Maury las und sein Gesicht verlor jegliche Farbe. Sogar seine Lippen wurden weiß. Einen Augenblick dachte Piero, er würde ohnmächtig werden. Sekundenlang starrte Maury bewegungslos auf das Blatt in seiner Hand. Dann hob er den Kopf und sah Piero an. Seine Augen glichen denen eines aufgeschreckten Tieres.

»Favre ist tot«, sagte er tonlos.

»Was?« Mit allem hätte Piero gerechnet. Mit einem Unglück, einem Einsturz, oder damit, dass jemand festgestellt hätte, dass die Berechnungen alle falsch waren und die Stollen sich verfehlen würden.

»Aber wieso?« Favre war erst dreiundfünfzig Jahre alt und letzte Woche noch hier gewesen. Energisch und lebhaft wie immer. »Hat es einen Unfall gegeben?«

Maury schüttelte den Kopf. »Hier steht, ihn hätte im Tunnel der Schlag getroffen.«

Stumm sahen sie einander an und Piero wusste, sie dachten das Gleiche. Wie würde es mit dem Tunnel weitergehen?

In den nächsten Tagen gelangten nach und nach genauere Informationen nach Airolo. Favre war am Samstag, dem 19. Juli, um sieben Uhr morgens mit Stockalper und einem Ingenieur der Paris-Lyon-Méditerranée-Gesellschaft in den Tunnel eingefahren, um dem Franzosen die Arbeitsweise der Ferroux-Bohrmaschinen zu zeigen. Bei Meter Dreitausend hatte er plötzlich heftige Unterleibsschmerzen bekommen und sich hingesetzt. Einige Augenblicke später war er tot.

»Laut Doktor Fodéré war es ein Aneurysma«, sagte Maury bei einer Versammlung am Montag.

»Was ist ein Aneurysma?«, fragte Piero.

»Irgendwas an der Bauchschlagader. Sie ist gerissen.«

»Und wie geht es mit dem Bau weiter?« fragte Franz Vital Lusser, einer der Ingenieure.

»Favre hat vorgesorgt. Es gibt Vollmachten für Herrn von Stockalper und mich, die Tunnelbauarbeiten in Nord und Süd zu leiten. Oberingenieur Eduard Bossi wird die Gesamtleitung übernehmen.«

Piero war erleichtert. Also würde weitergebaut werden.

Die Zeitungen druckten pathetische Nachrufe, rühmten Favre als Freund seiner Arbeiter. Ihre Sorgen seien auch immer seine Sorgen gewesen. Unter Tränen hätte man ihn aus dem Tunnel getragen. Im Tunnel ruhe die Arbeit, denn Bergleute trauerten um ihn wie um einen Vater.

»Nicht die Hälfte davon ist wahr«, sagte Piero zu Luisa, als sie einen der Artikel las. In beiden Stollen war ohne Unterbrechung weitergearbeitet worden. Es gab zwar einige, die wirklich sehr trauerten, zum Beispiel Franz Vital Lusser, der Favre zutiefst bewundert hatte, doch die meisten der Arbeiter kannten Favre nur dem Namen nach.

Auch Piero trauerte nicht. Als Freund der Arbeiter hatte er Favre nicht kennengelernt, eher als jemand, der ohne Rücksicht auf Verluste seine Ziele verfolgte. Seine Sparmaßnahmen hatten mangelnde Sicherheit zur Folge und der ständige Zeitdruck forderte immer noch Opfer. Piero tat es von Herzen leid, dass Favre die Vollendung seines Lebenswerkes nun nicht mehr erleben würde, aber das war auch alles.

Im Tunnel gingen die Arbeiten weiter und die Schwierigkeiten ebenfalls. Die geheimnisvolle Krankheit befiel immer mehr Arbeiter. Die Symptome waren stets die gleichen. Zu Beginn Müdigkeit und Erschöpfung, dann folgte Husten, Blutarmut, Verdauungsbeschwerden und schließlich Bewusstlosigkeit und Tod. Selbst Doktor Giaccone behauptete nun nicht mehr, dass es sich um Staublunge handele. Doch was die Ursache für die Erkrankung war, wusste er nicht. Vielleicht eine Mischung aus allem, sagte er einmal. Die harte Arbeit sei die Ursache für Müdigkeit und Erschöpfung, der Rauch und der Staub für den Husten, die miserablen hygienischen Bedingungen im Tunnel und in den Unterkünften für die anderen Symptome.

Piero war geneigt, ihm recht zu geben, doch die Arbeits- und Lebensbedingungen waren schon seit Beginn des Baus so gewesen. Die Gotthardtunnel-Krankheit, wie man sie inzwischen nannte, hingegen war erstmals vor einem Jahr aufgetreten. Es musste einen anderen Grund haben. Doch der einzige Unterschied, der ihm einfiel, war die Hitze im Tunnel. Sie machte die Arbeit mühsamer, erschwerte das Atmen, doch wieso sollte sie krank machen?

Im Herbst 1879 waren alle Betten im Hospital mit hustenden, siechenden Männern belegt. Der Arzt ging dazu über, die Arbeiter, die Symptome der Tunnel-Krankheit zeigten, nach Hause zu schicken.

41. KAPITEL

Es war der letzte Arbeitstag vor Weihnachten. In der Nacht hatte es tatsächlich geschneit. Als Piero morgens das Fenster öffnete, bedeckte eine flaumig weiße Decke die Straßen und Häuser von Airolo. Der Weg zum Tunnel allerdings stach dunkel aus der weißen Wunderwelt heraus, die Stiefel der Arbeiter, die Räder der Baumaschinen und der Dampf der kleinen Tunnellokomotiven hatten den Schnee in schmutzigbraunen Matsch verwandelt. Piero beugte sich aus dem Fenster und atmete tief ein. Die Luft war frisch und der Schnee dämpfte die Geräusche der Stadt, als hätte jemand ein Laken darüber gelegt. Heute würde er mit der Spätschicht in den Tunnel einfahren, über sechs Kilometer in den Berg hinein, und es würde Stunden dauern, bis er wieder herauskommen würde.

Er verabschiedete sich von Luisa.

»Ich komme heute erst spät wieder. Warte mit dem Essen nicht auf mich.«

Sie lächelte nur.

Als er zum Portal ging, trug er die Kleidung, die er vor Jahren als Mineur getragen hatte. Schwere Stiefel, Manchesterhosen, ein Baumwollhemd, Halstuch und Hut. Die Tunnellokomotive stand auf einem Nebengleis. Piero stieg in einen der vorderen Wagen. Auf dem Boden lagen Werkzeuge, Ersatzteile für Bohrer. Piero setzte sich auf den Rand des Wagens. Andere Männer kletterten ebenfalls hinein, kurz danach ertönte der Pfiff, der als Startsignal diente. Die Lokomotive zog an. An den ausgemauerten Wänden erhellten Petroleumlampen den Tunnel, doch je tiefer sie kamen, desto dunkler wurde es. Aus den Kavernen schimmerte das Licht der Grubenlampen, ab und zu kamen ihnen Lichter entgegen, Arbeiter, die auf dem Weg nach draußen waren. Sie fuhren einen Kilometer, zwei, bei dreieinhalb hielt der Zug. Hier befand sich ein »Bahnhof«, mehrere Nebengeleise, auf denen Wagen zum Transport nach draußen warteten. Einige Männer stiegen aus. In einer Erweiterung stand ein Tisch, an dem Männer mit nackten Oberkörpern saßen und aßen. Piero entledigte sich seiner Jacke. Die Luftfeuchtigkeit betrug hier fast neunzig Prozent und es war drückend heiß. Dazu kam der übliche Geruch nach Exkrementen, nach den Dämpfen von Dynamit, nach Schweiß. Doch daran gewöhnte man sich schnell. Bald würde er den Gestank nicht mehr wahrnehmen.

Weiter fuhr der Zug, nach Norden, immer tiefer in den Berg. Schließlich erreichten sie die Rampe zum Richtstollen. Ab hier ging es zu Fuß weiter. Im schummrigen Licht der Lampen stieg Piero mit den Mineuren und Schutteren die Rampe hinauf. Von der Tunnelbrust her drang der Lärm der Bohrmaschinen. Vier Stück arbeiteten gleichzeitig, wusste Piero. Als sie die Brust erreichten, erstarb der Lärm. Die Löcher waren gebohrt. Die Arbeiter zogen die Maschinen zurück, winkten den Neuankömmlingen zu.

»Wie ist das Wetter draußen?«

»Gut. Es hat geschneit und jetzt scheint die Sonne.«

Der Leiter des Postens begrüßte Piero. »Alles nach Plan heute. Kein Wassereinbruch.« Er wandte sich an den Postenchef der Spätschicht. »Ihr könnt jetzt sprengen und vielleicht schafft ihr anschließend noch einen zweiten Angriff.« Dann gab er seinen Leuten das Zeichen zum Schichtwechsel.

Die Männer holten ihre Kleider, die sie auf Kisten und in leeren

Rollwagen abgelegt hatten und machten sich auf den Weg nach draußen. Die Neuankömmlinge zogen die Hemden aus, einige auch die Hosen. Nur mit Stiefeln und Hüten bekleidet warteten sie auf die Sprengung. Piero begleitete den Sprengmeister zur Tunnelbrust und sah zu, wie der die Dynamitpatronen in die Bohrlöcher schob. Er nickte dem Mineur, der die Sprengladungen zünden sollte, zu und zog sich ebenfalls hinter die Schutzmauern zurück, wo er sich zusammenkauerte und die Hände über die Ohren legte.

Das Hornsignal ertönte, dann explodierte das Dynamit. Mit heulendem Krachen fraßen sich die Sprengladungen in den Fels, Gesteinsbrocken flogen, dichter Rauch füllte den Stollen. Er legte sich wie ein feuchtes Tuch auf die Menschen. Piero trat zu einer der Bohrmaschinen und betätigte den Hebel für die Druckluft. Zischend fuhr ein kühler Hauch durch den Tunnel, verdrängte einen Teil des Rauches. Mit der Lampe in der Hand stieg Piero über die herausgeschleuderten Felsen, nahm einige Stücke in die Hand und beleuchtete sie. Es war Glimmergneis. Der Gleiche wie auf der Nordseite.

Die Explosionen hatte die Hitze noch verstärkt, hier vorne an der Tunnelbrust schien die Luft zu dampfen. Plötzlich vernahm Piero ein Geräusch, das sich von dem üblichen Baulärm unterschied. Ein leises Dröhnen. Vielleicht spürte er es mehr, als dass er es hörte. Er trat wieder an die Tunnelbrust heran und legte sein Ohr dagegen. Stille. Auch hinter ihm wurde es still, die Augen der Bergleute waren alle auf ihn gerichtet.

»Was ist los, Signor Caretti?«, fragte der Sprengmeister, der darauf wartete, die nächste Ladung zu zünden.

»Ich glaube, ich habe eine Sprengung gehört.«

»Vielleicht von den seitlichen Erweiterungen?«

»Das wäre lauter.« Piero schüttelte den Kopf und sah auf die Wand vor sich. War es möglich? Konnte es sein, dass das Geräusch von der Nordseite gekommen war? Durch vierhundertfünfzehn Meter Fels? Wenn es wirklich so wäre, müsste es sich bald wiederholen, es sei denn, es wäre die letzte der Sprengungen gewesen. Wieder legte er sein Ohr an den Fels, wagte kaum zu atmen. Und dann hörte er es wieder. Ein leises Dröhnen und es kam eindeutig durch den Berg. Trotz der Hitze bedeckte eine Gänsehaut seine Arme. Er drehte sich um. »Das ist Göschenen! Ich habe sie gehört!«

»Göschenen?« In der Stimme des Postenchefs mischte sich Unglauben mit Freude. »Dann werden wir uns wirklich treffen?«

»Ja. Wie spät ist es?«

Er merkte sich die Uhrzeit. Wenn er draußen war, würde er an Stockalper telegraphieren und fragen, ob zum besagten Zeitpunkt dort gesprengt worden sei.

Die Schutterer nahmen ihre Arbeit auf, sammelten die Brocken ein und warfen sie in Körbe, die sie in einen eisernen Wagen stellten. Als er voll war, wurde er mit einem Seil nach hinten zu den Rollwagen gezogen. Dort warteten der nächste Trupp Schutterer. Sie leerten die Körbe in die Rollwagen, warfen sie zurück in den Transportwagen und der wurde zur Sprengstelle zurückgezogen. Wenn sieben Rollwagen gefüllt waren, wurden sie bis zur nächsten Ausweichstelle geschoben, dort wurden Pferde vorgespannt, die sie bis zur Rampe brachten. Hier ließ man sie einfach hinunterrollen. Bremsen sollten verhindern, dass sie zu schnell wurden, nur die funktionierten nicht immer. Es kam öfter zu Unfällen, bei denen Arbeiter von den schweren Wagen überfahren wurden oder von umkippenden eingeklemmt. Aber es ging schnell und deshalb wurde es trotz der Unfälle weiterhin so gemacht. Unten angekommen wurden dann aus allen Rollwagen ein Zug gebildet, den die Druckluftlokomotive nach draußen zog.

Piero machte sich auf den Weg nach draußen. Er ging zügig, der Gedanke, dass Nord und Süd einander so nahe waren, beflügelte ihn. Er überholte die müden Grubenpferde mit ihren Wagen und hastete im Laufschritt die Rampe hinunter. Hier hatte er Glück, einer der Züge war gerade abfahrbereit. Er setzte sich hinter den Lokomotivführer auf die schmale Bank. Nach anderthalb Stunden hatte er das Portal erreicht. Der Zug hielt auf einem Nebengleis, Piero sprang vom Wagen und rannte zum Verwaltungsgebäude. Doch bevor er eintreten konnte, wurde die Tür von innen aufgerissen. Bossi selbst stand vor ihm und wedelte mit einem Fetzen Papier. Hinter ihm stand Maury.

»Göschenen fragt, ob wir um 11:30 Uhr gesprengt haben. Ihre Mineure sollen etwas gehört haben, das eine Sprengung sein könnte.«

»Das haben wir. Kurz danach habe ich Sprenggeräusche gehört, die eindeutig von der anderen Seite kamen.«

Bossis Augen leuchteten, er grinste über das ganz Gesicht und schlug Piero kräftig auch die Schulter. »Das ist großartig! Wenn unsere Berechnungen stimmen, sollte im März der Durchstich sein.«

Der nächste Tag war Weihnachten, da ruhte die Arbeit. Luisa ging in die Kirche und besuchte anschließend ihre Familie, Piero verbrachte den Tag mit anderen Ingenieuren und Technikern im Haus der Ingenieure, wo sie Weihnachten und den Kontakt zur Nordseite feierten.

»Bald sind Airolo und Göschenen nur noch fünfzehn Kilometer voneinander getrennt!«, rief Franz Vital Lusser und hob sein Glas. »Auf den Durchstich! Möge er gelingen.«

Piero prostete den anderen zu, doch in Gedanken wanderte er durch den Tunnel. Fünfzehn Kilometer bis Göschenen. Etwas über dreißig Minuten würde die Fahrt dauern, wenn die Eisenbahn hindurchfuhr. Wie es Helene wohl ging? War sie glücklich mit Peter? Ob sie wohl ab und zu noch an ihn dachte? Dann schüttelte er über sich selbst den Kopf. Peter war ein prima Kerl, er liebte Helene. Und Helene war eine vernünftige, pragmatische Frau, die immer das Beste aus dem machte, was sie bekam. Bestimmt verschwendete sie keinen Gedanken mehr an ihre Liebe. Er war ein Idiot, dass er immer noch an sie dachte. Aber so war er nun mal, er hatte ja auch Lucia lange nicht vergessen können.

Vor über einem Jahr hatte er Giuseppe Vittone, einen der Postenchefs aus Göschenen, in der Osteria Cadagno getroffen. Er war auf dem Weg nach Hause gewesen. Fünf Jahre im Tunnel reichten ihm, hatte er gesagt. Nach drei Gläsern Wein hatte Piero Mut gefasst und nach Helene gefragt.

Giuseppe kratzte sich am Kopf. »Das ist die Frau von diesem Fuhrhalter. Gisler. Ich glaube, der geht's gut. Den Mann habe ich ab und zu mal an der Baustelle getroffen, wenn er Dynamit gebracht hat. Sie haben zwei Kinder. Ein kleines Mädchen und Anfang des Jahres hat sie noch einen Buben bekommen.«

Das Mädchen war mit Sicherheit seine Tochter. Wie sie wohl aussah? Einmal, nur einmal wollte Piero sie zu Gesicht bekommen. Von Weitem, er würde auch gar nicht mit ihr reden. Bei diesem Gedanken seufzte er so tief, dass Vittone ihn überrascht ansah.

»Was ist los mit dir? Hast du Heimweh? Das haben viele an Weihnachten. Es ist nicht schön, fern von der Familie zu sein. Komm, trink noch einen Schluck.«

42. KAPITEL

Das erste Weihnachten ohne Peter. Helene hatte die Stube mit Tannenzweigen geschmückt und die von Peter geschnitzten Holztiere daran gehängt. Martin hatte gejauchzt. Er vermisste seinen Vater kaum noch, schließlich war er erst knapp über ein Jahr gewesen, als Peter gestorben war. Bei Lena war das anders. Peter fehlte ihr, und sie fragte öfter, ob er sie denn vom Himmel aus sehen könne.

»Ganz bestimmt«, beteuerte Helene dann.

Am Weihnachtsmorgen wurde Helene früh wach. Die Kinder lagen zusammengekuschelt unter der Decke auf der anderen Seite Bettes. Sachte schob Helene ihre Decke fort und stand auf. Im Schlafzimmer war es empfindlich kalt. Sie schlüpfte in die Filzpantoffeln und huschte im Dunklen die Treppe hinunter. Auch hier war alles still, ihre Eltern schliefen noch. Sie ging in die Küche. Das Feuer im Herd war aus, doch in der Asche glimmte es noch. Sie legte Holzspäne hinein und blies sachte darauf. Schnell züngelte eine kleine Flamme am trockenen Holz. Helene legte nach. Als die kleinen Holzspäne brannten, schichtete sie Scheite darauf und schloss die Tür. Im Kessel war noch Wasser, doch sie ging mit einem Topf vor die Tür, füllte ihn mit Schnee und stellte ihn ebenfalls auf den Herd. So hatten sie nachher warmes Wasser zum Waschen. Anschließend feuerte sie den Ofen in der Stube an.

»Du bist aber früh wach«, hörte sie die Stimme ihres Vaters.

»Ich konnte nicht mehr schlafen.«

»Ja, der Peter fehlt halt. An Weihnachten besonders.«

Am Tag nach Weihnachten ging Helene wieder ins Hospital.

Wie immer in den letzten Wochen waren alle Betten belegt. In der hintersten Reihe lagen diejenigen, die schon vor Weihnachten erkrankt waren. Sie husteten nicht mehr, sondern lagen matt, mit gelblichen ausgemergelten Gesichtern auf ihren Lagern. Die Neuankömmlinge dagegen husteten oder rangen keuchend nach Luft. Zu ihrem Entsetzen entdeckte Helene Johanna Sen in einem der Betten. Sie saß aufrecht und wurde von einem Hustenanfall geschüttelt. Zwei Betten weiter lag eine der Kellnerinnen aus dem Schäfli. Es waren nicht die ersten Göschener, die von der sogenannten Gotthardtunnel-Krankheit befallen worden waren. Vor Weihnachten war der Sohn von Andreas Gamma erkrankt und kurze Zeit später gestorben.

Karolina begrüßte Helene und zusammen machten sie sich daran, die Kranken zu versorgen.

Später setzte Helene sich zu Johanna ans Bett. »Seit wann bist du krank?«

»Vor drei Wochen fing es an. Ich dachte, es sei nur eine Erkältung, aber der Husten wurde immer schlimmer. Manchmal bekomme ich kaum noch Luft. Seit zwei Tagen habe ich auch Bauchweh.«

Helene nickte. Der Verlauf der geheimnisvollen Krankheit war immer ähnlich. Es fing mit Husten und Atemnot an, dann folgten Bauchschmerzen, Durchfall und Anämie und oft der Tod. Doch wenn die Krankheit aus dem Tunnel kam, wieso wurden inzwischen auch Leute wie Johanna krank, die nie einen Fuß in den Tunnel gesetzt hatten?

Doktor Fodéré hatte zunächst vermutet, dass es am Trinkwasser liegen könne, doch Prüfungen hatten ergeben, dass das Wasser in Göschenen und Airolo von ausgezeichneter Qualität war. Mittlerweile verließen viele Mineure die Baustelle, sobald sie sich krank fühlten, weil sie mitbekommen hatten, dass es kein Heilmittel gab und ihre Kameraden starben.

Doktor Fodéré kam aus seinem Büro. Er hörte die drei Neuankömmlinge ab, dabei war er ausgesprochen missgelaunt und brummte ständig vor sich hin. Irgendwann schnappte Helene die Worte »Würmer« und »Blödsinn« auf.

»Gibt es neue Erkenntnisse, Herr Doktor?«, fragte sie.

Er sah auf und runzelte die Stirn. »Ja, irgend so ein Professor aus Turin behauptet, es seien Würmer.« Unwillig schüttelte er den Kopf. »Ich weiß nicht, wie oft ich den Stuhl von Kranken untersucht habe, da waren nie Würmer drin.«

»Und wie kommt der Mann aus Turin darauf?«

»Einer der Tunnelarbeiter ist bei ihm Krankenhaus gestorben und er hat ihn obduziert. Aufgeschnitten. Und der hatte Würmer. Wahrscheinlich ein Zufall. Und bestimmt ist er nicht an diesen Würmern gestorben.«

Damit war das Thema für ihn offensichtlich erledigt, er ging weiter zum nächsten Patienten.

Doch schon zwei Tage später wurde in einer Zeitung über die Entdeckung des Turiner Professors berichtet. Und auch unter den Mineuren machte das Gerücht die Runde, denn auch in den italienischen Zeitungen wie der »Gazetta Piemontese«, wurde darüber geschrieben.

Am Tag darauf kam Ernest von Stockalper ins Hospital gestürmt.

»Die Zeitungen sind voll mit Artikeln über diesen Professor Perroncito und seinen angeblichen Tunnelwurm«, sagte er erbost und knallte eine der besagten Zeitungen auf Doktor Fodérés Tisch. »Der italienische Gesandte hat beim Bundesrat in Bern wegen der ›Epidemie‹ am Gotthard nachgefragt und der Bundesrat will eine Stellungnahme der Gotthardbahngesellschaft. Also, was schreibe ich unser Direktion?«

Fodéré seufzte. »Schreiben Sie, dass die Zustände hier in Göschenen mit zwei bis drei Toten im Monat ganz normal sind. Von einer Epidemie kann überhaupt nicht die Rede sein. Und was diese Würmer angeht, Ancylostoma duodenale, die gibt es nur in den Tropen. Wo sollen die denn hierherkommen? Das ist einfach nur Blutarmut. Die Leute ernähren sich schlecht, sie waschen sich nicht und Sie wissen ja selbst, wie es im Tunnel zugeht.«

Helene konnte nicht mehr an sich halten. »Und warum werden Leute krank, die noch nie im Tunnel waren? Wie Johanna oder der Sohn von Herrn Gamma.«

»Was weiß ich«, brummte Doktor Fodéré »Vielleicht ist es bei denen eine ganz andere Krankheit.«

»Jedenfalls wird die Gesellschaft den Gerüchten, es sei eine Epidemie, entschieden entgegentreten«, erklärte Stockalper. »Das fehlte uns noch, dass uns vierhundert Meter vor dem Ziel die Arbeiter weglaufen.«

Eilig verließ er das Hospital. Doktor Fodéré sah ihm nachdenklich hinterher.

Zwei Tage später starb Antonio, der Laufbursche aus Pieros altem Posten. Er hatte schon seit Tagen unter Bauchkrämpfen gelitten.

»Ich kann nichts mehr für ihn tun«, hatte der Arzt gesagt.

Helene saß an seinem Bett und hielt seine Hand. Sein Atem ging schnell und flach, sein Gesicht war weiß, Nasenflügel und Ohren beinahe durchsichtig. Er sah aus, als hätte er keinen Tropfen Blut mehr in seinem Körper. Ein letztes Mal öffnete er die Augen, dann bewegte sich seine Brust nicht mehr.

Helene streichelte sein Gesicht und schloss seine Augen. Er war so jung. Als sie ihn kennengelernt hatte, vor fünf Jahren, die ihr inzwischen wie ein halbes Leben vorkamen, war er vierzehn Jahre alt gewesen. Sie stand auf und zog das Laken über sein Gesicht.

Zu Hause drückte sie ihre Kinder an sich. Wie furchtbar musste es für die Mütter und Frauen dieser Männer sein, wenn sie die Nachricht bekamen, dass ihre Lieben gestorben waren.

Der Streit zwischen dem Turiner Professor und den Ärzten der Gotthardbahngesellschaft ging weiter. Perroncito blieb bei seiner Ansicht, dass Ancylostoma duodenale für das Dahinsiechen der Arbeiter verantwortlich war. Mit zwei anderen Ärzten, die erkrankte ehemalige Gotthardarbeiter behandelten, erstellte er ein Gutachten, das ebenfalls in den Zeitungen abgedruckt wurde. Die Larven der Würmer würden nur in Hitze und Feuchtigkeit gedeihen und fänden im Tunnel ideale Bedingungen. Dort befielen sie die Arbeiter, wanderten durch die Blutbahn in die Lunge und dann in den Darm, wo sie zu Würmen heranwuchsen und Blut saugten. Durch den chronischen Blutverlust käme es zu Anämie, Herzschwäche und bei starkem Befall zum Tod.

Perroncito empfahl dringend, die vielen Pfützen im Tunnel trockenzulegen und Aborte für die Arbeiter einzurichten, die regelmäßig geleert werden müssten. Immerhin hatte der Turiner auch ein Heilmittel entdeckt: Farnkrautextrakt.

Die Gotthardbahngesellschaft schickte Doktor Sonderegger nach Göschenen und Airolo, um ein Gegengutachten zu erstellen. Sonderegger kam dabei zu dem Ergebnis, dass es zwar Eingeweidewürmer gab, sie aber nur ausnahmsweise für Erkrankungen oder Tode verantwortlich waren.

Doktor Fodéré schien inzwischen nicht mehr so überzeugt davon. Er bestellte große Mengen Farnkrautextrakt und begann, die Menschen damit zu behandeln.

Für Johanna Sen kam die Medizin zu spät. Sie starb Ende Februar.

43. KAPITEL

»Nur noch zweiundzwanzig Meter zwischen Nord- und Südstollen«, erklärte Ingenieur Maury bei der morgendlichen Besprechung. »Der Durchschlag müsste jeden Tag erfolgen. Ab morgen setzen wir einen Sondierbohrer von drei Meter Länge ein. Ich will rund um die Uhr einen Ingenieur an der Tunnelbrust haben. Signor Lusser, Sie werden ab jetzt immer mit der Tagschicht einfahren, Ihr Dienst geht bis vierzehn Uhr, Signor Caretti, Sie beginnen um vierzehn Uhr und werden um zweiundzwanzig Uhr von Signor Mezger abgelöst.«

Airolo war wie im Fieber. Jeden Tag kamen mehr Presseleute an, die Gasthäuser waren überfüllt von Reportern und Delegierten, die sich das »welthistorische Ereignis« nicht entgehen lassen wollten. Piero mied die Gasthäuser, er mied die Reporter, die am liebsten mit in den Richtstollen eingefahren wären. Sie belagerten die Baustelle und fragten jeden aus, der nicht schnell genug verschwand.

Am 28. Februar machte Piero sich um zwölf Uhr auf den Weg in den Tunnel. Er wartete, bis einer der Rollwagenzüge einfuhr, und traf um kurz vor vierzehn Uhr an der Tunnelbrust ein. Die letzte Sprengung musste kurz vorher erfolgt sein, die Mineure machten Pause, die Schutterer waren an der Arbeit. Piero suchte Franz Lusser und fand ihn bei den Mineuren. »Ich löse dich ab.«

Franz schüttelte den Kopf. »Wir sind ganz nah dran. Die Schüsse von der Gegenseite sind fast so laut wie unsere. Ich bleibe hier.« Er kramte in seiner Tasche und holte eine Blechdose heraus. »Schau, was ich gemacht habe. Sobald der Durchstich gelungen ist, geht er zuerst hindurch.«

»Er?«

»Favre.« Franz öffnete die Dose und holte ein Stück Pappe heraus und reichte es Piero. Im Licht der Öllampe erkannte er eine Fotografie von Louis Favre. Er drehte sie um. Auf der Rückseite stand etwas auf Französisch. Er konnte kein Französisch. »Was steht da?«

Franz' Stimme bebte vor Rührung, als er es vorlas. »Wer wäre würdiger, als Erster hindurchzugehen. Er war unser Meister, Freund und Vater. Viva il Gottardo!«

Piero räusperte sich. »Das ist – ähm – eine gute Idee.«

Favre hätte es wirklich verdient gehabt, den Durchstich und damit den Erfolg seines kühnen Projekts zu erleben. Doch als »Meister, Freund und Vater« konnte ihn nur jemand bezeichnen, der nie die elende Plackerei im Tunnel erlebt hatte, der nicht dabei gewesen war, als seine Kameraden starben, weil Favre die Sicherheit dem Vortrieb geopfert hatte.

Er gab das Foto zurück, Franz steckte es wieder in die Dose und verstaute diese in seiner Tasche. Schweigend saßen sie neben den Mineuren, bis die Schutterer mit ihrer Arbeit fertig waren und die Hilfsgleise verlegt wurden. Die Bohrmaschine wurde an die Tunnelbrust geschoben, jetzt nur mit dem Sondierbohrer bestückt. Erst wenn er nicht durchschlug, würden die normalen Bohrer für die nächste Sprengung zum Einsatz kommen.

Die Spannung der Männer im Stollen war genauso spürbar wie die Erschütterung der Explosionen vorher. Die Mineure Necaraviglia und Chirio standen am Bohrgestell, der Vorarbeiter betätigte das Ventil für die Druckluft, die Maschine begann zu arbeiten, Stück für Stück drang der Bohrer in die Wand und plötzlich veränderte sich das Geräusch. Der Bohrer ruckelte und begann zu tanzen, als hätte er keinen Widerstand mehr. Der Fels bröckelte, Steine fielen heraus und plötzlich war da ein Loch. Hatten sie einen Hohlraum angebohrt? Doch da war Licht. Ein schwacher Schein drang durch das entstandene Loch. Licht von der anderen Seite.

»Bohrer aus!«, brüllte Franz Lusser. »Maschine zurück.«

Piero schob sich an der Maschine vorbei, magisch angezogen vom Lichtschein. Mit der Öllampe leuchtete er in die Öffnung, beleuchtete ein russverschmiertes Gesicht auf der anderen Seite.

»Göschenen?«, flüsterte er.

Das Gesicht verzog sich zu einem breiten Grinsen und nickte heftig. »Airolo?«

Auch Piero nickte. Dann sprang er auf. »Göschenen! Wir sind durch.«

Der Jubel war ebenso ohrenbetäubend wie eine Sprengung, aber viel schöner. Franz fiel ihm um den Hals. Die beiden Mineure an der Bohrmaschine stürmten vor und begrüßten die andere Seite. Männer umarmten und küssten sich, andere hüpften und tanzten, so weit es in dem engen Stollen möglich war.

Piero lehnte sich an die Wand. Sie hatten es geschafft. Sie hatten es wirklich geschafft. Durch Granit, Gneiss, Kalk und Schiefer hatten sie einen fünfzehn Kilometer langen Tunnel in den Berg gebohrt.

»Achtung! Attenzione!« Franz Lusser versuchte, den Jubel zu übertönen. Er musste mehrfach rufen, bevor es langsam leiser wurde. Er holte die Büchse aus seiner Tasche und hielt sie hoch.

»Monsieur Favre, ihm gebührt die Ehre, als Erster den Tunnel zu durchschreiten.«

Feierliche Stille herrschte, als er die Büchse durch die Öffnung auf die andere Seite reichte. Doch das Schweigen der Männer dauerte nicht lange, dann setzte der Jubel wieder ein.

Lusser wandte sich an einen der jungen Schutterer. »Lauf, lauf so schnell du kannst. Sag draußen Bescheid, dass wir durch sind. Es lebe der Gotthard!«

»Es lebe der Gotthard!«, fielen die Bergleute ein.

Piero starrte noch immer auf das Loch. Ein Loch im Berg. So hatten die Göschener Fuhrhalter den Tunnel genannt. Dieses hier war wirklich nur ein Loch. Und trotzdem war es ein Wunder.

»Wir stellen die Arbeit für heute ein«, erklärte Lusser. »Beim endgültigen Durchschlag wollen alle dabei sein.«

Piero nickte. Das hatten sie vorher schon besprochen. Er wies die Postenchefs an, die Tunnelbrust zu sichern, und machte sich dann auf den Weg nach draußen.

Vor dem Portal war alles hell erleuchtet. Feuer brannten, um sie herum wurde musiziert und gesungen. Flaschen kreisten. Es waren die Bergleute, Mineure, Maurer und Schutterer, die hier feierten. Piero ging zu einem der Feuer und wurde sofort aufgenommen. Einer der Männer schlug ihm auf die Schulter, eine anderer auf den Rücken. »Komm, feier mit uns.«

»Wir haben es geschafft. Wir haben den Tunnel gebaut«, rief einer und schwenkte eine Flasche. Er setzte sie an und trank, dann reichte er sie weiter. Sie ging von Mann zu Mann. Jeder trank, auch Piero.

Musik erklang, jemand spielte eine Konzertina, eine Handorgel, und stimmte darauf das Lied der Mineure, »Ta-pum«, an, wurde aber sofort unterbrochen.

»No! No! Nicht dieses traurige Lied. Heute feiern wir, heute denken wir nicht an die Toten. Sing etwas Fröhliches!«

Der Sänger wechselte einen Blick mit dem Mann mit der Handorgel. Der nickte und kurz nach nach sangen alle am Feuer »Monferrina«.

Wieder kreiste die Flasche. Der Schnaps war stark, Piero spürte die Wirkung schnell, er hatte wenig gegessen. Wahrscheinlich wunderten sich die anderen Ingenieure, warum er nicht mit ihnen feierte. Sollten sie doch. Mit Männern wie diesen hier hatte Piero am Mont Cenis gebohrt, in Göschenen geschuftet. Mit ihnen wollte er feiern.

44. KAPITEL

Helene hatte eben die Kinder zu Bett gebracht, als ein Höllenlärm losbrach. Schüsse krachten, dazwischen das schrille Pfeifen von Dampflokomotiven, die Luftpfeifen der Kompressoren und dann donnernde Explosionen.

Helene und ihre Eltern starrten einander mit weit aufgerissenen Augen an.

»Der Tunnel ist eingestürzt«, sagte ihr Vater. Helene glaubte, ein leichtes Beben in seiner Stimme zu hören.

Ihre Magd Josefa stürmte in die Stube. »Was ist da draußen los?«

»Ich gehe und sehe nach. Josefa, kümmerst du dich bitte um die Kinder?« Helene schlüpfte in Stiefel und Mantel und lief hinaus auf die Straße, gefolgt von ihren Eltern.

Immer noch krachten Schüsse, heulten die Pfeifen der Kompressoren, erhellten Blitze den Himmel, die nur von Dynamitexplosionen stammen konnten. Dazwischen glaubte Helene Rufe oder Schreie zu hören.

Inzwischen waren fast alle Bewohner des Unterdorfs auf der Straße versammelt.

»Sprengen sie jetzt den ganzen Berg in die Luft?«, rief der Pfarrer und bekreuzigte sich.

Dann kam ein Mann die Straße entlanggerannt. Er ruderte mit den Armen und brüllte immer wieder ein Wort auf Italienisch. »Traforo!« *Durchstich!*

Gänsehaut rieselte über Helenes Rücken. Das war kein Alarm.

»Es ist kein Unglück!«, rief sie ihren Eltern zu. »Sie haben es geschafft. Sie sind durch.«

Sie rannte los, knöpfte ihren Mantel im Laufen zu. Hinter der Brücke blieb sie stehen. Vor dem Rössli standen jubelnde Menschen, drüben an der Baustelle tanzten und grölten sie. Jemand kam auf sie zu, es war Stockalper, sein Gesicht regelrecht aufgelöst vor Glück.

»Wir haben's geschafft!«, rief er und rannte an ihr vorbei. Ihm folgte Stapff. Er packte Helene, schmatzte ihr rechts und links Küsse auf die Wangen, bevor er weiterlief.

Atemlos sah Helene auf die jubelnden Menschen. Sie hatten es also tatsächlich geschafft. Allen Unkenrufen zum Trotz. Sie dachte an Piero und wie er ihr vom Durchstich am Mont Cenis erzählt hatte. Er hatte unbedingt dabei sein wollen. Wo war er jetzt, und wie würde es ihm gehen, wenn er vom Durchstich erfuhr?

Hinter ihr trat Anton Bissig aus dem Laden. »Sie sind durch. Nach acht Jahren.«

»Na, dann wird ja endlich wieder Ruhe einkehren.« Elfriede war ebenfalls herausgekommen.

»Das wird noch ein bisschen dauern«, mutmaßte Anton. »Der Tunnel ist ja noch lange nicht fertig.«

Langsam ließ der Lärm nach, nur die Menschen jubelten weiter. Feuer flammten an der Baustelle auf, Musik wehte herüber. Gitarrenklänge, Handorgeln, Gesang. Aus allen Häusern kamen die Bergleute, auf der Gotthardstraße drängten sich die Menschen. Fackelschein erhellte die Nacht.

Plötzlich fühlte Helene sich sehr einsam. Langsam wandte sie sich um und ging nach Hause.

45. KAPITEL

Das Rasseln des Weckers riss Piero aus dem Schlaf. Sein Kopf fühlte sich an, als stünde eine der Bohrmaschinen darin und würde gegen seine Schädeldecke hämmern. Stöhnend quälte er sich aus dem Bett und schöpfte sich Wasser ins Gesicht. Er hatte in den letzten Tagen eindeutig zu viel gefeiert. Es war sechs Uhr, um sieben wollte er am Portal sein.

Rasch wusch er sich und zog sich an. Dann verließ er leise das Haus. Luisa schlief noch. Er frühstückte in der Osteria Cadagno und marschierte dann zum Tunnel.

Der endgültige Durchschlag war am Sonntag vor zwei Tagen erfolgt, in Gegenwart der Geschäftsführer, Ingenieure und Presseleuten. Mehr als zweihundert Menschen hatten sich im Richtstollen von Airolo gedrängt, um die letzte Sprengung zu sehen. Heute sollte der erste Zug von Norden nach Süden fahren.

Vor dem Portal drängten sich die Menschen. Bergleute, Ingenieure, Techniker, Einwohner, alle warteten auf den Zug. Es war kein richtiger Zug, sondern ein von einer Tunnellokomotive gezogener Materialtransport. Vor drei Stunden hatte Göschenen telegraphiert, dass sie losgefahren sei. Piero konnte es immer noch nicht richtig glauben. Vor drei Tagen erst war der Durchstich gewesen, und schon rollte der Verkehr. Trotzdem lag noch viel Arbeit vor ihnen. Die Ausmauerung musste beendet werden, dann die Schienen verlegt. Wenn man realistisch blieb, würden frühestens in zwei Jahren »echte« Züge Menschen und Waren durch den Tunnel bringen.

Plötzlich ertönten Rufe aus dem Tunnel. Sie wurden lauter und verständlicher. »Er kommt. Der Zug kommt.«

Die Menge draußen nahm die Rufe auf, gaben sie weiter. Böllerschüsse krachten, wieder und wieder tuteten die Hörner. Es war so laut, dass man das Schnaufen der kleinen Dampflokomotive nicht hörte und Piero sie erst wahrnahm, als sie aus dem Portal fuhr. Der Lärm wurde unbeschreiblich.

In den ersten beiden Wagen hockten, eng zusammengedrängt, die Ingenieure und Bauleiter der Nordbaustelle. Stockalper, Gerlich, Gelpke und sogar Colladon hatten es sich nicht nehmen lassen, die erste Fahrt mitzumachen. Auch in jedem weiteren Wagen hatten sich ein oder zwei Männer auf das Baumaterial gesetzt. Der Zug fuhr auf ein Nebengleis und kam zum Stehen. Die Männer aus dem ersten Wagen kletterten heraus und wurden von Bossi und seinen Ingenieuren begrüßt. Piero hielt sich zurück. Er war Stockalper immer aus dem Weg gegangen, wenn dieser im Süden gewesen war. Zu groß war das Risiko, dass er ihn erkannte. Die Männer aus den anderen Wagen waren Mineure. Jubelnd begrüßten sie ihre Kumpel aus dem Süden, sie fielen einander um den Hals, klopften sich gegenseitig auf die Schultern. Die Bauleitung zog sich zurück, um zu feiern, während die Schutterer sich daranmachten, die Wagen zu entladen.

Piero hatte plötzlich das Gefühl, beobachtet zu werden. Nicht weit von ihm entfernt stand einer der Männer von der Nordseite und starrte ihn an. Piero stutzte, dann erkannte er Vito Martelli, mit dem er früher zusammengearbeitet hatte. Er winkte ihm zu, worauf Vito zu ihm herüberkam.

»Caretti? Bist du das wirklich? Was machst du denn hier?«

»Das ist eine längere Geschichte. Ich hatte Enzo versprochen, dass ich es noch mal an einer Bergbauschule versuche. Nach dem Streik habe ich es dann getan. Und du? Warst du wirklich die ganzen Jahre im Tunnel?«

»Nein, ich war zwischendurch ein Jahr zu Hause und habe geheiratet. Dann bin ich mit meiner Frau nach Göschenen zurück. Sie arbeitet als Wäscherin, ich wieder als Mineur.«

»Sind noch welche von den alten Kumpel drüben?«

»Wenige. Die meisten sind irgendwann weg. Viele, die geblieben sind, sind krank geworden oder gestorben. Tunnelwurm. Die Akkordanten haben die Kranken einfach weggeschickt.«

»Ich weiß, das war hier genauso.« Piero zögerte, wollte er wirklich wissen, wer von den alten Kameraden gestorben war? Doch Vito erzählte es ihm ohne Aufforderung.

»Der ehemalige Boggio, Antonio, den hat es kurz nach Weihnachten erwischt. Und Francesco Pagella ist vor drei Wochen gestorben.«

»Antonio, ja, ich erinnere mich.« Er war vierzehn gewesen, als Piero ihn kennengelernt hatte, also war er nur zwanzig Jahre alt geworden. Er schüttelte den Kopf. »Ich will gar nicht wissen, wer alles gestorben ist.«

»Du hast recht«, murmelte Vito. »Lass uns lieber feiern, der Toten können wir später gedenken.«

Doch zum Feiern kam Piero nicht. Einer der Laufburschen sagte ihm, dass Bossi und Stockalper ihn zu sprechen wünschten. Mit einem mulmigen Gefühl im Bauch ging er ins Bossis Büro, wo die beiden Männer ihn erwarteten.

»Das ist Herr Caretti, einer unserer Ingenieure«, stellte Bossi ihn vor.

Stockalper begrüßte ihn höflich und ohne ein Zeichen des Erkennens. Innerlich atmete Piero auf. Wahrscheinlich hatte Stockalper sein Gesicht längst vergessen und brachte einen Ingenieur auch nicht mit einem Mineur zusammen.

»An den Baustellen für die Nordrampe zum Tunnel fehlen qualifizierte Leute«, wandte sich Bossi an Piero. »Ich habe Herrn von Stockalper unter anderem Sie vorgeschlagen. Die Kehrtunnel bei Wassen werden anders gebaut als der große Tunnel und Sie sind mit den neuen Methoden aufgrund Ihrer Ausbildung in Turin vertraut. Was halten Sie davon? Hier gibt es für Sie nicht mehr viel zu tun.«

Piero schluckte. Nach Wassen gehen? Zwischen Wassen und Göschenen lag die Fuhrhalterei der Gislers. Und auch wenn Peter mit seinem Vater noch zerstritten war, die Hergers fuhren für die Gotthardbahngesellschaft und würden auch diese Baustellen beliefern. Er würde zwangsläufig auf Peter treffen, und dann auch auf Helene. Er würde seine Tochter sehen. Der Gedanke, Helene gegenüberzutreten, war verlockend und beängstigend zugleich. Aber Bossis Angebot war großartig, das konnte er nicht ablehnen. Und vielleicht war es heilsam, Helene wiederzusehen. Vielleicht hatte sie sich verändert, oder sein Bild von ihr war mittlerweile so verklärt, dass es der Wirklichkeit nicht standhielt.

Stockalper hob die Augenbrauen. »Sie müssen aber lange überlegen. Wenn Sie Familie haben, können Sie die selbstverständlich mitbringen, auch in Wassen gibt es Unterkünfte der Gesellschaft. Aber wenn Sie nicht möchten, finden wir jemand anderes.«

»Doch, ich möchte schon«, sagte Piero schnell. »Ich war nur überrascht.«

»Ich schlage vor, Sie fahren jetzt gleich mit dem Zug nach Göschenen«, regte Bossi an. »Sie können im Rössli übernachten und sich morgen die Baustelle in Wassen ansehen. Sie können dann die nächsten Tage mit einem der Transporte zurückkommen. Was halten Sie davon?«

»Ähm.« Piero räusperte sich. »Ich müsste nur kurz ein paar Sachen packen.«

»Tun Sie das. Der Zug fährt in einer halben Stunde.«

Pieros Herz schlug im Takt seiner Schritte, als er durch die Straßen zu seiner Unterkunft hastete. Seine Gedanken kreisten nur um einen Punkt. Er würde Helene wiedersehen.

Luisa hatte ebenfalls vor dem Portal auf den ersten Zug gewartet, doch mittlerweile war sie wieder zu Hause. Als Piero die Haustür aufstieß und die Treppe zu seinem Zimmer hinaufstürmte, folgte sie ihm.

»Ist etwas passiert? Ich habe dich nicht vor heute Abend erwartet.«

»Ich fahre gleich für ein paar Tage nach Wassen. Stockalper sucht Ingenieure für die Nordrampe.«

Er holte seine Tasche aus dem Schrank, packte ein Hemd, Unterwäsche und eine Weste hinein. Sollte er ein frisches Hemd anziehen? Seines trug er bereits drei Tage. Doch bei der Fahrt durch den Tunnel würde es ohnehin schmutzig werden, es war ja überall Ruß und Dreck. Es war besser, sich erst in Göschenen umzuziehen.

»Das heißt, du gehst fort?«, fragte Luisa, die in der Tür stand.

Er drehte sich um. »Es ist ein gutes Angebot. Hier gibt es nicht mehr viel zu tun für mich. Ich gehe nur etwas früher als geplant. Aber erst einmal schaue ich mir nur die Baustelle dort an, in einigen Tagen bin ich wieder zurück.«

Sie nickte. »Dann bis bald. Du musst mir erzählen, wie es sich anfühlt, durch den Berg zu fahren.«

»Das mache ich.«

Er küsste sie nicht zum Abschied. Ihre Beziehung gehörte der Nacht, wenn die Einsamkeit sie beide einholte. Tagsüber waren ihre Leben getrennt.

So oft war er, auf einem der kleinen Wagen sitzend, in den Tunnel eingefahren, doch dieses Mal war es anders. Er würde hindurchfahren. Auf den ersten zwei Kilometern bereiteten Arbeiter das

Gleisbett für die Schienen vor, auf den letzten vor dem Durchbruch wurde auf beiden Seiten ausgemauert. Die Arbeiter winkten, als der Zug sie passierte.

Zwischendurch mussten Piero und die anderen Passagiere immer wieder aussteigen und ein Stück laufen oder Rampen hinaufgehen, noch führten die Gleise nicht durch den ganzen Tunnel. Und stets wurde es mit jedem Kilometer heißer. Die Ingenieure hatten gehofft, dass es einen Durchzug geben würde, sobald der Durchstich erfolgt war, doch die Strecke war wohl einfach zu lang. Piero holte sein Halstuch aus der Hosentasche und band es vor Mund und Nase.

An der Stelle des Durchbruchs überkam ihn eine seltsame Rührung. Vor sieben Jahren war er nach Airolo gegangen und hatte gehofft, beim Durchstich dabei zu sein, wie damals am Mont Cenis. Langsam sank die Temperatur wieder, sie näherten sich dem nördlichen Ende des Tunnels. Kurze Zeit später sah Piero einen winzigen hellen Schein. Der Ausgang.

Das Licht wurde rasch größer und dann passierte der Zug das Portal. Piero kniff die Augen zusammen. Die Sonne stand über den Gipfeln des Gamsstocks. Es dauerte einen Moment, bis er sich an die Helligkeit gewöhnt hatte. Willkommensgrüße in Form von Böllerschüssen gab es hier keine, aber es standen viele Menschen auf dem Gelände. Mineure, die die Rückkehr ihrer Kumpel erwarteten, Göschener, die vielleicht die Abfahrt verpasst hatten. Einige klatschten, andere riefen »Hurra«. Einer der Mineure hob sein Horn an die Lippen und tutete.

Piero sah sich um. Neben der Werkstatt entdeckte er zwei Fuhrwerke. Sie kamen ihm nicht bekannt vor, aber das hatte nichts zu sagen. An der provisorischen Brücke über die Reuss standen einige Frauen und Kinder. Eine beugte sich zu einem Kind herunter und zeigte auf die dampfende Lokomotive und die Wagen. Um den Kopf trug sie ein blaues Tuch mit Rosenmuster.

Piero blinzelte und sah genauer hin. Das Tuch kam ihm bekannt vor und die Frau ebenfalls. Es war Paula. Fülliger als vor einigen Jahren, doch das hellblonde Haar und die Grübchen in ihren Wangen waren unverändert. Rasch überquerte er die Schienen.

»Grüezi, Paula.«

Sie richtete sich auf und sah ihn verwundert an, dann weiteten sich ihre Augen. »Piero! Piero Caretti! Ist denn das die Möglichkeit? Was machst du hier?«

»Ich bin mit dem Zug durch den Tunnel gekommen.«

Ihr Blick glitt zum Portal. »Ja, aber wie ist denn das möglich?«

»Lange Geschichte. Ich arbeite am Südportal. Wie geht es dir?«

»Mir geht es gut.« Sie sah hinunter zu dem Mädchen, das Piero neugierig musterte. »Das ist das Rosl, meine Tochter. Rosl, das ist der Piero. Er hat auch an dem Tunnel mitgebaut.«

Das Mädchen verzog ihre Lippen zu einem Lächeln. Sie mochte etwas über drei Jahre alt sein.

»Grüezi, Rosl«, sagte er, dann wandte er sich wieder an Paula. »Wie kommt es, dass du noch hier bist? Du wolltest doch immer in die Stadt.«

Sie zuckte mit den Schultern. »Inzwischen ist Göschenen eine Stadt. Wir haben über dreitausend Einwohner, bestimmt zehn Hotels, mehr als zwanzig Geschäfte und unzählige Kneipen. Mein Mann kam vor fünf Jahren aus Luzern hierher und hat das Hotel Zum Gamsbock gebaut. Als ich ihn kennengelernt habe, wusste ich gleich, er ist der Richtige. Aber apropos Hotel: Wo wirst du wohnen? Unterkünfte gibt es hier immer noch nicht genug.«

»Ich habe ein Zimmer im Rössli.«

»Oha, bist du etwa reich geworden?«

»Reich nicht, aber Ingenieur.« Er grinste sie an.

Paula riss die Augen auf. »Ingenieur. Respekt. Und bist du auch verheiratet?«

»Nein.« Jetzt wäre der richtige Zeitpunkt, nach Helene zu fragen. Doch die Worte wollten ihm nicht über die Lippen kommen.

»Mama, wann gehen wir denn? Du hast gesagt, ich darf noch mit der Lena spielen.«

»Wir gehen gleich, Rosl.« Paula kniff die Augen zusammen und musterte Piero von Kopf bis Fuß. »Du bist also nicht verheiratet«, sagte sie langsam.

Was war los? Warum sah sie ihn so eigenartig an?

»Nach Lene gab es keine Frau mehr, die ich hätte heiraten wollen.« Er gab sich einen Ruck. »Sag, wie geht es ihr? Ist sie glücklich?«

»Seit wann bist du in Airolo?«, fragte Paula, statt eine Antwort zu geben.

Was hatte sie nur? Ihr Verhalten war ihm wahrhaft ein Rätsel.

»Seit knapp zwei Jahren. Warum fragst du? Und warum schaust du mich so an?«

Paula schluckte. »Helene ist Witwe. Peter ist vor etwas über einem Jahr bei einem Lawinenabgang gestorben.«

Jetzt starrte er sie an. Ihre Worte schienen in seinem Kopf ein Echo zu erzeugen. Witwe, Witwe.

»Ich wollte sie eben besuchen. Lena ist ihre Tochter.«

Sie betonte das Wort *ihre*. Sie musste die Wahrheit kennen. Warum auch nicht, sie war Helenes beste Freundin.

»Komm doch mit, oder musst du irgendwo hin?«

»Was?« Er war zu keinem klaren Gedanken fähig. Helene war Witwe, schon seit über einem Jahr.

»Du sollst mit mir kommen. Zu Helene.«

»Aber … aber …« Er schüttelte den Kopf, als würde das helfen, seine Gedanken zu sortieren. »Bist du sicher, dass sie mich überhaupt sehen will?«

Paula lächelte und zeigte die Grübchen in ihren Wangen. »Ich bin ziemlich sicher. Aber willst du?«

»Si, si. Naturalmente.« Er war so durcheinander, dass er ins Italienische fiel.

»Allora, vieni«, forderte sie ihn auf.

Er folgte ihr über die Brücke. Auf der anderen Seite hielt er inne. »Warte. Ich sollte mich besser erst waschen und umziehen.«

Paula drehte sich um. »So schmutzig bist du nicht. Komm jetzt.«

Sie schlug den Weg zum Hergerhof ein. Er ging mit ihr, ohne irgendetwas auf seinem Weg wahrzunehmen außer der Straße vor sich. Das große Tor, das in den Hof führte, war geschlossen, nur die kleine Tür darin stand offen.

»Warte hier«, sagte Paula und ihm und ging mit ihrer Tochter weiter.

Piero lehnte sich an das Tor. Aus dem Hof hörte er Helenes Stimme. »Da bist du ja. Lena ist schon ganz ungeduldig. Kommt rein.«

»Helene, ich habe Besuch mitgebracht. Er wartet draußen. Ich gehe mit dem Rosl schon mal rein.«

»Besuch? Wen denn und warum wartet er draußen?«

»Das weißt du gleich.«

Eine Tür schlug zu, dann näherten sich Schritte. Piero nahm seinen Hut ab, fuhr sich hastig mit den Fingern durch die Haare und straffte die Schultern. Er war noch nicht einmal rasiert. Er hätte nicht auf Paula hören, sondern sich waschen und umziehen sollen. Helenes Schuhe knirschten auf dem Weg, dann trat sie durch das Tor.

Sie war noch genauso schön wie damals. Ihre hellblauen Augen, die sich bei seinem Anblick weiteten, der volle Mund, die hohen Wangenknochen. Ihr Haar hatte sie zu einem losen Knoten geschlungen, aus dem sich einzelne Strähnen lösten. Sie starrte ihn an. Ihr Mund öffnete sich, formte lautlos seinen Namen.

»Lene.« Er brachte nur ein Flüstern heraus. »Meine Lene.«

Seine Augen brannten, in seinem Hals saß ein dicker Kloß und sein Herz schlug so heftig, dass er den Puls bis in die Ohren spürte.

Sie trat auf ihn zu und hob die Hand. Unwillkürlich zog er die Schultern hoch, wollte sie ihn schlagen? Doch sie legte die Hand sanft an seine Wange.

»Du bist es wirklich«, sagte sie und klang wie ein kleines Mädchen, das dem Christkind begegnete. »Das ist kein Traum.«

Er legte seine Hand über ihre, drehte den Kopf und presste seine Lippen in ihre Handfläche. Ihre Lider flatterten, sie sank gegen ihn, er fing sie auf. Es dauerte nur einige Augenblicke, dann spürte er, wie sie die Muskeln straffte und sich aufrichtete. Sie trat einen Schritt zurück und musterte ihn eingehend, wobei sie immer noch so aussah, als könne sie nicht glauben, dass er wirklich vor ihr stand.

46. KAPITEL

Helenes Knie zitterten. Alle ihre Gedanken wirbelten umher, als würden sie sie unter einer Lawine begraben wollen. Wieso war er hier? Hatte er von Peters Tod erfahren und war deshalb gekommen? Er hatte sich verändert, wirkte ernsthafter. Um seine Augen zeigten sich kleine Fältchen. Gleichzeitig sah er gesünder aus als vor fünf Jahren.

»Wieso bist du denn Göschenen?«

Er lächelte. »Bossi hat mir angenboten, mit dem Zug nach Göschenen zu fahren, um mit Bridel, dem leitenden Ingenieur der Nordrampe, zu sprechen.«

Sie hörte seine Worte, doch sie verstand ihren Sinn nicht. Bossi? Das war der Nachfolger von Fravre. Und Bridel baute die Kehrtunnel in Wassen. Was hatte Piero mit ihm zu besprechen?

Ihre Verwirrung musste ihr im Gesicht gestanden haben.

»Ich arbeite seit zwei Jahren als Ingenieur in Airolo«, erklärte Piero.

»Du bist also wirklich Ingenieur geworden. Das freut mich für dich.« Wie steif, wie förmlich sie sich anhörte.

Sein Lächeln verschwand. »Und bei dieser Gelegenheit wollte ich wenigstens einmal unsere Tochter sehen. Sie ist doch unsere Tochter?«

Ein Stich der Enttäuschung durchfuhr sie. Also deshalb war er hier. Nicht wegen ihr. Aber was hatte sie erwartet? Fünf Jahre waren eine lange Zeit. Sicher hatte er sich neu verliebt, vielleicht war er sogar verheiratet. Doch wie erklärte sich dann seine Reaktion auf ihren Anblick?

»Ja, das ist sie. Aber ich habe Peter versprochen, dass sie niemals erfährt, dass er nicht ihr Vater ist.«

Piero nickte langsam. »Ich verstehe. Darf ich sie trotzdem sehen? Ich werde nichts sagen.«

Helene zögerte einen Augenblick, dann nickte sie. »Komm mit rein. Die Kinder werden sich ohnehin wundern, wo ich bleibe.«

Sie war Paula zutiefst dankbar, dass sie mit den Kindern ins Haus gegangen war und sie nach draußen geschickt hatte.

»Warte.« Er streckte die Hand nach ihr aus, doch dann ließ er sie sinken. »Paula hat mir erzählt, dass Peter tot ist. Es tut mir sehr leid.«

Helene schluckte schwer. »Danke für dein Mitgefühl.«

Er räusperte sich und sprach dann sehr schnell. »Ich wollte dir noch sagen, dass ich dich nie vergessen habe. Ich bin nur nie nach Göschenen gekommen, weil du verheiratet warst und mir geschrieben hast, dass wir uns nie wiedersehen können. Als Bossi mir heute angeboten hat, nach Göschenen zu fahren, hätte ich beinahe abgelehnt. Ich hatte Angst vor meinen Gefühlen, denn ich liebe dich immer noch. So, nun weißt du es.«

Helene fühlte ihr Herz bis in den Hals schlagen. Er liebte sie noch. Nichts anderes zählte.

Ein kalter Winde fegte durch die Straße und ließ sie frösteln. »Wir sollten hineingehen.«

Als sie das Haus betraten, kam ihre Mutter aus der Küche.

Piero neigte den Kopf. »Grüezi, Frau Herger.«

Verwirrt grüßte sie zurück. »Kennen wir uns?« Dann riss sie die Augen auf. »Piero Caretti? Ich hätte dich fast nicht erkannt.« Ihr Blick wanderte zwischen Helene und Piero hin und her. »Wie lange bist du schon wieder in Göschenen?«

»Seit heute.«

»Ich habe ihn am Tunnel getroffen und ihn hierher mitgenommen.« Paula stand in der Tür zur Stube.

»Ah ja.« Der Tonfall ihrer Mutter verriet, dass sie nicht wusste, was sie davon halten sollte. Aber so ging es Helene ja auch.

»Komm in die Stube«, sagte Helene.

In der Stube war es warm. Auf einer Decke am Boden spielte Martin mit einem Holzpferd, die beiden Mädchen zogen gerade Lenas Puppe ein neues Kleid an.

»Das sind meine Tochter Lena und mein Sohn Martin. Lena, Martin: das ist der Herr Caretti. Er hat früher mal bei uns gewohnt.«

Martin sah nur flüchtig auf. Lena drehte sich um und grüßte. Helene sah jedoch nicht sie an, sondern Piero. Seine Augen weiteten sich ein wenig. Sein Blick schien jedes Detail von Lenas Erscheinung zu erfassen. Ihre dunklen Haare, die sich lockten wie die seinen, ihre Augen, blau, aber dunkler als Martins, der die leuchtend blauen Augen seines Vaters geerbt hatte.

»Hallo Lena, hallo Martin«, grüßte Piero.

Lena legte den Kopf schräg und sah Piero neugierig an. Ein eisiger Schreck durchfuhr Helene. In diesem Moment sah sie aus wie er. Die Ähnlichkeit lag weniger in ihren Gesichtszügen als in ihrer Mimik. Der gleiche forschende Blick, die gleiche Art, die Mundwinkel etwas hochzuziehen. Jedem, der die beiden zusammen sah, musste das auffallen.

»Möchtest du etwas trinken?«, fragte Helene schnell, um dem Augenblick die Spannung zu nehmen.

Rasch wandte Piero den Kopf. »Nein, danke. Ich wollte nur kurz bleiben. Ich muss noch ins Rössli, dort treffen sich die Ingenieure.«

Er warf einen letzten Blick auf Lena, dann ging er hinaus. Helene folgte ihm.

Vor der Haustür blieb er stehen. »Sehen wir uns wieder? Willst du?«

Natürlich wollte sie. Jahrelang hatte sie sich jeden Gedanken an ihn verboten, hatte die Sehnsucht nach ihm tief in ihrem Inneren vergraben. Nur in ihren Träumen hatten sich ihre Liebe und ihre Sehnsucht nicht der Pflicht gebeugt. Dort hatten sie Helene gezeigt, dass man nicht einfach aufhören konnte zu lieben, nur weil die Vernunft es so einforderte. Und jetzt war Piero wieder da. Ob sie sich wirklich wiederfinden konnten, die Vertrautheit, die Innigkeit von damals, das wusste sie nicht. Vielleicht war zu viel Zeit vergangen, vielleicht hatten sie beide sich verändert. Aber das würde sich zeigen.

Nur wo sollten sie sich treffen? Nicht hier, nicht vor den Augen ihrer Eltern. Wenn es Sommer wäre, hätte sie den alten Treffpunkt am Wäldchen bei der Göschener Reuss vorgeschlagen. Von drinnen hörte sie Paula mit den Kindern scherzen und hatte eine Idee. Sie ging ein Stück vom Eingang weg, um außer Sicht und Hörweite zu sein. »Ginge es auch am späten Nachmittag?«

»Das lässt sich einrichten.«

»Dann sei um sechzehn Uhr im Hotel Zum Gamsbock. Ich erwarte dich dort.«

Verwundert hob er die Augenbrauen. »Im Gamsbock?« Dann lachte er. »Ach ja, es gehört Paulas Mann, nicht wahr?«

»Richtig. Ich werde morgen mit den Kindern Paula besuchen.«

»Ich werde da sein.« In seinen Augen las sie die gleiche Sehnsucht, die sie empfand.

»Piero …« Sie verwarf alle Bedenken, trat einen Schritt vor und schlang die Arme um seinen Hals. Er zog sie an sich, ihre Lippen berührten sich. Nur kurz. Dann sahen sie einander an.

»Du hast mir so gefehlt«, flüsterte er und küsste sie erneut. Dieses Mal nicht kurz und vorsichtig, sondern so leidenschaftlich, dass ihr das Blut in den Ohren rauschte. Die Zeit stand still.

Als sie sich nach einer Ewigkeit voneiander lösten, raste ihr Herz und sie lachte und weinte gleichzeitig. Dass Glück wehtun konnte, hatte sie nicht gewusst. Mit den Fingerspitzen streichelte sein Gesicht, fuhr die Konturen seiner Wangenknochen nach, strich über seine Lippen. Er legte seine Hände an ihre Wangen und träufelte viele kleine Küsse auf den Mund.

Das Klappen der Haustür holte sie zurück in die Wirklichkeit, sie lösten sich voneinander.

»Ich muss wieder hinein. Wir sehen uns morgen«, wisperte sie.

Er nickte. »Ich liebe dich.«

»Ich dich auch.«

Er setzte den Hut auf und ging. Helene schloss die Haustür, lehnte sich dagegen, presste die Hände an ihre glühenden Wangen und atmete ein paarmal tief ein. Auf ihren Lippen prickelte immer noch sein Kuss.

»Helene!«, rief ihre Mutter aus der Küche. »Was wollte der hier? Warum ist er überhaupt wieder da? Hat er keine Angst, dass man ihn verhaftet?«

Hastig strich Helene sich das Haar glatt und hoffte, dass man ihr den inneren Aufruhr nicht ansah. Dann trat sie in die Küche.

»Ach Mutter, der Streik interessiert doch schon lange keinen mehr.«

»Aber was will er denn hier?« In der Stimme ihrer Mutter lag eine Mischung aus Wut und Angst.

Helene wusste, warum. Sie fürchtete, Helene könnte sich erneut mit ihm »einlassen«.

»Arbeiten, Mutter. Er ist Ingenieur und wird sich morgen die Baustelle in Wassen ansehen.«

Die Augen ihrer Mutter wurden groß. »Ingenieur?«

»Ja.«

Damit ging Helene in die Stube zu Paula und den Kindern. Paula blickte ihr erwartungsvoll entgegen. »Du bist mir nicht böse, dass ich ihn mitgebracht habe? Ich glaube, er hätte es sonst nicht gewagt. Er wusste nichts von Peters Tod und hat geglaubt, du willst ihn vielleicht gar nicht sehen.«

Und so hatte ihre Freundin Tatsachen geschaffen, wie sie es gerne tat.

»Ich bin gar nicht böse.« Helene senkte die Stimme und fragte Paula, ob sie sie morgen Nachmittag mit den Kindern besuchen könnte. Paula begriff sofort. Sie lächelte. »Natürlich. Kommt gerne vorbei.«

Nach dem Abendessen brachte Helene die Kinder ins Bett und ging dann wieder hinunter in die Stube. Ihr Vater war unterwegs und würde erst morgen im Laufe des Tages zurückkommen. Ihre Mutter saß im Sessel und strickte. Helene griff ebenfalls nach ihrem Strickzeug. Vielleicht würde das ihre Gedanken ein wenig zur Ruhe bringen. Doch kaum hatte sie sich hingesetzt und angefangen, blickte ihre Mutter auf.

»Das heißt also, der wird eine Zeit lang hierbleiben?«

Der! Erbost schüttelte Helene den Kopf. »Er hat einen Namen. Er heißt Piero. Ich vermute, er wird in Wassen leben, wenn er dort arbeitet.«

»Wassen. So. Ist er denn inzwischen verheiratet?« Es klang wie eine harmlose Frage, doch die Spannung Annas Stimme war nicht zu überhören.

Jetzt ließ auch Helene das Strickzeug sinken. Sie suchte den Blick ihrer Mutter, doch die schaute auf den angefangenen Schal in ihrem Schoß.

»Nein, er ist nicht verheiratet.«

Anna presste die Lippen zusammen. »Und wirst du ihn treffen?«

»Ja, ich werde ihn treffen«, antwortete Helene kühl.

»Aber warum? Es ist fünf Jahre her.«

»Ich will mit ihm reden.«

»Was gibt es denn zu reden? Lass die Vergangenheit doch ruhen.«

Helene sah ihrer Mutter in die Augen. »Für mich ist es keine Vergangenheit. Ich habe ihn geliebt und ich liebe ihn immer noch. Es gab keinen Tag in diesen fünf Jahren, in dem ich nicht an ich gedacht habe.«

»Helene! Du warst doch verheiratet.« Annas Stimme überschlug sich.

»Ja«, sagte Helene leise. »Und ich hatte den Peter auch lieb, aber für Piero fühle ich viel mehr. Und ich möchte wissen, ob wir eine Zukunft haben können.«

»Eine Zukunft? Mit dem? Einem Italiener? Dein Vater wird niemals damit einverstanden sein.«

Allmählich war Helene mit ihrer Geduld am Ende. »Ich bin achtunzwanzig Jahre alt, Mutter«, erklärte sie nachdrücklich. »Ich brauche Vaters Einverständnis nicht.«

»Aber du musst an deine Kinder denken. An deinen Ruf. Wenn man euch zusammen sieht, gibt es Gerede.«

»In Göschenen gibt es immer Gerede. Aber es ist mein Leben und ich werde es so leben, wie ich es will.«

Ihre Mutter beugte sich vor. »Das lasse ich nicht zu. Wenn du dich mit ihm triffst, melde ich ihn dem Landjäger. Er darf gar nicht hier sein.«

Im ersten Moment erschrak sie, aber dann wurde ihr klar, dass der Landjäger Piero nicht mehr gefährlich werden konnte. Zorn verdrängte die Angst.

»Warum gönnst du mir mein Glück nicht? Weil du nicht glücklich bist, darf es auch deine Tochter nicht sein?«

Jegliche Farbe wich aus dem Gesicht ihrer Mutter, ihre Lippen bebten. »Wie kommst du darauf? Dein Vater und ich sind glücklich.«

»So glücklich, dass wir jahrelang keine Magd hatten, nachdem die Kathrin gegangen ist.«

»Was weißt du von der Kathrin? Du warst neun Jahre alt.«

»Damals habe ich nicht verstanden, was passiert ist. Erst als ich älter wurde, habe ich begriffen, dass Vater was mit der Kathrin hatte.«

»Rangeschmissen hat sie sich an ihn. Hat wohl gehofft, wenn sie einen Bastard von ihm hat, könne sie hier leben wie die Made im Speck. Aber da hat sie sich getäuscht.«

Helene betrachtete ihre Mutter. Dreiundfünfzig Jahre war sie alt. Als junge Frau war sie hübsch gewesen und sie wäre auch immer noch schön, wenn der verbitterte Zug um ihren Mund nicht wäre. Helene hatte lange gedacht, dass ihre Bitterkeit daher kam, dass sie Martins Tod nie überwunden hatte. Erst später hatte sie gemerkt, dass noch mehr dahintersteckte. Die Magd hatte Anna rausgeworfen, doch was Franz tat, wenn er unterwegs war, das konnte sie nicht kontrollieren.

»Piero ist als Mitarbeiter der Gotthardbahngesellschaft hier, Stockalper hat ihn hergeholt. Ich glaube nicht, dass der Landjäger ihm etwas anhaben kann«, kam Helene wieder zum Thema zurück. »Ich gehe zu Bett.«

Sie stand auf und verließ die Stube. Eigentlich war sie viel zu aufgewühlt, um zu schlafen, aber sie wollte allein sein. In ihrem Zimmer sah sie nach den Kindern. Martin hatte die Decke weggestrampelt und den Daumen an den Mund gelegt, er hatte wohl beim Einschlafen daran genuckelt. Auch Lena schlief, sie hatte ihrem Bruder den Rücken zugekehrt. Jetzt, wo ihr Gesicht entspannt war, hatte sie mehr Ähnlichkeit mit ihr, fand Helene. Es war die Mimik, wie sie lächelte und die Art, jemanden anzusehen, die sie an Piero denken ließ.

Helene zog die Decke wieder hoch.

Sie trat ans Fenster und sah hinaus. Die Nacht war klar, der Mond schien und beleuchtete die Wiesen und das Riental.

Seit zwei Jahren lebte Piero in Airolo, in ihrer Nähe. Ob Peter davon gewusst hatte? Oder ihr Vater?

Doch im Grunde war es egal. Sie hatten sich wiedergefunden. Und dieses Mal würde sie ihn nicht wieder gehen lassen.

47. KAPITEL

Beim Frühstück am nächsten Morgen aß Helene kaum etwas. Aufregung und Nervosität schnürten ihr die Kehle zu. Ihre Mutter warf ihr immer wieder besorgte Blicke zu. Einige Male schien sie etwas sagen zu wollen, schwieg dann aber doch.

Bis zum Mittagessen erledigte Helene ihre Arbeiten, danach ging sie in ihr Zimmer, kämmte ihr Haar aus und schlang es zu einem lockeren Knoten anstelle des Dutts, den sie sonst trug. Dann wechselte sie die Unterwäsche und holte ihr bestes Kleid aus dem Schrank. Es war hellblau mit schwarzen Stickereien an den Ärmeln und am Ausschnitt und hatt einen weiten Rock. Sie trug seit Januar keine Trauer mehr, doch dieses Kleid hatte sie lange nicht mehr angehabt.

Sie ging die Treppe hinunter. Die fröhlichen Stimmen der Kinder drangen aus der Küche. Helene trat ein.

»Lena, Martin, wir gehen jetzt das Rosl besuchen.«

Jubel war die Antwort, die Kinder stürzten in den Flur.

Helene zog ihnen die Stiefel an.

Als sie sich aufrichtete, stand ihre Mutter mit versteinerter Miene in der Tür. »Du besuchst Paula? In dem Kleid?«

Helene nahm die Schultern zurück und sah ihr in die Augen. »Ja.«

»Du lügst. Du triffst ihn.«

»Ich lüge nicht. Ich besuche Paula und ich treffe ihn.«

Sie zog die Kinder die Mäntel und auch ihren eigenen an. Ihre

Mutter stand regungslos da und beobachtete sie. »Du gehst zu diesem Kerl! Aufgeputzt wie eine …«

»Mutter, sei still!«, erwiderte Helene eisig.

Anna machte den Mund zu.

Mit den Kindern an der Hand verließ Helene das Haus.

Das Hotel Zum Gamsbock lag an der Gotthardstraße oberhalb des Hotel de la Gare. Paula erwartete sie schon. Sie tat gar nicht erst so, als würde Helene sie besuchen wollen, sondern nahm ihr die Kinder ab.

»Kommt ihr beiden, das Rosl freut sich schon auf euch.« Sie senkte die Stimme. »Er ist schon hier. Ich habe ihn auf Zimmer sieben geschickt, das ist frei. Da könnt ihr ungestört reden. Im Restaurant sitzen Leute von der Gotthardbahngesellschaft.«

Helene nickte, halb schockiert, halb amüsiert von Paulas Unverblümheit, sie und Piero sozusagen ins Separee zu schicken.

Mit dem Kinn nickte Paula den Gang hinunter. »Hinten links, die letzte Tür.«

Einen Moment zögert Helene noch, dann ging sie entschlossen los. Die Zimmertür war angelehnt, trotzdem klopfte sie. Piero riss sie auf.

»Lene!« Er strahlte sie an. »Du siehst großartig aus!«

Auch sie konnte sich nicht sattsehen. Heute hatte er sich rasiert. Sein Haar war etwas länger als früher und er trug eine dunkelgraue Hose, ein blaues Hemd und eine hellgraue Weste, alles offensichtlich maßgeschneidert. Es kleidete ihn vorzüglich.

Plötzlich fühlte sie sich merkwürdig befangen. Das war nicht mehr der Mineur, den sie vor sieben Jahren kennengelernt hatte. Er hatte studiert, er war Ingenieur. Ein gebildeter Mann, während sie nur die Tochter eines Fuhrhalters war. Nervös strich sie die nicht vorhandene Falten aus ihrem Rock und sah sich um. Das Zimmer war eine Art Stube. Es gab einen Sekretär, einen niedrigen Tisch mit zwei Sesseln und am Fenster ein Sofa. Irgendwie beruhigte es sie, dass kein Bett im Raum stand, bis sie den Paravent entdeckte, der es verbarg.

»Setz dich doch«, sagte er. Sie bedankte sich und nahm auf einem der Sessel Platz. Er setzte sich auf den anderen und dann blickten sie einander stumm an.

»Also«, begann sie, als er im selben Augenblick ansetzte: »Ich wollte …«

Sie verstummten beide. Helene unterdrückte ein nervöses Kichern. Gleichzeitig war sie beunruhigt. Gestern Abend war alles so natürlich gewesen, so vertraut und nun saßen sie hier fast wie zwei Fremde.

Piero stand auf. »Ich fühle mich hier völlig falsch. Lass uns raus gehen. Ein Stück laufen.«

Nachdem Helene Paula Bescheid gegeben hatte, schlugen sie den Weg zur Schöllenen ein.

»Erzähl mir von dir«, sagte Piero. »Wie war es hier in Göschenen?«

Zögernd, aber dann immer schneller erzählte sie ihm, wie sie ihre Schwangerschaft bemerkt hatte. Von dem Schreck und der Angst, dass sie ihr das Kind wegnehmen würden – und von Peters Heiratsantrag.

»Ich wusste schon lange, dass er dich liebt. Er hat es nur nie gezeigt. Er wusste auch von uns. Er hätte mich ausliefern können. Stattdessen hat er mir geholfen.«

Helene dachte nach. »Ich hätte ihm nie verziehen, wenn er dich an die Landjäger ausgeliefert hätte. Ich glaube, das wusste er.«

»Ich bin sicher, er hätte mir auch sonst geholfen. Er war ein guter Mensch.«

Sie überquerten die Häderlisbrücke. Die Reuss floss friedlich über die Steine in ihrem Bett, noch hatte die Schneeschmelze nicht begonnen.

An der ersten Wegbiegung hinter der Brücke blieb er stehen.

»Hier habe ich dich zum ersten Mal geküsst.«

Seine Worte weckten die Erinnerung an jenen Sonntag im April, als ihr klar geworden war, dass sie ihn liebte.

Einige Augenblicke sahen sie einander stumm an, dann trat sie zu ihm, zog seinen Kopf zu sich und küsste ihn. Es fühlte sich genauso gut und richtig an wie vor fünf Jahren.

»Jetzt erzähl mir von dir«, sagte sie.

Und so erfuhr sie von dem erneuten Streit mit seinem Bruder, seinem Studium in Turin und seiner Zeit in Airolo.

Es begann zu schneien und sie kehrten vor dem ersten Anstieg des Weges um. Helene rieb sich die Hände und schob sie dann in die Taschen ihres Mantels. In ihrem Eifer, Piero zu treffen, hatte sie nicht daran gedacht, wie kalt es war.

»Ich war heute morgen in Wassen und habe mit Gustave Bridel, dem Oberingenieur, gesprochen«, erzählte Piero. »Im April soll ich dort anfangen.«

»Du kommst also wirklich nach Wassen.«

Er nickte. »Ich werde mir zunächst ein Zimmer nehmen.«

»Wieder bei einer Witwe?«, fragte sie ein wenig spitz.

Als er von seiner Vermieterin in Airolo, Luisa, erzählt hatte, hatte sie in seiner Stimme einen besonderen Ton bemerkt. Sie vermutete stark, dass er ein Verhältnis mit ihr gehabt hatte. Sie konnte ihm das nicht vorwerfen, immerhin war sie mit Peter verheiratet gewesen.

Etwas überrascht blickte er sie an, dann lächelte er plötzlich. »Ich würde lieber bei einer bestimmten Witwe in Göschenen wohnen, aber ich glaube, das ist nicht möglich.«

Es dauerte einen Moment, bevor ihr dämmerte, dass er sie meinte.

»Ich wohne seit Peters Tod wieder bei meinen Eltern. Er hat ein Haus für uns gebaut, ein Stück hinter dem Hof, doch allein mit den Kindern wollte ich nicht dort wohnen. Ich habe es vermietet.«

»An Italiener?«

»Natürlich. Aber nicht so wie die Bielis oder viele andere. Im Erdgeschoss wohnt eine Familie und ich bezahle die Frau dafür, dass sie die Zimmer in Ordnung hält.«

Sie waren wieder beim Hotel angelangt. Rasch gingen sie durch die Gänge zu ihrem Zimmer. Dort nahm Piero ihre Hände und rieb sie sachte, bis sie wieder warm waren. Plötzlich war jegliche Befangenheit verschwunden.

Sie legte ihre Hände an seine Wangen, zog seinen Kopf zu sich und küsste ihn. Er erwiderte den Kuss zunächst vorsichtig, dann immer fordernder. Seine Hände glitten über ihre Schultern, er zog sie an sich. Durch den Stoff ihres Kleides spürte sie seine Wärme. Etwas Vergessenes regte sich in ihr, eine süße Schwere in ihrem Schoß, die sie lange nicht mehr gespürt hatte. So fühlte es sich an, einen Mann zu begehren.

Plötzlich ging alles ganz schnell. Sie zerrten sich gegenseitig die Kleider vom Leib. Ihr wurde schwindelig von seinen Küssen. Zusammen sanken sie auf das Bett, sie zog ihn über sich. Und dann gab es nur noch sie beide.

»Ich werde zwei Jahre in Wassen bleiben«, sagte er einige Zeit später und streichelte ihren Rücken. »Wie es danach weitergeht, weiß ich nicht. Aber irgendwo wird immer gebaut werden.«

Helene nickte. Zwei Jahre. Und danach?

Er stützte sich auf einen Ellbogen und sah ihr in die Augen. »Ich will dich nicht noch einmal verlieren.«

»Ich dich auch nicht.« Schon der Gedanke daran schnürte ihr die Kehle zu, ihre Stimme bebte. »Es gab in den letzten fünf Jahren fast keinen Tag, an dem ich nicht an dich gedacht habe.«

Piero schwieg einen Moment, dann fragte er zögerlich: »Könntest du dir vorstellen, Göschenen zu verlassen?«

Konnte sie das? Die Antwort war Ja. Sie würde überall hingehen, solange es mit Piero war. Sie griff nach seiner Hand und verschränkte ihre Finger mit seinen. »Wassen ist nicht so weit weg. Und wie es dann weitergeht, sehen wir, wenn es so weit ist. Ich habe gelernt, dass man nicht alles im Leben planen kann.«

»Dann willst du mich heiraten?«

Jetzt lächelte sie. »Natürlich. Ich habe doch schon vor fünf Jahren Ja gesagt.«

Er drückte ihre Hand. »Ich könnte eine Wohnung für uns in Wassen mieten oder ein Häuschen, wenn dir das lieber ist.«

»Ein Häuschen wäre schön. Mit einem kleinen Garten.«

48. KAPITEL

Doch zunächst musse Piero zurück nach Airolo. Er erwischte einen der Materialzüge, stieg mehrmals um und erreichte das Südportal drei Stunden später. Es war schon dunkel, als er aus dem Tunnel kam. Zunächst ging er zum Verwaltungsgebäude und teilte Maury mit, dass er ab April in Wassen arbeiten würde. Danach ging er nach Hause.

Luisa kam aus der Küche, als er das Haus betrat.

»Hast du Hunger?«, fragte sie nach der Begrüßung. »Ich habe schon gegessen, aber die Minestre ist noch warm.«

Er hatte Hunger, seit dem Frühstück hatte er nichts mehr gegessen. »Ich komme gleich, ich gehe mich nur rasch umziehen.«

In seinem Zimmer stand wie immer Wasser und Seife für ihn bereit. Er wusch sich den Staub aus dem Gesicht und wechselte die Kleider. Er würde mit Luisa sprechen müssen.

»Wie war es? Wirst du nach Wassen gehen?«, fragte Luisa, als er die Suppe aß.

»Ja. In etwa drei Wochen.« Er legte den Löffel hin. »Ich muss dir etwas sagen.«

Luisa lächelte. »Du hast sie getroffen?«

Verblüfft sah er sie an. »Woher weißt du das?«

»Du siehst anders aus. In deinen Augen sitzt ein Lächeln, das vorher nicht da war. Was ist passiert?«

»Ich habe sie wiedergefunden. Ihr Mann ist vor einem Jahr gestorben.« Er schüttelte den Kopf. »Zwei Jahre lang waren wir nur durch den Gotthard getrennt. Und wenn ich gestern nicht durch den Tunnel gefahren wäre, hätte ich es nie erfahren.«

Luisa legte ihre Hand auf Pieros Arm. »Aber du bist hindurchgefahren und du hast sie gefunden. Für manche Dinge braucht es die richtige Zeit, und vielleicht ist eure erst jetzt.«

»Vielleicht.« Er legte seine Hand auf ihre und drückte sie. »Danke«, sagte er und meinte nicht nur ihre Worte von eben. Er dankte ihr auch für ihre Freundschaft und dafür, dass er mit ihr die Einsamkeit ein Stück weit besiegen konnte.

In ihren Augen las er, dass sie ihn verstand.

Eine Woche später saß ein Fremder in der Küche, als Piero nach Hause kam.

»Das ist Lorenzo, der Bruder meines Mannes«, stellte Luisa ihn vor. Sie aßen gemeinsam zu Abend und Lorenzo erzählte, dass seine Frau vor zwei Monaten im Kindbett gestorben war und das Kind mit ihr.

»Ich bin alleine mit vier Kindern«, erzählte er.

Luisa lächelte Piero an. »Ich werde nach Faido ziehen und mich um die Kinder kümmern.«

Wenn er die Blicke richtig deutete, die Lorenzo ihr zuwarf, würde sie sich nicht nur um die Kinder kümmern. Auch Luisa schien sehr angetan von ihm.

»Für manche Dinge braucht es die richtige Zeit«, sagte er, hob seinen Becher und prostete den beiden zu.

In der dritten Märzwoche fuhr Piero wieder nach Norden. In Göschenen ging er zu Hergerhof. Auf sein Klopfen hin öffnete Helenes Mutter die Tür. Er lüftete den Hut. »Guten Tag, Frau Herger.«

Sie stemmte die Hände in die Hüften und musterte ihn von oben bis unten. »Was willst du?«

Angesichts ihrer Grobheit verzichtete er auf höfliche Floskeln. »Ich möchte Lene sprechen.«

»Sie ist nicht da.«

»Dann richten Sie ihr bitte aus, dass ich bis morgen in Göschenen bin. Ich habe ein Zimmer im Rössli.«

Sie brummte etwas Unverständliches und schloss die Tür.

In Wassen fragte er nach Unterkünften. Zimmer gab es, wenn auch zu Wucherpreisen. Aber Häuser vermietete niemand. An der Sustenstraße, etwas außerhalb, fand er ein kleines, leer stehendes Haus mit einem völlig vernachlässigtem Garten. Er fragte beim Gemeindepräsidenten nach dem Besitzer und erfuhr, dass der verstorben war. Der Erbe erklärte sich bereit, es ihm zu vermieten.

Piero kehrte nach Göschenen zurück. Kurz vor dem Rössli traf er Helene, sie kam von der Baustelle. Sie war sichtlich überrascht, ihn zu treffen.

»Ich war bei euch und habe deiner Mutter ausgerichtet, dass ich hier bin.«

»Ich bin seit heute Morgen unterwegs. Ich arbeite zweimal in der Woche im Hospital. Warst du in Wassen?«

»Ja. Ich habe ein Haus gefunden, man müsste einiges instandsetzen und der Garten ist sehr verwildert, aber es ist ein hübsches Haus.« Er machte eine Pause. »Willst du mich immer noch heiraten?«

Sie lächelte. »Glaubst du, ich ändere meine Meinung nach zwei Wochen, nachdem ich fünf Jahre davon geträumt habe, deine Frau zu sein?«

»Dann komme ich nach dem Abendessen zu euch und halte bei deinem Vater um deine Hand an.«

Helene seufzte. »Ich fürchte, das kannst du dir sparen. Er wird nicht einwilligen.«

Piero winkte ab. »Abwarten.«

Sie verabschiedeten sich.

Nach dem Essen zog Piero seinen besten Anzug an, setzte den guten Hut auf und machte sich auf den Weg zu den Hergers.

Dieses Mal öffnete Helene. Auch sie hatte sich umgezogen, sie trug das blaue Kleid, das sie bei ihrem letzten Treffen angehabt hatte.

»Komm rein.«

Zusammen betraten sie die Stube. Franz Herger saß in seinem Lehnstuhl beim Ofen und rauchte seine Pfeife, Anna hatte Strickzeug in der Hand, das sie jedoch mit seinem Eintreten weglegte.

Piero zog den Hut. »Grüß Gott.«

»Grüß Gott«, antwortete Franz widerwillig und hüllte sich dann in Schweigen.

»Ich bin hier, weil ich Ihre Tochter heiraten möchte und gerne Ihren Segen hätte.«

Franz nahm die Pfeife aus dem Mund. »Den gibt es von mir nicht.«

Helene griff nach seiner Hand.

»Vater«, sagte sie. »Ich werde Piero heiraten, ob du einverstanden bist oder nicht. Ich liebe ihn.«

»Herr Herger, ich bin Ingenieur der Gotthardbahngesellschaft. Ich werde in den nächsten zwei Jahren als Geologe und technischer Berater für die Gotthardbergstrecke in Wassen arbeiten. Sie brauchen keine Bedenken haben, dass ich nicht für Lene und ihre Kinder sorgen kann.«

Franz zog die Brauen in die Höhe. »Ingenieur? So.«

Piero sah ihn eindringlich an. »Sie wissen, dass Lene kein Einverständnis braucht, um zu heiraten. Sie können die Hochzeit nicht verhindern. Aber ich möchte nicht, dass Lene und ihre Kinder sich zwischen ihrer Familie und mir entscheiden müssen. Herr Herger, wollen Sie Lene das Gleiche antun wie Urs Gisler seinem Sohn? Wollen Sie sie verstoßen?«

Anna stieß einen unverständlichen Laut aus, ihre Augen weiteten sich.

Franz' Blick wanderte von Lene zu Piero.

»Nein, natürlich nicht.« Er schien Piero zum ersten Mal wirklich wahrzunehmen. Er musterte ihn eingehend. »Du hast dich verändert. Und du bist sicher, dass du für Helene und die Kinder sorgen kannst? Und was ist mit Martin? Er soll später einmal die Furhalterei übernehmen.«

Helene trat einen Schritt nach vorne. »Vater, Martin ist zwei Jahre alt. Bis er so weit ist, gibt es vielleicht keine Fuhrhalter mehr. Aber wenn doch, dann kann er selbstverständlich den Hof und die Fuhrhalterei übernehmen.«

Franz lehnte sich zurück, zog die Augenbrauen zusammen und paffte wieder seine Pfeife. Sein Blick war nach innen gekehrt. Nach vier oder fünf Zügen sah er auf. »Ich bin nicht wie Urs und ich will auch nicht so werden wie er. Meinetwegen, heiratet.«

Piero lächelte und neigte den Kopf. »Ich danke Ihnen, Herr Herger.«

»Franz. Da du demnächst zur Familie gehörst, bin ich der Franz.« Er wies auf die Stühle. »Setzt euch. Anna, hol den Chrüter.«

Helene strahlte über das ganze Gesicht. Sie ging zu ihrem Vater und umarmte ihn.

Anna holte eine Flasche und vier Schnapsgläser aus dem Schrank und schenkte ein.

49. KAPITEL

Am ersten April zog Piero nach Wassen in ein Hotel. Er hatte einen Handwerker gefunden, der das Haus in Ordnung bringen würde. An den Wochenenden kam er nach Göschenen, wo Paula ihm ein Zimmer im Gamsbock frei hielt. Helene verbrachte jedes Wochenende mit ihm.

Dann, Anfang Mai, war das Haus in Wassen bezugsfertig.

Helene und Piero heirateten in der Woche nach Christi Himmelfahrt in der Kirche von Göschenen.

Helene trug ein Kleid aus dunkelblauer Seide. Das schwarze, das sie bei der Hochzeit mit Peter getragen hatte, war mittlerweile zerschlissen, und außerdem wollte sie nicht mit einem Kleid, das sie bei einer anderen Hochzeit getragen hatte, vor den Altar treten.

Pieros Erscheinung strafte die Gerüchte, die Hergertochter heirate einen Mann weit unter ihrem Stand, Lügen. Er trug einen eleganten dunkelgrauen Anzug und ein weißes Hemd mit einer Fliege vom gleichen Blau wie Helenes Kleid.

Während der Vorbereitungen hatte Helene versucht, jeden Gedanken an ihre erste Hochzeit zu verdrängen. Tatsächlich hatte sie Schuldgefühle gehabt, weil sie dieses Mal so glücklich war. Sie hatte mit Paula darüber gesprochen.

»Du musst dich nicht schuldig fühlen. Du warst Peter eine gute Ehefrau. Selbst wenn du nicht immer glücklich warst, hast du es ihn nie spüren lassen. Und er war glücklich mit dir. Er hat dich immer heiraten wollen, und dieser Wunsch ist ihm erfüllt worden. Jetzt solltest du an dich denken, nicht an Peter. Ich bin sicher, er würde das Gleiche sagen. Er hat dich so geliebt, er würde wollen, dass du glücklich bist.«

Paulas Worte hatten sie getröstet. Doch als sie mit Piero vor dem Pfarrer niederkniete, musste sie doch an ihre erste Hochzeit vor fünf Jahren denken. Stumm sprach sie ein kurzes Gebet für Peter, dann sagte sie laut und deutlich ihr »Ja« zu Piero.

Die Hochzeitsfeier fand im Gamsbock statt und auch die Hochzeitsnacht verbrachten sie dort.

Zwei Tage später zogen sie nach Wassen.

Helene hatte ihr zukünftiges Heim nur einmal im April gesehen. Jetzt zeigte ihr Piero stolz, was für ein schönes Haus daraus geworden war. Die Handwerker hatten auch neue Möbel gezimmert, das Bett war aus duftendem Zirbenholz. Es gab zwei Kinderzimmer, eine Stube und eine große Küche mit einem Esstisch. Lena war begeistert, dass sie von nun an ein Zimmer für sich allein haben würde.

»Vorerst«, sagte Helene und lächelte.

»Glaubst du denn, dass du dich hier zu Hause fühlen wirst?«, fragte Piero.

Helene ging zu ihm und küsste ihn. »Ich bin bei dir zu Hause, egal wo.«

EPILOG

Am Morgen des 23. Mai 1882 standen Piero und Helene früh auf. Nach einem schnellen Frühstück spannte Piero das Pferd vor den Wagen. Er hatte beides kurz nach ihrer Hochzeit gekauft, damit Helene jederzeit nach Göschenen fahren konnte, um ihre Eltern oder Paula zu besuchen. Helene kam mit den Kindern aus dem Haus. Magdalena war jetzt sechs Jahre alt und besuchte die Volksschule in Wassen, Martin war vier. Piero hob die beiden Kinder in den Wagen und half dann Helene hinein. Sie erwartete in vier Monaten ihr drittes Kind.

Auf der Straße nach Göschenen herrschte bereits reger Verkehr, die ersten Kutschen fuhren die Straße nach Göschenen hinauf. Heute wurde der Gotthardtunnel offiziell eingeweiht. Am Abend zuvor war in Luzern gefeiert worden, Piero hatte auch eine Einladung erhalten, doch er hatte es vorgezogen, in Wassen zu bleiben und am nächsten Tag mit der Kutsche nach Göschenen zu fahren.

An einigen Häusern wehten bunte Bänder und Fahnen von Balkonen und aus Fenstern, doch die Mehrzahl der Anwohner an der Bergstecke feierten nicht mit und an manchen Fenstern hingen auch schwarze Tücher.

Piero fuhr zum Hergerhof, stellte Pferd und Kutsche dort unter und dann gingen sie mit Helenes Eltern gemeinsam zum Bahnhof.

Helene begrüßte Paula und Christian. Christian hatte Rosa an der Hand, Paula trug ihre acht Monate alte Tocher Maria auf dem Arm.

Immer mehr Menschen kamen zum Bahnhof.

Piero bemerkte ganz in der Nähe einen großen Mann, der Helene und ihn mit ausgesprochen finsterer Miene beobachtete. Sein Gesicht war von Falten durchzogen, die Augen lagen tief in den Höhlen. Unter seinem Hut quoll wirres graues Haar hevor und ein struppiger Bart bedeckte sein Kinn.

Piero machte Helene auf den Mann aufmerksam. »Wer ist das und warum starrt er uns so an?«

Helene wandte den Kopf, ihre Augen weiteten sich. »Das ist Urs Gisler, der Vater von Peter.«

Das also war Urs. Piero hatte viel von ihm gehört, ihn aber nie getroffen. Bis auf die himmelbauen Augen hatte er keinerlei Ähnlichkeit mit seinem Sohn.

»Warum ist er hier?«, fragte Anna Herger leise. »Er hasst den Tunnel.«

Franz zuckte mit den Schultern. »Ich weiß nicht. Vielleicht hofft er, dass die Bahn nicht ankommt.«

Ein Pfiff kündigte die Einfahrt des ersten Zugs an. Piero griff nach Helenes freier Hand und drückte sie. Zehn Jahre Bauzeit fanden jetzt ihren Abschluss. Er dachte zurück an die Jahre, in denen er als Mineur im Tunnel geschuftet hatte, an die vielen Opfer, die der Bau gefordert hatte. Tote, Verstümmelte und Schwerkranke. Dies war auch ihr Tag.

Der Bundespräsident, Simeon Bavier, begann seine Rede. Zuerst kamen die erwarteten Lobeshymnen, pathetisch sprach er vom Triumph der Ingenieurskunst, der Wissenschaft, bezeichnete den Tunnel als ein Denkmal der Arbeit und des Fleißes.

Piero lauschte der Rede mit wachsender Ungeduld. Dann, endlich, erwähnte Bavier, dass es auch Opfer gegeben hatte und nannte als Ersten Favre, den »geliebten Führer«. Den anderen

Opfern widmete er noch einen Satz, dann erzählte er etwas vom Frühlingsduft, der durch die »Bresche im alten Walle« dränge.

Piero hörte nicht mehr zu. In Gedanken nannte er die Namen seiner toten Freunde. Enzo Lombardi, Matteo Rossi, Francesco Pagella, Salvatore Villa, Antonio, Tommaso Brunelli.

Als Bavier seine Rede beendet hatte, tauschte Piero einen langen Blick mit Helene.

»Zwei Sätze«, sagte er. »Zwei Sätze für diejenigen, die im Tunnel geschuftet haben, und für die Opfer, die der Tunnel gefordert hat.«

Anders, als manche vorausgesagt hatten, war der Tunnel nicht der Ruin für die Fuhrhalter. Sie transportierten zwar keine Ware mehr über den Pass, aber nicht jeder, der mit dem Zug nach Göschenen kam, wollte nach Italien. Die Bahn brachte Reisende, Wanderer, Tourismus.

Vor dem Bahnhof Göschenen standen die Wagen, die die Reisenden zu ihren Zielen brachten. Nach Andermatt, nach Hospental oder zur Göscheneralp. Auch Helenes Vater hatte in zwei seiner Wagen Bänke eingebaut und fuhr für die Touristen.

Im Herbst 1882 kam Helenes und Pieros Tochter Luisa zur Welt. 1883 wurde Piero nach Bern zur Compagnie Suisse Occidentale Simplon berufen und beteiligte sich an der Planung zum Bau des Simplontunnels. Helene und die Kinder gingen mit ihm. Wann immer das Heimweh Helene überwältigte, fuhr sie mit den Kindern für einige Zeit nach Göschenen, wo sie ihre Eltern besuchte und sich mit Paula traf. Aber sie blieb nie sehr lange, die Sehnsucht nach Piero war stärker als das Heimweh. Sie war bei ihm zu Hause, wo immer er auch war.

NACHWORT

Wer über die Schweiz nach Italien reist, fährt in der Regel durch den siebzehn Kilometer langen Gotthardstraßentunnel – oder, wenn sich mal wieder lange Staus vor der Einfahrt bilden, über den Pass. Über sechs Millionen Fahrzeuge passieren den Tunnel mittlerweile jährlich.

Doch wie war es früher, nach Süden zu reisen, ins »Land, wo die Zitronen blühen«?

Es war zeitraubend und anstrengend. Bis zum 18. Jahrhundert gab es nur einen Saumweg. Waren wurden mit Ochsen oder Maultieren transportiert, Menschen zu Pferd. Erst Ende des 18. Jahrhunderts konnten Kutschen über den Pass fahren. Ab 1842 gab es dann die Gotthardpost.

Schon seit 1847 machten sich die Schweizer Gedanken über eine mögliche Eisenbahnverbindung von Nord nach Süd. Diese würde nicht nur das Reisen vereinfachen, sondern auch den Handel. Zunächst wurde die Lukmanierbahn favorisiert, 1863 setzten sich die von Alfred Escher angeführten Gotthard-Befürworter durch. 1869 schlossen die Schweiz und Italien einen Staatsvertrag über Finanzierung, Bau und Betrieb des Tunnels ab, 1871 schloss sich das Deutsche Reich an.

Am 6. Dezember 1871 wurde die Gotthardbahngesellschaft gegründet, den Vorsitz übernahm Alfred Escher. Im April 1872 wurde der Gotthardtunnel zum Bau ausgeschrieben. Den Zuschlag für die Bauarbeiten erhielt der Genfer Bauunternehmer

Louis Favre, obwohl er noch nie einen Tunnel gebaut hatte, der länger als tausend Meter war. Aber er unterbot seine Konkurrenten und akzeptierte ruinöse Vertragsbedingungen. Er hinterlegte eine Kaution von acht Millionen Franken und versprach eine Bauzeit von acht Jahren. Falls die vereinbarte Bauzeit überschritten würde, drohte eine Geldstrafe von fünftausend Franken täglich im ersten halben Jahr und zehntausend Franken in der folgenden Zeit. Im Falle einer vorzeitigen Fertigstellung galt der gleiche Betrag als Prämie. Sollte die Verzögerung mehr als ein Jahr betragen, würde die hinterlegte Kaution verfallen. Angesichts dessen kann man seine Eile beim Vortrieb schon verstehen.

Im Sommer 1872 begann der Tunnelbau. Die Bautrupps arbeiteten in drei Schichten rund um die Uhr. Zunächst wurde in Göschenen und Airolo mit Handbohrmaschinen und Schwarzpulver gearbeitet. Damit schafften sie nur rund fünfundsiebzig Zentimeter am Tag – so hätten die Arbeiten achtundzwanzig Jahre lang gedauert. Nachdem druckluftbetriebene Schlagbohrer und Dynamit zum Einsatz kamen, stieg die Vortriebsleistung.

Am 28. Februar 1880 erfolgte dann der Durchschlag. Die beiden Röhren trafen sich, die Abweichungen betrugen seitlich nur dreiunddreißig Zentimeter und fünf Zentimeter in der Höhe – eine Meisterleistung der damaligen Ingenieurs- und Vermessungstechnik. Am 23. Mai 1882 wurde der Tunnel eingeweiht.

Hundertneunundneunzig Arbeiter kamen offiziell während der Bauarbeiten im Tunnel ums Leben. Sie wurden von Rollwagen überfahren, von Steinen erschlagen, starben bei Sprengungen oder durch giftige Gase. Ihre Namen stehen auf einer Gedenktafel für die Opfer des Tunnelbaus auf dem Friedhof in Göschenen.

Die Dunkelziffer dürfte allerdings um einiges höher liegen, da erkrankte Arbeiter sehr oft in ihre Heimat zurückgeschickt wurden – wo viele dann starben.

Zehn Jahre lang dominierten die Großbaustellen die Dörfer Göschenen und Airolo. Tausende von Arbeitern, die meisten aus dem Piemont, strömten nach Airolo und Göschenen. In Göschenen, das ursprünglich nur ca. dreihundert Einwohner hatte, lebten zeitweise um die tausendfünfhundert Arbeiter, zum Teil mit ihren Familien. Im Dorf herrschte eine Art Goldgräberstimmung. Zimmer wurden zu Wucherpreisen an die Arbeiter vermietet, neue Kneipen und Geschäfte wurden eröffnet. Gleichzeitig waren die Göschener gegenüber den Italienern misstrauisch, manche auch feindselig. Die Italiener galten als unordentlich, unsittlich und gewalttätig.

Immer wieder kam es zu Konflikten zwischen Einheimischen und Gastarbeitern, dokumentiert in den Berichten, die der Landjäger August Walker an seinen Vorgesetzten in Wassen schrieb.

Der Bau des Tunnels wurde akribisch dokumentiert, noch nie hatte ich so viel Recherchematerial wie bei diesem Projekt, angefangen von Oberst Holds offiziellem Bericht zu den Ursachen des Streiks von 1875 (und seinem erst 1996 von Konrad Kuoni entdeckten Geheimbericht zum selben Thema), über Martin Wanners »Geschichte des Baues der Gotthardbahn« von 1881 und vielen Dokumenten aus der Plattform »Alptransit«.

Meine beiden wichtigsten Quellen waren Felix Moeschlins Buch »Wir durchbohren den Gotthard« von 1949, in dem auch auf die Situation der Arbeiter eingegangen wird, und Alexandra Binnenkades Lizentiatsarbeit »Sprengstoff. Der Streik der italienischen Gotthardtunnelarbeiter – Alltag und Konflikt im Eisenbahnerdorf Göschenen 1875«.

Alle Ereignisse, die in »Bergleuchten« im Zusammenhang mit dem Tunnelbau beschrieben werden, haben so stattgefunden, ich habe nichts dazuerfunden. Es gab die Unfälle im Tunnel, die Explosionen der Dynamitlager, den Aufruhr vor dem »Schäfli«, den Streik mit fünf Toten und das Auftreten des »Tunnelwurms« Ancylostoma duodenale. Ich habe nur Ernest von Stockalper etwas früher als Baustellenleiter Nord eingesetzt, er kam eigentlich erst Ende 1873 dazu. Sein Vorgänger war ein Herr Laviosot. Abgesehen von den historischen Personen, habe ich alle Personen im Roman erfunden, auch wenn sie Familiennamen tragen, die in Uri und der Umgebung von Göschenen üblich waren.

Wieder möchte ich Danke sagen:

Meiner Literaturagentin Anna Mechler, Agentur Lesen und Hören, für ihren Einsatz für diese Geschichte, ihr immer offenes Ohr und ihren Zuspruch bei diversen »Autorenwehwehchen«.

Meinen beiden Testleserinnen und Freundinnen, Ute Bareiss und Nicole Wellemin für ihre Zeit, ihren Zuspruch und unzählige Stunden im Chat, wenn ich mal wieder ratlos war.

Meinem Mann für sein Verständnis, besonders in den letzten Wochen vor dem Abgabetermin.

Danke auch an meine engagierte Lektorin Christina Weiser für den Feinschliff und Kürzungen an den richtigen Stellen – und an den Aufbau Verlag dafür, dass aus meinem Manuskript ein wunderbares Buch geworden ist.

Und natürlich danke ich Euch, meine lieben Leserinnen und Leser, dass Ihr mich auf der Reise durch den Gotthardtunnel begleitet.

Die wichtigsten historischen Personen im Roman

Louis Favre	Schweizer Bauunternehmer, verantwortlich für den Bau des Gotthardtunnels
Ernest von Stockalper	Bauleitung Nord (Göschenen)
Eduard Bossi	Bauleitung Süd (Airolo)
(Giuseppe) Maury	Ingenieur in Airolo, Bauleitung Süd
Jean-Daniel Colladon	Favres Berater
Friedrich Moritz Stapff	Bergwerksingenieur und Geologe
Doktor Fodéré	Arzt in Göschenen
Doktor Giaccone	Arzt in Airolo
(Domenico) Betassa	Postenchef in Göschenen
Luigi Dissune	Mechaniker im Posten Betassa, einer der Wortführer des Streiks

Salvatore Villa	Der Erste, der im Streik angeschossen wurde
Oberst Hans Hold	wurde vom Bundesrat nach Göschenen geschickt, um die Hintergründe des Streiks aufzuklären
Carl Arnold	Gemeindepräsident Göschenen
August Walker	Göschener Landjäger
Gallus Gamma	Landjäger von Wassen
Zacharias Walker	Briefträger
Edoardo Perroncito	Arzt und Professor in Turin

Die Vornamen von Maury und Betassa sind nicht dokumentiert, deshalb sind sie erfunden.

Glossar

Akkordant Im deutschschweizerischen Sprachraum bezeichnet man mit diesem Ausdruck einen Kleinunternehmer. Im 19. Jahrhundert traten Akkordanten als Subunternehmer in den großen Bauprojekten auf, in denen sie im Wettbewerb durch günstige Angebote den Zuschlag für Teilprojekte und Bauabschnitte gewannen. Zur Durchführung nahmen sie Fremdarbeiter aus Drittländern unter Vertrag.

Ancylostoma duodenale Ein tropischer Hakenwurm. Die Larven leben im feuchtwarmen Boden und bohren sich durch die Haut. Danach wandern sie über Blut und Lymphe ins Herz und in die Lunge. Bei Husten werden die Larven verschluckt und siedeln sich im Dünndarm an, wo sie zum Wurm werden und aus den Darmzotten Blut saugen. Durch den chronischen Blutverlust kommt es zu Anämie, Herzschwäche und bei starkem Befall zum Tod. Die Eier werden über den Kot ausgeschieden.

Beiz Kneipe (schweizerdeutsch)

Boggio Laufbursche

Casinotta italienischer Name für Göschenen

Cazzuola »Mineurseintopf« aus gepökelten Schweinerippchen, Wurzelgemüse und Wein

Nostrano »der Unsrige«. Einfacher Landwein (rot) aus dem Tessin

Manchesterhose Arbeitshose aus robustem Cord mit lederverstärkten Taschen für Werkzeug

Säumer Personen, die Lasten auf dem Rücken von Saumtieren (Pferde, Maultiere, Ochsen) auf »Saumpfaden« über das Gebirge transportierten

Fachbegriffe im Tunnelbau:

Durchschlag das Aufeinandertreffen der Stollen (in diesem Fall Nord und Süd)

Firste Decke des Tunnels

Kalotte oberes Drittel des Tunnelquerschnitts

Kaverne Felshohlräume mit großen Querschnitten bei relativ kurzer Länge, vorwiegend als Lager oder zur Aufnahme von Maschinen genutzt.

Richtstollen enger Stollen, der in der Richtung des Tunnels vorgetrieben und später zum vollen Tunnelquerschnitt erweitert wird.

Sohle Boden des Tunnels

Strosse untere zwei Drittel des Tunnelquerschnitts

Tunnelbrust Ende des Tunnels, an dem der Vortrieb stattfindet.

Ulme Seitenwand des Tunnels

Vortrieb Bezeichnung für die Bauweise (beim Gotthard war es »Sprengvortrieb«), aber auch für die gewonnene Strecke, in Metern pro Tag